KB176175

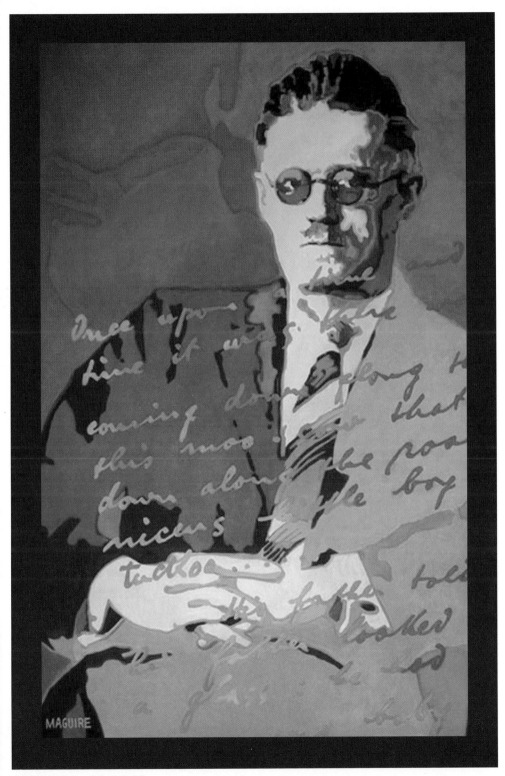

〈제임스 조이스〉 배리 머과이어

▲조셉 스트릭　1967년, 소설《율리시스》를 영화로 만들어 골든 글로브와 아카데미의 최고 각색상 후보에 올랐다.

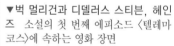

◀영화 〈율리시스〉의 레오폴드 블룸　마일로 오시어 분

▼벅 멀리건과 디델러스 스티븐, 헤인즈　소설의 첫 번째 에피소드 〈텔레마코스〉에 속하는 영화 장면

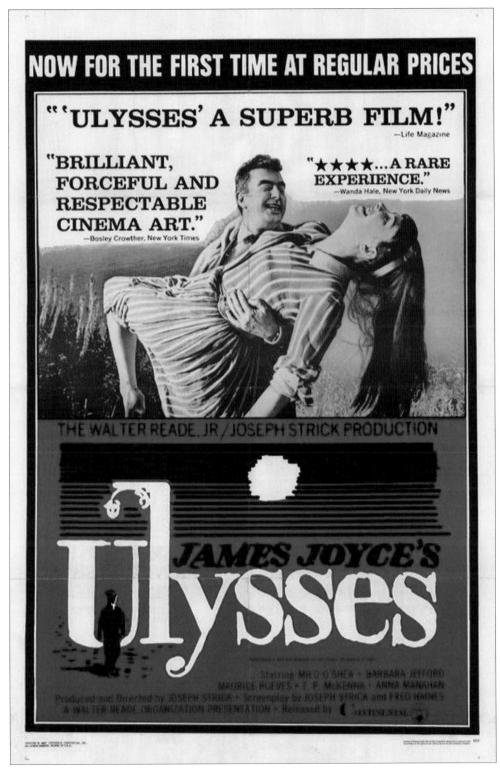

영화 〈율리시스〉 조셉 스트릭 감독. 1967.

소설의 배경인 1900년 무렵 더블린 시가지 풍경   기록 사진

1900년 무렵 11번 마텔로   기록 사진. 오늘날 제임스 조이스 타워

샌디마운트 해변 에피소드 3. 〈프로테우스〉의 배경

▲오늘날 데비 번스 소설 속 레오폴드 블룸이 점심 식사를 하는 장소이며 제임스 조이스의 실제 단골 식당이기도 했다.

◀오먼드 호텔 에피소드 11. 〈세이렌〉의 배경

▼템플 바 더블린 시내의 오래된 술집들이 모여 있는 거리. 스티븐 또한 이 가게에 점심 두 끼를 빚졌다.

프로스펙트 묘지 에피소드 6. 〈하데스〉의 배경. 오늘날에는 글래스네빈 묘지라 불린다.

더블린 국립 도서관 스티븐은 이곳에서야 비로소 자신의 햄릿론을 이야기한다.

넬슨 기념비 1808년 더블린 시내에 세워진 이 기념비는 1966년 폭파되었다. 오늘날 그 자리에는 '더블린 스파이럴'이라고도 알려진 '빛의 기념비'가 세워졌다. 소설의 에피소드 7. 〈아이올로스〉에서는 이곳을 '아일랜드 수도의 중심'이라고 말한다.

세계문학전집038
James Augustine Aloysius Joyce
ULYSSES
율리시스Ⅱ
제임스 조이스/김성숙 옮김

동서문화사

디자인 : 동서랑 미술팀

율리시스
차례

율리시스 Ⅱ

율리시스 I

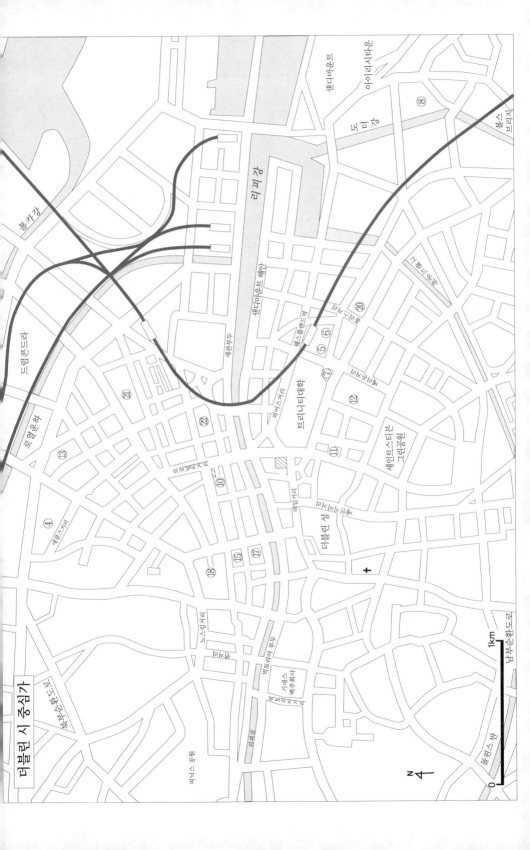

더블린 시 중심가

더블린 시 및 근교도

벨파스트

호스헤드

톨카강　글래스네빈

⑨　⑭

피닉스공원

로열운하

리피강

노블등대

풀벡등대

그랜드운하

아이리시 타운

해럴즈 크로스

⑲　③샌디마운트

⑯

더블린만

래스마인

블랙록

도더강

킹스타운

샌디코브

①

②
댈키

브레이

N

①마텔로 탑(샌디코브)　　　　⑪데이비 번 가게(듀크거리)
②디지교장 학교(댈키)　　　　⑫국립도서관
③샌디마운트 해안　　　　　　⑬존 콘미 신부 사제관
④블룸의 집(에클즈거리 7번지)　⑭아테인
⑤웨스틀랜드거리 우체국　　　⑮성 마리아 수도원 터
⑥올 핼로스 성당　　　　　　⑯왕립 더블린 협회 전시 마당(마이러스 바자회 개최지)
⑦링컨 광장 스위니 약국　　　⑰오먼드 호텔
⑧패디 디그넘의 집　　　　　⑱바니 키어넌 술집
⑨프로스펙트 묘지　　　　　　⑲바다의 별 성당
⑩〈프리먼스 저널〉사　　　　⑳국립산부인과 병원
　　　　　　　　　　　　　㉑벨라 코헨의 창녀집
　　　　　　　　　　　　　㉒마부 집합소

에피소드 15
CIRCE
키르케[*1]

---

*1 태양신 헬리오스의 딸. 마법의 술을 먹여 오디세우스의 부하들을 돼지로 둔갑시켰다.

줄거리

밤의 거리. 오후 12시. 매벗거리에서 시작하여 하부 타일런거리 82번지 벨라 코헨의 창녀집에서 그 정점에 이르는 환상적 묘사이다. 이 에피소드가 희곡체 내지는 시극(詩劇)이나 시나리오 형식으로 쓰인 점과, 그 내용이 환상적이며 어마어마한 반향을 불러일으킨 일은 유명하다. 《율리시스》에서 에피소드 6의 묘지 장면을 최고로 꼽는 이도 있으나, 많은 평론가들이 이 에피소드 15를 가장 뛰어난 부분으로 보는 데 주저하지 않는다. 분량으로 보아도 다른 에피소드를 서너 편 합친 것만 하다. 실로 사실가(寫實家)라기보다는 환상가(幻想家)에 속하는 조이스의 재능이 여기에서 가장 자유롭게 발휘된다는 데 의심의 여지가 없겠다. 이와 비슷한 형식으로 쓰인 근대문학의 걸작으로는 괴테의 《파우스트》 속 〈발푸르기스의 밤(Walpurgis nacht)〉,*2 플로베르의 《성 앙투안의 유혹》이 있다. 조이스가 존경하는 하우프트만의 《가라앉은 종(鐘)》도 이 계통의 작품이다. 조이스 연구자들은 이 에피소드를 보통 '발푸르기스의 밤'이라고 부른다. 이 에피소드에 들어가기 전에 무엇보다 유의해야 할 점은, 여기서는 현실과 환상의 경계가 모호하고도 절묘하게 이어져 흐른다는 사실이다.

밤의 거리 어귀인 매벗거리에서 아이들이 바보를 놀리고 있다. 시시 캐프리와 에디 보드먼이 그 근처를 서성인다. 이 밤의 거리에는 이들뿐만 아니라 거티나 이전에 블룸 집의 하녀였던 메리 드리스콜, 브린 부인, 마리온 등 여기에 나타날 리 없는 인물들이 등장하는데, 모두 환상이다. 스티븐이 린치와 둘이서 이 밤의 거리를 지나간다. 스티븐을 뒤쫓아서 블룸이 온다. 블룸은 빗물이 고인 선로의 미끄럼을 방지하기 위해 모래를 뿌리는 전차에 하마터면 부딪힐 뻔한다. 또 배가 고플 스티븐에게 주려고 산 돼지고기와 양고기 때문에 개가 따라다녀 그것을 던져 주고 만다. 아버지 루돌프 블룸이 나타나

---

*2 4월 30일 밤. 이때 마녀들이 브로켄산에 모여 마왕과 주연을 벌인다고 한다. 《파우스트》에 묘사되면서 더욱 유명해졌다.

낭비하지 말라고 야단친다. 그 뒤를 이어 어머니, 마리온, 거티가 차례로 나타나 저마다 블룸을 비난한다. 다음에 브린 부인이 등장해 블룸과 옛이야기를 하면서 연애 감정을 부활시킬 듯한 분위기를 조성한다.

그러는 동안 블룸은 경찰관에게 노상방뇨를 했다는 의심을 받는다. 이것이 그의 재판 장면으로 넘어간다. 그가 더블린의 유명한 부인에게 연애편지를 보냈다는 둥 이상한 사진을 보냈다는 둥 비난받는다. 어느 것이나 블룸의 마음속에 있던 충동의 구체적 현시라고 보아야 할 것이다. 재판이 이어지는 동안, 블룸은 점점 유리한 처지가 되어 시장이 되고 마침내는 왕 자리에까지 오르나, 이윽고 군중에게 쫓겨나는 신세가 된다.

그 환상에서 빠져나온 블룸은 매춘부 조이의 안내를 받아 벨라 코헨의 창녀집에 들어간다. 그곳에 스티븐이 있음을 알게 되었기 때문이다. 거기에서 블룸과 마담 벨라 사이에 암묵적인 심리극이 이루어져, 여성화한 블룸은 남성화한 벨라에게 정복당한다. 스티븐이 술기운에 해웃값을 잘못 내는 것을 블룸이 구하여 그의 돈 1파운드 6실링 11펜스를 맡아 준다. 또 블룸은 환상 속에서, 보일런과 마리온 사이에서 오쟁이 진 남편이자 하인 역할을 하는 자신을 본다. 그러는 동안 술에 취한 스티븐은 춤을 춘 뒤의 현기증 속에서 돌아가신 어머니를 본다. 그리고 그녀의 종교적 호소를 거절해 지팡이를 휘두르다 그 집의 램프를 깨고 거리로 뛰쳐나온다.

뒤에 남은 블룸은 사건을 수습한 뒤 스티븐을 찾아 나선다. 스티븐은 영국 병사 카, 콤프턴과의 시비에 말려들어 얻어맞고 쓰러진다. 블룸은 그런 그를 보는 동안에 죽은 아들 루디의 환영을 만나고, 그에 대한 애정은 스티븐에게로 향하게 된다.

이 에피소드는 《오디세이아》 10장에서 오디세우스가 키르케 섬에 상륙한 장면에 해당한다. 오디세우스는 '높이 뿔을 흔들어대는 큰 사슴'을 잡아 잔치를 베푼다. 그리고 부하들을 두 편으로 나누어, 한쪽은 자신이 지휘하고, 다른 한쪽은 에우리로코스가 맡게 한다. 에우리로코스 일행은 섬을 정찰하다가 키르케의 궁전에 들어가게 된다. 그곳에서 부하들은 키르케의 마법 때문에 돼지로 변하고, 혼자서 달아난 에우리로코스가 오디세우스에게 이 사실을 알린다. 혼자서 부하들을 구하러 나선 길에 헤르메스를 만나 몰리

(moly)란 약초를 얻고 키르케를 제압할 방법을 들은 오디세우스는 그녀의 궁전에서 마법의 술을 마시고도 동물이 되지 않고 오히려 부하들을 본디 모습으로 되돌려 놓는다. 키르케는 이 과정에서 오디세우스를 사랑하게 되고, 1년간 그와 부하들을 섬에 붙들어 머물게 한다. 이후 키르케는 그로 하여금 하데스에게 가서 예언자 테이레시아스와 만나도록 하고, 그가 돌아왔을 때 세이렌, 스킬라와 카리브디스에 대해 충고하여 집으로 무사히 가도록 도왔다. 이 에피소드에서는 창녀집 포주 벨라 코헨이 키르케에 해당한다.

에피소드 15 주요인물

벨라 코헨 Bella Cohen : 하부 타일런거리의 창녀집 마담. 《오디세이아》에서 인간을 돼지로 변하게 만드는 키르케에 해당한다.

카 Carr : 밤의 거리에서 소란을 피우는 영국 병사.

콤프턴 Compton : 카의 동료 병사.

밤의 도시 매벗거리*3 입구. 그 앞에는 자갈이 아니라 선로가 드러난 시내 전차의 대피선이 깔려 있다. 빨강과 초록의 깜빡이등과 위험 신호. 문이 열린 싸구려 집들이 줄을 이루고 있다. 군데군데 흐릿한 무리가 진 등불. 래바이어티의 곤돌라형 아이스크림 이동 판매대 근처에서 남녀 아이들이 소란스럽게 떠들어 댄다. 그들은 석탄빛 또는 구릿빛 얼음을 사이에 끼운 웨이퍼 과자를 손에 들고 빨면서 차차 흩어진다. 어린아이들. 곤돌라 판매대는 백조 머리를 높이 쳐들고 어두운 안개 속을 서서히 나아간다. 등대의 불빛을 받아 흰색과 푸른색이 떠오른다. 휘파람이 서로를 부른다.

부르는 소리
여보, 기다려 줘요, 나도 가겠어요.

대답하는 소리
마구간 뒤에 있어.

(퉁방울눈에다 귀먹은 벙어리 바보가 다물지 않은 입에서 침을 흘리고, 무도병(舞蹈病)*4에 걸린 몸을 부들부들 떨면서 지나간다. 아이들이 손에 손을 잡고 그를 가둔다.)

아이들
왼손잡이다! 경례!

---

*3 리피강 북쪽에 있다. 하부 가디너거리 동쪽에 나란히 위치하여 남북으로 뻗은 거리이다. 남쪽으로는 텔벗거리, 북쪽으로는 메클렌버그거리와 만난다.
*4 얼굴, 손, 발, 혀 따위가 뜻대로 되지 않고 저절로 심하게 움직여 마치 춤추는 듯한 모습이 되는 신경병.

바보

(떨리는 왼손을 들고 그르렁그르렁 목을 울린다) 게―ㅇ네!

아이들

커다란 빛은 어디 있지?

바보

(그르렁거리며) 서서서쪽.

(아이들은 그를 풀어 준다. 바보는 절룩절룩 계속 걸어간다. 키 작은 여인이 울타리 사이에 쳐둔 밧줄에 걸터앉아 수를 세면서 몸을 흔들고 있다. 쓰레기통 위에 엎드려, 팔과 모자로 얼굴을 감춘 사람의 그림자가, 움직이고, 신음하고, 부드득 이를 갈고 또 코를 곤다. 계단 위에서는 쓰레기통을 뒤지는 늙은 난쟁이가 넝마와 뼈가 들어 있는 부대를 짊어지려고 허리를 굽힌다. 석유램프를 가지고 옆에 서 있던 주름투성이의 노파는 마지막 병(瓶)을 자루에 밀어 넣는다. 그는 짐을 들어올리고, 차양이 달린 모자를 비스듬히 눌러쓴 뒤, 아무 말 없이 발을 절룩거리면서 사라진다. 노파는 램프를 흔들흔들 흔들면서 제 보금자리로 되돌아간다. 종이 셔틀콕을 들고서 웅크리고 있는 다리가 휜 아이가 노파를 따라잡으려고 있는 힘을 다하여 옆으로 기어가서 그 치마를 잡고 일어선나. 술 취한 막일꾼이 휘청거리면서 두 손으로 가운데 마당 울타리를 양손으로 붙잡는다. 거리 모퉁이에서는 짧은 망토를 입고 가죽으로 된 경찰봉 집에 손을 걸친 두 경찰이 딱 버티고 서 있다. 접시가 깨지고 여자가 소리 지르고, 아이가 운다. 남자가 야단치자 울부짖다가, 입을 다문다. 여러 사람의 그림자가 나타나, 몸을 낮추고 소굴에서 밖을 살핀다. 병 아가리에 세운 초가 불 밝히는 어느 방에서는, 야무지지 못한 여자가 누력(漏癧)*5을 앓는 아이의 헝클어진 머리칼을 빗어 주고 있다. 아직 젊은 시시 캐프리*6의 높고 날카로운 노랫소리가 골목길에서 노래한다.)

---

*5 결핵성 경부 림프선염의 별명.
*6 에피소드 13의 주요 인물인 거티 맥도웰의 친구.

시시 캐프리

그것을 몰리에게 주었어
그녀는 유쾌한 아가씨니까,
오리 다리 하나를
오리 다리 하나를.*7

(병사 카와 병사 콤프턴이 외출용 곤봉*8을 겨드랑이에 끼고 휘청거리면서 걸어오더니, 뒤로 돌아서서 두 사람이 동시에 입으로 방귀소리를 낸다. 골목 길로부터 사람들의 웃음소리. 쉰 목소리의 닳고 닳은 여자가 대꾸한다.)

닳고 닳은 여자

뒈져, 이 엉덩이에 털 난 놈들아.*9 캐번 아가씨, 기운을 내.

시시 캐프리

나에게 더 많은 행운을. 캐번, 쿠트힐, 벨터벳.*10 (노래한다)
그것을 넬리에게 주었어
배 속에 쑤셔 넣으라고
오리 다리 하나를
오리 다리 하나를.

(병사 카와 병사 콤프턴은 돌아보고 다시 되받는다. 가로등 불빛을 받아 핏빛처럼 보이는 군복, 짧게 깎은 금발 머리에 검은 통모양의 군모. 스티븐 디댈러스와 린치가 이 영국 군인 옆을, 군중 속을 지나간다.)

병사 콤프턴

(손가락을 쑥 내밀고) 목사님께 길을 내 드려라.*11

---

*7 오리 다리. 남성의 섹스를 가리킨다.
*8 장교나 병사가 외출 때 휴대하는 짧은 몽둥이. 보통 가죽으로 싸여 있다.
*9 아일랜드 여자가 영국 병사에게 품은 적의가 드러나 있다.
*10 모두 캐번주(州)의 도시나 마을 이름으로 얼스터 지방과 닿아 있다.

병사 카

(돌아보면서 말을 건다) 여어, 목사님!

시시 캐프리

(더욱 큰 목소리로)

어디에 넣었는지 모르지만

그것은 그녀 안에 있어

오리 다리 하나가.

(스티븐은 왼손에 든 물푸레나무 지팡이를 휘두르면서, 부활제 미사의 '입당송(入堂頌)'을 흥겹게 읊는다. 린치는 기수(騎手) 모자를 눈썹까지 푹 눌러쓰고 그 뒤를 따라간다. 불만 섞인 냉소가 그의 얼굴을 일그러뜨린다.)

스티븐

성소(聖所) 오른쪽에서 물이 흘러나오는 것을 보았도다. 할렐루야.

(늙은 여자 포주(抱主)의 굶주린 뼈드렁니가 문간에서 불쑥 나온다.)

여자 포주

(쉰 목소리로 속삭인다) 잠깐! 좋은 거 가르쳐 줄게. 안에 숫처녀가 있어. 잠깐!

스티븐

(한층 소리 높여) 이 물이 닿는 모든 사람들은.

여자 포주

(두 사람 뒤에서 독설을 퍼붓는다) 트리니티 의대생 놈들. 나팔관놈들. 서기는 서도 돈은 한 푼 없는 것들.

---

*11 검은 상복을 입은 스티븐을 프로테스탄트 목사로 착각하여 야유를 보내는 것.

(버서 서플과 함께 쭈그리고 있던 에디 보드먼*12이 코를 훌쩍이면서 숄로 코를 훔친다.)

에디 보드먼

(화난 듯이) 그러자 그년이 말하는 거야. 나는 페이스풀 광장에서 네가 괜찮은 남자랑 같이 있는 걸 보았지. 철도회사 정비공이 취침 모자 같은 걸 쓰고 말야. 아 그래? 하고 나는 대꾸해 줬지. 쓸데없는 참견이야. 내가 아내도 있는 산사람 따위하고 아리숭한 장소에 가겠어? 하고, 그년, 대체 뭐람? 고자질쟁이야. 노새처럼 고지식해서는! 그러면서 자기는 남자들을 한꺼번에 데리고 논다니까. 기관사 킬브라이드랑 일병 올리펀트랑.

스티븐

(의기양양하게) 인간은 구원을 받았도다.

(그는 물푸레나무 지팡이를 휘둘러 가로등 불빛을 휘젓는다. 어슬렁거리던 적갈색과 하얀 스패니얼종(種) 개가 으르렁대면서 그에게 살금살금 다가온다. 린치가 발로 차서 그것을 쫓아 버린다.)

린치

그래서?

스티븐

(뒤를 돌아보고) 그래서 음악이나 냄새가 아니라, 몸짓이 세계의 언어가 된다. 우리가 이 언어를 선물 받는다면, 세속의 감각 같은 것이 아니라 최초의 엔텔레케이아*13가, 구조의 리듬이 눈에 보이게 되는 거지.

린치

포르노 철학적인 언어신학(言語神學)인가. 메클렌버그거리의 형이상학이

---

*12 두 사람 다 거티 맥도웰의 친구. 에피소드 13.
*13 아리스토텔레스 철학의 개념. 목적이 실현되어 운동이 완성된 상태.

로군! *14

스티븐

말괄량이한테 한껏 휘둘린 셰익스피어도 있고, 암탉에게 실컷 쪼인 소크라테스도 있지. 스타기라 출신의 위대한 현인*15도 바람둥이 여자*16에게 재갈이 물리고 고삐에 매여 그녀를 등에 태웠다니까.

린치

우우!

스티븐

어쨌든, 빵 한 조각과 물 한 항아리를 설명하는 데 과연 몸짓이 두 개나 필요할까? 오마르에서는 이 몸짓 하나면 빵 한 조각과 술 한 항아리를 표현하는 데에는 이런 동작이 된다고. 내 지팡이 좀 들고 있어 줘.

린치

그 빌어먹을 누런 지팡이. 우리 어디로 가지?

스티븐

호색한 살쾡이 린치여, 야속한 미녀,*17 조지나 존슨*18에게로. 내 청춘의 나날의 기쁨이자 행복인 여신에게로.

(스티븐은 물푸레나무 지팡이를 그에게 밀어주고, 천천히 양손을 앞으로 내밀고, 머리를 뒤로 젖히고, 두 팔을 가슴으로부터 멀리 뻗어, 손바닥을 아

---

*14 발틱해에 면하는 독일 메클렌버그시(市). 원래 슈베린과 슈트레리츠의 두 후작영토로 나뉘어 있던 것이 훗날 하나가 되어 공화국이 되었다. 두 개의 중심을 갖는 철학이라는 뜻. 매벗거리를 암시한다.

*15 마케도니아 스타기라 태생인 아리스토텔레스.

*16 그는 아리스토텔레스의 애인 헤르필리스를 이렇게 부른다.

*17 매춘부.

*18 스티븐의 애인이었던 여자. 목사의 딸.

밤의 도시로 가는 하차역인 코놀리 역의 철교

밤의 도시 입구 정면에 있는 올하우센 돼지 푸줏간

래로 향한 채 손가락 사이가 벌어질듯 말듯하게 펼치고, 왼손이 위로 가도록 두 손을 평평하게 교차시켰다.)

린치

어느 쪽이 빵 항아리지? 어떻게 봐도 모르겠는데. 빵 항아리인지, 아니면 세관*19인지. 해명해 봐. 자, 목발을 짚고 걸어가게.

(두 사람은 지나간다. 토미 캐프리*20가 무릎으로 가스등 쪽으로 기어가서 거기에 달라붙어 열심히 기어오른다. 꼭대기 발판에서 미끄러져 내려온다. 재키 캐프리도 기어오르려고 달라붙는다. 막일꾼이 비틀비틀 그 가로등에 몸을 기댄다. 쌍둥이는 어둠 속으로 달아난다. 막일꾼은 휘청거리면서 집게 손가락으로 한쪽 코를 누르고는 다른 한쪽 콧구멍에서 기다란 콧물 줄기를 날린다. 그는 램프를 어깨에 걸고 빛을 흔들면서 군중 사이로 비틀거리며 사라진다.

강의 물안개가 뱀처럼 서서히 기어온다. 침전된 취기가 하수구로부터, 갈라진 틈으로부터, 하구 웅덩이로부터, 쓰레기 더미로부터, 도처에서 피어오른다. 남쪽으로, 바다와 접해 있는 강 하류 저편에서 한 점 불빛이 뛰어오른다. 막일꾼은 비틀거리면서 군중을 헤치고 불안정한 걸음걸이로 전차 대기선 쪽으로 나아간다. 건너편 철교 아래에서 블룸이, 상기된 얼굴로 숨을 헐떡이면서 나타난다.*21 옆 주머니에 빵과 초콜릿을 쑤셔 넣으면서. 길렌 이발관*22 창문 너머로 합성초상화가 그에게 늠름한 넬슨 제독의 형상을 보여준다. 옆에 있는 오목거울은, 사랑에 외면당한, 언제까지나 버림받은 가엾은 블루우움의 형상을 보여준다. 진지한 표정의 글래드스턴의 초상이 같은 눈 높이에서 그를 쳐다본다. 블룸을 비추는 블룸을. 그는 지나간다, 사나운 웰링턴의 날카로운 눈길에 흠칫 놀라. 그러나 볼록거울 속에서는 유쾌한 폴디 돌디의 돼지 눈과 포동포동 살찐 뺨이 씨익 웃음 짓고 있다.

---

*19 19세기의 웅장한 건물. 메클렌버그거리 남쪽, 리피강에 닿아 있다.
*20 토미와 재키는 시시 캐프리가 해변에 데려온 쌍둥이 동생.
*21 블룸은 애미언스거리 역(현재의 코놀리 역)에서 내려 탤벗거리를 서쪽으로 걸어간다.
*22 탤벗거리 64번지.

안토니오 래바이어티 가게 입구에서 블룸은 잠시 걸음을 멈춘다. 밝은 아크등 아래에서 땀으로 범벅이 되어, 그의 모습은 잠시 동안 사라진다. 그러나 이내 다시 나타나 길을 재촉한다.)

블룸

감자를 곁들인 생선요리라.*23 별로군. 어?

(그는 닫히고 있는 롤 셔터 밑을 지나 올하우센 돼지 푸줏간*24 안으로 사라진다. 잠시 뒤 셔터 밑을 지나 나타난다. 헐떡이는 폴디가, 후후거리는 블루우움이. 그는 양손에 꾸러미를 들고 있다. 한쪽 꾸러미에는 따끈한 돼지 허벅살이, 다른 꾸러미에는 후추가 뿌려진 차가운 양의 뒷다리살이 들어 있다. 그는 상체를 똑바로 세우고 헐떡인다. 그러다가 몸을 한쪽으로 기울여 한쪽 꾸러미를 자기 늑골에 눌러 붙이고 신음한다.)

블룸

옆구리가 결리는군. 내가 왜 뛰었지?

(그는 조심스럽게 호흡을 가다듬은 뒤, 램프가 설치되어 있는 선로 대피선 쪽으로 조용히 걸어간다. 불빛이 또다시 뛰어오른다.)

블룸

저게 뭐지? 점멸등? 탐조등이군.

(그는 코맥 술집*25의 모퉁이에 서서 물끄러미 바라본다.)

블룸

북극광인가, 아니면 철공소인가? 아, 소방대군, 틀림없이. 여하튼 남쪽이

---

*23 피쉬앤칩스(fish and chips).
*24 탤벗거리 72번지.
*25 탤벗거리 74번지.

다. 큰 화재인데. 그놈*26의 집일지도 몰라. 아마도 거지 움막이겠지. 우리 집은 괜찮아.*27 (그는 신이 나서 콧노래를 부른다) 온 런던이 불타고 있다, 런던이 불타고 있다!*28 불이야, 불! (탤벗거리 건너편, 군중 속을 비틀비틀거리며 걸어오는 막일꾼을 본다) 이러다 그*29를 놓칠지도 모른다. 서두르자. 빨리. 여기를 지나가는 게 좋아.

(길을 건너려고 뛴다. 악동들이 소리 지른다.)

악동들

조심해요, 아저씨! (불 켜진 지등롱(紙燈籠)*30을 매달고 자전거에 탄 두 사람이 벨을 울리면서 아슬아슬하게 그의 옆을 지나간다.)

벨

정지정지정지정.

블룸

(옆구리에 경련이 일어나 우뚝 멈춰 선다) 우윽!

(그는 주위를 둘러보고 나서 갑자기 뛰기 시작한다. 피어오르는 안개를 뚫고 경계하면서 나아가는 모래 뿌리는 전차가 획 하고 방향을 바꿔 덮치듯이 그에게 달려든다. 거대한 붉은 헤드라이트가 번쩍이고, 트롤리가 허공의 전선에 스쳐 쉭쉭 소리 낸다. 운전사는 경적을 발로 밟아 마구 울린다.)

경적

뺑, 뺑, 블라, 백 블러드, 버그, 블루.*31

---

*26 보일런의.

*27 블룸의 집은 북서쪽이다.

*28 오래된 노래 "스코틀랜드가 불탄다……"를 흉내 낸 것.

*29 스티븐.

*30 기름에 결은 종이로 만든 등롱.

*31 경적 소리.

(브레이크가 끽 하고 비명을 지른다. 블룸은 경찰처럼 하얀 장갑을 낀 한 쪽 손을 치켜들고 뻣뻣한 다리를 끌며 당황하면서 선로 밖으로 달아난다. 사자코 운전사가 위로 몸을 내밀고, 미끄러지듯이 지나가면서, 체인과 키 너머로 고함을 지른다.)

운전 기사

야, 이 빌어먹을 새끼야, 곡예를 부리는 거냐?

블룸

(블룸은 간신히 길가로 물러나 다시 걸음을 멈춘다. 뺨 위에 튀긴 모래를 꾸러미 든 손으로 닦는다.)

통행 금진가? 아슬아슬했지만 덕택에 배가 결리던 게 나았어. 다시 샌도우식 체조*32를 시작해야겠군. 팔굽혀펴기를. 상해 보험에도 들어야겠어. 휴우, 하느님이 도우신 거다. (그는 바지 주머니를 뒤진다) 돌아가신 어머니에게 받은 부적.*33 신발 뒤축은 툭하면 선로에 끼고, 구두끈은 톱니바퀴에 걸린다. 그날도 레너드 철공소*34 모퉁이에서 죄수 호송차가 내 구두의 가죽을 벗기고 지나갔으니. 세 번째에는 걸린다. 구두의 장난질이야. 건방진 운전사 놈 같으니. 신고해 버려야지. 긴장하니까 신경과민이 되는 거야. 오늘 아침 그 마차의 여인을 보려고 했을 때 나를 방해한 것도 그 녀석일지 몰라.*35 똑같은 스타일의 미녀. 참 재빠른 녀석이야. 다리가 말을 듣지 않는다. 농담 속의 진실. 래드 골목길*36에서 일으켰던 경련은 지독했어. 뭔가 안 좋은 음식을 먹었나? 운세의 표시다.*37 왜? 아마도 남몰래 도살한 소일 거야. 짐승의 표.*38 (그는 잠시 눈을 감는다) 머리가 약간 흔들린다. 매달

---

*32 샌도우는 육체미로 유명했던 남자. 육체 단련 교본도 썼다.

*33 감자.

*34 상부 클랜브러실거리 64~66번지. 남부 환상도로와 만나는 모퉁이에 있다.

*35 그는 길거리에 서서 매코이와 이야기를 하면서 여자가 마차에 타는 장면을 보려고 했다. 그러나 전차가 와서 가리는 바람에 볼 수 없었다.

*36 세인트 스티븐그린의 남동쪽에 있다.

*37 경련은 불운의 전조.

*38 반(反)그리스도의 짐승의 표. (《요한묵시록》 13장 16~17절 참조)

일어나는 그건가?*³⁹ 아니면 그것*⁴⁰ 때문일까? 머리에 안개가 낀 것처럼 무거워. 그 피로감이야. 이제 나에게는 무리한 일이다. 아이쿠!

(불길해 보이는 인물이 다리를 꼰 채 오번 술집*⁴¹의 벽에 기대어 있다. 까만 수은*⁴²을 주사한 듯한 모르는 얼굴. 그 인물은 챙 넓은 솜브레로*⁴³ 모자 아래로 사악한 눈초리를 보낸다.)

블룸
안녕하세요, 세뇨리타 블랑카. 여기는 무슨 거리인가요? *⁴⁴

인물
(무표정하게 손을 들어 신호한다) 암호. 스레이드 매벗.*⁴⁵

블룸
헤 헤. 고맙소. 에스페란토말인가. 안녕히. (혼잣말로 중얼거린다) 저 난폭자*⁴⁶가 보낸 게일어 연맹의 스파이인가?

(그는 앞으로 나아간다. 자루를 어깨에 멘 넝마주이가 길을 막는다. 그가 왼쪽으로 한 발 비키자 넝마주이도 왼쪽으로 움직인다.)

블룸
실례. (그는 길을 양보하고 비스듬히 옆으로 비켜 빠져나간다)

---

*39 그는 매달 편두통에 시달린다.
*40 해변에서 했던 자위행위.
*41 매벗거리 62번지. 텔벗거리와 만나는 지점에 있다. 블룸은 여기서 매벗거리로 들어선다.
*42 그 시대의 매독 치료제.
*43 멕시코·페루 등 라틴 아메리카 국가에서 남녀가 함께 쓰는 챙이 넓고 춤이 높으며 뾰족한 모자.
*44 Buenos noches, señorita Blanca, que calle es esta? (에스파냐어)
*45 게일어. 매벗거리.
*46 시민.

매벗거리 표지판

블룸

오른쪽, 오른쪽, 오른쪽으로 걸으시오. '여행 클럽'이 스텝어사이드 마을에 도로 표지판을 세웠는데, 그런 공공사업이 누구 때문에 시작됐는지 아는가? 바로 이 사람이 길을 잃은 뒤, 〈아이리시 사이클리스트〉지*47 투고란에 '어두운 보도에서'로 시작되는 글을 써서 보냈기 때문이야. 오른쪽, 오른쪽, 오른쪽으로. 한밤중에 넝마주이가 돌아다니다니. 장물아비인가? 살인자는 맨 먼저 여기로 오지. 세상의 죄를 씻으러.*48

(토미 캐프리에게 쫓겨 뛰어온 재키 캐프리가 블룸 쪽으로 곧장 달려와 부딪친다.)

블룸

윽!

(약한 엉덩이 부위를 부딪쳐 그는 비틀거리며 선다. 토미와 재키는 순식간에 사라져 버린다. 블룸은 꾸러미를 든 손으로 시계 주머니, 지갑을 넣은 주머니, 죄의 감미로움, 감자,*49 비누 따위를 가볍게 두드려 본다.)

블룸

소매치기 조심. 노련한 녀석들이 곧잘 쓰는 수법이지. 부딪친 다음 지갑을 낚아채는 거야.

(레트리버종(種) 개 한 마리가 바닥에 코를 박고 킁킁거리면서 다가온다. 큰 대자로 누운 사람이 재채기한다. 턱수염을 기른 사람이 시온의 장로*50가 입는 긴 속옷을 걸치고 새빨간 수실이 달린 흡연 모자*51를 쓰고 나타난다.

---

*47 사이클링 보급이 목적인 주간지.
*48 매춘 소굴에서 죄를 잊고, 훔친 물건을 팔아치우고 증거를 없앤다.
*49 부적으로 지니고 다니는 감자.
*50 시온은 예루살렘의 산 이름. 다윗왕 때부터 왕궁이 있었던 곳. 여기에서는 유대인의 장로라는 뜻.
*51 담배를 피우거나 하면서 편히 쉴 때 쓰는 모자.

각테안경이 그의 콧방울까지 흘러 내려와 있다. 노란 독(毒)의 흔적이 찡그린 안면에 서려 있다.)

루돌프*52

오늘은 반 크라운 은화 두 닢을 낭비했구나.*53 주정뱅이들과 어울려 다니지 말라고 했잖니. 그러니까 돈이 모이지 않는 거야.

블룸

(기가 죽어서, 허벅살과 뒷다리살을 뒤로 감추고 죄송하다는 듯이 따뜻한 고기와 찬 고기를 만지작거린다) 네, 알고 있어요, 아버지.*54

루돌프

이런 데서 뭐 하는 거냐? 정신 나갔니? (연약해진 독수리 손톱으로 말이 없는 블룸의 얼굴을 만진다) 너는 레오폴드의 손자, 내 아들 레오폴드가 아니냐? 너는 아비의 집을 버리고 선조 아브라함과 야곱의 신을 버린*55 나의 아들 레오폴드가 아니냐?

블룸

(경계하면서) 아마 맞을 겁니다, 아버지. 모젠탈.*56 그것이 그가 남긴 전부지요.

루돌프

(엄하게) 어느 날 밤 흥청망청 돈을 쓰고 곤드레만드레 취한 너를 그들이 집으로 데려왔었지. 그 뛰어 돌아다니던 녀석들은 뭐하는 놈들이냐?

---

*52 블룸의 자살한 아버지. 헝가리에서 옮겨 온 유대인이라 영어를 잘 못한다.

*53 블룸은 오먼드 호텔 술집에서 마사 클리퍼드에게 반 크라운으로 편지를 보내고 지금 스티븐에게 먹이려고 고기를 샀다.

*54 Ja, ich weiss, papachi. 이디시어(Yiddish). 중동부 유럽 및 미국에 사는 유대인들이 사용한다.

*55 비라그(Virag)라는 성을 버리고 이름을 블룸으로 바꾸어 유대인임을 감춘 것을 암시한다.

*56 유대계 독일인 극작가. 그의 번안극 〈버림받은 리어〉에서 나탄은 아버지의 집과 신을 저버리고 아버지에게 죽음과 같은 고통을 준다.

블룸

(하얀 언더셔츠에, 젊은이를 위한 맵시 있고 어깨 폭이 좁은 푸른색 옥스퍼드 양복을 입고, 갈색 알프스 모자를 쓰고, 신사용 순은 워터베리제(製)*57 용두(龍頭) 태엽 회중시계에 인형(印形)이 찍힌 이중 쇠사슬을 늘어뜨리고, 그의 반신은 마른 진흙으로 덮여 있다) 사냥개들이지요,*58 아버지. 그건 그때 한 번뿐이었어요.

루돌프

한 번뿐이라고! 머리끝부터 발끝까지 흙투성이가 돼서. 파상풍에 걸린다. 그놈들은 너를 망쳐 버릴 거야. 레오폴드야. 그놈들을 조심해야 해.

블룸

(약한 목소리로) 저에게 단거리 경주를 도전해 왔어요. 바닥이 질퍽해서. 미끄러졌어요.

루돌프

(멸시하면서) 빌어먹을 그리스도교 놈들. 돌아가신 네 어머니가 보면 뭐라고 말할지!

블룸

엄마!

엘렌 블룸

(무언극에서 귀부인이 쓰는 끈 달린 실내용 두건모, 자락이 벌어진 속치마와 허리 받침, 뒤를 단추로 끼우는 양(羊)다리 모양의 소매가 달린 과부 트완키식 블라우스, 긴 회색 장갑에 카메오 브로치를 하고, 땋아 올린 머리를 헤어네트로 싸고, 손에는 구부러진 촛대를 든 채 계단 난간 위에 나타나 날

---

*57 미국 코네티컷주 워터베리의 제품. 용두 달린 시계는 미국에서 처음 만들어졌다.

*58 Harriers. 운동선수 클럽의 이름에서 나온 말. '브레이 해리어스', '남부 더블린주 해리어스' 등이 있었다.

카롭게 놀라움의 비명을 지른다) 오, 살려 줘요, 모두가 이 아이에게 대체 무슨 짓을 한 건지! 내 냄새나는 소금*59이 어딨지? (그녀는 치맛단을 접어 올리고 진한 청색 줄무늬 속치마의 주머니 속을 마구 뒤진다. 약병과 하느님의 어린 양 부적, 쭈그러진 감자, 셀룰로이드 인형이 떨어진다) 성모 마리아의 성심(聖心)에 걸고 묻는데, 너 도대체 어디에 다녀온 거니, 대체 어디에?

(블룸은 눈을 내리깔고 우물우물하면서 불룩한 주머니에 꾸러미를 쑤셔 넣으려 했으나, 중얼거리면서 도중에 그만둔다.)

목소리
(날카롭게) 폴디!

블룸
누구죠? (그는 어색하게 타격을 피하는 것처럼 머리를 홱 움츠린다) 무슨 일이시죠?

(그는 올려다본다. 신기루로 아른거리는 대추야자 나무 곁에 터키식 의상을 입은 아름다운 부인이 서 있다. 풍만한 곡선이 그 진홍빛 바지와 금박으로 장식한 재킷에 넘쳐흐른다. 허리에는 품 넓은 노란색 허리띠가 매여 있다. 밤의 어둠 속에서 보랏빛으로 보이는 흰색 베일이 그녀의 얼굴을 가려, 보이는 건 오직 검고 커다란 눈과 윤기 흐르는 검은 머리뿐이다.)

블룸
몰리!

마리온
뭐라고요? 앞으로 나를 부를 땐 마리온 부인*60이라고 부르세요. (비꼬듯

---

*59 smelling salts. 후자극제. 의식을 잃은 사람의 코 밑에 대어 정신이 들게 하는 데 쓰던 화학 물질.

*60 오늘 아침 보일런이 보낸 편지의 수신인 이름 '마리온 블룸 부인'에서 따온 말.

이) 불쌍해라, 여보, 너무 오래 기다리느라 발이 시리죠?

블룸

(연방 다리 위치를 바꾸며) 아니, 아니야, 조금도 안 그래.

(그는 깊은 동요를 느낀 듯 숨을 들이켠다. 마법에 걸린 것처럼 공기를, 질문을, 희망을, 그녀의 저녁 식사를 위한 돼지 족발을, 그녀에게 하려던 말을, 변명을, 욕망을 모두 삼켜 버린다. 동전 한 닢이 그녀의 이마에서 반짝인다. 발에는 가락지를 끼고 있다. 양쪽 발목은 가느다란 족쇄로 이어져 있다. 곁에는 높다랗게 돌돌 말린 조그만 터번을 쓴 낙타 한 마리가 기다리고 있다. 단이 무수히 많은 비단 사다리가, 한들한들 흔들리는 낙타등의 바구니에서 아래까지 늘어져 있다. 낙타는 마지못해 뒷다리로 천천히 걸어 가까이 간다. 그녀는 황금 사슬 팔찌를 거칠게 쨍그랑쨍그랑 울리면서 낙타의 엉덩이를 찰싹 때리더니 무어말로 야단친다.)

마리온

네브라카다! 페미니눔.*61

(낙타는 앞발을 치켜들어 나무에서 커다란 망고 열매를 따서, 눈을 깜빡이면서 그것을 갈라진 발굽 사이에 끼워 여주인께 바친다. 그러고는 머리를 늘어뜨렸다가 다시 고개를 들고 투덜대고 더듬거리며 무릎 꿇는다. 블룸은 개구리가 뛸 때처럼 등을 구부린다.)

블룸

당신에게 줄 수 있소…… 그러니까 당신의 사업 경영자*62로서 말인데……마리온 부인…… 만약에 당신이…….

---

*61 Nebrakada ! Femininum. 여성의 사랑을 얻는 주문. 스티븐이 판매대에 서서 읽었던 헌책에 나온다.

*62 menagerer. 경영자(manager)와 동물원(menagerie), 프랑스어의 주부(ménagère)와 아첨꾼(ménageur) 따위를 섞은 것이다.

마리온

그래, 무언가 변했다는 걸 알아차렸나요? (그녀의 두 손은 조용히 보석 장식이 달린 웃옷을 어루만진다. 그녀의 눈에 서서히 친밀한 조소의 빛이 떠오른다) 오, 폴디, 폴디, 당신은 정말 대책 없는 바보군요. 세상에 나가 보세요. 드넓은 세상을 보고 오시라고요.

블룸

그 화장수를, 백랍과 오렌지꽃 향기가 나는 화장수*63를 가지러 가려던 참이었소. 목요일에는 가게가 문을 빨리 닫으니까. 하지만 내일 아침 일찍. (그는 여기저기 주머니를 두드린다) 이놈의 콩팥이 자꾸만 움직이는 걸. 아아!

(그는 남쪽을, 이어 동쪽을 가리킨다. 깨끗한 새 레몬 비누*64가 빛과 향기를 뿌리면서 솟아오른다.)

비누

나와 그는 멋진 부부, 블룸님과 나.
그는 지상을 밝히고 나는 하늘을 닦아요.

(약제사 스위니의 주근깨 얼굴이 비누 해의 둥근 표면에 나타난다.)

스위니

3실링 1펜스입니다.

블룸

좋아요. 아내 마리온이 쓸 거니까 특별 처방으로.

마리온

(상냥하게) 폴디!

---

*63 오늘 아침에 블룸이 약제사 스위니의 가게에 들러 주문한 물품.
*64 스위니의 가게에서 사서 주머니에 넣고 돌아다니는 것. 해를 암시한다.

블룸

왜 그래요, 마담?

마리온

당신의 가슴이 점점 더 두근거리지 않나요?*65

(그녀는 경멸하는 듯 느린 걸음으로 사라진다. 먹이를 너무 많이 먹어 가슴이 튀어나온 집비둘기처럼 통통한 몸을 이끌고 〈돈 조반니〉의 이부 합창을 흥얼거리면서.)

블룸

그 '볼리오(Voglio)'*66 대목은 확실하오? 그 발음 말이오······.

(그는 뒤따라간다. 테리어 개가 코를 킁킁거리며 그를 따른다. 늙은 여자 포주가 소매를 붙든다. 여자의 턱 사마귀에 난 뻣뻣한 털이 번쩍 빛난다.)

여자 포주

처녀가 10실링. 아직 손가락 하나 안 닿은 싱싱한 숫처녀야. 나이는 열다섯, 고주망태 아버지 말고는 의지할 곳도 없는 아이지.

(그녀는 손으로 가리킨다. 어두컴컴한 작은 방 구석에 비에 젖은 브라이디 켈리가 서 있다.)

브라이디

해치거리*67예요. 단골이라도 있나요?

---

*65 Ti trema wn poco il cuore? 모차르트의 가극 〈돈 조반니〉에 나오는 노래의 한 구절.

*66 〈돈 조반니〉에 나오는 노래 중 한 단어.

*67 유니버시티 칼리지 남쪽 경계를 따라 나 있는 거리. 그 옛날 블룸은 비 내리는 밤에 이 거리에서 브라이디 켈리라는 창녀와 만났다. 에피소드 11 참조.

(날카로운 소리를 한 번 지르더니 박쥐 같은 숄을 펄럭이며 뛰어서 사라진다. 덩치 큰 난봉꾼이 부츠 신은 다리로 뒤쫓는다. 그 사나이는 계단에 걸려 넘어지나 몸을 다시 세우고 어둠 속으로 사라진다. 희미하게 높은 웃음소리가 들리더니 점점 작아진다.)

여자 포주
(늑대 같은 눈깔을 번쩍이며) 봐, 저 나리는 지금 한창 재미를 보고 있어. 다른 집에서는 숫처녀를 구하기 힘들걸. 10실링. 하룻밤 내내 있지는 말고. 사복 경찰이 눈치채지 않게. 67호 경찰은 망할 놈이야.

(거티 맥도웰이 추파를 던지고 절룩거리면서 나타난다. 그녀는 눈으로 흘겨보면서 피 묻은 천을 허리춤에서 꺼내어 부끄러운 듯이 내보인다.)

거티
이 세상 모든 것을 당신에게 주리라.[*68] (그녀는 말을 더듬는다) 이것은 당신이 한 짓이에요. 당신이 미워요.

블룸
내가? 언제? 꿈이라도 꾸는 건가. 난 당신을 만난 적도 없는데.

여자 포주
이쪽 나리에게 집적거리지 마, 사기꾼 계집 같으니. 신사 분께 부정(不貞)한 편지나 쓰고, 거리에 서서 소매나 끌고 말야. 어머니가 침대 기둥에 묶어 놓고 가죽 끈으로 갈겨 주면 좋을 텐데, 너 같은 밥벌레는.

거티
(블룸에게) 당신은 내 장롱 맨 아래 서랍을 보았으면서. (그의 소매를 만지작거리며 울음 섞인 목소리로) 더러운 유부남! 나한테 그 짓을 해 주었으

---

*68 결혼 서약의 말.

니까 난 당신을 사랑해요.

(그녀는 몸을 비틀면서 빠져나간다. 브린 부인이 헐렁한 주머니가 달린 남성용 프리즈 모직물 외투를 입고 보도에 서 있다. 짓궂은 눈을 크게 뜬 채 초식동물과 같은 뻐드렁니를 드러내 놓고 미소 지으면서.)

브린 부인
당신은…….

블룸
(무겁게 기침한 다음) 부인, 이달 16일자 편지를 일부러 보내 주시다니 기꺼이 받았습니다만…….

브린 부인
블룸 씨! 당신이 이런 악의 소굴에 오다니! 내가 아주 제대로 붙잡았군요! 망나니 같은 양반!

블룸
(급히) 그렇게 큰 소리로 내 이름을 부르지 말아요. 나를 대체 어떻게 생각하는 거죠? 폭로하면 내가 난처해져요. 벽에도 귀가 있으니까요. 요즘 잘 지내십니까? 꽤 오랜만이군요. 건강해 보여요. 아니, 정말로. 이 계절에는 날씨도 좋으니. 검은색은 빛을 굴절시키지요. 여기는 집으로 가는 지름길이에요. 재미있는 장소군요. 창부 구제를 위한 폐업창부수용소. 나는 그곳 비서여서…….

브린 부인
(손가락 하나를 세우고는) 어머, 터무니없는 거짓말이나 하시고! 그 정도로 누가 속을 것 같아요? 이번에 내가 몰리 부인을 만나면, 그때는. (능청맞게) 이 자리에서 당장 솔직하게 털어놔요. 안 그러면 호된 꼴을 당할 거예요!

블룸

(뒤돌아보면서) 아내도 자주 말했어요, 자기도 와 보고 싶다고. 빈민굴 시찰이라는 거죠. 이국적인 취미랄까. 돈만 있다면 그녀는 정장을 한 흑인 하인을 고용할 거예요. 오셀로 같은 검은 야수를. 유진 스트래튼*69 같은 자를. 리버모어 흑인무용단의 캐스터네츠 악사나 구석에 서 있는 악사라도. 보히 형제들도 좋고. 심지어 굴뚝 청소부라도.

(흑인 톰과 샘 보히 형제가, 덕*70으로 만든 하얀 양복을 입고, 빨간 양말, 풀을 빳빳하게 먹인 검둥이 옷깃, 단춧구멍에는 크고 붉은 애스터*71를 달고 뛰어나온다. 저마다 어깨에 밴조를 메고 있다. 흑인 특유의 검은빛 조그만 손이 현을 퉁긴다. 카피르족*72 특유의 하얀 눈과 이를 번쩍이면서 못생긴 나막신을 신고 딱딱거리며 흑인 춤을 춘다. 현을 퉁기고 노래를 부르고 등과 등, 발가락과 발꿈치, 발꿈치와 발가락을 서로 붙이고, 두툼한 흑인 입술로 혀를 차면서.)

누군가가 다이너와 집 안에
누군가가 집 안에, 난 안다네,
누군가가 다이너와 집 안에
낡은 밴조를 타고 있다네.*73

(두 사람은 가면을 벗고 동안의 민얼굴을 보인다. 그러더니 쿡쿡 깔깔 웃으면서 줄을 탁 하고 튕기고 허리를 흔들며 케이크워크 댄스*74를 추면서 비틀거리며 사라져 간다.)

---

*69 광고 전단에 나와 있는 흑인 예능인의 얼굴.
*70 duck. 무명실 또는 삼실을 촘촘하게 짠 투박한 직물.
*71 국화과에 속하는 꽃. 과꽃의 통칭.
*72 남아프리카의 반투족.
*73 19세기 미국의 대중가요에서 따왔다.
*74 흑인 노예들이 유럽계 주인의 춤을 모방하고 풍자한 춤에서 생겨난 것.

블룸

(씁쓸한 미소를 띠고서) 괜찮다면 어디 살짝 재미라도 보겠어요? 잠깐이라도 나한테 안기고 싶지 않나요?

브린 부인

(들떠서 소리 지른다) 어머, 이 구제 불능 양반이! 거울로 자기 얼굴이라도 보세요!

블룸

옛정을 생각해서죠. 네 사람이서 파티를 하자는 거예요. 각자의 부부관계를 섞어서 혼합결혼을 하자는 거예요. 아시죠, 내가 당신을 생각하고 있었다는 것을. (음울하게) 밸런타인 때 저 귀여운 영양(羚羊)[75] 그림의 카드를 보낸 사람이 바로 나란 말이에요.

브린 부인

당신도 참, 자신의 얼굴이나 한번 보세요. 참, 기가 막혀서. (그녀는 호기심으로 손을 내민다) 뒤에 뭘 숨기고 있나요? 말해 보세요, 착한 아이잖아요.

블룸

(비어 있는 손으로 그녀의 손목을 잡고) 그 옛날 당신은 조지 포웰,[76] 더블린에서 제일가는 미소녀였죠. 세월이 어찌나 빨리 흐르는지! 과거의 이것저것을 떠올려서 정리해 보자면,[77] 기억해요? 크리스마스날 밤, 조지나 심슨의 집들이 파티에서 다 같이 어빙 비숍 놀이를 했었잖아요. 눈을 가린 채 보물도 찾고 남의 마음도 읽고, 질문, 이 코담배 갑에는 뭐가 들었을까요? 뭐 이런 식으로.

---

*75 토머스 무어의 서사시 〈불-숭배자들〉에 나오는 귀여운 영양.
*76 브린 부인의 본디 이름.
*77 톰 커넌의 입버릇을 흉내 낸 것.

브린 부인

당신은 진지하고도 익살스럽게 낭독을 해서 그날 밤의 주인공이었어요. 정말 딱 어울리던걸요. 늘 여자들에게 인기도 많았으니.

블룸

(멋쟁이, 물결무늬 비단으로 옷깃을 단 디너 재킷, 깃의 단춧구멍에는 푸른색 프리메이슨 휘장, 검은 나비넥타이에 진주층 커프스단추, 손에 든 무지갯빛 샴페인 잔을 들어올리고) 신사 숙녀 여러분, 아일랜드를 위하여, 그리고 가정과 미녀를 지키기 위하여.*78

브린 부인

불러도 소용없는 그리운 옛 시절, 사랑의 그립고 달콤한 노래.

블룸

(의미심장하게 목소리를 낮추어) 솔직히 말해서 난 지금 누군가의 무언가가 약간 달아올랐는지 알고 싶어서 조바심이 날 지경이랍니다.

브린 부인

(숨 가쁘게) 엄청나게 달아올랐어요! 런던도 달아올랐고 내 몸도 온통 달아올랐어요! (그에게로 가까이 가서) 응접실에서 수수께끼 놀이를 하고, 크리스마스 트리의 크래커*79를 터뜨린 뒤 우리는 계단의 작은 의자에 앉아 있었죠. 크리스마스 장식 밑에서. 우리는 단둘이었어요.

블룸

(반달 모양의 호박(琥珀)이 달린 자줏빛 나폴레옹 모자를 쓰면서, 그녀가 얌전히 내맡긴 부드럽고 촉촉하고 포동포동한 손바닥을 손가락으로 조용히

---

*78 외다리 상이군인이 거리에서 부른 노래를 바꾼 것.
*79 크리스마스 크래커. 영국에서 크리스마스 파티나 만찬 때 쓰는 것으로, 두 사람이 양쪽 끝을 잡고 끌어당기면 폭죽 터지는 소리가 나게 만든 튜브 모양의 긴 꾸러미. 속에는 보통 종이 모자나 작은 선물 등이 들어 있다.

어루만진다) 그건 한밤중이었죠. 내가 이 손에서 가시를 뽑아 주었죠. 조심스럽게 살살. (그녀의 손가락에 루비 반지를 끼워 주면서 상냥하게) 그녀에게 나의 손을 주리.*80

브린 부인

(창백한 달빛처럼 푸르게 물든 원피스 야회복을 입고, 이마에는 반짝거리는 요정 왕관을 쓰고, 푸른 달빛의 비단 슬리퍼 옆에 댄스 카드를 떨어뜨린 채, 살며시 손바닥을 쥐고, 가쁘게 숨을 쉬며) 정말 하고 싶어요. 당신 몸이 뜨겁네요! 화상을 입을 것 같아요! 왼손은 심장과 가깝죠.

블룸

당신이 지금 남편을 골랐을 때, 모두들 입을 모아 미녀와 야수라고 수군거렸어요. 나는 그것만으로도 도저히 당신을 용서할 수 없어요. (주먹을 불끈 쥐어 이마에 댄다) 그게 어떤 일이었는지 생각해 봐요. 그 시절 당신이 나에게 어떤 사람이었는가를. (쉰 목소리로) 여인이여, 그대는 나의 파멸이로다!

(하얀 실크해트를 쓰고, 위즈덤 헬리*81의 샌드위치 광고판을 둘러멘 데니스 브린이 텁수룩한 수염을 내밀고 오른쪽 왼쪽으로 투덜거리면서 실내용 슬리퍼를 질질 끌며 두 사람 앞을 지나간다. 난쟁이 앨프 버건이 스페이드 에이스의 관 덮개를 두르고는 몸을 반으로 꺾어 마구 웃어 대면서 왼쪽 오른쪽으로 그를 뒤쫓는다.)

앨프 버건

(샌드위치 광고판을 비웃는 듯 가리키면서) U.P. 미쳤다.

브린 부인

(블룸에게) 아래층은 야단법석이었어요. (그에게 추파를 던지면서) 왜 키스해서 아픈 데를 고쳐주시지 않았어요? 그렇게 하고 싶었으면서.

---

*80 마리온이 부르는 노래.
*81 블룸이 이전에 일하던 문방구점.

블룸

(깜짝 놀라며) 몰리와 가장 친한 당신한테! 어떻게 그런 짓을?

브린 부인

(입술 사이에 부드러운 혀를 끼워 비둘기 키스를 보내려고 한다) 흠. 마음에 드시지 않아서 미안해요. 거기 가지고 있는 거, 나한테 줄 선물인가요?

블룸

(무뚝뚝하게) 코셔.*82 가벼운 저녁밥. 간 고기 통조림이 있어야 제대로 된 가정이라 할 수 있지.*83 나는 밴드먼 파머 부인이 주연한 〈리어〉*84를 보고 왔어요. 훌륭한 셰익스피어 배우죠. 아쉽게도 프로그램을 내버리고 말았지만. 이 동네는 돼지 다리를 사기에 딱 좋은 장소군요. 한번 만져 보구려.

(리치 굴딩이, 세 개의 부인모(婦人帽)를 핀으로 머리에 고정하고, 콜리스 앤드 워드 변호사 사무실의 검은 소송용 가방을 들고, 무거운 듯 몸을 한쪽으로 기울이며 나타난다. 가방에는 석회수*85로 그린 해골 마크. 그가 가방을 열자 안에는 훈제 돼지고기 소시지, 훈제 청어, 훈제 대구, 꼼꼼히 포장된 알약 따위가 가득 들어 있다.)

리치

더브*86에서 제일가는 고가품이지.

(멍하니 바보 같은 표정의 대머리 팻이 보도의 갓돌에 서 있다, 냅킨을 접으며 시중들려고 기다리면서.)

---

*82 kosher. 유대교 율법에 따라 만든 정결한 음식.

*83 에피소드 8에 나왔던 자두나무표의 간 고기 통조림 광고문을 떠올리며.

*84 Leah. 그날 상연된 작품은 앞에 나왔던 모젠탈의 희곡 〈버림받은 리어〉였다. 셰익스피어의 〈리어왕(King Lear)〉이 아니다. 블룸은 일부러 속이고 있다.

*85 석회수는 프리메이슨의 상징 가운데 하나. 형제 동맹을 견고히 함을 암시.

*86 더블린.

팻

(기울어진 접시에서 육즙을 뚝뚝 흘리며 앞으로 나온다) 스테이크 앤드 키드니,*87 맥주 한 병, 히, 히, 히. 시중을 들어 드릴 테니 기다려 주세요.

리치

젠장. 난 아직 이런 거 먹어 본 적 없어.

(그는 고개를 늘어뜨리고 고집스럽게 앞으로 계속 걸어간다. 무심코 지나가던 막일꾼이 불타는 영양(羚羊)뿔*88로 그를 찌른다.)

리치

(손을 엉덩이에 대고 고통스런 비명을 지른다) 앗 뜨거! 브라이트 씨 병(病)*89이다! 신장병이다!

블룸

(막일꾼을 가리키면서) 스파이입니다. 들키면 안 돼요. 나는 어리석은 대중이 싫어요. 지금은 즐길 기분이 아니에요. 정말로 혼이 났었으니까.

브린 부인

늘 그렇듯이, 적당히 이야기를 만들어내서 속이려는 거죠?

블룸

내가 왜 여기에 왔는지, 비밀을 당신에게 얘기하고 싶은데요. 하지만 아무한테도 말하지 않는다고 약속해야 해요. 몰리한테도 말이에요. 정말 특별한 이유가 있어요.

---

*87 비프스테이크와 키드니(콩팥)를 섞어서 파이로 감싼 음식이다.

*88 flaming pronghorn. 이것도 조이스의 독특한 비유로 가스램프 또는 가스버너를 뜻한다. 프롱혼은 뿔 달린 영양의 한 종류이다.

*89 오늘날의 신장염으로 리치의 지병이다.

브린 부인

(들떠서) 네, 절대로.

블룸

좀 걸을까요. 어때요?

브린 부인

네, 좋아요.

(여자 포주가 손짓을 하나 아무도 거들떠보지 않는다. 블룸은 브린 부인과 걷기 시작한다. 테리어 개가 애처롭게 울고 꼬리를 흔들며 그 뒤를 따른다.)

여자 포주

흐물흐물한 유대 녀석!

블룸

(오트밀 빛깔의 운동복, 옷깃에는 인동덩굴 가지, 멋을 부린 담황색 셔츠, 가느다란 흑백 체크무늬가 들어간 성(聖) 안드레식 십자가형 스카프 타이, 하얀 행전, 팔에는 어린 사슴 빛깔의 긴 카우보이 외투, 적갈색 가죽 구두, 어깨걸이 가죽 띠에 매단 망원경, 회색 중산모자 차림으로) 오래전, 아주 아주 오래전에 있었던 일인데 기억할지 모르겠군요. 밀리가 젖을 떼고 나서 얼마 안 되었을 때 우리 모두가 페어리하우스*[90]의 경마 경기에 간 일 기억해요?

브린 부인

(맵시 있는 색스블루*[91]의 맞춤복을 입고, 하얀 벨루어 모자와 그물 같은 베일을 쓰고) 레오파즈타운*[92]이에요.

---

*[90] 더블린 북서쪽 약 24km에 있는 유명한 경마장.
*[91] 밝은 청회색.
*[92] 경마장. 더블린 남남동쪽 약 9km.

블룸

그래요, 레오파즈타운이었죠. 몰리는 네버텔이라는 세 살배기 말에게 돈을 걸어 7실링을 따서는 그 낡아 빠진 5인승 마차를 타고 폭스로크*93를 지나 집으로 돌아왔죠. 그때가 당신이 한창 빛나던 시절이었어요. 당신은, 19실링 11펜스로 가격이 내렸으니 사라고 헤이즈 부인이 조언해서 샀던, 두더지 빛깔의 모피 테두리가 둘린 하얀 비로드 모자를 쓰고 있었어요. 그런데 그것은 철사 조각과 비로드 넝마로 된 것으로, 저는 맹세코 말합니다만, 그 여자가 일부러……

브린 부인

물론, 일부러 그런 거죠, 못된 고양이가! 그 얘긴 하지 말아요! 쓸데없는 참견이에요!

블룸

내가 좋아하는, 그 극락조 깃털 장식이 달린 당신의 테두리 없는 귀여운 부인모에 비하면, 그건 4분의 1도 당신한테 어울리지 않으니까요. 그 모자를 썼을 때 당신은 정말 매력적이어서 난 그만 넋을 잃을 뻔했어요. 그렇지만 가엾게도 그 콩알만 한 심장을 지닌 작은 새를 죽이다니, 당신도 잔인한 사람이군요.

브린 부인

(그의 팔을 잡고 억지웃음을 짓는다) 잔인한 장난꾸러기였죠!

블룸

(낮은 목소리로, 소곤소곤, 약간 빠른 말투로) 그리고 몰리는 조 갤러허 부인의 도시락 바구니에서 양념된 쇠고기 샌드위치를 꺼내 먹고 있었죠. 솔직히 말해, 그녀에게는 그녀를 돌보는 사람이나 숭배하는 사람이 여럿 있었지만, 난 그녀의 스타일이 영 마음에 들지 않았어요. 그녀는……

---

*93 레오파즈타운 동쪽에 있는 작은 마을.

브린 부인

약간······.

블룸

그래요. 그리고 몰리는 농가 옆을 지나갈 때 로저스와 매것 오레일리가 수탉 흉내 내는 것을 보고 웃고 있었어요. 그리고 차(茶) 상인인 마커스 터티우스 모제스가, 이름이 댄서 모제스인 딸과 함께 이륜마차를 타고 지나갔는데, 그녀의 무릎에는 푸들이 새침하고 거만하게 앉아 있었어요. 그때 당신은 나에게 물었죠. 이제까지 듣거나, 읽거나, 알거나, 만났거나 한 것이 있냐고 ······.

브린 부인

(열심히) 그래요, 그래요, 그래요, 그래요, 그래요, 그래요, 그래요.

(그녀는 그의 곁에서 사라진다. 그는 코를 쿵쿵거리는 개를 뒤따라오게 하면서 지옥문*94을 향해 걸어간다. 아치 입구에 한 여인이 서서 허리를 앞으로 굽힌 채 다리를 벌려 암소처럼 오줌을 누고 있다. 덧문이 닫힌 술집 앞에서 한 떼의 건달들이, 납작코 우두머리가 쉰 소리로 떠들썩하게 우스갯소리를 섞어 가며 하는 이야기에 귀를 기울이고 있다. 그 가운데 팔이 없는 두 사람이 반쯤 장난삼아 어리석은 싸움을 시삭해, 서로 엉키고 으르렁대며 쓰러진다.)

우두머리

(쭈그려 앉아 콧속에서 뒤틀린 것 같은 소리로) 그래서 케언스는 비버거리*95의 발판에서 내려와, 어디에 그것*96을 갈겼는가 하면, 다름 아닌, 더원*97의 미장이들이 마시려고 대팻밥 위에 가져다 놨던 흑맥주 통 안이었지.

---

*94 매벗거리에서 메클렌버그거리로 접어드는 부근을 가리킨다.
*95 메클렌버그거리 동쪽에서 남쪽으로 들어간다.
*96 소변.
*97 실재하는 곳이다. 드럼콘드라 24번지.

건달들

(언청이 입으로 멍청하게 웃으면서) 오, 맙소사!

(페인트 자국으로 더러워진 그들의 모자가 흔들린다. 작업장*[98]에서 튄 아교풀과 석회를 그대로 묻힌 채, 팔 없는 자들이 우두머리 주위를 뛰어다닌다.)

블룸

이것도 우연의 일치로군.*[99] 녀석들은 저런 걸 재미있어 한다니까. 저런 짓만은 질색이야. 대낮에. 걸으려고 했지만. 여자가 없어서 다행이군.

건달들

맙소사, 끝내 주는군. 만병통치약을 말이지. 오, 맙소사, 동료의 흑맥주 통 속이래.

(블룸은 지나쳐 간다. 싸구려 창녀가 혼자서, 둘이서, 숄을 걸치고 머리카락을 흐트러뜨린 채 골목에서, 문에서, 모퉁이에서 사람을 부른다.)

창녀들

잠깐, 어디까지 찾으러 가시나요?
가운데 다리는 안녕하세요?
짝지어드릴까요?
잠깐 들러요, 꼿꼿하게 해드릴 테니.

(그는 여자들의 늪을 빠져나와 건너편 밝은 거리로 천천히 나아간다. 바람을 안아 부푼 창문 커튼으로부터 상처투성이 축음기의 놋쇠 나팔관이 보인다. 어둠 속에서 술집 주인이 막일꾼과 영국 병사 둘과 흥정하고 있다.)

---

*98 lodges. 프리메이슨의 지부로 해석할 수 있다.
*99 블룸도 비슷한 짓을 했던 모양이다. 에피소드 13에 '디그넘의 집을 나와 담벼락 그늘에다 누길 잘했다. 그건 사과술 탓이었다'라는 대목이 나온다.

막일꾼

(트림을 하면서) 그 신난다는 집은 어디 있는데?

선술집 여주인

퍼든거리*100야. 스타우트 맥주 한 병에 1실링. 괜찮은 여자도 있어.

막일꾼

(두 영국 병사를 붙잡더니 비틀거리면서 같이 걸어간다) 갑시다, 영국 군대여!

병사 카

(막일꾼 뒤에서) 이 녀석, 그다지 미친 건 아니군.

병사 콤프턴

(웃는다) 저런!

병사 카

(막일꾼에게) 포토벨로 병영 식당*101에서 카를 찾아왔다고 말하면 돼. 그냥 카라고 하면 돼.

막일꾼

(소리 지른다)
우리는 웩스포드의 젊은이들.*102

병사 콤프턴

이봐, 특무상사는 어떻게 생각하나?

---

*100 메클렌버그거리 남쪽 길과 거의 나란하게 나 있는 거리. 매벗거리와 비버거리를 잇는다.
*101 더블린시 남부, 그랜드 운하의 남쪽 기슭에 있다.
*102 18세기 말 독립운동 당시 불렀던 발라드 〈웩스포드의 젊은이들〉에서 따온 것.

병사 카

베네트? 그 녀석은 내 친구지. 베네트는 좋은 놈이야.

막일꾼

(소리 지른다)

고통스러운 사슬을 끊어 버리고

우리 조국을 해방하네.

(그는 병사들을 끌고 비틀비틀 걷는다. 블룸은 당황해서 멈춰 선다. 개가
혀를 길게 늘어뜨리고 숨을 헐떡이면서 다가온다.)

블룸

날아가는 기러기를 쫓는 것과 같군,[103] 집들이 마구 늘어서 있고. 그 둘이
어디로 갔는지 하느님만이 아신다. 술 취한 사람은 두 배나 다리가 빠르니까
말야. 대단한 난리에 말려들었어. 웨스틀랜드거리 역에서의 소동 한바탕.[104]
거기서 삼등석 표를 끊어 일등칸에 뛰어들고. 그리고 정거장을 떠난다. 기관
차가 뒤에 붙어 있는 기차. 하마터면 맬러하이드까지 갔거나, 그게 아니면
대피선(待避線)에서 밤을 새든가, 아니면 충돌사고가 일어났을지도 몰라. 2
차로 마신 술 때문이야. 그런 일은 한 번으로 충분해. 무엇 때문에 나는 그
애[105]를 뒤쫓는 거지? 하지만 녀석들 가운데 그래도 그놈이 제일 나아. 만
약 뷰포이 퓨어포이 부인[106] 얘기를 듣지 않았더라면, 난 거기 가지도 않고
만나지도 않았을 거야. 그 애를 만나지도 않았을 거야. 운명이다. 그 돈도
다 써 버릴 테지. 여기는 빈민 구제시설과 같은 곳. 행상인이나 고리대금업
자는 장사가 잘되겠지. 나리, 뭔가 필요한 것은? 쉽게 얻은 것은 쉽게 잃는
법. 만약에 침착하지 않았더라면 운전사에다 경적에다 핸들에다 궤도에다

---

*103 기러기란 아일랜드 출신의 프랑스 용병을 뜻하는 말로, 블룸이 병사를 만났으므로 생각
    난 말이자 스티븐을 따라잡을 가망이 없다는 뜻이다.
*104 웨스틀랜드거리 기차역에서 스티븐이 멀리건, 헤인스와 싸운 일. 에피소드 14 줄거리,
    에피소드 15 참조.
*106 스티븐.
*107 낮에 했던 말실수가 아직 머릿속에 남아 있다.

트롤리가 달린 번쩍번쩍한 괴물 전차놈한테 자칫하면 목숨을 잃을 뻔했다고. 당황하지 않았기에 망정이지. 하지만 늘 생명을 보장할 순 없어. 그날도 트룰록의 총포 가게 창가를 2분만 늦게 지나갔어도 난 총에 맞아 죽었을 거야. 적어도 육신은 여기에 없겠지. 하지만 만약에 첫 번째 총알이 윗옷을 관통했더라면 정신적인 충격에 대해서 500파운드의 배상금을 받을 수 있었을 텐데. 그 녀석 뭐 하던 놈이더라? 킬데어거리 클럽*107의 멋쟁이. 녀석의 사냥터 관리인도 참 고생이 많아.

(그는 눈앞의 벽에 아무렇게나 분필로 갈겨 쓴 '몽정'이라는 글자와 남자 거시기의 형상을 물끄러미 바라본다.)

이거 묘하군! 몰리가 킹스타운에서 흐린 차창에다 그린 그림 같은데. 그건 대체 무슨 의도일까? (요란스럽게 차려입은 인형 같은 여자들이 싸구려 담배를 피우면서 불이 켜진 문이나 창문에 기대어 있다. 메스꺼우면서도 달콤한 담배 냄새가 타원형 소용돌이를 이루며 천천히 그가 있는 곳까지 흘러온다.)

연기 소용돌이

감미로운 것은 감미롭지. 죄의 감미로움.

블룸

등골이 약간 나른하군. 가느냐 돌아가느냐?*108 좀 뻐근한데. 이 음식은 어쩐다? 먹으면 돼지 비계로 몸이 끈적거릴 테고. 나도 참 바보야. 쓸데없는 데 돈을 쓰고. 1실링 8펜스, 너무 많아.*109 (레트리버종 사냥개가 꼬리를 흔들고 킁킁대면서 차가운 콧물이 흐르는 코를 그의 손에 가까이 댄다) 개들이 나에게로 오다니 묘한 일이다. 오늘 그 짐승도 그랬고.*110 우선 녀석에게 말을 거는 게 좋아. 개는 여자와 같아서 우연히 만나는 것을 좋아하거든.

---

*107 더블린의 상류층 클럽.

*108 〈햄릿〉의 '죽느냐 사느냐'에서.

*109 사이먼 디댈러스가 고리대금업자 루벤 J. 도드의 사례금 주는 방식을 비꼬면서 한 말.

*110 에피소드 12에서 '시민'이 데리고 있던 개.

스컹크처럼 구린내가 나는군. 사람 취향은 가지각색. 혹시 미친개일지도 모른다. 파이도.*111 아무래도 움직임이 확실치가 않아. 아, 착하지. 개리오웬! (개는 벌러덩 눕더니 뭔가를 바라는 듯 앞발을 움직이면서, 음란하게 몸을 뒤틀며 검고 기다란 혀를 쑥 늘어뜨린다) 환경 탓이야. 뭔가 주고 쫓아버릴 일이다. 만약에 아무도. (그는 세터 개를 말로 꾀서 밀렵꾼 같은 걸음걸이로 살금살금 걸어, 지린내 나는 어두운 구석으로 간다. 세터 개는 그의 뒤를 따른다. 그는 꾸러미 하나를 풀어 돼지 허벅살을 던져 주려다가 그만두고, 양의 뒷다리 살을 만져 본다) 3펜스치고는 꽤 큰데. 하지만 왼손에 들고 있으니까 그만큼 힘들단 말이야. 어째서일까? 쓰지 않는 쪽은 힘이 없어진다. 에이, 줘 버려. 2실링 6펜스*112다.

(아까운 듯이 그는 끈을 풀어, 돼지와 양의 다리살을 던져 준다. 개는 어색하게 꾸러미를 물어 찢고 뼈를 으적으적 깨물어 으르렁거리며 게걸스럽게 먹는다. 비옷 입은 경찰 두 사람이 말없이 조심스럽게 가까이 온다. 둘은 서로 소곤거린다.)

경찰관들
블룸은. 블룸의. 블룸에게. 블룸을.*113

(각자 블룸의 어깨에 손을 얹는다.)

경찰관 1
현행범으로 체포한다. 소변 금지야.

블룸
(말을 더듬는다) 난 그저 선행을 베풀고 있을 뿐입니다.

---

*111 '충직하다'는 뜻의 라틴어. 개에게 흔히 붙여주는 이름이다.
*112 고기 값.
*113 블룸의 이름을 라틴어처럼 취급해서 어형변화시키고 있다. 주격, 소유격. 여격, 목적격. 철저하게 확인할 작정임을 강조한 것.

(갈매기와 바다제비 떼가 부리에 밴버리 케이크를 문 채 리피강의 진흙탕에서 배고픈 듯 날아오른다.)

갈매기 떼[114]

카우 케이브 캔커리 케이크.[115]

블룸

인간의 친구지요. 친절을 베풀어 훈련시키고 있는 겁니다.

(그는 손가락으로 가리킨다. 보브 도런[116]이 술집의 높은 의자에서 굴러 떨어져, 게걸스럽게 먹고 있던 스패니얼 개 위로 엎어진다.)

보브 도런

큰 개야, 손 내봐. 손.

(불도그는 고개를 들더니 어금니 사이에 돼지 관절 한 토막을 문 채, 광견병 침을 질질 흘리며 으르렁거린다. 보브 도런은 소리 없이 반지하 공간으로 떨어진다.)

경찰관 2

동물 학대 방지법에 저촉된다.

블룸

(열심히) 훌륭한 일입니다! 나는 해럴즈 크로스 다리[117]에서 저 궤도마차(軌道馬車)의 마부를 혼내 주었지요. 마구(馬具)에 쓸려 상처가 난 가엾은

---

* 114 블룸은 다리 위에서 밴버리 과자를 갈매기들에게 뿌려 주었다.
* 115 kaw kave kankury kake. 갈매기 울음소리를 본딴 것.
* 116 바니 키어넌 술집에 있던 주정뱅이.
* 117 더블린 남쪽 교외의 그랜드 운하에 걸린 다리. 해럴즈 크로스로 이어진다. 오늘날의 로버트 에밋 다리.

말을 그가 괴롭히고 있었거든요. 그런 친절의 대가로 심한 욕설을 들었지만, 그야 서리가 내렸고 그게 마지막 마차이기도 했지만요. 곡마단 생활의 여러 가지 이야기가 풍기를 문란하게 합니다.

(흥분해서 얼굴이 창백해진 마페이 씨*118가 앞으로 나선다. 사자 조련사 복장, 셔츠 가슴팍에는 다이아몬드 단추, 손에는 서커스의 종이 굴렁쇠, 나 끈나끈한 마부용 채찍, 권총 한 자루. 그는 게걸스레 먹고 있는 사냥개를 권 총으로 겨눈다.)

마페이 씨

(악의가 담긴 짓궂은 미소를 띠며) 신사 숙녀 여러분, 이놈은 제가 훈련 시킨 그레이하운드입니다. 사납게 날뛰는 거친 말 에이잭스를, 저의 신안 특 허 받은 육식동물 전용 스파이크 안장으로 길들인 것도 바로 저입니다. 매듭 이 달린 가죽채찍으로 아랫배를 칩니다. 도르래를 걸고 목을 졸라 금방이라 도 숨이 넘어갈 정도로 끌면 제아무리 사나운 사자라도 얌전히 말을 듣게 되 지요. 심지어 레오 페록스, 저 리비아의 식인귀라도 길들일 수가 있습니다. 불에 시뻘겋게 달군 쇠지레와 화상에 발라줄 유약(油藥)으로, 생각하는 하 이에나라고 불리는 암스테르담의 프리츠는 길들여집니다. (눈을 번쩍이며) 나는 인도의 마술을 몸에 익혔습니다. 그것은 이 눈빛과 이들 가슴의 보석에 달린 것입니다. (매혹적인 미소를 띠고) 자, 지금부터 우리 곡마단의 꽃인 마드모아젤 루비를 소개하겠습니다.

경찰관 1

자, 이름과 주소를 대시오.

블룸

잠시 깜빡했습니다. 아, 그렇습니다! (그는 인사를 하면서 고급 모자를 벗는다) 닥터 블룸, 레오폴드, 치과의사입니다.*119 폰 블룸 파샤*120에 대해

---

*118 소설 《서커스의 꽃 루비》에 나오는 곡마단 단장. 아침에 마리온이 침대에 누워 이 책을 읽고 있었다.

서는 들어 보셨겠죠. 백만장자입니다. 굉장한 부자죠! 오스트리아의 절반이나 가지고 있습니다. 아니 이집트입니다. 그분이 사촌입니다.

경찰관 1

증명서를 내시오.

(블룸의 모자 가죽 머리띠에서 카드*[121] 한 장이 떨어진다.)

블룸

(붉은 터키모자를 쓰고, 가짜 레지옹 도뇌르 훈장을 달고, 헐거운 녹색 띠를 두른 이슬람 재판관의 옷을 입고, 재빨리 카드를 주워 내민다) 이런 사람입니다. 육해군 청년장교 클럽 소속이고요. 고문 변호사는 배철러거리 27번지의 존 헨리 멘튼이올시다.

경찰관 1

(읽는다) 헨리 플라워라. 주거 부정(不定)이군. 죄목은 불법 감시 및 교통 방해다.

경찰관 2

알리바이는. 경고해 두겠다.

블룸

(가슴 주머니에서 시들어 버린 노란색 꽃을 끄집어낸다) 이게 문제의 꽃*[122]입니다. 이름 모를 남자가 줬는데요. (그럴싸하게) 왜 예부터 이런 우스갯소리가 있잖습니까. '캐스틸의 장미'라고.*[123] 블룸. 비라그*[124]란 이름을

---

*119 블룸은 동명이인의 신분으로 사칭하고 있다.
*120 실존 인물. 줄리어스 블룸 경(1843년 출생)은 이집트 재정경제부 차관으로 '블룸 파샤'라고 불렸다. 큰 부자.
*121 가짜 이름인 헨리 플라워의 카드.
*122 헨리 플라워의 플라워는 꽃, 블룸도 꽃이란 뜻이다.
*123 레너헌이 말한 수수께끼. 에피소드 7 참조.

개명한 거죠. (비밀을 밝히려는 듯 작은 소리로 속삭인다) 우리는 약혼을 했단 말입니다, 경사 나리. 그런데 여기에 여자 하나가 더 끼어서. 사랑의 갈등이죠. (그는 경찰관 2를 어깨로 가볍게 민다) 젠장. 우리 해군의 멋진 청년들에게는 노상 이런 일이 있죠. 군복 덕분에 이렇게 되는 거죠, (그는 진지하게 경찰관 1 쪽으로 향한다) 그야 물론 때로는 크게 질 수도 있지만요. 언젠가 밤에 한번 들러서 오래된 포도주라도 한잔 합시다. (경찰관 2를 향해서 명랑하게) 소개해 드리지요, 경위 나리. 그녀도 싫다고는 말하지 않아요. 금방 넘어올걸요.

(검은, 수은(水銀) 중독된 듯한 얼굴이 베일을 쓴 사람을 데리고 나타난다.)

검은 수은*125
총독부에서는 녀석을 찾고 있어요. 군대에서 추방된 녀석이오.

마사*126
(두꺼운 베일을 쓰고 목에는 진홍색 홀터*127를 묶고, 손에 〈아이리시 타임스〉*128 한 부를 들고 그를 가리키며 비난조로) 헨리! 레오폴드! 레오폴드! '라이오넬, 길을 잃은 자여!'*129 내 오명을 씻어 주세요.

경찰관 1
(단호히) 본서로 갑시다.

블룸
(겁을 먹고 모자를 쓰고 뒤로 물러난다. 그리고 가슴을 쥐어뜯고 오른팔

---

*124 블룸 아버지의 옛 성. 헝가리어 보통명사로 '꽃'을 뜻한다.
*125 수은을 뜻하는 머큐리(Mercury)는 로마신화에 나오는 신으로, 그리스 신화의 헤르메스와 같다. 《오디세이아》에서 오디세우스는 키르케의 궁전에 가는 길에 헤르메스를 만난다.
*126 블룸과 편지로 연애하고 있는 마사 클리퍼드.
*127 스카풀라의 홀터. 에피소드 5 참조.
*128 블룸이 구인광고를 낸 신문.
*129 오먼드 호텔 술집에서 사이먼이 부른 노래의 한 구절.

을 직각으로 쳐들어 프리메이슨의 표시와 방어의 몸짓을 한다) 아니, 아니, 아닙니다, 고매하신 나리.*¹³⁰ 그 여자는 매춘부예요. 사람 잘못 보셨습니다. 리옹의 우편배달. 르주르크와 뒤보스크와 같은 경우죠.*¹³¹ 차일즈 형제 살해 사건, 기억하시죠? 우리는 의사니까요. 손도끼로 찍어 죽이다니. 나는 누명을 쓴 겁니다. 99명이 무고한 죄로 우느니 한 사람의 범죄자를 놓치는 편이 낫습니다.

마사

(베일 그늘에서 흘쩍이며) 약혼 파기예요. 내 본명은 페기 그리핀입니다. 이분은 자기가 불행하다고 써 보냈어요. 인정머리 없는 호색한. 벡티브 럭비 팀*¹³²의 풀백을 보고 있는 오빠에게 이를 거예요.

블룸

(손바닥으로 얼굴을 가리고) 이 여자는 술에 취한 겁니다. 이 여자는 몹시 취해 있어요. (그는 입 속으로 에브라임의 암호를 중얼거린다) 시트브롤리스.*¹³³

경찰관 2

(눈에 눈물을 글썽이면서 블룸에게) 당신은 진심으로 자신을 부끄러워해야 해.

블룸

배심원 여러분, 해명을 허락해 주십시오. 이건 새빨간 조작입니다. 저는

＊130 worshipful master. 프리메이슨의 고위 회원을 부르는 말. 경찰관을 회원으로 보고 있다.

＊131 찰스 리드 작 《리옹의 우편배달》(1850)에서. 18세기 말의 실화를 바탕으로 쓰인 작품. 르주르크는 처형당한 무고한 인물, 뒤보스크는 진범이다. 둘은 얼굴이 똑같았다.

＊132 벡티브 레인저스. 그 무렵에 실제로 있었다.

＊133 shitbroleeth. 길르앗 사람은 적인 에브라임 사람을 구별하기 위해 그들은 발음하지 못하는 '쉽볼렛(shitbboleth)', 즉 씨앗이라는 단어를 말해 보게 했다(《판관기》 12장 4~6절). 따라서 이것은 본디 길르앗의 암호이다. 블룸이 잘못 발음한 암호는 '망할(shit)'과 '매춘집(brothel)'을 섞은 말이다.

오해받고 있어요. 누군가를 대신해서 희생될 처지에 놓여 있습니다. 저는 어엿한 기혼자입니다. 한 점 부끄럼 없는 인간이지요. 저는 에클즈거리에 살고 있습니다. 제 아내는, 명성이 높은 사령관으로서 용감하고 덕이 높으신, 우리나라의 싸움을 승리로 이끈 용사의 한 사람인 육군소장 브라이언 트위디의 딸입니다. 록스 드리프트*¹³⁴를 지켜 낸 공으로 소장까지 승진하신 분입니다.*¹³⁵

경찰관 1
연대 명을 말해 봐.

블룸
(방청석을 향해) 여러분, 전 세계에 이름을 날린 이 땅의 소금*¹³⁶ 더블린 근위대입니다. 여러분 가운데도 그의 옛 전우 몇 분이 계시는 것 같군요. 더블린 근위대 소총 보병 연대. 우리 경찰청과 함께 우리 조국의 보호자이며 폐하를 섬기는 용감무쌍한 젊은이들로, 그 체구나 기골이 장대한 젊은이들입니다.

목소리
배신자! 보어인 만세라고 했잖은가! 조 체임벌린에게 야유를 퍼부은 자 누구냐?*¹³⁷

블룸
(경찰관 1의 어깨에 손을 얹고) 제 아버님도 치안판사셨죠. 나도 당신과 마찬가지로 충성스런 대영제국 국민입니다. 나는 왕과 국가를 위하여 포병대의 고흐 대장*¹³⁸ 아래에서 저 얼빠진 전쟁에 종군했습니다. 그리고 스피

---

*134 1879년에 남아프리카의 줄루족과 싸웠을 때 격전이 벌어졌던 곳.

*135 트위디의 진짜 계급은 특무상사인 듯하다. 이것은 의도적인 혼동일까.

*136 〈마태오복음서〉 5 : 13.

*137 보어 전쟁 때 보어인 편에 선 아일랜드인들도 있었다. 조 체임벌린은 아일랜드 자치에 반대한 보수당 정치가. 블룸은 그를 비난하는 학생들의 데모에 말려든 적이 있다.

온 콥과 블룸폰테인*¹³⁹에서 명예로운 부상을 입었다는 것은 공보(公報)에도 실려 있습니다. 나는 백인으로서 할 수 있는 일은 다 했습니다. (조용히 감정을 담고) 짐 블러드소.*¹⁴⁰ 그 여자의 낯짝을 탁자 위에 눌러 다오.

경찰관 1
직업 또는 하는 장사는?

블룸
그렇습니다, 문필업에 종사하고 있습니다. 작가 겸 저널리스트죠. 실은 제가 제안해서 현상(懸賞) 소설집을 출판하게 되는데, 이건 진짜 새로운 시도랍니다. 저는 영국 및 아일랜드의 신문과 관계하고 있어요. 전화를 주신다면…….

(마일스 크로퍼드*¹⁴¹가 깃털 펜을 입에 문 채 절뚝거리면서 앞으로 나온다. 햇무리 같은 밀짚모자 안에서 새빨간 매부리코가 불타는 것처럼 빛나고 있다. 한 손에 에스파냐산(産) 양파 한 묶음을 들고, 다른 손으로 전화 수화기를 귀에 대고 있다.)

마일스 크로퍼드
(늘어진 목살을 흔들면서) 여보세요, 7784번. 여보세요. 〈자유인의 소변기〉 및 〈주간 밑씻개〉사(社)입니다. 유럽을 깜짝 놀라게 해 줘요. 당신은? 블루백스*¹⁴²라고요? 누가 씁니까? 블룸인가요?

---

*138 아일랜드 태생의 영국 장군. 남아프리카, 인도, 중국 등지에 복무하였고, 후에 시크 전쟁에 종군해서 큰 승리를 거두었다.
*139 전자는 남아프리카 나탈주(州)에 있는 산. 후자는 남아프리카의 오렌지자유주에 있는 도시. 둘 다 보어 전쟁의 격전지로 유명.
*140 미국의 발라드에서 따온 말. 미시시피강을 오가는 배의 선장 짐 블러드소는 자신을 희생해 불타는 배에서 승객들을 구한다.
*141 〈이브닝 텔레그래프〉의 편집장.
*142 일반적으로 법정 변호사가 법복을 넣어 두는 가방을 가리킨다. 여기서는 블룸의 이름을 잘못 들은 것이다.

(얼굴빛이 창백한 필립 뷰포이 씨*143가 모닝 드레스를 잘 차려입고, 가슴 주머니에 손수건을 꽂아 끝이 살짝 보이도록 하고, 주름 잡힌 연보랏빛 바지에 에나멜가죽 부츠를 신고, 증인석에 서 있다. 그는 '매첨의 비상한 솜씨'라는 라벨이 붙은 큼직한 서류가방을 들고 있다.)

뷰포이

(점잔 뺀 목소리로) 아니, 제가 알기로 당신은 전혀 그런 사람이 아닙니다. 말하자면 저는 그렇게 생각하지 않습니다. 단지 그뿐이지요. 타고난 신사라면, 매우 기본적인 신사의 마음가짐을 지닌 사람이라면, 스스로 몸을 굽혀 이처럼 유별나게 불쾌한 행위를 저지를 리가 없습니다. 이자는 예의 그놈들 가운데 한 명입니다, 재판장 각하. 표절작가 말입니다. 작가의 탈을 쓴 아첨꾼 좀도둑입니다. 이 남자의 본성에 깊숙이 박혀 있는 비열함을 생각하면, 그가 저의 베스트셀러 소설에서 몇 군데를 표절했다는 것은 참으로 명백한 일입니다. 제 소설이야말로 정말 탁월한 작품이며 완벽한 주옥(珠玉)이지요. 그 가운데 연애 장면에 혐의가 걸려 있습니다. 사랑과 큰 재산을 주제로 삼은 뷰포이의 소설집은 재판장 각하도 분명 애독하셨겠지만, 그것은 영국 전체에 명성을 드날리고 있습니다.

블룸

(비굴하게 주뼛주뼛 중얼거린다) 말씀을 허락해 주신다면, 웃는 마녀가 손에 손을 잡고라는 대목은 그렇지 않다고 생각하는데요…….

뷰포이

(입술을 비틀고 법정을 향해 거만하게 미소 짓는다) 당신도 참 웃기는 얼간이로군! 정말이지 말이 안 통하는 신기한 놈일세! 이 문제로 소동을 일으키지 않는 편이 좋을 거요. 내 출판 대리인 J.B. 핑커 씨도 여기 동석하고 있소. 각하, 관례에 따라 증인 출정 비용은 받을 수 있다고 생각하는데요. 대학에도 간 일이 없는 이 신문쟁이, 이 랜스의 갈까마귀*144 때문에, 저는 꽤

---

*143 블룸이 오늘 아침 화장실에서 읽은 〈티트비츠〉지의 현상소설에 입선한 〈매첨의 비상한 솜씨〉의 작가.

많은 손해를 봤단 말입니다.

블룸

(웅얼웅얼) 인생의 대학이지. 시시한 예술 같은 건.

뷰포이

(소리를 지른다) 그것은 이자의 도덕적 부패를 나타내는 끔찍한 거짓말입니다! (서류가방을 열고) 각하, 이것이 틀림없는 증거입니다, 명명백백한 증거를 가져왔습니다, 저의 원숙한 작품에다 이 망할 놈이 각인(刻印)을 찍어 그것을 추악한 형태로 바꿔 버렸는데, 이것이 그 견본입니다.

방청석의 목소리

유대의 왕 모세는, 모세는
〈데일리 뉴스〉로 엉덩이를 닦았네.[145]

블룸

(과감하게) 그건 과장이오.

뷰포이

이 비천한 무뢰한아! 너 같은 자식은 말〔馬〕 씻는 연못에 처넣어야 해, 이 쓸잘머리 없는 놈!

(법정을 향해) 잠깐, 이 남자의 사생활을 살펴보십시오! 짐승과 다름없이 살고 있다니까요. 밖에서는 천사지만 집에서는 악마. 그에 대한 일은 숙녀분들이 계신 자리에서는 말조차 못할 지경이지요. 당대의 거물 음모가(陰謀家)입니다!

---

*144 리처드 해리스 버햄의 《잉골스비 전설》(1840)에 나온다. 여기서 갈까마귀는 말 많고 어리석은 사람을 빗댄 표현.

*145 더블린에서 유행하던 장난스런 노래를 살짝 바꿔 부른 것. 블룸은 아침에 화장실에서 뷰포이의 글이 실린 〈티트비츠〉지로 뒤를 닦았다.

블룸

(법정을 향해) 하지만, 독신인 이 남자가, 어째서……

경찰관 1

국왕폐하가 블룸을 고발하신다.*146 드리스콜이란 여인을 법정에 불러 오라.

법정 관리

가정부 메리 드리스콜! *147

(몸가짐이 단정치 못한 하녀, 메리 드리스콜이 앞으로 나온다. 구부린 팔에 양동이를 걸고 손에는 세탁 솔을 들고 있다.)

경찰관 2

또 한 사람! 당신도 매춘이 생업인가?

메리 드리스콜

(분개하여) 전 그런 형편없는 여자가 아니에요. 정상적인 추천장도 받았고, 전에 있던 집에서는 넉 달이나 일했는걸요. 연봉 6파운드, 금요일에는 외출이 허용된다는 조건으로 일했는데, 이 남자가 나한테 집적대는 바람에 그만둘 수밖에 없었어요.

경찰관 1

어떤 건으로 그를 비난하는 거지?

메리 드리스콜

내게 묘한 유혹을 해왔어요. 하지만 전 비록 가난할지언정 몸을 망칠 생각은 없으니까요.

---

*146 형사 사건에서는 왕(여왕)이 원고가 된다.
*147 블룸의 집에서 일하던 가정부.

블룸

(물결 모양의 모직 실내복에 플란넬 바지, 뒤축이 없는 슬리퍼, 깎지 않은 수염, 헝클어진 머리칼. 낮은 목소리로) 난 당신을 잘 대해 줬어. 선물도 주지 않았나. 당신 신분에 어울리지 않는 멋진 에메랄드빛 가터 말이야. 또 당신이 도둑질했다고 비난받았을 적에는 경솔하게도 그대 편을 들어 주었고. 모든 일에는 정도(程度)가 있는 법이야. 더러운 수작은 그만둬.

메리 드리스콜

(벌컥 화가 나서) 오늘 밤 굽어보고 계시는 하느님께 맹세코, 저는 그 썩을 굴 따위에는 손대지 않았어요!

경찰관 1

고발하려는 죄상은? 무슨 일이 있었나?

메리 드리스콜

어느 날 아침, 주인 아주머니가 장보러 나가신 뒤에 집 뒤쪽에서 갑자기 저를 덮쳤어요, 재판장 각하. 안전핀을 한 개 달라면서. 그가 절 끌어안는 바람에 네 군데나 멍이 들었어요. 그리고 두 번이나 옷 속에 손을 집어넣고.

블룸

그러자 이 여자는 나를 때렸소.

메리 드리스콜

(비웃으며) 저로서는 세탁 솔이 더 중요했답니다, 정말로요. 전 그에게 대들었습니다, 재판장 나리, 그랬더니 그가 말하더군요. 제발 조용히 해!

(만장 폭소.)

조지 포트렐

(법정 서기관으로서 낭랑한 목소리로) 조용히 하세요! 지금부터 피고가

가짜 진술을 하겠습니다.

(블룸은 무죄를 주장하면서, 활짝 핀 수련(睡蓮) 꽃송이를 들고 뜻 모를 긴 연설을 시작한다. 사람들은 대배심관에 대해서 변호인이 격렬한 투로 어떠한 변론을 하는가 귀를 기울이고 있다. 피고는 타락의 극에 달하여, 말하자면 악덕한으로서 낙인찍히기는 했지만, 마음을 고쳐먹고 순결하고 우애적인 생활로 과거의 추억을 보상하여, 깨끗한 가정적인 동물로서 자연스러운 생활로 돌아갈 생각이었다. 그는 7개월의 조산아로 태어나 병상에 누운 노모의 손에서 정성스레 양육되었다. 하기야 어떤 때에는 과오를 저지른 아버지였을지 모르나 그는 새로운 출발을 하기로 마음먹었고, 그리고 지금 마침내 태형(笞刑)의 기둥 앞에 서자 가족의 자비로운 품에 안겨 그 만년을 가족적으로 보내길 바랐다. 우리나라 풍습에 익숙한 영국 태생인 그는 루프 라인 철도회사의 기관차 운전실의 발판에 서서, 더블린시 및 교외 지역의 애정 넘치는 집들의 창문 너머로, 한 타(打)에 1실링 9펜스인 도크렐 가게의 벽지를 바른 그 천국의 참으로 목가적인 즐거움을 엿보았던 것이다. 성스러운 아기에게 혀짤배기소리로 기도 드리는 순진한 영국 태생의 아이들을, 숙제와 씨름하는 젊은 학생들을, 젊은 귀부인들이 피아노포르테를 연주하고 또 가족이 모두 모여서 타오르는 크리스마스 모닥불을 둘러싸고 열심히 로사리오의 기도를 올리는 정경을, 한편 골목이나 산울타리 오솔길에서, 턱없이 싸게 산 특가품으로 네 개의 음전(音栓)과 12개의 주름상자가 달린, 금속제 오르간 같은 소리가 나는 브리타니아식 손풍금의 소리에 따라 처녀들이 청년들을 따라 걷는 것을…….)

(다시 폭소. 그는 앞뒤가 맞지 않는 말을 중얼거린다. 신문기자들은 들리지 않는다고 불평한다.)

기록계와 속기사
(노트에서 눈을 떼지 않고) 좀 더 편하게 말하도록 해 주세요.

맥휴 교수[148]
(기자석에서 기침을 하며 외친다) 자네, 다 털어놓게. 조금씩 고백하란

말일세.

(블룸과 양동이에 대한 반대심문이 이어진다. 커다란 양동이. 블룸 자신이. 복통. 비버거리에서. 꾸르륵거리는 배. 매우 심한. 미장이의 양동이. 뻣뻣해진 다리로 걸으면서. 말 못할 고통. 죽을 것 같은 고뇌. 정오 무렵. 애욕이냐 버건디 술이냐. 그래. 시금치를 약간. 위기일발. 그는 양동이 안을 보지 않았다. 아무도 없었고. 꽤 많은 양의. 완전히는 아니지만. 낡은 〈티트비츠〉 잡지를.)*149

(소란과 휘파람 소리. 블룸은 석회 도료가 지저분하게 튄 찢어진 프록코트를 걸치고 찌그러진 실크해트를 비스듬히 쓰고 콧등에 반창고를 붙인 채, 잘 안 들리는 목소리로 말한다.)

J.J. 오몰로이*150

(법정 변호사의 회색 가발을 쓰고, 모직 법의를 입은 그가 비통한 항의조로 이야기하기 시작한다) 당 법정은 술에 만취해서 과오를 저지른 인간을 조롱거리로 삼아 꼴사납게 시시덕대는 장소가 아닙니다. 우리는 곰을 괴롭히는 곰 사육장*151에 있는 것도 아니요, 옥스퍼드 대학 학생들의 소동에 입회하고 있는 것도 아닙니다. 하물며 이것은 졸렬한 모의재판도 아닙니다. 제 의뢰인은 아직 어린아이입니다. 외국에서 온 가련한 이주민입니다. 밀항자로서 혜택을 못 받는 첫걸음을 내디뎠지만, 지금은 정직하게 품삯을 벌어 생계를 꾸리려 하고 있습니다. 이것은 날조된 경범죄이고 일시적인 유전성 정신착란으로 봐야 할 것이며, 망상에서 생겨난 것입니다. 지금 유죄로 취급되고 있는 이런 예의에 어긋난 행위는, 의뢰인의 모국인 파라오의 땅 이집트에서는 일반적으로 문제없이 허용되고 있습니다. '언뜻 보기에' 성행위를 하려는 시도는 전혀 없었다고 저는 주장하고 싶습니다. 정교(情交)는 일어나지 않았습니다. 또한 드리스콜이 소송한 것과 같은 경범죄 행위, 즉 정조를 희

---

*148 〈프리먼스 저널〉에 논설을 쓰고 있다.
*149 흑맥주 통에 오줌을 눈 건달패의 이야기를 블룸이 자기 일로 착각하여 고백하고 있다.
*150 전 변호사. 몸을 망치고 병을 앓고 있다.
*151 곰 곯리기를 구경시켰던 곳. 셰익스피어 시대에 유행했다.

롱하는 행위도 두 번 다시 일어나지 않았습니다. 저는 특히 격세유전 문제에 관해 언급하고 싶습니다. 의뢰인의 가계에는 성격 파탄 및 몽유병 증세가 흐르고 있습니다. 피고인의 진술이 가능하다면, 그는 과거에 책들이 서술해 왔던 것들 가운데서도 가장 기이한 이야기를 털어놓을 겁니다. 재판장 각하, 피고 자신은 구두장이들이 흔히 걸리는 흉부질환 때문에 육체적으로 폐인(廢人)이 된 사람입니다. 피고의 중재 신청 합의서에 따르면, 그는 몽골인의 피를 이어받았으므로 그 행위에 대해선 책임이 없습니다. 실제로 거기엔 죄가 전혀 없습니다.

블룸

(맨발에 비둘기 가슴을 하고, 인도 선원의 셔츠와 바지를 입고, 죄송하다는 듯이 발가락을 안으로 구부리고, 조그만 두더지 같은 눈을 뜨고, 이마를 손으로 문지르면서 눈이 부신 듯이 주위를 살핀다. 그러고는 선원처럼 바지 허리띠를 추켜올리고는 동양풍으로 어깨를 움츠리면서 법정을 향해 인사를 하더니 엄지손가락으로 하늘을 가리킨다) 좋은 밤 맞이하시도록. (바보스럽게 명랑한 노래를 부르기 시작한다.)
꼬 꼬 귀여운 꼬마야,
매일 밤 돼지족발 갖고 와아.
2실링 줄게…….

(그는 호통 소리에 입을 다문다.)

J.J. 오몰로이

(흥분해서 청중을 향해) 이렇게 되면 군중을 상대로 혼자서 싸우는 격입니다. 지옥에 맹세코, 나의 의뢰인이 누가 되었든 간에, 들개라든가 비웃는 하이에나 떼가 이처럼 달려들어 말문조차 막아 버리고 괴롭힌다면 그냥 보아 넘기지 않겠습니다. 모세의 율법이 정글의 법률*¹⁵²로 대체되고 있습니다. 나는 한시도 법의 목적을 훼손하기를 바라지는 않습니다만 이렇게 말하겠습니

---

*152 강한 것이 이긴다는.

다, 큰 소리로 이렇게 말하겠습니다. 즉, 피고는 공범자가 아니며 원고인 여성도 그에게 농락된 적이 없습니다. 이 젊은 여성은 피고에게 마치 친딸 같은 대접을 받았습니다. (블룸은 J.J. 오몰로이의 손을 잡아 키스한다) 나는 여기에서 반증(反證)을 들어, 또다시 보이지 않는 손이 여기에 작용하고 있다는 사실을 철저하게 증명하고 싶습니다. 혐의(嫌疑)가 있으면, 그때 비로소 블룸을 기소해야 할 것입니다. 나의 변호 의뢰인은 날 때부터 내성적인 남자로서, 여성의 품위를 손상시켜 비난을 받는다든지 하는 신사답지 못한 짓을 하거나, 어느 비열한에게 농락당해 임신하게 된 전락한 여인에게 돌을 던지거나 하는 일 따위는 꿈도 못 꿀 사람입니다. 그는 정직하게 살아가고자 합니다. 생각건대 그는 내가 아는 가장 깨끗한 남자입니다. 그는 머나먼 소아시아의 아젠다트 네타임에 있는 광대한 소유지*153가 저당잡혀 있으므로 현재로서는 곤란한 처지에 빠져 있습니다. 지금부터 그 소유지의 슬라이드를 보여 드리겠습니다. (블룸에게) 여러분에게 잘 보여 드리세요.

블룸
1파운드당 1페니씩 냈습니다.

(은빛 안개 속에 가축들이 풀을 뜯고 있는 희미한 키네레스 호수의 신기루가 벽 위에 투영된다. 족제비 눈을 한 모제스 들루가츠*154가 푸른색 옥양목 옷을 입고 양손에 각각 오렌지 시트론과 돼지 콩팥을 들고 방청석에서 일어난다.)

들루가츠
(쉰 목소리로) 베를린시 서구 블라이프트로이거리입니다.

(J.J. 오몰로이는 낮은 대좌(臺座)에 올라가 엄숙하게 웃옷의 깃을 잡는다. 그 얼굴이 길쭉해지고, 창백해지고, 턱수염이 나고, 눈은 움푹 들어가고, 존 F. 테일러와 같은 폐결핵 부스럼과 병적으로 홍조를 띤 광대뼈가 드러난다.

---

*153 아침 신문 조각에서 읽은 식림지(植林地).
*154 블룸이 아침에 콩팥을 산 유대인 정육점 주인.

그는 손수건을 입에 대고 꿀렁꿀렁 솟아나는 연홍색 피의 흐름을 가만히 바라본다.)

J.J. 오몰로이

(거의 소리가 나오지 않는다) 실례지만 오한이 몹시 납니다. 병석에서 일어난 지 얼마 안 됐거든요. 그래서 다음에 간추린 몇 마디로……. (그는 새의 머리에 여우 콧수염을 하고, 코끼리 코와 같은 시머 부시*155의 웅변을 흉내 낸다) 이윽고 천사의 책이 펼쳐질 때, 명상에 잠긴 마음에서 시작되는 영혼의 변형,*156 또는 변형 중인 영혼이 분명 이 세상에 존재할 가치가 있는 것이라면 감히 말하지만, 의혹만으로는 벌하지 않는다는 저 성스러운 판결을 피고석의 수인(囚人)에게 내려야 합니다.

(무언가가 기록된 종이가 법정에 제출된다.)

블룸

(대례복(大禮服) 차림으로) 저는 가장 훌륭한 신원보증인의 이름을 댈 수 있습니다. 캘런 씨와 콜먼 씨 두 분,*157 치안판사 위즈덤 헬리 씨.*158 저의 옛 상사인 조 커프 씨.*159 전 더블린 시장인 V. B. 딜런 씨.*160 저는 최상류 특권계급 사람들과 사귀고 있습니다…… 더블린 사교계의 여왕님들과. (대수롭지 않게) 오늘 오후에도 총독 공저(公邸)에서 옛 친구들하고, 그러니까 왕립 천문대 소장 로버트 경과 볼 부인하고 이야기를 나눴습니다. 리셉션이 있었거든요. 보브 경, 하고 나는 말하였습니다…….

---

*155 더블린의 법률가. 명 연설가.
*156 법정 변호사 시머 부시의 연설에서 따온 구절. 그 앞의 '간추린 몇 마디'는 레너헌이 쓰는 말머리.
*157 블룸이 〈프리먼스 저널〉의 부고란(訃告欄)에서 본 이름.
*158 문방구 상인. 블룸의 옛 고용주. 그가 치안판사였는지 여부는 알 수 없다.
*159 블룸은 한때 그의 목장에서 일했다.
*160 글렌크리 감화원의 기념제에서 마리온에게 윙크한 시장.

옐버튼 배리 부인

(가슴이 깊게 파인, 오팔처럼 빛나는 무도회 드레스를 입고, 팔꿈치까지 오는 상아빛 장갑을 끼고, 가장자리가 흑표범 모피로 장식된 벽돌 무늬 킬트의 돌먼슬리브 케이프를 걸치고, 눈부신 광채를 발하는 빗과 백로 깃털을 머리카락에 꽂고 있다) 그를 체포하세요, 경찰관. 제 남편이 먼스터 지방의 순회재판 때문에 티퍼래리주(州) 북구로 떠났을 때, 저 남자는 서투른 좌사체(左斜體) 글씨로 제임스 러브버치라고 서명한 익명 편지를 계속 보냈다고요. 왕실 극장에서 열린 〈매미〉의 총독 어전 공연에서 제가 특별석에 앉아 관람하고 있었는데, 그때 꼭대기 좌석에서 그가 저의 비길 데 없는 젖가슴을 봤다는 거예요. 내가 자기 마음에 불을 질러놓았다나요. 오는 목요일에, 던싱크 시간*161으로 오후 4시 30분에 남몰래 만나자고 가당치도 않은 소리를 하더군요. 그는 또 《세 벌의 코르셋을 입은 처녀》라는 무슈 폴 드 코크의 소설을 보내겠다고 했습니다.

벨링엄 부인

(테두리 없는 모자, 진갈색 토끼 모피 망토를 코끝까지 올리고 사륜마차에서 내리더니, 거북껍질 테 외알 안경을 꺼내 그것을 통해 물끄러미 바라본다) 저한테도 그랬어요. 네, 역시 이 추잡한 남자가 틀림없어요. 93년 2월에 한파가 왔던 어느 진눈깨비 내리던 날, 외과의(外科醫) 손리 스토커 경*162의 저택 앞에서 그가 제 마차의 문을 닫았으니까요. 그날은 어찌나 춥던지, 우리 집 배수관이나 욕실 물탱크까지 얼어붙을 정도였어요. 어쨌든 그 뒤에 그는 저를 위해서 높은 산까지 가서 꺾었다며 에델바이스 꽃을 보내왔습니다. 전문 식물학자에게 감정을 의뢰했더니 그가 보고하길, 모범농장의 촉성재배용 케이스에서 훔친 그 지방 감자에서 피는 꽃이라고 하더군요.

옐버튼 배리 부인

뻔뻔하기도 하지!

---

*161 던싱크 천문대의 계측에 따른 아일랜드 표준시. 그리니치 시간보다 25분 늦다. 이 천문대는 더블린 서북쪽으로 약 5㎞ 떨어진 언덕에 있다.
*162 실존 인물. 당대의 저명한 외과의. ·

(난잡한 여자들과 건달들 한 패가 밀려온다.)

난잡한 여자들과 건달들

(찢어지는 소리로) 도둑놈 잡아라! 그래, 저기 저 푸른 수염*163 녀석! 아이키 모*164를 위해 만세 삼창!

경찰관 2

(수갑을 꺼내들고) 쇠고랑은 여기 있네.

벨링엄 부인

그는 몇 번이나 필적을 바꿔 가면서 편지를 보냈습니다. 저더러 모피를 입은 비너스*165라고, 가슴이 메스꺼울 정도로 지나친 찬사를 보내고 추위에 떠는 마부 바머를 진심으로 동정한다나요. 그러면서도 한편으로는 같은 입으로 또 그의 귀덮개나 푹신한 양털 외투가 부럽다느니, 흑담비 바탕에 황금실로 수사슴의 머리를 수놓은 벨링엄 집안의 문장(紋章)이 박힌 정장을 입고, 제 자리 뒤에 서서, 제 몸 바로 곁에 있는 그의 행운이 탐난다느니 말하는 거예요. 그리고 또 저의 다리, 비단 스타킹을 신은 저의 풍만한 장딴지를 무턱대고 칭찬하고, 값비싼 레이스에 감싸인 저의 또 하나의 숨은 보물을 눈에는 보이지 않지만 떠올릴 수가 있다고 정색하고서 칭찬하는 겁니다. 저에게 될 수 있는 대로 빨리 결혼의 침상을 더럽히고 간통을 범하라고 권고하였습니다. 그렇게 권하는 것이 자신의 사명이라면서요.

머빈 탤보이스 영부인

(여성용 사냥 복장에 중산모자, 며느리발톱 같은 박차가 달린 잭부츠,*166 붉은색 조끼, 어린 사슴 가죽으로 만든 근위병 장갑에다가, 실을 꼬아서 만

---

*163 프랑스 작가 페로의 동화에 나오는 인물. 여러 아내를 죽였다.

*164 유대인을 낮잡아 부르는 말. 아이키는 '이삭' 또는 '모세'를 줄인 말이다.

*165 오스트리아의 작가 자허 마조흐의 소설(1870) 제목을 인용. 그의 이름에서 마조히즘이 생겼다.

*166 무릎 위까지 올라오는 장화. 본디 17, 18세기 기병용 구두이다.

든 손목 보호대를 착용했다. 긴 옷자락은 걷어 올려 고정하고 끊임없이 승마용 채찍으로 구두 가장자리를 치면서) 저한테도 그랬어요. 그가 저를 처음 본 것은 아일랜드군이 청군, 백군으로 나뉘어 시합을 벌이던 피닉스 공원의 폴로 경기장에서였어요. 이니스킬링스 강타자인 데니히 대위가 애마 켄타우로스를 타고 최종회에서 우승하는 장면을 본 순간 제 눈이 성스러울 정도로 빛났다는 것은 저도 알고 있어요. 이 평민 돈 후안 놈은 임대 마차 그늘에 숨어 저를 보고선, 이중 봉투에 외설스런 사진을 넣어서 내게 보내왔습니다. 파리의 밤거리에서 팔고 있는, 여성을 모욕하는 그런 사진을요. 그 사진은 아직도 제가 갖고 있답니다. 가냘프고 사랑스러운 반라(半裸)의 에스파냐 처녀가(엄숙하게 말하기를, 자기 아내를 실물 모델로 삼아 자신이 직접 찍었다더군요), 보기에도 악당 같은 건장한 길거리 투우사와 불의(不義)의 밀통을 하는 사진이었어요. 저자는 저에게도 똑같은 짓, 음란한 짓을 하라고, 주둔군의 사관들하고 부적절한 행위를 하라고 꼬드겼어요. 차마 입에 담기도 어려운 방식으로 이 편지를 더럽혀 달라는 둥, 자기는 정말 한심한 남자니까 벌해 달라는 둥, 말 타듯이 자기 등에 타고 달리게 하면서 승마용 채찍으로 마음껏 때려 달라는 둥, 온갖 하소연을 하지 뭐예요.

벨링엄 부인
저한테도 그랬어요.

옐버튼 배리 부인
저한테도 그랬어요.

(더블린의 상류층 부인들 몇 명이 블룸에게서 받은 버릇없는 편지를 치켜든다.)

머빈 탤보이스 영부인
(갑자기 발작적인 분노에 휩싸여서 박차를 짤랑짤랑 울리며 발을 구른다) 천상의 하느님께 맹세코 저는 하겠어요, 마음이 시원해질 때까지 이 겁쟁이 개놈을 마구 때려 주겠어요. 산 채로 껍질을 벗기겠어요.

블룸

(눈을 감고 매질을 기대하듯이 공포에 떤다) 여기서? (몸부림치며) 또다시! (기가 죽어 숨을 헐떡인다) 난 위험을 사랑하오.

머빈 탤보이스 영부인

그럴 테지! 화끈하게 해 주겠어. 정신없이 춤추게 만들어 주마.

벨링엄 부인

이놈 엉덩이를 채찍으로 잔뜩 갈겨 주세요. 이 분수도 모르는 놈! 엉덩이에 아주 성조기를 그려 줘 버려요!

옐버튼 배리 부인

파렴치한 인간! 절대로 용서 못해! 유부남 주제에!

블룸

이렇게들 한꺼번에. 난 그저 엉덩이를 찰싹 맞고 싶을 뿐이었는데. 피는 안 나면서 얼얼하고 화끈하고 붉게 달아오를 정도로. 혈액순환이 잘되도록 좋은 채찍으로 우아하게.

머빈 탤보이스 영부인

(비웃는다) 아, 그래, 이 호색한아? 어쨌든 하느님께 맹세코 네 녀석을 깜짝 놀라게 해 주지. 잘 들어, 지금까지 아무도 당한 적 없는 가장 냉혹하고 무자비한 채찍질을 해 줄 테니까. 네놈은 내 안에서 잠자던 암호랑이를 깨워 화나게 만들었거든.

벨링엄 부인

(복수심에 불타 머프와 외알 안경을 휘두른다) 혼쭐을 내 줘요, 해너.*167 기합을 넣어서. 이런 들개는 마구 때려서 반쯤 죽여놓아야 해. 아홉 갈래 채

---

*167 머빈 탤보이스 영부인의 세례명.

찍으로. 거세해 버려요. 사지를 찢어버려요.

블룸

(덜덜 떨면서 몸을 웅크리고 두 손을 맞잡는다. 비굴한 태도로) 아, 추워! 무서워! 당신의 성스러운 아름다움 때문이오. 잊어 주오. 용서해 주오. 운명이오. 이번 한 번만 봐줘요. (다른 한쪽 뺨을 내민다)

옐버튼 배리 부인

(엄하게) 절대로 용서하면 안 돼요, 탤보이스 부인! 매섭게 혼내 줘야 해요!

머빈 탤보이스 영부인

(난폭하게 장갑 단추를 끄르면서) 용서할 리 없죠. 개 같은 놈, 넌 나서부터 지금까지 계속 그 모양이지! 감히 나에게 접근하다니! 길거리에 끌고 나가서 온몸이 멍들도록 때려 줄 테다. 네 몸뚱이에 박차의 톱니바퀴까지 박히게 해 주겠어. 이놈은 평판이 자자한 오쟁이 진 남편이에요. (사냥용 채찍을 거칠게 한 번 휘두르더니) 지금 당장 이놈의 바지를 벗겨 버려요. 자, 이리 와! 빨리! 각오는 됐겠지?

블룸

(몸을 떨면서 명령을 따르려고 한다) 그렇지 않아도 오늘은 날이 무척 따뜻하군요.

(고수머리를 한 데이비 스티븐스가 맨발의 신문팔이 소년들을 데리고 거리를 지나간다.)

데이비 스티븐스

〈성심(聖心)의 메신저〉지*[168]와 성(聖) 패트릭 축제일*[169] 부록이 딸린

---

*168 가톨릭 월간 신문.
*169 3월 17일.

〈이브닝 텔레그래프〉입니다. 더블린의 오쟁이 진 남편들의 새로운 주소가
실려 있어요.

(황금빛 긴 외투를 입은 성당 참사회원 오핸런 관구(管區) 주교가 대리석
시계를 들어 올려 사람들에게 보여 준다. 콘로이 신부와 예수회의 존 휴스
신부가 그 앞에서 깊이 고개를 숙이고 있다.)

시계
(문이 열리더니)
뻐꾹.
뻐꾹.
뻐꾹.*170

(침대의 놋쇠 고리가 짤랑짤랑 울리는 소리가 들린다.)

쇠고리
지그자그. 지가지가. 지그자그.*171

(안개의 널빤지가 신속히 걷히면서 배심원석 사람들의 얼굴이 드러난다.
실크 모자를 쓴 배심원장 마틴 커닝엄, 잭 파워, 사이먼 디댈러스, 톰 커넌,
네드 램버트, 존 헨리 멘튼, 마일스 크로퍼드, 레너헌, 패디 레너드, 노지
플린, 매코이 그리고 이름 없는 남자의 특징 없는 얼굴.)

이름 없는 남자
벌거벗고 말〔馬〕을 타고 있군. 나이에 걸맞은 그 체중으로, 제기랄, 녀석
은 그녀를 통제해 버렸어.

---

*170 마리온의 간통을 뜻한다. 뻐꾸기는 오쟁이 진 남편을 암시한다.
*171 비속어로 말을 타고서 하는 상하 반복운동, 즉 성행위를 뜻한다.

배심원들

(모두가 그 목소리를 향해 얼굴을 돌리고) 정말이야?

이름 없는 남자

(으르렁댄다) 엉덩이를 거꾸로 확 뒤집어서 말야. 승률은 5실링 대 100실링 정도군.

배심원들

(모두가 머리를 끄덕이며 수긍한다) 우리도 대충 그럴 거라고 생각했어.

경찰관 1

그는 요주의 인물이오. 어떤 소녀는 머리카락을 잘렸습니다. 지명수배자 면도날 잭.*172 현상금 1,000파운드.

경찰관 2

(겁에 질려 속삭인다) 게다가 검은 옷을 입었어. 모르몬교도입니다. 무정부주의자입니다.

법정 관리

(큰 소리로) 주거 부정인 레오폴드 블룸은 널리 알려진 다이너마이트 폭파범, 문서 위조자, 중혼범(重婚犯), 포주(抱主), 오쟁이 진 남편으로서 더블린 사람들의 공공의 적인 고로, 이 순회재판에서 재판장 각하께서……

(잿빛 돌 같은 법복을 입고, 석상 같은 수염을 기른 더블린시 지방법원의 판사 프레더릭 포키너 경이 재판장석에서 일어난다. 그는 팔에 우산 모양의 홀(笏)을 들고 있다. 이마에서 모세풍의 산양 뿔이 툭 튀어나온다.)

---

*172 1888년 런던에 나타나서 창녀들을 살해한 엽기적인 살인범. 그는 끝까지 잡히지 않아 정체불명의 인물로 남았다.

판사

본관은 이러한 백인 노예 매매를 근절하고 이 몹쓸 유해 인물을 더블린에서 근절시킬 것이오. 실로 괘씸한 일이오! (그는 검은 비로드 모자*173를 쓴다) 부(副)집행관, 이자를 피고석에서 연행하여 당국의 지시가 있을 때까지 마운트조이 감옥에 가두고, 이후 그 감옥에서 교수형에 처해 주검을 인도하시오. 그대의 영혼에 신의 가호가 있기를. 그리고 이 명령은 절대로 소홀히 해서는 안 되오. 피고를 퇴정시키시오. (검은색 사형 두건이 그의 머리 위로 내려온다)

(부집행관 키다리 존 패닝이 연기 독한 헨리 클레이 잎담배를 피우면서 나타난다.)

키다리 존 패닝

(얼굴을 찌푸리고는 깊이 울리는 소리로) 이스가리옷 유다*174를 목매달자 누구 없는가?

(이발사 H. 럼볼드*175가 핏빛 가죽조끼와 무두장이 앞치마를 걸치고, 둥글게 만 밧줄을 어깨에 걸머지고 교수대에 오른다. 벨트에는 호신봉과 쇠못이 박힌 곤봉이 꽂혀 있다. 잔인한 표정을 띤 그는 팔찌를 끼고 뼈마디 굵은 손을 으스스한 동작으로 마주 비빈다.)

럼볼드

(지방법원 판사한테 으스스하게 치근거리며) 교수형 담당자 해리입니다, 폐하,*176 머시강(江)*177의 저승사자입지요. 목정맥 한 번 조르는 데 5기니. 실수하면 돈을 받지 않습니다.

---

*173 그 시대에 재판관이 사형을 선고할 때 쓰던 사각형 검은 모자.
*174 그리스도를 판 유대인.
*175 에피소드 12에 나오는 교수형 집행자.
*176 무식해서 '각하' 대신 엉뚱한 말을 썼다.
*177 영국 리버풀에 흐르는 강.

(조지 성당의 종이 은은하게, 높고 어둡고 차갑게 울려 퍼진다.)

종

헤이호! 헤이호! *178

블룸

(필사적으로) 잠깐만. 그만둬. 갈매기들. 선의(善意). 봤단 말이야. 무죄
다. 원숭이 우리 속 아가씨. 동물원에서. 발정 난 침팬지들이. (숨도 쉬지
않고) 골반(骨盤)이야. 처녀가 정신없이 얼굴을 붉히니까 그만 기가 꺾여
서. (격한 감정에 사로잡혀) 나는 그 자리를 떠났던 거라고. (청중 가운데
한 사람에게 호소한다) 하인스, 내 말 좀 들어주겠는가? 나를 알잖나. 그 3
실링은 그냥 자네가 가져도 돼. 뭣하면 좀더…….

하인스

(쌀쌀하게) 당신하고는 만난 적도 없어.

경찰관 2

(구석을 가리키며) 여기 폭탄이 있다.

경찰관 1

시한장치가 설치된 폭탄이야.

블룸

아니, 아닙니다. 돼지 다리예요. 장례식에 참석했거든요.

경찰관 1

(경찰봉을 뽑아 들고) 거짓말 마!

---

*178 비탄, 실망 따위를 나타내는 감탄사.

(비글개가 코를 치켜들더니, 패디 디그넘의 괴혈병 걸린 잿빛 얼굴로 바뀐다. 그는 모든 것을 씹어 먹는다. 썩은 시체 냄새가 나는 숨을 뿜는다. 그는 커져서 인간의 형체가 된다. 닥스훈트개의 가죽이 갈색 수의(壽衣)로 변한다. 핏발 선 푸른 눈이 번쩍인다. 한쪽 귀 절반과, 코 전부와 양손 엄지손가락이, 죽은 고기 먹는 귀신에게 먹혔다.)

패디 디그넘

(공허한 목소리로) 정말이야. 내 장례식이었어. 내가 병에 굴복해서 자연사했을 때, 피누케인*179 선생님이 사망선고를 내려 줬지.

(뜯어 먹힌 회색 얼굴을 들어 달을 향해 슬픈 듯이 짖는다.)

블룸

(의기양양하게) 다들 들으셨죠?

패디 디그넘

블룸이여, 나는 패디 디그넘의 망령이다. 들어라, 들어라, 오, 들어라! *180

블룸

에서*181의 목소리잖아.

경찰관 2

(성호를 긋는다) 어떻게 이런 일이?

---

*179 실존 인물. 블랙록거리 44번지.
*180 〈햄릿〉에서 망령이 하는 말을 모방했다(1막 5장).
*181 〈창세기〉 27 : 22. 이삭의 장남. 차남 야곱이 장남 에서의 흉내를 내어 아버지의 축복을 받는다.

경찰관 1

이런 건 보급판 교리문답에 안 실려 있는데.

패디 디그넘

윤회를 통해. 망령들아.

목소리

어머, 어렵네요.*182

패디 디그넘

(진지하게) 나는 한때 배철러 산책길 27번지의 선서 공술서 관리위원인 J. H. 멘튼 변호사 밑에서 일하였소. 지금은 심장 내벽 비만증 탓에 세상을 떠난 몸이지만. 불운한 남자지. 가엾은 내 아내는 제정신이 아니었소. 지금은 어떻게 견디고 있는지? 셰리 술병을 곁에 두지 않도록 해 주오. (주위를 둘러보고) 램프다. 나의 동물적인 욕구를 채워야겠군. 그 버터우유는 내 입에 안 맞았어.

(묘지 관리인 존 오코널의 뚱뚱한 몸이 나타난다. 손에는 검은 천으로 묶은 열쇠다발. 그 곁에 배가 두꺼비 같고 목은 비틀린, 예배당의 전속 사제 코피 신부가 서 있다. 중백의(中白衣)와 화려한 색상의 나이트캡을 쓰고, 줄기가 비틀어진 양귀비꽃*183을 들고 졸린 듯이 서 있다.)

코피 신부

(하품을 하고 나서 목이 쉰 소리로) 나미네.*184 제이콥스 비스킷이 함께하시길.*185 아멘.

---

*182 오늘 아침 몰리가 한 말. 윤회의 설명을 듣고서.
*183 그리스 신화에서 잠의 신 힙노스의 상징.
*184 디그넘이 묻힐 때 블룸이 잘못 들었던 기도 소리 '도미네나미네'에서 따왔다.
*185 제이콥은 더블린의 비스킷 제조회사다. '주가 그대와 함께하시길(Dominus vobiscum)'을 블룸이 자기 나름대로 해석한 것.

존 오코널

(손확성기를 들고 거칠게 안개 속의 무적(霧笛)처럼 소리친다) 고(故) 패트릭 T. 디그넘.

패디 디그넘

(두 귀를 쫑긋 세우고 움츠린다) 이 진동하는 소리. (몸을 비틀며 앞으로 나가더니 땅바닥에 한쪽 귀를 댄다) 우리 주인님 목소리다! *186

존 오코널

매장(埋葬) 허가증 기호번호 U.P. 85,000번. 17지구. 키즈의 집. 지구(地區) 101호.

(디그넘은 꼬리를 바짝 쳐든 채 귀를 기울이고 생각하며 열심히 노력의 흔적을 보이면서 듣는다.)

패디 디그넘

그 영혼의 평안을 위해 기도하라.

(그는 지하 석탄 하치장 입구로 기어서 내려간다. 갈색 수의의 끈을 석탄 덩어리들 위로 질질 끌면서. 그 뒤를 뚱뚱한 늙은 쥐 한 마리가 회색 등껍질을 쓴 채 버섯 같은 거북이 발로 아장아장 쫓아간다. 지하에서 억눌린 소리로 울부짖는 디그넘의 목소리가 들린다. '디그넘은 죽어 지하로 갔도다.' 모자에 승마 바지, 울새 빛깔의 빨간 가슴을 한 톰 로치퍼드가 두 기둥이 달린 기계*187로부터 뛰쳐나온다.)

톰 로치퍼드

(가슴뼈에 한 손을 대고 인사한다) 루벤 J.*188 그 녀석에게서 1플로린 동

＊186 My master's voice! 빅터레코드 회사의 상표 '히즈 마스터스 보이스'를 흉내 낸 것.

＊187 연예장의 공연 순서를 관객에게 알려 주는 장치. 로치퍼드가 발명했다.

＊188 더블린의 고리대금업자 유대인.

전을 우려내겠다.*[189] (그는 결연한 눈초리로 맨홀을 바라본다*[190]) 이번에는 내 차례라고. 칼로우까지 따라와.

(그는 연어가 보를 거슬러 올라가는 것처럼 대담하게 공중에 뛰어올라서 지하 석탄 하치장 구멍 속으로 빨려 들어간다. 기둥 위 두 개의 원반이 빙글 빙글 돌더니 0이란 숫자를 나타낸다. 모두가 사라진다. 블룸은 다시 무거운 발걸음으로 걷기 시작한다. 그는 불이 켜진 집 앞에 서서 귀 기울인다. 키스가 숨은 집에서 날갯짓하며 둥지에서 날아와 지저귀고 노래하고 꾸꾸 울면서 그의 주위를 날아다닌다.)

키스들
(노래하면서) 레오! (지저귀며) 레오에게 농탕치고, 핥고, 달라붙고 눌어붙고! (꾸꾸 울면서) 꾸, 꾸꾸! 냠냠, 움움! (노래하면서) 커져라, 커져라! 빙그르르 돌아라! 레오폴드! (지저귀며) 레오레! (노래하며) 오, 레오!

(키스들은 웅성대며 그의 옷 위에서 날개 치고, 달라붙고 어지러운 반점이 되어, 은과 같은 둥근 점이 되어.)

블룸
남자의 연주 방식이군. 슬픈 곡이야. 교회음악인가. 혹시 여기일지도 몰라.*[191]

(청동 단추 세 개로 채운 사파이어색 스커트를 입고, 목에 가늘고 긴 목도리를 감은 젊은 창녀 조이 히긴스가 고개를 끄덕거리고는 계단을 내려와서 그에게 말을 건다.)

---

*[189] 루벤 J. 도드가 익사할 뻔했던 아들을 구해 준 남자에게 건넨 사례금. 2실링.
*[190] 톰 로치퍼드는 하수구에 떨어져 질식한 사람을 구했다.
*[191] 스티븐이 있는 곳은.

조이

누구를 찾고 있나요? 그분이라면 친구와 함께 안에 있어요.

블룸

여기가 맥 부인*192 댁인가?

조이

아니요, 81번지예요. 코헨 부인*193 가게죠. 다른 데 더 가봤자 별 신통할 것도 없어요. 슬리퍼철썩 마나님*194이에요. (익숙한 듯이) 마나님도 오늘 밤은 그녀의 정보원인 수의사 선생님하고 재미를 보고 있죠. 수의사 선생님은 우승할 말을 모조리 알려 주고, 그렇게 해서 마나님은 옥스퍼드에 있는 아들에게 송금해주는 거예요. 시간 외까지 일을 하고 있지만 오늘 마나님은 운이 없나 봐요. (의심스러운 듯이) 당신, 그 사람 아버지는 아니겠죠?

블룸

천만에!

조이

둘 다 상복을 입고 있는 걸요. 오늘 밤에는 생쥐 씨가 근질근질해하지 않나요?

(그의 피부는 그녀의 손가락이 가까이 오고 있다는 것을 민감하게 느낀다. 그 손이 왼쪽 허벅지 위를 더듬는다.)

조이

땅콩이는 건강한가요?

---

*192 실존 인물. 메클렌버그거리 85, 95번지.

*193 역시 실존 인물로 추정된다.

*194 Mother Slipper-slapper. 전래동요 〈슬리퍼 슬래퍼 어머니〉에 빗댄 표현. 보통명사로 '왜소한 노파'란 뜻으로도 쓰인다.

블룸

오른쪽이야. 이상하게도 내 건 항상 오른쪽으로 쏠려 있거든. 아마도 그쪽이 무거운 모양이야. 재단사 메시어스의 말로는 100만 명 중에 1명 정도가 이렇다더군.

조이

(갑자기 흠칫 놀라서) 당신 혹시 굳은 궤양*[195]이 생긴 거 아니에요?

블룸

그럴 리가.

조이

만져 보면 알아요.

(그녀의 손이 바지의 왼쪽 주머니 속으로 미끄러져 들어가더니 검고 딱딱한 시든 감자를 꺼낸다.*[196] 그녀는 입을 다문 채 젖은 입술로 감자와 블룸을 살펴본다.)

블룸

부적이야. 집안 보물이지.

조이

조이한테 줄 거죠? 언제까지나 가지고 있겠어요. 잘해 드릴 테니까요. 그렇죠?

(그녀는 감자를 탐난다는 듯이 주머니에 쑤셔 넣고는 그의 팔을 잡고 부드럽고 따뜻하게 끌어안는다. 그는 불안한 듯 미소 짓는다. 천천히 한 곡조씩 동양풍의 음악이 연주된다. 그는 검은색 먹으로 화장한 여자의 눈 속 황

---

*195 매독 초기에 국부 외음부에 생기는 딱딱한 궤양.
*196 블룸은 부적으로 늘 감자를 가지고 다닌다.

갈색 수정체를 들여다본다. 그의 미소가 누그러진다.)

조이

다음번에 만날 땐 나에 대해 좀더 잘 알게 해드릴게요.[197]

블룸

(쓸쓸하게) 귀여운 영양을 사랑하면 꼭……[198]

(영양들이 산 위에서 뛰놀며 풀을 뜯고 있다. 가까이에는 호수도 몇 개 보인다. 호수 주위에는 히말라야삼나무들의 시커먼 그림자가 늘어서 있다. 향기가 피어오른다. 강렬한 송진 냄새를 풍기는 무성한 수풀. 동쪽이 불탄다, 날아오르는 청동 독수리 떼가 사파이어색 하늘을 쪼개고, 그 하늘 아래에 여인의 도시가 가로놓여 있다. 벌거벗은 채 희고 조용하고 시원하고 호사스럽게. 담홍색 장미들에 둘러싸인 분수가 중얼거린다. 거대한 장미꽃들이 진홍색 포도송이에 관해 속닥속닥 이야기한다. 부정(不貞)과 육욕(肉慾)과 피의 술이 불가사의한 소리로 속삭이며 스며 나온다.)

조이

(음악에 맞추어 억양 없이 단조롭게 중얼거린다, 돼지기름과 장미수 섞인 연고를 촉촉이 바른 몸종다운 입술을 달싹이며) 나는 검지만 어여쁘단다, 오, 예루살렘의 딸들아.[199]

블룸

(황홀한 듯) 말투로 보아 당신은 좋은 가문 출신일 거라고 생각했지.

---

[197] 나중에 이 집의 여주인인 코헨 부인도 같은 말을 한다. 처음 온 손님에게 하는 인사일까.
[198] 토머스 무어의 장편시 〈랄라루크〉의 한 구절을 모방했다. '귀여운 영양을 길러 봤자 나를 알고 사랑하게 될 무렵이면…… 꼭 죽어 버린다'는 뜻.
[199] 〈아가〉 1：5 참조.

조이

생각만으로는 아무것도 안 되잖아요?

(조그만 금니로 그의 귀를 가볍게 깨물면서 그녀는 쉰 마늘 냄새가 나는 숨결을 내뿜는다. 장미꽃들이 양쪽으로 갈라지면서 역대 왕들의 황금이며 썩어 문드러진 뼈가 보관된 무덤을 내보인다.)

블룸

(주춤하여 손바닥으로 그녀의 오른쪽 유방을 서툴고 어색하게 애무하며) 그대는 더블린 아가씨요?

조이

(헝클어진 머리칼을 솜씨 좋게 붙잡아, 묶은 머리에 얽으면서) 쓸데없는 걱정일랑 하지 말아요. 난 영국 출신이에요. 당신, 담배 있나요?

블룸

(같은 동작을 계속하면서) 난 거의 안 피우는데. 잎담배라면 가끔 피우지만. 애들 장난이잖아. (음탕하게) 입은 냄새나는 담배통을 빠는 것보다 더 훌륭한 곳에 쓸 수 있으니까.

조이

그렇다면 길거리 선동 연설이라도 해 보시죠.

블룸

(노동자가 입는 코르덴 작업복, 검은 니트 스웨터, 붉은색 스카프 같은 타이, 아파치족의 모자 차림새로) 인류는 구제할 수 없어. 월터 롤리 경*200이 감자와 그 풀을 신대륙에서 가지고 돌아온 거야. 전자는 흡수작용을 통해 역병을 없애 주지만, 후자는 눈을, 귀를, 심장을, 기억력을, 의지를, 이해력

---

*200 르네상스 시대의 귀족, 시인, 탐험가. 그가 아메리카대륙에서 처음으로 감자와 담배를 들여왔다는 속설이 있다.

을, 이 모두를 전부 해치지. 말하자면 이름은 잊었지만 어쨌든 어떤 인물이 그곳에서 음식을 가져오기 100년도 더 전에, 그는 이 독(毒)을 가지고 돌아왔던 거야. 자살행위. 거짓말. 우리의 갖가지 폐습은 이 독초의 결과야. 그렇고말고, 이 사회생활을 보란 말이야!

(저 멀리 첨탑에서 한밤중의 종소리가 들린다.)

종소리
돌아와요, 레오폴드! 더블린 시장님이여! [201]

블룸
(쇠줄 장식이 달린 부시장 가운을 걸치고) 애런 부두, 인스 부두, 로툰다, 마운트조이 그리고 노스 도크의 모든 유권자 여러분, 가축시장에서 강까지 전차 선로를 개설해야 한다고 저는 주장합니다. 이것이 미래의 음악입니다. 이것이 제 계획입니다. 누구의 이익이 되냐고요? 그러나 재계의 유령선에 탄 해적놈들인 우리의 밴더데큰스[202] 패거리들은⋯⋯.

선거인
미래의 시장님을 위해서 만세 삼창!

(횃불 행렬의 북극광이 불쑥 치솟는다.)

횃불 든 사람들
만세!

(시의 몇몇 유명한 시민, 귀족 및 자유민이 블룸과 악수하고 축하의 말을

---

* 201 중세의 런던 시장인 딕 위팅턴의 전설을 모방한 것. 그는 일이 힘들어서 달아나지만 성당의 종소리가 미래를 예고하면서 그를 다시 불러들인다.

* 202 '방황하는 네덜란드인'이라는 전설에 나오는 유령선의 선장. 그는 죄 때문에 영원히 희망봉 주위를 항해해야 했다.

건넨다. 과거 세 차례에 걸쳐 더블린 시장을 역임한 티모시 해링턴이 진홍빛 시장 예복에 황금 쇠줄 장식, 흰 비단 타이 차림으로 위풍당당하게, 시장 대리(代理)인 로컨 셜록 의원과 이야기 나누고 있다.*203 그들은 서로 의견이 일치되자 크게 고개를 끄덕인다.)

해링턴 전(前) 시장

(진홍색 예복을 입고 직장(職杖)을 들고, 시장의 황금 쇠줄 장식을 걸치고, 커다란 흰색 비단 스카프를 두르고) 부시장 레오 블룸 경의 연설은 납세자의 비용으로 인쇄토록 한다. 그의 생가는 기념비로 꾸미고, 현재 코크거리 근처에 있는, 오늘날까지 카우 팔러라고 알려진 그 길은 이제부터 블룸 대로(大路)라고 부르도록 한다.

로컨 셜록 의원

만장일치로 가결되었습니다.

블룸

(흥분해서) 이들 방황하는 네덜란드인, 아니 거짓말쟁이 네덜란드인들은, 선미루(船尾樓)의 쿠션에 드러누워, 주사위 도박에만 열중할 뿐이니 무엇에 신경 쓰겠습니까? 기계가 그들의 구호이자 망상이며 만능약입니다. 이것이야 말로 노동 절약의 도구, 찬탈자, 요괴, 서로 죽이기 위해 제조된 괴물이며, 많은 자본가들이 우리의 노동력을 착취하기 위해 고안한 지극히 추악한 요괴입니다. 가난한 자는 굶고 있는데, 돈과 권력을 쥔 그들은 근시안적인 사치에 푹 빠져서 훌륭한 야생 수사슴들에게 풀을 먹이고 쾽과 차고새*204를 쏘아 죽이고 있습니다. 그러나 그들의 천하는 끝났습니다. 영원히, 영원히, 영⋯⋯.

(갈채가 길게 이어진다. 장식 기둥, 오월주(五月柱), 축제 아치가 나타난

---

*203 티모시 해링턴, 로컨 셜록. 전자는 1901년부터 03년까지 더블린 시장을 역임했다. 후자는 1904년의 시장대리.
*204 Peasants and phartridges. pheasants(꿩)과 partridges(자고새)의 첫 번째 자음을 잘못 말한 것. 이후에도 이런 말실수가 이어진다.

다. '대환영', '오, 이스라엘이여, 그대들의 왕은 얼마나 아름다운가'[205]라는 문구가 적힌 기다란 현수막이 거리 곳곳에 걸린다. 창이란 창에는 모두 구경꾼들이 모여 있다. 그것도 주로 여자들이다. 길가에는 더블린 근위대 소총보병 연대, 국왕 직속 스코틀랜드 국경 경비대, 카메론 고지병(高地兵) 연대, 웨일스 보병 연대 군인들이 차려 자세로 나란히 서서 군중을 통제한다. 고등학교 남학생들이 가로등, 전신주, 창턱, 처마 박공, 낙수받이, 굴뚝 통풍구, 난간, 물받이 꼭대기에 기어올라서 휘파람을 불며 환성을 지른다. 구름 기둥[206]이 나타난다. 먼 곳에서 고적대가 유대의 성가 콜니드레[207]를 연주한다. 몰이꾼들이 독수리기를 들고, 군기를 펄럭이면서, 동양의 종려나무 잎사귀를 흔들며 다가온다. 황금과 상아로 장식된 교황기(敎皇旗)가 시민기의 물결 한가운데 드높이 솟아 있다. 격자무늬 덧옷을 입은 시의 의전장관, 애슬론 문장관(紋章官) 보좌 및 얼스터 수석 문장관 존 하워드 파넬이 행렬의 선두를 이끈다. 이어서 더블린 시장 조셉 허친슨 각하,[208] 코크 시장 각하, 리머릭, 골웨이, 슬라이고 및 워터퍼드의 여러 시장 각하, 아일랜드의 귀족 대표 의원 28명, 인도의 지방 족장들, 에스파냐 대공들 그리고 인도의 군주 마하라자들이 금란(金襴)으로 된 천개(天蓋) 왕좌포(王座布)를 쳐들고 줄줄이 나타나며, 그 뒤로는 더블린시 소방대, 금권정치의 서열 순으로 줄지어 행진하는 경제계 성인(聖人)들의 참사회 집단, 다운앤코너의 주교, 아일랜드 수좌대주교이자 아마의 대주교 로그 추기경 마이클 각하, 아일랜드 수좌대주교이자 아마의 대주교인 신학박사 윌리엄 알렉산더 각하, 영국 유대교의 수장, 장로파 교회회의 의장, 침례파, 재세례파, 감리교, 모라비아 형제단의 각 수장들, 프렌드파의 명예서기(名譽書記)들이 따라오고 있다. 그 뒤에서는 온갖 수공업 길드, 상인 길드, 정예민병대 사람들이 위풍당당하게 행진한다. 즉 통 기술자, 조류 감정가, 수차(水車) 목수, 신문판매 외무원, 공증인, 안마사, 포도주 판매업자, 트러스(truss) 제조자, 굴뚝 청소부, 라드

＊205 〈민수기〉 24 : 5의 '오, 야곱아 너희의 천막들이 참으로 좋구나'의 변용.
＊206 〈탈출기〉 13장 21절. 이집트에서 탈출해 약속의 땅으로 들어갈 때 이스라엘 백성은 구름 기둥의 인도를 받는다.
＊207 유대교의 기도가(祈禱歌). '우리의 모든 맹세는'이라는 뜻.
＊208 실존 인물. 그 무렵 더블린의 시장.

정제공(精製工), 태비넷(물결무늬 견모 교직물) 및 포플린 직물공(織物工), 제철공, 이탈리아산(産) 청과물 판매업자, 교회 장식업자, 장화 탈착용구 제조업자, 장의사, 비단상인, 보석 세공사, 가축 거간꾼 감독, 코르크마개 제조업자, 화재 손실액 사정(査定) 담당자, 염색 및 세탁업자, 수출용 주류 병조립업자, 모피상인, 서류 대서인, 문장인(紋章印) 조각사, 말 경매장 잡역부, 금은 거간꾼, 크리켓 및 양궁 용구 제조업자, 체[篩] 제조업자, 달걀과 감자 도매상, 메리야스 및 장갑 파는 상인, 배관공사 청부인 등이다. 그리고 그 뒤를 시종(侍從), 흑장관(黑杖官), 가터 수석 문장관(紋章官) 대리, 골드스틱(Gold Stick) 궁내관, 마필관리장(馬匹管理長), 시종장, 문장원 총재, 그리고 시종무관이 보검, 성(聖) 스테파노의 철제 왕관,*209 성배, 성경을 받들고 행진한다. 보병 나팔수 4명이 나팔을 불어 행차를 알린다. 근위병들이 이에 답하여 환영의 클라리온을 분다. 개선문 아래에서 모자를 쓰지 않은 블룸이 모습을 드러낸다. 가장자리가 흰 족제비 모피로 장식된 진홍색 비로드 망토를 입고 손에는 성 에드워드*210의 권위의 상징, 보배로운 구슬과 비둘기로 장식된 홀 및 커타나(curtana)*211를 들고 있다. 그가 탄 백마는 기다란 진홍빛 꼬리를 늘어뜨리고 화려한 옷을 입고 황금 머리띠를 하고 있다. 흥분의 도가니. 발코니에 있는 여자들이 장미꽃잎을 흩뿌린다. 주위에 향수 냄새가 흘러넘친다. 남자들이 환성을 올린다. 블룸의 시동들이 산사나무 가지와 굴뚝새를 매단 가지를 들고 구경꾼들 사이를 뛰어다닌다.)

블룸의 시동들
굴뚝새, 굴뚝새,
모든 새들의 임금님이,
성 스테파노*212의 축일에,

---

*209 헝가리의 국왕 이슈트반(성 스테파노) 1세(재위 997~1038)가 교황 실베스테르 2세에게서 받은 왕관. '성 스테파노의 왕관'은 헝가리 국왕의 지위를 가리키는 관용구다. 블룸의 아버지는 유대계 헝가리인이었다.

*210 앵글로색슨족의 마지막 왕 에드워드 참회왕(재위 1042~66)을 가리킨다. 평범한 인물이었지만 신앙심이 깊었으므로 1161년에 성인의 반열에 올랐다.

*211 칼끝이 없는 검. 영국왕의 대관식을 거행할 때 자비의 상징으로서 받쳐 드는 검이다. '참회왕 에드워드의 검'이라고도 불린다.

가시금작화에 붙잡혔다네.

대장장이

(중얼거린다) 자비로우신 하느님! 그래, 저분이 블룸인가? 서른한 살도 안 된 것 같은데.

포석(鋪石) 포장공

저분이 그 유명한 블룸이오. 천하에서 제일가는 개혁자지. 다들 모자 벗어요!

(모두가 모자를 벗는다. 여자들이 열심히 속닥거린다.)

여자 백만장자

(풍부한 표정으로) 정말 대단한 분이잖아요?

귀부인

(고상하게) 많은 것들을 보아 오신 분이죠!

페미니스트

(남자처럼) 게다가 많은 것을 이루셨죠!

종지기

단정한 얼굴이셔! 저것은 사상가의 이마야.

(블룸을 위한 날씨. 북서쪽에 한 줄기 밝은 햇살이 비친다.*213)

---

*212 유대계 그리스인, 그리스도교의 첫 번째 순교자 (《사도행전》 7장 55~60절). 아일랜드
　　에서는 성 스테파노의 축일인 12월 26일에 소년들이 굴뚝새를 매단 호랑가시나무 가지
　　를 들고 노래하면서 거리를 줄지어 행진했다. 굴뚝새의 사체는 돌에 맞아서 죽은 성 스
　　테파노를 기리는 것이라고 한다. 또한 '스테파노'의 그리스어 '스테파노스'는 본디 '왕관'
　　을 뜻하므로 '성 스테파노의 왕관'과도 연결된다.
*213 아서 그리피스가 〈프리먼스 저널〉 사설란의 장식화(裝飾畫)를 비아냥거릴 때 한 말이다.

다운앤코너의 주교

이 자리에서 저는 의심의 여지없는 황제이자 대통령, 국왕이자 의장, 참으로 침착하고 유능하시며 지고하신 이 나라의 지배자를 배알하나이다. 하느님이시여, 레오폴드 1세를 가호하소서!

일동

하느님이시여, 레오폴드 1세를 가호하소서!

블룸

(대관식 의복에 진홍색 망토. 위엄 있는 태도로 다운앤코너의 주교에게) 존사(尊師)여, 고맙소.

아마의 대주교 윌리엄

(진홍색 깃이 달린 옷, 챙 넓은 펠트 모자) 그대는 아일랜드 및 그 외 모든 속령에서 바른 판단으로 최선을 다하여 법과 자비를 행하겠는가?

블룸

(오른손을 고환에 대고 맹세한다)*214 창조주시여, 저를 인도하소서. 그 전부를 이행할 것을 약속하외다.

아마의 대주교 마이클

(작은 단지에 든 머릿기름을 블룸의 머리에 붓는다) 그대들에게 커다란 기쁨을 고하노라. 우리는 사형집행인을 얻었도다.*215 레오폴드, 패트릭, 앤드루, 다윗, 조지, 그대들은 성유(聖油) 세례를 받을 지어다!

(블룸은 금란 망토를 두르고 루비 반지를 낀다. 그리고 단상에 올라 스콘

---

*214 〈창세기〉에서 아브라함이 종복에게 "네 손을 내 샅에 넣어라. 나는 네가 하늘의 하느님
이시며 땅의 하느님이신 주님을 두고 맹세하게 하겠다"(24 : 2~3)고 말하는데, 이에 빗
댄 것이다.

*215 교황 선출을 알리는 말. '사형집행인'은 하느님의 별명이기도 하다.

의 돌*216 위에 선다. 귀족 대표 의원들이 동시에 28개의 관을 쓴다. 크라이스트 성당에서, 성 패트릭 성당에서, 성 조지 성당에서, 들뜬 맬러하이드에서,*217 축복의 종이 울린다. 사방에서 마이러스 바자모임 불꽃이 솟아올라 하늘에 남근 모양을 현란하게 수놓는다. 귀족들이 한 사람씩 차례로 다가와서 무릎을 꿇고 경의를 표한다.)

귀족들

우리는 폐하의 신하가 되어 오체(五體)를 지상의 존엄에 바치겠나이다.

(블룸이 오른손을 들자 큼직한 코이누르 다이아몬드*218가 반짝인다. 그의 의장마(儀仗馬)가 운다. 이어 갑작스런 침묵. 대륙 간, 행성 간 무선 통신기가 메시지를 수신하기 위해 설치된다.)

블룸

짐의 신민들이여! 짐은 여기서 짐의 충실한 말 코퓰라 펠릭스*219를 세습 총리대신으로 임명함과 동시에, 오늘부로 전(前) 배우자와 절연하고 밤의 광휘 셀레네 공주*220를 왕비로 맞이할 것을 선포하노라.

(블룸의 전 배우자는 즉시 죄인 호송차에 실려 나간다. 푸른 달빛으로 빛나는 옷을 입고 은색 초승달을 머리에 얹은 셀레네 공주가, 거인 둘이 멘 가마에서 내린다. 환호가 터져 나온다.)

존 하워드 파넬*221

(왕기(王旗)를 게양한다) 그 이름도 걸출하신 블룸! 고명한 나의 형제의

---

*216 런던 웨스트민스터 사원에 있는 돌. 영국 국왕의 대관식에 쓰인다.

*217 그리핀이 지은 〈맬러하이드의 신부〉에서 따왔다.

*218 인도산 106캐럿짜리 다이아몬드. 영국 왕실 소유. 코이누르는 페르시아어로 '빛의 산'이란 뜻이다.

*219 행복한 인연. '행복한 성교'라는 뜻으로도 해석할 수 있다.

*220 그리스 신화에 나오는 달의 여신.

*221 더블린시의 경찰청장.

후계자시여!

블룸

(존 하워드 파넬을 끌어안는다) 존이여, 그대에게 진심으로 감사하오. 우리가 함께 피를 이어받은 선조들의 약속의 땅 푸르른 에린에 이토록 어울리는 환대를 베풀어 주다니.

(시의 자치권을 명기한 헌장이 그에게 제출된다. 진홍색 쿠션에 엇갈려 놓인 더블린의 열쇠가 그에게 바쳐진다. 그는 모든 사람에게 자신이 초록빛 양말*222을 신고 있음을 보인다.)

톰 커넌

폐하는 바로 그 명예를 받으셔야 할 분입니다.

블룸

20년 전 오늘, 우리는 레이디스미스*223에서 숙적을 격파했도다. 우리의 유탄포(榴彈砲)와 낙타 탑재용 경선회총은 적의 전선(戰線)에 괴멸적인 타격을 주었도다. 나란히 전진하기를 반 리그!*224 그들은 돌격해 온다. 이제 모든 것은 사라졌도다! 항복하는가? 천만에! 우리는 곧장 돌진하여 적을 분쇄하리라! 보라! 우리는 돌격한다! 우리 경기병 부대는 왼쪽으로 전개하여 플레브나 고지*225의 적을 소탕하고, 만군(萬軍)이여 돌격하라는 함성을 지르면서 사라센의 포병을 마지막 한 사람까지 사브르의 피의 축제에 바쳤던 것이로다.

〈프리먼〉지 식자공 조합

만세! 만세!

---

*222 아일랜드의 상징.
*223 1900년 2월 보어 전쟁의 격전지. 약 4년 전에 벌어진 전투다.
*224 1리그=약 4.8km.
*225 1877년 러시아·터키 전쟁의 격전지.

존 와이즈 놀런[*226]
저분이 바로 제임스 스티븐[*227]을 도망시킨 분이십니다.

블루코트 스쿨[*228]의 학생
브라보!

늙은 주민
폐하는 이 나라의 자랑이옵니다. 정말로 그러하옵니다.

사과 파는 여인
아일랜드에는 저런 분이 계셔야 해요.

블룸
사랑하는 신민들이여, 바야흐로 새로운 시대가 열리고 있도다. 나, 블룸이 진실로 그대들에게 고하건대, 이제 그때가 우리 코앞까지 다가왔도다. 따라서 블룸의 이름으로 고하노니, 그대들은 머지않아 다가올 황금의 도시, 미래의 노바 히베르니아[*229]의 블룸살렘에 들어가게 될 것이니라.

(아일랜드의 모든 주에서 뽑힌 직공 32명이 장미 장식을 달고서 건축가 더원의 지휘 아래 새로운 블룸살렘을 건설한다. 광대한 수정(水晶) 지붕 건축물들이 거대한 돼지 콩팥 형태로 세워지는데, 방이 4만 개나 된다. 이것이 확장되는 과정에서 몇 군데의 건축물과 기념비가 철거된다. 관청들은 당분간 철도 차고로 이전한다. 무수한 집들이 허물어진다. 주민들은 통이나 상자 속에서 잠자는데 그 모든 것에 붉은 글씨로 L.B.라고 적혀 있다. 빈민들 몇 명이 사다리에서 떨어진다. 충성스런 구경꾼들이 몰려와 더블린 성벽의 일

[*226] 블룸의 지인. 놈팡이.

[*227] 아일랜드의 혁명가.

[*228] 더블린 시내 블랙홀거리에 있는 학교. 런던의 유명한 크라이스트 병원 학교가 그 모델이다. 프로테스탄트인 영국계 아일랜드인 지배계급의 자녀들을 교육하는 학교.

[*229] '신생 아일랜드'를 뜻한다. 다음에 나오는 '블룸살렘'은 〈묵시록〉의 '새로운 예루살렘'을 흉내 낸 것.

부가 무너진다.)

구경꾼들
(죽으면서) 죽어 가는 자들이 폐하께 인사드립니다.*230 (그들은 죽는다)

(매킨토시를 입은 남자가 들창을 열고 뛰쳐나온다. 그는 가늘고 긴 몸을 뻗는다.)

매킨토시 입은 남자
저 남자가 하는 말은 한마디도 믿지 말아요. 저 남자는 유명한 방화범 레오폴드 매킨토시입니다. 본명은 히긴스*231입니다.

블룸
저놈을 사살하라! 개 같은 그리스도교도! 매킨토시를 없애 버려!

(한 발의 포성. 매킨토시를 입은 남자가 사라진다. 블룸은 손에 든 홀로 양귀비꽃을 쓰러뜨린다. 수많은 강적들, 목축업자들, 하원의원들, 상임위원회 위원들의 즉사(卽死)가 보고된다. 세족(洗足) 목요일의 구휼금(救恤金),*232 기념 메달, '빵과 물고기',*233 금주회원 배지, 헨리 클레이 고급 잎담배, 수프용 소뼈, 봉투에 넣고 봉인해서 금실로 묶은 고무 피임도구, 버터 든 과자, 파인애플 맛 얼음과자, 삼각모(三角帽) 모양으로 접은 연애 편지, 기성복, 손잡이 달린 깊은 접시에 담은 소시지, 제이스사(社) 소독약병, 수입 인지(印紙), 40일의 면죄부,*234 위조지폐, 극장 입장권, 모든 전차 노선에서 쓰이는 정기권, 특전이 있는 국영 헝가리 경품권, 1페니짜리 식권, 세계 12권의 악서(惡書)의 염가판 따위를 블룸의 호위병들이 나눠 준다. 세계

---

*230 로마의 검투사가 싸우기 전에 황제에게 하는 말.

*231 블룸의 어머니의 옛 성.

*232 영국 왕실이 부활제 전 목요일에 주조해서 빈민들에게 나눠 주던 동전. 1페니에서 4페니 사이.

*233 〈요한복음서〉 6 : 5~26.

*234 40일간 신앙 활동을 한다는 조건으로 죄를 용서해 주는 것.

12대 악서가 무엇인고 하니 《프랑스 놈과 독일 놈》(정치학), 《아이 양육법》(유아학), 《7실링 6펜스짜리 식사 50가지》(요리학), 《예수는 태양신화였던가?》(역사학), 《그 질병을 없애라》(의학), 《어린이를 위한 우주해설》(우주학), 《다 같이 웃자》(환희학), 《광고업자 지침서》(신문학), 《조산부의 연애편지》(연애학), 《공간 신사록(紳士錄)》(천문학), 《우리 심금을 울리는 노래》(음향학), 《자린고비의 부자 되는 법》(인색학)이다. 사람들이 쇄도하여 옥신각신한다. 여자들은 블룸의 옷자락을 잡아 보려고 밀려든다. 그웬돌렌 뒤비댓*²³⁵이라는 여인이 군중 속에서 뛰쳐나와 그가 탄 말에 오르더니 박수갈채를 받으면서 그의 두 볼에 키스한다. 마그네슘 플래시가 터지면서 사진이 찍힌다. 아이들과 젖먹이들이 높이 떠받쳐진다.)

여자들
아저씨! 아저씨!

아이들과 젖먹이들
손뼉 짝짝짝, *²³⁶ 폴디 돌아와요,
주머니의 과자는 레오만을 위한 것.

(블룸은 허리를 굽혀 아기 보드먼*²³⁷의 배를 살짝 간질인다.)

아기 보드먼
(깜짝 놀라 입에서 우유를 토한다) 하쟈쟈쟈.

블룸
(눈먼 젊은이*²³⁸와 악수한다) 우린 형제보다 더한 사이지! (노부부의 어깨에 두 팔을 두른다) 친애하는 노우(老友)여! (누더기를 입은 소년 소녀들

---

*235 에피소드 8에서 블룸은 '분명히 뒤비댓이란 여자가 살았는데'라고 생각한다.
*236 전래동요를 약간 바꾼 것(오피 부부의 《옥스퍼드판 전래동요사전》).
*237 에피소드 13에서 나온 아기.
*238 길을 건너도록 도왔던 장님 청년. 에피소드 11에서 조율사로도 나온다.

과 '땅따먹기 놀이'를 한다) 까르르, 까꿍! (쌍둥이가 타고 있는 유모차를
민다) 하나, 둘, 셋, 잘도 걷지! (마술을 하여 입에서 빨간색, 주황색, 노
란색, 초록색, 파란색, 남색, 보라색 비단 손수건을 꺼낸다) 빨주노초파남
보. 초당 32피트. (미망인을 위로한다) 독수공방은 마음을 젊어지게 한다지
않습니까. (기괴하고 익살스러운 동작으로 스코틀랜드 고지대의 포크댄스를
춘다) 여러분, 맘껏 춤춰요! (중풍 걸린 노병(老兵)의 욕창(蓐瘡)에 키스
한다) 명예로운 부상이군요! (뚱뚱한 경찰관을 발 걸어 넘어뜨린다) 일어
나, 일어나. 일어나, 일어나. (웨이트리스에게 몇 마디 속삭여서 얼굴을 붉
히게 만들고는 상냥하게 웃는다) 아, 미안, 미안! (모리스 버틀리라는 농부
가 바친 순무를 생으로 먹는다) 훌륭해! 이거 참 맛있군! (신문기자 조지
프 하인스가 건네는 3실링을 사양한다) 친구여, 그건 안 돼! (거지에게 웃
옷을 준다) 받아 주시게. (나이 든 앉은뱅이 남녀들이 포복 경주를 시작한
다) 자, 와요, 젊은이들! 잘 기어 봐요, 여성들!

시민
(감동으로 목이 멘 채 에메랄드빛 목도리로 눈물을 훔친다) 저분께 하느
님의 축복이 내리기를!

(정숙을 명령하자 숫양의 뿔나팔이 울려 퍼진다. 시온의 깃발이 높이 게
양된다.)

블룸
(위엄 있게 망토를 벗어서 살찐 몸을 드러내더니 두루마리를 펼쳐 엄숙하
게 읽는다) 알레프, 베트, 김멜, 달레트, 하가다, 테필림, 코셔, 욤 키푸르,
하누카, 로샤샤나, 베니 브리스, 바르 미츠바, 마조스, 아슈케나짐, 메슈가,
탈리트.*239

(시의 서기보(書記補) 지미 헨리가 공식적인 번역문을 읽는다.)

지미 헨리

이제 양심 재판소*240가 개정되었도다. 크나큰 위엄과 권위를 지니신 폐하께서 야외재판을 하신다. 의학 및 법률의 무료상담, 판단해야 할 일, 그 밖의 온갖 문제 해결. 그 누구의 상담도 기꺼이 받아 주신다. 천국 세기 제1년, 우리의 왕도 더블린시에서.

패디 레오나드*241

지방세와 국세는 어떡하면 좋을까요?

블룸

납부하게, 친구.

패디 레오나드

감사합니다.

노지 플린

화재보험증서를 저당 잡혀도 될까요?

✱239 알레프……탈리트 : Aleph Beth Ghimel Daleth Hagadah Tephilim Kosher Yom Kippur Hanukah Ros chaschana Beni Brith Bar Mitzvah Mazzoth Askenazim Meshuggah Talith. 일반대중은 이해할 수 없는 심원한 포고를 내리려고 한 것이다. 히브리어와 이디시어를 나열한 문장. '알레프, 베트, 김멜, 달레트'는 히브리어 알파벳의 맨 처음 4개 문자이다. '하가다'는 성경해설서 또는 성사예전서(에피소드 7 참조), '테필림'은 성구함(聖句函), '코셔'는 앞에도 나왔듯이 유대의 정결한 음식을 가리킨다. '욤 키푸르'는 속죄의 날, 유대력 7월(그레고리력 9월부터 10월)이다. '하누카'는 성전(聖殿) 봉헌 기념일, '로샤샤나'는 신년 축제일, '베니 브리스'는 유대인 남자 공제조합, '바르 미츠바'는 성인식, '마조스(또는 마차)'는 유월절에 먹는 발효가 안 된 빵, '아슈케나짐'은 북유럽 및 중앙유럽에 사는 유대인의 총칭, '메슈가'는 형용사로 '미친', '탈리트'는 예배할 때 걸치는 숄 또는 스카프를 뜻한다.

✱240 16, 17세기에 걸쳐 존재했던 가난한 자와 약한 자를 위한 특별 민사재판소. 청원재판소라고도 불렸다.

✱241 데이비 번 술집에서 친구들에게 술을 낸 남자.

블룸

(가차 없이) 여러분, 불법 행위법에 따라 6개월 동안 모두 5파운드의 보증금을 내야 한다는 점을 명심하시오.

J.J. 오몰로이

대니얼[242]이 문제가 아니군. 그야말로 피터 오브라이언이다![243]

노지 플린

어디서 5파운드를 구할 수 있을까요?

피서(오줌싸개) **버크**

방광염은요?

블룸

희석한 왕수(王水)	20방울.
고미(苦味) 팅크	4방울.
민들레 뿌리 진액	30방울.
증류수	하루 3번.

크리스 컬리넌[244]

알데바란의 두 회귀선 사이의 황도(黃道) 시차(視差)는 어떻습니까?

블룸

자네 목소리를 들으니 기쁘군, 크리스. K.11이라네.[245]

---

*242 셰익스피어의 〈베니스의 상인〉 4막 1장, 재판소에서 포샤의 판결을 칭송하는 샤일록과 그라시아노의 대화로부터 따왔다. 〈대니얼서〉 추가 외전 〈수산나 이야기〉에는 유대의 젊은 예언자 대니얼의 멋진 재판이 묘사되어 있다.

*243 그 시대 유명했던 아일랜드의 대법관(1842~1914)으로 친영파(親英派)이다.

*244 글렌크리 감화원의 야회에서 돌아올 때 마차에서 블룸과 천문학에 관해 토론했던 남자. 에피소드 8 참조.

*245 리피강에 떠 있는 보트의 광고 '키노 가게, 11실링'에서 떠올린 것.

조 하인스

왜 제복을 입지 않으십니까?

블룸

짐의 고귀하신 선조께서 오스트리아 독재자의 제복을 입고 습기 찬 감옥에 계실 적에, 그대의 선조는 어디에 계셨는가?

벤 돌라드*246

팬지는?

블룸

교외 여러 집들의 정원을 장식(미화)하는 것이로다.

벤 돌라드

쌍둥이가 태어나면?

블룸

부친(아버지, 아빠)이 생각을 시작한다네.

래리 오루크*247

이번에 새로 여는 가게에 주 8일 영업허가를 내 주십시오. 저를 기억하시지요. 7번지에 살고 계셨으니까 저를 기억하실 겁니다. 레오 경. 마님을 위해 스타우트 한 다스를 보내 드리겠습니다.

블룸

(냉정하게) 자네가 누구더라. 블룸 부인은 선물은 안 받으신다네.

---

*246 에피소드 11에 나오는 저음 가수.
*247 아침에 블룸이 정육점에 가는 길에 만난 술집 주인.

크로프턴*248

이렇게 되면 정말 축제 기분이군요.

블룸

(엄숙하게) 그대는 축제라 하나, 이건 성찬(聖餐)일세.

알렉산더 키즈*249

언제 '열쇠의 집'은 우리 것이 될까요?

블룸

짐은 이 도시의 공중도덕 개혁과 분명한 십계(十戒) 보급에 온 힘을 쏟을 것이다. 낡은 것 대신 새로운 세계를. 유대교도, 이슬람교도, 이교도 모두의 대동단결. 모든 자연의 아이들*250에게 토지 3에이커와 암소 1마리 제공. 세단형 자동 영구차를. 전 인류에게 강제적 수공(手工) 노동을. 일반인들을 위한 모든 공원의 주야 개방을. 전기 식기세척기를. 결핵, 정신병, 전쟁, 거지 생활 따위는 즉시 근절할 것이오. 일반 사면(赦免), 가면을 착용하는 매주의 사육제, 모든 사람에게 보너스, 세계인은 모두 형제요, 에스페란토는 세계의 언어. 술집에 모여드는 무뢰한들과 수종(水腫) 걸린 사기꾼들의 애국심은 근절하라. 자유 화폐, 자유 소작료, 자유 연애, 자유 세속 국가의 자유 세속 교회.

오매든 버크*251

자유로운 암탉 닭장에 자유로운 여우.*252

---

*248 바니 키어넌 술집에 마지막으로 들어온 관리 출신 남자.

*249 블룸이 맡고 있는 광고주.

*250 사생아(natural child)를 염두에 둔 말일지도 모른다.

*251 스티븐의 친구. 신문기자.

*252 마리온과 보일런을 풍자.

데이비 번*253

(하품한다) 이이이이이이이이이아아아아아아아함!

블룸

인종 혼합과 혼혈 결혼.

레너헌

남녀 혼욕은 어떠신지?

(블룸은 주위 사람들에게 사회 혁신 계획을 설명한다. 모두가 동의한다. 킬데어거리 박물관*254의 관리인이 짐수레를 끌고 나타난다. 그 위에서 벌거벗은 여신상 몇 개가 덜컹덜컹 흔들리고 있다. 멋진 엉덩이의 비너스, 지상의 비너스,*255 윤회의 비너스. 또 그 밖에 새로운 9명의 뮤즈를 조각한 역시 벌거벗은 석고여신상—상업, 오페라 음악, 연애, 광고업, 수공업, 언론의 자유, 복수투표권, 미식(美食), 사적인 위생법, 해변 여흥 콘서트, 무통분만법, 만인의 천문학.)

팔리 신부*256

이 사내는 영국 국교회 사람이고 불가지론자이고 적당주의자야. 우리의 성스러운 신앙을 뒤엎어 버릴 속셈이라고.

리오던 부인*257

(유언장을 찢는다) 당신한테 실망했어요! 악인 같으니!

---

*253 블룸이 점심을 먹었던 가게 주인.

*254 국립 박물관.

*255 플라톤의 대화편 《향연》에 나온다. 일반적으로는 '천상의 비너스(Venus Urania)'와 대조적으로 만인을 위한 저속한 에로스를 나타낸다고 하지만 다른 견해도 있다.

*256 몰리를 성가대원으로 넣으려고 힘썼던 신부.

*257 완고한 청교도로 크리스마스 밤 디댈러스 씨와 종교 문제로 다툰다. 그 뒤 블룸 집안과 친하게 지낸다.

그로건 할멈*258

(신발을 벗어 블룸에게 던지려 한다) 이 개자식아! 못난 놈!

노지 플린

한 곡 부탁하네, 블룸. 그립고도 달콤한 노래를.

블룸

(유쾌한 익살을 부린다)
버리지 않겠다고 맹세했던 나를
그녀는 잔인하게 기만해 버렸네.
투랄룸, 투랄룸, 투랄룸, 투랄룸.

호피 홀로헌*259

옛날 그대로의 블룸이군. 어쨌든 저만한 사람이 없어.

패디 레너드

아일랜드의 명배우다!

블룸

지브롤터의 선로 같은 철도 오페라는 뭐지? 주조된 강철의 열(Rows of Casteele)이지.*260

(폭소.)

레너헌

표절이다! 블룸을 해치워 버려!

---

*258 이날 아침 마텔로 탑에 우유를 배달한 노파.
*259 외다리 수병.
*260 오페라 〈캐스틸의 장미〉와 유사한 발음을 이용한 말놀이. 레너헌이 생각했던 수수께끼를 빗댄 말. 에피소드 7, 14 참조.

베일을 쓴 무녀

(열광적으로) 저는 블룸 신자(信者)입니다. 그 사실이 자랑스럽습니다. 무슨 일이 있어도 저는 그분을 믿습니다. 그분을 위해서라면 목숨도 바칠 수 있어요. 세계 최고의 익살꾼이신걸요.

블룸

(구경꾼들에게 윙크한다) 분명히 예쁜 아가씨일 거야.

시어도어 퓨어포이[*261]

(낚시용 모자에 방수 웃옷을 입고) 저 남자는 물리적 장치[*262]를 이용해서 자연의 신성한 뜻을 방해하고 있소.

베일을 쓴 무녀

(단도로 가슴을 찌른다) 나의 영웅신(英雄神)이시여! (죽는다)

(수많은 매력적이고 열광적인 여성들도 가슴을 찌르고, 물에 빠지고, 청산(靑酸)이나 바곳이나 비소를 먹고, 정맥을 자르고, 식사를 거부하고, 증기롤러 앞에 몸을 던지고, 넬슨 기념탑 꼭대기에서 뛰어내리고, 기네스 양조장의 큰 술통 속에 뛰어들고, 가스오븐에 머리를 디밀어 질식하고, 가터로 목을 매달고, 여러 층의 창문에서 투신자살한다.)

알렉산더 J. 도위[*263]

(격한 말투로) 그리스도교 신도들이자 반(反)블룸파 여러분, 블룸이란 남자는 지옥의 밑바닥에서 나타난 악당으로, 그리스도교도의 수치입니다. 어렸을 때부터 어찌할 수 없는 방탕아였습니다. 이 멘데스[*264]의 악취를 풍기는 산양은 난잡한 늙은 여자와 관계를 맺고, 저 저지(低地)의 도시들[*265]을

---

*261 산부인과 병원에서 아이를 낳은 퓨어포이 부인의 남편. 은행원.
*262 콘돔을 가리키는 듯하다.
*263 미국의 복음 전도사.
*264 고대 이집트의 도시. 성스러운 산양을 숭배했다.

떠올리게 하는 조숙성 유년 음란증의 징후를 나타낸 것입니다. 굴욕도 마다 않은 이 비열한 위선자는 묵시록에 나오는 하얀 황소*266입니다. 그는 진홍색 탕녀*267를 숭배하는 자로, 부정한 밀통이야말로 이 사람의 호흡 그 자체입니다. 화형의 장작더미와 펄펄 끓는 기름 가마솥이야말로 녀석에게 어울립니다. 캘리번*268 같으니!

군중

저놈을 패 죽여 버려! 화형에 처해! 파넬보다도 더한 악당! 미스터 폭스!*269

(그로건 할멈이 블룸에게 신발을 던진다. 상하(上下) 도싯거리의 가게주인들 몇 명이 그다지 값나가지 않는 물건을 던진다. 돼지 허벅다리뼈, 연유 깡통, 팔다 남은 양배추, 곰팡이 핀 빵, 양 꼬리, 비계 조각 따위.)

블룸

(흥분하여) 이건 한여름의 광란이군.*270 또다시 질 나쁜 농담을 하는구려. 하늘에 맹세코 나는 응달의 눈처럼*271 깨끗하고 결백한데! 그건 내 동생 헨리가 한 짓이오. 그놈은 나랑 꼭 닮았지. 녀석은 돌핀스 반 2번지에 살고 있소. 그놈의 살모사가 나에 대해 중상모략하고 있는 거요. 내 형제들이여, 앞뒤가 안 맞는 이야기는 말(馬) 없는 마차와 같소. 나는 오랜 친구인 성과학 전문의 맬러키 멀리건 박사에게 의학적인 증언을 요청하는 바이오.

---

*265 소돔과 고모라의 도시.

*266 〈요한묵시록〉 13장 11절 "그 짐승은 어린양처럼 뿔이 둘이었는데 용처럼 말하였습니다" 참조.

*267 "그 여자는 자주색과 진홍색 옷을 입고 금과 보석과 진주로 치장하였습니다. 손에는 자기가 저지른 불륜의 그 역겹고 더러운 것이 가득 담긴 금잔을 들고 있었습니다."(〈요한묵시록〉 17장 4절)

*268 셰익스피어의 〈템페스트〉에 등장하는, 반은 인간이고 반은 짐승인 추악한 인물.

*269 아일랜드 의회당의 당수 파넬이 정부(情婦)와 편지를 나눌 때 쓴 가명들 가운데 하나.

*270 셰익스피어의 〈십이야〉에 나오는 말. 올리비아가 집사 말볼리오의 미친 짓을 보고서 이렇게 말한다. (3막 4장)

*271 셰익스피어의 〈심벨린〉에서 포스츄머스가 아내 이모젠에 대해서 하는 말. (2막 4장)

의사 멀리건

(자동차 운전용 가죽 상의를 입고 푸른색 고글을 이마에 올린 채) 블룸 박사는 양성(兩性)을 다 지닌 변태입니다. 최근에 유스터스 박사[272]가 운영하는 사립 남성 정신병환자 치료소에서 도망쳐나온 자입니다. 그는 야합(野合)을 통해 태어난, 방종한 음욕의 결과인 유전성 지랄병 증상이 있습니다. 그의 조상 가운데에서 상피병(象皮病)의 흔적이 발견되었습니다. 만성 음부 노출증의 뚜렷한 징후도 보입니다. 허언증(虛言症)도 잠재돼 있고요. 자위 행위 때문에 일찍부터 대머리가 되었고, 그 탓에 유치하고 관념주의적인 경향이 있습니다. 그는 개심(改心)한 방탕아로 금속 이빨을 달고 있습니다. 그는 가정적인 콤플렉스가 원인이 되어 일시적인 기억상실증에 빠져 있으나, 죄를 범했다기보다는 오히려 죄에 희생된[273] 사람이라고 여겨집니다. 질(膣)을 통해 검사하고 또 항문, 겨드랑이, 가슴, 음부의 털 5,427가닥을 대상으로 엄밀한 초산(硝酸) 검사를 해 본 결과, 그가 개통되지 않은 처녀임을 확인했습니다.

(블룸은 고급 모자로 자신의 생식기를 가린다.)

의사 매든[274]

생식기 불능증상도 확인됐습니다. 후세 사람들을 위하여 환부를 포도주 에탄올에 담가서 국립 기형박물관에 보존할 것을 제안합니다.

의사 크로더스

환자의 소변을 검사했는데 단백질이 꽤 많이 검출되었습니다. 침 분비량도 모자라고, 무릎 관절의 반응도 불충분합니다.

의사 펀치 코스텔로

유대인의 악취가 진동합니다.

---

[272] 그래프턴거리 41번지에서 정신병원을 운영하고 있었다.
[273] 리어왕의 대사에서 따왔다. 〈리어왕〉 3막 2장.
[274] 이하 네 사람은 산부인과 병원에서 블룸과 함께 있었던 의학생.

의사 딕슨

(건강 증명서를 읽는다) 블룸 교수는 새로운 여성적인 남성*275의 좋은 본보기입니다. 그의 도덕적 성격은 단순하고 바람직하여 많은 사람들이 그를 호감 가는 남자, 호감 가는 인물로 보고 있습니다. 전체적으로 볼 때는 오히려 괴팍한 인물에 가깝고, 의학적 관점에서 지적 박약아는 아니지만 소심한 편이지요. 그는 개혁파 성직자 보호협회*276의 법정대리인에게 마치 한 편의 시처럼 아름다운 편지를 써 보냈는데, 이것을 읽어 보면 만사가 명백해집니다. 그는 완전한 금주자로서 짚으로 된 침상에서 잠들고 매우 소박한 스파르타식 음식, 즉 건조식품 가게의 건조된 차가운 완두콩 따위를 먹는다는 점을 저는 확신을 가지고 단언하는 바입니다. 여름에나 겨울에나 털셔츠를 입고, 매주 토요일이면 자기 몸을 매질합니다. 소문에 따르면 한때 그는 글렌크리 감화원에서도 가장 심각한 비행소년이었다고 합니다. 또 다른 보고에 따르면 그는 아버지가 죽은 뒤 태어났습니다. 이제까지 발성기관에서 나올 수 있는 가장 성스러운 말을 빌려서 말씀드리건대 저는 너그러운 조치를 바랍니다. 그는 지금이라도 당장 아기를 낳으려 하고 있습니다.

(만장의 동요와 동정. 여자들이 기절한다. 부유한 미국인이 블룸을 위해 길거리에서 모금한다. 금화, 은화, 무기명 백지수표, 지폐, 보석, 국고채권, 만기가 가까운 환어음, 차용증서, 결혼반지, 시곗줄, 로켓,*277 목걸이, 팔찌 따위가 순식간에 모인다.)

블룸

아아, 빨리 엄마가 되고 싶어.

손튼 부인*278

(간호사 차림으로) 날 꼭 붙잡아요. 금방 끝날 테니까. 정신 차려요.

---

*275 오토 바이닝거의 《성(性)과 성격》(1903)에서 나오는 말. 바이닝거는 유대인 남성이 대체로 여성적이며, 여성도 여성적인 남성도 부정(不定)이요 무(無)요 부재(不在)요, 비논리적이며 수동적인 존재라고 보았다.
*276 양심에 따라서 로마교회를 떠나 복음의 신앙에 귀의한 성직자를 보호하고 원조하는 협회.
*277 사진 등을 넣어 목걸이에 다는 작은 갑.

(블룸은 그녀를 꽉 끌어안은 채 노랗고 하얀 아이 8명을 낳는다. 아이들은 비싼 식물 화분들로 치장된, 붉은 카펫이 깔린 계단 위에 나타난다. 여덟 아이들은 모두 잘생겼으며, 귀금속 얼굴, 균형 잡힌 몸, 우아한 복장, 예의바른 태도를 두루 갖추었고, 다섯 나라의 현대어를 능숙하게 말하며, 온갖 예술과 과학에 흥미를 보인다. 그들의 셔츠 가슴팍에는 저마다 이름이 적혀 있다. 나소도로, 골드핑거, 크리소스토모스, 메인도리, 실버스마일, 질버셀버, 비파르장, 파나르그로스.*279 그들은 곧 몇몇 나라의 중요한 공직에 임명된다. 은행 상무이사, 철도회사 운수담당 중역, 유한책임회사 사장, 호텔연맹 부회장 등등.)

목소리

블룸이여, 그대는 구세주 벤 요셉인가, 아니면 벤 다윗인가?*280

블룸

(의미심장하게) 그대가 말하는 그대로요.*281

수도사 버즈

그럼 기적을 일으켜 봐.

밴텀 라이언스

세인트레저 경마*282에서 우승할 말을 예언해 줘.

---

*278 블룸의 이웃에 사는 부인.

*279 순서대로 황금 코(이탈리아어), 황금 손가락(영어), 황금 입(그리스어), 황금 팔(프랑스어), 은(銀)의 웃음(영어), 은의 나 자신(독일어), 수은(프랑스어), 전부 은(그리스어)이다.

*280 벤은 히브리어로 아들이란 뜻. 요셉의 가정에서 태어난 구세주인가, 다윗의 가정에서 태어난 구세주인가 하고 묻는 것이다. 전자가 먼저 나타나서 유대민족을 통합하고 후자가 새로운 국가를 세운다고 한다.

*281 〈루카복음서〉에 나오는 빌라도와 예수의 문답 "네가 유대인의 왕이냐", "네 말 그대로다"를 흉내 낸 것. (23 : 3)

*282 영국 동카스터시(市)에서 열리는 세 살배기 말 경마.

(블룸은 그물 위를 건너가, 왼쪽 귀로 왼쪽 눈을 가리고, 몇 겹이나 되는 벽을 거치고, 넬슨 기념탑에 기어올라, 꼭대기의 돌출부에 눈꺼풀을 걸고서 대롱대롱 매달리고, 12타(打) 144개의 굴을(껍질까지 통째로) 먹어 치우고, 나력(瘰癧)*283 환자 몇 명을 치료하고, 얼굴을 일그러뜨려서 비컨스필드 경, 바이런 경, 와트 타일러, 이집트의 모세, 모세스 마이모니데스, 모세스 멘델스존, 헨리 어빙, 립 밴 윙클, 코슈트, 장 자크 루소, 레오폴드 로스차일드 남작, 로빈슨 크루소, 셜록 홈스, 파스퇴르 등 수많은 역사상의 인물들을 흉내 내고, 두 발을 동시에 각기 다른 방향으로 돌리고, 바다의 파도에게 돌아가라고 명령하고,*284 새끼손가락을 뻗어 일식(日蝕)을 일으킨다.)

교황의 사절 브리니

(교황 직속의 알제리아 보병의 제복을 입고, 가슴받이, 팔받이, 허벅지받이, 정강이받이로 구성된 강철 갑옷을 입고, 세속적인 큼직한 콧수염을 기르고, 갈색 종이 주교관을 쓰고 있다) 그렇다면 레오폴드는 이렇게 탄생하셨다.*285 모세는 노아를 낳고, 노아는 유녁을 낳고, 유녁은 오할로런을 낳고, 오할로런은 구겐하임을 낳고, 구겐하임은 아젠다트를 낳고, 아젠다트는 네타임을 낳고, 네타임은 르 허쉬를 낳고, 르 허쉬는 제수룸을 낳고, 제수룸은 매카이를 낳고, 매카이는 오스트롤롭스키를 낳고, 오스트롤롭스키는 스메르도스를 낳고, 스메르도스는 바이스를 낳고, 바이스는 슈바르츠를 낳고, 슈바르츠는 아드리아노폴리를 낳고, 아드리아노폴리는 아랑후에스를 낳고, 아랑후에스는 루이 로슨을 낳고, 루이 로슨은 이카부도노소를 낳고, 이카부도노소는 오도넬 매그너스를 낳고, 오도넬 매그너스는 크리스트바움을 낳고, 크리스트바움은 벤 마이먼을 낳고, 벤 마이먼은 더스티 로데스를 낳고, 더스티 로데스는 벤아모르를 낳고, 벤아모르는 존스 스미스를 낳고, 존스 스미스는 사보르나노비치를 낳고, 사보르나노비치는 재스퍼스톤을 낳고, 재스퍼스톤은 방테유니엠을 낳고, 방테유니엠은 솜버트헤이를 낳고, 솜버트헤이는 비

---

*283 직역하면 '왕의 병'이다. 결핵성 경부 림프선염. 국왕이 만지면 낫는다는 미신이 있어 이렇게 불렸다.

*284 11세기 전반에 덴마크에서 쳐들어와 영국 국왕이 된 크누트(재위 1016~35)의 일화.

*285 〈마태오복음서〉 1 : 18 "예수 그리스도께서는 이렇게 탄생하셨다"를 본뜬 것.

라그를 낳고, 비라그는 블룸을 낳고, 그리하여 그 이름을 임마누엘이라 하리라.*286

죽은 자의 손
(벽에다 쓴다) 블룸은 멍청이.

사면발냐*287
(산적 차림새로) 당신, 킬배럭*288 뒤의 가축 통로에서 뭘 했지?

계집아이
(딸랑이를 흔들면서) 그리고 볼리바우 다리*289 밑에서는?

호랑가시나무 덤불
그리고 저 악마 계곡*290에서는?

블룸
(이마부터 엉덩이까지 온몸이 새빨개지더니 왼쪽 눈에서 눈물 세 방울을 흘리고) 내 과거는 묻지 말아 줘.

소작지에서 쫓겨난 아일랜드 소작농들
(조끼에 반바지 차림, 도니브룩 장터에서 쓰는 것과 같은 떡갈나무 곤봉을 들고) 저놈을 채찍으로 갈겨!

(당나귀 귀 블룸이 팔짱을 끼고 양다리를 쑥 내밀어 형틀에 앉는다. 그는

---

*286 〈마태오복음서〉 제1장에 나오는 그리스도의 가계를 흉내 낸 것. 이 계보는 성경 속 인명, 보통명사, 지명, 가공의 인물명 따위가 마구 뒤섞여 있어 지리멸렬하다. '임마누엘'은 '하느님께서 우리와 함께 계신다'는 뜻으로, 이사야가 예언한 미래의 구원자 이름이다.

*287 사람 음부 거웃에 기생하는 이. 에피소드 9에 등장했었다.

*288 더블린 북동쪽으로 약 11km 떨어진 바닷가 마을 발도일에 있는 도로.

*289 더블린 북동쪽의 톨가강(江) 하구에 있는 다리.

*290 더블린에서 남남동쪽으로 약 35km 떨어진 위클로주(州)에 있는 계곡.

〈돈 조반니여, 그대와의 만찬에〉*291를 휘파람으로 분다. 아테인 고아원의 아이들이 손을 맞잡고 주위를 뛰어 돌아다닌다. 프리즌 게이트 미션의 소녀들도*292 손을 맞잡고 반대쪽으로 돌면서 춤춘다.)

아테인의 고아들
굼벵이, 돼지 녀석, 더러운 개새끼!
여자들이 너를 좋아하는 줄 아나 보지!

프리즌 게이트 미션의 소녀들
전해 줘요.
차 마실 때 만나자고
전해 줘요.*293

뿔피리 부는 사람
(에봇*294을 입고 사냥용 모자를 쓰고 포고문을 읽는다) 그리하여 그에게 만백성의 죄를 지도록 하고 그를 황야의 악령 아자젤에게, 또 밤의 마녀 릴리스에게 보내리라.*295 그리하여 아젠다트 네타임, 함의 땅 미스라임*296에서 오는 모든 사람들이 돌을 던지며 그를 욕되게 하리라.

(사람들은 크리스마스 무언극에 쓰이는 가벼운 돌을 블룸에게 던진다. 진정한 여행자*297들과 들개들이 다가와서 그에게 오줌을 갈긴다. 중세 유대인

---

*291 모차르트의 오페라 〈돈 조반니〉 2막 15장에 나오는 기사장(騎士長)의 석상이 하는 대사.
*292 더블린에 있는 교도소. 여자 죄수들에게 직업훈련을 받게 했다.
*293 1행은 'If you see kay'이고 3행은 'See you in tea'인데, 각 문장은 FUCK(성교)와 CUNT(여성 성기)를 암시한다.
*294 고대 이스라엘에서 대제사장이 입던 법의.
*295 아자젤은 황야에 사는 버림받은 영혼, 타락천사(《레위기》 16 : 8). 릴리스는 밤의 악마, 일종의 여성. (《이사야서》 34 : 14).
*296 함은 노아의 아들, 함의 땅은 이집트다(《시편》 78 : 51) 미스라임도 히브리어로 상하 이집트를 뜻한다.
*297 그 무렵 술집의 개점 및 폐점 시간은 법으로 규제되어 있었으나, 여행자임을 증명할 수 있는 사람은 정해진 시간 외에도 식사나 음주를 할 수 있었다. 이를 악용해서 교외의 술집까지 나가는 사람들도 있었다. 즉 진정한 여행자란 술꾼, 취객의 별명이다.

처럼 긴 옷을 입고, 귀 옆에는 곱슬머리 타래를 늘어뜨린 매스챤스키와 시트론*298이 다가온다. 두 사람은 블룸을 향해 턱수염을 흔든다.)

매스챤스키와 시트론

악마! 이스트리아의 유대교도 놈!*299 가짜 구세주! 아불라피아!*300

(블룸의 양복 만드는 사람 조지 R. 메시어스가 다리미를 옆에 끼고 계산서를 내민다.)

메시어스

바지 한 벌 수선비 11실링입니다.

블룸

(기쁘다는 듯이 손을 비빈다) 마치 옛날로 돌아간 것 같군. 가난뱅이 블룸으로!

(검은 수염의 이스가리옷, 사악한 양치기 루벤 J. 도드가 아들의 익사체를 어깨에 메고 형틀로 다가온다.)

루벤 J.

(쉰 목소리로 속삭인다) 밀고 당했어. 밀고자가 경찰을 부르러 갔다고. 빨리 기차에 타.

소방대

플라아프!*301

---

*298 둘 다 블룸 부부의 옛 이웃들이다.
*299 16세기 초 이스트리아에 등장한 유대계의 이단 예언자. 자신을 메시아라 칭함.
*300 13세기 에스파냐 출신 유대인으로, 자신이 메시아라 주장함.
*301 사이렌 소리.

수도사 버즈

(또렷한 불꽃 자수가 놓인 노란 옷을 블룸에게 입히고는 길쭉한 고깔모자를 씌운다. 화약 주머니를 그의 목에다 걸고 그를 당국에 인도한다) 이자의 과오를 용서하시게나.

(더블린 소방대의 마이어스 부장이 사람들의 요구에 따라 블룸에게 불을 지른다. 비탄의 소리.)

시민*302

잘됐다!

블룸

(I.H.S.라는 문자가 새겨진 솔기 없는 의복을 입고, 불사조와 같이 불꽃 속에서 우뚝 선다) 나를 위하여 울지 마라, 오, 에린의 딸들아.*303

(더블린의 신문기자들에게 화상 자국을 보인다. 에린의 딸들은 검은 옷을 입고, 커다란 기도서와 불 밝힌 기다란 양초를 든 채 무릎 꿇고 기도한다.)

에린의 딸들

블룸의 콩팥이여, 우리를 위해 기도하소서.
욕탕의 꽃이여, 우리를 위해 기도하소서.
멘튼에게 조언하는 자여, 우리를 위해 기도하소서.
프리먼지의 광고부원이여, 우리를 위해 기도하소서.
자선가 프리메이슨이여, 우리를 위해 기도하소서.
방황하는 비누여, 우리를 위해 기도하소서.
죄의 감미로움이여, 우리를 위해 기도하소서.

---

*302 블룸과 술집에서 다툰 사람.
*303 I.H.S.는 에피소드 5에서 사제의 옷 뒤에 새겨져 있던 머리글자. 블룸이 한 말은 십자가에 매달리기 전에 예수가 하신 말씀 "예루살렘의 딸들아 나를 위하여 울지 말고……"를 모방했다. 〈루카복음서〉 23 : 28.

말 없는 음악이여, 우리를 위해 기도하소서.

시민을 꾸짖는 자여, 우리를 위해 기도하소서.

온갖 프릴 속옷을 입은 친구여, 우리를 위해 기도하소서.

매우 자비로운 산파여, 우리를 위해 기도하소서.

역병과 악병을 물리치는 감자여, 우리를 위해 기도하소서.[304]

(빈센트 오브라이언 씨가 지휘하는 600명의 합창대가 헨델의 〈메시아〉 가운데 "할렐루야, 전능하신 주님, 우리 하느님께서 다스리시니"를 합창한다. 조지프 그린이 오르간으로 반주한다. 블룸은 입을 다물고 쪼그라들더니 탄화(炭化)되어 간다.)

조이
당신 얼굴이 시커멓게 될 때까지 계속 얘기해 봐요.

블룸
(남루한 모자의 띠에 진흙 파이프를 꽂고 먼지투성이 신발을 신고, 이민자의 붉은 손수건 보따리를 손에 들고, 토탄층(土炭層)에 묻힌 나무토막처럼 까만 돼지를 밧줄로 묶어서 끌고, 눈에 미소를 띤 채) 이제 좀 보내 주세요, 주인마님. 코네마라[305]의 모든 산양을 걸고 맹세하건대, 난 참으로 매정한 푸대접을 받고 오는 길입니다. (눈에 눈물 한 방울이 솟는다) 모든 것이 미친 짓이에요. 애국심도, 죽은 자에 대한 애도도, 음악도, 민족의 미래도. 죽느냐 사느냐. 인생의 꿈은 끝났소. 편안하게 종말을 맞이하라. 다른 사람들은 살아남는 게 좋겠지. (슬픈 듯이 먼 곳을 바라본다) 나는 파산했소. 바곳 알약 두세 알만 있어도. 블라인드를 내리고, 유서를 한 장. 그 다음에 누워서 쉬는 거요. (조용히 숨을 쉰다) 지금까지. 충분히 살았소. 잘 지내요. 그럼 안녕.

조이
(목에 감은 리본에 손가락을 걸고 쌀쌀하게) 정말로요? 그럼 안녕. (그녀

---

*304 《가톨릭 기도문》의 '호칭 기도'를 흉내 냈다. 블룸의 하루 행위를 요약한 내용.
*305 골웨이주(州) 서해안 지방.

는 냉소한다) 오늘은 기분이 안 좋으신 모양이에요. 아니면 애인이랑 한판 벌였다가 너무 빨리 끝내 버렸다든가. 흥, 다 안다고요!

블룸

(쓸쓸하게) 남자와 여자, 사랑, 그게 다 뭔가? 코르크 마개와 병(瓶)과 같은 것이잖아. 이젠 지겨워. 전부 다 망해 버리라지.

조이

(새침한 얼굴로) 냉소적이기만 한 불쾌한 남자는 딱 질색이에요. 싸구려 매춘부하고나 놀지 그래요.

블룸

(후회하면서) 너무 심한 말을 했군. 당신이 필요한데. 고향은 어디지? 런던?

조이

(유창하게) 호그스 노턴, 돼지가 오르간을 연주하는 곳이죠.[306] 난 요크셔 출신이에요.[307] (젖꼭지를 만지작거리는 그의 손을 잡으면서) 잠깐만요, 귀여운 생쥐 씨.[308] 그러지 말고 좀 더 좋은 짓을 해 줘요. 숏타임 하실 돈은 있어요? 10실링?

블룸

(미소 지으며 고개를 천천히 끄덕인다) 더 많이 있지, 미인 아가씨, 더 많이 있어.

조이

그럼 더 좋아요. (비로드 같은 손으로 그를 가볍게 두들긴다) 음악실에

---

*306 관용구. 상대의 무례한 언동을 나무라고 비웃는 말이다. 호그스 노턴을 상대의 고향이라고 봤다. Hog에도 돼지란 뜻이 있다(《옥스퍼드판 영어속담사전》).

*307 요크셔 사람은 빈틈없다는 속설이 있다.

*308 전래동요에서 따왔다.

가서 새로운 자동 피아노를 보시지 않겠어요? 이리 와요, 나 옷을 벗을 테니까.

블룸

(망설이듯이 뒤통수를 쓰다듬으며, 껍질이 벗겨진 배[梨] 같은 유방의 균형미를 평가하면서, 고민하는 행상인의 이를 데 없는 곤혹스러움을 보이며) 아무개가 알면 지독하게 질투할 테지. 파란 눈을 가진 괴물*309 말이야. (진지하게) 꽤 어려운 문제야. 새삼 말할 필요도 없지만.

조이

(즐거워하면서) 눈에 안 보이면 마음도 안 괴롭다고 하잖아요. (그를 가볍게 두드린다) 이리 와요.

블룸

웃는 마녀인가! 요람을 흔드는 저 손이.*310

조이

큰 아가!

블룸

(아기 배내옷과 외투를 입고, 그물 같은 까만 머리카락으로 덮인 큼직한 머리를 하고, 커다란 눈동자를 그녀의 하늘하늘한 슬립에 고정한 채 통통한 손가락으로 청동 버클을 헤아리면서, 젖은 혀를 축 늘어뜨리고 혀짤배기소리로) 하나, 둘, 세엣. 세엣, 두울, 하나아.

버클

사랑한다. 사랑하지 않는다. 사랑한다.*311

---

*309 질투를 의인화한 것.

*310 '요람을 흔드는 손이 세계를 지배한다'는 속담.

*311 꽃잎 같은 것을 따거나 물건을 세거나 해서 사랑을 점칠 때 하는 말.

조이

침묵은 승낙을 의미한대요. (조그마한 갈고리손톱을 펼쳐 그의 손을 붙잡더니 그 손바닥에 집게손가락으로 프리메이슨 비밀 감독자의 신호를 그리면서 그를 파멸의 골짜기로 끌어들인다) 손이 따뜻한 사람은 마음이 냉정하대요.[312]

(그는 향기와 음악과 유혹에 둘러싸여 머뭇거린다. 그녀는 겨드랑이 냄새와, 아이라인을 그린 눈과, 슬립이 스치는 소리로 그를 끌어당겨 입구의 계단으로 인도한다. 물결치는 옷 주름 속에 그녀와 관계 맺은 야수 같은 사내들의 모든 사나운 취기(臭氣)가 깃들어 있다.)

야수 같은 사내들

(발정기 냄새와 똥내가 섞인 유황 냄새를 풍기며 약에 취한 머리를 흔들면서 가늘게 으르렁거리더니, 우리 안에서 몸을 일으킨다) 좋구나!

(조이와 블룸이 입구까지 오자 동업하는 매춘부들이 걸터앉아 있다. 두 사람은 먹화장을 한 눈썹 아래로부터 신기하다는 듯이 블룸을 관찰하고 그의 당황한 듯한 인사에 미소를 보낸다. 그는 어색하게 발을 헛디딘다.)

조이

(행운의 손으로 그를 재빨리 부축하며) 아이쿠! 위층에서는 넘어지지 마세요.

블룸

의인(義人)은 일곱 번 넘어지지.[313] (문지방에서 옆으로 비켜선다) 먼저 들어가시죠, 이렇게 말하는 것이 예의지?

조이

숙녀가 먼저, 신사는 나중에라지요?

---

[312] '손이 찬 사람은 마음이 따뜻하다'는 속담에서.
[313] "의인은 일곱 번 넘어질지라도 다시 일어나려니와"(《잠언》 24 : 16)를 인용한 것.

(그녀가 문지방을 넘는다. 그는 망설인다. 그녀는 돌아보더니 손을 내밀어 그를 끌어들인다. 그는 문지방을 타넘는다. 홀의 사슴뿔 모자걸이에 남자의 모자와 방수복이 걸려 있다. 블룸도 모자를 벗는데, 이것을 보고 생각에 잠긴 듯 미간을 찌푸리더니 이어 넋이 나간 듯 미소 짓는다. 충계참에 있는 방문이 활짝 열린다. 자주색 셔츠와 회색 바지를 입고 갈색 양말을 신은 남자가 원숭이 같은 걸음걸이로 지나간다. 대머리와 염소수염을 반짝 치켜들고 물이 찬 물동이를 끌어안고 까만색 두 갈래 바지멜빵을 발목까지 늘어뜨린 채. 블룸은 황급히 고개를 돌려 홀의 테이블 위에 있는 스패니얼종 개의 눈을 바라본다. 그리고 나서 고개를 들어 냄새를 맡으면서, 조이를 따라 음악실로 들어간다. 연보랏빛 얇은 종이로 된 전등갓이 샹들리에의 불빛을 흐리게 하고 있다. 나방 한 마리가 그 주위를 빙글빙글 날아다니고 있다. 바닥에는 옥색, 하늘색, 선홍색 장사방형(長斜方形) 모자이크 무늬의 리놀륨이 깔려 있다. 곳곳에 발자국이 남아 있다. 발꿈치와 발꿈치, 발꿈치와 발바닥, 발가락과 발가락, 얽힌 발, 실체가 없는 발을 끌면서 모리스 춤을 추는 망령들, 그 모든 것이 어지럽게 뒤엉켜 있다. 벽에는 주목(朱木) 잎사귀와 숲 속의 공터를 그린 벽지가 발려 있다. 난로의 격자에는 공작 깃털 칸막이가 펼쳐져 있다. 헤어클로스로 된 난로 양탄자 위에는 모자를 거꾸로 쓴 린치가 책상다리를 하고 앉아 있다. 그는 막대기로 천천히 박자를 맞춘다. 야위고 안색이 창백한 창부 키티 리케츠가 해군복을 입고 도스킨 장갑을 산호 팔찌 부근에서 접어 올린 차림새로, 손에는 사슬로 엮은 가방을 들고 테이블 가장자리에 걸터앉아 한쪽 다리를 덜렁덜렁 흔들며 맨틀피스의 금속 거울에 비친 자기 모습을 바라보고 있다. 코르셋 레이스의 장식 술이 윗옷 아래로 살짝 비어져 나와 있다. 린치가 피아노 곁에 있는 두 사람을 비웃듯이 가리킨다.)

키티

(손으로 입을 가리고 기침한다) 저 애는 좀 이상해요. (집게손가락을 돌린다) 돌았어요. (린치가 막대기로 그녀의 치마와 하얀 속치마를 들어올린다. 그녀는 재빨리 도로 잡아 내린다) 좀 점잖게 구세요. (그녀는 딸꾹질*314을 하더니 해군 모자를 얼른 앞으로 당겨 내린다. 헤나*315로 붉게 물들인 머리칼이 모자 아래에서 빛난다) 어머, 미안해요!

조이

조명을 좀 더 밝게요, 찰리. (샹들리에 가까이로 가서 가스마개를 완전히 연다)

키티

(가스등의 불꽃을 바라보며) 오늘 밤은 어디가 나쁘지?

린치

(장중하게) 망령과 도깨비들이 등장하신다.

조이

조이의 등을 토닥여줘요.

(린치의 손에 들린 막대기가 번쩍인다. 그것은 놋쇠 부지깽이. 스티븐이 자동 피아노 옆에 서 있다. 피아노 위에 모자와 물푸레나무 지팡이가 놓여 있다. 그는 두 손가락으로 또다시 공허오도(空虛五度)*316의 연속음을 되풀이한다. 어리석고 포동포동 살찐 금발의 매춘부 플로리 탤벗이 곰팡이 핀 딸기 색깔의 추레한 가운을 입고 소파 한구석에 대(大) 자로 뻗은 채, 쿠션 너머로 팔을 축 늘어뜨리고는 귀를 기울이고 있다. 졸려 보이는 눈꺼풀에 커다란 다래끼가 매달려 있다.)

키티

(허공에 뜬 다리를 한 번 걷어차더니 또 딸꾹질한다) 어머, 미안해요!

조이

(재빨리) 네 애인이 널 생각하고 있어서 그래. 속옷 끈 매.

---

*314 누군가가 내 생각을 할 때 딸꾹질이 난다고 한다. 유럽의 오래된 미신.
*315 부처꽃과의 관목. 이 나무 잎사귀에서 얻은 염료는 금발 따위를 물들이는 데 쓰인다. 석갈색.
*316 음악용어. 3도 음정이 없고 완전5도 음만 있는 화음. 공허한 느낌을 준다.

(키티 리케츠가 고개를 숙인다. 그녀의 털 목도리가 풀려 어깨와 등과 팔을 미끄러져내려 바닥에 떨어진다. 린치가 똬리를 튼 송충이 같은 물건을 막대기로 들어올린다. 그녀는 그것을 목에 감고 얼굴을 파묻는다. 스티븐은 모자를 거꾸로 쓴 채 웅크리고 있는 남자*[317]를 흘끗 바라본다.)

스티븐

실제적인 문제로서 말하자면, 베네데토 마르첼로*[318]가 이것을 발견했는지 창안했는지는 대단한 일이 아냐. 의식(儀式)이란 시인의 휴식이지. 그것은 데메테르*[319]에게 바치는 고대의 찬가(讚歌)일 수도 있고, 또 유명한 '하늘은 주님의 영광을 선포한다'*[320]일지도 몰라. 또한 프리기아풍과 리디아풍처럼 서로 아주 동떨어진 음절 혹은 음계일 수도 있고, 또 다윗, 즉 키르케*[321]의 사원, 아니, 케레스*[322]의 사원 주변에서 떠들어대는 사제의 기도문이거나, 아니면 가령 다윗이 마구간에서 그의 수석 바순 연주자*[323]에게 가르쳐주었던 주님의 전능하심에 관한 노래 가사 같은 것일 수도 있지. 그러나 젠장, 이거 이야기가 빗나갔군. '네 마음대로 하라, 젊음은 두 번 다시 오지 않으리니.'*[324] (그는 말을 멈추고 린치의 모자를 손가락으로 가리키면서 미소 짓더니 소리 내어 웃는다) 자네의 지혜의 혹*[325]은 어디에 달렸나?

모자

(못마땅한 듯 불쾌한 기색으로) 흥! '내가 옳은 건 내가 옳기 때문이다'라는 식인 건가. 여자의 논리지. 유대계 그리스인은 곧 그리스계 유대인이라느

---

*317 린치.

*318 이탈리아의 작곡가 겸 시인(1686~1739).

*319 그리스 신화. 대지와 풍요의 여신.

*320 〈시편〉 19장 1절의 첫머리를 살짝 바꾼 것.

*321 이 에피소드의 제목으로, 오디세우스의 부하를 돼지로 만든 마녀.

*322 데메테르에 해당하는 로마의 곡물 수확의 여신.

*323 〈시편〉 19편의 제목 '다윗의 시, 영장(伶長)으로 한 노래'에 근거한 말. '영장'을 우두머리 바순 연주자로 본 것.

*324 Jetez la gourme, Faut que jeunesse se passe.

*325 민간에서는, 머리에 툭 튀어나온 부분이 있으면 그곳에 지혜가 모인다고 생각했다.

니. 양극단은 만나게 마련이라느니. 죽음은 삶의 가장 높은 형태라느니. 흥!

스티븐

자네는 내 과오나 자만, 착각을 꽤 정확히 기억하고 있군. 언제까지 배신을 눈감아 줄까? 이 숫돌 같으니라구!

모자

흥!

스티븐

하나 더 말할 게 있어. (미간을 찌푸린다) 그 이유는 말이지, 바탕음과 딸림음*326의 음정 간격이 최대한 크기 때문인데, 그것은…….

모자

그것은 뭐? 끝까지 말해 봐. 말 못하겠지.

스티븐

(간신히) 음정으로 분리돼 있어서, 그것이. 되도록 커다란 타원을 그리며 합치되는 거야. 마지막 반복으로. 8음정으로. 그것이.

모자

그것이?

(밖에서 축음기가 〈성스러운 도시〉*327를 떠들기 시작한다.)

스티븐

(갑자기) 자기 자신과의 만남을 피해*328 세계의 끝까지 간 자, 하느님,

---

*326 중세 교회음악에서는 선법에 따라 바탕음이 바뀌기도 한다. 그런데 스티븐은 고대 그리스 선법과 교회의 선법이 같다고 보는 경향이 있다.

*327 웨덜리가 작사하고 애덤스가 작곡한 찬미가(1892)의 제목.

태양, 셰익스피어, 외판원, 이들은 실제로는 자기 자신과 만남으로써 자기 자신이 된다. 잠깐만 기다려 봐. 진짜 잠깐만. 거리에서 저 빌어먹을 것이 시끄럽게 구는군. 그것은 필연적으로 그 자신이 되도록 미리 정해져 있었던 그 자신이지. 보라!

린치
(비웃음이 담긴 웃음을 터뜨리더니 블룸과 조이 히긴스를 향해 씨익 웃어 보인다) 얼마나 아는 것이 많은 연설인가, 안 그래, 응?

조이
(활기차게) 불쌍한 건 당신 머리통이죠. 저이는 당신이 잊어버린 것보다 더 많이 안다고요.

(뚱뚱한 플로리 탤벗이 멍청히 스티븐을 바라본다.)

플로리
이번 여름에 마지막 심판의 날이 온대.

키티
설마!

조이
(웃음을 터뜨린다) 하느님도 정말 너무하시지!

플로리
(화가 나서) 하지만 신문에도 적그리스도*329 이야기가 실렸다고요. 아,

---

*328 마테를링크의 말을 떠올렸다.
*329 넓은 뜻으로는 최후의 시대에 나타나는 그리스도의 적대자로, 사람들을 유혹하고 믿는 자들을 괴롭히지만 결국 그리스도에게 패배하는 악마적 존재를 뜻한다(《신(新) 가톨릭 대사전》).

발이 가려워.

(누더기를 입은 맨발의 신문팔이 소년들이 꼬리 달린 연을 날리면서 소리를 지르며 급히 지나간다.)

신문팔이 소년들
최신 뉴스. 목마 경주 결과예요. 로열 운하에 바다뱀이. 적그리스도 무사히 도착.

(스티븐이 블룸을 돌아본다.)

스티븐
한 때, 두 때와 반 때 동안.[330]

(적그리스도, 방황하는 유대인 루벤 J.가 탐욕스런 손을 벌려 등골에 댄 채 비틀거리며 나아간다. 허리에 달린 순례자의 구걸 주머니에서 약속어음과 부도어음 다발이 튀어나와 있다. 기다란 갈고리 삿대를 어깨에 높이 멨는데, 삿대 끝 갈고리에는 리피강에서 건져 올린 외아들의 흠뻑 젖은 쭈그러진 몸뚱이가 바짓가랑이에 의지해 매달려 있다. 펀치 코스텔로의 모습을 한 도깨비가 짙어가는 어둠 속에서 공중제비를 넘으며 굴러 나온다. 다리병신에 꼽추, 뇌수종, 푹 들어간 이마와 툭 튀어나온 턱, 앨리 슬로퍼[331]의 사자코.)

일동
뭐야?

도깨비
(턱을 덜덜 떨면서 이리저리 뛰어다닌다. 눈을 뒤룩뒤룩 굴리고 쇳소리를

---

[330] 〈요한묵시록〉의 "(사내아이를 낳은 여인은) 뱀을 피하여 그곳에서 한 때와 두 때와 반 때 동안 보살핌을 받았다"(12 : 14)를 염두에 둔 것이다. 뱀은 적그리스도로 해석된다.
[331] 19세기 말 어느 주간지의 해학적인 이야기에 나오던 애물단지 가장(家長).

내면서 뭔가 붙잡으려는 듯 양팔을 쑥 내밀고 캥거루처럼 뛰더니, 이어서 다리 사이로 입술 없는 얼굴을 불쑥 내민다) 온다! 그것은 나다! 웃는 사나이*332다! 원시인이다! (이슬람의 열광적인 수도사처럼 큰 소리로 울며 빙글빙글 돈다) 신사 숙녀 여러분, 돈을 걸어요! (몸을 웅크리고 마술을 부린다. 조그만 룰렛 유성(遊星)이 차례차례 손안에서 뛰쳐나온다) 내기 시작! (유성은 타닥타닥 소리를 내며 서로 부딪친다) 끝! (유성은 두둥실 떠오르는 풍선이 되어 부풀더니 이리저리 떠돌며 사라져 간다. 그는 허공으로 뛰어든다)

플로리

(넋을 잃고 남몰래 성호를 긋는다) 이 세상의 종말!

(그녀의 몸에서 여성의 미지근한 악취가 흘러나와 퍼진다. 몽롱한 어둠이 주위를 감싼다. 허공에 떠 흘러가는 안개를 뚫고, 바깥에 놓인 축음기가 기침 소리와 발을 질질 끄는 소리 위로 요란하게 울린다.)

축음기

예루살렘이여!
문을 열고 노래하라
호산나……*333

(폭죽이 하늘로 치솟더니 펑하고 터진다. 거기에서 하얀 별 하나가 내려와 만물의 종말과 엘리야의 재림을 고한다. 천정(天頂)에서 천저(天底)까지 보이지 않는 무한한 밧줄이 팽팽하게 쳐져 있다. 그 밧줄 위로 세계의 종말이, 즉 스코틀랜드 사냥 안내인의 킬트, 경기병의 모피 예모(禮帽), 격자무늬 명주 킬트 따위를 차려입은 대가리가 둘 달린 문어가, 물구나무를 선 채 맨섬〔島〕의 세 다리 문양*334 같은 모양새로 빙글빙글 돌면서 안개 속을 지나

---

*332 '웃는 사나이'란 빅토르 위고가 쓴 소설(1869)의 제목이기도 하다. 어릴 때 유괴범에게 얼굴을 찢기는 바람에, 언제나 웃는 것처럼 보이는 사나이의 비극적인 이야기.
*333 앞서 소개한 찬미가 〈성스러운 도시〉에 나온다.

간다.)

세계의 종말
(스코틀랜드 사투리로) 뱃놀이 춤을 출 사람 누구 있나, 뱃놀이 춤, 뱃놀이 춤을?

(소용돌이치며 몰아치는 안개의 돌풍과 괴로운 헛기침을 억누르면서, 뜸부기처럼 귀에 거슬리는 엘리야의 탁한 목소리가 높이 울려 퍼진다. 그는 소맷부리가 크고 헐렁한, 론(lawn)으로 짠 하얀 옷을 입고 땀을 흘리면서, 성당지기의 얼굴을 하고 옛 영광의 깃발을 씌운 연단 위에 모습을 드러낸다. 그는 연단 가장자리를 주먹으로 쾅 하고 친다.)

엘리야
이곳 작은 술집에서 시끄럽게 떠들지 마시오. 제이크 크레인, 크리올 수, 데이브 캠벨, 에이브 커쉬너, 기침을 하려거든 입을 다물고 하시오. 알겠소? 난 이 직통간선(直通幹線)을 전부 관할한단 말이오. 여러분, 때는 왔소. 하느님의 시간은 지금 12시 25분. 그곳에 가겠다고 어머니께 말하시오.*335 서둘러 신청하는 게 좋을 거요. 그것이 똑똑하고 눈치 빠른 행동이지. 지금 이 자리에서 참가하시오. 영원한 생명의 환승역까지 멈추지 않고 가는 직통열차의 차표를 사시오. 한마디만 더 하겠소. 당신들은 하느님이오, 아니면 비참한 얼간이요? 코니아일랜드*336에 재림이 이루어지면 어쩔 거요? 플로리 크라이스트여, 스티븐 크라이스트여, 조이 크라이스트여, 블룸 크라이스트여, 키티 크라이스트여, 린치 크라이스트여, 우주의 힘에 감응하고 못하고는 그대들 하기 나름이라오. 우주에 관한 일이 두렵소이까? 그럴 리가. 천사들의 편이 되시오. 프리즘이 되시오. 그대들의 내부에는 예의 그것이 있소, 바로 고차원적인 자아라는 것이. 그대들은 예수나 고타마*337나

---

*334 세 다리 문양은 바다의 신 마나난의 상징으로, 맨섬의 문장(紋章)이기도 하다. 마나난은 맨섬의 옛 수호신이고 안개는 마나난의 속성이다.

*335 1890년 이느 미국 유행가의 제목.

*336 뉴욕항(港) 롱아일랜드에 있는 유원지.

잉거솔*338 같은 사람과 어깨를 겨눌 수 있단 말이오. 그대들은 모두 이 감응의 힘 속에 있소이까? 그야 물론. 일단 이것을 깨닫기만 하면, 형제들이여, 천국으로 가는 즐거운 여행이야 따 놓은 당상이오. 알겠소? 이것은 생명을 빛나게 해 주는 거요, 정말로. 지금까지 없었던 굉장한 거지. 잼이 듬뿍 든 맛있는 파이하고 똑같은 거요. 이처럼 재치 있고 매력적인 방법은 달리 없소. 훌륭하고 월등히 뛰어나지. 정력 회복제라오. 감응이 부르르 떨리듯이 온다오. 정말이오, 나도 부르르 감응하는 사람들 가운데 하나니까. 농담은 그만두고 다시 진지한 얘기로 돌아가겠소. A.J. 크라이스트 도위와 조화의 철학에 대해서는 알았겠죠? 좋소. 69번거리 서구 77번지. 알아들었소? 좋아. 언제든지 나한테 태양 전화를 거시오. 술꾼들은 우표를 모을지어다. (큰소리로) 자, 그럼 찬미가를 부릅시다. 모두 다함께 입을 모아 노래합시다. 다시 한 번! (노래한다) 예루…….

축음기
(그의 목소리를 뒤덮으며) 호루살렘그높디노프은……. (레코드가 바늘에 긁혀 끽끽 소리를 낸다)

세 매춘부들
(귀를 막으며 시끄럽게 꽥꽥거린다) 아크크크!

엘리야
(셔츠 소매를 걷어 올리고, 까만 얼굴로,*339 양팔을 번쩍 들더니 목청껏 외친다) 하늘에 계신 위대한 형제, 대통령 각하, 지금까지 제가 드린 말씀 잘 들으셨겠지요. 정말로 저는 당신을 굳게 믿고 있습니다, 대통령 각하. 또한 히긴스 양과 리케츠 양이 마음속 깊이 신앙을 갖고 있다고 저는 확신하고 있습니다. 정말로, 플로리 양, 내 지금껏 당신만큼이나 겁에 질린 여인은 본

---

*337 석가모니의 성(姓).
*338 19세기 미국의 법률가, 웅변가. 불가지론적 강연을 하고 자선사업에 몸 바쳤다.
*339 여기서 엘리야는 크리스티 민스트렐 쇼로 유명한 유진 스트래튼으로 변신했다. 설교도 미국 흑인 설교자의 말투로 이루어지고 있다. '대통령 각하'는 하느님을 뜻한다.

적이 없소. 대통령 각하, 이곳으로 내려오셔서서 제가 이 자매들을 구하도록 도와주소서. (청중을 향해 윙크한다) 우리 대통령 각하는 뭐든지 다 알고 계시나 아무 말씀도 하시지 않아요.

키티─케이트

내가 정신이 나갔었나 봐. 그만 넋 놓고 콘스티튜션 언덕에서 그런 실수를 저지르고 말았지. 주교님께 견진성사를 받고 갈색 스카플라리오를 걸치는 몸이 되었으면서도. 우리 이모님은 몽모랑시 집안의 사람과 결혼하셨고. 내 순결을 빼앗은 자는 근처의 배관공이었어요.

조이─패니*340

난 재미 삼아서 그놈에게 내 안에 그것을 넣게 했지.

플로리─테레사

헤네시 스리스타를 마신 데다 포트포도주까지 곁들여 들이켠 탓이야. 웰런이 침대 속으로 슬쩍 기어 들어오는 바람에, 난 잘못을 저질러 버렸어.

스티븐

태초에 말씀이 계시니라,*341 그리고 종국에는 끝없는 세계가 있도다. 팔복 (八福)*342에 축복 있으라.

(팔복들, 흰 가운을 입은 외과 의학생 딕슨, 매든, 크로더스, 코스텔로, 레너헌, 배넌, 멀리건, 린치가 4열 횡대로 서서 다리를 쭉쭉 뻗으며 보조를 맞춰, 발소리도 요란하게 대지를 밟으면서 행진해 지나간다.)

팔복들

(닥치는 대로) 맥주, 쇠고기, 투견, 소장수, 사업, 술집, 계간(鷄姦), 주

---

*340 조이의 성은 히긴스이고, 패니 히긴스는 블룸의 외할머니 이름이다.
*341 〈요한복음서〉 1장 1절.
*342 본디 그리스도가 가르친 8가지 행복을 뜻한다(《마태오복음서》 5 : 3~10).

교.*343

리스터

(퀘이커교도 같은 회색 반바지를 입고 테가 넓은 모자를 쓰고, 신중한 말투로) 그는 우리의 친구입니다. 험담을 일일이 늘어놓을 수는 없는 노릇이죠. 그대 빛을 구할지어다.

(그는 잰걸음으로 춤을 추며 사라진다. 베스트*344가 곱슬머리에 컬 페이퍼를 말고, 반들반들하게 세탁한 미용사 옷을 입고 나타난다. 존 이글린턴이 그 뒤를 따른다. 그는 도마뱀 문자가 적힌 중국 관리복 같은 황갈색 기모노 풍 옷을 입고, 키가 높은 파고다 모자를 쓰고 있다.)

베스트

(미소 지으며 모자를 벗자, 오렌지색 리본으로 묶은 변발한 머리의 한 다발이 맨머리 꼭대기에 서 있다) 난 방금 그를 아름답게 꾸미던 참이야. 아름다운 것은 말이지, 왜 예이츠가 말하잖아, 아니, 그러니까, 키츠가 한 말 있잖아.*345

존 이글린턴

(초록색 갓을 씌운 휴대용 램프를 꺼내 한구석을 비춘다. 물어뜯는 것 같은 말투로) 심미학이나 화장품은 여자의 침실에나 두라지. 내가 구하는 것은 진리야. 평범한 사람에게는 평범한 진리를. 탄데라지*346 사람은 사실을 구하고, 또 반드시 사실을 손에 넣지.

---

*343 Beer beef battledog buybull businum barnum buggerum bishop. 팔복(Beatitudes)의 머리글자 B를 바탕으로, 행진하는 발소리에 맞춰 지어낸 말. buybull은 Bible(성경)과 Buy John Bull(영국 제품을 사라)을 합친 것. businum, barnum, buggerum은 각각 busy(바쁘다), bar(술집), bugger(남색자)에 라틴어 명사 같은 어미를 붙인 것이다. bishop(주교)에는 속어로 '실내변기'라는 뜻도 있다. 에피소드 14 참조.

*344 국립도서관에서 셰익스피어에 대해 토론할 때 스티븐 편을 들었던 친구.

*345 낭만파 시인 존 키츠의 장편시 〈엔디미온〉(1818)의 앞머리에 '아름다운 것은 영원한 기쁨'이란 말이 나온다.

*346 북아일랜드의 아마주(州)에 있는 작은 마을. 이글린턴 본인은 더블린 사람이다.

(원뿔형 서치라이트가 석탄 통의 그늘을 비추자 성스러운 눈의 선현(先賢), 수염을 기른 마나난 맥리르*347가 무릎에 턱을 얹고 생각에 잠겨 있는 모습이 드러난다. 그는 천천히 일어난다. 드루이드교 사제의 입에서 차가운 바닷바람이 인다. 머리 주위에서 뱀장어와 새끼 뱀장어가 몸부림친다. 해초와 조개껍데기가 그의 몸을 뒤덮고 있다. 오른손으로 자전거의 공기 펌프를 들고, 왼손으로 커다란 가재의 두 집게발톱을 쥐고 있다.)

마나난 맥리르

(파도의 목소리로) 옴! 헤크! 월! 아크! 러브! 모어! 마!*348 신들의 백의(白衣)의 요가*349 수행자. 헤르메스 트리스메기스토스*350의 신비로운 포이만드레스. (펑펑 부는 바닷바람의 목소리로) 파나자남 패트시펀자우브!*351 나는 속지 않는다. 누가 말했지, 왼쪽을, 샤크티의 신앙을 주의하라고. (폭풍우를 알리는 새의 울부짖음으로) 샤크티 시바*352여! 암흑에 둘러싸인 아버지시여! (공기펌프로 왼손에 든 가재를 때린다. 협동조합 시계의 글자판 위에 천체 12궁(宮)의 기호가 번쩍인다. 그는 거친 대양의 목소리로 비통하게 부르짖는다) 옴! 바움! 피자움! 나는 홈스테드*353의 빛이다! 나는 공상가의 낙농 농가 버터니라.

(해골 같은 유다의 손이 빛의 목을 조른다. 초록색 빛이 엷어져서 연보라색으로 변한다. 가스불꽃이 휘휘 소리를 내며 흐느낀다.)

---

*347 A.E.(조지 러셀)을 말한다. 그는 자신이 쓴 희곡 〈디어드리〉의 첫 공연에 바다의 신 마나난으로 출연했다.

*348 Aum! Hek! Wal! Ak! Lub! Mor! Ma! '인간 언어의 근본'에 대한 A.E.의 설에 따르면, Aum은 시작이자 끝이며 Hek는 열, 정열, Wal은 불과 물, Ak는 관통, Lub는 체내에서 타오르는 생명의 불꽃, Mor는 정숙, Ma는 생각을 의미한다. 조이스는 성행위를 떠올리는 방식으로 이것을 배열했다.

*349 인도의 밀교. 그 행자(行者)는 마법을 터득한다고 한다.

*350 이집트 지혜의 신 토드의 그리스 명.

*351 산스크리트어에서는 힘, 힌두교에서는 신. 이 신은 오른쪽은 남성, 왼쪽은 여성이다.

*352 힌두교에서 3위1체 신의 하나.

*353 농가, 농장을 뜻한다. 러셀의 농업협동조합 활동과 그 기관지인 〈아이리시 홈스테드〉를 염두에 둔 말이다.

가스불꽃

푸우아! 퓨우이이이이이이이이!

(조이가 샹들리에로 달려가 한쪽 다리를 굽혀 가스맨틀을 바로잡는다.)

조이

누구 담배 없어요?

린치

(테이블 위에 담배 한 개비를 던진다) 자.

조이

(새침하게 고개를 기울인다) 이게 숙녀에게 물건 건네는 방식인가요? (불꽃 위로 팔을 뻗어서 덥수룩한 갈색 겨드랑이 털을 내보이며 천천히 담배를 굴려 불을 댕긴다. 린치가 부지깽이로 그녀의 슬립 한쪽 끝을 대담하게 들어 올린다. 가터 위로 물과 요정의 초록빛이 감도는 사파이어 빛깔을 띤 맨 살결이 드러난다. 그녀는 조용히 담배를 뻐끔거린다) 엉덩이에 있는 점이라도 보이나요?

린치

안 보고 있어.

조이

(추파를 던진다) 안 봐요? 하기야 당신은 그런 짓을 하지 않겠죠. 레몬을 핥고 싶나요?

(일부러 부끄러워하는 척 의미심장하게 블룸을 흘끔 보더니, 몸을 꼬듯 비틀어 그에게로 향하며 부지깽이에서 슬립 자락을 떼어 낸다. 그녀의 살갗 위에 또다시 푸른 물빛이 흐른다. 블룸은 우뚝 선 채 엄지손가락을 배배 꼬며 탐욕스런 미소를 띤다. 키티 리케츠가 가운뎃손가락에 침을 묻히더니 거

울을 보면서 두 눈썹을 매만진다. 왕실 문서 담당자인 리포티 비라그[354]가 난로의 굴뚝을 통해 주르륵 미끄러져 내려와서는, 꼴사나운 모습으로 분홍색 죽마(竹馬)를 타고 왼쪽으로 두 걸음 성큼성큼 걷는다. 그는 여러 겹의 외투에 소시지처럼 감싸인 채 갈색 매킨토시를 입고 그 아래로 양피지 두루마리를 들고 있다. 왼쪽 눈에서 캐셜 보일 오코너 피츠모리스 티스덜 패럴[355]의 외알 안경이 번쩍인다. 머리에는 고대 이집트왕의 이중관(二重冠)이 씌워져 있고 양쪽 귀에는 깃펜이 꽂혀 있다.)

비라그

(뒤꿈치를 모으고 인사한다) 내 이름은 비라그 리포티, 출신지는 솜버트헤이.[356] (조심스럽게 마른기침을 하고) 이 근방에서는 여기저기 난잡한 알몸뚱이가 눈에 띄는 것 같군, 안 그래? 게다가 뜻하지 않게 둔부가 보였다는 것은, 네가 그토록 고마워하게도 그녀가 속옷을 입지 않았다는 사실을 공교롭게도 나타내는 게지. 허벅지에 있는 주사 자국을 너도 눈치 챘다고 생각하는데? 좋아.

블룸

할아버지. 하지만······.

비라그

그에 비해 두 번째,[357] 즉 선홍색 입술연지에 하얀 머리장식을 한 저 여자, 저 머리카락은 우리 종족의 사이프러스 추출물에 적지 않은 신세를 지고 있지, 뭐 아무튼 그녀는 나들이옷을 입고 있군. 몸가짐으로 보아 코르셋으로 꽉 조이고 있는 듯한데. 말하자면 등골이 앞으로 와 있어. 내 말이 틀렸다면 얼마든지 반박해도 좋다만, 내가 보기에, 흘끔흘끔 쳐다보게끔 란제리를 드

---

*354 블룸의 할아버지. 다음의 자기소개에서는 성과 이름의 순서를 바꿔 '비라그 리포티'라고 말하는데, 이는 헝가리의 관습이다.
*355 더블린의 괴짜.
*356 헝가리 서부의 한 마을. 오스트리아와의 접경시대에 있다.
*357 키티.

러내는 천박한 여자들의 그런 짓거리에 네가 끌리는 건, 그들의 그 노출증환자적성향적성격*358 때문이지. 한마디로 말하자면 히포그리프*359 같은 것들이랄까. 그렇지?

블룸

그녀는 꽤 말랐어요.

비라그

(그다지 불쾌하지 않은 투로) 바로 그렇지! 잘도 눈치 챘구나. 스커트에다 저런 주머니를 달고 위쪽을 살짝 부풀린 모양새는, 엉덩이 크기를 한층 강조하기 위해 고안된 방책이야. 어느 멍청한 남자를 구워삶아서 어딘가 세일하는 데서 금방 사온 거겠지. 사람들의 눈을 속이는 거짓된 치장이다. 세세한 부분까지 신경 쓴 저 흔적을 보라고. 오늘 입을 수 있는 것은 내일 입지 마라.*360 시차(視差)의 문제지! (신경질적으로 머리를 움찔 흔들더니) 내 뇌수(腦髓)가 터지는 소리 들었나? 다음절(多音節)적*361이다!

블룸

(한쪽 팔꿈치를 손바닥 위에 얹고, 집게손가락을 뺨에 대고) 저 여자는 슬퍼 보여요.

비라그

(냉소를 띠고, 누런 족제비 이빨을 드러내고, 손가락으로 왼쪽 눈을 끌어내리고 쉰 목소리로 짖어 댄다) 속임수다! 숫처녀와 거짓 눈물을 조심해라. 골목길의 백합*362을 말이야. 여자는 누구든 루알더스 콜럼버스가 발견한 수

---

*358 exhibitionististicicity. 저자가 만든 조어.

*359 말의 몸뚱이에 독수리 머리와 날개를 조합한 전설의 동물. 여기서는 힙(hip)의 동물이라는 뜻일까.

*360 격언 "오늘 할 수 있는 일을 내일로 미루지 마라"를 흉내 낸 것.

*361 pollysyllabax. 발음의 유사성으로 인해 바로 앞의 '시차(paralax)'라는 단어에서 유추되어 나온 것으로, 확실치는 않으나 다음절(多音節)의 'polysyllavic'를 뜻하는 것으로 보인다.

*362 "나는 샤론의 수선화요 골짜기의 백합화로다"(《아가》2장 1절) 참조.

레국화*363를 가지고 있다. 여자는 자빠트려라. 짓눌러 버려. 카멜레온이다. (약간 부드럽게) 자, 그러면 제3호*364를 볼까. 육안으로 보이는 것은 얼마든지 있다. 정수리의 저 산화(酸化) 처리된 식물성 고깃덩어리를 보거라. 세상에, 잘도 뛰노네!*365 다리가 길고 엉덩이가 큼직하니 무리 가운데 미운 오리 새끼로구나.

블룸

(유감스러운 듯) 하필 총을 안 가지고 나왔을 때.*366

비라그

우리는 온갖 상품을 갖춰 놓았습니다, 부드러운 것, 중간 것, 빡빡한 것. 돈 내시고 마음에 드는 것을 선택하세요. 틀림없이 무엇이든 만족하실 테니 ……

블룸

무엇이든……?

비라그

(혀 꼬부라진 소리로) 암! 보라고. 저 여자는 엉덩이가 넓어. 꽤 두꺼운 지방층에 싸여 있어. 가슴이 묵직한 걸 보면 틀림없이 포유류인데, 보다시피 몸의 앞쪽에 참으로 멋지고 풍만한 돌기 2개가 특별히 눈에 띄지, 마치 점심 수프 그릇에 뚝 떨어질 것만 같잖아. 한편 뒤쪽 아래에는 또 다른 돌기 2개가 있어서, 그녀가 튼튼한 직장(直腸)의 소유자임을 암시하고, 또 촉진(觸診)하기 좋게 부풀어 있으니, 여기에 탄력성만 있다면 더 바랄 게 없지. 이

---

* 363 bachelor's button. 기는미나리아재비, 수레국화 따위의 총칭. 말 그대로 해석하면 '독신자의 단추'인데, 여기서는 여성 생식기인 음핵을 가리키는 듯하다. 루알더스 콜럼버스(마테오 레날도 콜럼버스)는 16세기 이탈리아의 해부학자로 자신이 음핵을 처음 발견했다고 주장했다.
* 364 플로리.
* 365 What ho, she bumps ! 뮤직홀의 노래 제목.
* 366 '총 없이 오리를 본들 무슨 소용이랴'라는 격언에서 인용.

런 부위들이 통통하게 살집이 오른 건 그만큼 영양에 신경 쓴 결과야. 우리에 가둬 놓고 살찌우면 간장(肝臟)은 엄청나게 비대해지지. 그리고 새로운 빵을 호로파*367나 안식향(安息香)*368과 함께 반죽해서 적당한 양의 녹차에 담가 두면 단시간 내에 매우 거대한 지방(脂肪) 덩어리로 변해 버린다. 그러는 편이 네 뜻에도 맞겠지, 안 그러냐? 갈망의 대상, 이집트의 뜨끈뜨끈한 고기전골*369이라고. 그 속에 푹 빠져서 즐기면 돼. 석송.*370 (그의 목이 꿈틀하며 경련한다) 우르르 쾅! 자, 또 간다.*371

블룸

저는 저 다래끼가 싫은데요.

비라그

(눈썹을 확 치켜들더니) 금반지로 문지르면 낫는다잖아.*372 여성의 약점을 이용하는 논법이지. 그 옛날 로마와 고대 그리스에서 디플로도쿠스나 이크티오사우루스*373가 집정관이었던 시절부터 나돌던 말처럼 말야. 그 뒤에는 이브의 영약에 맡겨 두면 돼. 비매품. 임대(賃貸)에 한한다. 위그노교도에게 말이다. (움찔 경련한다) 이상한 소리군. (기운을 북돋우려는 듯이 기침한 다음) 하지만 저건 그냥 사마귀일지도 몰라. 전에 이것에 대해 가르쳐 줬는데 잊어버리진 않았겠지? 거친 밀가루에 벌꿀과 육두구를 섞는 거야.

블룸

(곰곰이 생각하면서) 석송과 음절을 밀가루에? 이건 꽤나 까다롭군요. 오늘은 유난히 고된 날이기도 했고. 사건이 연달아 일어나서. 잠깐. 그러니까 사마귀의 피는 사마귀를 더 퍼뜨린다고 말씀하셨는데…….

---

*367 콩과 식물. 씨앗은 향신료나 약으로 쓰인다.
*368 안식향나무의 진액. 이것도 약품이나 향료로 쓰인다.
*369 모세에게 인도되어 이집트를 나온 유대인들이 배가 고플 때 생각한 이집트의 맛있는 음식.
*370 양치식물. 포자는 약재로 쓰일 뿐 아니라 폭죽 재료로 쓰이기도 한다.
*371 1688년 뮤직홀의 노래에서 따 왔다.
*372 다래끼는 금반지 같은 금품으로 9번 살살 문질러 주면 낫는다는 미신이 있다.
*373 중생대 쥐라기의 공룡과 어룡. 집정관의 이름이 아니다.

비라그

(엄하게, 코를 크게 부풀리며 곁눈으로 윙크하면서) 엄지손가락은 그만 굴리고 곰곰이 잘 생각해 봐. 저런, 잊어버렸군. 기억술을 쓰라고. 대의(大義)는 성스럽도다.*374 따라란. 따란.*375 (방백) 이것으로 녀석은 틀림없이 생각해 낼 거야.

블룸

아마도 로즈메리*376나, 기생조직(寄生組織)을 지배하는 의지력에 대해서도 말씀하신 것 같은데요. 그러면, 아냐, 아니지, 알았어. 죽은 사람의 손에 닿으면 낫는다 하셨죠? 기억의?

비라그

(흥분해서) 맞아. 맞아. 바로 그거야. 기술이지. (그는 힘껏 양피지 두루마리를 두드린다) 여기에 대처 방법이 자세히 기록되어 있다. 목록을 살펴봐, 착란성(錯亂性) 공포증에는 바곳, 우울증에는 염산, 남성의 지속적인 발기에는 할미꽃. 그럼 이제 절단술(切斷術)에 대해 얘기해 보자꾸나. 예부터 친숙한 부식제(腐蝕劑). 사마귀에 영양을 줘서는 안 돼. 안이 텅 비면 말총으로 감아서 뿌리부터 확 잘라 내는 거야. 그런데 화제를 바꿔 불가리아와 바스크에 관해 말하자면, 너는 남장 여자들을 좋아하는지 싫어하는지 확실하게 마음 정했니?*377 (빈정대듯이 흐흐 웃는다) 분명히 넌 꼬박 1년을 종교문제 연구에다 바쳤고, 1882년 여름에는 원을 같은 면적의 네모로 바꿔서, 그 100만 파운드를 손에 넣겠다고 했었지. 석류 놈아!*378 숭고함과 우스꽝스러움은 종이 한 장 차이야. 그래, 파자마는 어떠냐? 아니면 천을 덧댄, 메리야스뜨기로 짠 니커즈*379는? 그도 아니면 정교하게 조합해서 만든

---

*374 마이어베어의 오페라 〈위그노〉(1836) 제4막에 나오는 대사.

*375 나팔소리를 흉내 낸 것.

*376 기억력 유지에 효과적이라고 하는데 최음제로도 쓰인다.

*377 불가리아 여성과 에스파냐 바스크 지방의 여성은, 정장(正裝)을 할 때 치마 아래에 폭이 좁은 바지를 입는다.

*378 비웃는 말일까. 독일어로 석류는 '사기도박사'라는 뜻도 된다.

*379 무릎 아래에서 조이는 여성용 속바지.

속옷 캐미니커즈*³⁸⁰는 어떠냐? (비웃으면서 수탉 울음소리를 낸다) 키이키 이리이키이!*³⁸¹

(블룸은 좀처럼 결심하기 어렵다는 듯이 3명의 매춘부들을 훑어보더니 이어 전등갓으로 덮인 연보라색 불빛을 보고, 아까부터 날고 있는 나방의 날갯짓 소리를 듣는다.)

블룸

그때는 지금쯤이면 결론을 낼 생각이었지만요. 나이트가운이 영 마음에 안 들어서. 그래서 이렇게 됐죠. 하지만 내일은 또 이제부터 새로운 날이고. 지나가 버린 게 오늘이고. 지금 있는 것은 다음에는 내일이 될 거고, 지금 있는 것이 지나가서 어제가 되는 것처럼,

비라그

(그의 귓속에 매우 빠른 말로 대사를 속닥속닥 불어넣는다) 하루살이 곤충들은 교미만 되풀이하다가 짧은 일생을 마친다. 암컷은 아름다움은 좀 부족해도 등에 연장외음부(延長外陰部) 신경조직이 있어서, 냄새로 상대를 끌어들인다고. 귀여운 앵무새야! (노란 앵무새의 주둥이가 콧소리를 내며 떠든다) 우리 유대력(曆) 5550년*³⁸² 무렵에 카르파티아산맥 지방에는 이런 속담이 있었지. 한 숟갈 가득한 벌꿀은 최상급 맥아식초(麥芽食醋) 여섯 통보다도 더 좋아서 친구 브루인*³⁸³을 끌어들인다고. 곰 서방은 쿵쿵 꿀벌은 조마조마. 하지만 이런 얘기는 이제 그만두고. 뒷이야기는 다음에 하지. 우리 국외자들은 참으로 만족하고 있다, (그는 기침한다. 그리고 이마를 숙이고 생각에 잠긴 듯 손으로 코를 문지른다) 너는 그런 밤의 곤충들이 빛을 따라 온다는 것을 보겠지만. 착각이다. 그들의 눈은 복안(複眼)이라서 조절할 수가 없으니까 말야. 이러한 어려운 문제에 관해서는, L.B. 박사*³⁸⁴가 올해 가

---

*380 소매 없는 여성용 속옷. 캐미솔과 니커즈, 즉 위아래 속옷을 하나로 만든 것이다.
*381 독일어에서 수탉 울음소리를 나타내는 의성어.
*382 서력 1789년.
*383 중세 우화인 〈여우 이야기〉에 등장하는 곰의 이름.

장 인기 있는 책이라고 말한 나의 《성학원리(性學原理), 일명 애정론》 제17 권을 봐. 실례를 들자면, 자동으로 반복행동을 하는 것도 있지. 알겠나. 그건 그 녀석에게 어울리는 태양이야. 밤의 새, 밤의 태양, 밤의 도시. 어디 붙잡아 보시지, 경찰 아저씨! (블룸의 귀에 숨을 불어댄다) 윙윙![385]

블룸

저번에도 꿀벌인지 금파리인지가 벽의 그림자를 들이받아 눈이 빙빙 돌았는지 비틀비틀 헤매다가 셔츠 속으로 들어오는 바람에, 내가 얼마나 지독한 꼴을…….

비라그

(태연한 표정에 여자같이 낭랑한 목소리로 웃는다) 그거 멋진데! 바지 앞섶에 가뢰,[386] 씨뿌리기용 구멍 파는 연장[387]에 겨자 연고라. (칠면조의 늘어진 볏을 흔들며 탐욕스럽게 떠들어 댄다) 칠면조야! 칠면조야! 어디까지 얘기했더라? 열려라, 참깨! 나왔도다! (재빨리 양피지를 펼치더니 손톱으로 문자를 긁으면서, 개똥벌레 같은 코를 반대로 움직이며 읽는다) 기다리게, 친구여. 그대에게 대답을 줄 테니. 곧 레드뱅크의 굴을 얻게 되리라. 나는 최고의 요리사니까. 저렇게 즙 많은 쌍각류조개[388]는 몸에 좋을 테고, 뭐든지 먹어 치우시는 잡식성 돼지 공(公)이 파헤치는 알뿌리, 즉 페리고르산(産) 트뤼프[389]는 허약체질이나 사나운 여자 공포증에 가장 효과적인 약이라네. 냄새는 고약해도 자극을 준단 말이야. (고개를 흔들면서 시끄럽게 놀려댄다) 농담이다. 눈에 외알 안경을 끼고 보도다.[390] (재채기하고서) 아멘!

---

[384] 블룸의 머리글자와 같다.

[385] 곤충의 날갯짓 소리를 나타낸 의성어.

[386] 가뢰과 곤충의 가루로 최음제를 만든다.

[387] 비속어로 남근을 뜻한다.

[388] 대합·홍합처럼 껍데기가 두 개로 되어 있는 조개.

[389] 페리고르는 프랑스 남서부 지방의 옛 이름. 트뤼프, 즉 프랑스산 송로(松露)는 땅속에서 자라는 골프공 크기의 버섯으로, 수확할 때는 돼지를 이용해 찾는다. 최음제 효과로 알려져 있으며 매우 비싸다.

[390] 길버트와 설리번의 희가극 〈페이션스〉(1881)의 대사를 흉내 낸 것.

블룸

(멍하니) 시각적으로는 여자의 두껍질조개가 더 지독해요. 언제나 열려라 참깨니까. 쪼개진 성(性)이랄까. 그래서 여자는 곤충이나 기어 다니는 것을 겁내지요. 그러나 이브와 뱀은 예외예요. 뭐, 역사적인 사실은 아니지만. 내 생각에는 일종의 비유에요. 뱀 역시 여자의 젖을 탐욕스럽게 먹지요. 천 리 길도 마다하지 않고 잡식성 숲을 꼬불꼬불 지나 찾아와서는 즙이 넘쳐나는 유방을 텅 비도록 빨아 댄다고요. 상피병(象皮病)*391의 책에 실린 저 웃기는 칠면조 같은 로마 여인네들처럼.

비라그

(입을 쑥 내밀고 굵은 주름살을 만들더니 쓸쓸한 듯 눈을 꾹 감고, 낯선 단조로운 목소리로 찬가(讚歌)를 부른다) 암소들은 한껏 부푼 젖통으로 우리 사람들에게 알려지니…….

블룸

소리 지르고픈 기분이에요. 용서하세요. 네? 그래요. (되풀이한다) 스스로 도마뱀의 소굴을 찾는 것은 그 탐욕스런 입이 자기 젖꼭지를 빨게끔 하기 위함이니. 개미는 진딧물의 즙을 빤다. (의미심장하게) 본능이 세계를 지배하도다. 삶에서나, 죽음에서도.

비라그

(고개를 기울이고, 등을 둥글게 구부려 어깨 날개를 굽히고, 툭 불거진 흐린 눈으로 나방을 살피더니 뿔 같은 발톱을 들이대며 소리 지른다) 제어 제어는 누구냐?*392 친애하는 제럴드는 누구냐? 제어, 너냐? 세상에, 이게 제럴드군. 오 이 녀석이 심한 화상이라도 입지 않았을까 몹시 걱정되는구나. 누구라도 좋으니 최고급 테이블 냅킨을 휘저어 이 비극적인 재난을 막아 주지 않겠나? (고양이 같은 목소리로) 러스, 푸스, 푸스, 푸스!*393 (한숨을

---

*391 Elephantuliasis. 그리스의 호색 문학가 엘레판티스(Elephantis)와 상피병을 혼동한 듯하다.
*392 제럴드의 약칭 '제어'를 두 번 말한 것.
*393 고양이를 부르는 말. 우리말의 '야옹이'에 해당된다.

쉬더니 뒤로 물러나 아래턱을 늘어뜨리고 곁눈으로 바닥을 바라본다) 휴우.
이놈도 곧 얌전해질 거야. (갑자기 허공에서 턱을 탁 닫는다)

나방

나는 작고도 작은 벌레
봄에는 항상 날아와서
빙글빙글 원을 그리고.
왕이었던 것은 옛날이야기
지금은 이렇게 떠돌이 신세
날개를 펼치고 날아와서
붕!

(그는 요란하게 날개를 퍼덕이면서 연보랏빛 전등갓으로 돌진한다) 예쁜,
예쁜, 예쁜, 예쁜, 예쁜, 예쁜 페티코트.

(왼편 입구에서 헨리 플라워가 등장해 미끄러지듯이 두 걸음을 걸어 왼쪽
앞 중앙으로 나온다. 검은 망토, 깃털장식이 달린 솜브레로 모자. 손에는 은
줄이 쳐진 상감(象嵌) 덜시머*394와, 기다란 대나무 자루 끝에 여자 머리 모
양의 도자기 담배통이 달린 야곱의 파이프.*395 검은 비로드 바지에 은제 버
클이 붙은 무도화. 낭만적인 구세주의 얼굴, 부드럽게 흘러내리는 곱슬머리,
엷은 턱수염과 콧수염. 날씬한 다리와 조그만 발은 테너 가수인 칸디아 공
(公) 마리오*396와도 비슷하다. 그는 주름 옷깃을 바로잡고 호색가 같은 혀
로 입술을 축인다.)

헨리

(낮고 달콤한 목소리로, 기타 줄을 퉁기면서) 한 송이 꽃이 피어 있네.*397

---

*394 중세의 악기.
*395 사람 머리 모양의 담배통이 달린 대형 파이프.
*396 이탈리아의 가수 마리오(Giovanni Matteo Mario, 1810~83)는 '카발리에레 디 칸디아'라
   고 불렸다.

(사나운 비라그가 아래턱을 당기고 램프를 물끄러미 바라본다. 심각한 표정의 블룸이 조이의 목덜미를 본다. 멋쟁이 헨리가 목의 군살을 늘어뜨린 채 피아노 쪽으로 몸을 돌린다.)

스티븐

(혼잣말로) 눈을 감고 연주해라. 아빠를 흉내 내. 돼지가 먹는 열매 꼬투리로 배를 채우고.*398 일어나서 가야지, 나는. 분명 이것이. 스티븐, 자네는 위험한 길에 서 있노라. 디지 할아버지를 만나러 가든지 전보를 치든지 해야지. 오늘 아침 회견은 나에게 깊은 감명을 주었습니다. 우리 두 사람의 나이 차에도 불구하고. 내일 자세한 편지를 쓰자. 그런데 나 좀 취했군. (또다시 건반을 치기 시작한다) 여기서부터는 단조 화음이지. 그래. 그다지 취한 건 아니군.

(알미다노 아르티포니가 기세 좋게 콧수염을 꼬면서 악보를 둘둘 말아 만든 지휘봉을 내뻗는다.)

아르티포니*399

생각해 봐요. 그대는 모든 것을 망치고 있어요.

플로리

무엇인가 노래를 불러 줘요. '그 옛날의 달콤한 사랑 노래'를.

스티븐

목소리가 안 나와. 난 정말로 완벽한 예술가지만. 린치, 류트에 관해 쓴 편지를 자네한테 보여 줬던가?

---

*397 윌리엄 빈센트 월레스의 오페라 〈마리타나〉(1845)의 아리아에서 인용했다.
*398 〈루카복음서〉의 '방탕한 아들 이야기'에 근거한 표현. "그는 돼지들이 먹는 열매 꼬투리로라도 배를 채우길 바랐지만 아무도 주지 않았다. 그제야 제정신이 든 그는…… 내가 일어나 아버지께 가서……'"(15 : 16~19)
*399 스티븐의 음악적 재능을 높이 사는 이탈리아 사람으로, 오후에 스티븐과 이야기하면서 걸었다.

플로리

(히죽히죽 웃으면서) 노래할 수 있지만 노래하지 않는 새라 이거군요.[400]

(옥스퍼드 대학의 특별 연구원인 샴쌍둥이 두 사람, 술 취한 필립과 멀쩡한 필립이[401] 잔디 깎는 기계를 들고 창구에 나타난다. 둘 다 매슈 아널드[402]의 가면을 쓰고 있다.)

멀쩡한 필립

바보의 충고라도 들어보게. 아무래도 이상한 데가 있어. 착한 바보 아이가 하듯이 연필 머리로 계산해 봐. 지폐가 2장, 소브린 금화가 1개, 크라운 은화가 2개로 3파운드 12실링 받았지, 잊어버리지 않았을 거야. 도시의 무니 술집, 바닷가의 무니 술집, 모이라 술집, 라체트 호텔, 홀리스거리의 병원, 버크 술집. 안 그래? 나는 자네를 보고 있었단 말이야.

술 취한 필립

(초조한 듯이) 흥, 시끄럽구먼. 지옥에나 떨어져 버려! 난 지급할 돈은 지급해 왔었다. 나는 단지 옥타브만 확실히 하면 돼. 이중인격이지. 녀석의 이름을 나에게 말한 것은 누구였지? (그의 잔디 깎는 기계가 소리를 내기 시작한다) 아, 그래그래. 나의 생명이여, 나는 그대를 사랑하노라.[403] 전에도 여기 왔었지. 언제였더라, 앳킨슨은 아니고, 그놈의 명함이 어디 있을 텐데. 맥이었던가. 알았다, 언맥이다. 그놈이 가르쳐 준 게, 가만있자, 스윈번[404]이었지, 아마?

---

* 400 "노래할 수 있으면서 노래하지 않는 새는 억지로라도 노래하게 하라"는 속담에서.
* 401 "술 취한 필립으로부터 멀쩡한 필립에게 하는 상소(上訴)"라는 속담에서. 가난한 농촌 아낙네가 마케도니아 왕 필립(필리포스)의 판결에 깜짝 놀라서 "상소하겠습니다, 술 취한 필립 임금님으로부터 멀쩡하신 필립 임금님께" 하고 말했다는 데서 유래했다. (《옥스퍼드판 영어속담사전》)
* 402 19세기 영국의 시인·평론가.
* 403 바이런의 시 〈아테네의 처녀여, 우리 헤어지기 전에〉의 헌사와 후렴.
* 404 19세기 영국의 낭만파 시인.

플로리

노래는요?

스티븐

마음은 간절하나 몸이 따르지 못하도다.*405

플로리

당신 메이누스*406 신학교를 나왔나요? 내가 전에 알던 사람하고 닮았는데.

스티븐

거길 나왔지. (혼잣말로) 똑똑하군.

술 취한 필립과 멀쩡한 필립

(두 사람의 잔디 깎는 기계가 소리를 내면서 풀줄기에게 리고동 춤*407을 추게 한다) 언제나 똑똑하지. 거기를 나왔지 나왔어. 그런데 책과, 예의 그 것과 물푸레나무 지팡이는 가지고 있나? 아, 거기 있군, 그래. 항상 머리가 좋아. 이미 나왔어. 육신을 단련하시게. 우리를 본받아.

조이

이틀 전 밤에 성직자 한 분이 코트 단추를 목까지 채운 채 볼일을 보러 오 셨어요. 감추려고 애쓸 필요 없잖아요, 이렇게 말씀드렸죠. 신부님 칼라 달 고 계시는 거 다 알아요.

비라그

그놈 입장에서 보자면 참으로 이치에 맞지. 인간은 타락한 거야. (쉰 소리 로, 눈을 크게 뜨고서) 교황을 쓰러뜨려! 태양 아래 새로운 것이란 없도

---

*405 겟세마네에서 잠자는 제자들을 본 예수의 말씀. "유혹에 빠지지 않게 깨어 기도하여라. 마음은 간절하나 몸이 따르지 못한다."(《마태오복음서》 26 : 41)

*406 더블린 근처에 있는 가톨릭대학.

*407 쾌활한 2박자 춤. 둘이 짝지어서 춘다. 17, 8세기에 유행했다.

다.[408] 나는 수도자와 수녀들의 성(性)의 비밀을 폭로한 비라그란 자다. 왜 로마교회를 떠났는가.[409] 《신부와 여자와 고해석》을 읽어라. 펜로즈다.[410] 수다쟁이 악마다. (그는 몸부림을 친다) 여자, 달콤한 부끄러움을 지닌 채 골풀 허리띠를 끄르고 그녀의 흠뻑 젖은 요니를 남자의 링감에 제공한다.[411] 남자, 잠시 뒤 여자에게 밀림의 고기 조각을 선사한다. 여자, 환희의 감정을 보이면서 깃털 달린 가죽으로 자기 몸을 덮는다. 남자, 커다랗고 단단한 링 감으로 여자의 요니를 격렬하게 사랑한다. (소리 지른다) 나는 욕망하지 않을 수 없기에 욕망하도다. 이윽고 정신이 아득해진 여인은 달아나려고 한다. 억센 남자, 여자의 손목을 움켜쥔다. 여자는 울고 소리치며 이빨로 물고 침을 뱉는다. 남자, 이제는 사납게 화가 나서 그녀의 살찐 야드가니를 때린다. (자기 꼬리를 쫓는다) 피프파프! 포포! (멈춰 서서 재채기한다) 에취! (자기 엉덩이를 문다) 푸르르르르르흣!

린치

당신, 신부님에게 고행을 시켰겠지? 1발 쏠 때마다 영광송(榮光頌) 9번을.

조이

(콧구멍에서 바다코끼리의 송곳니 같은 연기를 내뿜으며) 그는 관계를 못 하던걸요. 그저 감정만 앞선 거죠. 불발탄(不發彈)이었어요.

블룸

가엾게도!

조이

(가볍게) 하지만 그게 사실인걸요.

---

[408] 〈코헬렛〉 1장 9절.
[409] 캐나다의 장로교회 목사가 쓴 소책자. 에피소드 8 참조. 다음에 나오는 《신부와 여자와 고해석》도 같은 사람이 쓴 책.
[410] 신부 같은 얼굴로, 늘 지나갈 때마다 블룸의 집을 곁눈으로 보던 남자.
[411] 요니는 여자의 음부, 링감은 남자의 성기, 뒤에 나오는 야드가니는 엉덩이. 모두 산스크 리트어.

블룸

어떤 식으로?

비라그

(검게 빛나는 악마와 같은 입을 열고 얼굴을 일그러뜨리며 힘줄이 드러난 목을 쑥 내민다. 기형(奇形) 같은 코를 치켜들고 짖는다) 저주받을 그리스 도교도! 그놈한텐 아비가 있었어. 40명이나 말야. 그놈은 결코 있지도 않았다. 돼지 신(神) 같으니! 그놈에게는 왼쪽 다리가 두 개 있었지.*412 그놈은 유다 야키아스,*413 리비아의 고자놈, 교황의 사생아다. (뒤틀린 앞발을 딛고 몸을 앞으로 내밀더니 구부러진 팔꿈치에 힘을 주고, 평평한 해골 같은 목에다 고뇌에 찬 눈을 하고는, 말없는 세계를 향해 짖어 댄다) 매춘부의 자식. 묵시록(默示錄)이다.

키티

그래서 말이지, 메리 쇼톨이 소총 보병 연대의 지미 피존한테서 옮은 매독 때문에 성병원(性病院)에 입원해서 그놈의 자식을 낳았는데, 애가 젖을 삼키질 못해서, 이불에 싸여 부르르 떨며 질식해 죽었지 뭐야, 그래서 장례식을 위해 모두가 돈을 모아 기부했지.

술 취한 필립

(심각하게) 누구 탓에 이렇게 엄청난 궁지에 몰렸는가, 필립이여?

멀쩡한 필립

(유쾌하게) 성스러운 비둘기 탓이지, 필립이여.

＊412 아일랜드의 유명한 가톨릭 도서인 《켈스의 서》에는 왼쪽 다리가 두 개인 예수와 오른쪽 다리가 두 개인 동정녀의 그림이 실려 있다. '왼쪽 다리가 두 개다'란 '성적으로 부실한 사람이 돌아다니기만 한다'는 속된 뜻으로도 쓰인다.
＊413 유다와 바커스의 결합체. 2세기의 이단 그노시스파의 한 분파인 카인파가 이를 숭배했다고 한다.

(키티가 핀을 뽑고 모자를 벗더니 살그머니 아래에 내려놓고, 헤나로 물들인 머리칼을 가볍게 두드린다. 이토록 곱고 아름답고 사랑스러운 고수머리가 매춘부의 어깨 위에 얹혀 있었던 적은 지금까지 없었다. 린치가 그녀의 모자를 쓴다. 그녀는 그것을 탁 쳐서 떨어뜨린다.)

린치

(웃는다) 그리하여 참으로 재미있게도 메치니코프[*414]가 유인원에게 매독균을 접종한 거야.

플로리

(고개를 끄덕인다) 보행성 운동실조증(運動失調症)이지.[*415]

조이

(쾌활하게) 어머, 사전을 보지 않으면 모르겠어.

린치

세 명 모두 영리한 아가씨들이야.

비라그

(오한에 떨면서 앙상한 간질 발작성 입술 사이로, 누런 게거품을 부글부글 쏟아 내면서) 그녀는 사랑의 묘약을, 백랍(白蠟)을, 오렌지 꽃을 팔고 있었다. 로마의 백인대장 표범(Panther)이 자신의 생식기로 그녀를 더럽혔지.[*416] (인광을 뿜는 전갈 같은 혀를 슬쩍슬쩍 내밀면서 한 손을 사타구니에 댄 채) 구세주? 그놈이 그녀의 고막을 찢었어.[*417] (개코원숭이처럼 소리를 질러 대며 혐오스런 경련을 일으키면서 허리를 힘차게 움직인다) 힉! 헥!

---

*414 러시아 출신 생물학자이자 세균학자. 파리의 파스퇴르연구소 교수. 1908년에 면역 연구로 노벨 의학·생리학상을 받았다.

*415 척수매독의 다른 이름.

*416 2세기의 이단적인 설에 따르면, 로마의 병사 판테루스가 마리아에게 그리스도를 배게 했다고 한다.

*417 중세의 일설에 따르면 마리아는 고막을 통해 임신했다고 한다.

학! 훅! 훅! 콕! 쿡!

(벤 점보 돌라드가 앞으로 나온다. 벌건 얼굴, 부풀어 오른 근육, 털이 북슬북슬한 콧구멍, 커다란 턱수염, 양배추 같은 귀, 털북숭이 가슴, 흐트러진 갈기, 큼직한 젖꼭지, 까만 수영팬티에 허리와 생식기를 꾹꾹 밀어 넣고.)

벤 돌라드
(살집이 두툼한 손으로 캐스터네츠를 울리면서, 저음의 나무통 같은 목소리로 신나는 요들송을 부른다) 사랑이 내 불타는 영혼을 사로잡을 때.[418]

(처녀들, 즉 간호사 캘런과 간호사 퀴글리가 경마장 경비원과 쳐놓은 밧줄을 밀어 제치고 뛰쳐나와서 두 팔을 벌리고 그에게 뛰어든다.)

처녀들
(참을 수 없다는 듯이) 빅(big) 벤! 내 사랑 벤!

목소리
저 망측스런 바지 입은 자를 붙잡아요.

벤 돌라드
(자신의 허벅지를 찰싹 치더니 너털웃음을 터뜨린다) 그래, 녀석을 붙잡아.

헨리
(잘라 낸 여인의 머리를 가슴에 안고 애무하면서) 그대의 마음, 나의 사랑. (류트의 현을 뜯는다) '그대를 처음 보았을 때……'

비라그
(탈피해서 무수한 깃털을 떨어뜨린다) 제기랄! (하품을 하여 새까만 목구

---

[418] 오먼드 호텔의 술집에서 벤 일행이 부른 이중창 〈사랑과 전쟁〉에 나오는 가사.

멍을 내보이더니 양피지 두루마리를 밀어올려 턱을 닫는다) 나는 이렇게 이야기하고 작별을 고하노라. 안녕. 모두 잘 지내게. 쓰레기들아!

(헨리 플라워는 휴대용 빗으로 재빨리 콧수염과 턱수염을 다듬은 뒤 침을 묻혀 머리칼을 매만진다. 빼어든 레이피어*419 칼끝을 따라 미끄러지듯이 문 쪽으로 향한다. 등에는 비스듬히 거친 하프를 멘 채. 비라그는 죽마(竹馬) 걸음으로 두 발짝 껑충 뛰어 문간까지 간다. 꼬리를 바짝 쳐들고, 교묘한 손놀림으로 고름처럼 누런 빛깔의 광고지를 벽에다 솜씨 있게 삐딱하게 붙이더니 머리로 그것을 누른다.)

광고지
K. 11.*420 광고물 부착 금지. 비밀 엄수. 의학박사 헨리 프랭크.*421

헨리
이제는 모두가 헛되다.

(비라그는 순식간에 자기 머리를 떼어 내더니 옆구리에 낀다.)

비라그의 머리
돌팔이 의사 같으니!

(머리와 몸통이 각각 퇴장한다.)

스티븐
(어깨 너머로 조이를 돌아보면서) 자네는 프로테스탄트의 죄를 세운 저 싸움닭 목사님*422을 더 좋아하겠지. 하지만 견유파(犬儒派) 안티스테네

---

*419 16~17세기 무렵 유럽에서 사용된 찌르기 전법 전용의 얇은 양날 검으로 주로 호신용이나 결투용으로 쓰였다.
*420 양복바지 한 벌에 11실링이라는 양복점 광고 문구.
*421 성병(性病) 전문 의사. 공중화장실에 광고지를 붙였다.

스*423를 주의하라고. 이단의 우두머리인 아리우스*424의 최후도. 화장실 안에서의 끔찍한 고통.

린치

그녀가 보기엔 모두 똑같은 신(神)이지.

스티븐

(경건하게) 그리고 만물을 지배하는 지고(至高)한 주님이시지.

플로리

(스티븐에게) 당신, 분명 성직에서 쫓겨난 사람이죠. 아니면 수도자든가.

린치

맞아. 추기경의 아들이야.

스티븐

대죄(大罪). 코르크 마개 따개의 수도사들.*425

(전(全) 아일랜드 수좌대주교인 디댈러스 사이먼 스티븐이 양말에 샌들을 신고, 신부가 평소에 입는 옷을 걸치고 입구에 나타난다. 마찬가지로 붉은 옷을 입은 7명의 난쟁이 유인원 복사(服事)들, 즉 7가지 대죄들*426이 그의 옷자락을 들고 그 밑을 들여다본다. 그는 찌그러진 실크해트를 비스듬히 쓰고 두 엄지손가락을 겨드랑이 아래 꽂은 채 손바닥을 펼치고 있다. 목에 건

＊422 독일의 종교개혁가 마틴 루터(1483~1546). 여기서 '죄'란 물론 가톨릭에서 봤을 때의 죄이다. 조이가 요크셔 출신이라면 프로테스탄트일 가능성이 크다.

＊423 고대 그리스의 철학자. 정숙한 페넬로페가 미녀 헬레네보다 낫다고 했다.

＊424 알렉산드리아의 이단자. 변기에 앉은 채 숨을 거두었다. 에피소드 1과 3 참조.

＊425 Monks of the screw. 성 패트릭 교단이라 불리기도 했다. 18세기경 아일랜드의 법조인을 비롯한 지식인들이 조직한 모임으로 사회의 향락 추구 근절을 목표로 삼았다.

＊426 오만, 탐욕, 욕정, 질투, 탐식, 분노, 나태. 모든 악의 근원이라 여겨지며, 중세부터 르네상스에 걸쳐 자주 인용되었다.

코르크 마개*427 로사리오 끝에 매달린 코르크 따개 십자가가 가슴에 늘어져 있다. 그는 엄지손가락을 겨드랑이 아래에서 빼더니 높은 단상 위에 서서, 커다란 몸짓과 손짓으로 은총을 바라며 존댓말 투로 선언한다.)

추기경

콘세르비오는 붙잡혀
깊은 토굴 속에 누워서
수갑 사슬에 묶인 채
꼼짝도 못하고 견디고 있도다.*428

(오른쪽 눈을 꽉 감고 왼쪽 뺨을 부풀리더니 모두를 슬쩍 본다. 그런 뒤에, 들뜬 기분을 억누르지 못하고 두 손으로 허리를 짚더니 몸을 앞뒤로 흔들면서 아주 유쾌하고 익살스러운 기분으로 노래한다.)

오, 가련한, 가련한 꼬마 녀석
그, 그, 그, 그, 그 녀석의 발은 누렇고
포동포동 살찌고 묵직하고, 날쌔기는 마치 뱀과 같았다네
그러나 어느 야만인이
하얀 양배추를 먹으려다가
그만 죽여버린 넬 플래허티의 귀여운 수오리.*429

(수많은 하루살이들이 그의 신부복 주변에 새하얗게 모여든다. 그는 얼굴을 찌푸리더니 늑골 위에 양팔을 교차시켜 몸을 마구 긁으면서 외친다.)

이건 지옥에 떨어진 듯한 고통이야. 아니 정말이지, 이 이상한 조무래기들이 일제히 공격해 오지만 않아도 얼마나 좋을꼬, 예수님 덕분에 말이야. 안 그러면 저놈들 때문에 이 세상과 작별이다.

---

*427 corks. 사이먼 디댈러스는 코크(Cork) 출신의 술꾼이다.
*428 출전 불명. 조이스의 아버지가 즐겨 부르던 노래로 추정된다.
*429 아일랜드 민요 〈넬 플래허티의 수오리〉에서 인용.

(그는 머리를 기울이고는 검지와 중지로 아무렇게나 축복을 내린 뒤 부활절의 키스를 하고, 실크해트를 좌우로 흔들면서 우스꽝스러운 잰걸음으로 퇴장한다. 그 모습이 순식간에 옷자락 드는 시중꾼들의 크기만큼 줄어든다. 난쟁이 복사들은 낄낄 웃거나 밑에서 훔쳐보거나 추파를 던지거나 부활제의 키스를 하면서, 지그재그 걸음걸이로 그 뒤를 따른다. 저 멀리서 그의 넉넉한 목소리가 들려온다. 자비롭고 남자답고 아름다운 목소리다.)

내 마음, 그대에게.
내 마음, 그대에게.
향기로운 밤바람에 부쳐
내 마음, 그대에게! *430

(속임수가 있는 문손잡이가 돌아간다.)

문손잡이
그대에에게!

조이
저 문짝에는 악마가 붙어 있어.

(한 남자의 그림자가 삐걱거리는 계단을 내려가 모자걸이에서 매킨토시와 모자를 집어 드는 소리가 들린다. 블룸은 저도 모르게 발걸음을 뗀다. 그는 걸으면서 문을 반쯤 닫고, 주머니에서 초콜릿을 꺼내 조심스럽게 조이한테 준다.)

조이
(그의 머리카락 냄새를 킁킁 맡고서) 흠! 토끼고기 고마워요. 어머님께 감사하다고 전해 줘요. 난 내가 좋아하는 걸 정말로 좋아한답니다.

---

*430 작자 불명의 노래 〈남쪽에서 부는 바람〉의 가사.

블룸

(출구에서 매춘부들과 대화하는 한 남자의 목소리를 듣고는 귀를 쫑긋 세운다) 그 녀석*431 아닌가? 끝났나? 아니면 못했나? 혹시 2회전인가?

조이

(은박지를 찢는다) 포크가 생겨나기 이전엔 손가락이 포크였죠. (한 조각을 완전히 떼어서 입에 물고, 다른 한 조각을 키티 리케츠에게 내민 뒤, 아양 떠는 고양이처럼 린치를 돌아본다) 프랑스의 마름모꼴 캔디 좀 드시겠어요? (그는 고개를 끄덕인다. 그녀가 그를 놀린다) 받으면 줄게요, 못 받으면 안 돼요. (그는 고개를 젖히고 입을 벌린다. 그녀는 상품을 왼쪽으로 빙글 돌린다. 그의 고개가 그것을 따라간다. 그녀는 또 오른쪽으로 빙글 돌린다. 그는 그녀를 물끄러미 바라본다) 잡아 봐요!

(그녀는 한 조각을 던진다. 그는 재주 좋게 입을 움직여서 덥석 물더니 단숨에 씹어 삼킨다.)

키티

(씹으면서) 바자 모임*432에서 나랑 동행했던 기사(技師) 분은 맛있는 과자를 가져왔었어요. 고급 리큐르술이 가득했죠. 그리고 총독께서도 부인이랑 같이 오셨어요. 토프트*433의 회전목마를 타고 우린 소란을 피웠죠. 아직도 머리가 어지럽네.

블룸

(스벵갈리*434의 모피 외투를 입고 팔짱을 낀 채, 나폴레옹 같은 앞머리를 하고, 매처럼 날카로운 눈길로 문을 노려보면서, 복화술로 귀신 퇴치 주문을

---

*431 보일런.
*432 마이러스 바자 모임.
*433 코크시(市)의 일가(一家)로, 놀이시설을 가지고 순회 영업을 한다.
*434 조지 뒤 모리에(1834~96)의 대중소설《트릴비》(1894)에 나오는 인물로, 오스트리아에서 태어난 사악한 유대인 최면술사다.

외며 미간을 찌푸린다. 그런 다음 단호하게 왼발을 앞으로 내딛고, 오른팔을 왼쪽 어깨에서 끌어내리며 옆으로 손가락을 펼쳐 휙 대가의 신호를 보낸다) 가라, 가라, 가라, 내 마력(魔力)으로 명하노니, 네가 누구든 간에 썩 물러가라!

(남자의 기침소리와 발소리가 바깥의 안개 속으로 멀어져 가는 것이 들린다. 블룸의 표정이 부드러워진다. 그는 한 손을 조끼 안에 넣고 조용히 포즈를 취한다. 조이가 초콜릿을 내민다.)

블룸

(엄숙하게) 고맙소.

조이

시키는 대로 하세요. 자!

(차분한 구두 소리가 계단에서 들려온다.)

블룸

(초콜릿을 집어 든다) 최음제인가? 쑥국화와 페니로열. 아, 나 이거 샀지. 바닐라는 신경 안정제였던가? 그렇지 않으면 기억술. 어지러운 빛은 기억조차도 혼란스럽게 만들지. 빨간색은 낭창(狼瘡)*435에 효과적이야. 색깔은 여자의 성격을 좌우한다. 여자에게 성격이 있다면 말이지만. 이 옷의 검은색은 나를 슬프게 하는군. 먹고 즐거워하자, 내일을 위해.*436 (먹는다) 음식 맛에도 영향을 주지, 연보라색. 하지만 꽤 오래됐어, 내가. 새로운 기분이야. 최음(催淫). 그 성직자. 올 거야. 늦어도 안 오는 것보다야 낫지. 다음번에는 앤드루 가게*437에서 트뤼프*438를 시식해 봐야지.

---

*435 결핵성 피부병. 주로 얼굴에 나타난다.
*436 〈루카복음서〉의 "먹고 마시고 즐거워하자"(12 : 19)를 염두에 둔 말인 듯하다.
*437 데임거리 19-22. 주류와 식료품을 파는 가게.
*438 프랑스 송로.

(문이 열린다. 덩치 큰 사창가의 여주인 벨라 코헨이 모습을 드러낸다. 소맷부리를 술로 빙 둘러 장식한 7푼 길이의 상아색 실내복을 입고, '카르멘' 역을 맡은 미니 호크*439라도 된 양, 검은색 뿔 부채를 펄럭이며 바람을 일으킨다. 왼손에는 결혼반지와 고정반지.*440 눈가엔 짙은 먹. 엷게 돋아난 콧수염. 통통하고 약간 땀에 젖은 올리브색 얼굴. 큼직한 코에 주황빛이 도는 콧구멍. 그리고 커다란 녹주석 귀걸이.)

벨라

어유! 땀에 흠뻑 젖었어.

(주위에 있는 남녀들을 휙 둘러본다. 그러고 나서 그녀의 날카로운 눈길은 블룸에게 고정된다. 커다란 부채가 그녀의 달뜬 얼굴, 목, 살찐 육체에 바람을 보낸다. 그녀의 매 같은 눈이 번쩍 빛난다.)

부채

(빠르게, 이어 천천히 움직이면서) 흥, 결혼했잖아.

블룸

응. 하지만 그게 조금…….

부채

(반쯤 펼쳐지다가 도로 접히면서) 그래서 마님이 주인님이시군. 아내한테 쥐여 산다는 거지.

블룸

(멋쩍게 피식 웃더니 고개를 떨어뜨린다) 그래.

---

*439 미국 출신의 메조소프라노 가수. 1870년대부터 80년대까지 유럽에서 활약했다.
*440 결혼반지가 빠지지 않도록 그 바깥쪽에 꽉 끼워서 고정하는 반지.

부채

(완전히 접혀서 그녀의 왼쪽 귀걸이 옆에 멈춰 선다) 날 잊었나요?

블룸

아래. 그니.*441

부채

(접힌 채 허리를 받치고) 전에 당신이 꿈에 본 것은 그녀, 바로 나인가
요? 그럼 그때부터 그녀가 그를, 당신이 우리를 알게 된 거예요? 어느 여인
이든 모두 나, 지금 여기에 있는 우리 아닌가요?

(벨라가 부채를 가볍게 두들기면서 그에게 다가온다.)

블룸

(기가 꺾여서) 강한 여인이군. 내 눈의 그 졸린 듯한 느낌이 여자들 마음
을 사로잡는 모양이야.*442

부채

(가볍게 두들기더니) 우린 전에도 만났어. 당신은 내 거야. 운명이지.

블룸

(주눅이 들어) 힘이 넘치는 여성이군. 내가 얼마나 당신에게 지배받기를
바라는지. 난 지치고 버림 받았소. 게다가 이젠 젊지도 않아. 말하자면 초과
요금이 붙은 미발송(未發送) 편지를 들고 인생의 중앙우체국 시간외(時間
外) 우편함 앞에 서 있는 남자지. 물체 낙하의 법칙에 따르면, 직각으로 열

---

*441 Nes. Yo. 'Yes, No'의 첫소리가 바뀌었다.
*442 마조히즘이라는 용어를 탄생시킨 자허마조흐의 소설 《모피를 입은 비너스》에서 여주인공
반다는 남자주인공 제버린의 눈에 언제나 감도는 잠기운에 대해 언급한다. 사도마조히즘
(Sadomasochism)의 관계를 암시하는 이 대목에서, 블룸은 지배당하고 괴롭힘당함으로써
쾌락을 느끼는 제버린의 역할을, 벨라는 상대를 지배하고 괴롭히는 데서 쾌락을 느끼는
반다의 역할을 맡고 있다.

린 문과 창문은 초속 32피트의 틈새바람을 일으킨다지. 지금 이 순간, 나는 갑자기 왼쪽 엉덩이 근육의 좌골신경에서 통증을 느꼈소. 우리 집안의 유전이오. 가엾은 홀아비였던 우리 아빠는 언제나 이 통증으로 날씨를 맞히셨지. 아빠는 동물의 체열(體熱)을 믿으셨소. 그래 겨울 조끼 안쪽에 고양이 모피를 붙이셨어. 만년에는 다윗 왕과 수넴 여인의 이야기*443를 떠올리고는 아토스라는 개하고 한 침대에서 주무셨지. 그 녀석은 아빠가 세상을 떠난 뒤에도 충실했는데. 개의 침은, 아마 당신도…… (몸을 주춤거린다) 아!

리치 굴딩

(무거운 가방을 들고 문 앞을 지나간다) 흉내 내다가 진짜로 그렇게 되지.*444 더블린에서 제일가는 비싼 가게. 왕후에게도 어울리는 간장과 콩팥이라.

부채

(가볍게 두들기면서) 모든 일에는 끝이 있어요. 내 것이 되세요. 지금 당장.

블룸

(망설이면서) 지금 당장? 부적*445을 몸에서 떼지 말았어야 했는데. 비를 맞기도 하고, 해질 무렵에 해변에서 밤이슬을 맞기도 하고, 이 나이에 엉뚱한 실수를 하기도 하고. 온갖 현상에는 자연의 원인이 존재하는 법이지.

부채

(천천히 아래를 가리킨다) 해 보렴.

블룸

(고개를 숙여 그녀의 풀린 구두끈을 본다) 사람들 눈이 있어서.

---

*443 늙은 다윗 왕은 수넴 여자를 곁에 두어 잠자리를 따뜻하게 했다고 한다. (《열왕기 상권》 1 : 1~4)
*444 리치 굴딩은 등이 아픈 상태다.
*445 아까 조이에게 주었던 감자.

부채

(재빨리 아래를 가리킨다) 네가 해야 해.

블룸

(마음이 끌리면서도 마지못해) 난 정식으로 나비 매듭을 맬 수가 있소. 켈렛 양복점*446의 발송 부서에서 일할 때 배웠지. 정말 잘한다고. 매듭은 사람의 성격을 나타낸다고 하니까. 그럼 어디. 실례하겠소. 오늘은 아까도 한번 무릎을 꿇었는데. 아!

(벨라는 실내복을 살짝 들어 올리고 자세를 취하여, 불룩한 반장화의 굽과 비단 양말에 감싸인 통통한 발등을 의자 가장자리에 올려놓는다. 블룸은 늙은이처럼 다리에 뻣뻣하게 힘을 준 채 그녀의 굽 위로 몸을 구부리더니 상냥한 손놀림으로 구두끈을 넣었다 뺐다 한다.)

블룸

(다정하게 중얼거린다) 맨스필드 구둣가게*447의 점원이 되는 게 젊은 날의 꿈*448이었지. 클라이드거리*449에 사는 귀부인들의 믿어지지 않을 만큼 작디작은, 새틴 안감을 댄 키드 가죽신 앞에서, 구두끈용 갈고리를 능숙하게 써서 무릎까지 지그재그로 끈을 매 줄 때의 그 지극한 기쁨이란. 심지어 매일같이 밀랍인형 레이몽드*450를 보러 가서는, 파리식(式) 얇은 양말과 대황(大黃) 줄기 같은 발가락 부분을 보며 감탄했다오.

굽

이 후끈한 산양 가죽 냄새를 맡아 봐. 이 묵직한 무게를 느껴 보라고.

---

*446 남쪽 그레이트조지거리 19-21.
*447 그래프턴거리 78-79.
*448 토머스 무어의 서정시 제목에서 따 왔다.
*449 더블린시 남남동쪽에 있는 유복한 프로테스탄트 거주지.
*450 프랑스 여자 이름.

블룸

(끈을 매면서) 너무 꽉 조였나요?

굽

핸디 앤디*451 같으니, 실수하면 네놈의 축구공을 차 버릴 테다.

블룸

바자 모임 무도회의 밤에 그랬듯이 다른 구멍에다 끈을 꿰지는 말아야지.
그때는 운이 나빴지. 엉뚱한 데에다 갈고리를 채워 버렸거든, 그녀 몸의…
… 당신이 방금 말했던 그 사람. 그날 밤 그녀는 만난 거야*452 ……자!

(그는 끈을 매듭짓는다. 벨라는 발을 마루에 내려놓는다. 블룸이 고개를
든다. 그녀의 살찐 얼굴이, 그녀의 눈이 정면으로 바라본다. 그의 눈이 멍하
게 흐려지면서 빛을 잃고 부풀고, 그의 코가 걸쭉해진다.)

블룸

(입속말로) 앞으로도 잘 부탁드립니다, 삼가 여러분께…….

벨로*453

(비정한 바실리스크*454의 눈으로 쏘아보면서 바리톤 목소리로) 이 뻔뻔스
러운 개자식!

---

*451 더블린 출신의 대중작가 새뮤얼 로버가 쓴 소설 《핸디 앤디》(1842)의 주인공 이름. 이
후 서투른 사람을 뜻하게 됐다.

*452 몰리가 보일런을 만났다.

*453 벨라(Bella)는 이탈리아어 보통명사로 '아름다운 사람, 연인'을 가리키는 여성형이고, 벨
로(Bello)는 이 단어의 남성형이다. 라틴어에서는 동사 bellare(싸우다)의 일인칭 단수
현재형이기도 하다. 여기서 벨라는 남자가 되고 블룸은 여자가 된다.

*454 그리스 신화에 나오는 전설의 동물. 아프리카 사막에 살며 그 숨결과 눈빛으로 사람을
죽였다고 한다. 뱀, 도마뱀, 용 따위로 나타난다.

블룸

(황홀해져서) 여왕 폐하!

벨로

(통통한 뺨의 살을 축 늘어뜨리고) 간통한 여자의 엉덩이나 숭배하는 놈!

블룸

(처량하게) 거대하신 분!

벨로

똥이나 퍼먹는 자식!

블룸

(반쯤 무릎을 구부린 채) 웅대하신 분!

벨로

앉아! (그는 부채로 그녀의*455 어깨를 두들긴다) 다리를 앞으로 구부려! 왼발을 한 발 뒤로 빼고! 네놈은 쓰러질 거야. 지금 쓰러지고 있어. 네 발로 기란 말이야!

블룸

(그녀는 찬미의 표시로 눈을 위로 들어 감더니) 송로(松露)여!

(그녀는 찢어질 듯한 간질 발작성 비명을 지르더니 네 발로 엎드려*456 으르렁거리고 쿵쿵거리고 발밑을 주둥이로 쑤신다. 이어 죽은 척하면서 눈을 꼭 감고 눈꺼풀을 부들부들 떨며, 뛰어난 달인의 자세로 땅바닥에 누워 둥글게 몸을 만다.)*457

---

*455 그는 벨로, 그녀는 블룸.
*456 개가 송로버섯을 찾는 동작, 그리고 프리메이슨의 승격 의식에서 겸양을 나타내는 동작과 관련된 것.

벨로

(단발머리, 보라색 턱살, 깨끗이 면도한 입 주변의 콧수염, 등산용 가죽 각반, 은단추가 달린 녹색 상의, 스포츠용 스커트, 뇌조 깃털을 꽂은 등산모자 차림새. 양손을 바지 주머니에 깊숙이 찔러 넣고, 뒤꿈치로 그녀의 목을 밟아 꾹꾹 짓이긴다) 발판인 주제에! 이 무게를 한껏 느껴 봐. 고개를 숙여, 노예 자식아. 네놈이 모시는 폭군님의 훌륭한 발꿈치의 옥좌 앞이다. 똑바로 서서 빛나는 영광스러운 뒤꿈치의 어전이다.

블룸

(위압되어 산양의 신음소리를 낸다) 맹세코 명령을 어기지 않겠어요.

벨로

(큰 소리로 웃는다) 그거 좋지! 넌 앞으로 어떻게 될지 하나도 모르고 있어. 이 몸은 네 보잘것없는 운명을 결정하고 너를 길들이는 광폭한 타타르인(人)이다! 창피를 줘서 좋든 싫든 내 명령을 듣게 해 주지. 모두에게 쏘는 켄터키 칵테일*⁴⁵⁸ 내기를 해도 좋아. 어디 건방진 소리라도 해 봐. 그러면 여학생 체육복을 입은 채 벌벌 떨면서 받는 뒤꿈치의 징벌(懲罰)을 기다리게 될 테니까.

(블룸은 소파 아래로 기어 들어가서 술 장식 사이로 바깥 동정을 살핀다.)

조이

(슬립을 펼쳐 가리면서) 그 애는 여기 없어요.

블룸

(눈을 감고) 그 애는 여기 없어요.

---

*457 《오디세이아》에서 키르케는 오디세우스의 부하들을 돼지로 변신시키는데, 그것을 상징적으로 암시한 장면이다.
*458 무엇인지 알 수 없다. 단순히 미국산 칵테일을 뜻하는 걸까.

플로리

(실내복으로 그녀를 가리면서) 나쁜 뜻으로 그런 건 아니었어요. 벨로 님. 앞으로는 착하게 굴 거랍니다, 나리.

키티

너무 심하게 대하지 마세요, 벨로 님. 안 그러시겠죠, 마님.

벨로

(어르고 달래면서) 이리 나오렴, 귀여운 아가야. 그냥 살짝 잔소리하는 거야. 잠깐 마음을 터놓고 차분히 이야기하자는 것뿐이란다, 애야. (블룸은 쭈뼛쭈뼛 머리를 내민다) 옳지, 착하다, 착해. (벨로는 거칠게 그녀의 머리카락을 움켜쥐고 앞으로 끌어낸다) 난 그저 널 위해서 부드럽고 안전한 곳을 만들어주고 싶을 뿐이야. 자, 그 부드러운 엉덩이를 내밀어 봐. 별 것 아냐. 자, 어서.

블룸

(반쯤 기절하면서) 심하게 하지 마세요…….

벨로

(거칠게) 코걸이, 집게, 매, 고리, 가죽 채찍, 이 모두가 너에게 키스하게 해 주겠다. 옛날에 누비아의 노예*459가 당한 것처럼. 피리의 반주와 함께 말야. 자, 이번만은 피할 수 없다. 앞으로 평생 동안 잊지 못하게 해 줄 테니까. (이마의 혈관이 부풀어 올라, 얼굴에 피가 솟는다) 매일 아침 매터슨 가게*460의 기름진 햄 조각과 기네스의 흑맥주 한 병으로 좋은 아침밥을 먹은 뒤엔 언제나 너의 등 안장에 올라타 주마. (트림을 한다) 그리고 주식 거래소의 최상품 잎담배를 피우면서 〈공인 음식점 업계 신문〉을 읽어야지. 언젠가는 너를 마구간에서 잡아 꽂이에 꽂아, 새끼 돼지처럼 기름으로 튀긴 다음 냄비에서 꺼내, 바삭바삭 소리가 날 것 같은 것에 육즙을 넉넉히 뿌리고, 쌀

---

*459 누비아는 이집트 남부, 수단의 하르툼 북부 지역으로 노예 무역이 성했다.
*460 식료품, 버터 판매. 호킨스거리 12번지.

과 레몬, 건포도 소스를 쳐서 먹어줄 테다. 어때? (팔을 비튼다. 블룸은 뒤
집어져서 비명을 지른다)

블룸

난폭하게 굴지 말아요, 간호사! 제발!

벨로

(비튼다) 또 한 번!

블룸

(울부짖는다) 아, 지옥이에요! 온몸의 근육이 미칠 듯이 아파요!

벨로

(소리친다) 어때. 매우 기분이 좋군. 이렇게 기분 좋은 일을 만나는 것도
오랜만이야. 자, 이제 이 정도로 돼져. (그녀의 얼굴을 철썩 친다)

블룸

(우는 소리를 낸다) 또 나를 때리시다니. 이를 거예요.

벨로

모두 이 녀석을 눌러 줘. 지금 올라탈 테니까.

조이

올라타세요. 누르고 있을 테니까.

플로리

나도요. 혼자서 욕심내면 안 돼요.

키티

아냐. 내가. 그 사람을 나에게 넘겨 줘.

(흰털 섞인 턱수염에, 주름투성이 얼굴의 사창가 요리사 키오 부인이, 기름 밴 앞치마를 두르고, 남자용 회색과 녹색 양말 그리고 생가죽 구두를 신고, 밀가루투성이가 된 채 드러난 빨간 손에 밀가루 반죽이 묻은 국수방망이를 들고서 문간에 나타난다.)

키오 부인

(사납게) 도와줄까요? (모두가 블룸을 짓누른다.)

벨로

(위로 치켜 든 블룸의 얼굴 위에 앉아 잎담배 연기를 풍기면서 굵은 다리를 문지른다) 키팅 클레이가 리치먼드의 정신병원 부원장에 선출되었다고? 그건 그렇고, 기네스의 우선주가 16파운드와 4분의 3이 되었다고? 크레이드 가드너 가게가 말해 준 그 몫을 사지 않은 것은 나의 실책이었어. 나는 왜 이렇게 재수가 없는 거야. 제기랄. 게다가 그 망할 놈의 인기 없는 말 스로우어웨이호가 20 대 1이라니. (그는 화가 나서 블룸의 귀에 대고 잎담배의 불을 끈다) 그놈의 망할 재떨이는 어딜 갔어?

블룸

(이리저리 휘둘리고 엉덩이 무게로 질식할 지경이 되어) 오, 오, 사람도 아냐! 인정머리 없는 것들!

벨로

10분마다 그렇게 빌어 봐. 애원을 하란 말이야. 있는 정성을 다해서 기도해. (그는 얕잡아 보듯이 주먹에 잎담배를 음란스럽게 꽂고서 내민다) 자, 여기에라도 키스해. 양쪽 다. 키스다. (그는 한쪽 다리를 벌리고 올라타 두 무릎으로 짓누르며 가차 없이 소리친다) 이랴, 이랴! 밴버리 십자로까지 타고 가서. 이클립스 내기 경마에선 이놈을 타야지. (그는 몸을 옆으로 구부려 말의 불알을 힘껏 쥐고 소리친다) 자, 달려! 제대로 훈련시켜줄 테니. (그는 말을 달리며 안장 위로 몸을 흔든다) 귀부인은 만보(漫步)로 터벅터벅. 마부는 걸어서 다가닥, 다가닥. 신사는 전속력으로 따가닥따가닥따가닥따가닥.

플로리

(벨로를 잡아당긴다) 이번에는 내가. 당신은 충분히 탔잖아. 욕심쟁이!

조이

(플로리를 잡아당긴다) 내 차례야, 내 차례. 너 이 남자와 아직 안 끝냈냐, 멍청한 년아!

블룸

(질식 일보 직전) 못 하겠어요.

벨로

아냐, 아직은. 기다려. (숨을 죽이고) 어이, 이 마개가 빠질 것 같아. (그는 자기 엉덩이 마개를 뺀다. 그러고 나서 얼굴을 찡그리고 소리 높이 방귀를 뀐다) 이거라도 먹어! (그는 또 엉덩이에 마개를 한다) 체! 16과 4분의 3이라니.[461]

블룸

(땀이 그의 온몸에서 흘러나온다) 남자 것이 아냐.[462] (그는 냄새 맡는다) 여자 거다.

벨로

(일어선다) 이젠 딴 생각 하지 마. 네가 소원한 대로 됐으니. 이제부터 너는 남자가 아냐. 정식으로 내 것이 되는 거다. 멍에에 묶여서 말야. 자, 벌로 이 저고리를 입어. 그런 남자 옷은 벗어버리라니까. 알았나, 루비 코헨?[463] 그리고 비단벌레 빛깔의, 호화롭게 스치는 소리가 나는 비단을 머리에 뒤집어쓰는 거야. 빨리.

---

[461] 기네스의 우선주.

[462] 블룸은 윤회를 거쳐 완전히 여성이 되었다.

[463] 루비는 에피소드 4에서 몰리가 읽고 있던 책 《서커스의 꽃 루비》의 여자 주인공. 코헨은 사창가 여주인의 성.

블룸

(움츠러들어) 비단이라, 마님이 말했어요! 오, 물결치는! 그렇게 스치는 소리가 나는! 이 손가락으로 그것을 살며시 만져야 하나요?

벨로

(매춘부들을 가리킨다) 저 여자들이 하는 것처럼 너도 하는 거야. 가발을 쓰고, 머리카락을 지지고, 향수를 뿌리고, 분을 바르고, 겨드랑이 털을 매끈하게 밀고. 치수는 몸에 딱 맞게 정확히 재야지. 고래 뼈로 만든 살대가 다이아몬드로 장식한 골반까지 붙어 있는 보드라운 비둘기 쿠우틸 천 코르셋으로 바이스로 조이듯이 네 몸을 인정사정없이 조여 줄 테다. 거기다 그동안 포동포동하게 오른 네 살집을 그물 같은 드레스에 쑤셔 넣고, 2온스의 아름다운 속치마를 입히고, 주름장식을 달고, 물론, 우리 집 상표가 붙어 있는 것들로, 앨리스를 위해 만들어 준 속옷을 입히고, 또 앨리스의 고급 향수를 뿌려주겠어. 앨리스가 나중에 도로 입을 땐 좀 늘어났다는 느낌이겠지. 마르타와 마리아라면 허벅지 감싸는 부분이 너무 얇아서 조금 추워할지도 몰라, 하지만 너의 맨 무릎에 감기는 주름장식 레이스를 보면 너도 뭔가 떠오르는 게 있을 거야…….

블룸

(짙게 화장한 뺨, 다갈색의 머리카락, 커다란 남성의 손과 코, 음탕한 입의 매혹적인 하녀의 모습으로) 홀리스거리에 살 때, 딱 한 번 아내의 옷을 장난삼아 입어 본 적이 있어요. 우리가 돈이 궁했을 때는 세탁비를 아끼려고 제가 그걸 손수 세탁했죠. 셔츠를 뒤집어 입기도 했고요. 오직 절약을 위해서 말예요.

벨로

(비웃는다) 어머니를 기쁘게 해드리려고 도운 건가? 응? 블라인드를 내려 창을 가리고, 거울 앞에 서서 스커트를 올려 넓적다리를 내놓고 숫염소의 젖통을 드러내곤 여러 포즈를 취해 봤다는 거냐? 호호! 웃지 않을 수 없는 일이군그래! 지난 번 셸본 호텔에서 미리엄 댄드레이드 부인이 네게 사라고

떠넘긴, 그리고 그녀가 너를 올라타고 강제로 그 짓을 하느라고 실밥이 전부 터져나가 넝마조각이 된 그 낡은 검은색 슈미즈 스커트와 보잘 것 없는 트렁크 팬티를 입고서 말이지?

블룸

미리엄. 검은 옷. 고급 매춘부.*464

벨로

(시끄럽게 웃어 젖히고) 맙소사. 엄청나게 웃기는 일이군! 네가 뒷구멍에 난 털을 말끔히 자르고 나서 침대에 기절한 듯이 얌전히 누워 있을 때는 정말이지 너는 마치, 스마이스 스마이스 중위,*465 하원의원 필립 오거스터스 블록웰, 기운 좋은 테너 가수 시뇨르 라치 다레모, 엘리베이터 보이 푸른 눈 버트, 고든 베네트 골든 컵 자동차 레이스에서 이름을 날린 헨리 플루리, 흑인 혼혈의 대부호로 옛날 트리니티 대학 보트선수 8번이었던 셰리던, 멋진 뉴펀들랜드인 폰토, 그리고 매너해밀튼 공작 부인 보브스한테 강제로 그 짓을 당할 때의 댄드레이드 부인처럼 근사해 보인다니까. (또 시끄럽게 웃어 젖힌다) 정말이야, 샴 고양이도 웃지 않을 수 없을걸?

블룸

(양손과 얼굴을 꿈틀거리면서) 제가 진정한 코르셋 숭배자가 된 건 다 제럴드 덕분이에요. 고등학교 때 〈뒤바뀐 이야기〉*466라는 연극에서 제가 여자 역할을 맡았을 때였어요. 그리운 제럴드. 그는 자기 누나 코르셋에 매혹되어 그런 야릇한 취미에 빠지게 됐죠. 친애하는 제럴드. 요즘은 분장용 핑크색 화장품을 눈꺼풀에 바른다더군요. 미의 숭배자랄까요.

---

*464 미리엄 댄드레이드 부인. 블룸이 옛날에 알던 거만한 에스파냐계 미국인 여성을 떠올리고, 벨라가 그 여인처럼 여겨지기 시작한다. 그리고 자기가 더욱더 여성화되었다고 생각한다.

*465 이하 모두 가공인물.

*466 19세기 영국의 유머 작가 앤스티의 작품. 원제는 〈Vice Versa〉.

벨로

(심술궂은 기쁨에 찬 목소리로) 미라고! 오, 제발, 날 웃겨 죽일 셈이냐!
네가 부드러운 치맛단을 걷어 올리고, 매끈하게 닦은 옥좌*467 위에 여자다
운 조심성을 보이며 올라탈 때 말이지?

블룸

과학적 접근이 필요한 문제죠. 우리가 즐기는 저마다 다른 다양한 즐거움
을 비교한다는 것은. (진지하게) 그건 그렇고 정말이지 이 자세가 좋아요…
…. 왜냐하면 나는 곧잘 적시는 버릇이…….

벨로

(엄격하게) 말대꾸는 금지다. 저 구석에 놓아 둔 톱밥 위에 해. 내가 엄격
하게 타일렀잖니. 서서 하는 거라고, 자! 우아하게 행동하도록 가르쳐 주
지! 만약에 네 속옷에서 한 점의 얼룩이라도 발견된다면, 아! 도런가(家)의
당나귀*468에 맹세코, 내가 얼마나 엄격한 잔소리꾼인지 알게 될 게다. 네 과
거의 죄들이 들고 일어나 너를 비난하고 있다. 많은 죄들이. 수백 가지에 이
르는 죄들이.

과거의 죄들

(뒤섞인 목소리로) 그는 검은 교회*469의 그늘 아래서 적어도 한 명의 여
자와 비밀 결혼식을 올렸다. 도로변의 비상전화 박스 안에 들어가 자신의 음
탕한 부분을 드러낸 채 돌리에르거리의 미스 던*470에게 차마 입에 담을 수
없는 말을 마음속으로 전한 일도 있었다. 또한 한밤중에 매춘부에게 접근하
여, 볼일 및 다른 기타 문제를 해결하고 싶을 때는 빈집에 딸린 비위생적인
옥외 화장실을 이용하라고 꼬드기는 언행을 일삼았다. 그런가하면 공동변소
다섯 곳에다, 정력 센 남자들에게 자신의 잠자리 파트너를 제공하겠다는 낙

---

*467 비속어로 변기.
*468 아일랜드 민요에서. 술 취한 사람이 당나귀를 아내로 잘못 알고 안았다는 이야기인 듯.
*469 성 마리아 성당의 별칭.
*470 보일런의 비서.

서를 연필로 쓰기도 했다. 그는 밤이면 밤마다 혹시나 뭘 좀 구경할 수 있지 않을까 하는 기대로 지독한 악취 풍기는 황산(黃酸) 공장 근처를 배회하면서 공연히 밀회 중인 연인들 곁을 슬쩍 지나가거나 하지 않았던가? 또한 이 역겨운 돼지놈은 생강빵과 우편환을 주고 어느 더러운 창녀가 닦고 버린 휴지 조각을 얻어 와서는, 침대에 누워 황홀한 표정으로 그 구역질나는 냄새를 쿵쿵대며 맡지 않았던가?

벨로

(요란하게 휘파람을 불며) 말해 봐! 너의 범죄 생활 중에 가장 메스꺼웠던 외설 행위는 무엇이었지? 탁 털어놓고 말해 봐. 토해 내. 숨기지 말고 말해 봐.

(말없는 비인간적인 얼굴들이 밀려온다. 곁눈질하고, 사라지고, 알 수 없는 소리를 웅얼대면서. 블루홈, 폴디 코크,*471 1페니짜리 구두끈, 캐시디 가게의 노파, 장님 젊은이, 래리 라이노세로스,*472 소녀, 여자, 창녀, 기타, 그…….)

블룸

묻지 말아 줘요! 우리 사이의 믿음을 생각해서. 플레즌츠거리에서 나는 단지 생각했을 뿐입니다. 저는 단지 그 반 정도를 생각했을 뿐으로…… 맹세코 말씀드리지만…….

벨로

(단호하게) 대답해! 이 혐오스런 악한아! 싫어도 꼭 말하게 하겠다. 무엇인가 나를 기쁘게 만드는 이야기를 해. 음담(淫談)이든 만들어 낸 이야기든, 시(詩) 한 줄이라도, 빨리, 빨리, 빨리! 어디서? 왜? 언제? 누구와? 자, 정확히 3초의 여유를 주겠다. 하나! 둘! 세…….

---

*471 에로 작가 폴 드 코크를 비꼬아서.
*472 주점 주인 래리 오루크.

블룸

(얌전하게, 간신히 새어나오는 목소리로) 저, 시시시싫은 것, 마마마맡았어요…….

벨로

(거만하게) 에이, 저리 꺼져. 이 스컹크 놈아! 닥쳐! 시킬 때 빨리 말하란 말이야.

블룸

(절한다) 나리! 마나님! 남자 조련사님!

(그는 양팔을 들어올린다. 그의 팔찌가 떨어진다.)

벨로

(비꼬듯이) 낮에는 우리의 냄새나는 내의를 물에 담갔다가 방망이질을 하도록 해. 우리 마나님들이 아플 때에도. 또 옷자락을 걷어 올려 핀으로 고정시키고, 엉덩이에 걸레를 붙들어 매고, 화장실 청소를 하는 거다. 어때, 근사하지? (그는 그녀의 손가락에 루비 반지를 끼워 준다) 자, 자! 이 반지를 끼우면 너는 내 것이 되는 거야. 마님, 고맙습니다 하고 말해 봐.

블룸

마님, 고마워요.

벨로

잠자리를 펴고, 내 목욕물을 데우고, 다른 방에 있는 모든 요강을 부숴야한다. 요리사인 키오 할멈의 갈색 요강도 말야. 그래, 일곱 개를 모두 잘 부셔. 알았어? 아니면 샴페인처럼 그걸 핥아도 좋아. 나의 펄펄 끓는 걸 마시는 거야. 알았지? 내가 하라는 대로 하는 거야. 안 그러면 또 톡톡히 혼날 줄 알아, 루비 양. 엉덩이를 까고 머리 솔로 따끔하게 두들겨 줄 테다. 못된 버릇을 고쳐 놔야지. 밤이 되면 너의 크림을 듬뿍 바른 팔찌 낀 손에, 단추가 마흔세 개 달려 있고, 활석 가루를 뿌려 손 끝에서 우아한 향기가 나는 장갑을 끼워주겠다. 이러한 은총을 얻기 위해서 옛날의 기사들은 그들의 생명을 바쳤지. (킥킥 웃는다) 네가 그렇게 귀부인처럼 하고 있으면 남자들은 한눈에 반할 거야. 그 대령 같은 사람이 맨 먼저 말야. 남자들은 결혼식 전날 밤에는 여기로 와서 금박을 입힌 힐을 신은 귀여운 신부를 안고 싶어 하는 거다. 우선 나 자신이 너의 맛을 한번 시험해 봐야겠구나. 경마장에서 찰스 앨버타 마시라는 사내를 알게 되었는데 (나는 방금 그 녀석하고 잠자리를 같이했던 참이야. 그리고 또 한 사람, 허내퍼 페티 봉지 제조회사의 나리와도 함께 말이지) 이분이 언제나 부려먹을 수 있는 하녀를 하나 찾고 있단 말이야. 자, 가슴을 펴라. 생긋 웃어. 어깨를 낮추고. 얼마 내시겠어요? (그는 가리킨다) 입에 바구니를 물고 물건을 나를 수 있도록 주인에게 훈련받은 이 아이에게. (그는 소매를 걷어 올리고 블룸의 음문(陰門) 속으로 팔꿈치까지 쑤셔 넣는다) 봐, 참 깊군그래! 어때요! 선생님들? 이래도 물건이 서지 않나요? (그는 한 입찰자의 얼굴에 팔을 내민다) 군침이 흐른 분은 이걸로 닦으세요!

입찰자

1플로린.

(딜런 경매장*473의 직원이 종을 흔든다.)

직원

딸랑!

목소리

1실링 8페니라니 너무 비싸군.*474

---

*473 사이먼이 딸과 함께 지나갔던 경매장.
*474 루벤 J.가 아들의 생명을 구한 선원에게 1플로린, 즉 2실링을 주었다는 이야기가 나왔을 때 사이먼이 한 말. 유대인의 인색한 기질을 나타낸다.

찰스 앨버타 마시

처녀가 틀림없어. 숨결도 좋아. 깨끗하군.

벨로

(망치로 탕 하고 친다) 2실링. 바닥 시세. 값이 이렇게 싸서야. 키는 열네 뼘. 만져서 살펴봐요. 손에 들고 봐요. 이 부드러운 털에 덮인 피부, 탄력 있는 근육, 말랑말랑한 살결. 만일 여기에 나의 황금 송곳만 있다면! 게다가 젖도 잘 나오고. 매일 신선한 우유가 3갤런. 한 시간 이내에 아들을 낳는 고르고 고른 다산종(多産種). 이 친구 아버지의 착유 기록에 따르면 40주 동안에 우량 우유가 1000갤런. 워워 워! 나의 보물! 자, 이제 정하시오! 워워 워! (그는 머리글자 C를 블룸의 엉덩이에 찍는다) 이것으로 됐어! 보증이 딸린 코헨이다! 선생님들, 2실링에 얼마의 웃돈을 얹으시겠습니까?

검은 얼굴의 사나이

(가장된 억양으로) 일금 백 파운드.

목소리들

(속삭이는 목소리로) 하룬 알 라시드[*475]에게 낙찰.

벨로

(쾌활하게) 좋소. 모두 환영이오. 하얀 속바지가 언뜻 보이도록 무릎까지 올라간, 검소하고, 대담하게 짧은 스커트는 효과가 틀림없는 무기이고, 또 에메랄드빛 가터벨트에, 무릎 위까지 기어오르는 길고 곧은 솔기가 달린 투명 양말은 유흥에 지친 남자의 본능을 푹 찌를 거요. 4인치 높이의 루이 15세형 굽으로, 뽐내며 미끄러지듯이 걷거나, 도발적인 엉덩이를 하고, 넓적다리는 매끄럽게, 두 무릎은 가볍게 붙이고 그리스식으로 인사를 하도록 연습해라. 너의 모든 매력을 동원하여 사내들을 유혹해라. 고모라[*476]의 악습을

[*475] 아바스 왕조의 칼리프. 《아라비안 나이트》에 나온다.
[*476] 〈창세기〉 13 : 10. 소돔과 고모라는 남색, 수간(獸姦) 따위의 악습 때문에 하느님의 노여움을 사 멸망했다.

알려 주란 말야.

블룸

(빨개진 얼굴을 겨드랑이 밑으로 감추고 집게손가락을 입에 물고, 억지 웃음을 짓는다) 오, 당신이 뭘 말하고 싶어하는지 알겠어요.

벨로

달리 너를 어디에다 쓰겠니, 너 같은 성(性)불구자를? (그는 몸을 굽히고, 물끄러미 살펴보고, 부채로 난폭하게 블룸 엉덩이의 살찐 지방층 주름 아래를 쿡 찌른다) 세워! 세워! 이 맹크스고양이! *477 이건 도대체 어떻게 된 거야? 꼬부라진 찻주전자는 누굴 줬어? 아니면 누가 그걸 잘라 버렸단 말이냐, 이 쩍쩍아? 노래해봐, 새야, 노래해 보라고. 마차 뒤에서 쉬하는 여섯 살 난 꼬마 것처럼 축 늘어져 있잖아. 양동이를 사든가 펌프를 팔아버리든가 해. (소리 높여) 넌 사내구실을 할 수 있나?

블룸

에클즈거리에서……

벨로

(빈정대며) 네 감정을 상하게 할 생각은 조금도 없지만, 거기는 당당한 근육의 그분*478이 차지하고 있어. 형세 역전이지. 이 젖내 나는 풋내기야! 저쪽은 당당히 한몫을 하는 거친 사나이야. 이 얼빠진 놈, 네가 혹투성이, 마디투성이, 사마귀투성이 우기를 가지고 있었다면 좋았을 텐데. 그는 벌써 해치웠어, 알았나? 발과 발, 무릎과 무릎, 배와 배, 가슴과 유방을 딱 맞댔다고! 그는 불알 없는 놈이 아냐. 엉덩이로부터 양치 같은 붉은 털이 삐져나와 있어! 아홉 달만 기다려 봐, 젊은이! 이미 그녀의 배 안에서 큰 난리가 벌어지고 있으니까. 이 말을 들으니 울컥해지나? 마음에 와 닿나? (경멸하듯 침을 뱉는다) 타구(唾具) 같은 녀석.

---

*477 꼬리가 없거나 아주 짧은 것이 특징인 고양이.
*478 보일런.

블룸

이렇게 부당한 대우를 받다니. 나…… 경찰에 알리겠어요. 백 파운드라니. 말도 안 돼. 나는…….

벨로

할 수 있으면 해 봐, 이 병신 집오리야. 이쪽이 필요한 건 폭우지 네 가랑비는 아냐.

블룸

미칠 것 같군! 몰! *479 잊고 있었어! 용서해 줘요! 몰…… 우리는…… 아직…….

.

벨로

(냉혹하게) 안 돼, 레오폴드 블룸, 네가 잠의 골짜기에 누워서 20년 하룻밤을 지내는 동안에 여자의 모든 의지가 바뀌고 만 거야. 집으로 돌아가 봐.

(늙은 잠의 골짜기가 숲 저편에서 부른다.)

잠의 골짜기

립 밴 윙클! 립 밴 윙클! *480

블룸

(노루 가죽의 넝마 같은 구두, 녹슨 엽총을 손에 들고 발끝으로 서서 살금살금, 손가락 끝으로 더듬으며 턱수염 난 핼쑥한 얼굴로 창틀을 들여다보고 소리친다) 그녀가 보이는군! 틀림없어! 맷 딜런가(家)에서 처음 만난 그날 밤! 그러나 저 드레스는 녹색이다! 게다가 머리를 금발로 물들이고, 그는…….

---

*479 여성화된 블룸은 남성화된 아내 몰리를 이렇게 부른다.
*480 워싱턴 어빙이 쓴 단편소설의 제목이자 그 주인공. 립 밴 윙클은 사냥을 갔다가 산속에서 난쟁이들이 준 술을 마시고 20년 동안 잠이 든다. 깨어 집에 가 보니 잔소리꾼 아내는 죽고 딸은 자라서 결혼한 뒤다.

벨로

(비웃듯이) 자네 딸이야, 이 부엉이야, 멀링거의 학생과 함께 있어.

(녹색 옷을 입고, 가벼운 샌들을 신고, 파란 스카프를 바닷바람에 나부끼며 금발의 밀리 블룸이 애인의 팔에서 뛰쳐나와 부른다, 젊은 눈을 크게 뜨고 소리친다.)

밀리

어머! 아빠다. 하지만, 오, 아빠, 이렇게 늙으시다니!

벨로

변했다고? 저 장식 선반, 조금도 바뀌지 않은 책상, 헤가티 숙모의 안락의자, 옛날 대가들의 고전 재판(再版). 저 그림 속에서는 남자가 남자 친구들과 호화롭게 살고 있어. '뻐꾸기들의 소굴'*481이지. 불평은 없겠지? 자넨 얼마나 많은 여자들과 잤나, 응? 어두운 밤거리에 여자들 뒤를 따라가서, 어이 편평족(扁平足), 뭐라 말하면서 설득했지? 뭐야, 이 사내 매춘부야? 찬거리 꾸러미를 든 죄 없는 부인들을 노리다니. 이번에는 네놈 차례야. 남의 일이 아냐.

블룸

그녀들은…… 나는.

벨로

(단호하게) 녀석들의 발은 네가 렌의 경매에서 모처럼 산 가짜 브리셀의 카펫을 짓밟을 거야. 몰과 말타기 놀이를 하는 동안에, 몰의 팬티 속에서 뛰는 벼룩을 찾으려고 야단법석을 벌이는 동안에, 녀석들은 네가 예술을 위한 예술이라 해서 비를 맞으며 가지고 온 조각상을 부숴 버리고 말 거야. 녀석들은 네 책상의 맨 아래 서랍의 비밀을 까발리고 말 거야. 너의 천문학 수첩

---

*481 아내에게 배반당한 남자들이 사는 곳.

을 찢어서 파이프에 불을 붙이고. 또 햄턴 리덤 가게에서 산 10실링짜리 놋쇠 난로 망에 침을 뱉겠지.

블룸

10실링 6페니죠. 못난 놈들이 할 만한 짓이에요. 가게 해 줘요. 전 돌아가겠어요. 그리고 꼭……

목소리
맹세하라! *482

(블룸은 주먹을 움켜쥐고, 입에 사냥칼을 물고 앞으로 기어간다.)

벨로

하숙인으로서인가, 아니면 사내 첩으로서인가? 너무 늦었어. 네가 두 번째로 좋은 침대*483를 마련해 두었으므로 다른 녀석들이 거기에 엎어져 있음에 틀림없어. 너의 비명(碑銘)은 이미 쓰였다. 넌 이제 끝났다는 걸 잊지 마. 이 노망쟁이야.

블룸

정의여! 아일랜드 전체가 덤벼서 단 한 사람을 괴롭히는가! 아무도……?

(그는 자신의 엄지손가락을 깨문다.)

벨로

조금이라도 체면이나 품위가 있다면 죽어서 지옥으로 가라. 우리 집의 오래된 진귀한 포도주를 마시면 지옥으로 갔다가 돌아올 수 있어. 유서에 서명해서 있는 돈은 모두 이쪽으로 주고 가! 돈이 없으면 어떻게 해서든지 손에 넣어, 훔쳐 와, 슬쩍 해와! 너를 우리의 숲 속 변소*484에 묻어줄게. 늙은

---

*482 부왕 햄릿이 지하에서 하는 말.
*483 셰익스피어가 유언장에서 아내에게 남긴 '두 번째로 좋은 침대.'

코크 코헨, 나와 결혼했던 내 의붓조카, 통풍 앓던 쭈그렁이 소송대리인, 목울대가 가르랑대는 남색꾼, 그리고 이제 이름은 모르지만, 열 명인가 열한 명쯤 되는 다른 내 남편들과 함께 똥구덩이 속에 처넣어 주겠어. (요란하게 가래 긴 웃음을 터뜨린다) 거름은 넉넉히 뿌려줄게, 플라워 씨! (비웃음이 담긴 새된 목소리로) 그럼 바이바이, 폴디! 바이바이, 아빠!

블룸
(머리를 누르고) 나의 의지력이! 나의 기억력이! 나는 죄를 범했다! 나는 괴⋯⋯.

(눈물을 흘리지 않고 운다.)

벨로
(비웃는다) 울보! 악어의 눈물![485]

(산 제물의 눈가리개로 눈이 가려진 블룸은, 풀이 죽어, 대지에 얼굴을 대고 흐느껴 운다. 임종을 알리는 종소리가 들려온다. 베옷 차림에 검은 숄을 두르고, 재(灰)에 싸인, 할례 받은 자들의 형상이 통곡의 벽 곁에 산다. M. 슐로모비츠, 조지프 골드워터, 모제스 허조그, 해리스 로젠버그, M. 모이젤, J. 시트런, 미니 워치먼, P. 매스챤스키, 유대교회당 전례문 낭독담당 리오폴드 아브라모비츠, 체이즌. 모두 양팔을 흔들며 배교자 블룸을 성령으로 애도한다.)

할례 받은 사람들
(어두운 쉰 목소리로 성가를 노래하면서, 꽃이 아니라[486] 사해의 과실[487]을 그에게 던진다) 이스라엘이여, 들어라. 우리 하느님 여호와는 오직 유일

---

*484 여자의 음부.
*485 악어는 먹이를 유인하기 위해서 거짓 눈물을 흘린다는 말에서. 위선자의 눈물.
*486 유대인의 관습으로는 장례식에 꽃을 사용하지 않는다.
*487 겉보기에는 아름답지만 속에는 재가 들어 있다는 전설의 과실.

한 여호와시니.*488

많은 소리들
(한숨을 쉬면서) 그럼, 녀석도 죽었는가. 아, 그래, 정말로. 블룸이라고?
그런 녀석은 들어본 적이 없는데. 그래? 이상한 녀석이었어. 저쪽에 그 녀
석의 미망인이 있다. 저 여자가? 아, 그래.

(아내의 순사(殉死)*489용으로 쌓아올린 장작더미로부터 캠퍼기름의 불꽃
이 치솟는다. 향연(香煙)이 퍼지며 관 덮개처럼 근처를 뒤덮었다가 엷어져
간다. 그녀의 참나무 액자 밖으로 한 요정이 나타난다. 머리를 푼 모습, 홍
차색 아트컬러 옷을 가볍게 걸치고, 암벽에서 내려와 가지들이 엇갈린 주목
아래를 지나 블룸 옆으로 와서 내려다본다.)

주목들
(잎사귀들이 속삭인다) 자매여. 우리의 자매여. 쉿!

요정*490
(부드러운 목소리로) 필멸의 존재여! (상냥하게) 그만, 이제 그만 울음을
그쳐요!

블룸
(나뭇가지 사이로 새어나오는 햇볕을 받고 가지 아래를 기어 나와, 위엄
에 차 자랑스럽게 다가온다) 이러한 처지. 이렇게 되리란 걸 난 이미 생각하
고 있었는데. 습관의 힘인가.

---

*488 〈신명기〉 6 : 4.
*489 남편의 장례식 때 과부를 산 채로 불태운 고대 인도의 관습.
*490 블룸 부부의 침실에 걸린 〈포토 비츠〉지 부록 속 요정. 또한 국민 도서관 옆에 있는 박
　　물관에서 블룸이 본 그리스 조각.

요정

필멸의 존재여! 당신은 사악한 무리 가운데서 날 발견했어요. 치어리더,
호객 상인, 권투선수, 인기 있는 장군, 살색 타이츠를 입은 음탕한 가극 배
우 그리고 금세기에 히트를 친 악극 〈라 오로라와 카리니〉에 나오는 활기찬
슈미즈 댄서 따위 가운데서. 나는 석유 냄새가 풍기는 값싼 핑크색 페이지
속에 숨어 있었습니다. 클럽 사내들의 평범한 음담패설, 철없는 젊은이들을
초조하게 만드는 이야기, 슬라이드 광고, 농간부리기 주사위와 가슴받이, 탈
장 신사환자의 탈장대(脫腸帶) 선전 전단 따위에 둘러싸여 있었어요. 기혼
자들에게 유용한 정보들이지요.

블룸

(그녀의 무릎 쪽으로 자라 머리를 쳐든다) 우린 전에 만난 적이 있지요.
다른 별에서.

요정

(슬프게) 고무 제품. 귀족 집안에 공급되는 절대 안전 상표. 남자용 코르
셋. 발작을 치료해 드립니다. 효과가 없을 때는 환불. 월드먼 교수의 놀랄만
한 흉부 확장기에 대한 자발적 감사장. 저의 바스트가 3주일 동안에 4인치
나 커졌습니다 하고 거스 러블린 부인이 사진을 첨부하여 보고.

블룸

〈포토 비츠〉지 말인가요?

요정

그래요. 당신은 나를 잘라서 참나무와 금박으로 된 사진틀에 끼워 당신 부
부의 침대 위에 걸어 두었지요. 어느 여름날 초저녁에, 남몰래, 당신은 나의
몸 네 군데에다 키스를 했습니다. 그리고 애정을 가지고 연필로 저의 눈과
가슴을 검게 칠했지요.

블룸

(겸허하게 그녀의 긴 머리에 키스한다) 이 얼마나 고전적인 곡선인가, 아름다운 불사의 존재여! 그대를 바라보노라면 나는 기쁨에 차, 그대의 아름다움을 찬미하며 무릎 꿇고 기도하고 싶었답니다.

요정

캄캄한 밤에 그대의 찬미를 들었습니다.

블룸

(급히) 그래요, 그래요. 당신이 말하는 것은 즉…… 잠은 사람의 가장 나쁜 면을 노출시키는 것이므로. 아이들은 별문제겠지만. 분명히 나는 침대에서 굴러 떨어졌다고 할까, 밀려서 떨어진 일이 있습니다. 쇳가루가 든 포도주는 코골이를 고친다는데. 그 밖에도 저 영국인의 발명도 있고요. 요 며칠 전 광고전단이 왔는데, 주소는 불명이었지만, 그에 따르면 소리도 냄새도 나지 않는다고 했어요. (한숨을 쉰다) 늘 이런 식이었어요. 약한 자여, 그대의 이름은 결혼이니라.*491

요정

(손가락으로 귀를 막고) 그리고 여러 가지 이상한 말들. 나의 사전에는 없는 말들.

블룸

뜻을 아셨어요?

주목들

쉬!

＊491 〈햄릿〉 1막 2장. '약한 자여 그대의 이름은 여자니라'를 흉내 낸 것.

요정

(손으로 얼굴을 가린다) 내가 그 방에서 못 본 게 뭐 있었죠? 나는 눈 아래의 무엇을 봐야만 했던가요?

블룸

(변명하듯) 알고 있어요. 일부러 뒤집어놓은 더러운 인간의 속옷. 침대의 쇠고리도 느슨해지고. 지브롤터로부터 기나긴 바닷길을, 옛날에.

요정

(고개를 숙인다) 더 심한, 더 심한 것도요!

블룸

(조심스럽게 떠올린다) 그 낡은 변기 말인가요? 변기가 그 모양이 된 건 아내의 몸무게 때문은 아니에요. 아내는 11스톤 9[*492] 정도밖에 안 나가요. 변기 상태도 약간 금이 가고 아교가 벗겨진 정도인걸요. 아? 혹시 손잡이가 하나밖에 없는 저 우스꽝스러운 오렌지 모양의 요강을 말하는 건가요?[*493]

(번쩍번쩍 빛나면서 떨어지는 폭포 소리가 들린다.)[*494]

폭포

풀라포우카 풀라포우카[*495]
풀라포우카 풀라포우카.

주목들

(가지들을 서로 교차시켜) 들어봐. 속삭임을. 그녀가 말한 대로야, 우리의 자매. 우리는 풀라포우카 폭포 근처에서 자랐어. 우리는 나른한 여름날에

---

*492 163파운드. 약 80킬로그램.
*493 침대 아래에 있는 요강.
*494 소변 소리.
*495 풀라포우카 폭포. 더블린 남쪽 약 20마일 지점에 있는 리피강 상류에 있다.

그늘을 드리워주었지.

존 와이즈 놀런*496

(안쪽에서 아일랜드 국유림 담당관 제복을 입고 나타나, 깃털이 달린 모자를 벗는다) 우거져라. 나른한 날들에 그늘을 주어라, 아일랜드의 나무들이여!

주목들

(웅성대며) 고등학교 소풍으로 풀라포우카 폭포까지 온 것은 누구였지? 나무 열매를 찾는 친구들과 떨어져서 우리 그늘로 온 것은 누구였지?

블룸

(비둘기 가슴에, 패드를 넣은 좁은 어깨. 회색 검은색 줄무늬가 들어간, 몸집에 비해 너무 작은, 특색 없는 아동복, 하얀 테니스화, 테를 둘러 위쪽을 접은 양말을 신고, 배지가 달린 붉은 모자를 쓰고) 그때는 십대, 한창 자라던 소년이었죠. 그 시절엔 사소한 것에도 큰 만족을 느꼈어요, 덜커덩거리는 마차, 여성용 휴대품보관소와 여자화장실의 뒤섞인 냄새, 옛 로열 극장 계단을 꽉 메운 군중의 모습, 사람들은 서로 부대끼는 걸 좋아하죠, 군중심리에서 느끼는 쾌락이랄까, 그리고 은밀히 악덕을 퍼뜨리는, 어두운 극장 안에서 풍겨오는 음습한 섹스의 냄새. 심지어는 여성용 양말이나 속옷의 가격표만 봐도 황홀했지요. 그리고 그 열기. 그해 여름엔 태양의 흑점이 관측됐었어요. 방과 후의 시간들. 포도주에 적신 스펀지케이크. 평온한 시절.

(평온한 시절. 푸르고 하얀 풋볼 셔츠에 반바지를 입은 고등학생들, 도널드 턴벌 군, 에이브러햄 채터튼 군, 오웬 골드버그 군, 잭 메레디스 군, 퍼시 앱존 군 등이 숲 속의 빈터에 서서 블룸 군을 부른다.)

---

*496 블룸의 친구. 디그넘의 아들을 돌보고 있다.

평온한 시절

어이 고등어! *497 우리와 다시 친하게 지내. 만세! (그들은 환성을 지른다)

블룸

(따뜻한 장갑을 끼고, 엄마의 목도리를 두르고, 얻어맞은 눈 뭉치 가루를 뒤집어쓰고 일어나려고 발버둥친다) 아, 다시! 다시 열여섯 살이 된 기분이야! 끝내주는군! 몬터규거리의 종을 모두 울려 주자꾸나. (약하게 환성을 지른다) 고등학교 만세!

메아리

바보!

주목들

(바스락거리며) 그녀가 말한 대로야, 우리의 자매. 속삭임. (속삭이는 키스 소리가 숲 속에서 들린다. 나무 요정의 얼굴들이 나무줄기나 잎들 사이로 내다보다가, 이윽고 꽃으로 활짝 피어난다) 우리의 조용한 나무 그늘을 더럽힌 자가 누구지?

요정

(벌린 손가락 사이로 수줍은 듯이) 거기서? 푸른 하늘 아래서?

주목들

(아래쪽으로 늘어지면서) 자매여, 그래요. 우리의 처녀 풀밭 위에서.

폭포

풀라포우카 풀라포우카
포우카포우카 포우카포우카.

---

*497 블룸의 별명.

요정

(손가락을 더욱 넓게 벌리고) 오! 부끄러운 일이야.

블룸

나는 조숙했었죠. 청춘. 목양신(牧羊神)들. 나는 숲의 신에게 산 재물을 바쳤어요. 봄에 피는 꽃. 짝짓기의 계절이었죠. 모세관의 인력은 자연 현상이에요, 아마색 머리의 로티 클라크가 밤 화장을 하는 것을, 완전히 닫지 않은 커튼 틈으로, 돌아가신 아빠의 오페라글라스로 엿본 적이 있어요. 그 음란한 여자는 야합(野合)이 특기였죠. 리알토교(橋)가 있는 데서 동물적 정기(精氣)에 넘쳐 나를 유혹하기 위해서 언덕 아래로 마구 굴러 떨어진 거예요. 그녀는 또 구부러진 나무에 올라가서, 그리고 나는……. 성인(聖人)이라고 그녀를 이길 수 있었을까요? 악마가 나에게 달라붙은 거예요. 더욱이 아무도 보는 사람이 없었고.

(아장아장 걷는 하얀, 뿔 없는 식용 송아지가 입을 우물거리며 나뭇잎 그늘에서 코를 내민다.)

비틀거리는 식용 송아지*[498]
(툭 불거진 두 눈으로 굵은 눈물방울을 흘리며 콧소리로) 내가, 내가 봤어.

블룸

나는 단지 생리적 욕구를 채웠을 뿐이에요……(애처롭게) 처녀 사냥을 나갔는데 아무도 잡히지 않았어요. 내가 너무 못생겨서. 아무도 놀아주지 않았죠.

(벤 호스 언덕의 철쭉 사이로 포동포동한 유방에 땅딸막한 꼬리의 암산양이 까치밥나무 열매를 떨어뜨리면서 지나간다.)

---

*498 산부인과 병원에서 화제가 되었던 식용우.

암산양

(운다) 메게가게그! 나나나니!

블룸

(모자를 쓰지 않은 채, 얼굴이 홍당무가 되어 엉겅퀴의 갓털과 가시금작화나무의 가시를 몸에 붙이고) 제대로 약혼한 사이였어요. 사정도 그때그때 달라지는 법이죠. (그는 수면을 뚫어지게 바라본다) 매초 32피트의 속도로 낙하한다. 광고 전단의 악몽. 현기증 나는 엘리야.*499 절벽에서 추락. 정부 인쇄업자 서기*500의 비참한 최후. (은빛의 조용한 여름 대기 속을 블룸의 대역 인형이 미라처럼 천에 싸여 라이온스 곳 낭떠러지로부터 아래에서 기다리고 있는 자줏빛 바다 속으로 빙빙 돌면서 떨어진다.)

인형 미라

<u>브브브브브르르르르르르블블블블로드쉬브!</u>

(만(灣)의 먼 바다, 베일리 등대와 키시 등대선 사이를 '에린즈 킹'호가 항해하고 있다. 굴뚝에서 토해 내는 매연이 퍼져 육지 쪽으로 불려 간다.)

내너티 시의원

(검은 알파카를 입고, 노란 솔개 같은 얼굴을 하고, 손을 조끼의 앞주머니에 넣고, 갑판 위에 홀로 서서 열변을 토한다) 나의 조국이 지상의 여러 국민들 사이에서 그 위치를 확립하는 그때까지*501 나의 묘지명(墓誌銘)을 쓰지 말아다오. 나는……

블룸

끝났도다. 프르프!*502

---

* 499 낮에 블룸은 엘리야가 왔다는 전단을 다리에서 강으로 던졌다.
* 500 블룸은 한때 왕실인쇄소 알렉산더 톰스에서 서기로 일했다.
* 501 사형 판결을 받은 아일랜드의 애국자 로버트 에멧(1778~1803)의 마지막 법정 진술에서.
* 502 지사(志士) 로버트 에멧의 마지막 진술을 읽으면서 블룸이 방귀를 뀌었다.

요정

(거만하게) 그대도 오늘 보았듯이 불멸의 존재인 우리의 몸에는 그런 이상한 부위도 없고, 또 그곳에 털도 나지 않아요.*503 우리는 돌처럼 차고 순결합니다. 우리는 번갯불을 먹고 살지요.*504 (그녀는 몸을 음탕하게 비틀어 활처럼 구부리고 집게손가락을 입에다 넣으며) 저한테 이야기를 걸었나요? 뒤에서 들었어요. 어째서 당신은 그런……?

블룸

(비굴하게 헤더가 피어 있는 들판을 서성이면서) 나는 여태껏 완전한 돼지 행세를 해왔어요. 관장(灌腸)까지도 해 주었죠. 콰시아*505 3분의 1파인트에 암염(巖鹽)을 한 큰술 넣어서 항문 깊숙이. 귀부인들의 친구인 해밀턴 롱 약국에서 만든 관장기로.

요정

내 눈앞에서. 분첩을 바르고. (그녀는 얼굴을 붉히며 무릎을 꿇는다) 그 밖에도 또 여러 가지로!

블룸

(기가 죽어서) 그래요. 나는 죄를 지었어요! 등이 이름을 바꾸는 그곳*506을, 저 알몸의 제단을 예찬했어요. (갑자기 열광하며) 하지만 왜 저 상냥하고 향기로우며 보석으로 장식된 손은, 세계*507를 지배하는 그 손은……?

(형체들이 완만하게 삼림 모양을 그리며 나무줄기를 뱀처럼 감는다. 서로 부르면서.)

---

*503 블룸은 여신상에 항문이나 음부가 있는지 보러 갔었다.
*504 블룸은 신들이 술을 마시는 것은 '말하자면 번갯불을 먹는 것과 같을까' 하고 공상했다.
*505 소태나무에서 짜낸 쓴 진액. 강장제, 건위제 따위로 쓰인다.
*506 엉덩이.
*507 윌리엄 로즈 윌리스의 시 〈요람을 흔드는 손이 세계를 지배하는 손이다〉에서. 어머니의 힘을 노래한 것.

키티의 목소리

(숲 속에서) 이쪽으로 쿠션 하나 주어요.

플로리의 목소리

여기.

(들꿩 한 마리가 날개를 펄럭이며 덤불 속을 뛰어다닌다.)

린치의 목소리

(숲에서) 야! 펄펄 끓고 있구나!

조이의 목소리

(숲에서) 더운 곳에서 왔지.

비라그의 목소리

(새의 추장, 푸른 줄무늬가 있는 깃으로 갑옷을 장식하고 투창을 손에 들고 땅에 흩어진 너도밤나무 열매와 도토리를 밟으며 삐걱거리는 등나무 숲 속을 성큼성큼 빠져나간다) 덥군! 더워! 앉아 있는 황소[508]를 경계하라!

블룸

나로서는 어떻게 할 도리가 없어요. 그녀의 따뜻한 육체의 흔적을. 여자가 앉았던 자리에, 특히 마지막 은총을 베푸는 것처럼 가랑이를 벌리고 앉았던 자리에, 그 가운데서도 미리 하얀 새틴 팬츠를 걷어 올리고 앉았던 자리에 앉는다는 것은. 너무나 여자다워요. 그것이 나를 마음껏 만족시켜 주죠.

폭포

필라풀라 풀라포우카
풀라포우카 풀라포우카.

---

[508] 미국 인디언의 용맹한 추장. 캐스터 장군이 이끄는 기병대를 전멸시켰다.

주목들

쉿! 자매여, 이야기해 줘요!

요정

(보이지 않는 눈. 수녀의 하얀 옷을 입고, 두건과 커다란 날개 달린 각두건을 쓰고, 조용히, 황홀한 눈으로) 트랭퀼라 수도원.*509 수녀 아가사.*510 카르멜 교단. 노크와 루르드*511의 환상. 더 이상 바랄 것은 없습니다. (그녀는 머리를 숙이고 한숨 쉰다) 오로지 천상만을. 거기에는 꿈과 같은, 크림과 같은 갈매기가 나른한 물 위를 날고 있습니다.

(블룸이 반쯤 일어선다. 그의 바지 엉덩이 단추가 툭 하고 끊어진다.)

단추

툭!*512

(쿰거리의 두 매춘부가 숄을 걸치고, 끽끽 소리 지르며, 빗속을 춤추며 지나간다.)

매춘부들

어머! 레오폴드의 속바지 핀이 없네.
어째야 좋을지 몰라,
그것을 붙들어 두려면,
그것을 붙들어 두려면.*513

---

*509 블룸이 헬리 가게에 근무할 때 방문한 수녀원.

*510 기원 251년 무렵 시실리섬의 처녀 순교자. 시실리섬의 총독이 관계를 요구한 것을 거절해 살해되었다.

*511 노크는 1879년에 성모 마리아가 나타났다는 아일랜드의 마을. 루르드는 프랑스 오토 피레네군의, 성모의 기적이 나타난 장소.

*512 블룸이 되찾은 자유의 상징이자, 수녀에 대한 블룸의 성적 흥분의 표시. 여기서 블룸의 남성이 부활함.

*513 에피소드 5 참조.

블룸

(냉정하게) 그대는 주문을 깨고 말았소. 마지막 한 가닥 지푸라기. 만일 천상밖에 없다면 당신 같은 성직 지망자나 수련수사들은 도대체 어떻게 된다는 거요? 수줍어하면서 즐기는 주제에, 오줌 싸는 당나귀처럼.

주목들

(그들의 은박 같은 잎사귀들이 앞 다퉈 떨어지고 앙상한 가지들이 노쇠해서 흔들린다) 낙엽이 지는구나!

요정

(얼굴이 굳어지고, 옷 주름을 더듬으면서) 신성모독이야! 내 정조를 깨뜨리려고 하다니! (그녀의 옷 위에 커다란, 젖은 얼룩이 나타난다) 내 순결을 더럽히다니! 당신은 순결한 여인의 옷을 만질 자격이 없어요. (그녀는 옷을 다시 모은다) 기다려요, 악마여. 사랑의 노래를 두 번 다시 부르지 못하게 해주겠어. 아멘. 아멘. 아멘. 아멘. (그녀는 비수를 빼어 들고, 아홉 명의 선발된 기사의 갑옷을 입은 모습으로 그의 허리를 찌른다) 벌 받을 놈 같으니!

블룸

(벌떡 일어나서 그녀의 손을 움켜쥐고) 어어어! 축복받은 여인! 목숨이 아홉 개인 고양이야! 정정당당하게 해야지, 마담. 칼질은 못써. 여우와 신 포도, 그렇지? 철조망*514으로는 부족한가? 십자가는 너무 가늘어? (그녀의 베일을 움켜쥔다) 당신은 신성한 수도원장이나 절름발이 정원사 브로피, 아니면 물병자리의 주둥이 없는 조각상, 또는 선량한 수녀원장님 알폰서스*515를 원하는 거야, 응 레이너드 여우*516 님?

---

*514 수녀가 철조망을 발명했다고 블룸은 생각한다.

*515 Alphonsus. 여기서 가리키는 성직자 알폰스의 이름은 남성명사 'Alphons'이다. 따라서 수녀원장님 알폰서스는 여성이 아니라 남성으로, 이는 당연히 농담이다.

*516 〈레이너드 여우〉에 등장하는 여우.

요정

(외마디 소리를 지르며 베일을 벗고 그로부터 도망친다, 그녀의 석고상이 깨지고 그 틈에서 한 덩어리의 악취가 새어나온다) 경⋯⋯! *517

블룸

(그녀를 뒤쫓으며 소리친다) 자기가 두 배로 즐긴 주제에. 조금도 움직이지 않았는데도 온몸이 여러 층의 점액으로 찐득거리고 있어. 나는 시험해 보았지. 그쪽의 강점과 이쪽의 약점. 교미의 대가는 얼마? 즉석에서 얼마 주겠소? 어딘가에서 읽었는데 리비에라에서 남자 댄서들을 고용했다지? (달아나던 요정이 울부짖는다) 응? 나는 지금까지 16년 동안이나 흑인노예처럼 일해 왔단 말이야. 내일이면 배심원이 별거 수당으로 5실링 줄 건가? 응? 다른 사람은 몰라도, 날 바보로 만들 생각은 말아요. (그가 코를 킁킁거린다) 발정(發情)하고 있군. 양파. 썩은. 유황이다. 지방이다.

(벨라 코헨이 블룸 앞에 선다.)

벨라 *518

이 다음에는 날 알아 모시겠죠.

블룸

(침착하게 그녀를 관찰한다) 뒈졌군그래. 새끼 양인 체하는 어미 양이야. 잇몸이 약하고 머리털은 남아도는군. 밤에 자기 전에 생 양파를 먹으면 안색이 좋아져. 그리고 이중 턱을 없애는 운동도 하면 좋아. 눈은 박제한 여우의 유리 눈알같이 생기가 없구만. 당신 얼굴 생김새와 균형을 이루니까 상관은 없어. 나는 날개 셋 달린 스크루처럼 마구잡이가 아니니까.

벨라

(경멸하듯) 사실은 할 마음이 없군요. (그녀의 암퇘지의 음부가 짖어 댄

---

*517 경찰을 부르려는 소리.
*518 벨라가 다시 여성으로 돌아가고 블룸이 남성으로서 그를 대한다.

다) 포브라흐트! [519]

블룸

(경멸하듯) 우선 한가운데의 손톱 없는 손가락을 깨끗이 씻어. 그대의 차가운 정액이 닭 벼슬에서 뚝뚝 떨어지고 있어. 마른 풀을 한줌 집어서 잘 훔치란 말이야.

벨라

뭐야, 광고쟁이 주제에! 죽은 불알 녀석 같으니!

블룸

녀석을 봤어, 매음굴 마나님! 매독과 임질 장사치!

벨라

(피아노 쪽을 보고) 사울의 장송곡을 치던 사람이 누구지?

조이

나야. 티눈에 신경이나 써요. (그녀는 피아노 쪽으로 달려가 팔짱을 낀 채 건반을 누른다) 이거, 고양이가 허섭스레기 밟는 것과 같은 곡. (뒤를 흘끗 돌아본다) 어? 내 과자에다 손을 대는 게 누구지? (그녀는 테이블 쪽으로 되돌아간다) 당신 것은 내 것, 내 것은 내 것.

(키티가 어리둥절한 채 은박지로 이빨을 덮는다. 블룸은 조이에게 다가간다.)

블룸

(상냥하게) 아까 그 감자를 돌려주지 않겠어, 응?

---

[519] Fobracht. 불명. 독일어 또는 게일어 같기도 하지만 단순한 의성어일지도 모른다.

조이

몰수물(沒收物)인걸요, 근사한 것, 최고로 근사한 것이에요.

블룸

(애처롭게) 시시한 것이지만 돌아가신 엄마의 유품이야.

조이

주었던 것을 돌려받으려면
어디에 있는지 알아맞혀 봐요
모른다고 대답한다면
하느님이 당신을 지옥으로 떨어뜨릴 거야.*520

블룸

거기에는 추억이 있어. 꼭 갖고 있고 싶어.

스티븐

갖느냐, 못 갖느냐, 그것이 문제로다.

조이

자. (그녀는 속치마 단을 들어 올리고 벌거벗은 허벅지를 드러내면서, 스타킹의 위쪽에서 감자를 꺼낸다) 감춘 사람이 그것이 있는 곳도 알지요.

벨라

(얼굴을 찡그린다) 잠깐. 여기는 음악이 딸린 요지경을 보여 주는 곳이 아니니까요. 피아노에 상처를 내면 곤란해요. 그런데 계산은 누가 하죠?

(그녀는 자동 피아노 쪽으로 간다. 스티븐이 주머니를 뒤져 지폐*521의 모서리를 잡고 꺼내 그녀에게 넘겨준다.)

＊520 아일랜드 골웨이 지방의 어린이 노래에서.
＊521 1파운드 지폐.

스티븐

(지나치게 정중하게) 이 비단 지갑은 암퇘지 귀를 가지고 만든 것이지요.*522 마담, 죄송해요. 만일 상관이 없다면. (넌지시 린치와 블룸을 가리키며) 우리는 모두 같은 배를 탄 친구들이라. 킨치*523와 린치. 우리가 지금 있는 이 사창굴에서.

린치

(난로 옆에서 말을 건다) 디댈러스! 나 대신 자네가 그녀를 축복해 주게.*524

스티븐

(벨라에게 동전 한 닢을 건넨다) 금화(金貨)*525야. 이걸로 계산은 끝난 것으로 하고.

벨라

(돈을 보고, 이어 조이와 플로리와 키티를 본다) 아가씨 셋이 필요한 건가요? 여기서는 10실링인데.

스티븐

(유쾌하게) 이거 큰 실례를.*526 (그는 다시 주머니를 뒤져 크라운 은화 두 닢을 꺼내 그녀에게 건네준다) 그럼 이것으로 우선, 눈이 약간 좋지 않아서.

(벨라는 테이블로 가서 돈을 세고, 스티븐은 한 음절 단어들을 웅얼댄다. 조이가 테이블 쪽으로 뛰어간다. 키티는 조이의 어깨 너머로 기댄다. 린치는 일어나서 모자를 다시 쓰고, 키티의 허리를 안고 모인 사람들 속으로 머리를

---

*522 속담 '암퇘지의 귀로 비단 지갑을 만들 수 없다'(질이 나쁜 재료로는 좋은 물건을 만들 수 없다, 인간의 본성은 바꿀 수 없다는 뜻)를 반대로 말해서.
*523 스티븐의 별명.
*524 내 몫도 지급해 달라는 뜻.
*525 1파운드. 합계 2파운드가 된다.
*526 금화가 아니라 동화를 주었다고 생각한다.

들이민다.)

플로리

(일어나려고 몸부림친다) 아야야! 발이 저려요.

(그녀가 비틀비틀 테이블 쪽으로 간다. 블룸이 가까이 간다.)

벨라, 조이, 키티, 린치, 블룸

(재잘재잘 옥신각신) 저분이…… 10실링을…… 세 사람 분을 지급하고…… 잠깐 실례를…… 이쪽 분은 별도 계산이에요…… 누구야, 손을 내미는 게? …… 어머! …… 누구를 꼬집고 있다고 생각해요? …… 긴 밤으로 하겠어요, 그렇잖으면 짧은 밤? …… 누가 한 거야? …… 거짓말쟁이군, 잠깐 실례…… 저쪽은 신사답게 현금으로 냈어…… 마실 것은? …… 이미 11시가 훨씬 넘었어요.

스티븐

(자동 피아노 곁에서, 진절머리가 난다는 몸짓으로) 술은 필요 없어! 뭐? 11시? 수수께끼다.[527]

조이

(속치마를 걷어 올리고 스타킹 위쪽에 반(半) 파운드 금화를 쑤셔 넣는다) 등이 휘도록 번 돈이야.

린치

(키티를 테이블로부터 안아 올리고) 이리와!

키티

잠깐만. (그녀는 크라운 은화 두 닢을 움켜쥔다.)

---

[527] 오늘 아침 학교에서 학생들에게 말한 수수께끼.

플로리

그런데 내 몫은?

린치

옜다! (그는 그녀를 안고 가서 소파 위에 털썩 내려놓는다.)

스티븐

여우가 울었다, 수탉이 날았다,
하늘의 종이
11시를 쳤다.
그녀의 가엾은 영혼이
하늘에서 달아날 때가 왔다.[528]

블룸

(벨라와 플로리 사이에 끼어들어 테이블 위에 살며시 반(半) 소브린을 내려놓는다) 이것으로 되겠지. 미안. (그는 1파운드짜리 지폐를 집어 든다) 10실링의 세 배야. 이것으로 계산은 끝났지?[529]

벨라

(감탄하듯) 엉큼하기도 하셔라. 낯도 두껍지. 키스를 해 드려도 좋을 정도예요.

조이

(가리킨다) 이 사람? 두레우물처럼 속이 깊어요.

(린치는 소파 너머로 몸을 굽혀 키티에게 키스한다. 블룸은 1파운드짜리

---

[528] 오늘 아침 학생들에게 낸 수수께끼 노래를 다시 만든 것.

[529] 스티븐이 낸 것은 2파운드 10실링이므로, 세 사람분이라 해도 1파운드가 많다. 블룸은 팁으로 2실링 6펜스에 해당하는 반 크라운을 내고, 스티븐에게 돌려주려고 1파운드를 회수한 것이다.

지폐를 들고 스티븐에게로 간다.)

블룸
이건 자네 거야.

스티븐
그건 또 왜요? 망상가, 아니면 얼빠진 거지로군.*530 (그는 다시 주머니를 뒤져, 동전 한 줌을 꺼낸다. 뭔가가 떨어진다) 떨어졌다.

블룸
(허리를 굽혀 성냥갑을 집어 그에게 건네준다) 이거지?

스티븐
루시퍼.*531 고마워요.

블룸
(조용히) 그 돈은 나에게 맡겨 두지 그래. 왜 쓸데없이 더 지급하지?

스티븐
(그에게 동전을 몽땅 넘겨주고서) 관대하려거든 먼저 정당하라.*532

블룸
그러고 싶지만 그게 현명한 방법일까? (그는 계산한다) 1파운드, 7펜스, 11펜스 그리고 5실링. 6실링. 11펜스다.*533 자네가 잃어버린 것에 대해서는 책임 안 져.

---

*530 햄릿에 대한 베스트와 스티븐의 농담.
*531 마왕의 이름. 1827년 영국에서 발명된 성냥의 상표였으나, 나중에 성냥을 부르는 보통 명사가 됨.
*532 속담.
*533 모두해서 1파운드 6실링 11펜스.

스티븐

왜 11시를 쳤지? 3음절에 강세가 오는 단어. 다음 순간이 오기 전. 레싱*534이 한 말이지. 목마른 여우. (큰 소리로 웃는다) 할머니의 매장.*535 그가 죽인 셈이야.*536

블룸

즉 1파운드 6실링 11펜스. 1파운드 7실링인 셈이지.

스티븐

잔돈 같은 건 상관없어요.

블룸

그렇지, 하지만……

스티븐

(테이블로 다가와서) 담배 줘. (린치가 소파에서 테이블을 향해 담배를 던진다) 그럼, 조지나 존슨*537은 죽어서 결혼했구나. (담배 한 개비가 테이블 위에 나타난다. 스티븐이 그걸 쳐다본다) 대단하군. 응접실의 마술. 결혼이라, 음. (그는 성냥을 긋고 이해할 수 없는 듯 우울한 얼굴을 하고 담배에 불을 붙이려 한다.)

린치

(그를 지켜보고) 성냥을 좀 더 가까이 대면 불이 잘 붙을 텐데.

스티븐

(성냥을 눈 가까이 가져간다) 스라소니의 눈이다. 안경을 사야겠어요. 어

---

*534 18세기 독일의 극작가, 비평가.
*535 수수께끼의 답.
*536 '네가 어머니를 죽인 거나 다름없다'는 멀리건의 말을 떠올리고, 어머니의 죽음으로 상심하고 있다.
*537 스티븐의 단골 창녀.

제 그걸 깼지.*538 16년 전. 거리. 눈은 모든 것을 평평하게 본다. (그는 성냥을 멀리 떨어뜨린다. 불이 꺼진다) 두뇌는 생각한다. 가까이, 멀리. 가시적인 것의 피할 수 없는 형태. (그는 뜻이 있는 양 얼굴을 찡그린다) 흠. 스핑크스.*539 한밤중에 등이 둘 달린 짐승이다.*540 결혼했다는 건.

조이
어떤 외판원이 그녀와 결혼해서 데리고 갔어요.

플로리
(고개를 끄덕인다) 런던의 램 씨예요.

스티븐
런던의 새끼 양 램. 이 세상의 죄를 대신 짊어지고 간 자.*541

린치
(소파 위에서 키티를 포옹하며 가라앉은 목소리로 노래한다) 우리에게 평화를 주옵소서.

(담배가 스티븐의 손가락에서 미끄러져 떨어진다. 블룸이 그걸 집어 벽난로 속에 던진다.)

블룸
담배는 끊어. 자네 뭐라도 먹어야 해, 그 저주스런 개만 안 만났어도.*542 (조이에게) 뭐 먹을 것 없나?

---

*538 초등학교 때 스티븐은 안경을 깨서 못 보는 것을 꾀부린다고 오해받아 매 맞았다. 《젊은 예술가의 초상》 1장.
*539 그리스 신화에 나오는 괴물. 상반신은 여성이고 하반신은 날개가 돋은 사자의 모습이다.
*540 〈오셀로〉에서 이아고가 한 말. "따님이 무어놈과 지금 잔등이 둘 달린 짐승을 연출하는……."
*541 그리스도, 즉 속죄양의 암시.
*542 샀던 고기를 개에게 준 일.

조이

그이가 시장하대요?

스티븐

(그녀의 미소를 향해 손 내밀며 〈신들의 황혼〉*543의 피의 맹세에 관한 곡을 노래한다.)

배는 고프고
여편네는 바가지만 긁으니
우린 모두 망했어.

조이

(비극적으로) 햄릿이여, 나는 너의 아비의 송곳이다! *544 (그녀는 그의 손을 잡는다) 푸른 눈의 귀여운 도련님, 손금을 봐 드리죠. (이마를 가리키고) 지혜가 없으면, 주름도 생기지 않는데. (센다) 둘, 셋, 군신(軍神)의 언덕. *545 이것은 용기야. (스티븐이 고개를 흔든다) 정말이야.

린치

번개 같은 용기지. 무서워할 줄 모르는 젊은이야. (조이에게) 누가 당신한테 손금 보는 법을 가르쳐 주었지?

조이

(돌아본다) 내 불알한테 물어보시죠, 그런 건 있지도 않지만. (스티븐에게) 얼굴을 보면 알 수 있어요. 저 눈, 이런 식으로. (고개를 숙이며 양미간을 찌푸린다.)

---

*543 바그너의 악극 〈니벨룽겐의 반지〉의 마지막 장.
*544 〈햄릿〉 1막 5장. 망령의 말을 흉내 낸 것.
*545 수상에서 집게손가락 아래와 엄지손가락 밑 사이의 두툼한 부분. 용기를 다스린다고 한다.

린치

(웃으면서 키티의 엉덩이를 두 번 찰싹 때린다) 이렇게 말인가. 벌로 내리는 매다.

(찰싹 매 맞는 소리가 두 번 크게 울린다, 자동 피아노의 덮개가 획 열린다, 돌런 신부*546의 벗어진 작고 둥근 대머리가 불쑥 튀어 나온다.)

돌런 신부

매 맞고 싶은 애는 없나? 안경을 부쉈다고? 게으름뱅이 꼬마 꾀보 녀석. 너의 눈을 보면 알 수 있어.

(온화하고, 자애로우며, 나무라는 듯한 표정의 사제 돈 존 콘미의 머리가 자동 피아노의 상자에서 나타난다.)

돈 존 콘미

저, 돌런 신부님! 내가 전적으로 보장하는데 스티븐은 참으로 착한 아이예요.

조이

(스티븐의 손바닥을 살피면서) 여자 같은 손이야.

스티븐

(웅얼웅얼) 계속해 줘. 거짓말이라도 나를 안아 줘. 어루만져 줘. 해덕에 찍힌 그의 엄지손가락 지문 외에는 그의 필적을 전혀 읽을 수 없었지.*547

조이

무슨 날에 태어나셨지?

---

*546 클론고우즈 우드 칼리지에서 안경을 깼다는 스티븐의 변명을 듣지 않고 매로 그의 손을 쳐서 벌을 준 교사.
*547 해덕 아가미 뒤의 흑점은 물고기 입에서 성전세를 발견한 베드로의 엄지손가락 자국이라 한다. 〈마태오복음서〉 17 : 24~27. 해덕은 대구와 비슷하나 그보다 작은 바다고기이다.

스티븐

목요일. 오늘.

조이

목요일에 태어난 아이는 출세한대요. (그녀는 그의 손바닥에 난 금을 더 듬는다) 운명선. 권세 있는 친구가 생깁니다.

플로리

(가리키면서) 이 부분이 상상력을 나타내지.

조이

달의 언덕.*548 당신이 만나는 것은요…… (갑자기 양쪽 손을 유심히 보고) 당신에게 좋지 않은 건 말하지 않겠어요. 그래도 알고 싶어요?

블룸

(그녀의 손가락들을 떼고, 자기 손을 내민다) 좋은 것보다 나쁜 게 더 많을 테지. 여기. 내 걸 봐 줘.

벨라

어디 봐요. (블룸의 손을 뒤집는다) 그럴 줄 알았어요. 손가락 관절 마디가 많은 것은 여자의 호감을 사게 돼요.

조이

(블룸의 손금을 물끄러미 바라보고) 석쇠 같군요. 바다 건너로 여행하여 부자와 결혼하겠어요.

블룸

틀려.

---

*548 수상학에서, 새끼손가락 아래쪽, 손목 위가 높아진 곳을 가리킨다. 감각적 몽상, 사치 따위를 다스린다고 한다.

조이

(재빨리) 아, 알았어요. 새끼손가락이 짧군요. 공처가. 이것도 틀렸어요?

(분필로 그린 동그라미 안에서 알을 까고 있던 거대한 수탉 검은 리즈가 일어나 날개를 쭉 뻗고 꼬꼬댁 운다.)[549]

검은 리즈

가라. 클룩. 클룩. 클룩.

(그는 새로 낳은 알에서 옆으로 비껴나 어기적어기적 걸어 사라진다.)

블룸

(자기 손을 가리킨다) 그 줄은 사고 때문이야. 22년 전에 넘어져서 난 거지. 열여섯 살 때였어.

조이

그 정도는 보지 않아도 알 수 있어요. 무언가 새로운 이야기 없어요?

스티븐

안다고? 하나의 커다란 목표를 향해 움직이고 있어.[550] 나는 스물두 살. 16년 전에 스물두 살인 내가 넘어진 거야. 22년 전에 열여섯의 저분은 목마에서 떨어졌지. (그는 몸을 움츠린다) 어딘가에서 내 손에 상처가 났어. 치과의사를 찾아가 봐야겠어. 돈은?

(조이가 플로리에게 속삭인다. 두 사람은 함께 킥킥거린다. 블룸이 자신의 손을 풀고 연필을 잡고서 테이블 위에 느슨한 곡선을 그리며 왼쪽으로 기울어진 글자를 쓴다.)

---

[549] 암탉의 알을 꺼내는 블룸과 그의 '여성적 남성' 암시. 에피소드 12 참조.
[550] 디지 교장이 역사에 대해 한 말.

플로리
뭐예요?

(제임스 버튼이 모는, 탄탄한 엉덩이의 암말이 끄는 324호 임대 마차[551]
가 도니브룩의 하모니 가도를 급히 지나간다. 블레이지스 보일런과 레너헌
이 마차의 흔들림에 몸을 맡긴 채 측면좌석에 널브러져 있다. 오먼드 술집의
구두닦이는 차축(車軸) 뒤편 자리에 웅크리고 앉아 있다. 리디아 다우스와
마이너 케네디[552]가 맞은편 차양 너머로 슬픈 듯이 바라본다.)

구두닦이
(흔들리면서, 엄지손가락과 다른 손가락을 벌레처럼 움직여 그녀들을 놀
린다) 하하. 뿔은 있나?

(금빛 머리카락과 청동 빛 머리카락이 서로 나란히 속삭인다.)

조이
(플로리에게) 작은 소리로 말해.

(두 사람은 다시 속삭인다.)

(밀짚모자를 비스듬히 쓰고, 입에 빨간 꽃을 문 블레이지스 보일런이 푹
파인 좌석 등받이에 몸을 기댄다. 요트 모자를 쓰고 흰 구두를 신은 레너헌
이 블레이지스 보일런의 저고리 어깨에서 이것 보라는 듯이 긴 머리카락을
떼어 낸다.)

레너헌
호오! 이거 뭐지? 어딘가 빈집에서 거미집을 털고 온 모양이지?

---

*551 보일런이 마리온을 만나러 타고 갔던 마차.
*552 오먼드 술집 여자들.

보일런

(자리에 앉은 채 미소 짓는다) 칠면조 깃털을 뜯었지.[*553]

레너헌

하룻밤이 꼬박 걸리는 일이군.

보일런

(두툼하고 뭉툭한 말발굽 모양의 네 손가락을 들고 윙크한다)[*554] 최고의 물건이지. 견본과 다르면 환불해 드립니다. (집게손가락을 내민다) 냄새를 맡아 봐.

레너헌

(기쁜 듯이 냄새를 맡는다) 아하! 마요네즈를 곁들인 바닷가재로군. 야!

조이와 플로리

(함께 웃는다) 하 하 하 하.

보일런

(마차에서 사뿐히 뛰어내리며 모두에게 들리도록 소리 높여 부른다) 여, 블룸! 블룸 여사는 이제 일어나셨나?

블룸

(붉은 자줏빛 플러시 천으로 된 하인의 상의에 반바지, 황갈색 양말, 머리 분을 뿌린 가발을 쓰고) 나리, 그게 아직 만나시기가…….

보일런

(6페니 동전을 던져 준다) 옛다, 이것으로 소다수 탄 진이라도 마셔. (블룸 머리의 뿔 가지에 가볍게 모자를 걸고) 안내해 줘. 자네 처하고 잠시 용

[*553] 성행위를 뜻한다.
[*554] 호색적인 목양신의 모양.

무가 있으니, 알겠지?

블룸

감사합니다, 나리. 네, 나리. 마담 트위디께서는 목욕 중이십니다, 네.

마리온

저이는 분에 넘치는 영광이라고 생각해야 해요. (그녀가 첨벙첨벙 물을
튀기며 욕조 밖으로 나온다) 라울,[*555] 보고싶은 분, 이리 와서 물기를 훔쳐
줘요. 전 알몸이에요. 몸에 지닌 것이라고는 단지 새로운 목욕용 모자와 휴
대용 스펀지뿐이에요.

보일런

(기쁜 듯이 눈을 빛내며) 이야, 정말 최고야!

벨라

뭐가요? 무슨 일이에요?

(조이가 그녀에게 속삭인다.)

마리온

보게 내버려 둬요, 저런 얼간이! 뚱쟁이! 실컷 괴로워하도록 내버려둬
요! 저 힘센 창녀, 턱수염 기른 여인 바솔로모나에게 편지를 써서, 그의 몸
에 1인치 두께의 채찍 자국이 나도록 채찍질 해달라고 해서, 저이가 서명 날
인한 영수증을 내게 가지고 오도록 만들겠어요.

벨라

(웃는다) 호 호 호 호.

---

*555 블룸이 산 《죄의 감미로움》의 남자 주인공.

보일런

(돌아보며 블룸에게) 눈을 열쇠 구멍에 대고서, 내가 두서너 번 하는 동안 혼자 재미를 봐도 좋아.

블룸

감사합니다. 그렇게 하겠습니다, 나리. 그 자리에 친구 둘을 데려와 스냅 사진을 찍어도 되겠습니까? (연고 단지를 내민다) 바셀린은 어떻습니까? 오렌지 꽃 기름은? ……미적지근한 물은……?

키티

(소파에서) 이야기해 줘, 플로리. 뭐야?

(플로리가 그녀에게 속삭인다. 웅얼거리는 정다운 속삭임이 요란스레 입술 핥는 소리를 낸다, 춉춉 냠냠.)

마이너 케네디

(눈을 위로 돌리고) 아, 꼭 제라늄과 탐스러운 복숭아 향기 같아! 어머, 저인 그녀의 몸 구석구석을 정성스레 사랑해주는걸! 함께 달라붙어서! 키스를 퍼부으며!

리디아 다우스

(입을 멍하니 벌리고) 냠냠. 어머, 그녀를 붙들고 방 안을 빙빙 돌면서 그짓을 하고 있어! 말을 탄 것처럼 말이. 저 소린 파리나 뉴욕에서도 들리겠는데. 마치 산딸기 크림을 한입 가득 넣은 것 같아.

키티

(웃는다) 힛 힛 힛.

보일런의 목소리

(달콤하게, 배에서부터 울려오는 거친 목소리로) 아하! 구블라즈크루크

브루크카르크크라쉬트.

마리온의 목소리

(달콤하게, 갈라진 목소리로) 오! 위쉬워쉬트키시마, 푸이스드나푸후크!

블룸

(눈을 부릅뜨고, 양팔로 제 몸을 꽉 껴안은 채) 보였다! 숨었다! 보였다! 파헤쳐! 더! 발사!

벨라, 조이, 플로리, 키티

호호! 하하! 히히!

린치

(가리킨다) 자연을 비추는 거울이다. (웃는다) 흐흐흐흐.

(스티븐과 블룸이 거울을 들여다본다. 안면 마비로 굳어진, 수염 없는 윌리엄 셰익스피어의 얼굴이 거기에 나타난다, 거실의 수사슴 뿔 모자걸이의 그림자를 머리에 얹고.)

셰익스피어

(위엄 있는 복화술로) 크게 웃는 것은 텅 빈 마음을 말해 주는 것이니라. (블룸에게) 그대는 자신이 남의 눈에 보이지 않을 만큼 희미한 존재가 된 것은 아닐까 하고 생각하자. (거세된 검은 수탉의 웃음소리로 운다) 이아고 고! 나의 오랜 친구가 어떻게 하여 테스데모난을 목졸라 죽였던고. 이아고 고고! [556]

---

[556] 〈오셀로〉에서 흑인 무장 오셀로는 이아고의 간계에 빠져 아내 데스데모나를 목 졸라 죽인다. '오랜 친구(Oldfellow)'는 아버지(father)의 속어이며, 테스데모난(Thursdaymomun)은 데스데모나를 가리키는 동시에 '목요일의 아침(Thursday morning)'과 '목요일의 어머니(Thursday mother)'를 암시한다. 스티븐은 '목요일'에 태어났다. 셰익스피어의 환영을 보면서 블룸은 자살한 아버지에 대한 죄의식(오랜 친구—죽음)을, 스티븐은 어머니의 죽음(목 졸라 죽임—어머니)에 대한 죄책감을 느끼고 있음을 동시에, 암시적으로 드러내는 대목이다. 또한 셰익스피어가 블룸에 대해 말한 내용은 창백한 햄릿—스티븐과 블룸이 닮은 존재임을 나타낸다.

블룸

(매춘부들에게 쓴웃음을 지어 보이며) 언제쯤에나 내게도 농담을 들려줄
거야? *557

조이

당신이 두 번 결혼하고 한 번 홀아비가 되기 전이죠.

블룸

실수는 누구든 하기 마련이니, 용서받을 수 있는 거야. 저 위대한 나폴레
옹도 사후 검시(檢屍)에 따르면……

(남편의 죽음과 앞날에 대한 근심걱정, 그리고 터니 가게 갈색 셰리술 덕
분에 사자코와 뺨이 온통 벌겋게 달아오른 과부 디그넘 부인이, 상복 차림에
머리엔 보닛을 비스듬히 쓰고, 뺨과 입술엔 분과 연지를 바른 모습으로 한
무리의 새끼를 이끄는 어미 백조처럼 총총히 지나간다. 치마 안쪽으로는 죽
은 남편이 늘 입고 다니던 바지를 입었고 또 남편이 신고 다니던, 위쪽이 말
려 올라간 치수 큰 8호짜리 장화를 신었다. 손에는 '스코틀랜드과부보험증
서'와 커다란 천막 포장으로 만든 우산을 들고 있다. 우산 밑으로 아이들이
엄마를 따라 바삐 종종걸음 친다. 헐렁한 옷깃의 패시는 한쪽 짧은 발로 깡
충깡충 뛰며, 들고 있는 돼지고기 꾸러미를 덜렁덜렁 흔들면서, 프레디는 훌
쩍훌쩍 울면서, 수지는 우는 대구의 입모양을 하고서, 앨리스는 엉거주춤 갓
난아기를 안고서. 엄마는 상장(喪章) 리본을 나풀거리며 찰싹찰싹 아이들을
때리며 걸음을 재촉한다.)

프레디

엄마, 그렇게 잡아끌지 말아요!

---

*557 환상이 주는 심적 고통을 회피하려는 모습이다.

수지

엄마, 뱃속의 고기국물이 넘어오려 해요! *558

셰익스피어

(마비된 얼굴에 노여움을 띠고) 첫 번째 남편을 죽이지 않고서야 어찌 두 번째 결혼하리요. *559

(셰익스피어의 수염 없는 얼굴이, 수염 기른 마틴 커닝엄의 얼굴로 바뀐다. 커다란 천막 포장 우산이 취한 듯이 흔들리고, 아이들은 옆으로 뛰어 사라진다. 우산 아래에 메리 위도우 *560 모자를 쓰고 기모노를 입은 커닝엄 부인이 나타난다. 그녀는 일본 사람처럼 미끄러지듯이 옆걸음질 치며 인사한 뒤 몸을 뒤튼다.)

커닝엄 부인 *561

(노래한다) 사람들은 날 보고 동양의 보석이라 하죠.

마틴 커닝엄

(무표정하게 그녀를 노려보며) 가관이군! 끔찍한 화냥년 같으니.

스티븐

정당한 자는 뿔을 쳐들게 되리라. *562 여왕들은 상으로 받은 황소와 동침했다. 파시파에를 기억하라, 그녀의 음욕으로 인해 나의 위대한 대조부(大祖父)가 최초의 고해소(告解所)를 지었음을. *563 그리셀 스티븐스 부인의 일도,

---

*558 너무 잡아끌어서 토할 것 같다는 뜻.

*559 《햄릿》에서.

*560 독일의 오페라 〈유쾌한 과부〉의 바람기 다분한 여주인공.

*561 사람 좋은 커닝엄은 알코올중독자 아내 때문에 고생하고 있다. 커닝엄 부인이 비 오는 날 노래 부른 일이 재현된다.

*562 "내가 악인들의 뿔을 모두 꺾으리니 의인의 뿔은 드높여지리라." 〈시편〉 75 : 10 참조.

*563 그리스 신화에서 미노스 왕은 왕비 파시파에가 수소와 통해 낳은 미노타우로스를 가두어 놓기 위해 다이달로스에게 미궁을 짓게 했다. 디댈러스의 이름은 그 다이달로스에서 왔다. 고해소는 그 미궁을 가리킨다.

램버트가(家)의 돼지 새끼의 일도 잊지 말라.*564 그리고 노아는 술에 취했다. 방주(方舟) 문은 열려 있었다.

벨라

그따위 이야기 이런 곳에선 집어치워요. 번지수가 달라요.

린치

그냥 내버려 뒤. 파리에 있다가 온 녀석이니까.*565

조이

(스티븐에게 달려가 안는다) 오, 계속하세요! 프랑스어 좀 들려 주세요.

(스티븐은 모자를 눌러 쓰고 난로까지 뛰어가서 그곳에서 어깨를 으쓱거리고, 지느러미처럼 양손을 벌리고 얼굴에 거짓 미소를 띤 채 선다.)

린치

(소파를 주먹으로 연달아 친다) 름 름 름 르르르르르르름름름름.

스티븐

(꼭두각시처럼 뻣뻣하게 몸을 뒤틀며 빠르게 지껄인다) 장갑과 같은 자질구레한 물건이나 아마도 제 심장까지도 거리낌 없이 팔려고 드는 귀여운 여인네들과 하룻밤을 보내기 위해 수백 수천의 환락 장소가 있는가 하면, 매우 색다른, 전적으로 유행에 따른 비어홀이 있어서, 거기에서는 여왕처럼 화려하게 몸치장한 많은 유한부인들이 캉캉 춤을 추거나 독신자인 외국인을 위해서는 특히 어릿광대 같은 몸짓을 해 보이는데, 비록 제아무리 빈약한 영어밖에 말하지 못할지라도 일단 사랑이라거나 음탕한 이야기라도 꺼낼라치면

---

*564 그리셀 스티븐스 부인은 역사 속 실재인물로, 언제나 베일을 쓰고 외출했으므로 얼굴이 돼지 형상이라는 소문이 돌았다(에피소드 14 참조). 램버트가에선 온몸이 뻣뻣한 털로 뒤덮인 아이가 태어났다고 한다.

*565 스티븐이 파리에서 유학한 일을 가리킨다.

그녀들은 매우 솜씨 있게 해치우는 것입니다. 그 방면으로 도통한 사람이라면 매일 밤 은색의 눈물과 묘지의 촛불로 밝혀지는 천국과 지옥 쇼에 와보십시오. 온 세상을 다 뒤져봐도 이만큼 충격적이고 무시무시한, 반종교적인 촌극은 볼 수 없을 겁니다. 아무리 세련된 여자들이 얌전한 마음가짐으로 온다 해도, 그곳에서 일단 흡혈귀 사내가 젊고 야들야들한, 음란한 속옷 차림의 수녀를 범하는 모습을 보게 되면, 저절로 옷을 벗어젖히며 새된 소리를 지르고야 맙니다. (소리나게 혀를 차며) '어머, 저이의 코는 어쩜 저리도 큰지!*566

린치

흡혈귀 만세!

매춘부들

브라보! 오, 프랑스어!

스티븐

(찌푸린 얼굴로 고개를 뒤로 젖히고, 큰 소리로 웃고, 혼자 박수치면서) 대성공의 웃음이군. 매춘부나 다를 바 없는 천사도 있고, 악한들과 혼동되는 성도들도 있습니다. 번쩍이는 다이아몬드로 장식한 매우 사랑스러운 옷을 입은, 아름다운 창부도 있습니다. 아니면, 혹시 현대적인 쾌락이라 할, 노인들이 하는 더러운 짓을 선호하십니까? (그가 기괴한 몸짓으로 주위를 손가락질하자 린치와 매춘부들이 이에 호응한다) 안팎으로 뒤집어 쓸 수 있는 탄성 고무로 만든 여자 인형 또는 음흉한 남자를 자극하는 실물 크기 벌거벗은 처녀 인형의 빗발치는 키스. 들어오세요, 신사 여러분, 거울 속에 비친 온갖 인형들의 그네 춤 자세를 보시고, 이보다 더 센 걸 원하신다면, 정육점의 자식놈이 미지근한 간장이나 셰익스피어 작품 가운데 오믈릿*567을 배에 얹고 손장난하는 것을 볼 수 있습니다.

---

*566 Ho, la la ! Ce pif qu'il a ! (프랑스어)

*567 햄릿을 빗대서.

벨라

(배를 두들기고 큰 소리로 웃으면서, 소파에 몸을 푹 파묻으며) 배 위에 없은 오믈릿이라고? 호! 호! 호! 호! 배에 없은 오믈릿?

스티븐

(젠체하며) 당신을 사랑해요, 달링. 영불 협상을 위해 나는 영어로 말하 겠어요. 네, 그래요, 여우 씨. 비용이 얼마죠? 워털루, 워터클로셋(수세식 변소). (그는 갑자기 웃음을 그치고 집게손가락을 내민다.)

벨라

(웃으면서) 오믈릿……

매춘부들

(웃으면서) 앙코르! 앙코르!

스티븐

다들 잘 들어 봐요. 나는 워터멜론이 나오는 꿈을 꿨답니다.

조이

해외로 나가 외국 여자를 사귀게 된다는 뜻이에요.

린치

아내를 찾아 세계를 누빈다는 건가?

플로리

꿈은 반대래요.

스티븐

(두 팔을 벌리면서) 바로 여기였죠. 매춘부의 거리. 서펜타인거리에서 마 왕이 내게 뚱뚱한 과부를 보여줬어요. 붉은 융단은 어디에 깔려 있지?

블룸

(스티븐 곁으로 가까이 가서) 여보게…….

스티븐

아니야, 나는 날았었어. 나의 적은 눈 아래 있다. 지금도 또 항상. 세세(世世)에 이르기까지. (외친다) 아버지여! 자유여! *568

블룸

저, 이봐…….

스티븐

나의 영혼을 꺾으시려는가? 쳇, 빌어먹을! (독수리 발톱을 날카롭게 세우고, 울부짖는다) 나오세요! 어서요!

(사이먼 디댈러스의 목소리가 어어이! 하고 대답한다. 부를 걸 미리 알고 있었던 것처럼 침착한, 어딘가 졸음기가 묻어나는 목소리다.)

사이먼

아주 좋아. (무거운 독수리 날개를 펴고, 용기를 북돋는 울음소리를 토하며, 원을 그리며 공중에서 무겁게 내려선다) 어이, 아들! 네가 이긴다고 생각하나? 쳇! 저런 혼혈아들에게 마음을 놓지 마라. 그런 녀석들은 가까이 오지 못하도록 해야 해. 머리를 들어! 우리의 깃발을 휘날리란 말이야. 은빛 바탕에 날고 있는 붉은 독수리가 아로새겨진 기 말이야. 얼스터의 왕이여,*569 싸움에 대비하라! (비글 사냥개의 울음소리를 낸다) 불불! 버블블버블블! 어이, 아들아!

---

*568 스티븐이 파리로 유학갈 때 아버지 사이먼 디댈러스에게 했던 절규이자, 다이달로스의 아들 이카로스가 밀랍으로 날개를 달고 미궁을 탈출해 태양 가까이 올라갔다가 날개가 녹아 추락할 때 내뱉은 절규이다. 《젊은 예술가의 초상》 참조.
*569 얼스터의 문장관(紋章官)을 흉내 내서.

(이내 벽지의 잎 모양과 바탕색이 들판을 가로질러 빠른 걸음으로 열을 지어 나아간다. 은신처에서 쫓겨난 살찐 여우 한 마리가 그의 할머니를 묻은 뒤, 꼬리를 세우고 눈을 번쩍이면서 나뭇잎 아래 오소리 구멍을 찾으며 빈터를 향해 재빨리 달려간다. 땅에 코를 대고 사냥감 냄새를 맡고, 짖어 대고, 피를 맛보려고 불브르 하고 울면서 사냥개의 무리가 따라간다. 워드 유니언 소속의 남녀 사냥꾼들이 개들과 함께 열 올려 노획물을 추적한다. '식스마일 포인트'에서 '플랫하우스'로, '나인마일 스톤'*570으로 뒤를 쫓는 것은, 곤봉이나, 건초용 쇠스랑, 연어 낚싯대, 올가미 밧줄을 든 도보 몰이꾼들, 목동용 채찍을 든 양치기들, 톰톰 북*571을 든 곰 사냥꾼들, 투우 검을 든 투우사들, 횃불을 흔드는 검은 흑인들. 주사위 도박사들, 트럼프 사기꾼들이 떼를 지어 외치는 소리. 망을 세워 놓고 상대방의 말을 살피는 녀석, 높은 마술사 모자를 쓴 목쉰 마권 판매원이 시끄럽게 떠들어 댄다.)

군중
경마권 있어요, 경마권!
10배로 돌려주는 대인기마!
재미는 이쪽에! 오락거리!
10배로 돌려주는 말! 10배로 돌려주는 말!
스피닝 제니로 운을 시험해 봐요!*572
10배로 돌려주는 말!
자, 여러분! 500파운드의 횡재! 500파운드!
10배로!
10배로 돌려주는 말!

(기수를 태우지 않은 한 마리 다크호스가, 갈기를 달빛에 곤두세우고 눈알을 별처럼 빛내면서 유령처럼 결승점을 돌파한다. 다른 말들이 떼를 이루어 그 뒤를 따라간다. 처진 말, 즉 셉터호, 맥시즘 2세호, 진펀델호, 웨스트

---

*570 모두 더블린의 남쪽 위클로 주의 지명.
*571 아프리카 등의 원주민이 쓰는 통이 긴 북.
*572 일반적으로 방적기를 말하지만 여기서는 도박 기계를 가리킨다.

민스터 공작의 쇼트오버호, 리펄스호, 파리상(賞)을 받은 보포르 공작의 세 일런호 등. 말을 모는 녹슨 갑옷의 난쟁이들이 안장 위에서 깡충깡충 튀어 오른다. 마지막으로 가랑비 속을, 가쁜 숨을 내뱉는 담황색의 인기마 코크 오브 더 노드를 타고, 꿀빛 모자, 초록색 상의, 오렌지색 소매를 단 개럿 디 지*573가 말고삐를 움켜쥐고, 한쪽 손엔 하키 스틱을 들고 있다. 그의 작은 말은 하얀 각반을 감고 험악한 길을 터벅터벅 걸어간다.)

오렌지 당원들*574

(비웃으면서) 내려서 미는 것이 어때요, 영감님. 마지막 한 바퀴 남았어 요! 석양까지는 집에 도착하겠죠.

개럿 디지

(허리를 꼿꼿이 세우고, 얼굴에 난, 손톱에 할퀸 자국*575은 우표를 붙여 감추고, 하키 스틱을 휘두르면서, 연습용 말의 빠르기로 성큼성큼 말을 몰 며, 샹들리에 불빛에 눈을 번뜩인다.) 똑바른 길로 가라!*576

(양동이 몇 통이 위에서 표범처럼 덮쳐, 양동이에 든 묽은 양고기 수프가 폭포처럼, 또 수프에 담긴 당근, 보리, 양파, 순무, 감자 따위가 춤추는 동 전처럼, 그와 그를 태운 말 위로 쏟아진다.)

그린 당원들*577

좋은 날씨입니다, 존 각하! 안녕하세요, 각하!

(병사 카와 병사 콤프턴 그리고 시시 캐프리가 저마다 노래를 부르면서 지나간다.)

---

*573 스티븐이 일했던 학교의 교장.
*574 가톨릭에 반대하는 아일랜드의 개신교 단체로, 뒤에 친영 단체가 됨.
*575 그는 사나운 아내와 별거하고 있다.
*576 디지 교장이 인용한 존 블랙우드 경의 말.
*577 1763년에 봉기한 가톨릭 농민들. 오렌지 당원들과는 성격이 반대인 순수 아일랜드 단체.

스티븐

들으라! 친구들이여, 저 거리의 소음을.

조이

(손을 높이 들고) 정지!

병사 카, 병사 콤프턴 그리고 시시 캐프리

그런데도 난 좋아라

귀여운 요크셔의……*578

조이

나에 대한 노래에요.*579 (손뼉을 친다) 춤을! 춤을 춥시다! 춤을 춥시
다! (자동 피아노 있는 곳으로 달려간다) 누구 2페니 가졌어요?

블룸

누가?

린치

(그녀에게 동전을 건네주며) 여기.

스티븐

(초조하게 손가락을 꺾어 소리를 내며) 빨리! 빨리! 내 점치는 막대는
어딨지? (그는 피아노 곁으로 달려가, 물푸레나무 지팡이를 들고, 발로 3박
자의 장단을 맞춘다.)

조이

(자동 피아노의 손잡이를 돌린다) 자!

---

*578 오늘 오후 총독의 마차 행렬이 지나갔을 때 칼리지 파크에서 연주되던 민요.
*579 조이는 요크셔 태생이다.

(그녀는 구멍에 2페니를 넣는다. 분홍빛 보랏빛 불빛이 켜진다. 자동 피아노의 원통이 회전하여 낮게, 망설이듯이 왈츠를 연주한다. 굿윈 교수가 장식 매듭이 달린 가발을 쓰고, 대례복 위에 더러워진 인버네스 망토를 입고, 믿기 어려울 만큼 늙어 거의 반으로 접히다시피 한 노구를 이끌고, 손을 떨면서 비틀비틀 방을 가로지른다. 쪼그라든 조그만 체구를 피아노 의자에 얹고서 손재주 없는, 막대기 같은 두 팔을 들어 올려 건반을 두들긴다. 그러면서 소녀처럼 우아하게 머리를 끄덕이는데, 그럴 때마다 매고 있는 넥타이 나비 매듭이 같이 흔들린다.)

조이
(발꿈치를 탁탁 구르며 빙빙 돈다) 춤을 춥시다. 누구 추지 않겠어요? 춤출 분 안 계셔요?

(자동 피아노는 빛 바뀜에 따라서 〈나의 소녀는 요크셔의 소녀〉의 서곡을 왈츠조로 연주한다. 스티븐은 테이블 위에 물푸레나무 지팡이를 내던지고 조이의 허리를 잡는다. 플로리와 벨라가 테이블을 난로 쪽으로 밀어 준다. 스티븐이 우아하게 조이를 안고, 그녀와 왈츠를 추며 방 안을 돌기 시작한다. 그녀의 소매가 팔에서 미끄러져 내려 우두 자국이 있는 하얀 팔이 보인다. 블룸이 옆으로 비켜선다. 커튼 사이로 매기니 교수가 한쪽 다리를 들이밀고 그 발끝으로 실크 모자를 빙빙 돌리고 있다. 교묘하게 한 번 걷어차자 모자가 빙빙 돌며 그의 머리 위에 얹히고, 그가 미끄러지듯 들어온다. 푸른 기가 도는 회색 바탕에 적포도색 실크 옷깃이 달린 프록코트, 크림색 비단으로 만든 목도리, 목둘레를 낮게 판 녹색 조끼에, 하얀 스카프로 장식된 옷깃, 딱 맞는 자줏빛 바지, 에나멜 무도화에 카나리아 빛 장갑. 단춧구멍에는 달리아 꽃이 꽂혀 있다. 그는 검은 얼룩무늬의 등나무 지팡이를 사방으로 빙빙 돌리고 나서 그것을 겨드랑에 꽉 끼운다. 한쪽 손을 가볍게 가슴 위에 놓고 인사하더니 꽃과 단추를 어루만진다.)

매기니
운동의 시(詩), 미용체조의 예술입니다. 마담 레겟 번 부인 또는 레빈스턴식(式)하고는 다른 계통의 것입니다. 가장무도회도 준비하고 있습니다. 몸 다루는 법. 커티 러너식 스텝. 보시는 대로. 잘 보세요! 내 무용 솜씨를. (경쾌한 꿀벌 걸음으로 미뉴에트를 추면서 세 발짝 앞으로 나온다) 여러분, 앞으로! 인사! 여러분, 제자리로!

(서곡이 끝난다. 굿윈 교수는 자신이 없는 듯 팔을 흔들고는 오므라지더니 사라지고, 그의 어깨 망토가 의자 주위에 늘어져 내린다. 곡은 한층 분명하게 왈츠조로 울려 퍼진다. 스티븐과 조이는 가볍게 빙빙 돈다. 광선은 빛나고 엷어지고 금빛으로, 빨간빛으로, 보랏빛으로 변화한다.)

자동 피아노
두 젊은이가 서로 이야기하고 있었다네, 그들의 아가씨들, 아가씨들, 아가씨들 이야기를. 멀리 두고 떠나온 연인을…….

(한쪽 구석에서 아침의 시간들이 뛰어 나온다. 금빛 머리카락, 호화로운 샌들, 소녀다운 푸른 옷, 날씬한 허리, 깨끗한 손. 그녀들은 줄넘기 줄을 빙빙 돌리면서 가볍게 춤을 춘다. 호박색 옷을 입은 정오의 시간들이 뒤를 잇는다. 그녀들은 한데 모여 웃고 커다란 빗을 번쩍이며 팔을 들어 올려 조롱하는 거울 속 태양을 잡는다.)

매기니
(장갑을 껴 소리 나지 않는 손으로 탁탁 손뼉을 친다) 정면으로! 두 발 앞으로! 규칙적으로 숨을 쉬고! 균형을 잡고!

(아침과 정오의 시간들은 그 자리에서 왈츠를 춘다, 빙빙 돌기도 하고, 서로 가까이 가기도 하고, 몸을 젖히기도 하고, 서로 마주보고 인사하면서. 상대방 신사들은 그녀들의 뒤에서 팔을 올려 아치를 만들기도 하고, 도중에 받치기도 하고, 손을 내려 상대방 어깨에 얹고 만지고 또 위로 올린다.)

시간들

만져도 좋아요, 저의…….

파트너들

만져도 돼요? 당신의?

시간들

네, 하지만 살짝!

파트너들

네, 아주 살짝!

자동 피아노

나의 귀엽고 수줍은 저 아가씨의 허리를 보라.

(조이와 스티븐이 더욱 유연하게 몸을 흔들면서 분방하게 춤을 춘다. 황혼의 시간들이 지상의 긴 그림자 안으로부터, 저마다 느릿느릿, 나른한 눈을 하고, 뺨을 음탕하게 엷은 복숭아 색으로 물들이고 앞으로 나온다. 그들이 입은 검은 박쥐 모양 소매가 달린 비단옷 자락이 미풍에 나부낀다.)

매기니

네 쌍이 앞으로! 서로 엇갈려서! 인사! 손을 내고! 손을 바꾸어서!

(밤의 시간들이, 살며시 다가온다. 아침과 정오와 황혼의 시간들은 그녀들 앞에서 물러난다. 그녀들은 가면을 쓰고 단도를 머리에 꽂고 음색이 개운치 않은 방울이 달린 팔찌를 끼고 있다. 지쳐서 베일 아래에서 꾸벅꾸벅 존다.)

팔찌

헤이호! 헤이호!

조이

(몸을 비틀고, 손을 이마에 댄다) 아아!

매기니

서랍 모양! 부인들은 손을 잡고! 바구니 형! 등을 맞추고!

(지친 듯 아라베스크 무늬를 그리면서 그녀들은 바닥 위에 모양을 엮어 내고, 엮어 내고는 풀고, 인사하고, 서로 얽혀 빙빙 소용돌이를 이루며 춤춘다.)

조이

나 어지러워요!

(그녀는 무리에서 빠져나와 의자 위에 무너지듯이 앉는다. 스티븐은 플로리를 붙잡고 춘다.)

매기니

빵 모양으로! 고리 모양으로! 다리 모양! 회전목마! 달팽이!

(짝을 짓고, 물러났다가 다시 손을 맞잡고 하면서, 밤의 시간들은 팔로 아치 모양을 이루며 움직임의 모자이크를 그려낸다. 스티븐과 플로리는 힘겹게 방향을 튼다.)

매기니

파트너와 함께 춰요! 파트너 교대! 파트너에게 작은 꽃다발을 바쳐요! 인사!

자동 피아노

이 세상에서 가장 훌륭한,
바라밤!

키티

(뛰어오른다) 아, 마이러스의 바자에서 연주자들이 회전목마를 타고 저 노래를 연주했어요.

(그녀는 스티븐에게로 달려간다. 스티븐은 미련 없이 플로리에게서 떨어져 나와 키티를 붙잡는다. 제비갈매기가 거칠고 높은 소리로 끽끽 운다. 투덜투덜 귀에 거슬리는 소리를 내는 토프트의 회전목마가 방 안을 오른쪽으로 돌고 있다.)

자동 피아노

나의 소녀는 요크셔의 소녀.

조이

틀림없는 요크셔 아가씨죠. 자 모두 춤을 춰요!

(그녀는 플로리를 붙들고 왈츠를 춘다.)

스티븐

솔로 댄스!

(그는 키티를 빙빙 돌려 린치의 팔에 안겨 준다. 테이블에서 물푸레나무 지팡이를 빼앗듯이 집어서 춤을 추기 시작한다. 모두 원을 그리고 돌면서, 왈츠를 추고 소용돌이를 그린다. 블룸 벨라 조(組), 키티 린치 조, 플로리 조이 조, 대추처럼 붉게 달아오른 여자들. 스티븐은 모자를 쓰고 물푸레나무 지팡이를 들고 공중을 향하여 중간 정도까지 발을 차올려 개구리처럼 가랑이를 벌리고 입을 다물고 손을 반쯤 쥐고 가랑이 밑에 댄다. 딸랑딸랑 울리는 붐해머, 붕붕 울리는 뿔피리, 청녹황색 섬광. 금박 입힌 뱀들이 매달려 덜렁거리는, 기수들을 태운 토프트의 목마가 육중하게 회전한다. 내장이 판당고*580를 추며 펄쩍펄쩍 뛴다.)

자동 피아노
비록 공장의 아가씨라도
멋진 옷을 입지 않았어도.

(모두들 단단히 붙잡고 번쩍번쩍 빛나는 섬광 속을 빨리, 가장 빨리 내달려 쿵쿵 박자를 밟으며 지나간다. 바라밤!)

모두
앙코르! 다시 한 번! 브라보! 앙코르!

사이먼
네 어머니 쪽 친척들을 생각해 보거라!

스티븐
죽음의 무도다.*581

(호객꾼의 새로운 방울 소리 바라밤, 말, 망아지, 거세한 황소, 새끼돼지, 그리스도 당나귀를 탄 콘미, 절름거리는 목다리와 외다리 수병이 작은 배에 타고 팔짱을 끼고, 밧줄을 잡아당기고, 걸고, 발을 구른다. 처음부터 끝까지 혼파이프 춤.*582 바라밤! 작은 말, 불깐 돼지, 방울 장식을 단 말, 귀신 들린 가다렌산(産) 돼지*583 등에 탄 사람들, 관 속의 코니. 철갑상어*584를 한 손으로 다루는 넬슨, 자두로 입을 더럽힌 까다로운 두 여자*585가 유모차에서 떨어져 울기 시작한다. 제기랄, 녀석은 선수다. 술통에서 내다보는 창백하게 빛나는 눈, 저녁기도의 러브 사제, 임대 마차를 탄 쾌활한 블레이지스,

---

*580 에스파냐의 명랑한 춤.

*581 삶을 지배하는 사신(死神)의 무도. 중세의 교회극에서 시작하여 19세기에 부활했다.

*582 선원들이 추는 활발한 춤. 어릴 적 스티븐이 어머니의 피아노에 맞추어서 추었다.

*583 가다렌 땅의 돼지들. 귀신이 씌어 절벽에서 바다로 뛰어들어 익사했다. 〈마태오복음서〉 8 : 28~34.

*584 군함.

*585 넬슨 기념탑 위의 두 여사제. 에피소드 7 참조.

반(半) 커튼, 대구처럼 몸을 두 겹으로 굽힌 자전거 선수들, 수수한 옷차림에 아이스크림을 든 딜리.[*586] 그리고 마지막 마녀의 술통이 높게 낮게 소용돌이치며 엿기름 통과 쾅 부딪히고 총독 내외가 좋아하는 범프셔의 장미꽃, 바라밤!)

(서로 짝을 지었던 남녀가 떨어진다. 스티븐은 비틀거리면서 돌고 있다. 방이 반대 방향으로 빙빙 돈다. 눈을 감고 그는 비틀거린다. 빨간 난간이 하늘을 향해 난다. 모든 별들이 여러 개의 태양 둘레를 빙빙 돈다. 번쩍번쩍 빛나는 하루살이들이 벽 위에서 춤춘다. 그는 죽은 듯 멈춰 선다.)

스티븐
어?

(바싹 여윈 스티븐의 어머니가 마룻바닥을 뚫고 우뚝 솟는다, 문둥병 환자의 회색 옷을 입은 채 시든 오렌지 꽃다발을 들고, 찢어진 신부의 베일을 쓰고, 얼굴은 헬쑥하고 코는 망가진 채 무덤의 흙에 덮여 푸른빛을 띤다. 머리카락은 헝클어져 기다랗게 늘어져 있다. 그녀는 푸르고 공허한 눈구멍을 스티븐에게 고정한 채 이빨 없는 입을 열고 소리 없는 말을 한다. 처녀들과 고해신부들의 합창대가 소리 없이 노래 부른다.)

합창대
금빛으로 빛나는 참회자의 흰옷이…….
처녀들 그대를 맞이하리…….

(탑 꼭대기에서 벅 멀리건이 암갈색과 노란색 얼룩으로 염색한 광대 옷을 입고 소용돌이 모양의 방울이 달린 광대모를 쓴 채 그녀를 멍하니 쳐다보고 서 있다. 두 개로 잘라 버터를 바른 따끈따끈한 스콘을 손에 쥐고서.)

[*586] 스티븐의 딸.

벽 멀리건

그녀는 개죽음당했어. 가엾게도. 멀리건, 괴로워하는 어머니를 만나도다. (눈을 위로 치켜뜬다) 메르쿠리우스처럼 쾌활한 맬러키여!

어머니

(죽음의 광기를 품은 야릇한 미소를 띠고) 나는 한때 아름다운 메이 굴딩 이었지. 지금은 죽은 몸이지만.

스티븐

(겁을 먹고) 여우원숭이 같으니라고! 넌 누구냐? 이건 어느 요괴의 수작 이냐?

벽 멀리건

(소용돌이 모양의 방울이 달린 모자를 흔들면서) 참 웃긴다. 킨치가 그녀 를 개처럼, 암캐처럼 죽였어. 어머니는 뻗은 거야. (녹은 버터 같은 눈물이 그의 눈에서 흘러내려 스콘 과자 위로 떨어진다) 우리의 위대하고 상냥한 어머니여! 포도주 빛 바다.*587

어머니

(가까이 다가가 젖은 재 냄새가 나는 숨결을 그에게 살며시 내뿜는다) 누 구나 반드시 지나가야 할 길이란다, 스티븐. 세상에는 남자보다 여자가 더 많지만. 너도 지나가야 해. 언젠가는.

스티븐

(놀라움과 후회와 공포로 숨이 차서) 모두들 제가 당신을 죽였다고 해요, 어머니. 그놈*588은 어머니의 추억을 욕보였어요. 그것은 암 때문이지 내 탓 이 아니에요. 운명이라고요.

---

*587 에피소드 1 참조.
*588 멀리건.

어머니

(입가에서 푸른 담즙을 뚝뚝 흘리며) 너는 나에게 그 노래를 들려주었지. 〈사랑의 쓰라린 신비〉를.*589

스티븐

(열렬하게) 어머니, 만약에 아시면 그 말*590을 가르쳐 줘요. 온 세상 사람들이 아는 그 말을.

어머니

네가 패디 리와 함께 댈키에서 기차에 올라탔던 그날 밤, 널 도와준 것이 누구였지? 네가 그 낯선 사람들 사이에서 슬픔에 잠겨 있을 때 널 불쌍히 여긴 사람은 누구였지? 기도는 참 고마운 거야. 우르술라 수녀단 편람 안에 있는 고통 받는 영혼들을 위한 기도와 40일간의 속죄기도. 회개하라, 스티븐이여.

스티븐

망귀(亡鬼)! 하이에나!

어머니

나는 저세상에서 너를 위해 기도하고 있단다. 매일 밤, 공부가 끝난 뒤에는 딜리더러 밥을 끓여 달라고 하려무나. 오랫동안 나는 너를 사랑해 왔단다. 오, 나의 아들, 나의 장남, 네가 내 배 속에 있었을 때부터.

조이

(부채로 부치면서) 나 녹을 것 같아요!

플로리

(스티븐을 가리킨다) 봐요! 저이 얼굴이 창백해요.

---

*589 스티븐이 그 노래를 부르면 어머니가 울었다.
*590 사랑 또는 어머니의 사랑.

블룸

(창문을 더 열려고 간다) 현기증이야.

어머니

(눈을 빛내며) 회개하라. 오, 지옥의 불이!

스티븐

(헐떡이며) 시체를 삼키는 자여! 해골과 피투성이 뼈! *591

어머니

(얼굴을 점점 가까이 대고 재의 숨결을 내뿜으며) 조심해라! (그녀는 까 맣게 말라붙은 오른팔을 들어올리고 손을 펼쳐 스티븐의 가슴을 향해 천천 히 내뻗었다) 조심하라! 하느님의 손을!

(악의에 찬 빨간 눈의 초록색 게 *592가 히죽히죽 웃는 집게를 스티븐의 심 장에 깊이 꽂는다.)

스티븐

(분노로 숨이 차서) 제기랄!
(그의 얼굴이 옥죄이고 잿빛이 되어 갑자기 늙는다.)

블룸

(창문 옆에서) 왜 그래?

스티븐

아니, 아무것도 아냐! 잠시 지적인 환상에 빠졌을 뿐이에요. 내겐 전부이 거나, 아무것도 아닌 것. 더 이상 섬기지 않으리. *593

---

*591 두개골과 대퇴골을 열십자형으로 교차시킨 죽음의 상징.

*592 암의 전통적인 이미지.

*593 〈예레미야서〉 2 : 20.

플로리

찬 것을 마시게 하는 게 좋겠어. 잠깐. (그녀는 황급히 사라진다.)

어머니

(천천히 두 손을 모으고 절망의 신음을 내며) 오, 예수의 성심(聖心)이
여. 이 아이를 불쌍히 여기소서! 이 아이를 지옥으로부터 구하여 주소서.
오, 하느님의 성심이여.

스티븐

닥쳐! 닥쳐! 닥쳐! 할 수 있다면 나의 영혼을 부숴 봐! 나는 당하지 않
겠다!

어머니

(단말마의 신음으로) 주여, 원컨대 스티븐을 불쌍히 여기시옵소서! 갈보
리 산에서 사랑과 슬픔과 고뇌 때문에 숨이 끊어지려고 할 때의 나의 고민은
이루 말할 수 없는 것이었습니다.

스티븐

그만!

(그는 양손으로 물푸레나무지팡이를 높이 쳐들어 샹들리에를 부순다. 시
간의 검푸른 최후의 불꽃이 튀어나오고 이에 이어지는 암흑 속에서 모든 공
간의 파멸, 부서진 유리, 쓰러지는 석조 건축물.)

가스등

프우풍!

블룸

그만!

린치

(앞으로 뛰어나가 스티븐의 손을 잡는다) 어이, 그만둬! 난폭하게 굴지 마!

벨라

경찰관!

(스티븐이 물푸레나무 지팡이를 팽개치고, 머리와 양팔을 뒤로 젖힌 채, 바닥을 차듯이 문간의 창녀들 곁을 지나 방에서 뛰쳐나간다.)

벨라

(비명을 지른다) 쫓아가!

(두 창녀가 현관문으로 돌진한다. 린치와 키티와 조이는 방에서 뛰어나간다. 그녀들은 흥분해서 지껄인다. 블룸은 이들을 뒤따라가지만 다시 되돌아온다.)

매춘부들

(문간에서 밀치닥거리면서 손가락으로 가리키며) 저쪽이야.

조이

(손가락질하면서) 저쪽에. 뭔가 일어나고 있어요.

벨라

등 값은 누가 물어내죠? (그녀는 블룸의 외투 자락을 붙잡는다) 아, 그래요, 당신은 그 사람과 일행이었죠. 램프가 부서졌어요.

블룸

(홀로 달려갔다가 급히 되돌아온다) 어느 등이지?

매춘부

저분 저고리가 찢어졌어요.

벨라

(분노와 탐욕의 험한 눈초리를 하고 가리킨다) 저걸 누가 변상하죠? 10실링. 당신은 증인이야.

블룸

(스티븐의 물푸레나무 지팡이를 급히 주워 올린다) 내가? 10실링이라고? 자네는 그렇게 우려먹고도 아직도 모자란 건가? 그 녀석은······.

벨라

(큰 소리로) 잠깐, 그렇게 큰소리치지 말아요. 여기는 값싼 창녀집이 아니니까. 10실링 나가는 가게예요.

블룸

(램프 아래에 손을 넣고 쇠사슬을 잡아당긴다. 그러자 가스불이 홍자색 등갓을 비춘다. 그는 물푸레나무 지팡이를 치켜든다) 단지 등피가 깨졌을 뿐이야. 그 녀석은 단지······.

벨라

(뒤로 몸을 빼고 비명을 지른다) 무슨 짓이에요! 그만둬요!

블룸

(치려는 것을 그만두고) 그가 어떻게 등갓을 쳤는지 보이고 싶었을 뿐이야. 손해본 건 6페니도 안 되잖아. 그걸 10실링이라니!

플로리

(물이 담긴 컵을 들고 들어온다) 그이 어디 갔어요?

벨라

경찰을 불러올까요?

블룸

아, 알고 있어. 근처에 호위꾼을 두고 있단 말이지? 하지만 그는 트리니티 대학생이야. 당신 가게의 좋은 손님들. 당신 가게 집세를 내주는 신사님들이라고. (그는 프리메이슨 당원임을 나타내는 몸짓을 해 보인다) 무슨 말인지 알겠어? 대학 부총장의 조카야. 당신도 나쁜 소문이 나는 건 원치 않겠지.

벨라

(화를 내며) 트리니티라고? 보트 경주를 마치고 들이닥쳐서는 온갖 난리를 피우고는 돈 한 푼 안내고 꽁무니를 빼던 그놈들 말이지. 당신이 뭔데 내게 명령이야? 그 녀석은 어디로 갔지? 그를 고소하겠어요. 창피를 줄 테니까 두고 봐요. (그녀는 고함을 지른다) 조이! 조이!

블룸

(다급하게) 옥스퍼드에 있는 당신 아들*594이 그랬어도 이런 식으로 나왔을까. (경고하듯이) 난 다 알고 있어.

벨라

(말문이 막혀서) 당신은 누구의 염탐꾼이죠?

조이

(문간에서) 저기서 싸움이 벌어지고 있어요.

블룸

뭐? 어디서? (그는 탁자 위에 1실링을 내던지고 외친다) 등피 값이야.

---

*594 블룸이 조이한테서 들은 것.

어디지? 나는 산(山) 공기가 필요 해.

(그는 홀을 급히 빠져나간다. 매춘부들이 손가락질한다. 플로리가 기울어진 커다란 컵에서 물을 흘리며 뒤따라간다. 문간에 떼 지어 몰려든 창녀들이 안개가 걷힌 오른편을 향해 손가락질하면서 떠들어 대고 있다. 왼편에서 임대마차 한 대가 방울을 울리면서 나타난다. 마차는 집 앞에서 천천히 멎는다. 현관에 서 있는 블룸은, 두 무뚝뚝한 호색가와 함께 마차에서 내리려는 코니 켈러허*595를 본다. 그는 얼굴을 다른 데로 돌린다. 벨라가 현관홀에서 창녀들을 독촉한다. 창녀들은 손짓으로 키스를 던진다. 코니 켈러허가 으스스하고 음탕한 미소로 대답한다. 무뚝뚝한 호색가들은 뒤돌아서 마부에게 돈을 지급한다. 조이와 키티는 여전히 오른쪽을 가리키고 있다. 블룸은 그녀들 사이를 재빨리 빠져나가 칼리프의 두건과 외투를 뒤집어쓰고 얼굴을 돌린 채 계단을 급히 내려온다. 미행자 하룬 알 라시드*596가 된 그는 무뚝뚝한 호색가들의 뒤를 빠져나가 재빠른 표범의 걸음으로 아니스 열매향이 스민 찢겨진 봉투를 뿌리고 그 냄새를 뒤에 남기면서 난간을 따라 서둘러 걸어간다. 물푸레나무 지팡이가 그의 발걸음에 맞추어 춤을 춘다. 몰이꾼 모자와 낡은 회색 바지 차림으로 회초리를 휘두르는 트리니티의 피리쟁이가 이끄는 사냥개들 한 떼가 멀리서 따라온다. 냄새를 구별하며 가까이 와서 짖고 헐떡이며 냄새를 잃고 멈추어 서서 이리저리 흩어지고, 혀를 늘어뜨리고 그의 뒤꿈치를 물어뜯고 그의 뒤로 달려든다. 그는 걷고, 달리고, 지그재그로 움직이고, 전력질주한다. 자갈, 양배추 뿌리, 비스킷 상자, 달걀, 감자, 죽은 대구, 여인의 낡은 슬리퍼가 그에게 연거푸 던져진다. 이 새로운 사냥감을 발견하고 소리 지르는 한 떼가 갈지자로 질주하며 그의 뒤를 쫓는다. 야근(夜勤) 경찰 C65호와 C66호, 존 헨리 멘튼, 위즈덤 헬리, V. B. 딜런, 시의원 내너티, 알렉산더 키즈, 래리 오루크, 조 커프, 오도우드 부인, 피서 버크, 이름 없는 사나이, 리오던 부인, 시민, 개리오웬, 그 뭐라고 하는 사나이, 낯선 사나이, 비슷한 사나이, 전에 본 사나이, 단짝, 크리스 컬리넌, 찰스 캐머런 경, 벤자민 돌라드, 레너헌, 바텔 다시, 조 하인스, 레드 머리, 신문

*595 디그넘의 장례식을 치른 장의사.
*596 《아라비안 나이트》에 나오는 바그다드의 교주.

편집자 브레이든, **T.M. 헬리**, 판사 피츠기번 씨, 존 하워드 파넬, 연어통조림 목사, 졸리 교수, 브린 부인, 데니스 브린, 시어도어 퓨어포이, 마이너 퓨어포이, 웨스틀랜드거리의 여우체국장, C.P. 매코이, 라이언스의 친구, 호피 홀로헌, 지나가는 사나이, 지나가는 또 하나의 사나이, 풋볼부츠, 사자코를 한 운전수, 부유한 프로테스탄트 귀부인, 데이비 번, 엘런 맥기네스 부인, 조 갤러허 부인, 조지 리드웰, 티눈 지미 헨리, 래러시 교장, 카울리 신부, 세무국의 크로프턴, 댄 도슨, 족집게 든 치과의사 블룸, 보브 도런 부인, 케네픽 부인, 와이즈 놀런 부인, 존 와이즈 놀런, 클론스키행전차안엉덩이를부벼대는매력적인유부녀,*597 《죄의 감미로움》을 판 서적상, 넣어서했지아빠가될거야 양,*598 로벅의 매덤 제럴드 앤드 스태니슬라우스 모런, 드리미보험회사 주임, 웨더럽, 헤이즈 대령, 매스챤스키, 시트론, 펜로즈, 아론 피거트너, 모제스 허조그, 마이클 E. 제러티, 트로이 경사, 갤브레이스 부인, 에클즈거리 모퉁이의 경찰관, 청진기를 든 노의사 브레이디, 해변의 수수께끼 사나이, 레트리버 한 마리, 미리엄 댄드레이드 부인과 그녀의 애인들 모두가.)

고함을 지르며 추적하는 한 떼
(당황하여 소리치며 밀친다) 블룸이다! 블룸을! 블룸을 잡아라! 도둑놈 잡아라! 어어이! 어어이! 그 모퉁이에서 그놈을 잡아 줘!

(시끄럽게 외치며 난리법석을 피우는 이들 무리에게서 벗어나, 비버거리 모퉁이 보도블록 아래, 아직 무슨 일인지 알지 못하는 사람들 속에 섞이고 나서야 블룸은 숨을 헐떡이며 걸음을 멈춘다.)

스티븐
(동작에 신경 쓰며 천천히 심호흡하면서) 여러분은 나의 손님들이오. 초청한 기억은 없지만. 조지 5세*599와 에드워드 7세*600를 위하여. 책임은 역

---

*597 handsomemarriedwomanrubbedagainstwidebehindClonskeatram.

*598 Miss Dubedatandshedidbedad

*599 1865~1936. 에드워드 7세의 아들. 1910년 조지 5세로 즉위.

사에 있습니다.*601 기억의 여신들이 날조한 것입니다.*602

병사 카

(시시 캐프리에게) 이 사람이 너에게 모욕을 주었나?

스티븐

그녀에게 여성 호격(呼格)으로 말을 걸었을 뿐이오. 아마 중성의, 소유격 없이.

목소리들

아냐, 그렇지 않아. 그 여자는 거짓말을 하고 있어. 그 사나이는 코헨 부인의 가게에 있었어. 도대체 무슨 일이지? 군대와 시민들이 모여서.

시시 캐프리

저는 군인들과 함께 있었어요. 그리고 그 사람들은 내가 그걸 하도록 내버려두었고…… 무슨 말인지 아시죠? 그러자 이 젊은 사람이 나를 쫓아왔어요. 그러나 아무리 1실링짜리 값싼 창녀지만 제대로 대해주는 남자에게는 의리를 지킨답니다.

스티븐

(린치와 키티의 얼굴을 찾아내고) 여, 시시포스*603 군. (자기를 가리키고, 상대방을 가리키고) 시적(詩的)이군. 신시적(新詩的)이야.

목소리들

이 아가씨는 남자에게 의리를 지킨대.

---

*600 1841~1910. 그 당시의 영국 왕.
*601 헤인스가 영국 제국주의를 변명해서 한 말.
*602 스티븐이 학교에서 역사를 가르치면서 한 생각과 연관된다.
*603 그리스 신화. 코린토스의 교활한 왕. 죽은 뒤, 저세상에서 무거운 돌을 산꼭대기로 반복해 밀어 올리는 형벌을 받았다. 헛된 노동을 되풀이하는 사람을 말하는데, 여기에서는 단순히 교활한 남자를 가리킨다.

시시 캐프리

그래요, 저 따위 사내에게는 끌리지 않아요. 나는 단골 군인과 짝이니까요.

병사 콤프턴

귀때기가 붓도록 얻어맞고 싶대, 이 녀석은. 한 방 먹여 줘, 해리.

병사 카

(시시에게) 나와 그가 소변을 보는 동안에 저 녀석이 너를 모독했나?

테니슨 경*604

(유니언 잭 무늬 외투와 플란넬 크리켓 바지를 입고, 모자 없이 수염을 나부끼며) 그들은 이유를 논하는 것이 아니로다.*605

병사 콤프턴

해리, 녀석에게 한 대 먹여 줘.

스티븐

(병사 콤프턴에게) 나는 당신 이름은 모르지만 당신 말이 아주 옳아. 스위프트 박사*606가 말하기를 갑옷 입은 한 사람이 셔츠 입은 열 사람을 때려눕힌다고. 여기서 셔츠는 제유법(提喩法)이요. 부분을 가지고 전체를 나타내는 거지.

시시 캐프리

(군중을 향하여) 아니에요, 저는 병사와 같이 있었어요.

---

*604 알프레드 테니슨(1809~92). 워즈워스의 뒤를 이어 계관시인에 오른, 영국 빅토리아시대를 대표하는 시인.

*605 테니슨의 시 〈경기병대의 돌격〉의 한 구절. "답을 하는 것이 아니로다, /이유를 논하는 것이 아니로다, /단지 행동하고 죽을 뿐이로다. /죽음의 골짜기로/기병 600이 말을 몰았도다." 이 병사들과 같은 영국인인 테니슨은 그들 편을 든다.

*606 조너선 스위프트(1667~1745). 아일랜드 태생으로 《걸리버 여행기》의 저자.

스티븐

(부드럽게) 물론 그렇겠죠. 용감한 젊은 용사. 내 견해로는, 예를 들어, 모든 여인들은……

병사 카

(군모를 비스듬히 쓰고 스티븐에게 다가선다) 어이 대장, 만일 내가 당신의 턱에다 한 대 갈기면 어떻게 되지?

스티븐

(하늘을 올려다본다) 어떻게 되다니? 그야 아주 불쾌하겠지. 허세의 고귀한 기술인가?*607 나는 행동이라는 것을 몹시 싫어하는 사람이야. (손을 흔든다) 손이 약간 아프군. 아무래도 난처한 일이야. (시시 캐프리에게) 무슨 잘못된 일이 일어나고 있는 것 같은데 도대체 어떻게 된 거지?

돌리 그레이*608

(예리코의 여장부*609와 같은 신호를 하면서, 발코니에서 손수건을 흔든다) 나는 라합이에요. 요리사 아드님, 안녕히. 돌리에게 무사히 돌아오세요. '당신이 남겨두고 떠나온 아가씨를 꿈꿀 때, 그녀도 당신을 꿈꾸리.'

(군인들이 눈물을 글썽이며 고개를 돌린다.)

블룸

(팔꿈치로 군중을 헤치고 다가와 스티븐의 소매를 세게 잡아당긴다) 자 갑시다, 교수님, 저쪽에서 마부가 기다리고 있습니다.

---

*607 '자기 방어의 고귀한 기술(권투)'에 빗대서.

*608 보어 전쟁 당시의 유행가 〈안녕 돌리 그레이〉에서. 전쟁터로 나가는 병사가 애인에게 이야기하는 내용.

*609 예리코의 창녀 라합. 여호수아군의 두 정찰병이 마을을 염탐하러 왔을 때 그들을 숨겨주었다. 그 뒤 예리코 사람들은 여호수아군에게 전멸되었으나, 라합은 전에 약속한 대로 창문에 진홍색 줄을 매달아 자신과 가족들의 목숨을 건졌다.

스티븐

(뒤돌아본다) 어? (뿌리친다) 나는 왜 그에게, 이 평평한 오렌지 위에 서서 걷고 있는 모든 인간에게 말을 걸어서는 안 됩니까? (손가락을 든다) 만약에 그 인간의 눈만 보고 있으면 나는 누가 말을 걸어오든 무섭지가 않습니다. 넘어지지 않도록 똑바로 서 있기만 하면.

(그는 한 발짝 뒤로 비틀거린다.)

블룸

(그를 부축하면서) 넘어지지 않도록 조심하게.

스티븐

(공허하게 웃는다) 나의 중심점(重心點)이 움직였어요. 난 요령을 잊어버렸어요. 어디에 앉아서 충분히 이야기 좀 해 봅시다. 생존경쟁은 인생의 법칙입니다. 그런데 현대의 평화주의자, 특히 제정(帝政) 러시아 황제와 영국 국왕은 중재 재판을 창설했어요. (그는 자신의 이마를 두드려 보인다) 그러나 이 안에 있는 사제와 왕을 죽여야 했어요. 바로 나입니다.

임질 걸린 노파

선생님이 하신 말씀을 들었어? 대학 교수셔.

컨티 케이트

그래요. 들었어요.

임질 걸린 노파

하시는 말씀이 얼마나 멋져.

컨티 케이트

정말. 게다가 적절하고 시원한 말솜씨셔요.

병사 카

(사람들을 헤치고 앞으로 나온다) 우리 폐하에 대해 뭐라고 지껄이는 거야?

(에드워드 7세가 아치 길에 나타난다. 그는 하얀 재킷을 입고 있다. 그 위에는 '성심의 상(像)'이 수놓아져 있고, 가터 훈장과 엉겅퀴 훈장, 황금 양모 훈장, 덴마크 무공훈장, 스키너와 프로빈 창기병대 훈장, 링컨스인 법학원 평의원 훈장, 그리고 용맹에 빛나는 매사추세츠 포병대 훈장 따위를 달고 있다. 그는 붉은 대추를 빨고 있다. 흙손을 들고, '독일제'라는 표지가 달린 앞치마를 걸치고, 위대한, 선출된, 완전한 그리고 장중한 공제조합원의 복장을 하고서. 왼손에는 '소변 금지'라고 쓴 미장이용 들통이 들려 있다. 환호의 함성이 그를 맞이한다.)

에드워드 7세

(천천히, 장엄하게 그러나 불명확하게) 조용히, 조용히 하라. 신분을 증명하기 위해 짐은 양동이를 들었도다. 자, 여러분. 건배. (그는 신하 쪽을 향한다) 짐은 정정당당한 싸움을 보기 위하여 여기에 온 것이다. 짐은 양자의 무운이 왕성하기를 충심으로 기원하는 바이다. 마하크 마카르 아 바크.*610 (그는 병사 카, 병사 콤프턴, 스티븐, 블룸 그리고 린치와 악수한다.)

(모두의 박수갈채. 에드워드 7세는 우아하게 양동이를 들고 답례한다.)

병사 카

(스티븐에게) 다시 한 번 말해 봐!

스티븐

(신경질적으로, 그러나 다정하게, 자기를 억누르며) 내겐 왕이 없지만, 그렇다고 당신의 견해를 이해하지 못하는 건 아니오. 현대는 특허약의 시대거든. 이런 곳에서 토론하기는 어려운 일이지. 그러나 요점은 바로 이거야.

---

*610 분명치 않다. 프리메이슨의 주문(呪文)이라는 설도 있다.

당신이 조국을 위해 죽는다고 가정해 봅시다. (팔을 병사 카의 소매에 대고) 그러기를 바란다는 말은 아니오. 그러나 나는 말하겠어. 국가여 나를 위해 죽으라. 현재까지는 그렇게 되어 왔지. 국가가 사멸하는 것은 나도 바라지 않아. 죽음 따윈 저리 가라지. 생명 만세다!

에드워드 7세

(익살맞은 그리스도의 복장을 하고 후광을 받으며 인광(燐光)을 내는 얼굴 한가운데에 하얀 대추 과자를 달고, 칼로 살해된 시체의 산더미를 뛰어넘는다.)

내 방법은 새롭고도 놀라운 것.
장님을 고칠 때에는 그 눈에 모래를 던져 넣지.

스티븐

왕과 일각수(一角獸)들이다! (한 발짝 뒤로 물러선다) 어딘가에 가서, 우리…… 저 여자가 뭐라고 했지……?

병사 콤프턴

어이, 해리, 저 녀석의 불알을 한 대 걷어차 버려. 엉덩이도.

블룸

(병사들을 향해 조용하게) 자신이 뭘 말하는지도 모르는 사람이야. 술을 좀 지나치게 마셔서. 푸른 눈의 괴물이라는 압생트를 말이야. 내가 아는 사람이에요. 신사에다 시인이지. 신경 쓸 필요 없다오…….

스티븐

(미소를 띠고 소리 내어 웃으며, 고개를 끄덕인다) 신사이자, 애국자, 학자 그리고 사기꾼들의 심판자지.

병사 카

저놈이 누구든 내가 알 게 뭐람.

병사 콤프턴

저놈이 누군지 우리가 알 게 뭐람.

스티븐

아무래도 내가 그들을 짜증나게 만드는 것 같군. 황소 앞에서 흔드는 녹색 천 같달까.*611

(파리의 케빈 이건*612이 에스파냐풍의 술 달린 검은 셔츠를 입고 새벽 당원 모자를 쓰고, 스티븐에게 신호한다.)

케빈 이건

여! 안녕! 이빨 누런 늙은 할멈.*613

(패트리스 이건*614이 그의 뒤에서 내다본다. 그의 토끼 얼굴이 마르멜로 잎사귀를 조금씩 갉아먹는다.

패트리스

사회주의자 녀석.

돈 에밀 패트리찌오 프란쯔 루퍼트 폽 헤네시*615

(하늘을 나는 두 마리 기러기 무늬가 있는 투구를 쓰고 중세의 사슬 갑옷을 입고, 고귀한 노여움을 나타내며 철갑 낀 손을 병사들에게 내민다) 거기

---

*611 황소는 영국을, 녹색 천은 아일랜드를 상징한다. 투우를 자극하기 위해 투우사가 빨간 천을 흔드는 것을 빗대서.
*612 스티븐이 파리에서 만난 아일랜드의 혁명가.
*613 빅토리아 여왕.
*614 케빈의 아들.
*615 영국의 식민지에서 근무하는 아일랜드 출신 보수파 관리들 이름을 멋대로 짜맞춘 것.

에 있는 유대인 놈들을 땅에 팽개쳐. 온통 고기 국물을 뒤집어쓴 살찐 돼지 놈들 같으니!

블룸

(스티븐에게) 자 돌아가자. 일이 귀찮아질 것 같아.

스티븐

(망설이면서) 난 달아나지 않는다. 녀석은 내 지성에 싸움을 걸고 있는 거야.

임질 걸린 노파

저분이 귀족의 핏줄이라는 것은 금방 알 수 있어.

말 많은 여자

녹색은 빨간색보다 위야.*616 울프 톤*617이 말한 대로 말야.

여자 포주

빨간색도 녹색에 지지 않아. 더 위일 걸. 군인 만세! 에드워드 왕 만세!

난폭자

(웃는다) 뭐! 모두 드 웨트*618를 위해 손들어.

시민

(커다란 에메랄드 색 스카프로 얼굴을 덮고 곤봉을 들고 외친다.)
하늘에 계신 하느님이시여,
면도날처럼 날카로운 이빨이 난

---

*616 빨간색은 영국 육군의 군복 색.
*617 1763~98. 18세기 아일랜드 독립운동 지도자. 1798년 봉기를 기도하여 붙잡힌 뒤 사형 선고를 받고 처형 직전에 옥중에서 자살했다.
*618 1902년 보어인이 영국에 맞서 반란을 일으켰을 때 반군의 대장. 스티븐을 가리킨다.

비둘기를 이 세상에 보내시어
우리 아일랜드의 지도자를 매단
영국 개놈들의
목을 물어뜯게 하소서.

까까머리 소년[619]

(목 주위에 교수용 밧줄을 감고 밖으로 삐져나온 창자를 두 손으로 밀어 넣는다.)
나는 아무도 미워하지 않지만
왕보다 나라를 사랑하노라.

악마 이발사, 럼볼드[620]

(검은 가면을 쓴 두 조수를 데리고 여행 가방을 안고 앞으로 나와 그것을 연다) 신사 숙녀 여러분, 이것은 모그를 살해하기 위해 퍼시 부인이 구입한 고기 칼입니다. 또 이쪽은 브와젱이 어느 동향인의 아내를 난도질하기 위해 썼던 칼입니다. 그는 이 불행한 부인의 목을 귀에서 귀까지 잘라 그 유해를 천에 싸 토굴 속에 감추어 놓았습니다. 이것은 미스 배로우 시신에서 채취한 비소를 담은 병입니다. 그 때문에 세던은 교수대로 보내졌지요.

(그는 거칠게 밧줄을 잡아당긴다. 조수들이 희생자에게 덤벼들어 끙끙거리며 그를 아래로 끌어내린다. '까까머리 소년'의 혀가 밖으로 튀어나온다.)

까까머리 소년

나…… 나는…… 어머니의…… 안식을 위해…… 기…… 기도하지 않았노라……[621]

---

*619 프랑스 혁명의 코뮤나르들을 모방하여 머리를 짧게 깎았던 단발당원에 대한 노래 〈까까머리 소년〉에 등장한다. 에피소드 11에서 돌라드가 이 노래를 불렀다.
*620 리버풀에서 온 교수형집행자. 이후 그가 언급하는 것은 모두 실제 있었던 살인사건.
*621 〈까까머리 소년〉의 한 구절로 이는 동시에 어머니를 위해 기도하지 않았던 스티븐의 죄의식을 반영한다.

(그는 숨을 거둔다. 목매인 사체는 현저하게 발기가 일어나 옷을 통해서 옥석 바닥 위에 다량의 정액을 쏟아낸다. 벨링엄 부인, 옐버튼 배리 부인 그리고 머빈 탤보이스 각하 부인이 손수건을 들고 앞으로 달려가 정액을 훔친다.)

럼볼드

나 자신도 언젠가는 목이 매일 신세. (그는 올가미를 푼다) 무서운 반역자를 교수한 밧줄이오. 전하의 어명에 따라 한 번에 10실링입니다.*622 (그는 교살자의 큼직하게 벌어진 배 속에 머리를 처박았다가 김을 내뿜는 꼬불꼬불한 장기가 달라붙은 머리를 다시 꺼낸다) 나의 고통스러운 의무는 이제 끝났습니다. 신이여, 국왕을 지켜주소서.

에드워드 7세

(양동이를 울리면서, 천천히, 엄숙하게 춤추고 만족한 기분으로 노래한다.)

대관식, 대관식 그날에는,
어이, 신나게 보내자꾸나.
위스키, 맥주 그리고 포도주로!*623

병사 카

이봐. 우리 왕에 대해 자네 뭐라고 말했나?

스티븐

(양손을 들고) 오, 이건 너무 단조롭잖아. 아무것도 아니야. 그는 제국의 이름으로 나에게 돈과 생명을 청구한단 말야. 하지만 난 빈털터리야. (주머니를 뒤지지만 아무것도 없다) 누구한테 줘 버렸어.

병사 카

누가 너 따위의 빌어먹을 돈이 필요하댔나!

---

*622 돈을 받고 교수형 밧줄을 판매하는 것을 말함.
*623 멀리건의 노래. 에피소드 1 참조.

스티븐

(떠나려고 애를 쓴다) 누군가 나에게 이러한 필요악과 만날 수 있는 기회가 가장 적은 장소를 가르쳐 주지 않겠나? 파리에서도 역시 이런 일이 있지. 그렇다고 해서, 별로 내가…… 그러나 성 패트릭*624에 맹세코…….

(여인들의 머리가 한군데로 모인다. 원뿔형 모자를 쓴 '이빨 빠진 할멈'이 시든 감자의 죽은 꽃을 가슴에 장식하고 독버섯에 걸터앉아 나타난다.)*625

스티븐

어! 난 당신을 알고 있어, 할멈! 햄릿이여, 복수하라!*626 자신의 한배 새끼를 잡아먹는 늙은 암퇘지야!

이빨 빠진 할멈

(몸을 이리저리 흔들면서) 나는 아일랜드의 연인, 에스파냐 왕의 딸.*627 내 아들아. 집에 있는 외국인들, 그들 위에 재앙이 있을지어다. (그녀는 흉사(凶事)를 예고하는 여자처럼 통곡한다) 아이고! 아이고! 암소의 비단털이여! (그녀는 울부짖는다) 가련한 늙은 아일랜드를 만난 그대여, 그녀는 어떻게 하고 있더냐?

스티븐

무엇이 어떻게 하고 있다고? 속임수다. 성 삼위일체의 제3위*628는 어디 있지? 소가스 아룬은?*629 썩은 고기를 먹는 독수리 사제.*630

---

*624 아일랜드의 수호 성자.

*625 예이츠의 〈카스린 니 프리한〉에 그려진 같은 이름의 노파. 아일랜드는 상징적으로 '불쌍한 노파' 또는 '암소의 비단털'로 표현된다. 여기서 감자의 죽은 꽃은 아일랜드 기근 때의 비극을 암시한다.

*626 〈햄릿〉에서 유령 아버지의 말.

*627 아일랜드는 에스파냐 왕의 후예가 건국했다는 전설이 있다.

*628 성령.

*629 인도 신화에서 태양신의 마부.

*630 성직자를 썩은 고기를 먹는 맹수에 빗대서.

시시 캐프리

(째지는 목소리로 외친다) 저분들이 싸우지 못하게 말려 줘요!

난폭한 사나이

아군 퇴각.

병사 카

(혁대를 힘껏 당기면서) 우리의 우라질 폐하에 대해 한마디라도 욕하는 우라질 놈은 내가 모가지를 비틀어버릴 테다.

블룸

(겁을 먹고) 그는 아무 말도 하지 않았어. 한마디도. 순전히 오해야.

병사 콤프턴

해치워, 해리. 눈에 한방 먹여. 저놈은 보어 놈들 편이야.

스티븐

내가? 언제?

블룸

(영국 병사를 향하여) 우리는 남아프리카에서 당신들을 위해 싸웠어, 우리 아일랜드 저격병이. 그거야말로 역사적인 사실이 아닌가? 로열 더블린 근위병. 황실의 표창도 받았다고.

막일꾼

(비틀비틀 지나간다) 그럼! 그렇고말고! 마음껏 해 봐. 자! 어서.

(갑옷을 입고 투구를 쓴 창병(槍兵)들이 피투성이가 된 창끝을 내민다. 쾌걸 터코 같은 코밑수염을 기르고, 수탉 깃털을 꽂은 곰 가죽 모자를 쓰고, 견장과 황금 완장을 두른 군복을 입고 가슴에 훈장이 번쩍이는 트위디 소령

이 돌진 자세를 취한다. 그는 성당기사단 순례 전사의 신호를 보낸다.)

트위디 소령

(난폭하게 소리친다) 로크스 드리프트다![631] 전진, 근위병, 앞으로 전진! 전진! 속히 전리품을 얻게 되리라.[632]

시민

'에린이여, 영원하라!'[633]

(트위디 소령과 '시민'은 서로 메달, 훈장, 전리품 등을 뽐내며, 맹렬한 적의를 담아 거수경례를 한다.)

병사 카

내가 저놈을 때려눕힐 테다.

병사 콤프턴

(군중을 뒤로 물러나게 한다) 자, 정면 승부다. 피투성이로 만들어버려.

(악대가 〈개리오웬〉과 영국 국가를 연주한다.)

시시 캐프리

저 사람들이 일대일로 싸우려고 해요. 나 때문에!

컨티 케이트

용사와 미녀군.

---

[631] 남아프리카 보어전쟁 발발지이자 격전지.
[632] Mahal Shalal hashbaz. 헤브라이어. (《이사야서》 8장 1절 참고)
[633] 게일어. 전투 때의 구호.

임질 걸린 노파

저 흑담비 가죽 옷을 입은 기사가 이길 것 같아.

컨티 케이트

(얼굴을 붉히면서) 아니에요, 부인. 빨간 문장(紋章)의 조끼를 입은 유쾌한 성 조지야말로 내가 생각하는 분이에요.*634

스티븐

거리에서 거리로 전해지는 매춘부의 아우성이
늙은 아일랜드의 수의(壽衣)를 짜리라.*635

병사 카

(혁대를 느슨하게 풀고 외친다) 우리의 우라질 폐하에 대해 한마디라도 욕을 했다간 어느 우라질 사생아 놈이든 모가지를 비틀어버릴 테다.

블룸

(시시 캐프리의 어깨를 흔든다) 뭐든 말을 해 봐. 자네! 벙어리가 되었나? 국민과 국민, 세대와 세대를 잇는 것이 자네의 임무 아닌가. 뭐라고 말해 봐. 여자여, 신성한 생명의 샘이여!

시시 캐프리

(놀라서, 병사 카의 소매를 붙든다) 전 당신하고 한패잖아요? 저는 당신의 착한 아가씨가 아니에요? 시시는 당신 거예요. (그녀는 외친다) 경찰관!

스티븐

(황홀하게, 시시 캐프리에게)
그대의 하얀 손, 그대의 빨간 입술

---

*634 '빨간 문장'이란 흰 바탕에 붉은 십자가가 그려진 중세의 영국 국기 문장. '성 조지'는 영국의 수호 성인으로, 그리스도의 이름으로 용을 무찔렀다는 전설이 있다.
*635 브레이크의 시를 흉내 내어 '영국'을 '아일랜드'로 바꿈.

그리고 그대의 앙증맞은 몸이여.

목소리들

경찰!

먼 곳의 목소리들

더블린이 불타고 있다! 더블린이 불타고 있다! 불이야! 불!

(유황의 불꽃이 타오른다. 짙은 구름이 소용돌이치며 지나간다. 개틀링
중기관포가 울린다. 지옥의 아수라장. 군대가 흩어진다. 질주하는 말발굽 소
리. 포병대. 쉰 목소리의 호령, 종이 울린다. 원군(援軍)이 소리친다. 주정
꾼들이 고함을 지른다. 창녀들이 비명을 지른다. 사이렌이 울려 퍼진다. 우
렁찬 목소리. 단말마의 비명, 창이 흉갑(胸甲)에 부딪치는 소리, 도둑이 시
체를 약탈한다. 먹이를 노리는 흉폭한 새들이 바다에서 날아오고, 늪지 위로
날아오르고, 높다란 둥지에서 급강하하고, 울부짖고, 선회한다, 부비새, 독
수리, 참매, 멧도요, 송골매, 쇠황조롱이, 뇌조(雷鳥), 흰꼬리수리, 갈매기,
신천옹, 흑기러기 따위가. 한밤중의 태양이 깜깜해진다. 대지가 진동한다.
더블린과 프로스펙트와 제롬산에서 온 사자(死者)들이 하얀 양피 외투와 검
은 산양 모피로 된 망토를 걸치고, 소생하여, 많은 사람들 앞에 나타난다.
심연(深淵)이 소리 없이 아가리를 벌린다. 운동선수 조끼와 바지를 입은 우
승자 톰 로치퍼드가 전국 장애물 경주의 선두로 나서서 그 심연 속으로 뛰어
든다. 한 무리의 주자와 높이뛰기 선수들이 그 뒤를 따른다. 차례차례 열광
적으로 그 구멍 속으로 뛰어든다. 추락하는 몸뚱이들. 한껏 멋 부려 차려입
은 여공들이 요크셔의 장미 꽃불을 올린다. 상류 부인들은 몸을 지키기 위해
머리 위에 스커트를 뒤집어쓴다. 붉은색 짧은 속옷 차림의 마녀들이 깔깔대
며 빗자루를 타고 날아다닌다. 퀘이커 교도 외과의사가 수포(水泡)에 고약
을 바른다. 용의 이빨이 비처럼 쏟아진다. 무장한 용사들이 땅에서 솟아난
다.[636] 그들은 '적십자 기사'의 암호를 사이좋게 교환하고 기사의 검으로 싸

---

[636] 그리스 신화. 케도모스가 자기가 죽인 용의 엄니를 뿌리자 무장 용사가 생겨났다는 이야기.

우기 시작한다—헨리 그래튼 대 울프 톤, 대니얼 오코널 대 스미스 오브라이언, 아이작 버트 대 마이클 대비트, 파넬 대 저스틴 매카시, 존 레드먼드 대 아서 그리피스, 라이어 오조니 대 존 올리어리, 제럴드 피츠에드워드 경 대 에드워드 피츠제럴드 경, 도노그의 협곡 대 협곡의 오도노그. 대지의 한복판 높은 곳에 성 바바라의 야외 제단이 떠오른다. 제단의, 복음서 읽는 자리와 사도(使徒)의 서간을 읽는 자리 끝에서 각각 검은 양초가 솟아오른다. 탑의 높은 망루에서 두 줄기 햇빛이 연기로 덮인 제단 돌 위에 떨어진다. 제단의 돌 위에는 부조리의 여신, 마이너 퓨어포이 부인이, 나체로, 족쇄를 차고서, 부풀어오른 배 위에 성배를 얹은 채 누워 있다. 왼발 두 개가 거꾸로 붙어 있는 맬러키 오플린 신부가 긴 페티코트와 거꾸로 뒤집은 사제복을 입고서 진지(陣地) 미사 기도를 올린다. 머리와 옷깃이 거꾸로 달린 문학박사 휴 C. 헤인스 러브 사제가 소박한 사제복에 각모 차림으로 제주(祭主)의 머리 위에 양산을 펼쳐 받쳐들고 있다.)

맬러키 오플린 신부
나는 악마의 제단으로 가리라.

헤인스 러브 존사
우리의 젊은 나날을 즐겁게 해 준 악마에게로.

맬러키 오플린 신부
(성배(聖杯)로부터 피가 뚝뚝 떨어지는 성체를 들어 높이 받친다) 나의 육체로다.

헤인스 러브 존사
(미사를 올리는 사제의 페티코트를 뒤에서 높이 걷어 올려, 잿빛 털이 돋은 맨 엉덩이를 드러낸다. 엉덩이 사이에 당근이 꽂혀 있다) 나의 육체여.

모든 저주 받은 자의 목소리
다섰하작시 기리스다 서께분 신하능전 님느하 리우 주 야루렐할! *637

(천상으로부터 아도나이*638가 부른다.)

아도나이

도오오오오오오오오오그! (Doooooooooooog)*639

모든 축복 받은 자의 목소리

할렐루야, 주 우리 하느님 전능하신 분께서 다스리기 시작하셨다.

(천상으로부터 아도나이가 부른다.)

아도나이

고오오오오오오오오오오드(Goooooooooood).

(오렌지당과 그린당의 농부와 시민이 귀에 거슬리는 목소리로 〈교황을 차 버려〉, 〈매일 성모에게 기도하라〉를 노래한다.)

병사 카

(거친 목소리로) 녀석을 작살내 주지. 우라질 그리스도에 맹세코. 저 개 자식 우라질 놈의 저주 받을 우라질 목젖을 비틀어 버리겠다!

(군중 주위를 냄새 맡고 돌아다니던 레트리버 개가 시끄럽게 짖기 시작한 다.)

블룸

(린치에게로 달려간다) 저 친구를 데려갈 수 없나?

---

*637 '할렐루야, 주 우리 하느님 전능하신 분께서 다스리기 시작하셨다' 〈요한묵시록〉 19 : 6 을 거꾸로 한 것.
*638 구약에서 하느님을 가리키는 말의 하나.
*639 God의 철자를 거꾸로 쓴 것.

린치

저 친구는 변증법을 좋아하죠, 말하자면, 우주적인 언어를요. 키티! (블룸에게) 당신이 좀 데려가 주세요. 그는 내 말은 들으려고도 안 해요. (키티를 끌고 떠나간다.)

스티븐

(가리킨다) 유다 떠났도다. 스스로 목을 맺도다.

블룸

(스티븐에게로 뛰어간다) 사태가 더 악화되기 전에 나하고 같이 가지. 자, 여기 자네 지팡이.

스티븐

지팡이는 필요 없어요. 이성. 바라는 건 오직 지금과 같은 순수이성의 향연.

이빨 빠진 할멈

(스티븐의 손에 단도를 내밀고) 해치우는 거야, 자네. 아침 8시 35분에 자네는 천국에 가고, 아일랜드는 자유롭게 되는 거야. (기도한다) 오, 하느님, 이 아이를 데려가옵소서!

시시 캐프리

(병사 카를 잡아당긴다) 자 이리 오세요, 당신은 취했어요. 이 사람이 날 모욕했지만 용서하겠어요. (그의 귓전에 고함을 지른다) 용서하기로 했다구요.

블룸

(스티븐의 어깨 너머로) 이제 가자고. 봐, 저 친구는 술에 곤드레만드레 취했잖아.

병사 카

(제지하는 손길을 뿌리치고) 저놈이 낯짝을 못 들고 다니게 할 거라니까.

(그는 스티븐을 향해 돌진하여 주먹으로 얼굴을 때린다. 스티븐은 비틀거리더니 얼굴을 하늘로 향한 채 쓰러져 정신을 잃는다. 그의 모자가 벽 쪽으로 굴러간다. 블룸이 쫓아가서 줍는다.)

트위디 소령
(소리 높이) 총을 거둬! 전투 중지! 경례!

레트리버 개
(맹렬히 짖는다) 컹 컹 컹 컹 컹 컹 컹 컹.

군중
일으켜 줘! 쓰러져 있을 때에는 때리면 안 돼! 소생시켜! 병사가 때린 거야. 저 사람은 교수야. 다치지는 않았나? 거칠게 다루지 마! 기절했어!

추한 노파
뭣 때문에 저 병사는 저 신사를, 더욱이 술에 취했는데 때렸을까? 병사라면 보어인과 전쟁이나 할 것이지.

여자 포주
흥, 참견은 그만두시죠. 군인도 좋아하는 아가씨와 같이 다닐 권리는 있잖아요? 얻어맞은 것도 비겁한 짓을 했기 때문이지.

(두 여인은 서로 머리끄덩이를 잡고 침을 뱉는다.)

레트리버 개
(짖어 댄다) 컹 컹 컹.

블룸
(두 여인을 서로 떼어놓고, 소리 높여) 그만둬요, 좀 떨어져요!

병사 콤프턴

(동료를 끌어당기면서) 자. 그만 가자, 해리. 경찰이 왔어! (비옷을 입은 순경 둘이 군중 속으로 말없이 나타난다.)

경찰관 1

무슨 일이오?

병사 콤프턴

우리가 이 숙녀하고 같이 있었기 때문입니다. 그래서 이 녀석이 내 친구한테 덤빈 거죠. (레트리버 개가 짖는다) 이 망할 놈의 개는 누구 거야?

시시 캐프리

(걱정되는 듯) 피를 흘렸을까요?

한 사나이

(무릎을 꿇고 있다가 일어서면서) 아니야. 정신을 잃었을 뿐이야. 곧 제정신이 돌아올 거요.

블룸

(그 남자를 날카롭게 흘끗 쳐다본다) 나한테 맡겨 둬요. 내가 틀림없이…….

경찰관 2

당신은 누구요? 그를 아시오?

병사 카

(경찰관 쪽으로 비틀거리며 걸어간다) 저자가 나의 여자 친구를 모욕했습니다.

블룸

(화가 나서) 당신이 가만히 있는 사람을 때렸잖아. 내가 증인이야. 경관,

그의 연대(聯隊) 번호를 적어두시오.

경찰관 2

내 직무를 수행하는 데 당신의 지시는 필요 없소.

병사 콤프턴

(동료를 잡아당기면서) 자, 가자, 해리. 그렇잖으면 베네트가 널 영창에 집어넣을 거야.

병사 카

(비틀비틀 끌려가면서) 망할 놈의 베네트 녀석! 엉덩이에 털도 안 난 녀석이. 나는 그런 녀석 따위 신경도 안 써.

경찰관 1

(수첩을 꺼내면서) 이 사람의 이름은?

블룸

(군중 너머로 보고) 마침 저기에 마차가 있으니, 좀 도와주시지 않겠습니까? 경관님……

경찰관 1

이름과 주소를 대시오.

(코니 켈러허가 모자에 상장(喪章)을 두르고, 손에는 장례식 화환을 들고 구경꾼들 틈에 나타난다.)

블룸

(빠른 말로) 오, 잘 왔어! (그는 속삭인다) 사이먼 디댈러스의 아들이야. 약간 취해서. 저 경찰관에게 말해서 이 구경꾼들을 물러나게 해 주지 않겠나?

경찰관 2

안녕하십니까, 켈러허 씨.

코니 켈러허

(근심스러운 눈으로 경찰관에게) 아무것도 아니에요. 이분은 내가 아는 사람이에요. 경마에서 돈을 몇 푼 땄죠. 골드컵에서 말이에요. 스로우어웨이. (웃는다) 20 대 1. 내 말 알아듣겠소?

경찰관 1

(군중에게) 자, 뭘 멍하니 쳐다보고 있는 거요? 자, 가요, 가.

(군중이 중얼거리면서 천천히 골목 저편으로 흩어져 사라진다.)

코니 켈러허

이 자리는 나한테 맡겨줘요, 경관님. 염려 없을 거예요. (머리를 흔들며 웃는다) 이쯤이야 우리도 가끔 있는 일이지, 아니 더 심했죠. 어때요? 그렇죠?

경찰관 1

(웃는다) 그럴 거요.

코니 켈러허

(경찰관 2를 팔꿈치로 슬쩍 찌르고) 자, 이번 일은 못 본 걸로 해 줘요. (그는 머리를 흔들며 콧노래를 부른다) 투랄룸, 투랄룸, 투랄룸, 투랄룸. 어때요, 그렇게 해 주겠소?

경찰관 2

(상냥하게) 하하, 물론 우리도 옛날에는.

코니 켈러허

(눈짓하면서) 젊은이들은 다 그래요. 저기에 마차를 세워 두었는데.

경찰관 2

좋습니다, 켈러허 씨. 좋은 밤 되세요.

코니 켈러허

뒤처리는 내가 할 테니.

블룸

(두 경찰관과 차례로 악수를 나눈다) 정말 고맙소, 여러분. 고마워요. (작은 소리로 중얼거린다) 세상에 소문이 퍼지면 난처하지요, 그의 아버지는 유명한, 세인의 존경을 받는 시민이랍니다. 젊은 혈기에 조금 실수했을 뿐이에요.

경찰관 1

아. 그렇군요.

경찰관 2

알겠습니다.

경찰관 1

서에 보고해야 하는 것은 상해 사건뿐이니까요.

블룸

(힘차게 고개를 끄덕이면서) 당연하죠. 옳은 말씀이십니다. 직무상 아무래도.

경찰관 2

그것이 우리의 직무죠.

코니 켈러허

안녕히. 여러분.

경찰관들

(함께 경례를 하면서) 안녕히 가세요, 여러분. (그들은 천천히 무거운 발걸음으로 사라진다)

블룸

(크게 한숨을 쉬고) 참 좋을 때 와주었어. 마차를 대기시켰다고?

코니 켈러허

(그의 오른쪽 어깨 너머로 세워둔 마차를 엄지손가락을 들어 가리켜 보이며 웃는다) 두 외판원이 재밌 술집에서 샴페인을 한턱냈는데 호화판이었어. 한 사람이 경마에서 2파운드를 잃었던 거야. 홧김에 술을 마시고 귀여운 여자들이 있는 곳을 한 바퀴 돌자는 심산이었지. 그래서 내가 그들을 베헌의 마차에 태워서 사창가로 데려다 준 거야.

블룸

나는 막 가디너거리를 지나서 집으로 가던 참이었는데, 마침 그때, 우연히도……

코니 켈러허

(웃는다) 그자들이 나도 함께 여자들과 어울리라는 거야. 나는 단연코 안 된다고 말해 주었지. 자네나 나 같은 노병(老兵)에게는 어울리지 않는다고 말야. (또 웃는다. 흐리멍덩한 눈으로 흘겨보고) 고맙게도 어엿한 여자가 집에서 기다리고 있으니까. 안 그래? 하 하 하!

블룸

(웃으려고 노력한다) 허, 허, 허! 그래. 실은 이 근처에 사는 옛 친구를 찾아온 참이야. 비라그라고. 아마 자넨 모를 거야. (그 친구, 불쌍하게도, 병이 나서 지난주 내내 꼼짝없이 누워 지냈거든) 그래서 함께 술 한잔 했지. 그리고 이제 막 집으로 돌아가는 참이었는데……

(말이 운다.)*640

말

호호호호호호호! 호호호호호미!

코니 켈러허

두 외판원을 코헨 부인 집에 두고 돌아가려는데, 저기 있는 마부 베헌이 알려 주어서 마차를 멈추고 내려서 보러 온 거야. (웃는다) 술 한 방울 마시지 않은, 장의(葬儀)마차의 전문 마부라네. 이 친구, 내가 집까지 태워다 줄까? 어디에 살지? 캐브러 근천가? 어때?

블룸

아니, 샌디코브인 것 같은데, 얼핏 듣기론.

(스티븐은, 드러누운 채, 별들을 향해 숨을 쉰다. 코니 켈러허는 곁눈으로 말 쪽을 바라본다. 블룸이 침울하게, 음울하게 눈을 내리뜬다)

코니 켈러허

(목덜미를 긁는다) 샌디코브라! (그는 몸을 숙여 스티븐을 부른다) 어이! (다시 부른다) 어이! 그런데 대팻밥투성이군. 뭐 도둑맞은 거 없는지 물어봐 줘.

블룸

아냐, 아냐, 아냐. 그의 돈은 내가 보관하고 있고, 모자와 지팡이는 이쪽에.

코니 켈러허

아, 그럼, 곧 정신이 돌아오겠지. 뼈가 부러진 것도 아니니까. 그럼, 나는 돌아가겠어. (웃는다) 아침에 약속이 있어서. 장례를 치러야 해. 그럼 무사

---

*640 서로를 속이고 있는 블룸과 켈러허를 비웃는 것.

히 돌아가게. 집으로 말야.

말
(운다) 호호호호호홈!

블룸
좋은 밤 되게. 나는 잠시 기다렸다가 그를 데리고 갈 테니까…….

(코니 켈러허가 4인승 이륜마차로 되돌아가 올라탄다. 마구(馬具)가 징글하고 소리 낸다.)

코니 켈러허
(마차 위에서 선 채로) 안녕.

블룸
안녕.

(마부가 고삐를 잡고 재촉하듯이 채찍을 휘두른다. 마차와 말은 천천히, 엉거주춤 뒷걸음질치면서 회전한다. 옆자리에 앉은 코니 켈러허가 블룸의 딱한 처지를 재미있어 하는 듯이 머리를 이쪽저쪽으로 흔든다. 마부도 앞좌석에서 고개를 끄덕이며 그 우스꽝스러운 무언극에 참가한다. 블룸은 이에 답하듯 말없이 익살스럽게 머리를 옆으로 흔들어 보인다. 코니 켈러허는 안심시키듯이, 아까 경찰 두 놈도 달리 도리가 없을 테니 바닥에 뻗어 있는 그 친구에게 더는 집적대지 않을 거라고 손짓으로 이야기한다. 그것이야말로 지금의 스티븐에게 필요한 일이므로 블룸은 천천히 고개를 끄덕여 고마운 마음을 전한다. 마차는 투랄룸 골목의 모서리를 돌아 징글 하고 소리 낸다. 코니 켈러허가 다시 한 번, 염려할 것 없다는 손짓을 한다. 블룸도 손짓으로 잘 알겠다는 신호를 보낸다. 말발굽 소리와 마구 소리가 천천히 멀어져 간다. 블룸은 톱밥이 꽃 장식처럼 눌어붙어 있는 모자와 물푸레나무 지팡이를 손에 든 채, 어떻게 할지 고민하며 서 있다. 그리고 잠시 뒤, 스티븐에게 몸

을 굽혀, 그의 어깨를 흔든다.)

블룸

어이! 어이! (대답이 없다. 그는 다시 몸을 구부린다) 디댈러스 군! (대답이 없다) 이름으로 불러야지. 몽유병자니까. (다시 몸을 구부리고, 주저하면서, 쓰러진 사람의 얼굴 가까이 입을 가져간다) 스티븐! (대답이 없다. 그는 다시 부른다) 스티븐!

스티븐

(신음한다) 누구냐? 흑표범. 흡혈귀.*641 (그는 한숨을 쉬면서, 몸을 쭉 뻗으며, 모음(母音)을 길게 끌며 탁한 소리로 중얼거린다.)

누가…… 모는가…… 퍼거스를 지금
그리고 가는가…… 숲이 엮는 그림자 속을*642

(그는 한숨을 쉬며, 몸을 꺾어 왼쪽으로 돌아눕는다.)

블룸

시(詩) 구절이로군. 교양이 있어. 가엾게도. (그는 다시 몸을 구부리고 스티븐의 조끼 단추를 풀어 준다) 이러면 좀 숨 쉬기가 편하겠지. (손과 손가락으로 스티븐의 옷에서 톱밥을 살며시 털어 준다) 1파운드 7실링.*643 아무튼 상처는 없고. (귀를 기울인다) 뭐라고?

스티븐
(중얼거린다)
…… 그림자…… 숲
…… 하얀 가슴…… 어슴푸레한*644

---

*641 헤인스의 잠꼬대. 실신한 스티븐은 헤인스의 잠꼬대를 중얼거린다.
*642 예이츠의 시 〈퍼거스와 가는 자 누구냐〉의 한 구절.
*643 블룸이 맡은 돈은 1파운드 6실링 11펜스이다.

(그는 양팔을 뻗고, 다시 한숨을 쉬며 몸을 구부린다. 블룸은 모자와 물푸레나무 지팡이를 든 채 서 있다. 멀리서 개가 짖는다. 블룸은 물푸레나무 지팡이 잡은 손을 꽉 쥐었다 풀었다 한다. 그러면서 스티븐의 얼굴과 몸을 내려다본다.)

블룸

(밤에 말을 건다) 얼굴을 보고 있으니 그의 불쌍한 어머니 생각이 나는군. 그늘진 숲에서. 그 깊은 하얀 가슴. 퍼거슨이라고 한 것 같은데. 아가씨. 어딘가의 아가씨다. 더없이 행복한 일을 만날 수 있었을 텐데……. (중얼거린다)…… 나는 어떠한 역할을 맡든, 어떠한 일을 하든, 기꺼이 따를 것이며 언제나 비밀을 지켜 결코 누설하지 않을 것을 맹세한다…… (그는 중얼거린다) 해변의 거친 모래 속에…… 닻줄을 끌 수 있을 정도의 거리만큼 떨어진 곳에서…… 조수가 나가고…… 들어오는 곳에서……. *645

(말없이, 깊이 생각하는 듯이, 신경을 써서, 비밀의 열쇠를 가진 사람처럼 입술에 손을 대고 망을 보고 있다. 검은 벽을 배경으로, 한 그림자가 이튼교(校) 교복을 입고, 유리 구두를 신고, 조그마한 청동 투구를 쓰고, 손에 책을 들고 천천히 나타난다. 그는 알아들을 수 없는 목소리로 오른쪽에서 왼쪽으로 읽고, *646 미소 짓고, 페이지에 입 맞춘다.)

블룸

(깜짝 놀라서 들리지 않게 부른다) 루디! *647

루디

(블룸을 마주 보며, 그러나 그 시선은 허공을 응시한 채 계속 읽고 입맞추

---

*644 예이츠 시구의 계속.

*645 프리메이슨 가입 때 요구되는 비밀 엄수의 선서 문구. 그는 그 조합원이거나 또는 조합원인 체한다.

*646 헤브라이어는 오른쪽에서 왼쪽으로 읽는다.

*647 태어난 지 11일 만에 죽은 블룸의 아들 루디가 블룸이 공상한 대로 자란 모습으로 나타난다. 그 아들에게 품고 있던 애정이 스티븐에게 옮겨 간다.

고 미소 짓는다. 그의 얼굴은 연약한 엷은 자줏빛이다. 옷에는 다이아몬드와 루비 단추가 달려 있다. 왼쪽 손에는 보랏빛 나비매듭이 달린 가는 상아 지팡이가 들려 있다. 조끼 주머니에서 하얀 새끼 양이 내다본다.)

제3부

에피소드 16
EUMAEUS
에우마이오스*1

줄거리

새벽 1시로 가는 시간. 마부들의 집합소. 블룸은 마부들을 상대로 밤새 영업하는 찻집을 생각해 내고, 그곳으로 스티븐을 데려간다. 가는 길에 야경 오두막에서 사이먼의 지인이자 몰락한 야경꾼 검리를 본다. 좀더 걸어가자 이번엔 스티븐이 아는 콜리라는 자가 나타나 도움을 애걸하고, 스티븐은 크라운 은화 한 닢을 준다. 마부 집합소에 도착한 스티븐과 블룸은, 7년 동안 세계 곳곳을 항해하다 돌아왔다는 빨간 수염 선원을 만나 진짜인지 허풍인지 알 수 없는 경험담을 듣는다. 또 그곳 주인이 총독 살해사건에 가담했던 '산양 가죽'이라는 소문을 블룸이 스티븐에게 들려 준다. 그곳이 불편하고 또 잠잘 시간도 되어 블룸은 스티븐을 데리고 자신의 집으로 향한다.

《오디세이아》13장에서 16장에 걸친 이야기가 이 에피소드에 해당한다. 고향 이타카로 돌아온 오디세우스는 늙은 거지의 모습으로 에우마이오스의 오두막을 찾아간다. 오랫동안 돌아오지 않는 주인의 돼지를 충직하게 돌보던 에우마이오스는 오디세우스를 알아보지 못하지만 극진히 대접한다. 어머니 소식을 듣기 위해 이곳 오두막으로 찾아온 텔레마코스가 아버지와 재회하는 것도 이 부분에서다. 조국 아일랜드의 구세주인 혁명가 파넬의 귀환을 기다리는 '산양 가죽'이 오디세우스를 기다리는 에우마이오스와 상응한다. 또 7년의 항해에서 돌아온 선원이나 몸이 좋지 않아 보이는 '산양 가죽' 등에게, 오랜 여행 끝에 변장하고 돌아온 오디세우스의 모습이 부분적으로 투영된 듯하다. 다만 이 에피소드의 본디 목적은, 블룸과 스티븐이 살아가는 더블린을 그려내는 것이므로, 세부적인 면에서 《오디세우스》와 정확히 대응하길 기대해선 안 된다.

에피소드 16 주요인물

산양 가죽 : 마부 집합소 주인. 무장혁명당원 피츠해리스란 소문이 있다. 《오디세이아》에서는 오디세우스의 귀국을 기다리는 충실한 돼지치기 에우마이오스에 해당된다.

검리 Gumley : 사이먼 디댈러스의 옛 친구. 몰락하여 야경 일을 하고 있다.

콜리 Lord John Corley : 스티븐이 아는 사람. 무직자가 되어 심야의 더블린 시내를 헤매고 다닌다.

무엇보다 먼저 미스터 블룸은 스티븐의 옷에 묻은 대팻밥을 털어주고, 모자와 물푸레나무 지팡이를 건네준 뒤, 정통 사마리아인다운 친절을 발휘하여 그의 기운을 북돋아 주었는데, 이것이야말로 그때의 그가 가장 필요로 했던 것이라 할 수 있겠다. 그도 그럴 것이 그(스티븐)의 정신 상태는 착란이라고까지는 할 수 없어도 조금 불안정했기 때문이다. 뭔가 마시고 싶다고 그가 말했을 때, 미스터 블룸은 시간이 시간인지라, 음료수는 고사하고 손을 씻기 위한 수도꼭지조차 눈에 띄지 않았으므로, 속칭 '마부 집합소'라 불리는 가게가 있다는 것을 바로 생각해내 거기에 가기로 했다. 그곳에 가면 우유 탄 소다수나 탄산수 같은 음료라도 마실 수 있으리라. 그러나 어떻게 그곳까지 가느냐가 문제였다. 그는 도무지 어찌할 바를 몰랐으나 이 문제에 대해 어떻게든 대책을 강구해야 한다는 분명한 의무감에 사로잡혀, 곁에서 스티븐이 연방 하품을 해대는 가운데, 적절한 방법이나 수단을 찾기 위해 고심했다. 그가 보기에 스티븐의 얼굴은 창백했고, 두 사람 모두, 특히 스티븐은 많이 취해 있었으므로, 가장 바람직한 대책은 어떤 수송 수단을 이용하는 것이었는데 그러기 위해서는 무엇보다도 탈것을 찾아야 했다. 그래서 대팻밥을 털어 주는 등 몇 가지 조치를 취한 뒤, 꽤나 쓸모가 있었던, 약간 비누[*2] 냄새가 스민 손수건을 주워 올리는 것도 잊은 채, 두 사람은 비버거리를, 더 정확히 말하면 비버 골목길을 걷기 시작하여 제철소와 몽고메리거리 모퉁이에 있는 마차 빌려주는 집, 특히 취기가 코를 찌르는 근처까지 와서, 거기에서 왼쪽으로 꺾어, 댄 버긴 술집 모퉁이를 돌아 애미언스거리로 나아갔다. 그러나 그가 거의 확신한 대로 손님을 기다리는 마부의 모습은 어디에서도 찾아볼 수 없었고, 술집 안에서 술에 취해 흥을 돋우는 누군가가 예약한 것으로 보이는 사륜마차 한 대가 노스 스타 호텔 앞에 서 있을 뿐이었다. 미스터 블룸은 휘파람 전문가는 아니었지만 팔을 머리 위로 활 모양으로

[*2] 스위니 약국에서 사서 목욕할 때 쓴 비누.

블룸과 스티븐은 밤의 도시를 떠나 댄 버긴(현재의 로이드) 술집 모퉁이를 돈다.

애미언스거리 표지판

치켜들고 휘파람을 두 번 붊으로써 마차를 불러 보았으나, 그 사륜마차는 4분의 1인치도 움직일 기색을 보이지 않았다.

난처한 일이었다, 그러나 상식적으로 생각해 봤을 때 참고 걸어가는 수밖에 없었으므로 그들은 그렇게 했다. 그리하여 이윽고 다다른 멀렛 술집과 시그널 하우스 모퉁이를 비스듬하게 돌아나가면 어쩔 수 없이 애미언스거리 종착역 쪽으로 나아가게 되어 있었다. 그러자 공교롭게도 미스터 블룸의 바지 뒷단추 하나가, 고풍스러운 옛격언을 흉내내어 표현하자면 무릇 모든 단추가 그러하듯이 제 운명의 길을 찾아갔는 바,*3 이에 그는 매우 바람직하지 않은 상태에 빠졌지만, 사태의 본질을 충분히 파악하여 그 불운을 영웅적으로 견디고 있었다. 마침 두 사람은 특별히 시간에 쫓기지도 않았고, 조금 전에 우신(雨神)이 방문한 뒤로 하늘은 맑게 개고 공기는 상쾌했으므로 손님도 마부도 없는 빈 마차 옆을 천천히 걸어갔다. 그때 우연히 더블린연합전철회사의 모래 뿌리는 차가 차고로 되돌아오기에, 연장자인 미스터 블룸은 오늘 자신이 기적적으로 목숨을 건진 사건에 대해 동행에게 경험담을 들려주었다. 이윽고 벨파스트 행의 출발점인 그레이트 노던 철도역 중앙입구 앞을 통과했는데, 물론 한밤중의 이런 시간에 열차의 출입이 있을 리 없었고, 시체보관소(말할 것도 없이 그리 기분 좋은 시설은 아니며, 특히 밤에는 매우 으스스하다) 뒷문을 지나, 마침내 독 술집을 거쳐 당연한 순서로서 C지구분서(分署)로 유명한 스토어거리로 진출했다. 이 지점과 베레스퍼드 광장에 높이 솟아 있는, 지금은 불이 꺼진 창고 중간 지점에 이르자 스티븐은 어찌된 일인지 입센*4을 떠올리게 되었는데, 이는 첫 번째 모퉁이 오른쪽에 있는 탤벗 광장의 석공(石工) 베어드의 가게로부터 받은 인상 때문이었다. 그의 충실한 친구 역할을 하고 있는 미스터 블룸은, 그들이 현재 있는 곳에서 그리 멀지 않은 제임스 루크의 빵공장에서 풍기는, 매일 먹을 양식의 참으로 향기로운 냄새를, 시민들의 대표적인 필수품이자 없어서는 안 되는 그 물자의 냄새를 만족스러운 마음으로 들이마시고 있었다.*5 빵을, 생명의 지

---

*3 '모든 육체는 자기의 길을 찾아간다'라는 격언에서.
*4 헨리크 입센(1828~1906). 젊은 조이스는 노르웨이 출신의 이 근대연극 창시자에게 심취해 있었다.
*5 빵은 밤에 굽는다.

노스 스타 호텔

팡이를, 너 자신의 수고로 자신이 먹을 빵을 벌지어다. 깨끗한 빵은 어디에 있느냐? 빵집 루크네 가게에 있지.

길을 가면서 도통 말이 없는, 별로 달갑지 않은 표현을 하자면, 아직 술기운이 가시지 않은 친구를 향해, 어쨌든 완전한 정신 작용을 지니고 실제로 더할 나위 없이 멀쩡한 미스터 블룸은, 밤거리의 위험에 대한 훈계를 늘어놓았다. 매춘부나 얼핏 신사처럼 차려입은 소매치기에게 말려드는 것은 어쩌다가 한 번은 모르지만 습관이 되면 큰일인데 특히 자네 또래의 청년에게는 그야말로 죽음의 함정 같은 것이라네. 특히 술이 지나쳐서 음주벽에 빠져 버리면 더 말할 것도 없으니, 만약의 사태에 대비하여 최소한 주지츠*6라도 좀 할 줄 알면 좋지만, 무엇보다 방심하고 있으면 대자로 뻗은 놈한테도 걷어차이는 수가 있으니 말이야. 아까 자네가 아직 행복한 실신상태에 있었을 때는 전능하신 하느님의 가호로 코니 켈러허가 나타나 주었지만, 만일 최후의 순간에 그런 믿음직한 사람이 뛰어들지 않았다면 자네는 벌써 병원응급실 아니면 유치장 신세가 되어 이튿날에는 법정에서 토비아스*7 씨 앞에 출두할

---

*6 일본의 무술로 이로부터 유도가 생겨났다.

처지, 아니, 그는 사무변호사이니 월 노인*8일지도 모르겠군, 그렇지 않으면 맬러니*9이겠지만, 그런 일이 소문나면 자네는 아무리 몸부림쳐도 파멸을 면치 못해. 왜 이런 말을 하는가 하면, 경찰관이라는 작자들은 말이야, 나는 정말이지 그들을 싫어하네만, 직무에 관해서는 도무지 분별이 없어서 말이야…… 하고 미스터 블룸이 클랜브러실거리 A지구 분서에서 있었던 한두 가지 사건을 떠올리면서 얘기한 바에 따르자면, 그자들은 억지로라도 범죄를 날조하는 버릇이 있다. 또한 그들이 정작 있어야 할 곳에는 있지 않고 시내에서도 한적한 주택지, 이를테면 펨브룩 도로*10 같은 곳에만 있는 것은, 그들이 법률의 보호자를 자임하면서도 실상은 명백하게 상류계급 보호를 위해 고용된 자들이기 때문이다. 또 하나 그가 설명한 것은 소총이나 권총으로 무장한 병사들에 대한 것으로, 언제라도 쏠 수 있는 무기를 지니게 하는 것은 어쩌다가 시민이 소동을 일으켰을 때 즉시 쏘라고 부추기는 것과 마찬가지라는 것이다. 자네는 시간을 낭비하고 있을 뿐만 아니라, 육체를 소모하고 인격을 망치고 있다네, 하고 그는 매우 분별 있는 충고를 늘어놓았다. 게다가 낭비벽은 금세 몸에 붙는 법이지, ‘화류계’ 여자들에게 파운드든 실링이든, 페니든 야무지게 뜯기게 된다네, 무엇보다 가장 위험한 것은 자네가 어떤 친구들과 함께 술을 마시고 취하느냐 하는 것으로, 온갖 문제가 있는 알코올 음료에 대해 말하자면, 자양제와 조혈제로서 또 해독제로서의 효력도 있으므로(특히 질 좋은 버건디*11는 절대적인 효력이 있다네), 나도 오래된 특선 포도주쯤은 적당한 때 한 잔 정도 마시지만, 반드시 스스로 선을 그어서 그것을 넘지 않지, 그러지 않으면 여러 가지로 골치 아픈 일이 생기는데, 실제로 자네도 그놈들에게 완전히 당하지 않았나? 특히 단 한 사람*12을 제외하고 모든 ‘술친구’들이 자네를 저버린 것은, 아무리 사정이 있었다 해도 같은 의학생으로서 비열하기 짝이 없는 배신이 아니겠나, 하고 그는 맹렬히 비난했다.

*7 더블린 수도경찰의 소추변호사 매슈 토비아스. 사무소는 유스타스거리에 있다.
*8 칙선 변호사 토머스 월.
*9 법정 변호사로 네 법원 안에 있는 중앙 수도경찰 법정의 관구 경찰재판소 치안판사.
*10 더블린 남동쪽 교외의 고급주택가.
*11 부르고뉴 포도주라는 뜻. 블룸은 데이비 번 술집에서 한 잔 마신다.
*12 린치를 가리킨다.

버트다리와 세관 부두

　—그런데 그 녀석은 유다*[13]였어요, 그때까지 한마디도 않던 스티븐이 말했다.

　이러한 또는 그와 비슷한 주제로 토론하면서, 그들은 세관 뒤를 똑바로 가로질러 순환선(循環線) 철교 아래를 지나갔다. 그때 야경 초소 앞에서 불타고 있는 코크스 화로인지 뭔지가 약간 지친 그들을 끌어당겼다. 스티븐은 별다른 이유도 없이 멈춰서서 산더미처럼 쌓여 있는 자갈 무더기를 바라보았다. 화로에서 새나오는 빛을 통해 야경 초소 안에 있는 시(市) 야경꾼의 검은 그림자를 겨우 분간할 수 있었다. 그는 이러한 일이 전에도 있었거나, 있었다는 얘기를 전에 했던 기억을 떠올리기 시작했는데, 마침내 적지 않은 노력 끝에 그 야경꾼이 실은 아버지의 옛 친구 검리라는 사실을 알아차렸다. 그 사나이를 만나는 것을 피하기 위해 그는 철교 기둥 쪽으로 몸을 뺐다.

　—누군가가 자네에게 인사했어, 미스터 블룸이 말했다.

　분명히 아치 아래를 어슬렁거리던 중키의 사나이 모습이 '안녕'이라면서 다시 인사했다. 스티븐은 물론 놀라서 걸음을 멈추고 인사에 대답했다. 미스

＊13 그리스도를 배반한 제자 유다 이스가리옷.

터 블룸은 자신의 일에 전념하고 남의 일에 간섭하지 않는다는 것을 신조로 삼는 만큼, 타고난 삼가는 마음으로 그 자리를 벗어났음에도 결코 공포라 할 수 없는 다소의 불안을 느낀 채 경계하며 거기에서 대기하고 있었다. 더블린 지방에서는 드문 일이지만 생활의 방편을 잃은 마구잡이 패거리들이 교외의 어딘가 적적한 곳에서 기다리다가 평화로운 보행자의 머리에 권총을 들이대고 협박하거나, 템스 강변의 굶주린 부랑자들과 같은 방법으로 사람의 돈이든 생명이든 불과 1분의 예고를 줄 뿐, 그 이후엔 무엇이든지 단숨에 빼앗고, 목을 죄는 데다가, 앞으로는 조심해야 한다는 교훈을 남긴 채 줄행랑을 치려는 약탈자가 있을지도 모른다는 것이 결코 있을 수 없는 일은 아님을 그는 알고 있었다.

스티븐은, 어떤 한 남자가 가까이 다가왔을 때, 자기 자신도 아직 술에서 충분히 깨어나지 않았음에도, 썩은 콘 위스키 냄새가 진동하는 콜리*[14]의 숨결을 금세 느낄 수 있었다. 어떤 사람은 그를 존 콜리 경이라고도 불렀다. 그 족보는 다음과 같았다. 라우스 지방 농부의 딸 캐서린 브로피라는 여자와 결혼하여 최근에 죽은 G지구 콜리 경위의 장남이 그였다. 그의 조부 뉴 로스*[15]의 패트릭 마이클 콜리는 전에 캐서린 탤벗이라는 여관집 과부와 결혼했다. 증거가 있는 것은 아니지만 소문에 따르면 그 여자는 탤벗 드 맬러하이드 경 집안의 피를 이어받았다고 한다. 그 집안의 저택으로 말하자면 참으로 훌륭한 주거로서 한번 구경할 만한 가치가 있는 것이었다고 한다. 그리고 그녀의 어머니인가 숙모인가, 아니면 친척 누군가가 그 저택의 세탁부로 고용되는 영예를 입은 적이 있었다고 한다. 이것이 지금 스티븐에게 말을 건, 방탕아이기는 하지만 아직 비교적 나이가 젊은 이 사나이가 농담을 즐기는 패거리들로부터 존 콜리 경이라고 불리는 이유였다.

그는 스티븐을 한쪽으로 데려가서, 늘 그러듯이 불쌍한 신상 이야기를 들려주었다. 그는 오늘 밤 잘 곳을 구할 돈도 없었다. 친구들도 모두 그를 버렸다. 그는 레너헌과 싸웠던 터라 비열하고 형편없는 놈이라는 둥 갖가지 듣기 거북한 말로 그를 헐뜯었다. 또 그는 직업이 없었고, 그래서 도대체 어디에 가서 무엇을 할지를, 무슨 일이든 좋으니까 직업을 구할 방법을 가르쳐달

---

*14 스티븐의 친구.
*15 웩스퍼드 주의 도시.

라고 스티븐에게 애원했다. 그 집안의 후계자와 젖을 같이 먹던 자매는 부엌일을 하던 어머니의 딸이다. 그 두 사람은 어머니를 통해서 그 어떤 형태로 연관성이 있는 것이다. 만약에 모든 이야기가 처음부터 끝까지 완전히 지어낸 것이 아니라면 두 가지 일이 동시에 있을 수 있으므로. 어쨌든, 그는 곤란한 처지에 있었다.

— 자네에게 부탁하고 싶지는 않았어, 다만, 정말로 맹세코 말하지만 나는 무일푼이야.

— 내일이나 그 다음 날, 댈키 초등학교에 남자 보조교사 자리가 있을 거야.*16 개럿 디지 씨에게로 가서 한 번 물어 봐. 내 이름을 대면 좋을 거야, 스티븐이 말했다.

— 아냐, 그건 말도 안 돼. 내가 어떻게 교사 일을 할 수 있단 말이야. 난 자네처럼 수재가 아니었어, 그는 반쯤 웃으면서 덧붙였다. 난 크리스천 브라더스 학교 초급반에서도 두 번이나 낙제했다고.

— 실은 나도 잘 곳이 없어, 스티븐이 말했다.

콜리는 즉각 추리력을 동원하여 스티븐이 숙소에서 쫓겨난 것은 거리에서 질 나쁜 여자를 끌어들였기 때문일 거라고 생각했다. 말버러거리에는 맬러니 부인이 경영하는 싸구려 하숙이 있는데 방값이 겨우 6펜스밖에 안 돼서 형편없는 자들만 우글거렸다. 그러나 그가 매코나치에게서 들은 바로는 건너편 와인터번거리의 브레이즌 헤드 호텔(이 말에서 스티븐은 왠지 모르게 수도사 베이컨*17을 떠올렸다)에서는 1실링에 꽤 쾌적하게 머물 수 있었다. 게다가 그때까지 내색은 않고 있었지만, 그는 몹시 배가 고팠다.

이런 종류의 사건은 하룻밤 걸러 늘 있는 일이며 콜리가 방금 늘어놓은 쓸데없는 푸념도 다른 이야기와 마찬가지로 그다지 믿을 수 없는 것임을 알았지만, 그럼에도 스티븐의 마음이 어느 정도 움직였다. 어느 라틴 시인*18이 '나 자신이 불행을 겪었으니 불행한 이를 동정할 줄 알도다'라고 노래한 바

*16 스티븐은 교사를 그만두기로 마음먹었기 때문이다.
*17 로버트 그린 (1560~92)의 희곡 〈수도사 베이컨과 수도사 번게이의 명예로운 역사〉에 등장하는 인물. 여기서 베이컨은 브레이즌 헤드(brazen head)를 만드는데, 이 놋쇠 머리는 자극받으면 위대한 지혜를 말한다.
*18 베르길리우스.

도 있거니와, 더욱이 공교롭게도 오늘은 그가 매달 중간 급료를 받는 16일이었던 것이다. 단, 금액은 이미 꽤 줄어 있었다. 그런데 우습게도 콜리 머릿속의 고정관념에 따르자면 스티븐은 유복하여 가난한 사람에게 돈을 베풀어 주는 일 외에는 할 것이 없는 사람이었다. 한편 스티븐이 어쨌든 주머니에 손을 넣은 것은, 무엇인가 먹을거리를 찾으려는 심산에서가 아니라, 1실링이나 그 정도의 돈을 꾸어주는 쪽이 이 친구도 어떻게든 노력해서 자기 먹을 것을 버는 계기가 될지도 모른다는 생각에서였다. 그러나 결과는 생각한대로 되지 않았다. 유감스럽게도 돈이 없다는 사실을 알아차린 것이다. 약간의 비스킷 부스러기가 그가 찾은 것의 전부였다. 그는 한순간 모든 것을 잃어버렸을 가능성도 있지만 어딘가에 놓고 왔는지도 모른다는 생각으로 열심히 기억을 되살리려 했는데, 만일 그렇다면 그것은 낙관을 허락하기는커녕 완전히 비관적인 사태가 아닐 수 없었다. 철저하게 기억을 추적하기에는 그는 너무나 지쳐 있었지만 어떻게든 생각해 내려고 했다. 비스킷에 대해서는 희미하게 기억에 남아 있었다. 누가 주었을까? 도대체 어디에서, 그렇지 않으면 내가 산 것인가? 그런데 그때, 다른 한 주머니에서 무엇인가가 손에 닿아, 그는 그것을 몇 닢의 페니화라고 생각했는데 결과적으로 이 추측은 잘못된 것이었다.

　─반 크라운짜리 은화*19네, 콜리가 그의 착각을 바로잡았다.

　실제로 그것은 몇 닢의 반 크라운짜리 은화였다. 스티븐은 그 가운데 하나를 그에게 빌려주었다.

　─고마워, 콜리는 대답했다. 자네는 신사야. 언젠가는 갚겠네. 자네와 함께 있는 저분은 누구지? 저분이 캠든거리의 블리딩 호스 술집*20에서 전단 붙이는 보일런과 같이 있는 것을 몇 번 본 적이 있는데. 그의 가게에 내가 채용되도록 자네가 한마디 해 주면 좋겠네만. 샌드위치맨을 하고 싶지만, 사무소 아가씨가 3주 뒤까지 꽉 찼다는 거야. 미리 예약해야만 하는 모양이지? 마치 칼 로사의 오페라*21라도 구경하려고 늘어선 것처럼. 어쨌든 일자

---

*19 2실링 6펜스.

*20 더블린 시 남부의 술집. 블룸의 행동권 밖에 있다.

*21 독일의 바이올린 연주자이자 지휘자인 칼 로사(1842~89)가 설립한 오페라단. 지방을 순회하며 더블린에서도 인기를 얻었다.

리를 찾기만 하면 좋은데. 횡단보도 청소부라도 상관없으니까.

2실링 6펜스를 얻고 나자 그는 기운이 좀 나는지, 스티븐도 잘 알 거라는 남자에 대해 얘기하기 시작했다. 그자는 풀럼 선구상(船具商)의 경리담당으로, 이름은 배그즈 코미스키, 오마라와 말 더듬는 키 작은 사내 티기와 함께 네이글 술집*22의 구석방에 자주 들렀는데, 그자가 그저께 밤에 술에 취해 난동을 부린 끝에 경찰과 동행하는 것을 거부하는 바람에 붙잡혀서 10실링의 벌금을 물었다는 것이다.

그동안 미스터 블룸은 그들로부터 떨어져서, 시의 야경 초소 앞에 있는 코크스 화로에서 그리 멀지 않은, 예의 그 자갈 더미 근처를 어슬렁거리고 있었다. 야경꾼을 얼핏 보니 일벌레 같은 느낌을 주는 남자였지만, 블룸도 지금쯤은 그래야 하리라 생각하는 것처럼, 더블린 전체가 이렇게 잠든 동안에는 자기도 그렇게 하는 것이 타당하다는 듯이 조용히 졸고 있었다. 그는 가끔씩 의혹의 눈길로, 아무리 보아도 제대로 차려입었다고는 볼 수 없는 이 스티븐의 대화상대를 쳐다보곤 했는데, 어디서였는지, 그리고 정확히 언제였는지는 알 수 없지만, 분명히 예전에, 이 놀고먹는 귀족인사를 본 적이 있다는 생각이 들었다. 날카로운 관찰에 있어서는 남에게 뒤지지 않는 냉정한 판단의 소유자인 블룸은 역시 그를 간파하고 있었다. 몹시 낡은 모자와 초라한 옷차림으로 볼 때 만성적인 빈곤에 빠져 있음에 틀림없었다. 그자는 스티븐에게 달라붙은 기생충이 분명했는데, 이런 부류의 사람은 가까운 이웃에게 폐를 끼쳐, 말하자면 몹시 심도 있게 괴롭히는 인간에 지나지 않으니, 나아가 이 부랑자가 설령 법정 피고석에 선다 해도 벌금은 물든 안 물든 징역형을 선고받는 일은 극히 '드문 예'일 것이다. 어쨌든 밤이라기보다 새벽이라고 해야 할 이런 시간에 잠복하여 사람을 기다리고 있다는 것은 아무리 봐도 철면피한, 뻔뻔스럽기 짝이 없는 짓이었다.

두 사람이 거기서 헤어져 스티븐이 미스터 블룸과 합류하자, 경험이 풍부한 미스터 블룸의 눈은, 스티븐이 그 기생충의 능란한 혓바닥에 넘어갔다고 판단할 수밖에 없었다. 그 만남에 대해 그는, 즉 스티븐은 웃으면서 이렇게 말했다.

---

*22 두 사람이 있는 곳에서 그리 멀지 않은 장소에 있었다.

─그는 지금 곤경에 빠져 있어요. 샌드위치맨 자리를 얻을 수 있도록, 전단 붙이는 보일런인가 하는 사람에게 당신이 부탁해 주었으면 하더군요.

이 이야기에 조금도 관심을 보이지 않고 미스터 블룸은, 애써 회피하듯이 0.5초 정도 버킷 준설선(浚渫船)*²³ 쪽을 우두커니 바라보았다. 세관 방파제에 묶여 있는 에블라나*²⁴호(號)라는 이름만 거창한 이 배는 이미 수리 자체가 불가능할 정도의 물건으로 보였다.

─인간은 각자 자기에게 할당된 행운밖에 붙들 수 없다고들 하지. 그런데 자네 애기를 듣고 보니 그자의 얼굴을 어디선가 본 적이 있어. 하지만 그건 그렇고, 도대체 얼마나 줬나? 내가 지나치게 캐묻는 건지는 모르겠지만.

─반 크라운입니다. 어디서든 자려면 그 정도는 필요할 테니까요.

─필요라고, 미스터 블룸은 그렇게 소리쳤지만, 그 대답을 별로 의외로 생각하는 것 같지는 않았다. 그야 물론 그렇겠지, 그자는 아마 언제나 필요에 쫓기고 있을 걸. 인간은 각자 자신의 필요와 노력에 걸맞은 삶을 사는 법이니까. 하지만 뭐 일반론은 제쳐 두고, 그는 미소를 지으면서 덧붙였다. 자네 자신은 어디서 잘 건가? 샌디코브까지 걷는 것은 문제가 되지 않아. 하지만 걸어간다 해도 웨스틀랜드거리 기차역에서 그런 소동*²⁵이 있었던 이상 안에 들어갈 수 없을 것 아닌가. 그러니 순전히 헛수고만 할 뿐이지. 주제넘은 말을 할 생각은 털끝만큼도 없네만, 자네는 왜 아버지 집을 뛰쳐나왔지?

─불행을 찾기 위해서입니다, 이것이 스티븐의 대답이었다.

─아주 최근에 자네 부친을 만났네, 미스터 블룸은 빈틈없이 대답했다. 실은 오늘, 정확히 말하자면 어제지. 지금 어디서 사시지? 이야기를 들으니 어디론가 이사하신 것 같던데.

─더블린 어디겠지요, 스티븐은 별 관심 없다는 투로 대답했다. 그런데 왜요?

─재능이 많은 양반이더군, 여러 면에서 말이야, 미스터 블룸은 스티븐의 아버지 디댈러스 씨에 대해서 말했다. 게다가 그야말로 천부적인 '이야기꾼'이시고. 자네를, 뭐 당연한 일이겠지만, 무척 자랑으로 생각하시던데. 자네

---

*23 해저의 흙·모래·자갈을 퍼올리는 준설에 사용하는 선박.

*24 더블린 시의 옛 이름.

*25 스티븐은 웨스틀랜드거리에서 멀리건과 싸웠다.

가 마음만 내킨다면 집에 돌아갈 수 있다고 생각하네, 그는 과감하게 말을 해보았지만, 역시 마음에 떠오르는 것은 웨스틀랜드거리의 종점에서 일어난 불쾌하기 짝이 없는 장면이었다. 그때 예의 두 사람, 즉 멀리건과 그의 친구인 영국인 여행자[26]가, 분명히 스티븐을 함정에 빠뜨릴 생각으로, 뻔뻔스럽게도 난동을 부린 끝에 혼란을 틈타서 스티븐을 따돌리려고 시도했고 사실 그것에 성공한 셈이었다.

그러나 넌지시 우회적으로 한 이 충고에 대해서는 이내 반응이 있기는커녕 아무런 대답도 없었다. 스티븐이 이때 마음의 눈으로 떠올리고 있었던 것은 그가 가출 직전에 마지막으로 본 그 가정의 난롯가 풍경이었다. 그날은 정해진 날에는 절제하고 단식하라는 교회의 제3계율을 따르는, 사계대제일인가 단식예배일인가 하는 날이었다. 누이동생 딜리는 긴 머리를 늘어뜨린 채 난로 옆에 앉아 까맣게 탄 냄비 안에서 엷은 트리니다드산(産) 코코아가 익기를 기다리고 있었다. 이것과 오트밀 국물을 그녀와 스티븐이 우유 대신 마시고, 매기, 부디, 케이티는 1페니에 두 마리 주는 금요일의 청어[27]에다 계란을 곁들여 먹은 뒤였다. 그동안 고양이는 갈색 종이 위에 흩어진 계란껍질과 까맣게 탄 생선 대가리와 뼈를 세탁기 아래에서 줄곧 게걸스럽게 먹고 있었다.

—사실, 미스터 블룸은 되풀이했다. 만약에 내가 자네라면 예의 자네 술친구 닥터 멀리건을 그다지 믿고 싶지 않네. 그는 안내자, 철학자 그리고 친구로서 우스꽝스러운 짓을 곧잘 해 보이는 모양이지만, 이해가 관계되면 빈틈이 없어. 그는 하루하루 먹는 것에 곤란을 느낄 정도로 고생한 적이 없는 사람이야. 물론 자네는 나만큼 분명하게 알아차리지 못했지만. 예를 들어 누군가가 음흉한 계획을 꾸며 담배나 마취제를 한 줌 자네의 음료수에 넣었다고 해도 나는 별로 놀라지 않을 거네.

하지만 한편으로, 들려오는 여러 소문에 비추어 봤을 때, 이 의사 멀리건이라는 사내가 자신의 전문분야는 물론, 그 외의 여러 방면에서 다재다능한 재주를 뽐내는, 최근 두각을 나타내는 젊은이라는 점은 그도 인정하는 바였다. 그리고 만약에 소문이 사실이라면 머지않은 장래에 막대한 진찰료를 받

---

*26 헤인스.
*27 단식일의 금요일에는 생선을 먹는다.

는 인기 의사로서 개업할 가망성이 있었다. 게다가 그러한 신분에 더하여 스케리즈인가 맬러하이드인가에서, 인공호흡과 이른바 응급조치로 분명히 익사 직전의 남자*28를 구해 주었다는 것은 아무리 칭찬해도 모자라는 매우 용감한 행동이었음을 인정할 수밖에 없었다. 그런데도 그러한 행동을 한 배후에는 도대체 어떤 동기가 숨어 있었는지, 만약 단순한 심술도 질투심도 아니라면 대체 무슨 속셈인지 아무리 생각해도 짐작이 가지 않았다.

—요컨대 한마디로 요약하면, 그는 남의 아이디어를 훔치는 데 선수가 아닐까? 그는 용기를 내어 말해 보았다.

그러면서 미스터 블룸은 넌지시 스티븐 쪽으로 염려 반, 호기심 반의 우정 넘치는 눈길을 보내보는 것이었으나, 이때 상대방의 무뚝뚝한 표정에서는 사실상 문제점을 뚜렷이 밝히는 조명(照明)은커녕 보잘것없는 단서조차도 끌어낼 수가 없었고, 스티븐이 언뜻 입 밖에 낸 두서너 가지 말로 판단하자면, 이 청년은 한 방 먹었는지 모르지만 어쩌면 반대로 사태를 알면서도 혼자서 가슴 속에 담은 그 어떤 이유 때문에 침묵을 지킨다는 기색이 없는 것도 아니었다. 이는 뼈를 깎는 빈곤에서 비롯된 것으로, 그가 비록 고도의 교육에서 비롯된 능력은 갖추었으나, 그 양 극점*29을 합의시키는 데 적잖은 어려움을 겪고 있음을, 블룸은 확신할 수 있었다.

남자용 공중화장실 바로 옆에 아이스크림 노점이 하나 있는 것을 그는 보았다. 그 노점 주변에선 이탈리아인으로 보이는 사람들이 그들의 활기찬 국어로 청산유수처럼 지껄이며 격렬한 입씨름을 벌이고 있었다. 그들 사이에 약간의 의견 차이가 생긴 모양이었다.

—어니, 자네, 저쪽에서 돈을 내는 것이 당연한 거야, 무슨 구실이 필요해! 이 얼간이 같으니라구.

—들어봐. 금액이 많건 적건 무슨 상관이야.

—그래도 그 녀석이 그렇게 말하고 있잖아.

—악당 같으니라구. 돼져 버려!

미스터 블룸과 스티븐은 한 조촐하게 지은 목조건물, 즉 마부 집합소에 들어섰는데, 이제까지 거의 발을 들여놓은 적이 없는 곳이었다. 미스터 블룸이

---

*28 동거하고 있는 영국인 헤인스.

*29 수입과 지출.

마부 집합소가 있던 부근

스티븐에게 미리 귀띔하기를, 이곳 주인이 바로 예전에 유명했던 무적혁명당의 '산양가죽' 피츠해리스*30일 거라는 소문이 있다는 얘기였다. 비록 그가 그 소문의 진실성을 보장할 수 있는 것도 아니고, 무슨 증거가 있는 것도 아니어서, 아무래도 뜬소문일 가능성이 높았지만. 몇 분 뒤, 두 몽유병자는 눈에 띄지 않는 구석에 편안하게 자리를 잡고 있었다. 다만 이미 거기에서 제각기 지껄이고, 음식을 먹고 있던 부랑인 및 방랑자와, 그 밖에 말로 다 표현할 수 없는 인류 표본과 같은 잡다한 여러 사람들의 의아스러운 눈초리를 받았을 뿐이었다. 그 사람들에게 이 두 사람은 각별한 호기심을 자아낸 것 같았다.

—자, 커피를 한 잔 마시기로 하고, 미스터 블룸은 얘기의 실마리를 찾으려고 말을 꺼냈다. 자네는 뭔가 고형(固形) 음식, 이를테면 롤빵 같은 것을 먹는 편이 좋겠는데.

그래서 그가 맨 먼저 한 행동은 점잖게 이들 음식을 주문하는 일이었다. 임대마차, 또는 마부나 하역인부, 또는 그 밖의 여러 천민들은 가볍게 힐끗 눈을 돌렸다가는 흥미 없다는 듯이 곧 시선을 거두었지만, 단 한 사람, 머리가 일부 하얗게 센 붉은 수염의 술꾼, 아마 선원인 듯한 한 사내는 꽤 오래 바라본 뒤 이윽고 그 뜨거운 눈길을 바닥으로 떨어뜨렸다.

미스터 블룸은 아까 논쟁 중이던 친구들의 국어를 다소 알고 있었으므로, 분명히 '볼리오'*31라고 하는 말의 발음에 대해서 약간 자신은 없었지만 어쨌든 언론의 자유 권리를 행사하기로 하고, 지금도 문 밖에서 논쟁하고 있는 그들의 대논쟁에 대해서 들으라는 듯이 자신의 '피보호자'에게 말을 걸었다.

—아름다운 언어야. 노래하는 데 그렇다는 의미이지만. 자네는 왜 그 언어로 시를 쓰려고 하지 않나? 벨라 포에트리아!*32 정말 어조가 아름답고 풍부해. 벨라돈나 볼리오.*33

몸 전체를 어찌할 바를 몰랐고, 가능하다면 하품을 하고 싶다고 간절히 바

---

*30 무적혁명당원. 1882년, 아일랜드 장관 및 차관의 암살에 가담했다. 에피소드 7에도 나온다.

*31 마리온이 노래하기로 되어 있는 이탈리아 가극 〈돈 조반니〉에서 아내가 '볼리오'를 제대로 발음하지 못할까봐 블룸은 걱정하고 있다.

*32 Bella Poetria. 이탈리아어로 '아름다운 시(Bella Poesia)'를 잘못 말한 것.

*33 Belladonna voglio. 블룸은 '나는 아름다운 여인을 원한다'라는 말을 하려 했으나 여기서 '벨라돈나'는 '무서운 밤그림자'를 뜻한다.

라던 스티븐이 대답했다.

—암코끼리의 귀에 들려주는 데는 그렇지요. 저들은 돈 때문에 싸우고 있어요.

—그런가? 미스터 블룸은 반문했다. 이 세상에는 정말이지 필요 이상으로 많은 언어가 있다고 속으로 생각하면서, 미스터 블룸은 신중하게 덧붙였다. 물론, 아름답게 들리는 것은 요컨대 그것을 감싸고 있는 남국적인 매력 때문인지도 모르지.

이러한 친밀한 대화가 한창 계속되는 동안에 집합소 주인은 테이블 위에, 특선 조제음료라는 뜨겁고 찰랑찰랑 넘치는 커피 한 잔과, 약간 대홍수 이전 시대의 것인 듯한 느낌이 드는 단 빵과 같은 것을 놓은 뒤에 카운터 쪽으로 돌아갔다. 미스터 블룸은 일단 자세히 관찰하는 건 나중으로 미루기로 하고, 왜냐하면 자신이 빤히 보고 있는 걸 눈치챌 수도 있으니까…… 어쨌든 그 목적을 이루기 위해, 이야기를 계속하려고 스티븐에게 눈짓을 하면서, 지금으로서는 아직은 커피라 부를 만한 액체가 든 컵을 정중한 손길로 천천히 그에게 밀어 주었다.

—소리의 울림이라는 것은 속임수예요. 잠시 입을 다물고 있던 스티븐이 말했다. 이름과 같지요. 키케로는 포드모어. 나폴레옹은 미스터 굿바디. 예수는 미스터 도일, 셰익스피어도 머피만큼이나 평범한 이름이었어요. 이름 따위에 무슨 의미가 있습니까?

—그래, 확실히, 미스터 블룸은 솔직하게 동의를 표했다. 물론 그렇지. 우리 집도 실은 성이 바뀌었어, 롤빵이라고 부르는 것을 상대방에게 밀어 주면서 그가 덧붙였다.

지금까지 새 손님들을 유심히 지켜보고 있던 붉은 수염의 선원은, 특히 그가 주목하고 있던 스티븐 쪽으로 몸을 내밀며 서슴없이 물었다.

—그런데 당신 이름이 무엇이오?

그 순간 미스터 블룸은 일행의 구두를 슬쩍 건드렸지만, 뜻밖의 방향에서 날아온 이 선의의 경고를 스티븐은 확실하게 무시하고 대답했다.

—디댈러스입니다.

선원은 어쩐지 알코올성 음료, 그 중에서도 네덜란드 진에 물 탄 것을 너무 많이 마셔서 졸린 듯이 늘어진 두 눈으로 빤히 그를 바라보았다.

—자네 사이먼 디댈러스를 아는가? 이윽고 그가 물었다.

—소문을 들은 적이 있습니다, 스티븐이 말했다.

미스터 블룸은 주위 사람들이 분명히 귀를 쫑긋 세우고 듣는 것을 보고 한 순간 어찌할 바를 몰랐다.

—그 사람이야말로 아일랜드인이지, 선원은 여전히 물끄러미 쳐다보고 고개를 끄덕이면서 단언했다. 진짜 아일랜드인이야.

—지나칠 정도로 아일랜드인답지요, 스티븐이 대답했다.

미스터 블룸은 도무지 무슨 일인지 알 수가 없었다. 그리고 그가 도대체 무슨 관계가 있을까 하고 자문자답하고 있을 때 마침 선원이 이렇게 말하면서 집합소에 있는 사람들 쪽을 돌아보았다.

—난 그 사람이 50야드 떨어진 곳에서 두 개의 병 위에 있는 두 개의 달걀을 깨끗하게 맞혀 떨어뜨리는 것을 보았어. 왼손잡이로 가공할 만한 사격수야.

선원은 가끔씩 말을 더듬어 말하는 데 조금 애를 먹었고 또 그의 몸짓도 사실 어색하기는 했지만, 그래도 그는 설명을 하기 위해 전력을 다했다.

—저기쯤에 병이 있어. 정확히 50야드 거리에. 그 위에 달걀이 얹혀 있지. 녀석은 총을 어깨에 대고 자세를 취하고, 이렇게 겨누지.

그는 몸을 반쯤 꼬면서 오른쪽 눈을 딱 감았다. 그리고 얼굴을 약간 비스듬하게 일그러뜨리면서 으스스한 표정으로 어둠을 노려보았는데 그다지 느낌이 좋은 표정이라고는 할 수 없었다.

—탕, 그는 한 차례 외쳤다.

모든 청중이 다음 총성을 예기하면서 조용해졌다. 달걀이 하나 더 남아 있었기 때문이다.

—탕, 그가 다시 외쳤다.

분명히 달걀은 두 개 다 깨졌으므로 그는 고개를 끄덕이고 눈을 깜박이면서 사나운 목소리로 다음과 같이 읊기 시작했다.

—버팔로 빌은 일격필살,
빗나간 적은 한 번도 없다.[34]

---

[34] 동요의 한 소절. 버팔로 빌은 사격의 명수로 미국서부의 영웅. 본명 윌리엄 프레데릭 코디(1846~1917).

침묵이 이어졌다. 여기서 미스터 블룸은 듣기 좋은 말로, 이를테면 그것은 비슬리*35 지역의 사격대회와 같은 사격 시합 이야기냐고 물어보았다.

—뭐라고? 선원이 말했다.

—오래된 이야긴가요? 미스터 블룸은 조금도 위축되지 않고 다시 물었다.

—무슨 소리, 선원은 불꽃 튀기는 상호 교환의 심리 작용에서 어느 정도 기가 약해져서 대답했다. 한 10년 정도 전의 일일 거요. 그 사람은 헹글러스 로열 서커스와 함께 세계를 누비고 다녔다오. 그자가 쏘는 것을 나는 스톡홀름에서 보았어.

—아주 묘한 우연이군, 미스터 블룸은 드러나지 않게 살며시 스티븐에게 속삭였다.*36

—내 이름은 머피, 선원은 말을 이었다. 캐리갈로의 W.B. 머피라 하는 사람이오. 거기가 어딘지 아시우?

—퀸스타운 항*37이지요, 스티븐이 대답했다.

—그렇지, 선원은 말했다. 캠든 요새와 칼라일 요새.*38 난 그곳 출신이야. 그곳에 사랑스러운 아내가 있어. 날 기다리고 있지. 바로 '영국을 위해 가정과 미녀를!'*39이라고나 할까. 그녀는 나의 정식 아내인데도 그동안 늘 바다에 나가 있느라 벌써 7년이나 만나지 못했어.

미스터 블룸은 선원이 집에 도착하는 장면을 쉽사리 떠올릴 수 있었다. 대로변에 있는 그리운 내 집으로의 귀향. 바다의 쓰레기로 사라지는 운명을 면하고. 달도 없는 비가 올 것 같은 한밤에. 세계 끝에서 오직 사랑하는 아내를 위하여. 앨리스와 벤 볼트*40나 이녹 아든*41 그리고 립 밴 윙클 같은 수많은 이야기들이 이러한 장면을 다루고 있다. 그러나 죽은 존 케이시가 좋아

---

*35 영국 서리 주의 지명. 해마다 사격대회가 열린다.

*36 블룸은 그 서커스를 본 일이 있다.

*37 더블린 근처의 항구.

*38 코크(퀸스타운) 항의 침입을 막는 두 요새.

*39 외다리 상이용사가 불렀던 노래.

*40 토머스 댄 잉글리쉬가 작사하고 넬슨 니스가 작곡한 유행가 〈벤 볼트〉. 벤 볼트라는 선원이 20년 만에 귀국해 보니 연인 앨리스는 이미 세상을 떠난 뒤였다.

*41 영국 시인 테니슨이 지은 동명의 서사시의 주인공. 이녹은 오랜 바다 생활 끝에 귀국하던 중 파선하여 갖가지 고초를 겪고 돌아오나, 사랑하는 아내는 그가 이미 죽은 줄 알고 다른 남자와 재혼한 뒤다. 행방불명으로 죽은 줄 알았던 사람의 대명사.

하는 어려운 낭독시로, 작지만 완전한 한 편의 시라 할 〈케이옥 올리어리〉
를 기억하는 사람이 있을까? 아내에게 마음을 바치는 시는 있어도, 달아난
아내가 돌아왔다고 노래하는 시는 결코 없는 것 같다. 창에서 들여다보는 남
편의 얼굴! 종착점에 겨우 도착한 순간 가장 사랑하는 아내에 관한 무서운
진실을 목격하게 되는 그의 놀라움을, 사랑에 좌초한 배의 기분을 생각해
봐. 당신은 내가 돌아오리라고는 생각하지 않았을 테지만, 나는 집에 정착해
서 새출발하기 위해 왔다. 거기에 그녀가 앉아 있다. 내가 죽어서 깊은 바다
의 요람에 누워 흔들리고 있다고 믿고. 옛날과 다름없는 난롯가에. 내가 죽
었다고 믿고 있다. 이제 그 옆에는 처브 영감이, 아니면 크라운 앤드 앵커
선술집의 톰킨 영감이 윗도리를 벗고 앉아서 양고기 스테이크와 양파를 먹
고 있지 않은가. 아빠가 앉을 자리는 없어. 부우! 바람이여! 그녀의 무릎
위에는 갓난아기가. 남편이 죽은 뒤의 아이가. 갓난아이가 무릎 위에 있다.
남편이 죽은 뒤의 아이다. 아이 착해, 착하기도 하지. 불가피한 운명에 순순
히 따르라. 그럼 이만 줄임. 버림받은 당신의 남편, W.B. 머피로부터.

아무리 봐도 더블린 사람이라고는 여겨지지 않는 예의 선원이 마부 한 사
람을 돌아보면서 부탁했다.

—혹시 씹는담배 여분으로 가진 것 있소?

상대는 공교롭게도 가지고 있지 않았지만, 대신 가게 주인이 못에 걸려 있
던 자신의 훌륭한 재킷에서 주사위 모양으로 자른 담배를 꺼냈다. 그리고 그
물건은 손님의 손과 손을 거쳐 그에게 전달되었다.

—고맙소.

그는 담배를 입에 넣고 씹으면서 천천히 더듬거리며 말을 이었다.

—우리는 오늘 아침 11시에 입항했어. 브리지 워터*42에서 벽돌을 운반해
온 세대박이 범선 '로즈빈호(號)'*43 말이야. 난 이리로 건너오기 위해 그 배
를 탔지. 오늘 오후에 봉급을 받았어. 해고증(解雇證)도 있고. 이거 보이
지? 숙련선원 W.B. 머피.

자신의 말을 증명하기 위해 그는 안주머니에서 그리 깨끗하다고 할 수 없
는 접은 서류를 꺼내 옆 사람에게 건넸다.

---

*42 벽돌 산지로 유명한 잉글랜드의 항구도시.
*43 에피소드 3 마지막에서 스티븐은 이 배가 항구로 들어오는 것을 목격했다. 실재한 배.

—세상 구경 꽤나 했겠구려. 가게 주인이 카운터에 몸을 기대면서 말했다.

—물론이지, 선원은 회상에 잠기며 대답했다. 처음 배를 탄 이래 정말 두루두루 돌아다녔지. 홍해에도 갔고, 중국과 북아메리카, 남아메리카에도 갔었다오. 해적에게 쫓긴 적도 있고, 빙산도 많이 보았어. 배를 침몰시키는 데는 우라지게 명수였던 댈턴 선장 밑에서 스톡홀름과 흑해, 다르다넬스 해협에도 간 일이 있지. 러시아도 가봤고. 고스포디 포밀루이.*44 이것이 러시아인의 기도야.

—갖가지 진풍경도 당연히 보았겠구려, 한 마부가 끼어들면서 말했다.

—물론이지, 선원은 혀를 놀려 담배의 아직 씹지 않은 부위를 이빨 사이에 밀어 넣으면서 말했다. 여기저기서 신기한 것을 많이도 보았지. 이렇게 담배를 씹는 것처럼 악어가 닻의 갈고리를 물어뜯는 것도 봤다니까.

그는 입안에서 흐물흐물해진 담배를 꺼내서 다시 그것을 이빨 사이에 끼우고 힘차게 씹었다.

—와그작! 이런 식으로 말이야. 또 페루에서는 인간의 시체와 말의 간을 먹는 식인종을 보았지. 이걸 보라구, 이거야. 친구가 나에게 보내준 엽서지.

그는 한 장의 그림엽서를, 마치 창고에서 물건을 꺼내듯이 안주머니에서 꺼내 테이블 위로 밀었다. 거기에는 다음과 같은 문자가 인쇄되어 있었다. '인디오의 오두막집, 베니, 볼리비아.'

모두의 눈길이 그림엽서의 그 풍경으로 쏠렸다. 줄무늬 띠를 허리에 감은 야만족 여인들이, 버들고리짝 같은 원시적인 오두막 앞에서 아이들(거의 스무 명은 되어 보였다)에게 에워싸여 웅크리고 앉아서, 눈을 껌벅거리며 아기에게 젖을 물리고 있거나 얼굴을 찌푸리며 졸고 있었다.

—아침부터 밤까지 코카를 씹지, 이야기하기 좋아하는 선원이 말했다. 그들의 위장은 마치 쇠줄 같아. 아이를 낳지 못하게 되면 젖을 잘라내 버리지. 남자들이 불알까지 내놓은 알몸으로 죽은 말의 간을 날것으로 먹는 광경을 본 적도 있어.

그 그림엽서는 넉넉히 몇 분 동안이지만 세상을 모르는 사람들의 주의를 집중시켰다.

---

*44 Gospodi pomilooy(하느님, 자비를 베풀어 주소서). 러시아어.

—그자들을 쫓아 버리려면 어떻게 해야 되는지 아나? 그는 부드럽게 물었다.

아무도 대답하지 않자 그는 눈을 찡긋해 보이며 말했다.

—거울이지. 그것이 그들을 깜짝 놀라게 하지. 거울이 말이야.

미스터 블룸은 별로 놀라는 기색도 없이 일부 지워져 있는 수취인과 소인을 보기 위해 살며시 그림엽서를 뒤집었다. 거기엔 이렇게 쓰여 있었다. '우편엽서. 세뇨르 A. 부댕. 베케 미술관. 산티아고. 칠레.' 그는 꼼꼼하게 살펴보았으나 거기에는 분명 아무런 메시지도 적혀 있지 않았다. 미스터 블룸은 원래 선원이 이야기한 것과 같은 그런 자극적이고 끔찍한 이야기를 맹목적으로 믿는 성격이 아니었다. (그런 점에서는 계란을 쏘아 떨어뜨리는 이야기도 마찬가지로, 비록 윌리엄 텔이나 '마리타나'에서 라자릴로의 총알이 돈 세자르 데 바생의 모자를 뚫는 전례가 있었다 해도 믿을 수가 없다) 뿐만 아니라 이 선원의 이름(단 그는 자칭하는 대로의 인물이 아니라, 어딘가에서 남몰래 이름을 바꾸어 가짜 국기를 게양하면서 세상을 살아가는지도 모른다)이 그림엽서의 이름과 다르다는 것을 제대로 확인한 결과 이 인물의 신빙성을 더욱더 의심하게 되었다. 그럼에도 그 그림엽서를 보자, 전부터 마음속에 품어왔던 여행계획이 떠올랐다. 어느 수요일이나 토요일쯤에 배를 타고 긴 해로를 따라 항해하여 런던에 가는 것이 그것이었다. 그는 비록 평생토록 장거리 여행을 해 본 적이 없고 이제껏 가장 긴 여행이라고 해봐야 이른바 홀리헤드*45에 갔던 일 정도가 다였지만, 정신적으로는 타고난 모험가로, 다만 운명의 장난으로 줄곧 육지에만 붙어 있는 신세였던 것이다. 마틴 커닝엄이 이건*46에게 부탁하여 통행증을 얻어주겠다고 몇 번이나 말한 적은 있었다. 그러나 그럴 때마다 무언가 운 나쁜 사건이 일어나 일이 틀어지곤 했다. 그러나 설령 필요한 경비를 미리 지급하여 경제적 위험을 초래하게 되더라도, 주머니 사정이 허락한다면 고작 2, 3기니의 임시 지출이니 그것은 그다지 비싼 편은 아니다. 전부터 가고 싶었던 멀링거*47까지의 운임도 왕복 5실링 6펜스 정도 할 것이니 말이다. 어쨌든 여행을 떠나면 기운을 북돋아

---

*45 웨일스의 서북 항구로 더블린 사이에 정기선편이 있다.
*46 영국 아일랜드 정기선 회사 더블린 사무소의 서기 앨프레드 W. 이건.
*47 딸 밀리가 있는 시(市).

주는 오존 때문에 건강에 좋고, 모든 점에서 보아 매우 유쾌할 것이다. 특히 간장이 좋지 않은 사람에게는 더 말할 나위가 있으랴. 도중에 플리머스, 팰머스, 사우샘프턴 같은 여러 도시를 방문하고, 마지막으로 현대의 바빌론이라고도 할 수 있는 대도시 런던에서 최신식 탑, 사원이나 파크 레인의 장관을 구경하면 유익한 여행이 될 것이다. 그가 착상한 꽤 괜찮은 또 하나의 여행코스는 혼욕장과 일류 광천 요양소와 온천 마을이 있는 마게이트에서 시작해서 이스트본으로, 스카보러로, 다시 또 마게이트 하는 식으로 가장 저명한 환락지를 돌아보고, 그러고 나서 아름다운 본머스 항, 영불해협의 섬들이나 그와 비슷한 경승지를, 여름철의 연주 여행 계약을 맺는 것을 목표로 하면서 유람하는 것이었다. 이것은 꽤 괜찮은 돈벌이가 될지도 모른다. 물론 C.P. 매코이 부인 일행이 하는 것처럼, 촌동네를 돌며 구멍가게만 한 회사나 시골 부인들을 상대할 생각은 없다―당신의 여행 가방을 빌려줘요, 그러면 표를 보내 줄 테니까요―하는 식이 아닌 것이다. 천만에. 할 거면 일류로 가야지, 아일랜드의 올스타 캐스트로. 단장의 정식 아내를 주역 여배우로 하는 트위디 플라워 그랜드 오페라단. 엘스터 그라임스 가극단이나 무디 매너스 가극단에 비교해도 손색이 없는 최고의 예술단을 꾸리는 거야. 그것은 매우 간단한 일로 그는 충분히 성공할 자신이 있었다. 다만 누군가에게 지방신문에 선전하는 기사를 쓰게 하면 되는 것인데, 이렇게 해서 장사와 유람을 겸하게 된다면. 그런데 누가 해 줄 것인가? 그것이 문제로다.

그리고 또 한 가지 머리에 떠오른 아이디어는, 결코 쉬운 일은 아니겠지만, 새로운 항로를 개설하는 것으로, 이는 오늘날과 같은 시대 조류에 발맞추는 사업이라 할 것인데, 이를테면, 요즘도 피시가드―로슬레어 항로 개설 문제가 논의 중에 있는 것이다. 하지만 신문 보도에 따르면, 이 문제를 공리공론국(空理空論局)*48에서 심의 중에 있다는 것이니, 보나마나 그곳의 번문욕례(繁文縟禮)와 망령든 노인네 및 멍청이들 때문에 결국 시간만 허비하다 수포로 돌아갈 것이 뻔하다. 이를테면 브라운이니 로빈슨이니 하는 이름의 여행사를 차려, 일반 서민의 여행수요에 호응하여 적극적으로 대사업을 일으킬, 틀림없는 절호의 기회인 것을.

---

*48 영국의 소설가 찰스 디킨스가 《리틀 도릿》(1857)에서, 관청의 형식주의를 빗대어 만든 말.

참으로 개탄스럽고 어리석다 할 만한 것은 우리가 그토록 찬양하는, 이른 바 오늘날의 사회라는 것이, 무엇보다 활력이 필요한 이 시기에, 고작 1, 2 파운드의 돈이 아까워서 자기가 살고 있는 세상에 대한 시야를 넓힐 기회를 마다하고, 특히 결혼 이후엔 꼼짝없이 가정에 붙잡혀 사는 것을 상식으로 여기고 있다는 점이다. 1년에 열한 달, 혹은 그 이상을 단조롭기 짝이 없는 일상에 매여 살거늘, 적어도 가끔씩은 스트레스 많은 도시 생활에서 벗어나 완전히 새로운 환경 속에서 살 권리가 우리에게도 있지 않겠는가. 가능하면 여름이 좋겠지, 자연의 여신이 가장 아름다워지는 계절, 생명 있는 모든 것이 되살아나는 때. 고국 섬에서만 휴가를 보내는 사람들에게도 해외로 나가는 이들과 똑같이 멋진 여행 기회가 있다 할 것인데, 더블린과 그 부근, 그리고 그림같이 아름다운 교외 지역에도 오락과 건강증진에 적합한 훌륭한 관광지가 얼마든지 있으니, 가령 풀라포우카 폭포까지는 증기철도가 다니며, 더 먼 곳으로는, 비만 내리지 않으면, 나이 지긋한 사람들이 여유롭게 자전거를 타기에 가장 이상적인 정원이라 할 만한 위클로가 있고, 비록 교통편이 좋지 않은 지역이라 밀려드는 여행자의 수가 그 관광가치만큼 많지는 않은 모양이지만 들리는 소문대로라면, 그 경관이 '장대함' 자체라 할 정도인 더니골*49의 황야가 있으며, 또 반대로 비단의 기사 토머스, 그레이스 오멀리, 조지 4세 등에 얽힌 역사적 유적이나 해발 수백 피트에서 피는 석남화 덕분에 각지에서 빈부노소 가릴 것 없이 많은 관광객을 끌어 모으고 있고, 특히 봄에는 마음이 들뜬 젊은이들이 그곳 절벽에서 추락하여 죽음의 통행세를 내곤 하는데―이러한 현상이 과연 우연한 사고인지, 필연적인 결과인지는 알 수 없으나, 일반적으로는 어쩌다 보니 그렇게 되었다고 보아야겠지만― 아무튼, 넬슨 탑*50에서 45분 정도면 갈 수 있는 호스 언덕 같은 곳도 있는 것이다. 요컨대 요즘 유행하는 관광여행은 아직도 걸음마 단계에 불과한 셈인데, 기반설비 면에서도 아직 개선의 여지가 많다 할 것이다. 마지막으로 단순하고 소박한 호기심에서 비롯된 것이긴 하지만, 그가 보기에, 한번 곰곰이 따져봐야 할 흥미로운 문제가 있었으니, 이와 같은 여행 루트가 교역 덕분에 생겨난 것인지, 아니면 그 반대로 여행 루트 덕분에 교역이 발생한 것

─────────────

*49 아일랜드 서부의 주.

*50 오코널거리 중앙우체국 옆. 여기가 더블린의 전차 발착장소였다. 에피소드 7 참조.

인지, 그도 아니면 양자가 동시에 서로에게 영향을 끼친 것인지를 판단하는 문제가 그것이었다. 이와 같은 고찰을 하면서 미스터 블룸은 그림엽서를 반대편으로 돌려 스티븐에게 건네주었다.

—옛날에 만났던 중국인이 말이오, 예의 활발한 이야기꾼이 말했다. 퍼티 같은 작은 알약을 가지고 있었는데, 그것을 물속에 넣자, 활짝 벌어져서 하나하나 모두 다른 것이 되더군. 하나는 배, 하나는 집, 또 하나는 꽃이 되었지. 요리도 쥐를 수프로 끓인다니까, 그는 입맛을 다시는 듯한 표정으로 말했다. 중국인은 진짜 그렇게 하는 거야.

어쩌면 사람들의 얼굴에서 반신반의하는 표정을 보았는지, 이 세계의 방랑자는 여전히 집요하게 자신의 모험담을 풀어놓았다.

—그리고 트리에스테에서는 한 남자가 이탈리아인에게 살해되는 것을 보았지. 등에 칼을 맞고 말이야. 이런 나이프였어.

얘기하면서 그는 자신의 성격에 어울리는 위험한 잭나이프를 꺼내 찌르려는 자세를 취해 보였다.

—그곳은 매음굴이었는데, 밀수업자 두 사람이 서로 상대를 속였기 때문이었지. 놈은 문 뒤에 숨어 있다가 등 뒤에서 그 남자를 습격했다오. 이런 식으로. 너의 하느님을 만날 준비나 하시지, 이렇게 말하면서 푸욱! 손잡이까지 등에 꽂혔지.

그는 졸리는 듯 흐릿한 눈으로 일동을 둘러보았다. 이래도 할 말이 있느냐는 듯이.

—이건 제법 좋은 강철이라오, 그는 그 무서운 단검을 물끄러미 바라보면서 말했다.

아무리 담력이 큰 상대라도 등골이 오싹해지는 이 처참한 '종말'을 연기한 뒤 그는 칼날을 접어 문제의 무기를 원래대로 그의 공포의 방, 즉 주머니 속에 집어넣었다.

—놈들은 날붙이에 관한 한은 솜씨가 굉장하다니까, 필경 어두운 어느 구석에 앉아 있을 누군가가 청중의 이해에 도움이 될만한 이야기를 했다. 그래서 무적혁명당원들의 피닉스공원 암살사건도 외국인의 짓일 거라고 여겨졌지. 나이프를 썼으니까.

아무리 봐도 모르는 게 약인 이 순진한 발언을 듣고 미스터 블룸과 스티븐은 각각 '아는 자만' 안다는 어떤 종교적 침묵 속에서, 본능적으로 의미심장한 시선을 교환했는데, 보아하니 산양 가죽, 즉 집합소 주인은 머리카락 한 오라기 움직이지 않고 물이 끓는 그릇에서 액체를 떠내려 하고 있었다. 그 속을 알 수 없는 얼굴은 완전히 하나의 예술품이자 그 자체가 큰 연구대상이라 할 만한 것으로, 지금 여기서 일어나고 있는 일에는 전혀 관심이 없는 듯한, 뭐라 표현하기 힘든 묘한 인상을 주었다. 거참, 흥미롭군.

다소 긴 침묵이 이어졌다. 한 사나이가 커피로 얼룩진 석간신문을 이따금 생각난 듯이 읽고 있었고, 또 한 사람은 토인의 오두막이 그려진 그림엽서를, 또 한 사람은 선원의 해고증명서를 바라보고 있었다. 한편 미스터 블룸은 그저 생각에 잠겨 있었다. 방금 화제에 오른 사건을 마치 어제 일처럼 생생하게 떠올렸다. 그건 벌써 20년이나 더 된, 비유적으로 말하자면, 토지문제가 폭풍처럼 문명세계를 강타한 1880년대 초, 정확하게는 81년, 그가 겨우 열다섯 살 때 있었던 일이었다.

—이보시오, 주인장, 선원이 갑자기 입을 열었다. 그 서류를 이쪽으로 돌려주구려.

요구가 이루어지자 그는 그것을 바스락거리며 긁어모았다.

—지브롤터 바위산을 본 적이 있습니까? 미스터 블룸이 물었다.

그때 선원이 담배를 씹으면서 보여 준 찡그린 얼굴은 어정쩡한 표정으로, 있다는 건지 없다는 건지, 어느 쪽인지 알 수가 없었다.

—아, 그곳을 아시는군요, 미스터 블룸은 말했다. 유럽의 첨단을. 이 방랑자는 실제로 지브롤터를 보았을 것이고, 추억담을 들을 수 있을지도 모른다고 기대하면서 그는 말했지만, 상대는 그곳이 어딘지 떠올리지도 못하고 바닥의 톱밥 위에 침만 툭 뱉더니, 귀찮다는 듯한 비웃음을 흘리면서 고개를 흔들었던 것이다.

—몇 년 무렵의 일이었습니까? 미스터 블룸이 물었다. 그때의 배 이름을 기억하고 있나요?

우리의 자칭 선원은 잠시 동안 탐욕스럽게 담배를 가득 씹으면서 겨우 대답했다.

—난 암초에는 정말 질려 버렸소. 보트나 배에도. 소금에 절인 쇠고기만 지겹도록 먹었거든.

피곤한 듯한 얼굴로 그는 입을 다물었다. 질문자는 이렇게 능글능글한 늙은 너구리로부터는 신통한 새 정보를 이끌어 낼 가능성이 없다는 걸 알고, 지구를 에워싸고 있는 광대한 물의 범위에 대해 걷잡을 수 없는 명상에 잠기기 시작했다. 지도를 한번만 훑어 봐도 알 수 있듯이 바다는 지구의 4분의 3을 덮고 있으므로, 바다를 지배한다는 것이 무엇을 뜻하는지는 그 역시 충분히 이해하고 있었다. 돌리마운트의 노스불*51 근처에서, 한 번도 아니고, 적어도 열두 번은 본 적이 있는 한 늙은 선원은 아무래도 친척이 아무도 없는 듯, 그리 좋은 향기가 나지 않는 바다의 제방에 늘 앉아서, 완전히 방심한 것처럼 바다를 바라보고 또 바다의 응시를 받으면서, 어디선가 누군가가 노래한 것처럼, 푸른 숲으로, 새로운 목장으로, 생각을 달리고 있는 모습이어서, 도대체 왜 그럴까 하고 그는 의문을 품었던 것이다. 그 노인은 아마 스스로 바다의 비밀을 풀려고, 운명의 신을 거역하여 지구의 대극(對極)인지 뭔지 그런 곳까지 거친 파도에 시달리면서 올라갔다 내려갔다 하는 것 같았다, 정말로 수면에서 바다 밑까지—아니, 바닥까지는 아니겠지만. 그런데 실제로는 아무리 보아도 비밀 같은 건 그 어디에도 존재하지 않는다. 그런데도 거기까지 자세히 조사하지 않아도, 바다가 모든 영광과 함께 그곳에 존재한다는 웅변적인 사실은 부정할 수 없고, 자연스러운 과정으로서 누군가가 바다를 항해하며 정면으로 하늘의 섭리에 맞설 수밖에 없으니, 이것은 인간이 그런 종류의 짐을 타인에게 강요하려고 늘 궁리하고 있다는 증거에 지나지 않고, 이를테면 지옥의 관념이나 복권, 보험 같은 것도 모두 그런 종류의 것이며, 따라서 다만 그런 이유에서만 보아도 구명보트를 위한 일요일*52은 훌륭한 관습으로, 세상 사람들은 각자의 사정에 따라 내륙에서 살든 해안에서 살든, 선원들에게 감사하는 마음을 잘 새기고, 또한 그러한 감사의 대상을 수상경찰이나 해안경비대까지 더욱 확대해야 할 것인 바, 워낙 그들은 '아일랜드는 각자에게 기대한다'*53거나 하는 의무의 부름이 있을 때에는 계

---

*51 돌리마운트는 더블린 북동쪽에 있는 해안으로, 그 바로 옆에 있는 섬이 노스불. 이 섬은 본섬과 이어져 있으며, 본섬이 더블린만에 침식되는 것을 방지하고 있다. 스티븐이 얕은 여울에서 수영하는 소녀를 발견하고 예술에 눈뜨는 장소.

*52 왕립국민 구명보트협회는 지원자를 통해 운영되고, 그 유지비는 일반 기금으로 충당된다. 그 모금행사가 있는 날.

절에 관계없이 삭구(索具)에 인원을 배치하여 폭풍우를 뚫고 배를 저어 나아가야 하며, 겨울에는 가끔 무서운 경험을 하게 되는 법이니, 키시와 그 밖의 아일랜드의 등대선도, 언제 어떠한 순간에 뒤집힐지 알 수 없는 것이다. 블룸 그 자신도 옛날 딸을 데리고 그 등대선 주위를 돌았을 때, 폭풍까지는 아니지만 무시무시한 파도의 공포를 경험한 기억이 있다.

—'방랑자'라는 이름의 배로 나와 함께 항해했던 녀석이 말이야, 자기 자신도 방랑자인 노련한 선원은 이야기를 이었다. 뭍에 올라 한 달에 6파운드를 받고 한 신사의 하인으로 일하는 편한 일자리를 얻었지. 내가 입고 있는 이 바지는 그 녀석의 것인데, 방수복과 잭나이프도 그 녀석이 준 거라네. 수염을 깎아 주고 머리를 빗겨 주는 정도의 일이라면 나도 할 용의가 있지. 떠돌아다니는 건 이제 질려 버렸어. 대니라는 아들놈이 있는데 그놈도 선원이 될 뻔했다가 어미의 주선으로 코크의 포목점에 취직했지. 지금쯤 거기서 편하게 돈을 벌고 있을 거야.

—몇 살인가요?

이렇게 물은 손님은 말이 나온 김에 얘기하자면, 옆에서 보면 어딘지 모르게 시청 서기 헨리 캠벨을 닮았는데, 골칫거리가 많은 관청에서 달아난 것 같은 인상으로, 목욕을 하지 않아서 꾀죄죄한 차림새에 코가 불그스름한 것을 보니 술꾼이 틀림없었다.

—글쎄, 선원은 난처한 듯이 느릿느릿 대답했다. 내 아들 대니 말인가? 생각해 보니 열여덟 쯤 된 것 같은데?

스키베린 출신의 이 아버지가 원래 그런 색깔인 건지 아니면 때가 끼어선지는 모르지만, 아무튼 회색 빛깔의 셔츠 같은 것을 두 손으로 풀어헤치고 가슴을 긁기 시작했을 때, 거기 나타난 것은 닻을 나타낼 작정이었던 듯한 문신이었다.

—브리지워터의 그 침대에 이가 있었어, 그는 말했다. 틀림없어. 내일이나 모레에는 목욕을 해야겠군. 고놈의 보기 싫은 까만 벌레 때문이야. 난 이런 벌레들이 질색이라니까. 사람의 피를 다 빨아먹어 버리거든.

모두가 자신의 가슴을 쳐다보고 있는 걸 알고 그가 인심 좋게 셔츠를 활짝

＊53 넬슨 제독이 트라팔가르 해전 직전에 부하에게 한 격려의 말 '잉글랜드는 각자에게 기대한다'의 패러디. 앞에 나온 노래 '넬슨의 죽음'에서.

젖혀서 보여 주자, 선원의 희망과 휴식을 나타내는 유서 깊은 상징 외에 16 이라는 숫자*54와 얼굴을 약간 찡그린 듯한 한 젊은이의 옆얼굴이 완전히 드러났다.

—문신이야, 보란 듯이 내보인 사나이는 설명했다. 댈턴 선장 밑에서 흑해의 오데사 앞바다에 정박해 바다가 잔잔해지기를 기다릴 때 했지. 안토니오라는 그리스사람한테서. 이걸 보게, 이것이 그자의 얼굴이야, 그리스인이지.

—많이 아프던가요? 한 사람이 선원에게 물었다.

그러나 이 용감한 사나이는 그 옆얼굴을 자꾸만 손가락으로 찌그러트려 보기도 하고, 좁혀보기도 하고……

—이걸 보게, 그는 안토니오의 얼굴을 보이면서 말했다. 이건 동료에게 욕을 하고 있는 얼굴이야. 또 이런 표정도 지었지.

그것은 어떤 특별한 방법으로 피부를 당기자 한가하게 웃는 얼굴이 되었다.

사실 안토니오라는 젊은이의 납빛 얼굴은 분명히 억지로 웃고 있어서, 모두들 이 기이한 현상에 감탄했고, 이번만큼은 산양 가죽까지 카운터에서 몸을 내밀 정도였다.

—아아, 아! 선원은 한숨을 내쉬면서 자신의 남자다운 가슴을 내려다보았다. 이 녀석도 죽어 버렸어. 상어에게 물려서. 아아! 아!

그가 손가락을 떼자, 그 옆얼굴은 다시 평범한 표정으로 돌아갔다.

—멋진 기술이군, 부두 노동자 한 사람이 말했다.

—그런데 그 숫자는 무엇을 뜻하는 겁니까? 두 번째 부랑자가 선원에게 물었다.

—산 채로 먹혔소? 세 번째 부랑자가 선원에게 물었다.

—아아! 아! 선원은 또다시 한숨을 내쉬었는데, 이번에는 목소리에 기운이 있고, 숫자에 대해 물은 남자 쪽으로 아주 잠시 미소까지 지어 보였다. 먹혀 버렸어. 그 녀석은 그리스인이었지.

그는 안토니오의 비참한 죽음에 대해 사형수의 유머라고 할 수 있는 감상을 덧붙였다.

---

*54 유럽에서 16은 동성애를 암시하는 숫자이다.

—안토니오 이 무정한 사람.

날 혼자 두고 가버리다니

검은 밀짚모자를 쓰고 화장을 짙게 한 매춘부의 여윈 얼굴이 집합소 문으로 들어와 실내를 살폈는데, 손님을 더 잡으려고 혼자 나선 것이 틀림없었다. 미스터 블룸은 눈을 어디다 둘지 몰라서 속으로 흠칫했지만 겉으로는 냉정함을 가장하며 순간적으로 눈길을 돌린 뒤 테이블 위의 분홍색 신문을 집어 들어 눈앞을 가렸다. 아까 임대마차 마부인지 뭔지 분간이 가지 않는 남자가 두고 간 애비거리의 신문이다. 그런데 어째서 분홍색일까? 그가 그토록 당황한 이유는 지금 입구에 나타난 얼굴이 오늘 오후 오먼드 강변에서 힐끗 본 그 여자, 거의 백치 같은 그 뒷골목의 여자라는 것을 그 자리에서 알아보았기 때문이다. 갈색 옷을 입은 부인(B부인)과 함께 있었지요, 나리의 빨랫감이라도, 하고 그 여자는 말했었다. 도대체 왜 빨랫감인가? 속셈이 뭔지 알 수가 없어.

당신의 빨랫감이라. 뭐 솔직하게 고백하자면 나도 홀리스거리에 있었을 때 아내의 더러워진 속옷을 빨아 준 적이 있지만, 여자들도 남자를 사랑한다면 그 속옷, 불리 앤드 드레이퍼 상회*55의 의류용 잉크로 머리글자를 박아넣은 것(이건 그녀의 속옷이지만)을 빨아 주고 싶을 테고, 또 빨아 줄 것이니, 즉 좋아하는 사람이라면 더러운 셔츠까지 좋아진다. 그렇다 해도 지금의 그는 조바심을 느끼면서 그 여자와 동석하고 싶지 않았으므로, 가게 주인이 노골적으로 그녀에게 나가라고 신호했을 때 속으로 이제 살았구나 싶었다. 〈이브닝 텔레그래프〉지 모서리 너머로 힐끗 문 근처에 있는 그녀의 얼굴을 엿보니, 아무리 봐도 제정신이 아닌 듯한 엷은 웃음을 지은 채 그녀는 정말 재미있다는 듯이, 선원 머피의 그야말로 뱃사람다운 가슴을 넋 놓고 쳐다보는 사람들을 바라보다가 그대로 사라지고 말았다.

—매춘부녀이, 가게 주인이 말했다.

—깜짝 놀랐어, 미스터 블룸은 스티븐에게 털어놓았다. 의학적으로 말해서 말이야, 국립 성병병원에서 퇴원해 병의 악취를 뿌리고 다니는 비참한 여

---

*55 메리거리 23~27. 잡화상이지만 잉크도 제조했다.

자가 잘도 뻔뻔스럽게 남자를 유혹할 수 있는 거야. 조금이라도 자기 몸을 소중히 하는 분별 있는 남자라면 도저히 안 되지. 불행한 여자야! 물론 그녀의 현상태에 궁극적인 책임이 있는 남자가 어딘가에 있겠지. 하지만 원인이 무엇이든 간에······.

스티븐은 조금 전의 여자를 보지 못했으므로 어깨를 움츠리고는 다만 이렇게 대답했다.

—이 나라에는 그녀가 파는 것보다 훨씬 더 중요한 것을 팔아서, 큰 이윤을 챙기는 자들[56]이 많습니다. 육체는 팔지만 영혼을 살만한 힘이 없는 사람들을 두려워할 필요는 없지요.[57] 그 여자는 장사수완이 있는 것 같지는 않군요. 비싸게 사서 싸게 파니까요.

이에 미스터 블룸은—노처녀나 숙녀의 태도를 대변하는 것이 아니라—연장자의 입장에서 다음과 같은 요지의 의견을 피력했으니, 즉, 사회의 필요악인 그런 여자들을 행정당국이 감찰도, 적절한 의학검사도 하지 않는 것은 (이 문제에 대한 노처녀적인 결벽과는 다른 의미에서) 당장이라도 개선해야 할 수치스러운 문제가 아닐 수 없다, 본인은 한 가정의 참된 가장으로서 예전부터 이러한 입장을 적극 고수해 왔으며, 그런 의미에서 이 문제에 대하여 보다 엄격한 정책을 철저하게 추진하는 자가 있다면, 그는 관계자 전원에게 영원한 은혜를 베푸는 셈이 될 것이다, 라는 것이었다.

—자네는 착실한 가톨릭교도로서, 육체와 영혼에 대한 문제를 거론하는 걸 보니 영혼의 존재를 믿는 거군. 아니면 자네는 지성이나 지력(知力)이라는 것이, 이를테면 테이블이나 저 찻잔과 같은 외부세계의 사물로부터 떨어져 있다고 믿나? 나 자신은 그렇게 믿고 있네. 탁월한 인간들의 대뇌 회백질 주름이 이에 대한 명확한 증거라 할 수 있지. 만약 그렇지 않다면, 예를 들어 X선 같은 발명[58]은 결코 이루어지지 않았을 거야. 그렇지 않은가?

이렇게 질문을 받자 스티븐은 어쩔 수 없이 초인적인 노력으로 기억력을 집중하여 겨우 생각해낸 뒤 대답했다.

---

*56 로마가톨릭교회 사람들을 가리키는 듯하다.
*57 '육신은 죽여도 영혼은 죽이지 못하는 자들을 두려워하지 마라.' 〈마태오복음서〉 10 : 28 참조.
*58 X선은 정확하게 말하면 '발명'한 것이 아니라 '발견'한 것. 블룸의 착각일 것이다.

—가장 권위 있는 의견*59에 따르면, 영혼은 단순한 실체이고, 따라서 부패하는 일이 없습니다. 첫 번째 원인, 즉 신이 그것을 소멸시켜 버릴 가능성만 없다면 불멸의 것이겠지요. 하지만 제가 들은 바로는, 영혼 멸망의 원인은 '자발적 부패'와 '우발적 부패'*60의 두 가지로, 어느 것이나 신의 장난에 불과하다는 것입니다.

미스터 블룸은 이러한 사고방식에 대체적으로 별다른 이의가 없었지만, 신의 뜻이니 하는 심오한 논의에 들어가면 세속적인 그로서는 판단하기가 어려웠다. 그래도 여전히 단순한 실체라고 한 것에 대해서는 이의를 달 수밖에 없다고 느끼고 곧 반론했다.

—단순하다고? 그건 적절한 말이 아니라고 생각하네. 물론 나도 극히 드물게 이 세상에서 단순한 영혼을 만나는 일도 있다는 정도는 인정하네. 하지만 내가 말하고 싶은 것은, 이를테면 뢴트겐처럼 광선을 발명하거나, 에디슨처럼 망원경을, 아니 에디슨보다 먼저였지, 그래 맞아, 갈릴레오였어, 그리고 이를테면 전기라는 광범위한 자연현상의 법칙을 발견한 것은 대단한 일이 아닐 수 없지. 물론 그것과 초자연적인 신의 존재를 믿는 것은 완전히 별개 문제지만 말이네.

—아, 그거라면, 스티븐이 가르침을 주는 듯한 투로 말했다. 정황증거는 제쳐 두고, 성경 가운데 가장 잘 알려진 몇 구절을 통해 결정적으로 증명이 끝났습니다.

그러나 이러한 문제점에 대한 두 사람의 견해는, 현저한 나이 차와 함께, 교육의 정도와 그 밖의 모든 점에서 양극으로 갈라져 있어서 정면충돌을 불러일으켰다.

—정말 증명이 끝났을까? 두 사람 가운데 경험이 많은 쪽이, 자신의 처음부터의 논점을 고집하면서 불신의 미소를 지으며 반론했다. 나는 그 일에 대해서는 그다지 확신이 없네. 사람마다 의견이 다 다른 문제지. 그에 관한 종파의 차이에 대해서는 언급하지 않더라도, 내가 자네와는 전면적으로 의견을 달리하는 것을 용서해 주기 바라네. 내가 믿는 바를 솔직하게 말하면, 그

---

*59 토머스 아퀴나스의 《신학대전》.
*60 토머스 아퀴나스가 《신학대전》에서 지적한 두 가지 타락 형태. 그러나 아퀴나스에 따르면 영혼은 단순한 실체이므로 부패하지 않는다.

런 것은 모두 수도사들이 기록한 완전한 날조인가, 아니면 햄릿 베이컨설(說)처럼 실제로 누가 썼는가 하는 문제로, 우리의 국민 시인*61에 대한 큰 문제를 다시 한 번 되풀이하는 것과 같네. 물론 자네는 나보다 셰익스피어에 대해 훨씬 잘 아니까, 이런 이야기를 꺼낼 것도 없겠지. 그런데 왜 커피를 마시지 않나? 내가 저어 주지. 그 빵을 조금 먹어 보게. 벽돌처럼 딱딱하지만, 뭐 이것밖에 없으니까. 한 조각 먹어 보게나.

—못 먹겠어요, 이때 그의 정신기관은 더 이상 얘기하는 것을 거부했으므로 스티븐은 가까스로 대답했다.

여기서 잔소리를 해봤자 소용없는 일이라 미스터 블룸은 우선 찻잔 바닥에 가라앉은 설탕을 저어 보기로 했다. 그리고 커피 팰리스*62라는 가게의, 술이 빠진(그러면서도 돈이 벌리는) 장사에 대해 거의 엄격하리만치 비판적인 고찰을 하기 시작했다. 분명히 그것은 도리에 맞는 목적이 있고, 의문의 여지없이 크게 유용한 시설이다. 자신들이 지금 있는 곳과 같은 집합소는 모두 밤의 방랑자들을 위해 절대 금주의 조건으로 경영되고 있고, 음악회, 연극의 밤, 권위 있는 전문가들의 하층민을 위한 강연회(무료입장) 따위도 같은 종류의 것이다. 그러나 한때 그런 사업에서 큰 역할을 했던 자신의 아내 마리온 트위디 부인의 피아노 연주에 대한 대가로 받은 하잘것없는 사례금을 다시금 또렷하게 떠올리니 씁쓸한 심정이 되었다. 원래 선행을 베풀면서 돈을 번다는 착상이 아니었던가. 게다가 경쟁상대는 거의 없었다. 어느 싸구려 식당의 말린 완두콩에는 유독성 아황산염 SO_4인가 뭔가 하는 것이 들어 있다는 기사를 읽은 것이 생각났지만, 그게 언제 일이며, 어느 가게에서였는지는 떠오르지 않았다. 어쨌든 모든 음식물을 검사하고, 특히 의학적 검사도 더욱 필요하지 않을까? 티블 박사의 바이 코코아가 최근에 유행하는 것도, 거기에 첨부해 둔 의학적 분석표 덕분일지도 모른다.

—자, 한 모금 마셔보게, 그는 커피를 다 저은 뒤 과감하게 말했다.

어쨌든 마셔보라는 권유에 설득당한 스티븐은, 무거운 찻잔을, 그것을 들어 올릴 때 엎지른 갈색 액체가 고인 받침대에서 들어올려 마지못해 한 모금

---

*61 셰익스피어. 민족주의자들은 물론 이렇게 생각하지 않았지만, 이 무렵 셰익스피어의 작품은 아일랜드 각지에서 상연되고 교과에도 포함되어 있었다.

*62 더블린 절대금주협회의 회관. 타운젠드거리 6(에피소드 11 참조).

마셨다.

—하지만 이건 실속 있는 음료야, 그의 수호신은 주장했다. 나는 실속 있
는 음식물의 신봉자라네. 그 유일한 이유는 결코 배를 채우고 싶어서가 아니
라, 정신적이든 육체적이든 뭔가를 이룩하기 위해서는 제대로 된 것을 먹는
것이 '필요불가결'한 조건이기 때문이지. 자네는 좀 더 실속 있는 것을 먹게
나. 딴 사람이 될 테니까.

—유동식이라면 먹을 수 있습니다, 스티븐은 말했다. 하지만 그 나이프를
치워 주시면 안 될까요. 그 날카로운 끝을 보면 기분이 나빠져서요. 로마사
가 생각나거든요.*63

미스터 블룸은 당장 그 요구를 받아들여 비난 받은 물건을 치웠다. 그것은
뿔 손잡이가 달린, 날이 잘 들지 않는 평범한 칼로, 그 끝이 칼 전체에서 가
장 눈에 띄지 않는다는 점에서 보아도 보통 사람의 눈에 특별히 로마시대나
고대를 떠올리게 할 만한 물건은 아니었다.

—칼이라면, 저기 저 친구가 하는 말이야말로 정말 그답다고 생각하지 않
나? 미스터 블룸은 믿을 수 있는 친구에게 목소리를 낮추어서 말했다. 자네는
그게 정말일 거라고 생각하나? 저 친구는 밤새도록 몇 시간이고 허풍을 떠들어
댈 텐데, 새빨간 거짓말을 아무렇지 않게 내뱉고 있단 말야. 보게, 저 얼굴을.

그러나 그의 눈이 아무리 졸음과 바닷바람에 부어 있다 해도, 인생은 수없
이 많은 두려운 사물과 우연으로 가득 차 있으므로, 지금까지 그가 속 시원
하게, 나오는 대로 토해 낸 그 이야기도, 엄밀하게 정확한 진실일 확률은 거
의 없지만, 전적으로 지어낸 이야기는 아닐 가능성도 있었다.

그래서 미스터 블룸은 눈앞에 있는 그 인물을 주목하기 시작했을 때부터
줄곧 관찰안(觀察眼)을 움직여 셜록 홈스 같은 추리를 계속하고 있었다. 다
소 머리가 벗겨지는 중이기는 하지만 아직 젊음이 남아 있는 정력적인 사내
로, 그 풍채에는 어딘지 모르게 수상한 데가 있어서 어쩌면 감옥 출신이 아
닐까 하는 생각이 든다. 별로 무리하게 상상하지 않더라도, 불쾌한 얼굴의
표본과도 같은 이 인물과, 뱃밥을 만들거나 무자위를 밟는*64 징역동료들과
는 손쉽게 결부된다. 조금 전의 살인사건 이야기에서도 그가 바로 진범이었

---

*63 카이사르는 칼에 찔려 죽었다. 그리고 멀리건이 스티븐에게 붙인 별명은 비수(匕首) 킨치
였다.

을지도 모르고, 남에게 자랑삼아 자신의 이야기를 하는 것은 흔히 있는 일이므로, 그 자신이 누군가를 죽이고 끔찍한 감옥에서 4, 5년 징역을 넉넉히 살고 나온 건 아닐까? 역시 조금 전의 이야기에 나온 멜로드라마 같은 방법으로 자신의 죄를 보상했다는 안토니오라는 인물(이자는 우리의 국민 시인*65이 펜 끝에서 탄생시킨 동명의 극중 인물과는 아무런 관계도 없다)도 사실은 어떤지 알 수 없는 일이다. 아니면 그는 단지 허세를 부리고 있을 뿐일지도 모르며, 만약 그렇다면 그것은 용서받을 수 있는 약점이다. 왜냐하면 외국에 대한 이야기를 듣고 싶어 하는 이 마부들처럼 어수룩한 더블린 사람들을 만나면, 대양을 항해한 늙은 선원이라면 누구든지 종범식(縱帆式) 범선 '헤스페러스호'*66와 그 밖의 것에 대해 자칫 허풍을 떨고 싶은 기분이 들 것이기 때문이다. 그리고 결국, 남이 자기 자신에 대해 하는 지어낸 이야기는 남들이 그에 대해 만들어 내는 거창한 허풍에 비하면 아마 아무것도 아닐 것이다.

—알겠나, 난 그 이야기가 전부 다 거짓말이라는 건 아니네, 그는 다시 말을 이었다. 그런 장면을 만나는 건 자주는 아니어도 가끔은 있지. 거의 믿을 수 없는 거인도 가끔은 눈에 띄는 법이니까, 난쟁이 여왕 마셀라도 그렇지. 나 자신도 헨리거리의 밀랍세공 전람회장에서 이른바 아즈텍인(人)인가 하는 사람이 굽은 다리로 앉아 있는 것을 보았네. 그들은 아무리 돈을 준다 해도 다리를 똑바로 뻗지 못하지. 그것은, 이걸 보게, 여기의 근육이 말이야, 그는 상대의 오른쪽 무릎 뒤에 있는 근육의 윤곽을 손가락으로 살짝 더듬어 보여 주면서 이야기를 이었다. 여기가 완전히 마비되어서 그래. 신으로서 숭배받기 위해 그런 무리한 자세로 오랫동안 앉아 있었기 때문이지. 이것도 역시 단순한 영혼의 한 예라네.

그러나 미스터 블룸은 또다시 친구 신바드*67와 그 무서운 모험으로 이야기를 돌려서(이 신바드에게서 그는 게이어티 극장 무대에 섰던 루트비히,*68

---

*64 감옥에서 죄수에게 부과되는 중노동. '뱃밥'은 배의 틈으로 물이 새어 들지 못하도록 틈을 메우는 천이나 대나무 껍질 따위, '무자위'는 징벌용으로 밟게 하는 수차(水車).
*65 셰익스피어의 〈안토니와 클레오파트라〉, 〈율리우스 카이사르〉, 〈베니스의 상인〉 등에 안토니와 안토니오가 나온다.
*66 1839년에 난파한 선박으로 롱펠로의 시 〈헤스페러스호의 난파〉(1840)로 유명하다.
*67 〈선원 신바드〉는 1890년대에 더블린에서 인기를 모은 팬터마임극.

일명 레드위지를 떠올렸다. 이 배우는 마이클 건이 연출한 작품 〈방황하는 네덜란드인〉에 출연, 공전의 대히트를 거두었는데, 이후 그를 숭배하는 관객들은, 배나 기차, 유령선을 표현하는 형편없는 무대 소품에도 불구하고, 단지 그의 목소리를 듣기 위해 구름처럼 극장으로 몰려들었다) 그 선원의 모험담에는 본질적으로 아무런 모순이 없다고 호의적인 판정을 내렸다, 그뿐만 아니라, 등을 찌른다는 수법이 너무도 이탈리아인답지 않은가, 물론 나는 쿰과 가까운 이탈리아인 거리*⁶⁹에서 아이스크림과 피시 앤드 칩인지 뭔지 하는 것을 이것저것 팔고 있는 사람들이 술도 마시지 않는 근면한 검약가라는 것을 인정하는 데 결코 인색하지 않지만, 그들은 아무래도 한밤중에 몰래 타인이 소유한 무해유익한 고양이족을 수컷이든 암컷이든 닥치는 대로 붙잡는 데 지나치게 열을 올리는 경향이 있고, 더욱이 이튿날에는 그것을 예에 따라 마늘을 넣고 국물 요리로 만들어서 시치미 떼는 얼굴로 손님에게 싼 값에 먹이기도 한다, 라고 그는 덧붙였다.

　─이를테면 에스파냐 사람은 말이야, 알다시피 정열적이고 악마처럼 성질이 급해서, 무턱대고 사적인 제재를 가하려고 배에 숨겨 둔 그 단검으로 단숨에 멱을 따버리거나 하지. 그건 일반적으로는 기후, 매우 심한 더위 탓이야. 내 아내도 말하자면 에스파냐 사람이라네. 즉 혼혈인 셈이지. 그럴 마음만 있으면 실제로 에스파냐 국적을 취득할 수도 있었어, 무엇보다 출생한 곳이 (법률적으로는) 에스파냐, 즉 지브롤터이니까. 그녀는 겉으로 보면 영락없는 에스파냐 사람이야. 피부는 꽤 검은 편이고, 머리카락은 진짜 밤색, 눈동자는 까만 색. 내 생각에 인간의 성격은 기후와 풍토에 따라 정해지는 게 틀림없어. 시(詩)는 이탈리아어로 써야 한다고 자네에게 말한 것도 그래서야.

　─이 가게 밖에 있던 자들도 이탈리아 기질 때문일까요? 스티븐이 말했다. 겨우 10실링 가지고 그렇게 열을 올리며 소리쳤잖아요. '로베르토란 놈이 훔쳐갔다'고.

　─뭐 그런 셈이지, 미스터 블룸이 동의했다.

---

*68 더블린 출신의 바리톤 가수 윌리엄 레드위지의 무대 명. 칼 로저 가극단에 속하며, 1877년의 게이어티 극장에서 〈방황하는 네덜란드인〉의 반다데켄 역으로 성공했다.
*69 더블린 남부, 쿰(에피소드 5 참조) 바로 남쪽에 작은 이탈리아인 이민 사회가 있었다.

—게다가 단테의 그 열렬함이나, 그가 사랑한 포르티나리 양*70과 레오나르도*71와 불도그로 불리는 성 토마소 마스티노*72가 형성하는 이등변삼각형이나. 스티븐은 눈을 크게 뜨고 자기 자신을 향해선지 미지의 청자(聽者)를 향해선지 종잡을 수 없이 중얼거렸다.

—그건 피 때문이라네, 미스터 블룸은 즉석에서 동조했다. 모든 것은 태양의 피로 씻기고 있지. 우연의 일치로군, 실은 오늘 자네를 만나기 직전에, 뭐 이상한 말이지만, 마침 킬데어거리의 박물관에서, 그곳의 고대 조각상을 잠시 구경하고 있었네. 그 훌륭한 엉덩이와 가슴의 균형미. 우리가 사는 곳에서는 그런 여성을 거의 볼 수 없지. 물론 가끔은 예외도 있지만. 분명히 기품이 있다거나, 꽤 아름다운 얼굴이라고 느끼는 일은 있지만, 내가 말하는 것은 여성의 몸매에 대한 것이네. 게다가 이 나라의 여자들은 일반적으로 의상을 보는 눈이 없는 것 같아. 복장은 뭐니뭐니해도 여성 본디의 아름다움을 크게 돋보이게 해 주는 데도, 주름 잡힌 스타킹이라니—이건 뭐, 나의 약점일지도 모르지만, 정말 눈뜨고 볼 수가 없어.

그러나 대화의 흥미는 전체적으로 왠지 모르게 식어 갔고, 다른 사람들은 안개 속에 사라진 배와 빙산과의 충돌 또는 그와 비슷한 해상사고에 대해 이야기하기 시작했다. 물론 예의 그 선원이 입을 다물고 있을 리가 없었다. 희망봉이라면 이미 몇 번이나 돌아봤다느니, 중국해에서는 몬순이라는 맹렬한 바람도 잘 헤쳐 나갔다느니. 그러한 모든 해양의 위험에 처했을 때 나를 지탱해 주었다고 할까, 힘이 되어 준 것은 오직 하나밖에 없었어, 하고 그는 단언했다. 그것은 말이야, 나의 이 신성한 메달이라네, 이것이 내 목숨을 구해 주었지.

곧이어 화제로 오른 것은 돈트 암초*73 부근에서 난파한 불운한 노르웨이 세대박이범선인데—아무도 배 이름을 기억하지 못하던 이때, 헨리 캠벨과 얼굴이 꼭 닮은 임대마차 마부가 '팜'이라는 그 배 이름을 생각해 냈고, 장

---

*70 단테의 연인 베아트리체의 처녀 때 성(姓).

*71 다빈치를 가리킨다. 그의 몰리 리자 상을 단테의 베아트리체와 결부하려는 해석은 오래전부터 있었다.

*72 중세의 신학자 토머스 아퀴나스. 단테의 《신곡》은 아퀴나스의 신학에서 깊은 영향을 받았다. 토마소(Thommaso)는 '페니스'의 은어, 마스티노(Mastino)는 '마스터베이션'의 은어.

*73 코크항 부근에 있다.

소는 부터스타운 해안이라고 했다. 그해에는 온 도시가 그 이야기로 들끓었고 (앨버트 윌리엄 퀼은 그것을 주제로 매우 뛰어나고 독창적인 시 한 편을 써서 〈아이리시 타임스〉에 보냈다), 거대한 파도가 배를 덮치고, 날뛰는 해안으로 속속 모여든 군중은 공포에 사로잡혀 넋을 잃고 서 있지 않았던가. 그러자 누군가가 스완시*74항(港)의 기선 '레이디 케언스'호*75 사건에 대해 뭔가 말하기 시작했다. 상당히 짙은 안개 속에서 반대 항로를 더듬어온 '모나'호와 충돌하여 침몰, 승무원 전원이 행방불명 되었지만, 구조대를 내보내지 못했다. '모나'호의 선장은 충돌 완충용 격벽이 무너질 것 같았다고 말했지만, 선창은 침수하지 않은 듯하다.

이때 하나의 사건이 일어났다. 그 선원이 마침 돛을 펼쳐야 해서*76 자리에서 일어선 것이다.

—형씨, 잠시 뱃머리를 지나가게 해 줘. 그는 옆의 남자에게 말을 걸었지만, 그 남자는 이미 평화로운 꿈나라로 가는 중이었다.

선원은 묵직하게, 느릿느릿, 약간 뒤뚱거리는 걸음으로 문으로 걸어가, 그곳에 있는 단 한 단의 계단을 육중하게 밟고 집합소를 나가더니 왼쪽을 향해 직각으로 꺾었다. 그리고 주위의 기색을 살피는 것 같았는데, 아까 그가 일어섰을 때, 타는 듯한 위장에 남몰래 흘려 넣을 생각인지, 선원용 럼주병 같은 것이 두 개, 양쪽 주머니에 하나씩 들어 있는 것을 눈치챈 미스터 블룸은, 그가 그 가운데 하나를 꺼내 마개를 뽑는 게 아니라 비틀어 열어서 병주둥이를 입술에 대고, 목젖을 울리면서 맛있게 마시는 것을 보았다. 원래 호기심이 왕성한 미스터 블룸인지라, 이 늙은 너구리가 밖에 나간 것은, 여성이라는 또 하나의 인력(引力)에 끌린 작전 행동일 거라고 예리한 추측도 했지만, 여자의 모습은 어디에도 보이지 않았다. 눈길을 모아 바라보니 럼주를 병째 벌컥벌컥 들이켜고 완전히 기운을 회복한 선원은, 환상선의 교각과 철골을 망연하게 올려다보면서, 어딘지 어안이 벙벙한 모습이었다. 환상선은 그가 없는 동안 철저한 개조공사로 완전히 달라져 있었던 것이다. 시의

---

*74 웨일스 남동부 웨스트 크라모건 주의 주도(州都), 해항(海港).
*75 이 영국 배는 기선이 아니라 범선이었다. 독일의 모나호와 충돌한 것은 1904년 3월 20일, 잘못은 레이디 케언스 호에 있었던 것 같다.
*76 화장실에 가는 것 암시.

청소위원회가 위생상의 목적으로 곳곳에 신설한 남자용 화장실이 있는 곳을, 이쪽에서는 모습이 보이지 않는 한 사람 내지 몇 사람이 가르쳐 준 것같지만, 잠시 완전한 침묵이 이어진 뒤 선원은 아무래도 그쪽이 마음에 들지 않는 듯 가까운 곳에서 방뇨하기 시작하여, 그의 배[船] 바닥에 괸 물이 방출되는 소리가 잠깐 지면에서 반사되었다. 그 때문에 옆에 있는 마차 주차장에 있던 말 한 마리가 깨어난 것일까?

어쨌든 잠에서 깨어난 말이 새 발판을 찾아 땅을 파자 마구가 금속성 소리를 냈다. 마찬가지로 숙면을 방해받은 또 다른 존재는 초소 안에서 빨갛게 타오르는 코크스 화로 옆에 있던, 시의 석재를 지키는 야경꾼이었다. 이 남자가 누구인가 하면, 이제는 재기불능에 가까울 정도로 몰락하여 실질적으로 교구에서 생활보호를 받고 있는 처지인, 앞서 말한 검리란 사람으로, 옛날의 그를 아는 팻 토빈*77이 인간으로서 당연한 동정심을 발휘하여 돌봐 준 임시 일자리, 즉 그곳 초소에서 그는 지금 눈을 뜨고—얼마 동안 이리저리 몸을 뒤척인 끝에, 어찌어찌 팔다리를 웅크리고는 다시 잠의 신 모르페우스의 품에 안긴 모양이었다. 참으로 놀랍기 짝이 없는, 이미 말기에 이른 몰락이라고 할까. 더할 나위 없이 좋은 집안에서 태어나, 지금까지 아무 부족함 없는 가정환경 속에서, 한때는 에누리 없이 100파운드나 되는 연수입이 있었는데, 이 허랑방탕한 자는 물론 그것을 물처럼 마구 낭비하는 데 전념했다. 그리고 온 도시에 엄청난 스캔들을 수없이 뿌리고 다닌 끝에, 지금은 떨어질 데까지 떨어져서 보시는 바와 같이 무일푼 신세. 말할 것도 없이 그는 술고래니, 여기서 또 한 번 교훈을 되새기게 되는 바, 만약—이것은 대단한 만약이다—그가 하다못해 이 약점만 극복했더라면 어렵지 않게 대실업가든 뭐든 되었을 것을.

그동안 손님들은 내항선 외항선 할 것 없이 아일랜드 해운업의 총체적 쇠퇴를 소리 높여 개탄했다. 폴그레이브 머피 회사의 배 한 척이 알렉산드라 부두*78의 진수대(進水臺)에서 출항했지만, 그것이 올해의 유일한 진수식이었다. 분명히 항구의 수는 모자라지 않았지만 들어오는 배가 없었다.

해난(海難)이 끊임없이 계속되었으니까, 하고 사정에 꽤 밝은 듯한 가게

---

*77 패트릭 토빈. 더블린시 포장도로 위원회의 서기.
*78 리피 강 하구 북안에 있는 부두.

주인이 운을 뗐다.

아무리 해도 이해할 수 없는 것은 왜 그 배가 골웨이만(灣)에 단 하나밖에 없는 암초에 쾅 하고 부딪쳤는가*79 하는 것이다. 게다가 워싱턴*80인가하는 높으신 양반이 골웨이 항만 건설 계획을 제안했던 바로 그때가 아니었던가? 당시의 선장에게 물어보시오, 그는 모두에게 권고했다. 그날 한 일을위해 영국 정부로부터 도대체 얼마나 뇌물을 받았느냐고, 리버 기선회사의존 리버 선장에게 말이야.

―내 추리가 정확하지요, 선장님? 가게 주인이 이때 몰래 혼자 술을 마시고 또 한 가지 볼일까지 마친 뒤 방금 돌아온 선원에게 말했다.

그런데 이 선원 선생은 그 질문을 아마 노래가사의 한 소절이라고 착각했는지, 자기 딴에는 음악이랍시고 음정은 한두 번씩 틀렸지만 힘찬 목소리로선원의 노랜지 뭔지를 흥얼거리기 시작했다. 미스터 블룸의 예민한 귀에 들린 것은 그것과 동시에 그가 입담배로 보이는 것(분명히 그랬다)을 뱉어 내는 소리였는데, 선원은 아까부터 술을 마시고 액체를 방출하면서 내내 입담배를 손에 쥐고 있었으니, 그 강렬한 알코올을 흘려 넣은 뒤에는 꽤 신맛이났을 것이다. 어쨌든 무사히 방뇨 겸 음주를 끝마치자마자 안으로 굴러들어온 그는, 주연(酒宴)의 분위기를 불러일으키며 진짜 선원처럼 실내가 떠나가도록 노래를 불렀다.

건빵은 놋쇠처럼 딱딱하고
고기는 롯의 마누라 궁둥이처럼 짜기만 하네.
오오, 조니 리버여!
조니 리버여, 오오! *81

그리하여 가슴속에 담긴 것을 실컷 토해 낸 뒤, 이 가공할 인물은 본격적

*79 1858년 마르게리타 암초에서의 사고. 1850년대에 골웨이만을 대서양 횡단항로의 해항으
로 만들고자 하는 골웨이 항만 건설이 기획되었는데, 이 사고는 그 계획을 저지하려는 일
당의 짓이라는 소문이 있었다.
*80 로버트 워싱턴은 더블린의 철도 청부업자로, 골웨이 항만 건설이 자신에게 이익이 된다
여기고 이 계획을 제안했다. 단, 이것은 1912년 일이다.
*81 뱃사람 노래 〈그녀를 두고 오게, 조니〉의 개작인 듯하다.

으로 무대에 등장하여 자기 자리로 돌아갔고, 주어진 의자에, 무겁게 앉았다기보다, 가라앉았다.

산양 가죽은, 이 남자가 실제 그 사람이라는 가정에서의 이야기이지만, 명백하게 마음속에 할 말이 있는 것처럼, 빤히 들여다보이는 탄핵조로 아일랜드의 천연자원인지 뭔지 요컨대 그런 것에 대해 대담하게 불만을 늘어놓기 시작했는데, 그 장광설에 따르면, 아일랜드는 신이 창조한 이 지구상에서 두말할 나위 없이 가장 풍요로운 나라로, 영국보다 훨씬 뛰어나니, 석탄은 대량으로 생산되고, 해마다 600만 파운드에 이르는 돼지고기를 수출하는 데다, 버터와 달걀 또한 1000만 파운드의 수출액에 이른다, 그러면서도, 터무니없이 무거운 세금으로 가난한 주민들은 끊임없이 착취당하고, 시장에 나온 최상의 고기는 빼앗기니, 그런 방법으로 아일랜드의 부는 에누리 없이 잉글랜드에 완전히 흡수되고 있는 것이다. 그 자리의 화제는 이런 식으로 끝없이 확대되어 갔고, 그것이 사실임을 그들 모두 인정했다. 아일랜드의 토지에서는 어떤 것이라도 자란다고 그는 다시 말을 이었다. 캐번주(州) 쪽에서는 에버라드 대령이 담배까지 재배하고 있다. 아일랜드산(産) 베이컨을 따라올 것이 어디에 또 있단 말인가? 그러나 이런 부당한 착취가 끝까지 허용될 리는 없지, 하고 그는 확신에 찬 목소리를 점점 더 강하게 내지르며—그 자리의 대화를 완전히 독점하면서—단정했다. 그 강대한 잉글랜드가 범죄적 행위를 통해 비축한 재력이 아무리 크다 해도 반드시 심판의 날이 찾아와 언젠가는 천벌을 받을 것이다, 역사상 최대의 천벌을. 독일인과 일본인들에게 패승산이 보이고 있으니까 말이야 하고 그는 지적했다. 남아프리카의 보어인이 파국의 발단을 만들었지. 겉만 반지레한 잉글랜드는 벌써 비틀거리기 시작했고 마지막으로 그것을 쓰러뜨리는 것은 틀림없이 아일랜드일 것이다, 아일랜드가 아킬레스건이니까, 하고 그는 일부러 그리스의 영웅 아킬레우스의 약점을 모두에게 설명하고—듣는 사람의 관심을 충분히 끌기 위해 부츠 뒤쪽의 그 부분을 손가락으로 가리키자 전원이 즉시 이해했던 것이다—모든 아일랜드인을 향해 이렇게 충고했다, 모두 자신이 태어난 고향에 머물면서 아일랜드를 위해 일하고 아일랜드를 위해 살아가야 할 것이다. 일찍이 파넬이 말한 것처럼, 아일랜드는 그 아들들을 한 사람도 남김없이 필요로 하고 있다.

주위의 침묵이 이 연설의 마지막을 장식했다. 그토록 무서운 얘기를 듣고도 둔감하기 짝이 없는 그 선원은 아무것도 느끼지 못하는 것 같았다.

—그렇게 간단하게 쓰러지지는 않을 거요, 주인장. 그가 반격에 나선 것은, 무엇보다 거친 남자인 만큼 지금의 진부한 설교에 매우 심통이 났기 때문이리라.

그리하여 찬물을 맞은 가게 주인은 쉽게 쓰러지지 않는다는 견해에는 일단 동의하면서도 자신의 근본적인 주장은 바꾸려 하지 않았다.

—대영제국 육군에서 가장 강한 부대는 어디 출신이지? 백발이 섞인 노병으로 보이는 선원이 따져 물었다. 도약이나 구보에서 일등이 되는 것은 어디의 인간이지? 더욱이 육군이나 해군에서 가장 훌륭한 장성들은 과연 어디 출신이지? 대답해 보시오.

—그야 아일랜드인이지요, 두말할 것도 없이, 이렇게 대답한 사람은 얼굴 생김새는 약간 못간 부룹하지만 캠벨을 똑 닮은 마부였다.

—맞았어, 늙은 선원은 확인했다. 아일랜드의 가톨릭 농민이지. 그것이 우리의 대영제국의 등뼈란 말이야. 젬 멀린스*82 같은 사람이 좋은 예지.

이 선원에게도 다른 사람처럼 개인적인 의견을 피력할 기회를 준 뒤, 가게 주인은 다시 입을 열어 우리의 대영제국인지 당신 한 사람의 것인지는 모르지만, 근본적으로 제국이라는 이름이 붙은 것이 나는 질색이라서 말이오, 거기에 봉사하는 놈은 아일랜드인의 수치라 생각하오, 라고 덧붙였다. 그때부터 둘이서 한바탕 욕지거리를 주고받는 동안 열기는 점차 고조되어, 말할 것도 없이 양쪽 다 청중에게 호소했지만, 상당한 격론이나 난투극이 벌어지지 않는 한 모두들 그저 흥미롭게 독설의 응수를 구경할 뿐이었다.

여러 가지 내막의 정보를 오랫동안 수집해 온 미스터 블룸의 기분으로는 이런 논쟁은 얼토당토않은 헛소리라고 코웃음치고 싶었다. 대영제국의 멸망이라는 결말을 이쪽이 진심으로 원하든 원하지 않든, 해협 저편의 그 이웃은 처음부터 바보는 아닌 것 같으므로, 실력을 과시하기는커녕 오히려 숨기려 하고, 그 실정이 그의 눈에 똑똑히 보이고 있었다. 이 헛소리는, 1억 년이 지나면 아일랜드섬의 자매섬인 브리튼섬의 석탄층은 다 탕진되어 버릴 것이라

＊82 아일랜드의 애국주의자 의사인 제임스 멀린(1846~1920). 가난 속에서 독학하여 마침내 의사 자격을 딴 것에서, 그는 농민의 강인함을 상징하는 전설적 인물이었다.

고 말하고 싶어 하는 자들의 돈키호테적인 관념과 궤도를 같이 하는 것이고, 또 만약 시일이 지나 정세가 사실 그렇게 된다 해도, 그 문제에 대해 그 사람 개인이 말할 수 있는 것은 고작해야 그때까지는 양쪽 다 사태와 밀접하게 연관된 무수한 사건이 계속 일어날 것이므로, 당분간은 이 양국이 아무리 북극과 남극만큼 소원한 사이라 해도, 되도록이면 공존하며 더불어 번영해 가는 것이 최상인 것이다. 또 하나의 쟁점은 약간 흥미로웠는데, 속된 말로 표현하면 요컨대 매춘부와 굴뚝청소부의 내연관계에 지나지 않으며, 지난날을 떠올리면 아일랜드의 군인들이 대영제국에 가담하여 싸운 횟수는 적대한 횟수만큼, 아니 실제로는 더 많았으리란 것이다. 그런데 이제 와서 왜? 그리하여 이 두 사람, 이 가게의 주류 판매 면허인인, 그 유명한 무적혁명당원인 피츠해리스 또는 과거에 그였다는 소문이 있는 사내와, 어떻게 보아도 가짜인 다른 사내의 논쟁은, 적어도 인간심리 연구가인 그가 훈수꾼으로서 바라본 바로는 짬짜미로밖에 생각되지 않았다, 미리 짠 것일 텐데, 다른 사람들은 아무도 그 속임수를 눈치채지 못한 모양이었다. 애당초 이 가게의 임차인, 즉 주인부터가 진짜 산양 가죽은 아닌 것 같고, 그렇다면 그(블룸)로서도 극히 당연한 일이지만, 이런 종류의 인간은 처음부터 무시하고 들어가는 편이 낫다, 그러지 않으면 어처구니없는 꼴을 당하게 된다는 것을 통감하니, 사생활상의 황금률에 따라서 이런 인종이나 음모 따위에는 절대로 상관하고 싶지 않았다. 왜냐하면 일이 뜻밖의 방향으로 나아가 대니면 같은 밀고자가 나타나서 데니스 케리인지 피터 케리인지가 한 것처럼 여왕의─아니 지금은 국왕의─법정에서 동료에게 불리한 증언을 할 가능성이 있기 때문인데, 그런 것은 생각만 해도 소름이 끼치는 일이다. 설령 거기까지는 아니라 하더라도 비행과 범죄를 거듭하는 인생을 그는 별로 좋아하지 않았고, 어떤 형태로든 범죄적 성향을 띤 행동을 선망한 적은 한 번도 없었다. 그러면서도 역시 부정할 수 없는 것은, 정치적 신념의 용기에 불타 실제로 칼을, 그 날카로운 날붙이를 휘두른 인물에 대해서는 어떤 존경심을(속마음은 변함없는 그로 있으면서) 느껴 버렸으니, 다만 그 개인적으로는 절대로 그런 사건에 끼어들고 싶지 않으며, 어쨌든 암살이라는 것은 남국의 사랑의 갈등이 낳은 복수극과 같은 것으로─여자를 얻거나, 아니면 여자 때문에 교수형당하는─그럴 때 남편은 대개, 어떤 행운의 샛서방과의 관계 때문에 아내와 말다툼을 하고 (즉 남편은 그 두 사람을 계속 지켜보고 있었던 것이다), 그 결과 결혼 뒤의 '불륜'에 대한 벌로서 사랑하는 아내에게 칼부림을 하여 상해치사…… 여기까지 왔을 때 그는 문득 생각났다. 산양 가죽 피츠라는 놈은 그때 상해사건의 직접적인 하수인들을 위해 마차를 몰았을 뿐*83이고, 만약 나중에 들은 소문이 확실하다면, 야습에는 가담하지 않았으며, 그 사실을 유능한 변호사가 역설해 준 덕분에 털끝 하나 다치지 않고 위기를 면한 것이다. 어쨌든 그것도 이제는 아득히 먼 옛날이야기, 우리의 친구인 가짜 가죽 어쩌고 하는 자도 아무래도 너무 오래 살아 세상에서 잊혀져버린 것 같다. 남들처럼 일찍 병사하거나 교수대에 높이 매달려야 했는데. 여배우들처럼 이젠 정말 작별이에요─언제나 진짜 마지막 출연이라고 해놓고 다시 방긋 웃으면서 무대 위에 나타난다. 뭐 너무 통이 크다고 해야 할까, 충동적이고, 신중하고자 하는 마음자세가 전혀 없이, 물에 비친 제 그림자를 보고 짖어 대다가 입에 문 뼈를 떨어뜨리는 것이다. 그리고 미스터 블룸이 역시 빈틈없는 직감으로 추측한 것이지만, 조니 리버 씨도 부두 근처를 어슬렁거리는 동안 '그리운 아일랜드' 술집*84의 편안한 분위기가 마음에 들어서, 돌아가라 에린으로 하고 노래하다가 꽤 많은 재산을 낭비한 것이 틀림없다. 또 한 사람, 완전히 똑같은 헛소리를 아까 오후에 퍼부었던 그 남자에 대해서는 극히 간단하게 효과적으로 반격하여 입을 다물게 했다고 그때의 광경을 그는 스티븐에게 이야기했다.

─내가 어쩌다가 무슨 소리를 했더니 그자가 흥분해서는, 나를 유대인이라고 욕하더군. 흥분한 투로 거의 싸울 듯이 말이야. 그래서 나는 명백한 사실을 그대로 숨기지 않고 말해 주었지. 자네들이 믿고 있는 신, 즉 그리스도도 유대인이었어, 그 가족들도 모두 유대인이지, 나와 마찬가지로, 하기야 나는 진짜 유대인은 아니지만*85 하고 말이네. 그러니까 한마디도 못하더군. 유순한 대답은 분노를 쉽게 한다고 하지 않던가. 모든 사람들이 보고 있었는데 놈은 한마디도 하지 않았지. 내 생각이 틀렸을까? 크게 감정이 상했지만

---

*83 피츠해리스는 경찰의 눈을 현혹시키는 노림수로 마차를 몰았을 뿐, 암살자들은 다른 마차로 달아났다.

*84 리피 강 북안의 노스월 10번지. 부두에서 가장 가까운 술집.

*85 할례를 받지 않고, 유대인이 지키는 음식 규정을 지키지 않으며, 세례를 두 번 받은(한 번은 신교, 한 번은 가톨릭) 일을 가리키는 것이 아니라, 아일랜드인이기 때문에.

대체로 평정을 잃지 않는 이 인물은 이렇게 단언했다.

그때의 부드러운 힐문(詰問)에 대해 마음속으로 애매한 자부심을 느끼면서 그는 스티븐을 향해, 자네 생각은 잘못되었다고 말하는 듯한 눈길을 한참 동안 보냈는데, 그 속에 애원하는 눈빛도 섞여 있었던 것은 자신이 모든 말을 다했다고는 할 수 없었기 때문이다…….

─이스라엘에서 난 자라면, 스티븐이 애매한 투로 중얼거리자, 그들의 두 개, 아니 네 개의 눈이 마주쳤다. 그리스도든 블룸이든, 다른 어떠한 이름이든 결국 마찬가지가 아닙니까. 육신으로 보면 말입니다.

─물론, 미스터 블룸은 논지를 명확히 밝히고자 대답했다. 우리는 문제의 양면을 보아야 하네. 사물의 좋고 나쁨에 대해 절대적인 기준을 둔다는 것은 쉬운 일이 아니기 때문이지. 하지만 모든 점에서 개량의 여지가 있네. 하기야 어느 나라든 그에 상응하는 정부가 있고, 우리의 이 한심한 나라도 그렇지만. 모든 점에서 좀 더 선의로 대할 수는 없는 것일까. 서로 뛰어난 점을 자랑하는 것도 좋지만, 서로에게 평등한 것도 좋지 않은가 말이야. 나는 어떤 형태이든 폭력이니 편협이니 하는 것을 가장 싫어하네. 그런 것은 무언가를 낳을 힘도 무언가를 저지할 힘도 없거든. 혁명도 정연하게 분할 지급하는 방식으로 해야만 하지. 바로 건너편의 뒷골목에 살면서 다른 사투리를 쓴다고 해서, 말하자면 이웃끼리 그런 일로 서로 미워하는 건 더없이 어리석은 일이 아닌가.

─피가 낭자한 다리*86 위에서 양쪽 주민들이 7분 동안 벌인 처절한 전쟁 말이군요, 스티븐도 동의하며 말했다. 스키너 골목길과 오먼드 시장(市場)*87과의.

─바로 그거야, 미스터 블룸은 스티븐의 말에 전적으로 찬성했다. 철두철미하게 맞는 말이지, 온 세계는 그런 일로 가득 차 있으니까.

─내가 말하려 한 것도 바로 그거죠, 그가 말했다. 서로 상반되는 증거를 토대로 궤변을 늘어놓을 뿐, 솔직한 면은 거의…….

---

*86 블러디 다리. 1670년 리피강에 설치된 바라크식 다리의 별명. 이 다리가 화물선, 부두, 창고의 영리를 방해한다고 본 더블린 직인조합은 견습공들을 시켜 다리를 파괴하려고 했지만, 군대가 출동하여 네 명의 직인이 죽었다. 이것이 그 이름의 유래이다.
*87 각각 리피강 남북의 지구로, 18세기에는 강을 사이에 두고 양쪽의 뱃사공이 싸웠다. '7분 전쟁'이라는 것은 스티븐의 농담일 것이다.

모두가 그렇게 사소한 일로 입씨름을 하며, 투쟁본능의 돌기(突起)인지 내분비선인지에 고여 있는 유해한 피를 일깨워 놓고, 그것을 개인의 존엄성과 애국심의 발로라고 믿는 것 같지만, 그의 개인적 의견으로는, 모든 것은 대부분 금전문제이며, 모든 일의 배후에는 그것이 도사리고 있다. 인간의 탐욕과 질투에는 도무지 한계가 없으니까.

─그들은 비난하고 있네, 주위 사람들의 귀에도 들릴 만큼 그의 목소리가 커졌다. 곧 그는 사람들로부터 등을 돌리고, 이렇게 하면 들릴까봐…… 더 가까이 가서 얘기를 계속하기로 했다. 될 수 있는 대로…… 만에 하나 그들이…….

─유대인은, 그는 혼잣말처럼 스티븐의 귓전에 속삭였다. 모두를 파산시킨다며 비난받고 있네. 그런데 그건 새빨간 거짓말이야. 역사가 그것을 의문의 여지없이 증명하지. 이렇게 말하면 자네는 놀랄지도 모르지만, 에스파냐는 종교재판을 벌여 유대인을 몰아내는*88 바람에 쇠퇴의 길을 걸었네. 반면에 영국에서는 크롬웰이라는 매우 유능한 악당이, 다른 점에서는 중대한 과실을 여러 가지로 범했지만, 유대인을 입국시켰고, 그 덕에 영국은 번영할 수 있었네.*89 왜냐하면 그들은 천부적인 경제민족이거든. 실무에 재능이 있고, 이미 증명도 되었어. 나는 뭐 그다지 깊이 들어가고 싶지는 않네…… 이런 문제에 대해 자네는 유명한 저서를 읽었을 것이고, 게다가 정통파니까 …… 하지만 종교는 제쳐 두고 경제면에 대해서만 말하면, 신부(神父)가 있는 곳에 가난이 있다는 거지. 얘기를 에스파냐로 돌리면, 이전의 아메리카─에스파냐 전쟁*90 때만 해도 신흥국가 미국을 못 당해내지 않던가. 터키인들도 도그마에 빠져 있어. 전사하면 곧바로 천국에 갈 수 있다고 믿지 않았다면 좀 더 목숨을 소중히 했겠지. 적어도 나는 그렇게 생각하네. 천국은 교구 사제들의 사기, 돈을 우려내기 위한 엉터리 구실이지. 어쨌든 나는 진짜 아일랜드인이라네, 그는 연극조로 힘을 주어 말을 계속했다. 그 점에서는 맨처음에 얘기한 그 무례한 남자와 아무런 차이도 없는 것이고, 내가 희망하는

---

*88 1492년, 페르디난드 5세가 유대인을 추방하라는 칙령을 내린 결과 에스파냐는 쇠퇴한 것으로 알려졌다.

*89 크롬웰이 경제적인 이유로 유대인을 입국시킨 것은 사실이다.

*90 1898년 미국이 에스파냐와 싸워 승리해 푸에르토리코, 마닐라를 점령했다.

것은, 그는 결론을 내렸다. 종교와 계급의 차별 없이 모두 각자 분수에 맞게 안락하게 살 수 있는 수입이 듬뿍, 그다지 궁상떨지 않고 말이야, 음, 연 300파운드 정도면 될까. 뭐니뭐니해도 이것이 근본문제이고, 게다가 이룰 수 있는 일이지, 그렇게 되면 인간들끼리 더욱 사이좋게 지내고 싶은 마음이 들 거야. 이견(異見)이 있을지도 모르지만 적어도 이것이 내 의견이네. 그리고 나는 그러한 것을 애국심이라 부르고 있네. '조국이 있는 곳에' 우리가 모교의 고전 시간에 수박 겉핥기식으로 들었던 대로 '좋은 생활이 있다'지.*91 물론 일을 한다면이란 전제하에서지만.

커피라는 건 이름뿐인 맛없는 음료를 앞에 두고 스티븐은 이 일반론의 개요를 듣는 동안, 특별히 아무것도 보지는 않았다. 귀에는 물론 온갖 종류의 말이 들어와서는, 오늘 아침 링스엔드에서 본 게처럼 끊임없이 색깔을 바꾸고 있었다. 같은 모래땅에서도 색조는 장소에 따라 다 다르고, 게들이 허둥지둥 기어드는 구멍 바로 아랫부분에 그들의 집이 있다고 할까, 있을 것 같은 느낌이 들었다. 이윽고 얼굴을 들었을 때 그가 본 것은, 분명히 아까, 일을 한다면이라고 말했던가 말하지 않았던가, 어쨌든 그 남자의 눈이었다.

—나는 제외해 주세요, 그 '일을 한다면'에서요. 그는 간신히 그렇게 대답했다.

이러한 대답에, 지켜보던 두 눈은 깜짝 놀라고 있었다. 현재 일시적으로 그 눈의 소유자인 그는, 아니 그의 목소리—인간은 누구나 일을 해야만 한다—는 내내 상대방의 기색을 살피고 있었던 것이다.

—물론 내가 말하는 일이란, 상대방은 급히 덧붙여 설명했다. 최대한 넓은 뜻에서지. 글을 쓰는 일도 단순히 명성만 추구하는 것은 아니니까. 지금은 신문에 글을 쓰는 것이 가장 지름길인 듯하지만. 그것도 일이라네. 중요한 일이지. 결국 자네라는 인간에 대해 내가 아는 얼마 안 되는 정보에서 판단하더라도, 자네처럼 교육에 많은 돈을 쓴 사람이라면 자신을 높이 팔아서 그 부분을 메울 자격이 있네. 자신의 철학을 추구하면서 펜으로 생계를 유지하는 자네의 권리는 농민의 그것과 완전히 같은 것이지. 그렇지 않은가? 자

---

*91 Ubi partia …… vita bene.(라틴어) 블룸은 '내가 잘 사는 곳에 조국이 있다(Ubi bene, ibi patria)'라는 격언을 말하고자 했으나 혼동하여 정반대되는 말을 하고 있다. 그는 내가 행복할 수 있는 곳이면 어디든 조국이 될 수 있다고 생각한다.

네도 농민도 아일랜드의 것이야. 두뇌도 근육도 그렇고. 어느 것이나 똑같이 중요하다네.

─선생님의 생각으로는, 제가 중요한 이유는 '성 패트릭의 토지', 즉 아일랜드의 것이기 때문이군요. 스티븐은 반쯤 웃으면서 반박했다.

─난 한 걸음 더 나아가서 말하고 싶은데, 미스터 블룸이 완곡하게 운을 뗐다.

─하지만 제 생각으로는, 스티븐이 그것을 가로막으면서 말했다. 아일랜드가 중요한 이유는 그것이 제 것이기 때문입니다.

─어, 뭣이? 미스터 블룸은 아마 뭔가 잘못 들었겠지 하고 몸을 내밀면서 물었다. 미안하지만 나중의 말은 못 알아들었네. 뭐가 자네 것이라고?

스티븐은 노골적으로 불쾌한 투로 같은 말을 되풀이한 뒤, 커피도 뭐도 아닌 것을 거칠게 옆으로 밀면서 다시 말했다.

─자신의 나라를 바꿀 수는 없으니까요. 화제를 바꾸시죠.

이 적절한 제안을 받아들인 미스터 블룸이 시선을 떨어뜨리고, 어떻게 화제를 바꿔야 할지 몰라서 당황하고 만 것은, '내 것'이라는 그 말을 어떻게 해석해야 할지 몰랐기 때문이다. 뭔가를 비난하고 있는 것만은 의문의 여지가 없다. 평소에는 지나치게 신경질적인 이런 말투를 쓰지 않는 사람인데, 아무래도 조금 전에 있었던 싸움의 흥분이 이제야 나타난 것이리라. 게다가 아마, 미스터 블룸이 매우 중요하게 생각하는 가정생활이라는 것이 이 청년에게는 필요한 모든 것이 아니었거나, 아니면 지금까지 사귀어 온 친구들에게 나쁜 물이 들었기 때문이리라. 블룸은 옆에 앉은 청년에게서 어느 정도 불안을 느끼며 그가 파리에서 이제 막 돌아왔다는 사실을 떠올리며 다소 놀란 기색으로 그를 남몰래 살폈다. 청년의 눈은 특히 그의 아버지와 누이동생을 생각나게 하였으나, 그런 것은 그다지 참고가 되지 않았으므로, 그는 창창한 앞길을 두고도 그것이 이루어지기에 앞서 일어난 타락 때문에 그 싹을 꺾인 사람들의 일을, 더욱이 그 책임을 질 사람이란 그들 자신 이외에는 아무도 없는 교양 있는 사람들을 떠올렸다. 이를테면 오캘러헌과 같은 자는 수입은 불충분했어도 집안이 좋았는데, 정신이 반쯤 나간 기인(奇人)으로, 어리석은 장난을 좋아하고 요란한 행동을 많이 했으니, 그 중에서도 술에 취하면 옆에 있는 아무에게나 짓궂은 장난을 하고 일부러 갈색 포장지로 만든 옷을 입고 보란 듯이 거리를 누비는 버릇이 있었다 (이건 사실이다). 그렇게 실컷 재미를 본 끝에 찾아오는 당연한 결과로 난처한 처지가 되어 친구 두서넛의 도움으로 숨게 되었는데, 그것도 로워 캐슬 서(署)의 존 맬런이 형법 개정조례 제2조에 의거해 벌을 받는 일이 없도록, 소환될 사람의 이름은 전달했으나 공표는 하지 않음으로써, 누구나 잠시 머리를 짜내면 이유를 알 수 있을 만큼 노골적인 암시를 주고 나서야 이루어진 일이었다. 그는 또, 될 수 있으면 듣고 싶지 않은 6이나 16과 같은 숫자*92 안토니오와 그의 동류(同類), 경마 기수, 심미주의자, 그리고 1870년인가 그 무렵, 당시 황태자였던 지금의 왕좌 점유자도, 귀족계급도, 그 밖의 사람들도, 또 그 밖의 지체 높은 사람들도, 국가 원수가 하는 일에 그저 따르기만 했기 때문에 70년대 전후에 이르면 귀족원에서까지도 문신이 대유행이었다는 점 등을 생각하면서, 수년 전 있었던 콘월 사건과 같은, 결코 자연스러운 것이라 할 수 없는 허영과 겉치레로 인해 생겨난, 온갖 악명 높은 인간과 왕족들이 저지른 잘못들*93 이 도덕성에 가한 타격에 대하여 곰곰이 되짚어 보았으니, 이러한 풍조는, 선량한 그런디 부인*94이 법의 한도 내에서 격렬히 반대했던 것으로서, 이는 대부분의 여자들이 주로 옷이나 그 밖의 자질구레한 일들에만 신경을 쓸 뿐, 이런 문제에 대해서는 무관심하다는 점을 고려해 볼 때 매우 예외적인 경우라 할 수 있었다. 색다른 내의를 좋아하는 여인들이란, 센스 있는 옷을 입은 남자와 마찬가지로, 간접적인 암시를 통해 양성간의 대조를 한층 돋보이게 하여 서로 간의 호색적인 행위에 대한 순수한 자극을 더욱더 조장하도록 노력하는 셈이다. 그녀는 그의 단추를 풀어 주고, 그는 그녀의 옷을 벗겨 주거나 핀에 대해서까지도 신경 쓴다. 그런데 예를 들어, 그늘에서도 화씨 90도*95 이상 올라가는 식인섬에 사는 야만인들은 그러한 일에는 전혀 무관심하다. 그러나 이야기를 애초로 되돌려, 이와는 반대로 빈손으로 사회의 최하층에서 최상층까지 올라간 사람들도 있다. 타고난 재능, 즉 두뇌로.

---

*92 성교를 가리킨다.

*93 문신과 남색 등을 말한다.

*94 토머스 모턴의 연극 〈Speed the Plough〉에 나오는 희화된 인물로, 꽉 막히고 도덕가인 체하는 늙은 부인. 예전에 워싱턴의 사교계를 지배한 그런디 부인의 이름이 보편화되어 사교계의 법칙을 지배하는 인물의 대명사가 되었다.

*95 섭씨 32도.

이와 같은, 그리고 그 이상의 이유로 해서, 그는 참고 있다가 이 예기치 않았던 기회를 이용하는 것이 이익이기도 하고 의무이기도 하다는 생각이 들었다. 사실 그 이유라는 것을 분명히 설명할 수도 없고, 또 그 때문에, 스스로 궁지에 빠져, 이미 몇 실링이나 헛되이 써버렸음에도 불구하고. 어쨌든, 평범하지 않은 재능의 소유자와 교제하여 사색의 양식을 공급 받으면 약간의 투자가 엄청난 이익을…… 지적인 자극이라는 것은 단지 그것만으로, 가끔은 정신에 훌륭한 강장제가 되는 것이다. 이에 더하여 오늘 밤에도 우연히 그랬지만 집회, 토론, 춤, 싸움, 오늘은 이곳에 있지만 내일은 다른 곳으로 가버리는 선원, 밤의 부랑자들, 그러한 것들이 모두 성운(星雲)처럼 하나로 모여들어 현재 우리가 살고 있는 세계의 정교하기 그지없는 축소판을 만들어내는 셈인데, 특히 밑바닥의 10퍼센트, 즉 탄광부, 잠수부, 청소부 등의 생활은 최근에 끊임없이 정밀한 조사대상이 되고 있다. 지금의 이 절호의 기회를 이용하여 만약 여기서 보고 들은 것을 기록한다면 필립 뷰포이 씨[96] 같은 행운을 얻지 말라는 법도 없을 것이다. 과감하게 참신한 것을 쓸 수 있다면 (그리고 싶은 마음은 얼마든지 있다) 원고료는 1회에 1기니. 제목은 '거리 마부 집합소에서의 나의 경험'이라고나 할까.

마침 운 좋게도 그의 팔꿈치 옆에 사실적인 거짓말을 하는 〈텔레그래프〉의 분홍색 최종판이 놓여 있었다. 그리고 그는 아직 납득하지 못한 채 다시 한 번, 아일랜드가 그[97]의 것이란 이야기와 브리지워터에서 온 배와 그림엽서의 수취인이 A. 부댕으로 되어 있었던 것, 선장의 나이는 얼마일까 등 머릿속으로 이리저리 되새김하면서도, 눈은 자신의 전문분야와 관련된 다양한 표제 위를 정처 없이 떠돌다가 '모든 것을 감싸시는 아버지시여 오늘도 저희에게 일간신문을 주시옵소서'라는 것을 보고 처음에는 깜짝 놀랐다. 그러나 잘 보니 그것은 타자기 판매인인지 뭔지 H. 뒤 부아라는 누군가의 뭔가에 대한 기사에 지나지 않는다는 것을 알았다. 격전(激戰), 도쿄발(發).[98] 아일랜드의 정사(情事), 위자료 200파운드. 고든 베넷 컵. 이민 사기. 윌리엄 대주교 각하의 투고.[99] 애스콧 경마, 스로우어웨이가 우승, 마샬 대위의 다

---

*96 오늘 아침 그가 화장실에서 읽은 〈티트비츠〉지의 현상소설 공모에 당선된 사람.
*97 스티븐.
*98 러일전쟁 뉴스.

크호스, 위고 경이 큰 차로 이긴 1892년의 더비를 재현. 뉴욕의 대참사. 사망자 1000명. 구제역. 고(故) 패트릭 디그넘의 장례.

여기서 화제를 바꾸기 위해 그는 영면한 디그넘에 대한 기사를 읽었는데, 다시 생각해보니 그건 참으로 음산한 벌판의 장송. 아니면 묘지로 주소를 바꾸었다고 할까.

—오늘 아침, (하인스가 쓴 것이 틀림없다) 고(故) 패트릭 디그넘 씨의 유해는 샌디마운트 뉴브리지거리 9번지의 저택에서 글래스네빈으로 옮겨져 매장되었다. 고인은 생전에 그 시에서 인망이 매우 높았고 인간미 있는 신사로 널리 알려졌으므로, 병상에 누운 지 얼마 안 되어 서거한 것에 대해 각계각층의 시민들은 큰 충격을 받고 그 죽음을 깊이 애도하고 있다. 장례는 고인의 친구들이 다수 참석한 가운데 노스 스트랜드 도로 164의 H.J. 오닐 부자(父子) 장의사(이것은 분명히 코니가 옆에서 부추기는 바람에 썼으리라)의 주도로 거행되었다. 조문객은 패트릭 디그넘(아들), 버나드 콜리건(매형), 변호사 존 헨리 멘튼, 마틴 커닝엄, 존 파워, eatondph 1/8 ador dorador douradora(이 오식은 틀림없이 키즈의 광고 일로 내너티가 식자공 멍크스를 불렀기 때문이다), 토머스 커넌, 사이먼 디댈러스, 문학사 스티븐 디댈러스, 에드워드 J. 램버트, 코널리우스 켈러허, 조지프 매카시 하인스, L. 붐, C.P. 매코이—매킨토시 외 다수.

L. 붐이라는 이름(잘못 기재되었기 때문에)과 고르지 않은 활자열을 보고 적잖이 화가 났지만, (매킨토시는 물론) 이제 와 새삼스럽게 말할 것도 없이 참석지도 않았던 C.P. 매코이와 문학사 스티븐 디댈러스 때문에 웃음이 터져나올 것 같아 L. 붐은 그의 친구인 문학사에게 그것을 지적했고, 더욱이 터무니없는 오식의 풍부한 수확도 잊지 않고 함께 제시했다. 그러나 상대방은 여전히 하품인지 불쾌감인지를 삼키려 할 뿐이었다.

—그 히브리인들에게 보낸 첫째 서간*100은 실려 있습니까? 그는 아래턱이 움직이게 되자 곧 물었다. 너의 입을 열어 너의 발을 그 속에 넣으라*101

---

*99 더블린의 대주교 윌리엄 J. 월슈(1841~1921)는 파넬을 탄핵하고, 프리먼사(社)의 편집 방침에 비판적인 투서를 했다.

*100 게재를 부탁 받은 디지 교장의 글. 〈신약성경〉에서 히브리인들에게 보낸 서간은 단 하나 뿐이다. 즉 이는 디지 교장이 계속 글을 쓰리란 것을 비꼰 말.

고 하는 구절이 있는데.

─실려 있어, 제대로, 미스터 블룸이 대답했다(처음에는 대주교의 투서에 관한 것인가 했지만, 전혀 상관없는 발이나 입에 대한 언급을 보고 구제역에 관한 것임을 알았다). 그는 이로써 상대가 안심한 것을 크게 기뻐하는 동시에 마일스 크로퍼드가 지면을 잘 정리한 솜씨에 약간 놀랐다.

붐(당분간은 오식된 새 이름으로 부르도록 하자)은 상대가 2면을 읽는 동안 무료함을 달래기 위해, 눈앞의 제3면에 있는 애스콧 경마 제3레이스의 기사를 띄엄띄엄 읽고 있었다. 상금 1000파운드에 정화(正貨) 3000파운드 추가. 암수의 모든 어린 말에. 1위 스로우어웨이 우승 혈통마, 마주(馬主) F. 알렉산더 씨, 부모는 라이트어웨이와 드레일, 5세, 9스톤 4파운드(기수 W. 레인). 2위 진펀델, 마주 하워드 드 월든 경(기수 M. 캐넌). 3위 셉터, 마주 W. 바스 씨. 판돈은 진펀델에게 4 대 5, 스로우어웨이에게 1 대 20(최고)의 환급. 셉터가 약간 무겁고, 진펀델에게 4 대 5, 스로우어웨이에게 1 대 20(최고). 스로우어웨이와 진펀델은 처음에 나란히 달리며 예상할 수 없는 혼전을 벌였지만 다크호스인 스로우어웨이가 점차 치고 나가, 2마일 반 코스에서 하워드 드 월든 경의 밤색 수말과 W. 바스 씨의 적갈색 암말 셉터를 제치고 큰 차로 맨 앞에 나섰다. 우승마의 조련사는 브레인. 그러고 보면 레너헌의 그 보고는 완전히 엉터리가 아닌가. 1마신(馬身)의 근소한 차이로 아슬아슬하게 이겼다고 하더니. 1000파운드 외에 정화 3천 파운드라. 이 경주에는 J. 드 브레먼의 맥시멈 2세(밴텀 라이언스가 열심히 캐묻고 다닌 프랑스 말로, 아직 등수에는 한 번도 들지 못했으나 최근 유망주)도 출정했다. 한탕 버는 방법도 가지가지다. 정사(情事)의 위자료 따위. 하지만 그 어설픈 라이언스 녀석은 너무 안달하다가 갑자기 방침을 바꿨으므로 손해를 보았다. 물론 도박에서는 바꾼 덕분에 대박을 치는 경우도 있지만 결과적으로 봐서 그 불쌍한 얼간이의 선택은 그리 현명하다고 할 수 없는 자포자기한 노림수였다. 결국은 어림짐작이니까.

─그렇게 될 거라는 징후는 누구의 눈에도 보였으니까, 미스터 블룸이 말했다.

＊101 입은 화의 근원임을 경계하는 아일랜드 속담.

─누구 말인가요? 이때 마침 다친 손에서 통증을 느끼던 상대방이 물었다.

어느 날 아침 신문을 펼치면, 그때 마부가 확신에 차서 말했다. 파넬이 귀국한다는 기사가 있을 거야, 뭐든지 바라는 것을 걸어도 좋아. 그러고 보니 어느 날 밤 더블린 소총보병연대의 병사 하나가 이 술집에 와서 남아프리카에서 파넬을 보았다고 하더군. 그가 실각한 것은 자존심 때문이지. 15번 위원회실 사건*102 뒤 곧 자살하거나, 아니면 자취를 한동안 감추고 본디 자신으로 돌아가 아무도 뒤에서 손가락질하지 않을 때까지 몸을 숨겼으면 좋았을 텐데. 그러면 한 사람도 남김없이 모조리 무릎을 꿇고 그가 악몽에서 깨어나 다시 정신을 차리고 돌아오기를 간청했을 텐데 말이야. 그는 아직 죽지 않았어. 어딘가로 망명했을 뿐이지. 운반되어 온 관 속에는 돌이 들어 있었어.*103 이름을 데 베트로 바꾸고, 보어인 장군이 되어서. 사제들을 적으로 돌린 것이 잘못이었지. 그리고 그 밖에 등등.

어쨌든 미스터 블룸(다시 정식 이름으로 부르도록 하자)은 그들의 이상한 기억력에 약간 어이가 없었다. 워낙 그 사건 때 파넬의 초상(肖像)이 열에 아홉은, 더구나 한두 개가 아니라 수천 개나 불태워졌고, 그로부터 20여 년*104 동안 완전히 망각 속에 묻혀 있었던 것이다. 돌이 채워져 있었다는 이야기는 물론 전혀 근거 없는 소문이었고, 만약 사실이라 해도 귀환한다는 것은 모든 사정에 비추어 보아 전혀 바람직하지 않다고 여겨졌다. 파넬의 죽음*105에는 분명히 뭔가 그들을 짜증나게 하는 면이 있었다. 그것은 그의 정치상의 온갖 계획이 가까스로 실현되려는 순간, 그가 너무도 어이없이 급성폐렴으로 죽었기 때문인지, 아니면 세상 사람들의 애도 속에 죽은 원인이 실은 비를 맞은 뒤 구두를 바꿔 신고 옷을 갈아입는 것을 소홀히 하여 감기에 걸린 데다, 의사의 치료도 받지 않고 방 안에 틀어박혀 있었던 탓으로 2주일

---

*102 1890년 12월 1일부터 6일 동안, 영국 하원의 15번 위원회실에서, 아일랜드 의회당 의원 73명이 오셰이 부인 사건 이후 당수 파넬의 진퇴에 대해 논의, 45명의 반(反) 파넬파가 퇴장함으로써 의회당이 분열했다.

*103 파넬은 1891년 10월 6일 잉글랜드 브라이튼에서 사망, 그 유해는 10월 11일 더블린으로 옮겨져 글래스네빈 묘지에 묻혔다.

*104 파넬이 죽은 것은 13년 전이므로, 이 말은 정확하지 않다.

*105 파넬은 1891년 9월 27일, 골웨이에서 빗속에 연설하다가 얻은 폐렴이 원인이 되어 사망했다는 설도 있다.

도 넘기지 못했다는 사실이 널리 알려졌기 때문인지, 그것도 아니라면 어쩌면 그의 죽음으로 자신들이 활약할 무대가 없어졌으므로 낙담한 것인지. 물론 그는 생전에도 신출귀몰하여 아무도 그 소재를 몰랐고, 폭스나 스튜어트 같은 가명*106을 몇 개나 쓰기 전부터 이미 분명히 '앨리스여, 그대는 어디 있는가' 하는 식이었으니, 하물며 지금 있는 장소를 알 만한 단서가 전혀 없으므로, 술동무인 마부가 퍼뜨리고 있는 생존설도 완전히 없을 법한 이야기는 아니다. 만약 살아 있다면 파넬은 당연히 지금 당장 귀국하고 싶어 할 것이다. 태어나면서부터 민중의 지도자 그 자체인 데다 당당한 용모와 6피트의 풍채, 구두를 벗어도 5피트 10인치나 11인치, 이에 비해 그 뒤를 이어 리더역을 맡고 있는 모모(某某) 씨들은 모두 전임자의 발끝에도 미치지 못하는 소인배들뿐, 부족함을 채울 만한 뭔가 다른 장점이 있을 성싶지도 않다. 우상의 발이 실은 진흙이라는 교훈*107을 그대로 보여 주는 상태에서, 그의 충실했던 72명의 부하들은 갑자기 그를 공격하면서 서로 진흙탕 싸움을 시작했다. 그 수법은 완전히 살인청부업자의 그것과 같단 말이야. 당신이 돌아오는 수밖에 없소─그것을 생각하면 당신도 필경 안절부절못할 터─어쨌든 서투른 배우들에게 주연배우의 '연기'를 보여주기 바라오. 언젠가 〈인서프레서블〉의, 아니 〈유나이티드 아일랜드〉*108였던가, 하여튼 신문사의 활자판이 파괴당하는 천재일우의 사건 때, 블룸은 영광스럽게도 그를 만나 크게 감격한 적이 있는데, 바로 그때 누군가가 때려서 떨어뜨린 파넬의 실크해트를 주워서 건넸더니 그는 매우 침착한 얼굴로 '고맙소' 하고 말했다. 갑자기 그런 변을 당하여 속으로는 크게 당황했을 텐데─뼛속까지 스며든 습성의 힘은 무서운 것이다. 그런데 이야기는 다시 귀국으로 돌아가서, 큰 행운이 따르지 않는 한 놈들은 당신이 돌아오자마자 테리어견(犬)을 풀어 당신을 박해할 거요. 그 다음에는 여지없이 끝없는 논쟁, 톰은 찬성하지만 딕과 해리는 반대할 거요. 그리고 그 다음에는, 이것이 무엇보다 중요한 것인데, 당

---

*106 파넬이 키티 오셰이와 연락할 때 썼던 가명.

*107 우상의 '발은 일부는 쇠로, 일부는 진흙으로 되어 있었습니다.'(《대니얼서》 2 : 33)

*108 〈유나이티드 아일랜드〉는 파넬이 자신의 주장을 발표하기 위해 1881년에 창간한 기관지. 1890년 12월, 반파넬파로 변신한 매슈 보드킨들이 당사를 점거하자 파넬은 곧 그들을 진압했는데, 거기에 맞서 반파넬파는 〈인서프레서블〉(진압된 자)이라는 신문을 발행했다.

신은 현재의 권리소유자에게 맞서기 위해 자신의 신분증명서를 여기저기 제출해야 할 거요. 티치본 사건*109의 원고처럼. 이름은 로저 찰스 티치본, 증거에 의해 뚜렷해진 것처럼 상속자인 사내를 태운 채 침몰한 배의 이름은, 내가 기억하는 한 분명히 '벨라'호. 그리고 벨류 경이라고 했던가, 먹으로 새긴 문신이 있을 거라고 증언한 사람은. 그 배에 함께 탄 누군가에게 교섭을 하면 상세한 얘기를 얼마든지 들을 수 있었을 것이고, 게다가 말을 맞추고 차림새를 점검한 뒤, '실례합니다, 저는 이러이러한 사람입니다' 하고 자기소개를 한다. 블룸은 옆자리에 앉아 있는, 그리 달변은 아니지만 사실은 지금 화제에 오른 저명인과 많이 닮은 청년을 향해 말했다. 그러므로 좀 더 신중을 기하려면, 우선 주위 정세를 잘 살펴 두어야 하네.

─그 암캐 같은 년, 영국의 갈보년*110이 그를 죽였단 말이야, 술집주인이 단정하고 나섰다. 그 여자가 원흉이라고.

─그래도 좋은 여자였어, '자칭' 시청 서기 헨리 캠벨이 말했다. 꽤 풍만했거든. 그 여자 덕에 넓적다리가 흐물흐물해진 남자들이 많았지. 이발소에서 그 여자의 사진을 보았네만. 남편은 대위라나 뭐라나,*111 어쨌든 장교였어.

─맞아, 산양 가죽이 재미있다는 듯이 덧붙였다. 그놈도 빛 좋은 개살구 같은 놈이지.

이런 익살스러운 비평을 공짜로 들은 덕분에 주인 주위에선 왁자하게 웃음소리가 터져 나왔다. 미스터 블룸은 웃지도 않고 가만히 입구 쪽을 바라본 채, 그 당시 이상한 관심을 불러일으켰던 그 역사적 사건에 대해 곰곰이 생각하고 있었다. 그때 사태가 악화된 것은 몇 가지 사실이, 두 사람이 주고받은 러브레터까지 포함하여 공표되었기 때문이다. 내용은 달콤한 밀어였고, 처음에는 엄밀하게 플라토닉 러브였지만, 이윽고 자연스럽게 어떤 종류의 관

---

*109 영국의 부유한 귀족 티치본 집안의 상속인이 호주에서 귀국하다가 카리브해에서 배가 침몰하여 행방불명되었다. 그로부터 13년 뒤(1866)에 그를 자처하는 남자가 나타났고, 고인의 어머니는 그를 상속인으로 인정했지만, 고인의 동급생인 벨류 경의 증언으로 가짜임이 밝혀졌다. 법정사상 유명한 이 사건은 많은 추리소설의 원형이 되고 있다.

*110 캐서린 오셰이(1845~1921)를 가리킨다. 영국인인 그녀와의 불륜이 탄로나서 파넬은 실각했다.

*111 캐서린의 남편 윌리엄 헨리 오셰이(1840~1905)는 제18경기병대에 입대하여 대위가 되었다. 그는 하원의원으로 파넬의 동료이기도 했다.

계가 맺어졌고, 사태는 서서히 클라이맥스에 도달하여 온 도시의 화제가 된 끝에 마침내 찾아온 그 치명적인 타격이, 반드시 그를 몰락시키려고 기회를 엿보던 적지 않은 수의 사악한 사람들에게는 더할 나위 없는 호재로 받아들여졌다. 하기야 사건 자체는 처음부터 내내 공공연한 비밀이었을 뿐만 아니라, 나중에 부풀려진 것만큼 그렇게 선정적인 소문은 아니었다. 어쨌든 두 사람의 이름이 결합되어, 그가 그녀의 공공연한 애인이 되어 있었던 이상, 굳이 세상의 어중이떠중이들에게 이제 와서 그것을, 즉 침실을 함께 썼다는 사실을 퍼뜨릴 필요가 도대체 어디에 있단 말인가. 그런데 그 사실이 증인대에서 폭로되었을 때는 초만원을 이룬 법정 전체가 전율로 들끓었고 사람들은 글자 그대로 감전이라도 된 듯 굳어버렸다. 증인*112이 선서하고 보고한 바에 따르면, 이러이러한 날에 그가 잠옷 바람으로 사다리를 타고 이층 방에 숨어들었고, 이윽고 같은 모습으로 내려오는 것을 목격했다는 것인데, 그것을 기사로 써서 간단하게 큰돈을 거머쥔 것은 다소나마 외설적인 기사에 중독된 기미가 있는 주간지뿐이었다. 그러나 이 사건의 진상은 지극히 단순한 것*113이었으니, 남편인 자가 남편의 의무를 다하지 못하고, 부부라고는 이름뿐 아무런 공통점도 없었던 차에, 너무나도 남자다운 남자, 너무 강한 것이 오히려 약점이라고 할 수 있는 강력한 남자가 등장하여 마녀의 매력에 희생되어, 정석대로 가정의 유대를 망각하고 사랑의 미소를 만끽한 것뿐이었다. 말할 것도 없이 여기서 결혼생활의 영원한 문제가 드러난 것이다. 과연 부부 사이에는 우연히 제삼자가 끼어들었을 때 진정한 사랑이 존재할 수 있을까. 어려운 문제다. 하기는 남편 쪽이 아내가 무분별한 파도에 떠내려갔던 거라고 너그럽게 지켜봐 주면 두 사람에게 그것은 정말 아무것도 아닌 일이 되겠지만. 무엇보다 그는 남자 가운데 남자라고 할 정도로 훌륭한 인물인 데다 천부적인 재능으로 더욱더 연마되었으니, 다른 한쪽의 예비역 육군사관(용기병(龍騎兵), 정확하게 말하면 제18경기병대의 일원으로, '잘 가세요, 멋쟁이 대위님'이라고 노래에 나오는 흔한 유형) 따위와는 비교도 되지 않고, 게다가 그

---

*112 하녀.

*113 오셰이 대위는 파넬이 나타나기 전부터 아내와의 사이가 소원했다고 한다. 파넬은 오셰이에게 정치가로서 편의를 봐주는 조건으로, 아내와의 이혼에 합의하게 했다는 얘기도 있다. 사실은 복잡했던 것 같다.

(즉 몰락한 지도자, 다른 한쪽의 남자가 아니라)는 의심할 여지없이 그 특유의 격정에 사로잡히기 쉬운 성격으로, 그녀는 물론 여자다운 통찰력으로 그러한 성격만 있으면 명성을 향한 길을 개척할 것이 틀림없다고 예리하게 간파하고 있었는데, 그가 마침내 정상에 이르렀을 무렵 결혼문제로 들고 일어나, 당나귀가 걷어찬다는 우화처럼 참으로 효과적인 고통을 그에게 가차 없이 계속 가한 장본인은 다름아닌 사제와 목사들 전부와, 옛날의 믿음직한 동지들 그리고 그가 사랑한 소작인들이었다. 토지를 빼앗긴 소작인들을 위해 그는 이 나라의 농촌지역에서 어떠한 낙천주의자의 기대도 웃돌 만큼 분투하는 모습으로 지역명사로서의 의무를 다해 주었는데, 이제 와서 과거를 반추해보노라니, 모든 것이 한바탕 꿈과 같군요. 이렇게 된 이상 당신의 귀국은 아무리 생각해도 최악의 선택일 듯합니다, 틀림없이 당신은 자신이 설 자리가 없음을 느낄 겁니다. 무엇보다 세상은 끊임없이 변하고 있으니까요. 사실 블룸 자신의 경우만 해도, 어쩌다 이곳 북쪽으로 이사 온 이후로는, 벌써 수년째 가보지 않은 아이리시타운의 해안이 이제는 낯설게만 느껴지는 것이었다. 아니, 북쪽이냐 남쪽이냐 굳이 따질 것도 없이, 문제는 단숨에 모든 상황을 뒤엎어버리는, 우리가 익히 잘 알고 있는 그 단순하고 순수한, 뜨거운 격정이라는 힘, 바로 그것인 셈이니, 이 부분에 있어서는 그녀도, 에스파냐인이거나 에스파냐 혼혈인 여자답게 무슨 일이든 적당히 넘어가는 법이 없는 유형인지라, 체면이고 세상의 평판이고 다 내던지고서 흔쾌히 남국의 정열에 몸을 맡기는 것이니, 이러한 그녀의 모습이야말로 그가 말하고자 했던 바를 탁월하게 증명해주는 명백한 사례라 하지 않을 수 없었다.

—이건 바로 내가 말하고자 했던 바를 입증하는 사실이네, 태양과 피에 대해서, 그는 가슴이 뜨겁게 달아올라 스티븐에게 말했다. 그리고 만약 내가 심하게 착각한 것이 아니라면, 그 여자[114]도 역시 에스파냐사람이었어.

—에스파냐 왕의 딸입니다, 스티븐은 그렇게 대답한 뒤 뭔가 알아듣지 못할 말을 몇 마디 덧붙였다. 에스파냐 양파여, 안녕, 잘 가시오, 최초의 토지가 데드먼, 램헤드에서 실리까지는 멀고 먼[115]······.

---

[114] 파넬의 애인 오셰이 부인.

[115] 영국으로 돌아가는 선원들이 에스파냐 여성들에게 작별을 고한다는 내용의 발라드 〈에스파냐의 귀부인네들〉의 한 소절을 바꾼 것.

—공주라고? 미스터 블룸이 되물은 까닭은 결코 있을 수 없는 일은 아니지만 약간 의외라고 느꼈기 때문이리라. 그 소문은 금시초문이네만. 있을 수 있는 일이지, 그런 나라이고, 그 여자는 그곳에서 살았었고.*116 그래, 에스파냐야.

실수로 '의 감미로움'*117이라는 책을 꺼내지 않도록 조심하며 주머니에서 수첩을 꺼낸 그는, 케이펠거리 도서관에서 빌린 책의 반납 기한이 이미 지났다는 걸 떠올리면서, 빠르게 여기저기 수첩을 뒤적거리던 끝에, 겨우 그는……

—어떤가, 이건, 이런 건, 신중하게 고른 한 장의 빛바랜 사진을 테이블에 놓으면서 그가 말했다. 이것이 에스파냐 타입이라고 생각하나?

이 분명한 질문을 받은 스티븐은 사진을 내려다보았다. 한창 때인 풍만한 육체의 매력을 물씬 풍기는 체격이 큰 여성으로, 앞가슴 부위가 깊게 파여 있어 유방 모양이 생생하게 드러나 보이는 이브닝드레스 차림에, 약간 벌린 도톰한 입술 사이로 새하얀 이를 살짝 보이면서 진지한 표정으로 피아노 옆에 서 있었다. 피아노 악보대에 얹혀 있는 것은 〈정든 마드리드에서〉라는 그 무렵 크게 유행했던 발라드로, 나름대로 운치가 있는 곡이었다. 지금 그녀(그 부인)의 커다란 검은 눈은 스티븐을 바라보고 있었고, 그는 아름답다고 감탄하면서 자기도 모르게 미소 짓고 있었다. 심미적으로 훌륭한 이 사진을 찍은 것은 웨스트모얼랜드거리의 라파예트라는, 더블린에서 제일가는 사진예술가였다.

—미시즈 블룸, 내 아내인 '프리마돈나' 마리온 트위디라네, 미스터 블룸은 설명했다. 이 사진을 찍은 것은 벌써 몇 년 전, 96년쯤일까. 실물하고 똑같다네.

청년 옆에서, 지금은 자신의 정식 아내가 된 여인의 사진을 같이 들여다보면서 그가 조금씩 얘기해 준 것에 따르면, 그녀는 브라이언 트위디 소령의 딸로 높은 교양을 지니고 소녀 때부터 성악에 뛰어난 재능을 보여 꽃 같은 나이 열여섯에 청중 앞에 설 정도였다. 이 사진에서 얼굴 표정만은 생생하게 잘 나왔지만 용모는 그녀가 가엾을 정도로 잘 표현되지 않았다. 평소에는 훨씬 더 사람들의 눈길을 끄는 외모로, 이런 복장으로는 그녀의 아름다움이 잘

＊116 결혼한 직후 오셰이 부부는 1년 정도 마드리드에서 산 적이 있다.
＊117 《죄의 감미로움》

드러나지 않은 것이다. 제대로 전신상(全身像)의 포즈를 찍었어도 별 문제가 없었을 것이고, 그러면 아마, 장황하게 설명하지 않겠지만 여기저기의 풍만한 곡선 같은 것도…… 하고 말하면서 그는, 원래 여가 때는 다소 예술을 즐기는 남자인 만큼, 여성의 일반적인 자태에 대해서 발달사적으로 꽤 장황한 설명을 하기 시작했는데, 그것은 마침 그날 오후, 국립박물관에서 예술작품으로서 완성의 극치에 이른 몇 개의 그리스 조각을 감상하고 왔기 때문이기도 했다. 대리석은 현물 그 자체를 표현할 수 있다네, 어깨도, 등도, 두 개가 나란히 있는 것도 모두, 그래 청교주의*118라는 것도. 하지만 위대한 성 요셉에 맹세코 틀림없이…… 그런데 사진에서는 그것이 불가능해. 한마디로 말하자면 그것은 예술이 아니기 때문이지.

그는 기분이 꽤 고조되어 이제는 선원이 아까 보여 준 멋진 본보기를 흉내 내고 싶었다, 즉 어떻게든 구실을 붙여서 자리를 뜨되 사진은 몇 분 동안이라도 그곳에 두어 매력을 마음껏 발휘하게 하고 싶다고 생각한 것이다…… 그러면 상대는 혼자서 그 아름다움을 천천히 감상할 수 있을 것이고, 사진에서는 그녀의 무대 모습의 진가가 전혀 표현되지 않았지만, 솔직히 말해 그것만으로도 큰 성찬이 될 것이다. 하지만 여기서 나가는 것은 예술 감독자로서의 에티켓에 어긋나는 짓이 아닐까. 분명히 오늘 밤은 쾌적하고 따뜻한 밤이지만 계절을 생각하면, 태풍이 지난 뒤의 꽤 서늘한…… 게다가 그는 지금이 자리에서 즉시 대응해야 하는 긴급한 필요성, 즉 일종의 내면의 목소리를 절실하게 느끼고 있었고, 아마 그 자리에서 행동으로 옮겨야 했음에도 몸을 굳힌 채 앉아서 약간 더러워진 그 사진을 들여다보고 있었다. 풍만한 곡선 부근에 주름이 잡혀 있지만 너무 낡아서 더 이상 못쓰게 된 정도는 아니라고 생각하며 그가 눈길을 돌린 것은, 그녀의 풍만한 육체의 균형미를 평가하고 있는 상대가 속으로 느낄지도 모르는 당혹감을 더 이상 증대시켜서는 안 된다는 의도에서였다. 사실 다소의 더러움은 오히려 매력을 증대시키는 것으로, 조금 더러워진 시트 따위가 새것과 마찬가지로, 아니 오히려 풀기가 빠져서 훨씬 좋아지는 것과 비슷하다. 만약에 그녀가 외출한 뒤에 그가? …… 나는 그녀가 말한 램프를 찾았다*119는 말이 언뜻 그의 마음을 스쳤지만 그

---

*118 나체조각에서 음부를 손이나 무화과 잎으로 덮는 것.

것은 단지 일시적인 공상으로서였다. 이 공상은 이내 사라지고 그가 생각해 낸 것은 오늘 아침 흐트러진 침대 따위의 광경으로, '파이크 바지를 입은 그를 만났다'(원문 그대로임)가 나온 루비에 대해서 쓴 그 책*[120]이 틀림없이 절묘한 조화를 이루며 요강 옆에 '떨어졌던' 것은, 문법학자 린들리 머레이*[121]에게는 미안한 일이었다.*[122]

자기 바로 옆에 이런 청년이 앉아 있는 것은 틀림없이 기쁜 일로, 교양도 기품도 있고 게다가 충동적이기도 한 이 젊은이는 그들 무리 가운데 최고인 데…… 얼핏 보기에는 그렇지 않은 것 같은데도 그랬다. 게다가 청년이 말한 대로 사진의 그녀는 누가 뭐라 해도 미인이다, 요즈음 눈에 띄게 살이 찌긴 했지만. 그것도 그런대로 좋지 않은가. 저속한 신문 잡지는 평생의 오점이 될 근거 없는 스캔들 기사를 여전히 써 대고, 흔히 있는 부부 간의 갈등도 그 전모를 정직하게 있는 그대로 전하기는커녕 프로골프 선수나 인기 높은 신인배우의 불륜이라고 떠들어 대고 있다. 어떠한 운명으로 두 사람이 만나 애정을 싹틔우고 세상 사람들의 눈길 속에 이름을 결합시켰는가 하는 것은 흔히 그러한 달짝지근하고 노골적인 표현들로 가득한 그들의 편지를 통해 법정에서 밝혀졌지만, 그들이 1주일에 두세 번 어느 유명한 해변 호텔에서 공공연하게 머물렀다거나 자연스러운 과정으로 날이 갈수록 관계가 친밀해졌다는 것을 보여 줄 빌미는 없었다. 그런 다음 '조건부'이혼판결*[123]이 내려져 이의 신청자가 반대이유를 주장했지만 판결을 무효로 할 수는 없어서, '조건부'가 결국 최종판결이 되어 버렸다. 그런데 당사자인 두 범법자*[124]는

---

*119 토머스 무어의 《아일랜드 가곡집》 가운데 〈브레프니의 왕자 오루크의 노래〉의 한 구절. 집에 돌아와 보니 아내가 달아나고 없었다는 이야기. '나는 그녀가 비치리라던 램프를 찾았다네/그러나 어둠이 나를 감싸기 시작했어도/램프는 흙벽에서 타지 않았다네' 블룸은 몰리가 보일런과 내뺐을지도 모른다고 생각하지만 산란한 아침의 광경을 생각해 내고 그와 같은 일은 비현실적이라고 생각한다.

*120 몰리는 metempsychosis(윤회)를 이해하지 못해 Met him pike hoses(파이크 바지를 입은 그를 만났다)라고 발음했다. 책은 《서커스의 꽃 루비》.

*121 1745~1826. 영국의 문법학자. 도덕적인 발언으로 유명하다.

*122 문법적으로 '떨어졌다(must have fell)'는 '떨어져 있었다(Must have fallen)'로 써야 하므로, 또 음란서적과 요강(방뇨)의 결합은 도덕적인 문법학자에게 질타를 당할 것 같으므로.

*123 판결문은 절대적인 것은 아니지만, 그것을 뒤집는 이유가 제출되지 않는 한 효력이 있다.

*124 파넬과 오셰이 부인.

언제나 서로 상대에게만 열중하여, 판결 같은 건 아무렇지도 않게 무시해 버렸으므로 결국 모든 것을 맡은 사무변호사가 당사자를 대신하여 이의를 신청한 것이다. 그 사람, 즉 블룸이 에린의 무관(無冠)의 제왕,*125 바로 그 사람을 가까이서 보는 영광을 입은 것은 바로 그 역사적 소동이 이 단계에 접어든 시기였으며, 실추한 그 지도자의—널리 알려진 대로 간통의 오명을 쓴 뒤에도 완강하게 물러서지 않았다—충실한 부하 가운데 열 명이나 열두 명, 어쩌면 그보다 더 많은 사람들이 〈인서프레서블〉이 아니라 〈유나이티드 아일랜드〉(참고로 이것은 결코 타당한 명칭이 아니다)의 인쇄공장에 몰려와서 망치로 활자판을 때려 부수고 말았는데, 이것은 애초에 평소부터 비난과 중상만 쓰는 것을 일삼는 오브라이언파(派)의 엉터리 기자들이 경박한 필치로 앞에 말한 호민관의 사생활에서까지 온갖 지저분한 트집을 잡았기 때문이었다. 그때부터 그는 겉으로 보기에 다른 사람처럼 변해 버렸어도 여전히 위풍당당하고, 옷차림은 변함없이 아무렇게나 하고 다니지만 그 눈빛엔 굳은 결의가 숨어 있었는데, 이는 이쪽도 저쪽도 아닌 자들에게는 깊은 불행이었으니, 그를 높은 의자에 앉힌 뒤에야 자신들의 우상도 발은 역시 진흙이었음을 깨닫고 비로소 당황했으나, 그녀는 물론 그것을 이미 알고 있었다. 그것은 시중에 소동이 이미 격화되었을 때였으므로 블룸도 당연히 모여든 대군중 속에 휩쓸려 누군가에게 명치 근처를 팔꿈치로 심하게 얻어맞았지만 다행히 중상은 아니었다. 그(파넬)의 실크해트가 갑자기 날렸을 때, 그것을 목격하고 사람들 틈에서 모자를 주워 돌려주려고 한 (그리고 실제로 눈에 보이지 않을 정도로 재빠르게 돌려주었다) 인물은 정확한 역사적 사실로서 바로 블룸이었고, 모자도 없이 숨을 몰아쉬고 있던 사람의 생각은 그때 아마 모자와는 몇 마일이나 떨어진 곳에 있었으리라. 워낙 나라의 번영에 이바지한 대지주의 집안에서 태어난 신사였으므로, 실제로 그렇게 조국을 위해 한 몸을 바친 것은 무엇보다도 명예 때문이었고, 어린 시절 어머니 무릎에서 배워 몸에 배어 있었던 예절이 그때도 순간적으로 나타나, 모자를 내미는 남자를 향해 몸을 돌려, '고맙소, 선생' 하던 '침착'하기 짝이 없는 그 목소리는, 오늘 아침 블룸이 모자가 찌그러졌다고 주의를 주었을 때 그 법조계의 총아*126가

---

*125 파넬의 칭호.
*126 존 헨리 멘튼.

보인 가식적인 태도와는 전혀 격조가 다른 것이었으니, 역사는 되풀이되면서도 확실하게 변화하고 있다. 그것은 친구의 유해를 무덤에 묻는 음울한 역할을 마치고 사자(死者)*127를 홀로 영광 속에 남겨 두고 온 뒤의 일이었다.

그와 동시에 마음속 가장 깊은 곳에서 그를 격분시킨 것은 임대 마차의 마부와 그 일당이 그 사건의 모든 것을 농담거리로 삼고 함부로 웃어 젖히며, 사건의 원인과 과정을 전부 다 아는 듯한 얼굴을 하고 있다는 점이었는데, 사실 그들은 아무것도 진지하게 생각한 적이 없다. 원래 그것은 당사자 두 사람만의 문제였는데도 익명의 편지 때문에 남편까지 사건에 끼어들게 되었고, 그 밀고자는 우연히 결정적인 순간에 두 사람이 꼭 껴안고 있는 사랑의 자세를 목격했다느니 하면서 그 부정한 행위를 떠들고 다녀 부부싸움이 시작되도록 했으므로, 과오를 저지른 여성은 무릎을 꿇고 남편의 용서를 구하여, 상처받은 남편이 만약 이 사건을 눈감아 주고 과거를 없었던 일로 해 주기만 한다면 그와의 관계를 단호하게 끊고 앞으로 그가 찾아오더라도 아예 들여놓지 않겠다고 눈물로 약속*128하고서도, 그러면서도 아마 그 아름다운 얼굴로 혀를 내밀고 있었을까, 그 밖에도 아마 몇 남자가 더 있었을 테니까. 적어도 회의적인 시선으로 바라보는 사람은 그렇게 철석같이 믿고서 단언하기를, 여성의 주위에는, 아무리 그녀가 이 세상에서 가장 착한 아내라도, 더 말한다면 부부 사이가 매우 좋다 해도, 반드시 남자가, 아니 여러 명의 남자들이 기회를 기다리면서 서성거리고 있게 마련이니, 결혼생활이 따분해지면 의무를 내팽개치고 좋지 않은 의도로 남자들의 관심을 끌기 위해 고상한 외도를 꿈꾸다가, 결국 애정이 다른 대상에 집중되어, 마흔 고개가 가까워진 농염한 매력의 유부녀와 연하남의 '정사'가 시작되는 것으로, 이러한 과정은 이미 몇몇 유명한 여성들의 치정사건이 속속들이 보여 주는 그대로라는 것이다.

두고두고 유감스러운 점은 지금 옆에 있는 청년도 분명히 그러하듯, 두뇌가 명석한 청년들이 품행이 좋지 않은 여자를 상대로 귀중한 시간을 낭비한 끝에 평생 따라다닐지 모르는 끔찍한 선물에 감염되는 것인데, 언젠가 마음

---

*127 디그넘. 이 글은 아일랜드 시인 찰스 울프(1791~1823)의 시 〈코르나에서의 존 무어 경의 매장〉 가운데 한 구절.

*128 캐서린이 그러한 약속을 했다고 남편 오셰이가 재판에서 증언했다고 한다.

에 드는 여성이 나타나면 당연히 결혼하겠지만, 그 전까지 독신시절의 여성 교제는 '필요 불가결한 행위'일 것이고, 물론 미스 퍼거슨*129의 일로 스티븐의(그토록 아침 일찍 아이리시타운까지 찾아온*130 것은 그녀라는 특별한 북극성 때문이겠지만) 속마음을 떠볼 생각은 전혀 없다. 다만 매우 중대한 의문이 드는 점은, 과연 이 청년이 풋내기 소년소녀의 연애나, 킥킥거리며 소리 없이 웃는 가난한 아가씨와 2, 3주에 한 번 정도 만나 남들처럼 진부한 찬사를 속삭이거나 함께 산책하면서 꽃이니 초콜릿이니 하는 달콤한 연인들의 희롱에 발을 들여놓음으로써 진심으로 만족할 수 있는가 하는 것이다. 그 나이에 집도 없고 가정도 없이 계모보다 더 악랄한 하숙집 여주인에게 돈을 뜯기고 있는 것은 너무 비참하지 않은가. 이따금 그가 문득 생각난 듯이 꺼내는 기발한 대사는 열 살 이상이나 나이가 많은, 아버지뻘인 자신조차 재미있다고 생각하지만, 어쨌든 뭐든 영양분이 있는 것을 먹어야 한다, 순수한 모유와도 같은 우유에 달걀을 넣어서 에그플립을 만들어도 좋고, 그것도 안된다면 험프티덤프티*131 삶은 것도 좋으니까.

—몇 시에 식사했나? 그는 주름은 없지만 너무나 수척하고 피곤에 지친 남자의 얼굴을 향해 물었다.

—글쎄요, 어제 언제였더라? 스티븐이 대답했다.

—어제라고! 블룸은 자기도 모르게 소리친 뒤 지금은 벌써 내일, 즉 금요일이 된 것을 떠올렸다. 그래 이미 12시가 지났으니까 자네는 어제라고 말한 거군!

—아, 그렇다면 그저께*132군요, 스티븐은 앞서 한 말을 바꾸었다.

이 고백에 블룸은 문자 그대로 깜짝 놀라서 생각에 잠겨 버렸다. 두 사람의 의견은 하나부터 열까지 완전히 일치하는 것은 아니지만 왠지 모르게 비슷한 데가 있어서, 말하자면 두 마음이 같은 궤도를 달리고 있다. 그 나이, 즉 20년 이상 이전에는 그 자신도 어느 정도 정치에 몸을 담고 산탄 포스터

---

*129 에피소드 15에서 스티븐이 흥얼거리는 예이츠의 시 〈미스 퍼거슨과 가는 자 누구인가?〉를 듣고, 블룸은 퍼거슨을 스티븐과 만나는 여자라고 착각한다.

*130 오전에 블룸은 아이리시타운에서 마차를 타고 가다가 스티븐을 목격했다.

*131 〈마더구스〉 동요집에 나오는 달걀꼴 사람.

*132 16일 아침 멀리건, 헤인스와 아침을 먹었으므로 이것은 정확하지 않다.

시대*133에 반쯤 진심으로 국회의원을 동경하기도 하고(그 시절을 떠올릴 때면 그는 언제나 흐뭇함을 느낀다), 과격 사상에도 은밀한 경의를 품었다. 이를테면 경작지를 빼앗긴 소작인 문제가 떠올라 주목의 대상이 되었을 때, 그 자신은 말할 것도 없이 그 운동에 한 푼도 기부하지 않았을 뿐더러 그 강령에도 여러 가지로 조잡한 데가 있어서 무조건 믿을 수는 없었지만, 그래도 처음에는 현대 여론의 추세를 대변하는 이념으로서 소작인의 토지소유권 옹호에 전적으로 찬성했고, 다만 나중에 자신의 실수를 깨닫고 그러한 편향은 부분적으로 수정했지만, 오히려 마이클 대비트*134가 한때 대지로 돌아가라는 주의자로서 외쳤던 주장보다 훨씬 과격한 말을 한다고 조롱받은 적도 있으며, 그 일로 바니 키어넌 술집에 동지들이 모인 자리에서 노골적으로 빈정대는 말을 들었을 때는 그도 그만 화가 나서, 심한 오해를 받은 일은 이미 수없이 겪어봤고, 또, 다시 한 번 얘기하지만 싸움을 누구보다 싫어하는 그런 그조차 평소의 습관을 그만 잊고 상대의 명치에 (비유적으로 말하면) 한 방 먹이고 말았는데, 정치 자체에 관한 한 그로서는, 양쪽의 증오에 찬 선전과 충돌이 반드시 일으키는 상해사건이나, 그 당연한 귀결로서 재능 있는 청년들이 당하는 비참함과 고뇌, 즉 적자멸망(適者滅亡)*135의 과정을 뼈저리게 느끼고 있었던 것이다.

어쨌든 일의 플러스와 마이너스를 곰곰이 생각하는 동안 벌써 1시가 가까워져, 집에 돌아가서 자야 할 시간이 되어 있었다. 문제는 스티븐을 집으로 데리고 돌아가는 것이 다소 위험하다(누군가가 이따금 히스테리를 일으키므로)는 것이었다. 언젠가 밤에 온타리오 테라스의 자기 집에 앞다리 하나가 이상한 (혈통을 알 수 없는) 개를 데리고 들어간 적이 있는데, 그 사건과 오늘 밤의 일을 같게 보는 것은 아니지만, 이 청년도 역시 손에 상처를 입고 있고, 그날 밤의 끔찍한 소동을 그는 말하자면 현장에 있었던 사람으로서 아직도 또렷하게 기억했다. 그렇다고 샌디마운트나 샌디코브 같이 먼 곳에 가

---

*133 1880년대 초, 아일랜드 장관 윌리엄 E. 포스터는 왕립 아일랜드 경찰대가 군중에게 발포할 때, 실탄 대신 사냥용 산탄을 쓰는 것이 인도적이라고 결정하여, 산탄 포스터라는 별명을 얻었다.

*134 공적기금을 이용한 소작인의 토지소유를 제창하고 토지동맹을 결성했다.

*135 다윈의 용어 '적자생존'을 철학자 하버트 스펜서가 뒤집은 말.

기에는 이미 너무 늦은 것 같고, 어느 쪽으로 결정을 내려야 할지 그는 망설이고 있었다······ 모든 것을 고려하여 내린 결론은 어쨌든 지금 이 절호의 기회를 최대한 활용해야 한다는 것이었다. 스티븐의 첫인상은 약간 쌀쌀맞은 데가 있고 말수도 적을 것 같다는 정도였는데, 점차 그것이 넘기 힘든 벽이 되어 갔다. 이쪽에서 뭔가 이야기를 꺼내도 금세 달려드는 성질도 아니고, 무엇보다 곤란한 것은 이쪽에서 제안하고 싶은 것이 있어도 어떻게 이야기를 꺼내야 할지, 어떤 말을 써야 할지 판단이 잘 서지 않는다는 점이었다. 이를테면 필요할 것 같아 용돈을 조금 쥐여 주거나 옷을 지어 주었을 때, 그 정도의 호의를 받아들여 준다면 이쪽으로서는 개인적으로 큰 즐거움이 될 텐데, 어쨌든 당면한 과제로서 여윈 개의 선례를 되풀이하지 않기 위해, 엡스의 코코아 한 잔과 하룻밤을 견딜 임시 침대, 그리고 무릎덮개 한두 장과 외투를 둘둘 말 베개만 쓸 수 있다면 적어도 안전하고 확실한 장소에서 보온 삼발이 위에 올려 둔 토스트처럼 따뜻하게 잘 수 있을 것이고, 지나치게 큰 소리를 내지 않는 한 특별히 중대한 집안 다툼 거리가 되지는 않을 것이다. 그렇게 결정했으면 모름지기 빨리 행동으로 옮겨야 하는 법. 의자에 달라붙은 채 움직이지 않는 그 쾌활한 늙은 선원은 아내와 별거 중인 듯한데, 그리운 집이 있는 퀸스타운으로 돌아가는 것을 별로 서두르는 기색도 없이, 아마 앞으로는 하부 셰리프거리 변두리에서 이제는 퇴물이 된 여자들을 그러모은 기둥서방이 경영하는 연령불문의 매춘굴에 눌어붙어, 며칠 동안 그곳 외에는 이 수상한 자의 행방을 수소문할 단서조차 없게 될 터이고, 그곳에서 그는 오로지 그녀들(인어들)에게 겁을 주기 위해 열대 근처에서 일어난 6연발 권총사건이나 골수까지 얼어붙는 듯한 괴기담을 풀어놓거나, 아니면 그녀들의 요염한 비만한 육체에 난폭하게 달려들어 즐기고, 틈틈이 반주(伴奏) 삼아 밀조한 위스키를 들이켜면서 늘 하는 자화자찬, 도대체 나는 누구인가 하는 질문에 대한 대답을 수식(數式)으로 나타내면 본명 플러스 주소 이퀄 X 인데 하며 마치 수학 교사처럼 '여기저기' 주석을 달기도 할 것이다. 이때 블룸이 마음속으로 또 한 번 웃은 것은, 위압적인 투사에게 온화하게 말해 준, 자네의 신(神)도 유대인이 아니냐는 그 재치 있는 대답을 다시 떠올렸기 때문이다. 사람은 늑대에게 물리면 참을 수 있지만 양에게 물리면 맹렬하게 화가 난다. 마음씨 착한 아킬레스의 가장 큰 약점도 거기에 있다. 자네의 신도 유대인이 아닌가. 대부분의 아일랜드인은 아무래도 하느님은 캐릭 온 섀넌시(市)나 슬라이고주(州)의 어디 출신이라고 생각하는 모양이지만.

─어떤가, 우리의 주인공 블룸은 곰곰이 생각한 끝에 조심스럽게 아내의 사진을 주머니에 챙겨 넣으면서 천천히 말을 꺼냈다. 이곳은 꽤 무더운 것 같으니 우리 집에 가서 얘기를 나누지 않겠나? 우리 집은 여기서 금방이네. 이런 건 마시지 않는 게 좋아. 자네 코코아 좋아하나? 잠시 기다리게. 계산하고 올 테니까.

가장 좋은 방법은 어쨌든 빨리 이곳에서 벗어나는 것이고, 그때부터는 순풍에 돛 단 배일 거라고 생각하면서 그는 조심스럽게 사진을 주머니에 넣으며 집합소 주인에게 손짓했으나, 주인은 보지 못했는지……

─그래, 그게 낫겠네, 그는 스티븐에게 권유했지만 스티븐에게는 브레이즌 헤드의 싸구려 여관이든 그의 집이든 아니면 다른 어디든 별 차이가 없는 것으로……

이때 그의(블룸의) 바쁜 뇌리 속에서 계속 번뜩이던 것은 온갖 유토피아적인 청사진으로, 교육(본격적인 것), 문학, 저널리즘, 티트비츠 당선, 멋부린 광고, 온천이나 해변 극장이 즐비한 잉글랜드의 해안휴양지를 돌면서 아낌없이 돈을 쓰는 연주여행, 현지발음에 완전히 충실한 이탈리아어로 부르는 이중창, 그 밖에도 여러 가지 있지만, 물론 그런 것을 하나하나 세상 사람들과 아내에게 떠들 필요는 없을 것이고, 약간의 운만 따라 준다면, 나머지는 이제 착수를 기다리는 것뿐이다. 워낙 스티븐이 아버지에게서 물려받은 미성(美聲)의 소유자인 것을 그는 어슴푸레 짐작하고 있었고, 바로 그 목소리가 있으므로 여러 가지 희망이 솟아나고, 여기서 이야기를 다른 곳으로 돌려, 어떻게든 밝은 미래의 꿈 쪽으로 이끌고 가면 좋을 텐데……

신문을 손에 든 마부는 전(前)총독 캐도건 백작이 런던 어딘가에서 마부조합의 만찬회를 열었다는 기사를 큰 소리로 읽었지만, 감동적인 이 보고에 대한 반응은 하나 둘 하품이 섞인 침묵이었다. 이어서 한쪽 구석에 앉아 있던 노인도 아직 약간 기운이 남아 있는 듯 앤소니 맥도널 경이 장관으로 부임하기 위해 유스턴 역을 출발했다던가 하는 내용의 기사를 읽었다. 흥미진진한 이 뉴스에는 즉각적인 반향이 일어났다.

─어디 그 문장 좀 잠깐 봅시다, 영감, 그 늙은 선원이 타고난 성마른 투

로 요구했다.

—아, 그러시우, 상대가 대답했다.

선원은 자신의 안경집에서 초록빛이 감도는 안경을 꺼내 느린 동작으로 코와 양쪽 귀에 걸쳤다.

—눈이 나쁘신가요? 시청 서기를 닮은 남자가 동정하듯이 물었다.

—그렇지요, 뭐, 대답한 선원은 스코틀랜드 고지인(高地人) 같은 턱수염을 기르고, 둥근 현창(舷窓)에서 바다의 푸른색을 바라보는 듯한 느낌이었는데, 나름대로 글줄깨나 읽을 줄 안다는 듯이, 글을 읽을 때는 안경을 쓴다오, 하고 말했다. 홍해의 모래 때문에 이렇게 됐지. 옛날에는 뭐 말하자면 캄캄한 곳에서도 책을 읽을 수 있었는데. 《아라비안나이트》를 참 좋아했고 《붉은 장미 같은 그녀》*136도 좋았지.

이렇게 말하면서 울툭불툭한 손으로 신문을 펼쳐 열심히 읽기 시작한 기사는 어이없게도, 익사체 발견이나 크리켓의 타격왕 아이어몽거의 대기록 수립, 2타석이 끝나기 전에 노팅엄의 팀을 위해 연속 백 몇 점 쳤다와 같은 것이었다. 그동안 가게 주인은 (아이어몽거 따위에는 눈길도 주지 않고) 신품도 고물도 아닌 답답해 보이는 구두를 어떻게든 느슨하게 하려고 애쓰면서 그 구두를 판 자에게 욕설을 퍼붓고 있었고, 주위 손님들은 표정으로 보아 아직은 졸음기를 찾아볼 수 없는 이들조차 그저 멍한 눈길로 바라보거나 시시한 잡담을 늘어놓고 있을 뿐이었다.

간단하게 말하면 블룸은 그러한 상황을 파악하고 나자, 너무 오래 앉아 있다가 눈총을 받기 전에 맨 먼저 일어나서, 약속대로 계산을 치르기 위해, 우선 사려 깊은 마음에서 다른 사람들이 보기 전에 가게 주인에게 거의 아무도 눈치채지 못할 만큼 조용하게 신호를 보내, 이제 나갈 테니 계산을 하겠다는 뜻을 전했다. 합계 4펜스(그 금액을 그는 눈에 띄지 않도록, 문자 그대로 모히칸족의 최후처럼 마지막으로 남은 4개의 동전으로 지급한 것인데), 그 전에 그는 마주보이는 벽의 커피 2펜스, 케이크도 같음이라고 누구나 읽을 수 있는 명료한 숫자로 인쇄된 가격표를 보고 미리 확인해 두었으니, 여긴 정직한 가게로 때에 따라서는 가격의 두 배 정도의 것을 내온다고 웨더랩이 입버

*136 영국의 여류작가 로다 브로턴(1840~1920)이 1870년에 발표한 감상소설.

룻처럼 말하던 곳이었기 때문이다.

—자, 가세, 그는 그것으로 집회를 끝내자는 듯이 재촉했다.

계략이 잘 진행되어 방해하는 자가 없는 것을 확인한 두 사람은 집합소를 빠져나가, 지진이라도 일어나지 않는 한 현재의 '달콤한 무위(無爲)의 생활'에서 꼼짝도 하지 않을 것 같은, 방수복을 입은 '엘리트' 집단을 뒤로 했다. 그런데 스티븐은 아직 기분이 좋지 않고 피곤하다 말하면서…… 문 앞에서 비틀거리며 잠시 걸음을 멈추었다…….

—도무지 이해할 수가 없는데요, 그는 그때 문득 떠오른 독창적인 감상을 말했다. 왜 밤이 되면 테이블을 뒤집어서, 아니, 의자를 뒤집어서 테이블 위에 얹는 것일까요? 카페에서.

어떤 일에도 결코 멈칫거리는 일이 없는 블룸은 이 즉흥적인 질문에도 한 순간의 주저함 없이 대답했다.

—아침에 바닥을 청소하기 위해서지.

그렇게 대답하면서 그는 순간적으로 판단하여, 그러나 동시에 실은 미안한 생각을 하면서 동행의 오른쪽으로 성큼 옮겨갔는데, 참고로 말하면 이것은 그의 버릇으로, 오른쪽은 그에게는 그야말로, 고전적인 표현을 빌리면, 아킬레스건이었다. 스티븐은 아직도 다리가 휘청거리는 기색이었으나 밤공기가 상쾌하여 숨통이 트이는 기분이었다.

—이것(공기)으로 기분이 좋아질 거야, 말한 직후에 블룸은 이것을 걷는 것으로까지 확대했다. 걷기만 하면 당장 다시 태어난 기분이 될 거야. 가세. 멀지 않으니까. 나에게 기대게.

그리하여 그는 스티븐의 오른팔을 왼팔에 끼고 안내하면서 걷기로 했다.

—예, 이렇게 스티븐이 모호하게 대답한 것은, 완전한 타인의 말랑말랑하고 어딘지 탄력이 없는 듯한 낯선 육체가 자신에게 다가왔다고 느꼈기 때문이다.

아무튼 두 사람이 돌멩이와 화로 따위가 놓인 감시초소에 가까이 가자, 그곳에서는 시청의 임시고용인으로 전락한 옛날의 검리가 잠의 신 머피*137의 품에 안겨 곤하게 잠든 채, 유명한 시어(詩語)를 빌리면, 푸른 숲과 새 목장

---

*137 잠의 신 '모르페우스'를 통속적으로 바꾼 말.

을 꿈꾸고 있었다. 그런데 그 돌을 채운 관에 '대한' 이야기*138는 비유로서 꽤 그럴싸하다, 왜냐하면 모두 80개 남짓한 선거구 가운데 분열소동 때 변절한 72선거구의 선거민은 주로 그가 지원했던 농민들, 더욱이 몰수당한 경작지를 그 덕분에 되찾은 소작인들일 텐데도, 그자들이 돌을 던져 그를 죽인 것이나 마찬가지이기 때문이다.

두 사람이 팔짱을 끼고 베레스퍼드 광장을 가로지르는 동안, 블룸은 순수한 아마추어로서 최대의 정열을 품고 있는 예술형식, 즉 음악에 대해 얘기하기 시작했다. 바그너의 음악은 분명히 나름대로 훌륭하지만, 블룸에게는 너무 무거워서 따라가기 힘든 데 비해, 메르카단테의 〈위그노 교도〉나 마이어베어*139의 〈가상칠언〉, 모차르트의 〈미사곡 12번〉 같은 곡은 듣고 있으면 마냥 황홀할 뿐이고, 그 가운데서도 그 미사의 찬미가 부분은 그의 생각엔 일류 중의 일류로, 그에 비하면 다른 모든 음악들은 말 그대로 빛을 잃고 말 정도였다. 그는 또한 상업 기질의 신교 쪽이 제공하는 무디와 생키*140 합작의 찬미가집이나 '나를 살려주면 그대의 신교도로 살아가리라' 같은 것보다는 가톨릭의 종교음악을 훨씬 더 좋아했다. 그 가운데서도 특히 그가 가장 찬탄해 마지않았던 곡은 로시니의 〈성모는 일어섰도다〉로, 워낙 불멸의 선율로 넘치는 작품이고, 그의 아내 마담 마리온 트위디가 그것을 불러 크게 히트를 쳤을 때는 과장이 아니라 그야말로 폭풍 같은 선풍을 불러일으켜, 그녀는 그때까지의 영예 위로 더 큰 영예를 쌓아올리게 되었던 것이다. 그때 상부 가디너거리의 예수회 교회에서, 다른 출연자들은 모두 일류 가수, 이탈리아어로 말하자면 '비르투오시'*141였는데도, 그들을 모조리 쓰러뜨려버린 느낌이었는데, 청중은 모두 그녀의 목소리를 들으려고 교회 입구까지 만원을 이루었고, 그녀를 능가할 자가 없다는 것이 한결같은 의견으로, 신성한 음악을 듣는 데 어울리는 예배당에서 일제히 앙코르의 목소리가 일어났을 정도이니 당시의 분위기가 어땠는가는 이 정도 언급만으로도 충분히 짐작할 수 있을 것

*138 파넬의 관 속에 시신 대신 돌이 채워져 있었다는 이야기.
*139 에피소드 11에서처럼 블룸은 작곡가를 혼동하고 있다. 메르카단테는 〈가상칠언〉을, 마이어베어는 〈위그노 교도〉를 작곡했다.
*140 미국의 복음전도자 무디(1837~99)와 생키(1840~1908)는 협력하여 전도했다. 주로 전자가 설교를, 후자가 음악을 담당했다.
*141 이탈리아어 비르투오소(virtuoso)의 복수형. '거장'이란 뜻.

이다. 또한 전체적으로 그의 취향에 맞는 것은 모차르트의 〈돈 조반니〉 같은 가벼운 오페라인데, 그는 이 방면에서 〈마르타〉를 보석과 같은 수작으로 꼽았으며, 그다지 깊게는 모르지만 멘델스존 같은 엄격한 고전파에도 끌리는 데가 있다고 했다. 특히, 옛날부터의 애창곡에 관해서라면 모르는 노래가 없는 그가 그중에서도 특별히 언급한 것은 〈마르타〉 가운데 라이오넬의 아리아 〈꿈처럼〉으로, 실은 어제 기묘한 인연으로 바로 그 곡을 듣고서, 아니 보다 정확히 말하자면, 우연히 어깨 너머로 귀동냥을 하고서, 뛸 듯이 기뻐했던 것인데, 알고 보니 그 목소리의 주인공이 바로 스티븐의 아버지였고, 그 노래는 실로 한 치도 흠 잡을 데 없는 가창력과 곡에 대한 해석의 깊이로 지금까지 들은 것 가운데 최고였다는 것이었다. 그 속에 완곡한 질문의 의도가 담긴 듯한 이러한 말에 스티븐은 자기는 그것을 노래한 적이 없다고 대답한 뒤, 화제를 바꿔 셰익스피어 극 속의 가요, 적어도 그 시대와 전후 시기의 가곡이나, 페터 골목길의 식물학자 제라드 근처에서 살았던, '나는 연주로 세월을 다 써버렸다, 다울란두스'의 류트 연주자 다울랜드*142를 찬양하기 시작하더니, 아널드 돌메치*143한테서 65기니나 하는 악기를 사고 싶다고 했다. 그 이름은 블룸도 분명히 들은 적이 있지만 잘 생각나지 않았다. 그런 다음 스티븐의 찬양은 푸가의 '주창(主唱)'과 '응창(應唱)'을 연구한 파나비 부자(父子),*144 퀸스채플에서든 어디서든 버지널*145만 보면 연주하지 않을 수 없었다는 버드*146(윌리엄), 토이와 에어*147를 작곡한 톰킨스 뭐라는 사람, 존 불*148 따위에 이르렀다.

---

* 142 존 다울랜드(1563~1626). 영국의 류트 연주자이자 작곡가. '나는…… 다울란두스'는 친구 헨리 피쳄의 비문(碑文).

* 143 런던의 악기제작자, 고악기(古樂器) 연주가(1858~1940). W.B. 예이츠는 그에게 부탁하여 푸사르테리움이라는 고악기를 제작했고, 조이스도 류트를 만들어달라고 부탁했다.

* 144 17세기 초의 대위법 음악으로 유명했던 자일스 파나비와 아들 리처드.

* 145 쳄발로와 비슷한 중세의 음반악기. 17세기 이후로는 잘 쓰이지 않으나 16~17세기의 음악을 연주할 때는 오늘날에도 사용된다.

* 146 윌리엄 버드(1543~1623). 엘리자베스 1세 교회의 오르간 연주자 겸 작곡가.

* 147 토이는 현악, 에어는 성악을 위한 곡의 한 형식으로, 모두 16,7세기 무렵 잉글랜드에서 유행했다.

* 148 잉글랜드의 오르간 연주자, 작곡가(1562~1628). 가톨릭교도로서 박해받고, 만년에는 브뤼셀에 망명하여 암스테르담에서 객사했다.

두 사람이 그렇게 얘기를 나누면서 도로 쪽으로 다가가자, 철망 울타리 너머에서 청소기를 끄는 말 한 마리가 주변에 흙탕물을 튀기며 자갈길을 걸어오고 있었는데, 그 소음 때문에 블룸은 과연 65기니니 존 불이니 하는 이야기를 정확하게 들었는지 어쨌는지 확신이 서지 않아서 다시 물었다. 존 불이란 정치적으로 유명한 그 상징적인 인물인가, 아니면 설마 그렇지는 않겠지만 같은 이름의 다른 인물인가.

말은 철망 울타리에서 천천히 방향을 틀기 시작했다. 평소처럼 주의를 기울이던 블룸은 그것을 보고 상대방의 소매를 살며시 잡아끌면서 익살스럽게 말했다.

―오늘 밤에는 아무래도 우리 목숨이 위험해. 스팀롤러를 조심하게.

그곳에서 두 사람은 멈춰 섰다. 블룸은 아무리 봐도 65기니의 가치는 없어 보이는 그 짐말의 얼굴을 바라보았는데, 암흑 속에서 갑자기 눈앞에 나났기 때문인지 인상이 완전히 달라져서, 뼈대뿐만 아니라 살집까지 도저히 말 같지 않은 것, 있는 그대로 말하면 네발짐승, 둔부를 실룩거리는 짐승, 엉덩이가 검은 짐승, 꼬리를 흔드는 짐승, 고개를 늘어뜨린 짐승, 게다가 뒷발을 먼저 내미는 짐승이었고, 이 동물의 지배자는 마부석에 앉은 채 깊은 생각에 잠겨 있었다. 그래도 정말 착하고 순해 보이는 짐승이어서 마침 각설탕이 없는 것이 유감이라고 그는 한순간 생각했지만, 다시 생각해 보니, 언제 일어날지 모르는 모든 사태에 대비한다는 것은 무리임을 깨달았다. 덩치만 클 뿐 어리석고 신경질적이며 우둔한 말에 지나지 않는 이 녀석에게는 세상에 아무런 걱정거리도 없을 것이다. 개도 그렇지, 하고 그는 다시 생각했다. 이를테면 바니 키어넌 술집의 그 잡종개도, 만약 이만큼 크다면 갑자기 마주칠 때 틀림없이 겁날 것이다. 그러나 어떤 경우에도 몸집의 크기는 결코 그 동물의 책임이 아니다, 사막의 배(船)인 낙타는 혹 속에서 포도에서부터 위스키까지 양조한다지만. 동물 전체의 9할은 우리에 넣어서 키우거나 훈련시킬 수 있으며, 꿀벌을 뺀 나머지는 모조리 인간의 힘으로 감당할 수 있다. 고래에는 끝이 갈라진 작살, 악어라면 꼬리 간질이기로 힘을 쓰지 못하게 한다, 수탉에게는 분필로 동그라미를 그려 주고, 호랑이에게는 독수리 같은 눈으로 마주본다 따위. 블룸의 마음은 들짐승들에 관한 이러한 시의적절한 고찰로 가득 차, 잠깐 스티븐이 하는 얘기를 놓치고 말았다. 한편, 스티븐은 거리의 배라고 할 수 있는 말이 일하는 동안 줄곧 무척 흥미롭다는 듯이 옛날 음악에 대해 계속 얘기하고 있었다.

—무슨 얘기를 하던 중이었더라? 아, 그렇지, 내 아내는 말이야, 그는 갑자기 '이야기의 핵심에' 뛰어들었다. 자네와 가까워질 수 있다면 무척 기뻐할 거야. 음악 얘기라면 뭐든지 열중해 버리니까.

그는 스티븐의 옆얼굴을 친근하게 바라보았다. 어머니를 똑 닮았는데, 여자들이 지치지 않고 열광하는 불량한 미남 부류는 결코 아니고, 성격에도 아마 그런 경향은 없을 것이다.

그러나 아버지한테서 재능만은 확실하게 물려받은 것 같으니, 그야말로 앞길이 창창하단 말이야, 하고 생각하면서 블룸은 어느새 머릿속으로 새롭게 펼쳐지는 지난 기억의 풍경들, 즉 핑걸 백작부인 주최로 지난 월요일에 있었던 아일랜드 산업개발을 위한 자선음악회*149 광경과 그가 본 상류사회의 일반적인 모습들을 떠올리고 있었다.

그러는 동안 스티븐은 〈나의 청춘은 여기서 끝나도다〉*150를 주제로 한 멋진 변주곡을 설명하고 있었다. 작곡자 얀 피에테르존 스벨링크는 매춘부의 산지(産地) 암스테르담 출신의 네덜란드인이죠. 그보다 더 멋진 것은 요하네스 예프*151가 작곡한 오래된 독일 노래인데, 주제는 투명하게 맑은 바다와 마녀 세이렌, 즉 남자를 홀리는 미녀예요, 하고 이야기를 꺼내는 바람에 블룸은 약간 멈칫하고 말았다.

세이렌들의 교묘한 수법을
시인들은 이렇게 노래했도다*152

---

*149 더블린의 링컨거리 21번지에는 아일랜드의 지역산업을 장려하는 아일랜드 개발협회가 있으며, 핑걸 백작부인은 그 후원자의 한 사람이다. 이 협회는 이따금 자선 콘서트를 열었는데, 1904년 5월 14일(토)에 열린 연주회에는 조이스도 참석했다고 한다.

*150 네덜란드의 오르간 연주자, 작곡가 얀 피에테르존 스벨링크(1562~1621)의 곡 〈나의 청춘은 끝나도다〉를 가리킨다. 스티븐은 '여기서'라는 말을 넣음으로써 자신의 청춘에 대한 결별을 암시한 것일까?

*151 1582~1650. 독일의 교회음악가.

*152 17세기 요하네스 예프가 지은 노래 〈감미로운 말을 할 때의 그녀(세이렌)들의 매력을 믿지 못함〉에서.

최초의 몇 소절을 독일어로 부른 뒤 스티븐은 '즉석에서' 그것을 영어로 번역했다. 블룸이 고개를 끄덕이면서 잘 알았다 말하고 노래를 계속 불러 달라고 청하자 그는 이어서 불렀다.

그것은 놀랄 만큼 아름다운 테너여서, 블룸이 처음 한 음만 듣고도 보기 드문 재능이라고 진가를 인정했을 정도였다. 혹시 이것으로 배러클로우 같은 발성법 권위자의 적절한 지도를 받고, 악보도 읽을 수 있게 된다면, 싸구려 바리톤과 달리 다행히 테너이니 쉽사리 자신이 생각하는 가치를 인정받을 수도 있고, 그렇게 되면 가까운 장래에 대기업을 경영하는 재계 거물과 귀족들이 사는 최고급 주택지의 호화로운 저택에 출입할 수도 있으며, 문학사라는 명함(이것도 큰 광고다)과 신사적인 태도 덕분에 더욱 좋은 인상을 줄 수 있을 테니 대성공은 틀림없을 거야, 게다가 쓸모 있는 두뇌와 그 밖의 다른 소질도 풍부하다, 다만 옷차림에는 좀 더 주의를 기울여야 상류층 인사들과 쉽게 어울릴 수 있을 거야, 사교계의 엄격한 복장에 대해서는 아무것도 모르는 풋내기니까, 그런 작은 일이 왜 장애가 되는 건지 이해 못하겠지만. 실제로 앞으로 고작 몇 달이 문제일 뿐, 크리스마스 축제 기간 중의 음악적이고 예술적인 '간담회(懇談會)'에 참여한 스티븐의 모습이 눈앞에 또렷하게 떠올랐다. 숙녀들의 가슴에 은밀한 파문을 던지거나 햇병아리를 좋아하는 귀부인들에게도 인기를 얻을 것인 즉, 그런 전례는 이미 많이 들은 바가 있다, 그런데 실은 나 자신도, 자세히 말하고 싶지는 않지만, 한때는 그럴 마음만 있었다면…… 게다가 물론 결코 무시할 수 없는 금전적인 보수도 교수료와 함께 들어올 것이다. 그렇다고 특별히, 굳이 주석을 단다면, 반드시 비천한 돈벌이를 위해 직업인으로서 오랫동안 악단에 서야 하는 것은 아니다. 오히려 그것은 자신의 목표를 향한 어쩔 수 없는 첫걸음이므로, 금전적으로나 정신적으로나 조금도 존엄을 잃지 않을 뿐만 아니라, 몹시 곤궁할 때 한 장의 수표라도 받으면 푼돈이라도 큰 도움이 되니 정말 편리한 것이다. 게다가 최근에는 대중의 음악 취향이 꽤 낮아진 만큼, 평범하지 않은 독창적인 음악이라면 당장 큰 인기를 얻어 더블린 악단에 결정적인 새 바람을 일으킬 것이다. 워낙 아이반 세인트 오스텔인가, 힐턴 세인트 저스틴인가 하는 무리가 선량한 일반청중에게 싸구려 테너 솔로를 강요하여 그러한 진부하기 짝이 없는 유행을 부채질한 뒤니까. 그래, 전혀 의심할 여지가 없어. 하면 되는 거야, 비장의 카드는 모두 손안에 가지고 있으니 명성을 높이고 모든 시민의 존경을 얻을 절호의 기회이고, 그렇게 되면 표 값도 훨씬 비싸져서 예약제로 하고, 킹거리 극장*153의 단골손님들을 상대로 대연주회를 열 수도 있다. 그리고 후원자가 나타나 만약 적극적으로 밀어 준다면—물론 이것은 매우 중요한 '만약'이지만—그 압도적인 기세로 반드시 따라다니게 마련인 슬럼프를 미리 막아야 할 것이다, 착한 사람들에게 에워싸여 추앙받는 인기 스타는 그것 때문에 자주 침체에 빠지는 법이니까. 그리고 다른 목표를 희생시킬 필요는 전혀 없으며, 자기 자신을 확고하게 붙들고 있으면 시간은 얼마든지 있으니까, 문학공부도 하고 싶으면 여가 시간에 할 수 있고, 모든 것은 자기 한 사람만의 문제일 뿐 가수로서의 경력에 방해가 되거나 오점이 될 우려는 전혀 없다. 실제로, 자네가 찰 공은 이미 자네 발아래 굴러들어 와 있어, 그러니까 바로 지금, 어떤 사냥감의 냄새도 놓치지 않는 예민한 코의 소유자가 이렇게 자네 옆에 있지 않은가 말이야.

바로 그때 말(馬)이…… 그리고 한동안 기회를 엿본 뒤 그(즉 블룸)가 '천사도 발을 들여놓길 피하는 곳'*154이라는 원칙대로 개인적인 문제에는 일체 관여하지 않는 방침을 지키면서 충고한 것은, 의사 초년생인 모 씨*155와의 우정을 끊는 일이었다. 그자는 아무래도 자네를 얕보는 듯, 자네가 없을 때 농담처럼 넌지시 자네를 헐뜯는 말을 하는 경향이 있는데, 내 생각에 그것은 아마 그 인물의 성격에 음험한 측광(側光)을 던지는 것인 듯하네—어쩐지 말장난 같지만.

말은 이미 이른바 고삐의 극한까지 와서 멈춰 서서, 경쾌한 꼬리를 자랑스럽게 높이 쳐들더니, 김이 모락모락 나는 똥을 세 덩어리 떨어뜨렸다. 곧 빗자루로 쓸려 말끔하게 단장될 길바닥의 미화에 공헌할 작정인지, 천천히, 하나씩, 세 번에 걸쳐, 커다란 엉덩이에서 푸짐하게 배출한 것이다. 그동안 인정 많은 마부는 그(또는 그녀)가 볼일을 마칠 때까지, 커다란 낫이 달린 마차*156 속에서 참을성 있게 기다렸다.

---

*153 게이어티 극장.

*154 '바보들은 천사도 발을 들여놓길 피하는 곳에 아무렇지도 않게 뛰어든다.' 이 유명한 격언은 포프의 장시 〈비평론〉의 한 구절.

*155 멀리건.

블룸이 이 '우연한 사건'을 이용해서 스티븐과 나란히, 울타리를 연결하는 철망이 벌어진 곳을 지나, 진흙투성이 큰길을 건넌 다음, 하부 가디너거리를 향해 걷기 시작했을 때, 스티븐은 지금까지보다 더욱 힘차게, 그러나 작은 목소리로 발라드의 마지막 소절을 불렀다.

그리고 모든 배는 난파했다네

마부는 이때, 기분이 좋은 건지 나쁜 건지, 아니면 어느 쪽도 아닌 건지, 어쨌든 아무 말도 하지 않고, '등받이가 낮은 마차에 앉은 채'*157 두 사람의 모습을 지켜보고만 있었다. 한 사람은 통통하고 한 사람은 여윈, 검은 그림자 두 개가 철도교(鐵道橋) 쪽으로 걸어가는 것은 '마허 신부에게 가서 결혼하기' 위해서인가. 걸으면서도 그들은 이따금 멈춰 섰다가 다시 걸으면서 '친밀한 이야기'를 계속했는데, 남자의 이성을 마비시키는 마녀 세이렌을 비롯하여, 그것과 비슷한 온갖 현상과 왕위를 빼앗는 놈들에 대해, 역사상의 그런 종류의 사건에 대해 토론했고, 마부는 청소차라기보다 이제는 수면차가 된 마부석에 앉은 채, 멀어서 더 이상 두 사람의 이야기가 들리지 않자, 이곳 하부 가디너거리의 변두리 근처 자기 자리에 앉아, '두 사람의 초라한 마차를 전송할' 뿐이었다.

---

*156 고대 브리튼인과 켈트인은 전차에 낫을 달고 있었다. 청소용 솔을 갖춘 마차를 여기에 비유한 것.

*157 새뮤얼 러버가 작곡한 이 제목의 발라드는 원하는 상대와 결혼할 수 없는 남자가 그 채워지지 않은 꿈을 노래한 곡이다. 다음에 나오는 '마허 신부에게 가서 결혼하기'도 그 한 구절이다. 이 발라드를 인용함으로써, 스티븐에 대한 블룸의 채워지지 않는 부성애를 암시하는 것일까. 단, '마허 신부에게 가서 결혼하기'라는 대목은 블룸이 스티븐에게 어렴풋이 동성애적 감정을 느낌을 나타낸다고 보는 해석도 있다(마릴린 프렌치 《세계로서의 책》).

에피소드 17
ITHACA
이타카[1]

---

[1] 그리스 서부 해안 앞바다 이오니아 제도의 한 섬. 오디세우스의 고향.

줄거리

마부 집합소에서 나온 두 사람은 이런저런 이야기를 나누면서 블룸의 집에 도착한다. 이날 아침 상복을 입고 나오는 바람에 열쇠를 잊은 블룸은 가운데 마당을 통해 지하실로 들어가 현관에서 스티븐을 맞아들인다. 두 사람은 부엌에서 코코아를 마시며 잠깐 이야기를 나눈다. 스티븐은 자고 가라는 권유는 사양하지만, 앞으로 마리온에게 이탈리아어를 가르쳐달라는 부탁은 들어준다. 날이 샐 무렵 스티븐은 길을 나선다.

스티븐을 배웅한 블룸은 침실로 들어가 가구의 위치가 바뀐 것을 보고, 보일런과 마리온의 밀회 장면을 떠올린다. 블룸은 아내 다리 옆에 머리가 놓이도록 눕는다. 마리온이 아이 낳는 것을 싫어해서 이 부부의 성관계는 여러 해 동안 이런 불완전한 형태로 이루어지고 있다. 블룸은 아내가 보일런뿐 아니라 시장 딜런, 벤자민 돌라드, 사이먼 디댈러스, 레너헌을 비롯한 수십 명의 남자들과 관계를 맺었다고 짐작한다. 그러나 여러모로 생각한 끝에 그들을 애써 머릿속에서 지워 버린 뒤 아무 일도 아니라고 마음을 고쳐먹고는 평온을 되찾는다. 이는 오디세우스가 집으로 돌아가 숱한 아내의 구혼자들을 죽이고 평화를 회복하는 과정이 마음속에서 이루어지는 것이다. 블룸은 보일런에 대해 말하지 않고, 이날 자신이 겪은 일을 아내에게 들려준다.

이 에피소드는 가톨릭 교리문답 형식으로 쓰였다. 교리문답이란 그리스도교의 본질을 묻고 대답하면서 논리적으로 알기 쉽게 풀어내는 것이다. 따라서 문체는 딱딱하나, 조이스 특유의 재기는 여전히 넘친다.

블룸과 스티븐은 나란히 어떤 길로 돌아왔는가?

그들은 함께 보통 걸음으로 베레스퍼드 광장을 출발하여 다음과 같은 순서, 곧 하부와 중앙 가디너거리에서 마운트조이 광장 서쪽 길로 가다가, 속도를 늦춰 왼쪽으로 돈 뒤, 깜박 잊고 지나쳐 가디너 네거리에서 북쪽 템플거리 모퉁이 끝까지 걸어갔다. 그러고는 속도를 늦춘 채 이따금 멈춰 서기도 하면서, 오른쪽으로 꺾은 다음, 북쪽 템플거리에서 하드윅 네거리에 이르렀다. 느린 걸음으로 조지 성당 앞 원형광장에 가까이 간 두 사람은 광장을 가로질렀다. 어떠한 원에서도 현은 그 위에 서는 호(弧)보다 짧으니까.

가는 길에 두 사람은 어떤 문제에 대해 의견을 주고받았는가?

음악, 문학, 아일랜드, 더블린, 파리, 우정, 여성, 매춘, 음식, 가스등 또는 아크등, 그리고 전등 불빛이 주위 향일성(向日性) 나무*2의 성장에 미치는 영향, 비에 젖은 쓰레기통, 로마가톨릭교회, 성직자의 독신생활, 아일랜드 국민, 예수회의 교육, 전문직, 의학 공부, 지나간 오늘 하루, 안식일 전의 나쁜 영향,*3 스티븐의 졸도.

두 사람이 저마다 자신의 체험에 대해 나타내는 호불호(好不好)의 반응에서 블룸은 공통점을 발견했는가?

두 사람 다 예술적인 인상에, 그것도 조형적이거나 회화적인 인상보다는 음악적인 인상에 예민했다. 두 사람 다 섬나라의 생활양식보다는 유럽의 대륙적인 생활양식을, 대서양 저쪽보다는 이쪽에 사는 것을 좋아했다. 둘 다 어린 시절에 가정교육과 타고난 완강한 반항심으로 단련되었으므로 종교, 국

---

*2 지나친 빛을 피하기 위해 일광 투사와 평행하게 잎의 방향을 바꾸는 성질이 있다.

*3 유대교에서는 토요일이 안식일이며, 아담과 이브가 낙원에서 추방당한 것은 금요일이다. 그리스도교에서는 예수가 십자가에 못 박힌 것이 금요일이다.

가, 사회, 윤리에서의 정통적 교리 대부분을 믿지 않았다. 둘 다 이성의 자력(磁力)에 대해서는 서로 자극하고 둔화하는 작용이 있다는 점을 인정했다.

그들의 견해는 어떤 점에서 어긋났는가?

스티븐은 음식 섭취와 시민으로서의 자립이 중요하다고 말하는 블룸의 견해에 공공연하게 다른 의견을 내세웠고, 블룸은 문학이 인간의 정신을 영원히 긍정한다는 스티븐의 견해에 암묵적으로 반대했다. 아일랜드 국민이 드루이드교에서 그리스도교로 개종한 시기는 오디세우스의 아들, 포티투스의 아들, 칼포누스의 아들 패트릭이 교황 켈레스티누스 1세에게 파견된 해, 곧 리어리왕의 시대인 432년인데도, 음식이 목에 걸려 슬레티에서 질식사하여 로스나리에 묻힌 코맥 맥아트(서기 266년 죽음)왕의 시대인 260년 전후라는 시대착오*4를 고쳐야 한다는 스티븐의 주장에 마음속으로 동의했다. 블룸은 졸도란 빈 위장과 다양하게 섞여 들어온 알코올과 화학적 합성물이 작용함으로써 생기며, 정신운동과 느슨해진 분위기에서 갑자기 빙빙 돌아서*5 일어났다고 생각한 데 비해, 스티븐은 처음에는 고작 여자 손바닥만 했던 아침의 구름*6(서로 다른 두 관점, 샌디코브와 더블린에서 각기 목격된 한 조각의 구름)이 다시 나타났기*7 때문이라고 판단했다.

두 사람의 견해가 똑같이 부정적인 것이 있었는가?

가스등 또는 전등이 부근의 반향일성(反向日性) 나무의 성장에 미치는 영향에 대하여.

블룸은 지난날 밤산책 때 이와 비슷한 문제들을 토론한 적이 있는가?

1884년 밤 오웬 골드버그, 세실 턴불과 함께 롱우드거리에서 레오나드 철

---

*4 코맥 맥아트(통설로는 277년 죽음)는 전설에 따르면 그리스도교로 개종했다고 하나, 성 패트릭이 432년에 아일랜드에 들어왔다면, 그가 그리스도교로 개종하는 일은 있을 수 없다. 코맥에 대해서는 에피소드 8 참조.

*5 술에 취한 스티븐은 메클렌버그거리의 창녀집에서 빙빙 돌며 춤을 추었다.

*6 〈열왕기 상권〉 18 : 44에서 가뭄이 끝남을 예언한 엘리야를 향해 사내종이 '바다에서 사람 손바닥만 한 작은 구름이 올라옵니다' 전한 것을 패러디하여.

*7 밤의 뇌운이 되어. 에피소드 14 참조.

리치먼드거리 블룸의 집으로 돌아가는 길.

자유교회

공소 모퉁이, 레오나드 철공소 모퉁이에서 싱거리, 싱거리에서 블룸필드거리에 이르는 공공도로에서. 1885년에 퍼시 앱존과 해질 무렵에 몇 번, 어퍼크로스군(郡) 크럼린의 지브롤터 빌라와 블룸필드 하우스 사이의 담장에 기대어. 1886년에 안면이 조금 있는 사람과 앞으로 고객이 될 것 같은 사람과 함께, 문간의 돌계단, 현관 손님방, 교외선의 3등 객차 안 따위에서. 1888년에는 가끔 브라이언 트위디 소령과 그의 딸 마리온 트위디 양과 함께 또는 따로따로, 라운드타운의 매슈 딜런가(家)의 오락실에서. 1892년에 한 번, 1893년에 한 번 율리우스 매스챤스키와, 두 번 다 서부 롬바드거리에 있는 그(블룸)의 집 손님방에서.

1884, 1885, 1886, 1888, 1892, 1893, 1904라는 연대의 이 불규칙적인 연속에 대해 블룸은 목적지에 닿을 때까지 어떠한 고찰을 했는가?
그가 깊이 생각한 것은 개인의 성장과 경험의 분야가 조금씩 확대됨에 따라 개인 간의 친밀한 교제 영역은 반대로 축소된다는 점이었다.

이를테면 어떤 면에서?
그는 비존재에서 존재가 되어 많은 존재를 만났고, 한 존재로서 받아들여졌다. 존재와 존재의 관계에서 그는 다른 존재가 또 다른 존재를 대하듯이 다른 존재를 대했다. 그는 이윽고 존재로부터 비존재로 옮아가서 모든 존재에 의해 비존재로 간주될 것이다.

블룸은 목적지에 닿았을 때 어떤 행동을 했는가?
에클즈거리 홀수로 나가는 7번지 출입구 돌계단 네 번째 단에서 그는 기계적으로 바지 뒷주머니에 한손을 찔러 넣어 문 열쇠를 꺼내려고 했다.

열쇠는 주머니에 있었는가?
열쇠는 그가 그저께 입었던 바지의 뒷주머니 속에 있었다.

왜 그는 이중으로 초조했나?
그 사실을 잊고 있었으므로, 또 잊지 않으려고 두 번이나 스스로 다짐한 일이 생각나서.

그렇다면 계획적으로,*8 또 부주의 탓으로 열쇠를 갖고 있지 않은 두 사람에게는 어떠한 선택이 남아 있었는가?
들어가느냐 마느냐. 노크하느냐 마느냐.

블룸의 결론은?
한 가지 대책.*9 그는 낮은 담장에 두 발을 올리고서 가운데 마당 울타리를 넘어가, 모자를 단단히 눌러쓴 다음, 울타리 아래쪽과 층계가 연결되는 두 군데를 꽉 잡고, 5피트 9인치 반*10의 키만큼 몸을 천천히 내려서 가운데 마당 위 2피트 10인치까지 낮추고, 이어 뛰어내렸을 때의 충격에 대비해서 몸을 굽히면서 울타리에서 손을 떼어 몸을 공중에 띄웠다.

그는 뛰어내렸는가?
이미 알고 있는 도량형 측정치 11스톤 4파운드*11의 몸무게로 떨어졌다. 그것을 북쪽 프레데릭거리 19번지의 약제사 프랜시스 프리드먼의 가게에 있는 정기(定期) 체중측정용 도량계기로 확인한 것은, 지난 그리스도 승천일,*12 다시 말해 윤년, 서기 1904년 5월 12일(유대력*13 5664년, 이슬람력*14 1322년), 황금수(黃金數)*15 5, 세수월령*16 13, 태양순환기*17 9, 주일(主日) 문자*18 CB, 로마 기력시수(紀曆示數)*19 2, 율리우스력 6617년,

---

*8 스티븐은 탑으로 돌아가지 않을 결심을 하고 열쇠를 멀리건에게 건네주었다.
*9 오디세우스도 자신의 궁전으로 돌아가기에 앞서 전략을 세웠다.
*10 약 176cm. 당시 더블린 성인남자의 평균 키보다 10cm쯤 크다.
*11 약 71kg.
*12 그리스도는 부활한 뒤 40일째에 승천했다. 승천축일은 그 기념제. 1904년은 5월 12일. 이하의 유대력과 이슬람력은 《톰》(《톰 편(編) 더블린시 주소인명부》)에서 인용.
*13 유대력은 태음태양력으로 BC 3761년부터 계산한다.
*14 무함마드가 메카에서 메디나로 이주한 해. 즉 BC 622년 7월 16일부터 계산한다.
*15 서력 연수에 1을 보태어 19로 나눠서 남는 수. 여기서는 1899년부터 시작해서 5년째라는 뜻.
*16 1월 1일에 달이 차고 기우는 정도.
*17 율리우스력에서 월일과 요일이 일치하는 28년마다의 주기.

마운트조이 스퀘어 공원

낮은 담장에 두 발을 올리고……

울타리 아래쪽과 층계가 연결되는 두 군데를 꽉 잡고……

MCMIV[*20]의 일이었다.

그는 뇌진탕으로 다치지 않고 일어섰는가?

충격에 따른 뇌진탕을 일으켰지만 다시 안정을 찾아서 아무런 외상 없이 일어난 다음, 출입문의 빗장, 자유롭게 움직이는 금속 조각에 힘을 가하여 받침점에 제1종 지렛대 작용[*21]을 주어 들어올린 다음, 옆에 닿아 있는 설거지 대를 지나 겨우 부엌에 다다르자, 황린(黃燐)성냥을 그어 점화하고, 가스 꼭지를 돌려서 가연성 석탄가스를 내보내 불을 붙이고 불꽃을 세게 올린 다음 조용한 백광(白光)으로 줄이고, 마지막으로 들고 다닐 수 있는 양초 한 자루에 불을 당겼다.

그동안 스티븐은 어떤 영상(影像)을 띄엄띄엄 보았는가?

그는 가운데 마당 울타리에 기대어, 부엌의 투명한 유리창 너머로 14촉광의 가스 불꽃을 조절하는 한 남자, 양초에 불을 붙이는 한 남자, 한 켤레의 부츠를 한쪽씩 벗기 시작한 한 남자, 1촉광의 촛불을 손에 들고 부엌에서 나가는 한 남자를 보았다.

남자는 다른 곳에 다시 모습을 나타냈는가?

4분쯤 뒤에 그의 깜박거리는 촛불이 홀 문 위쪽의 반투명한 반원형 채광창 유리 너머로 보였다. 홀 문이 돌쩌귀를 축으로 천천히 돌아갔다. 열린 문 사이에 모자를 쓰지 않은 남자가, 촛불을 든 모습으로 다시 나타났다.

---

[*]18 일요일을 나타내는 문자로, A, B, C, D, E, F, G 7문자의 한 글자를 쓴다. 1월 1일 (A), 2일(B), 3일(C)……로 나가며, 첫 일요일에 해당하는 문자가 그해의 일요일을 나타 내는 문자가 된다. 1904년은 1월 3일이 일요일이었으므로 C가 된다. 그러나 이해는 윤년 이었으므로, 2월 29일 이후의 일요일은 1월 2일이 첫 일요일이었던 것으로 결정된다. 그 래서 CB.

[*]19 로마 15년기의 계산법으로 BC 313년에 설정되었다. 1904년은 이 주기력의 2년째.

[*]20 서력 1904년.

[*]21 힘점, 중점, 받침점이라는 지렛대의 세 요소를 어렵게 생각하고 있는 것 같은데 결국 힘 이 그대로 전달되었다는 뜻이다.

스티븐은 그의 신호에 반응했는가?

그렇다. 그는 조용히 안에 들어가 문을 닫고 사슬을 거는 일을 도운 뒤, 남자의 등과 슬리퍼를 신은 발과 불 켜진 양초를 따라 조용히 홀을 걸어가서, 불빛이 새나오는 왼쪽 문*22 앞을 지난 다음, 5단이 넘는 구부러진 계단을 조심스럽게 내려가서 블룸의 집 부엌으로 들어갔다.

블룸은 무엇을 했는가?

그는 입김을 세게 불어서 촛불을 끄고, 숟가락 모양으로 만든 전나무 등받이 의자 두 개를 난로 가까이 가져가서, 하나는 스티븐을 위해 출입구 쪽 창문으로 등이 향하도록 놓고, 또 하나는 자기 자신이 필요할 때를 위해 놓아둔 뒤, 한쪽 무릎을 꿇고, 난로 바닥에 나뭇진을 바른 불쏘시개와 온갖 색깔의 종이를 서로 엇갈리게 쌓아올린 다음, 드올리어거리 14번지 플라워 앤드 맥도널드 상회의 저탄장(貯炭場)에서 1톤당 21실링에 산 최고급 에이브럼탄(炭)을 불규칙 다면체로 쌓은 뒤, 불타는 황린성냥으로 종이가 튀어나와 있는 세 곳에 불을 붙여, 그것으로 연료 속 탄소 및 수소와 공기 속 산소의 자유로운 화합을 가능하게 함으로써 잠재적 에너지를 퍼져나가게 했다.

스티븐의 머리에 어떤 유사한 환영이 떠올랐는가?

다른 시간 다른 곳에서, 한쪽 무릎 또는 두 무릎을 꿇고 그를 위해 불을 피워 준 다른 환영들, 평수사(平修士) 마이클이 킬데어주 샐린스 마을 클론고우즈 우드 예수회 학교 의무실에서, 그의 아버지 사이먼 디댈러스가 더블린 최초의 주거지 피츠기번거리 13번지의 가구 없는 방에서, 그의 대모(代母) 케이트 모컨 양이 어셔스 아일랜드 15번지에 사는 위독한 여동생 줄리아 모컨 양의 집에서, 그의 어머니이자 사이먼 디댈러스의 아내 메리가 1898년에 성 프랜시스 자비에르 축제일 아침에 북쪽 리치먼드거리 12번지의 집 부엌에서, 학감 버트 신부가 세인트 스티븐그린 북구 16번지에 있는 유니버시티 칼리지의 물리실험실에서, 그의 여동생 딜리(델리아)가 캐브러에 있는 그의 아버지 집에서.

---

*22 침실문.

성 프랜시스 자비에르 성당

스티븐이 마주한 벽을 향하여 난로에서 1야드 위로 눈길을 들었을 때 무엇이 보였는가?

한 줄로 늘어선 코일형 스프링이 달린 가정용 초인종*23 다섯 개 아래, 연통 옆 벽감을 가로질러 두 개의 꺽쇠 사이에 호를 그리며 처진 로프, 그 로프에 둘로 접은 작고 네모난 손수건 네 장이 겹치지 않고 벌어지지 않게 직사각형으로 나란히 걸려 있는 것과, 대님 부분이 레이스실로 되어 있고, 발모양이 자연스레 잡힌 여성용 회색 스타킹 한 켤레를, 곧추선 나무집게 세 개로, 양 끝에 하나씩과 가운데 겹치는 부분에 하나로 고정시켜 놓은 것.

블룸은 화덕 위에서 무엇을 보았는가?

오른쪽 (작은) 선반 위의 파란 법랑 스튜냄비, 왼쪽 (큰) 선반 위의 검은 쇠주전자.

블룸은 화덕에서 무엇을 했는가?

스튜냄비를 왼쪽 선반으로 옮긴 뒤, 자리에서 일어나 쇠주전자를 싱크대로 가져가, 물을 받기 위해 수도꼭지를 틀려고 했다.

물은 나왔는가?

나왔다. 위클로주(州)에 있는 입방용적 24억 갤런의 라운드우드 저수지에서 다글강(江), 래스다운, 다운스 협곡, 칼로힐을 거쳐, 스틸로건에 있는 26에이커의 저수지까지는 22법정마일의 거리를, 거리 1야드당 5파운드의 계약 부설비로 건조된 단복선(單複線) 파이프라인의 여과장치 본관(本管)을 통한 지하 수도를 통과하여, 그곳에서 조절탱크 시스템을 거친 다음, 250피트 경사로를 지나 위쪽 리슨거리 유스터스 다리에서 시(市) 경계선에 닿는데, 지루한 여름의 가뭄과 하루 1250만 갤런의 물 공급 때문에 수위가 양수(量水) 댐의 바닥 아래로 내려가 있었다. 그래서 시감독관이자 수도국 토목기사인 스펜서 하티 씨는 수도위원회의 지시에 따라 (1893년처럼 그랜드 운하 및 로열 운하의 식수로 부적합한 물에 의존할 가능성도 고려하여) 시의 수도를

---

*23 부엌의 하녀를 부르기 위한 것.

마시는 데만 쓰도록 했다. 특히 남부 더블린 빈민보호위원회는, 6인치의 계량기를 거쳐 공급되는 할당량이 하루 1인당 15갤런으로 되어 있음에도 법률고문인 사무변호사 이그네이셔스 라이스 씨가 참석하여 지켜보는 가운데 계량기를 조사하여 발견한 바에 따르면, 하룻밤에 2만 갤런을 낭비함으로써 다른 사회계층, 곧 지급능력이 있고 건강한 납세자층에 손해를 미치고 있었다.

물을 사랑하고, 물을 긷고, 물을 운반하는 자 블룸은 화덕에 돌아오면서 물의 어떠한 속성을 찬미했는가?

물의 보편성. 물의 민주적인 평등성과, 스스로 수평을 유지하고자 하는 본성에 대한 충실함. 메르카토르 투영도*24에 나타난 바다의 그 드넓음. 태평양 순담 해구(海溝)의 8000패덤 넘는 그 헤아릴 수 없는 깊이.*25 해안의 모든 지점을 차례차례 찾아오는 파도와 표면미립자의 끊임없는 동요. 그 단위분자의 독립성. 바다의 다채로운 변화. 파도가 잔잔할 때의 그 흐르지 않고 머물러 있는 정지. 조금 및 한사리 때의 그 물의 운동의 팽창. 풍랑 뒤의 그 고요. 남극 및 북극 주변 빙모(氷帽)의 메마름. 기후 및 무역에 미치는 영향. 지구 위 육지에 비해 3대 1의 우월성. 아열대 남회귀선 아래 모든 지역에 전개되는 뚜렷한 지배. 원시적 해분(海盆)의 그 오랜 세월에 걸친 불변성. 암적황색 바다 밑바닥. 수백만 톤의 귀금속을 포함한 가용성 물질을 녹이고 그대로 유지하는 능력. 반도와 섬에 미치는 완만한 침식작용과, 서로 닮은 섬과 반도와 가라앉고 있는 곳을 끊임없이 형성하는 작용. 그 충적층. 그 무게와 부피와 농도. 석호(潟湖)와 산호초와 산악지대 호수의 부동성. 열대·온대·한대에서의 그 빛깔 변화. 대륙 안 호수로 들어가는 시내, 여러 물줄기를 합쳐서 바다로 흘러드는 하천, 나아가 바다를 가로지르는 물의 흐름, 큰 만의 해안을 따라 흘러가는 바닷물, 적도의 남북을 달리는 해류 등에서 갈라져 나온 물줄기의 운반조직. 바다 밑 지진, 용오름, 우물, 분출, 격

---

*24 네덜란드의 지리학자 헤르하르뒤스 메르카토르(본명 게르하르트 크레머, 1512~94)의 도법(圖法). 경선과 위선이 직각을 이루며 만나기 때문에 극지방의 규모가 커지고, 해양이 넓게 보인다.

*25 패덤은 물의 깊이 측정 단위로 1패덤은 1.8미터(8000패덤=14,400미터). 순담 해구는 인도양 수마트라 섬 앞의 해구로 깊이는 7455미터. 세계에서 가장 깊은 곳은 마리아나 해구 (1만 924미터). 블룸이 착각한 듯.

류, 회오리, 불어난 물, 흘러나오는 물, 큰 너울, 분수령, 분수계, 간헐천, 폭포, 소용돌이, 홍수, 범람, 큰비 따위의 사나운 기세. 육지를 에워싸는 장대한 수평선 위의 곡선. 막대점(占)*26의 막대와 온도계를 통해 명시되며, 애시타운 문(門)의 벽구멍 옆에 있는 우물, 공기의 포화도, 이슬의 형성 따위를 통해 예증되는 샘물과 잠재적 습기의 비밀. 수소 2, 산소 1의 성분 구조의 단순함, 그 치료적 효능. 사해(死海)의 부력, 도랑, 협곡, 부족한 댐, 선체 구멍 따위에서의 그 집요한 침투성. 몸을 씻고, 목을 축이고, 불을 끄고, 식물을 키우는 속성. 본보기가 되는 그 온전함. 안개, 아지랑이, 구름, 비, 진눈깨비, 눈, 우박이 되는 그 변용. 견고한 소화전에서의 압력. 호수, 후미, 만, 해협, 개펄, 다도해, 좁은 해협, 피오르, 밀물과 썰물, 하구, 든바다에서의 다양한 형태. 빙하, 빙산, 움직이는 빙원에서의 그 고체성. 수차, 터빈, 다이너모, 발전소, 표백공장, 가죽공장, 타면(打綿)공장을 움직이는 그 순응성. 운하, 역행 가능한 하천, 물에 떠 있는 뗏도랑에서의 유용성. 조류 제어와 수로 낙차 이용을 통해 이끌어 낼 수 있는 잠재 에너지. 실체는 어떻든 그 수만큼은 지구상 생물의 대부분을 차지하는 그 (듣지 못하고, 빛을 싫어하는) 바닷속 동물군 및 식물군. 사람 몸의 90퍼센트를 차지하는 그 치우침. 독성이 있는 습지, 악성유행병을 옮기는 늪, 썩은 꽃물, 달이 이지러지는 때 고인 웅덩이에서 올라오는 그 독한 기운.

지금 불 붙기 시작한 석탄 위에 물을 반쯤 채운 주전자를 올린 뒤, 왜 아직도 물이 흐르는 수도꼭지로 돌아갔는가?

그의 더러워진 두 손을, 아직 신문지 조각이 달라붙어 있고 이미 부분적으로 써서 없앤, 레몬향 나는 배링턴사(社) 비누 한 개(13시간 전에 4펜스에 사서 아직 돈을 내지 않은 것)를 거품내서 신선하고 차가우며 절대 변치 않고 또 늘 변화하는 물로 씻은 다음, 그 손과 얼굴을 회전 나무 봉에 걸쳐 둔, 가장자리를 빨간색으로 장식한 긴 삼베 천으로 닦기 위해서.

블룸의 제안을 거절하기 위해 스티븐은 어떤 이유를 댔는가?

---

*26 막대로 지하의 광맥이나 수맥이 있는 곳을 찾는 점술의 한 가지.

물을 싫어하고, 차가운 물의 침입 또는 잠입에 따른 부분적·전체적 접촉을 혐오하며(그가 가장 최근에 목욕탕에 들어간 것은 작년 10월이었다), 유리와 수정 같은 물과 비슷하게 생긴 물질을 좋아하지 않고, 생각과 언어의 유동성을 믿지 못하고 있다는 것.

위생 및 예방에 대한 충고, 아울러 저온에 가장 예민한 신체부위는 목덜미, 위장, 발바닥이므로 바다나 강에서 헤엄치기 전에는 미리 머리를 적시고 얼굴, 목, 가슴 및 윗몸에 재빨리 물을 끼얹음으로써 근육을 수축시켜야 한다는 조언을 블룸이 스티븐에게 하지 못하도록 단념시킨 것은 무엇인가?
물의 특성과 천재의 괴상하고 기발한 독창성 사이의 부조화.

그 밖에도 어떠한 교훈적 충고를 그는 삼갔는가?
식이요법. 베이컨, 소금에 절인 대구 및 버터의 단백질과 칼로리의 퍼센티지에 관하여, 마지막 것에는 전자가 결핍되고, 처음 것에는 후자가 풍부하다는 점.

주인의 눈으로 보아 손님의 대표적 특질은 어떤 점에 있었는가?
자기 자신에 대한 확신, 자기포기 및 자기회복의 서로 같으면서 서로 어긋나는 능력.

불의 작용으로 물을 넣은 그릇 안에서는 어떤 부수적인 현상이 일어났는가?
끓어오르는 현상. 부엌에서 연통으로 끊임없이 올라가는 수증기에 의해, 연소는 미리 불을 피우는 연료인 장작다발에서, 열(복사성)의 근원인 태양에서 시작하여 한쪽으로 치우친 발광성, 투열성 에테르를 통해 전달된 에너지에 의해 식물적 생명을 얻은 태곳적 원시림의 화석화된 낙엽을 응축한 광물질 형체 속에 들어 있는 다면체 역청탄 덩어리로 옮겨갔다. 번지면서 타오르는 운동의 한 형태인 열(전도성)은 끊임없이 그리고 가속도를 내며 열을 공급하는 물체에서 그릇 속의 액체로 전달되어, 연마하지 않아서 요철(凹凸)이 있는 검은색 철금속 면이 일부는 반사, 일부는 흡수, 일부는 전도되어 물의 온도를 상온에서 천천히 끓는점까지 높였으나, 이 온도 상승은 물 1파운드를 화씨 50도에서 212도로 가열하는 데 필요한 72열량 단위*27를 소비한 결과로 표시된다.

이 온도상승의 완성은 무엇을 통해 알려졌는가?
주전자 뚜껑 양쪽에서 동시에 뿜어나온 두 가닥 낫 모양의 수증기.

이 끓어오른 물을 블룸은 어떤 개인적 목적에 이용했는가?
자신의 수염을 깎는 일에.

밤에 하는 면도의 좋은 점은 무엇인가?
수염이 부드러워진다. 지난번에 깎은 뒤 지금까지 면도솔을 물비누에 일부러 담가 두었더니 한층 부드러워졌다. 뜻밖의 시간에 먼 곳에서 아는 여성을 갑자기 만났을 때 부드러운 피부를 보여 줄 수 있다. 하루 동안 있었던 일을 조용히 되돌아볼 수 있다. 편안하게 잠자고 편안하게 깰 수 있다. 이른 아침의 잡다한 소음, 걱정과 불안, 서로 부딪치는 우유 통, 우편배달부의 노크 두 번, 거품을 칠하면서 읽고 또 읽는 신문, 같은 곳을 다시 칠하거나, 충격, 타격, 아무것도 없는데도 뭔가 찾는 것이 있는 듯한 기분이 들며, 자칫하면 수염을 빨리 깎게 되어 상처가 나서 반창고를 정확하게 잘라 촉촉하게 하여 붙이는 따위의 매우 귀찮은 일을 피할 수 있다.

왜 빛의 비존재는 소음의 존재만큼 그에게는 신경이 쓰이지 않는가?
그의 탄탄하게 살찐 남성적, 여성적, 수동적, 능동적인 손의 촉감이 정확하기 때문에.

그것(그의 손)의 적성은 무엇이며, 또 그것을 상쇄하는 어떠한 정신적 경향이 뒤따르는가?

---

*27 영국의 열량단위는 1파운드의 물을 화씨 1도만큼 데우는 데 필요한 열량. 주전자가 50도에서 212도까지 162도의 온도변화를 일으킨 것에서 보면, 블룸은 1파운드 이하의 물을 끓였다는 얘기가 된다. 그것은 너무 적은 양이 아닐까.

외과 수술적인 적성은 있지만, 비록 목적이 수단을 정당화하는 경우에도 그는 인간이 피를 흘리는 것을 싫어하고, 오히려 일광요법, 심리적·생리적 치료, 접골(接骨) 요법적 처치를 순서대로 좋아한다.

블룸이 연 부엌 조리대 아래쪽, 가운데 및 위쪽에 무엇이 나타났는가?

아래쪽에는 수직으로 놓인 아침 식사용 큰 접시 다섯 장, 수평으로 놓인 아침 식사용 받침접시 여섯 장 위에 각각 뒤집어서 엎어 둔 아침 식사용 컵, 뒤집어 놓지 않은 뚜껑 달린 컵 한 개와 크라운 더비 가게에서 만든 받침접시 한 장, 금테 두른 하얀 에그 컵 네 개, 열린 새미가죽 지갑 속에 들어 있는 주로 구리로 만든 동전 몇 개, 그리고 바이올렛 색깔의 향기로운 사탕이 담긴 유리병 한 개. 가운데에는 후추를 넣은 이 빠진 에그 컵 한 개, 식탁용 소금이 든 통 한 개, 기름종이에 싼 덩어리진 검은 올리브 열매 네 개, 자두나무표 고기 병조림*28 빈 병 한 개, 타원형 소쿠리 바닥에 간 섬유질 충전물 위에 저지산(産) 배(梨) 한 개, 반은 비었고 산호 분홍색의 얇은 포장지가 반쯤 벗겨진 윌리엄 길비사(社)의 약용 백포도주*29 한 병, 엡스사(社)의 물에 녹는 코코아 한 봉지, 앤 린치사(社)*30의 1파운드당 2실링의 특선 홍차 5온스가 담긴 구겨진 은박 봉지 한 개, 최고급 얼음설탕이 담긴 둥근 깡통 한 개, 양파 두 개, 그중 큰 것은 에스파냐 양파이고 통째로 작은 것은 아일랜드 양파로, 둘로 잘려 표면적이 늘어나서 냄새도 강하다, 아일랜드 모범 낙농장*31의 크림 한 단지, 갈색 도자기 물병 한 개, 그 속에 들어 있는 상한 우유 4분의 1파인트 4분의 1쿼트는 열 때문에 물과 시큼한 유청(乳淸)과 반쯤 굳은 덩어리로 변질되어 있는데, 여기에 블룸 씨와 플레밍 부인이 아침 식사로 마신 양을 더하면 1임페리얼 파인트, 곧 처음 배달되었을 때의 총량이 된다, 정향 두 개, 반 페니짜리 동전 한 개 그리고 작은 접시 위에 신선한 갈비스테이크 한 조각. 위쪽에는 크기도 산지도 다양한 잼 단지(빈

---

*28 보일런의 선물.
*29 윌리엄 길비사는 주류수입, 제조업. 오코널거리 46, 71번지 등에 가게가 있었다. 보일런은 꽃과 과일가게에서 몰리에게 포도주도 배달시켰는데, 그때 병문안이라고 말했다. '약용'이라는 것은 그것과 연관시킨 말.
*30 남부 저지거리 69번지와 그 밖의 곳에 가게를 내고 있던 차 판매회사.
*31 글래스네빈 소재. 농업기술교육 아일랜드성이 운영하는 농업낙농장.

것) 한 줄.

그릇찬장의 조리대 위에 있었던 무엇이 그의 주의를 끌었는가?
다각형 조각 네 개로 찢어진 진홍색 마권(馬券) 두 장, 번호는 8 87, 88 6.*32

어떠한 기억이 일시적으로 그의 눈살을 찌푸리게 했는가?
소설보다 기괴한 진실, 곧 거듭되는 우연의 일치가 골드컵 평지 핸디캡 경마의 승패를 예고했다는 기억. 그 공식적인 승패의 확정을 그는 버트 다리 마부 집합소에서 〈이브닝 텔레그래프〉의 분홍색 최종판을 통해 읽었다.

뚜렷한 또는 추정된 승패의 예고를 그는 어디서 받았는가?
리틀 브리튼거리 8, 9 및 10번지의 버나드 키어넌 주류 특허점에서. 듀크거리 14번지 데이비드 번의 주류 특허점에서. 하부 오코널거리, 그레이엄 레몬 과자점 앞에서, 음울한 젊은이가 그에게 시온 교회의 재건자 엘리야의 도래를 알리는 전단을 주었을 때(나중에 그는 그것을 던져 버렸다), 링컨 광장의 약제사 F.W. 스위니 상회(주식회사) 앞에서, 그가 버리려 했던 〈프리먼스 저널〉 및 '내셔널 프레스'사(社)의 조간신문(나중에 그는 그것을 던져 버렸다)을 프레데릭 M. (밴텀) 라이언스가 급히 요구하고, 읽고, 돌려주었을 때, 또 그가 얼굴에 빛나는 영감의 빛을 띠고, 팔에는 예언의 말이 새겨진 민족의 비밀을 안고, 렌스터거리 11번지의 터키식 온탕의 동양식 건물 쪽으로 걸어갔을 때.

어떠한 제한적인 배려가 그의 흥분을 누그러뜨렸는가?
모든 사건이 불러오는 결과의 의미는 방전현상(放電現象) 뒤에 들려오는 음향처럼 불확정적인 것이며 해석하기 곤란하다는 것. 또 이긴다는 해석에서 출발한 경우에도, 졌을 때의 손해 총액을 정확하게 매길 수 없으므로 반대로 현실적인 손해를 평가하기가 곤란하다는 것.

---

*32 보일런이 셉터에 건 마권 번호. 찢기 전에는 887과 886.

그의 기분은?

그는 위험을 무릅쓰지 않았고, 기대도 하지 않았으며, 실망하는 일도 없이 만족했다.

무엇이 그를 만족시켰는가?

실제로 손해를 입지 않았다는 것. 다른 사람에게 실질적인 이득을 준 것. 다른 민족들의 빛*33이 된 것.

그는 어떻게 다른 민족*34 한 사람을 위해 가벼운 식사*35를 준비했는가?

그는 찻잔 두 개에 엡스의 물에 녹는 코코아를 두 스푼씩 넣어, 모두 네 스푼을 담은 뒤 라벨에 적힌 방법에 따라, 충분한 시간을 들여 잘 저은 뒤, 지시된 방법으로 섞으면서 양에 맞춰 물을 더 넣었다.

주인은 손님에게 가장 특별한 대우로서 어떠한 배려를 보여 주었는가?

그는 외동딸 밀리센트(밀리)한테서 선물 받은 크라운 더비 자기의 모조품인, 뚜껑 있는 컵을 쓴다는 주인으로서의 권리를 포기하고, 손님과 같은 찻잔을 썼으며, 평소 같으면 그의 아내 마리온(몰리)의 아침 식사를 위해 챙겨 두었을 끈적끈적한 크림을 손님에게 아주 많이, 자기 자신에게는 조금 적게 주었다.

손님은 그러한 배려를 느끼고 또 고마움을 표시했는가?

주인은 농담삼아 자신의 배려에 그의 주의를 환기시켰고, 그는 그것을 진지하게 받아들여, 두 사람은 농담과 진지한 침묵 속에서 엡스사의 대량생산품인 몸에 좋은 코코아를 마셨다.

---

*33 〈사도행전〉 13 : 47에서. 이 이방인이란 유대인이 본 다른 종파 사람. 에피소드 12에서는 '시민'이 블룸을 빗대어 '다른 민족을 위한 새로운 사도'라고 말했다.

*34 스티븐.

*35 단식일에 허용되는 간편하게 먹을 수 있는 음식. 블룸은 가톨릭교도인 스티븐이 금요일에 단식하리라 생각했는지도 모른다.

그는 그 밖에 어떠한 배려를 생각하고 이를 미루어 두었으며, 이미 시작된 행위를 또 한 사람의 인물*[36]과 완성시키기 위해 앞으로의 기회를 기다리기로 했는가?

손님의 웃옷 오른쪽에 1.5인치쯤 찢어진 곳을 깁는 일. 손님에게 여자용 손수건 넉 장 가운데 한 장을, 증정해도 상관없다는 것을 확인한 뒤에 증정하는 일.

누가 더 빨리 마셨는가?

블룸. 그는 마시기 시작한 것도 10초 빨랐고, 손잡이에 착실한 열의 흐름이 전해지는 스푼의 오목한 부분으로부터 들이켜는 속도도 상대방이 한 번 마실 때 세 번, 두 번 마실 때 여섯 번, 세 번 마실 때 아홉 번이었다.

그 되풀이되는 행위는 어떠한 사고 활동을 동반했는가?

관찰에 근거해서, 그러나 잘못해서 그의 말없는 상대가 생각에 잠겨 있다고 판단하고 오락적 문자보다도 오히려 교훈적 문학으로부터 생기는 기쁨을 떠올렸다. 그 자신도 상상 또는 실제 생활에서 곤란한 문제를 해결할 때 윌리엄 셰익스피어의 작품을 여러 번 참조했기 때문이다.

그는 해결책을 찾았는가?

몇몇 고전적 문구를, 어휘 해설의 도움을 빌려 꼼꼼하게 되풀이해서 읽었지만 모든 점에서 적절한 해답을 얻을 수 없었으므로 그는 본문에서 불완전한 자신을 얻었을 뿐이다.

1877년 주간지 〈샘록〉*[37]이 각기 10실링, 5실링, 2실링 6펜스의 세 가지 상금을 내걸었을 때, 당시 11살이던 미래 시인 블룸의 첫 자작시 마지막 구절은 무엇이었는가?

활자화된 나의 노래를

---

*36 몰리.

*37 하부 애비거리 32번지 아일랜드 국민인쇄출판회사에서 발간한, 삽화를 곁들인 주간지.

남몰래 보고픈 나의 마음
나의 시에 주소서 그 자리를
만약 허락해 주신다면
나의 시 끝에 나의 이름
L. 블룸이라고 실어주소서.

그는 하룻밤 손님과 자기 사이에 가로놓인 네 가지 원인을 찾아냈는가?
이름, 나이, 인종, 신앙.

그는 소년시절에 자기 이름으로 어떠한 문자 수수께끼를 만들었는가?
레오폴드 블룸　Leopold Bloom
엘포드보물　Ellpodbomool
몰도펠루브　Molldopeloob
볼로페둠　Bollopedoom
하원의원 올드 올레보　Old Ollebo, M. P.

1888년 2월 14일에 그(동적인 시인[*38])는 자기 이름의 생략형에 입각한 어떠한 아크로스틱[*39]을 마리온(몰리) 트위디 양에게 우편으로 보냈는가?

　　시인들이 먼 옛날부터 끊임없이 노래한
　　재미있는 가락으로 순진한 그대를 찬양하리
　　누누이 노래해도 다 노래할 수 없는 그대
　　만나는 기쁨은 노래나 술에 못지않게.
　　이제 그대는 나의 것, 온 세계는 나의 것.

　그가 남부 킹거리 46, 47, 48, 49번지 게이어티 극장의 지배인 마이클 건

[*38] 참다운 예술가는 본디 정적이며, 자기 감동을 직접 나타내는 동적 예술가는 허위라는 스티븐의 예술론.

[*39] 각 행의 머리글자 또는 끝 글자를 모으면 뜻을 이루도록 만든 하나의 시. 아래에서 블룸은 몰리가 부르는 자신의 애칭 POLDY로 아크로스틱을 지었다.

의 위탁을 받고, 크리스마스 축제용 대작 가극 〈뱃사람 신바드〉(원작 그린 리프 휘티어,*40 무대장치 조지 A. 잭슨 및 세실 힉스, 의상 윌런 여사 및 윌 런 양, 마이클 건 부인의 총감독하에, 1892년 12월 26일, R. 셸튼이 연출하 고, 제시 노어의 무용, 토머스 오토의 광대역이 어우러진)의 제2판(1893년 1월 30일) 제6장면 '다이아몬드 골짜기'에 넣어져, 주연 여배우 넬리 부버리 스트가 부르기로 되어 있던 '만약에 브라이언 보루*41왕께서 오늘 돌아와 그 리운 더블린을 볼 수 있다면'이라는 제목의, 과거의 사건 또는 최근 여러 해 동안의 일을 노래하는 시사적 가요곡의 작사(작곡은 R.G. 존스턴)의 완성을 방해한 것은 무엇인가?

첫째, 왕실과 지방의 이해관계에 얽힌 두 가지 사건, 곧 빅토리아 여왕(탄 생 1820년, 즉위 1837년) 60주년 축전을 앞당기는 일과 새로운 시영 어시장 의 개장식*42을 미루는 일 중 어느 쪽을 선택해야 할지 곤란했다는 것. 둘 째, 왕족 요크 공작 부부(실재)와 브라이언 보루 국왕 폐하(가공)의 내방에 관해서 급진파가 반대할 것이라는 걱정이 있었다는 것. 셋째, 새로 지어진 두 극장인 버러 부두의 그랜드 리릭 홀*43과 호킨스거리 로열 극장에 관해서 직업적 의례와 직업적 대항의 갈등이 있었다는 것. 넷째, 넬리 부버리스트의 비이지적·비정치적·비시사적인 용모에 대한 공감이나, 넬리 부버리스트가 비이지적·비정치적·비시사적인 하얀 속옷을 노출시켜 일어나게 한 색정(色 情)으로 주의력이 느슨해진다는 것. 다섯째, 알맞은 음악을 고르고, 〈백만 인의 만담집〉(1000페이지, 그 이야기 하나하나에 웃음이 있다)에서 우스꽝 스러운 이야기를 선택하기가 곤란했다는 것. 여섯째, 새로운 시장 다니엘 탤 런, 새로운 집행관 토머스 파일, 새로운 법무차장 던바 플렁킷 바튼 등의 이 름에 연관되는 동일음 및 불협화음의 각운(脚韻) 문제.

그들의 나이 사이에는 어떠한 관계가 있는가?

16년 전인 1888년, 블룸이 지금 스티븐의 나이였을 때 스티븐은 6살이었

---

*40 작자는 그린리프 위저스. 미국의 시인 그린리프 휘티어와 혼동했다.
*41 11세기 아일랜드 왕. 묘지로 갈 때 블룸 일행은 이 이름의 술집 앞을 지난다.
*42 1897년 5월 11일.
*43 1897년 11월 26일에 개관.

다. 16년 뒤인 1920년 스티븐이 지금 블룸의 나이가 될 때 블룸은 54세가
된다. 1936년 블룸이 70세, 스티븐이 54세가 되면, 처음에는 16대 0이었던
그들의 나이 비율은 17과 2분의 1 대 13과 2분의 1이 되어, 차차 임의의 나
이가 더해 감에 따라 그 비율은 커지고 차이는 줄어들 것이다. 왜냐하면 만
약 1883년에 존재했던 비율이 변하지 않고 그대로 이어질 수 있다면, 1904
년에 스티븐은 나이가 22세이므로 블룸은 374세가 될 테고, 1920년에 스티
븐이 38세, 곧 당시의 블룸 나이에 이르렀을 때 블룸은 646세, 1952년에 스
티븐이 노아의 홍수 이래 최고 나이 70세에 이르렀을 때 블룸은 이미 1190
세가 되니까 그가 태어난 해는 714년,[*44] 노아 홍수 이전의 최고 나이, 즉 므
두셀라[*45]의 969세를 221세나 넘어서게 될 것이며, 스티븐이 오래 살아서 기
원후 3072년에 그 나이에 이른다면 블룸은 이미 83300세[*46]가 되고 따라서
그가 태어난 해는 기원전 81396년[*47]이 될 터이므로.

어떠한 사건이 이러한 계산을 무효로 할 수 있는가?
둘 다 또는 어느 한 존재의 정지, 새로운 기원 또는 역법(曆法)의 제정, 세
계의 멸망 및 그 결과로 일어나는 불가피하고 예견할 수 없는 인류의 절멸.

그들이 오래전부터 아는 사이라는 것을 증명하는 만남이 몇 번 있었는가?
두 번. 첫 번째는 1887년, 라운드타운, 키미지 길의 메디나 빌라라고 불
리는 매슈 딜런 댁의 라일락 정원에서, 스티븐의 어머니가 자리를 같이했으
나 스티븐은 당시 5세로 인사를 위한 악수를 싫어했다. 두 번째는 1892년 1
월, 브레슬린 호텔의 커피숍에서, 어느 비오는 일요일에 스티븐의 아버지와
스티븐의 큰아버지가 함께했고 스티븐은 지난 번보다 다섯 살이 더 많았다.

아들이 제의했고, 나중에 아버지가 거둔 식사 초대를 블룸은 받아들였는
가?

---

* 44 옳게는 762년.
* 45 성경에서 가장 오래 산 사람. (《창세기》 5 : 25 이하 참조)
* 46 옳게는 2만 230세.
* 47 옳게는 80228년.

매우 감사하면서, 감사의 기쁨을 표시하면서, 마음속으로 기뻐하고 감사하면서, 기뻐 감사하면서도 그는 사양했다.

이들 추억을 둘러싼 그들의 대화는 두 사람을 잇는 사슬의 제3의 고리를 밝혀냈는가?

독립된 자산을 지닌 과부, 리오던 부인은 1888년 9월 1일부터 1891년 12월 29일까지 스티븐 부모의 집에서 같이 살았고, 1892년과 1893년 그리고 1894년의 3년 동안 프러시아거리 54번지의 엘리자베스 오도우드 소유의 시티 암스 호텔에도 머물렀는데, 그때 스미스필드 5번지의 조지프 커프 상회의 사무원으로서 근처 북부 순환도로의 더블린 가축 시장에서 판매감독으로 있던 블룸도 1893년에서 1894년에 걸쳐 잠깐 같은 호텔에 머물고 있어서 그녀는 끊임없이 그에게 소문을 들려주었다.

그는 그녀를 위해 어떤 특별한 육체적 자선 행위를 베풀었는가?

가끔 그는 따뜻한 여름날 초저녁에, 조촐하지만 독립된 자산이 있는 이 병약한 과부를 회복기 환자용, 덮개가 달린 수레의자에 태우고, 바퀴를 천천히 돌리면서 북부 순환도로에 있는 개빈 로 씨의 영업소 건너편 모퉁이까지 오면 잠깐 멈추고, 그녀는 그의 단일렌즈 휴대용 쌍안경을 통해서 전차, 바람을 넣은 공기 타이어가 달린 2, 3인용 자전거, 6인승 쌍두 사륜마차, 세로로 연결한 쌍두마차, 자가용 또는 임대용 사륜마차, 한 마리가 끄는 이륜마차, 경마차, 완급차 따위를 타고 시내에서 피닉스 공원으로 또는 그 반대쪽으로 달리는 알아보기 힘든 시민들을 바라보면서 시간을 보냈다.

어떻게 그는 서서 참을성 있게 견딜 수 있었는가?

그는 한창 젊을 때 가끔 실내에 앉아 갖가지 색의 판유리가 도드라지게 붙은 유리의 둥근 창 너머로 끊임없이 변화하는 문밖의 거리를, 길 가는 사람들, 네발짐승들, 자전거들, 탈것들이 천천히, 빨리, 같은 속도로, 둥근 수직면의 가장자리를 따라 빙글 빙글 빙글 도는 것을 살폈기 때문에.

이미 8년 전에 죽은 그녀를 그들은 저마다 어떻게 기억하는가?

나이가 많은 사람은, 그녀의 베지크 카드 및 카운터, 그녀의 스카이테리어, 그녀의 가상 재산, 그녀의 잦은 응답 결여와 제1기 카타르성 난청. 나이가 적은 사람은, 성모 수태상 앞에 있었던 그녀의 유채 기름 램프, 찰스 스튜어트 파넬과 마이클 대비트를 나타내는 녹색과 갈색 브러시, 그녀의 화장지.

그가 젊은 친구에게 말한 이들 추억담 따위를 통해 더욱더 바람직한 것이 되었던 회춘(回春)을 실현하는 방법은 아직 그에게 남아 있었는가?

실내에서의 체조, 이전에 그가 간헐적으로 실행하다가 나중에 포기한 체조는 유진 샌도우의 저서 《강한 육체와 그것을 얻는 법》에 규정되어 있는, 특히 앉아서 하는 일에 종사하는 실업인을 위해 고안된 것으로, 정신을 모아 거울 앞에서 함으로써 신체 각 부위의 근육을 움직여 차례대로 쾌적한 경직, 보다 쾌적한 이완, 그리고 가장 쾌적한 젊은 운동 능력의 부활을 가져온다.

청년시절 초기 그에게는 무엇인가 특별한 운동능력이 있었는가?

바벨의 무게를 들기에는 체력이 모자라고 철봉 크게돌기를 하기에는 용기가 모자랐지만, 고교시절에는 특히 발달한 그의 복근 덕택으로 평행봉 위에서 다리를 수평으로 올리는 운동을 오랫동안 꾸준히 할 수 있었다.

어느 쪽이 그들의 인종적 차이를 공공연하게 말했는가?

아무도 말하지 않았다.

블룸에 관한 스티븐의 생각에 대한 블룸의 생각, 그리고 스티븐에 관한 블룸의 생각에 대한 스티븐의 생각에 관한 블룸의 생각을 가장 단순한 상호적 형식으로 간추리면 어떠한가?

그[48]가 유대인이라고 그[49]는 생각한다고 그[50]는 여기지만, 그[51]는 그렇지 않다는 것을 그[52]가 알고 있다는 사실을 그[53]가 안다는 것을 그[54]는 알

---

[48] 블룸.

[49] 스티븐.

[50] 블룸.

[51] 스티븐.

고 있었다.

침묵의 울타리가 사라졌을 때, 그들 부모는 저마다 어떠한 사람이라고 밝혀졌는가?

블룸은 솜버트헤이,*55 비엔나, 부다페스트, 밀라노 그리고 런던을 거쳐 더블린으로 온 루돌프 비라그(뒤에 루돌프 블룸)와, 줄리어스 히긴스(옛 성 카롤리)와 파니 히긴스(옛 성 헤가티)의 둘째딸 엘렌 히긴스 사이에 태어난 유일한 남자 변질 상속인이다. 스티븐은, 코크에서 더블린으로 온 사이먼 디댈러스와 리차드 및 크리스티나 굴딩(옛 성 그리아)의 딸 메리 사이에 태어나 살아남은 아들 가운데 나이가 가장 많은 남자 동질 상속인이다.

블룸과 스티븐은 세례를 받았는가? 어디에서, 누가 세례를 주었는가? 성직자인가 평신도인가?

블룸(3회)은, 쿰거리의 성 니콜라우스 위다웃의 신교 교회에서 문학사 길머 존스턴 사제에게, 스워즈 마을의 수도전(水道栓) 아래에서 제임스 오코너와 필립 길리건 및 제임스 피츠패트릭 세 사람의 손으로, 또 래스가의 세 수호성인 교회에서 가톨릭 사제 찰스 맬런 신부를 통해. 스티븐(1회)은 래스가의 세 수호성인 교회에서 가톨릭 사제 찰스 맬런 신부를 통해. 홀로.

그들의 학력은 비슷한가?

스티븐이 만약에 블룸이었다면 스툼*56은 여성이 경영하는 초등학교와 고등학교를 차례로 마쳤을 것이다. 블룸이 만약에 스티븐이었다면 블리븐은 중등교육의 예비과, 초급, 중급, 상급 과정을 거쳐 로열 유니버시티의 입학시험, 문과 1년, 문과 2년, 그리고 문학사 취득과정을 차례로 마쳤을 것이다.

---

*52 블룸.
*53 스티븐.
*54 블룸.
*55 헝가리의 도시. 비엔나의 남쪽에 있다.
*56 스티븐과 블룸의 공생을 암시하는 조어. 블리븐도 마찬가지.

왜 블룸은 인생 대학에 자주 다녔다고 말하길 삼갔는가?

이미 그가 스티븐에게, 또는 스티븐이 그에게 그 말을 했는지 하지 않았는지 정확히 기억나지 않았으므로.

그들은 저마다 어떠한 두 기질을 대표하는가?

과학적 기질. 예술적 기질.

블룸이 제시한 어떠한 예증이, 이론과학보다는 오히려 응용과학 쪽으로 기우는 그의 성향을 증명했는가?

그가 나른하게 배가 잔뜩 부른 상태로 소화를 시키기 위해 반듯이 누워서 깊이 생각한 몇 가지 발명의 가능성. 이는 지금은 평범하지만 한때는 혁명적이었던 발명품들로, 이를테면 항공 낙하산, 반사 망원경, 나선형 코르크마개 뽑이, 안전 핀, 미네랄 워터의 사이펀, 운하의 갑문(閘門)에 다는 감아 올리는 장치, 양수 펌프 따위의 중요성을 깨닫고 자극되었기 때문이다.

그의 발명품은 주로 유치원 생활의 개선에 쓸모 있게 쓰일 예정이었는가?

그렇다. 그것은 딱총, 고무 부대(浮袋), 주사위놀이, 투석기 따위를 몰아낼 예정이었던 것으로, 예를 들어 양자리에서 물고기자리까지*57 12궁의 별자리를 나타내는 천체망원경, 소형 기계장치에 의한 태양계의(太陽系儀), 산술용 젤라틴 사다리꼴 과자, 동물 비스킷과 비슷한 기하도형 비스킷, 지구본 모양 놀이 공, 전통 의상을 입힌 인형을 포함하고 있었다.

그 밖의 어떠한 일이 그에게 자극을 주었는가?

이프레임 마크스와 찰스 A. 제임스의 재정적 성공. 전자는 남부 조지거리 42번지에서 1페니 균일 판매를 통해, 후자는 헨리거리 30번지에서 평균 6페니 반의 균일 판매와 입장료가 어른 2페니, 어린이 1페니인 세계 장신구 시장 및 밀랍인형 전시회를 열어서. 또 근대 광고술의 아직 개척되지 않은 헤아릴 수 없는 가능성. 여기에는 압축된 세 글자 한 개념의 기호를 써서, 수

---

*57 태양은 12궁을 이 순서로 돈다.

직적으로는 최대한으로 보기 쉽고(판독시킨다), 더 나아가 자석과 같은 끌어당기는 힘으로 무의식중에 주의를 끌고 관심을 모으며 설득하여 결심하게 한다.

좋은 예는?
K. 11. 키노가게 11실링짜리 바지.
열쇠의 집. 알렉산더 J. 키즈.

나쁜 예는?
이 기다란 양초를 보시오. 이것이 다 타는 시간을 맞춘 분에게 우리 가게 특제 가죽구두, 광택 1촉광 보증이 걸린 한 켤레 무료 증정. 주소 : 탤벗거리 18번지, 바클리 앤드 쿡 가게.
바실리킬(살충제).
베리 베스트(구두약).
유원팃(코르크마개 뽑이, 손톱 줄 및 파이프 청소기가 달린 쌍날 포켓 펜나이프).

가장 나쁜 예는?
만약에 가정에 자두나무표 통조림 고기가 없다면?
허전하죠.
있으면 행복한 집.*58
제조원 조지 자두나무, 더블린시 머천트 강가 23번지. 4온스 통조림. 이것을 죽음과 기일을 알리는 란 밑에 실은 것은 하드윅거리 19번지에 사는 로툰더 워드의 하원의원이자 시의원인 조지프 P. 내너티였다. 라벨 문자는 자두나무, 등록상표는 고기 통조림에 난 자두나무입니다. 유사품에 주의. 피트모트나 트럼플라나 몬트팻이나 플램트루 따위.

독창성은 스스로 보상을 이끌어내지만 반드시 성공을 보장하진 않는다는

---

*58 티비 번의 식당에서 블룸이 본 광고. 디그넘의 죽음을 알리는 글 아래에 실려 한층 싫은 광고가 되었다.

것을 스티븐이 추론하도록, 그는 어떠한 예를 제시했는가?

자신이 고안했는데 거절당한 조명 달린 광고 마차 기획. 짐말이 끄는 마차 안에는 예쁘게 꾸민 두 소녀가 앉아 열심히 무엇인가를 써야 한다.

그때 스티븐은 암시에 따라 어떠한 장면을 떠올렸는가?

산마루의 한적한 호텔. 가을, 땅거미. 난로가 타고 있다. 어두운 구석에 젊은 남자가 앉아 있다. 젊은 여인이 들어온다. 안절부절못한다. 홀로. 그녀는 자리에 앉는다. 그녀는 창가로 간다. 그녀는 그대로 서 있다. 그녀는 앉는다. 땅거미. 그녀는 생각에 잠긴다. 외딴 호텔의 편지지 위에 그녀는 쓴다. 그녀는 생각에 잠긴다. 그녀는 쓴다. 그녀는 한숨짓는다. 마차 바퀴와 말굽 소리. 그녀는 급히 밖으로 나간다. 사나이가 어두운 구석에서 나온다. 그는 외로운 편지지를 집는다. 그는 그것을 난로에 비쳐본다. 땅거미. 그는 읽는다. 홀로.

무엇을?

비스듬한, 곧은 그리고 왼쪽으로 기운 퀸스 호텔, 퀸스 호텔, 퀸스 호…….

그 연상으로 블룸은 어떠한 장면을 재구성했는가?

클레어주 에니스의 퀸스 호텔에서, 루돌프 블룸(루돌프 비라그)이 1886년 6월 27일 저녁 알 수 없는 시각에 죽음, 원인은 애코나이트 과다 투여. 애코나이트 연고 2에 대해서 클로로포름 연고 1의 비율로 신경통용 연고(1886년 6월 27일 오전 10시 20분 에니스의 처치거리 17번지 프랜시스 데니히 약국에서 구입)를 그는 스스로 조제했다. 그 행위의 원인은 아니지만, 그 행위에 앞서 1886년 6월 27일 오후 3시 15분에 그는 에니스 대로 4번지 제임스 카렌 일반의류 가게에서 매우 맵시 있는 밀짚모자를 샀다(그 행위의 원인은 아니지만 그 행위에 앞서 그는 앞서 말한 시각과 장소에서, 앞서 말한 독약을 사고 있었다).

호텔 이름과의 이 일치의 원인을 그는 뭐라고 생각했는가? 정보 탓인가, 우연의 일치인가, 본능적 직감인가?

우연의 일치.

그는 손님에게 보여 주려고 그 장면을 말로 그려냈는가?

그는 오히려 상대방의 얼굴을 바라보고 상대방의 말에 귀를 기울여, 이로써 잠재적인 이야기가 현실화되어 동적인 기질*59을 없애버리길 선택했다.

이야기하는 사람이 '피스가산에서 팔레스티나를 바라본다' 또는 '자두의 우화'*60라고 이름 붙여 그에게 들려준 제2의 장면에서도 그는 단지 제2의 우연의 일치를 발견했을 뿐인가?

그것은 제1의 장면과 이야기되지 않은 채 함축된 것으로 존재했던 다른 여러 장면과 연관되어, 다시 학생시절에 여러 가지 주제나 도덕적 격언(예를 들면, '내가 경애하는 영웅'이나 '망설임은 시간의 도둑'과 같은)에 관해서 쓴 에세이도 덧붙여져, 그 자체로서, 또 개인적 경험을 연결함으로써 재정적·사회적·개인적 및 성적인 성공의 가능성을 잉태한 것처럼 그에게는 여겨졌다. 모범적·교육적 주제(100% 장점)로서 초등 및 중고등 과정의 학생이 쓸 수 있게 특별히 실어서 선택하든, 또는 필립 뷰포이나 딕 박사나*61 헤블런의 《우울 연구》*62의 예를 따라 판매량도 지급 능력도 확실한 잡지에 원고를 써 보내서 활자화하든, 또는 뛰어난 이야기에 말없이 칭찬을 해서 확신을 가지고 뛰어난 결말을 예언해 주는 이해심 있는 청중에 대해 목소리로 지적 자극을 주어, 4일 뒤로 다가온 하지, 곧 해돋이 오전 3시 33분, 해넘이 오후 8시39분인 6월 21일 화요일(성 앨로이시우스 곤자가의 날) 이후 차차 길어지는 밤이 천천히 계속되는 것을 이용하든.

어떠한 가성문제가, 다른 모든 문제 이상은 아니더라도, 마찬가지 정도로

---

*59 블룸은 아버지의 죽음을 떠올려 마음이 동요된 참이다.

*60 에피소드 7에서 스티븐이 쓰려고 한 우화. 넬슨 기념탑에서 더블린 시내를 내려다보는 할머니들에 관한 이야기.

*61 더블린에서 활동한 저술가의 익명. 팬터마임 연극을 위해 그 고장의 시사적인 시를 제공했다.

*62 헤블런은 더블린의 사무변호사 조지프 K. 오코너의 필명. 《우울 연구》(1903)는 경찰재판소의 시각으로 더블린의 슬럼가를 연구한 것.

자주 그의 마음을 차지했는가?

아내를 어떻게 대할 것인가.

그의 가설적이고 독특한 해결책은 무엇이었나?

실내 유희(도미노, 핼머놀이,*63 주사위 튕기기, 점수 뺏기, 죽방울놀이, 나폴레옹 카드놀이, 스포일 파이브,*64 베지크,*65 25, 베거 마이 네이버,*66 체스 또는 백개먼*67). 경찰이 후원하는 의복협회를 위한 자수나 짜깁기 또는 뜨개질. 2중주 음악, 만돌린과 기타, 피아노와 플루트, 기타와 피아노. 법률관계 대서업 또는 봉투 쓰기. 격주 1회의 호화 쇼 구경. 시원한 우유 가게나 따뜻한 담배집 여주인으로서 상냥하게 명령하고 상냥하게 복종을 받는 상업 활동. 국가의 감독과 의학적 검열이 잘된 남성 매음굴에서의 성적 자극을 통한 은밀한 만족. 근처에 사는 확실한 양갓집의 안면 있는 여성끼리, 너무 번잡하지 않도록 일정한 예방기간을 두고, 자주 일정한 예방적 감독을 거친 뒤의 사교적 방문. 일반교양을 즐겁게 받아들이도록 특별히 연구된 밤 강좌.

마지막에 든 (아홉 번째의) 해결책으로 그를 기울게 한 그녀의 정신적 발육부전으로는 어떠한 실례가 있었는가?

아무 할 일이 없을 때 종이 가득 기호나 상형문자를 내갈기고, 그것이 그리스 문자, 아일랜드 문자, 헤브라이 문자라고 말한 적이 여러 번이다. 캐나다의 한 도시 이름, 퀘벡(Quebec)의 첫 대문자를 올바르게 쓰는 법을 끊임없이 물었다. 국내적으로는 복잡한 정치정세, 국외적으로는 세력의 균형을 거의 이해하지 못한다. 계산서의 각 항목을 더할 때 자주 손가락의 도움을 받았다. 간단한 편지를 쓴 뒤, 필기도구를 고착성 색소 안에 그대로 넣어 둬서 황산아연, 황산철 그리고 오배자의 부식작용에 내맡긴다. 귀에 익지 않은

---

*63 칸이 16×16개 있는 판을 쓰는 체스 비슷한 게임.
*64 두 사람부터 열 사람이 하는 놀이. 한 사람당 다섯 장씩 카드를 가지고 속임수를 겨룬다.
*65 카드놀이. 64장의 패로 한다.
*66 두 사람이 하는 카드놀이로, 한쪽이 상대방의 카드를 전부 따면 끝난다.
*67 두 사람이 하는 서양식 주사위놀이.

외래어에 음성적으로 또는 잘못된 유추로 또는 그 두 가지를 다 써서 해석을 내린다. 곧 윤회를 '뾰족한 관은 그를 만났다'라고 하고 별명(에일리어스)을 '성경에 나오는 부정직한 사람'*68이라고 했다.

인물, 장소, 사물 따위에 관한 이러한 판단 결함들을 메울, 그녀 지식의 잘못된 균형을 바로잡은 것은 무엇이었는가?
구조적으로 증명되는, 모든 저울의 모든 수직 지주가 나타내는 겉보기의 평행성.*69 실험적으로 증명되는, 한 인물에 대해서 그녀가 나타내는 능숙한 판단력에 따른 평형작용.*70

이런 상대적인 무지 상태를 고치기 위해 그는 어떠한 시도를 했는가?
여러 가지 시도. 눈에 띄기 쉬운 곳에 특정한 책의 특정한 페이지를 열어 놓은 채 내버려두는 일. 무언가를 설명할 때, 그녀 안에 잠재적 지식이 존재한다고 가정하는 일. 그녀 앞에서 자리에 없는 누군가의 무지에서 나온 실수를 공공연하게 비웃는 일.

그의 직접 교화의 시도는 어떠한 결실을 가져왔는가?
그녀는 전체가 아니라, 전체의 일부만을 알아듣고, 흥미롭게 귀 기울이고, 놀라워하며 이해하고, 신중하게 되풀이하고, 힘들여 기억하고, 쉽사리 잊고, 희미하게 기억을 새롭게 하고, 잘못하여 되풀이했다.

어떠한 방법이 가장 효과적이었는가?
개인적 이해에 얽힌 간접적인 암시.

예를 들자면?
그녀는 비가 오는 날에는 우산을 싫어했고, 그는 우산 든 여인을 좋아했

---

*68 아나니아를 말한다. 〈사도행전〉 5 : 3~4.
*69 저울의 지주는 수직으로 보이지만 실은 중력 때문에 지구의 중심으로 모여들고 있다. 각자의 판단은 비슷한 것 같지만 실은 저마다의 에고로부터 나온다.
*70 블룸과 결혼했으니 몰리의 판단은 옳았다는 뜻.

다. 그녀는 비가 올 때는 새 모자 쓰길 싫어했고, 그는 새 모자 쓴 여인을 좋아했다. 그는 비가 올 때 새 모자를 샀고, 그녀는 새 모자를 쓰고 우산을 들고 다녔다.

손님의 우화가 뜻하는 유추(類推)를 받아들인 뒤, 바빌론 유수(幽囚)*71 이후의 큰 인물로서 그는 어떠한 예들을 들었는가?
순수한 진리의 탐구자 세 사람, 이집트의 모세,*72 《괴로워하는 자의 인도서》의 저자인 모제스 마이모니데스,*73 그리고 모제스 멘델스존.*74 모두 대단한 인물로 모세(이집트)에서 모제스(멘델스존)에 이르기까지 모제스(마이모니데스)와 견줄 만한 인물은 없었다.

허락을 얻어 블룸은, 스티븐이 이름을 든 네 번째의 순수한 진리 탐구자, 곧 아리스토텔레스에 관해서, 잘못된 점이 있을지도 모른다고 전제하고는 어떠한 견해를 말했는가?
그 탐구자는 이전에 이름을 알 수 없는 유대 율법학자의 제자였다.

율법의 아이들, 선발되고 거부된 민족의 자손들 가운데에서 그 밖에도 출신이 의심스러운 저명인의 이름이 언급되었는가?
펠릭스 바르톨디 멘델스존(작곡가), 바뤼흐 스피노자(철학자), 멘도사(권투선수), 페르디난트 라살레(사회개혁가, 결투가).

고대 헤브라이어(語) 및 고대 아일랜드어의 어떠한 시의 단편을 손님이 주인에게, 주인이 손님에게 목소리의 억양 및 가사의 번역과 함께 읊었는가?
스티븐은 suil, suil, suil arun, suil go siocair agus, suil go cuin (가라, 가라, 가라 그대의 길을, 가라 편안하게, 가라 조심해서).
블룸은 Kifeloch, harimon rakatejch m'baad l'zamatejch (머리카락에 에워싸

---

*71 기원전 6세기, 신바빌로니아에 정복된 많은 유대인이 바빌론으로 끌려간 일.
*72 구약성경의 최초 5권을 기록한 모세.
*73 12세기 즈음 에스파냐 태생의 유대인 철학자.
*74 18세기 유대인 철학자.

인 그대의 관자놀이는 한 조각 석류 같다오).[*75]

음성적 비교를 구체화하기 위해, 두 언어의 음표적 기호의 형태상의 비교는 어떻게 이루어졌는가?

병치(竝置)를 통해. 《죄의 감미로움》이라는 문체가 저속한 책(블룸이 꺼내와 맨 앞 겉장이 식탁의 윗부분에 닿게 놓았다)의 뒤에서 두 번째 빈 페이지에다 연필(스티븐이 가져왔다)로 스티븐이 지, 에이, 디, 엠에 해당하는 아일랜드 문자를 단순한 모양과 변음기호가 달린 모양으로 쓰고, 다음에 블룸이 헤브라이 문자 김멜, 알레프, 달레스 그리고 (멤을 빼고) 이에 대체되는 코프 같은 글자를 쓰고, 이들 문자의 서수(序數) 및 기수(基數)로서의 계산 값이 각기 3, 1, 4 및 100이라는 것을 설명했다.

죽어서 없어진, 그리고 다시 살아난 이 두 언어에 관한 두 사람의 지식은 이론적이었는가, 아니면 실질적이었는가?

이론적. 알고 있는 것은 말의 형태나 구문에 대한 문법 규칙 조금뿐, 어휘에 대한 지식은 사실 거의 없었으므로.

이러한 언어들 사이에, 또 그것을 사용하는 민족들 사이에 어떠한 연결점이 존재했는가?

두 언어 모두에 목구멍소리, 구분적 거센소리, 끼워 넣어지고 덧붙여진 문자가 존재한다. 둘 다 오래된 언어이며, 둘 다 노아의 홍수 뒤 242년에 시날 평원에서, 이스라엘 민족의 선조 노아의 후예로서, 아일랜드 민족의 선조 헤버와 헤레몬의 조상인 페니우스 파르사이가 창립한 학원에서 가르쳤다. 두 언어의 고고학적, 계보학적, 성인 연구학적, 주석학적, 설교학적, 지형학적, 역사적, 종교적 문헌의 주된 것은, 랍비[*76]들과 쿨디[*77]들의 저작, 율법,[*78]

---

*75 〈아가〉 4 : 3.

*76 유대의 율법학자.

*77 '신의 사내종'이란 뜻. 8~10세기에 아일랜드나 스코틀랜드에 나타난 은자. 18세기 이후로는 금욕적인 아일랜드의 은자 단체를 가리키게 되었다.

*78 성문율법(모세오경)과 구전 율법의 총칭.

탈무드(미시나와 게마라),*⁷⁹ 구약성경 헤브라이어 교정본,*⁸⁰ 모세오경, 던 카우의 서(書),*⁸¹ 밸리모트의 서,*⁸² 호스의 꽃다발,*⁸³ 켈스의 서*⁸⁴ 등이다. 두 언어의 분포, 수난, 존속과 부활. 유대인 거주 지역(성 마리아 수도원*⁸⁵)이나 미사의 집(아담과 이브 술집*⁸⁶)에서의 그들 언어의 유대교 및 그리스도교적인 의식의 고립. 형법 및 유대인 복장령에서의 그들의 민족적 의상의 금지. 시온의 다윗 왕국 부흥과 아일랜드의 정치적 자치 또는 주권 탈환의 가능성.*⁸⁷

집합적이고 인종적으로 분할 불가능한 종말을 기대하면서 블룸은 어떠한 성가의 부분을 불렀는가?

유대 사람들의 가슴에
영혼의 목소리는 신음하며 외친다.

이 처음 대구(對句)의 마지막에서 노래는 왜 멈추었는가?
불완전한 기억력 때문에.

노래하는 사람은 어떻게 이 불완전함을 메웠는가?
대체적인 원문의 에두르는 설명을 통해.

---

*79 미시나는 유대교의 불문율법, 게마라는 그 주석서. 이들을 모아 정리한 것이 탈무드다.
*80 7~10세기에 걸쳐 활약한 성경학자들의 손에서 다듬어진 헤브라이어 성경.
*81 아일랜드의 오래된 전설집.
*82 아일랜드의 오래된 사전집(史傳集).
*83 아일랜드의 오래된 복음서 사본.
*84 복음서의 호화로운 사본. 서기 800년 전후에 미즈주 켈스의 수도원에서 만들어진 것으로 세계에서 가장 아름다운 책이라고 일컬어진다. 더블린의 트리니티 칼리지 도서관 소장.
*85 1835년부터 1892년까지 유대사원이었다.
*86 머천츠 강변의 술집. 16세기부터 17세기에 걸쳐 가톨릭을 탄압하려는 영국의 눈을 속이기 위해 가톨릭교도는 그 술집 근처에 지하 교회를 만들어 술집에 가는 척하면서 교회에 다녔다.
*87 이 부분에서 마침내 블룸은 스티븐의 우화의 뜻을 이해한다.

어떠한 연구 분야에서 그들의 공통된 생각이 어우러졌는가?

이집트 비석에 새긴 글의 상형문자로부터 그리스와 로마의 알파벳에 이르기까지 볼 수 있는 점진적인 단순화, 그리고 설형비문(셈어*88)과 잎맥 모양으로 다섯 줄이 그어진 오감문자*89(켈트어)에서의 근대 속기술과 전신부호의 선구적 성격.

손님은 주인의 요구*90를 받아들였는가?

이중으로. 자기 서명을 아일랜드 문자와 로마 문자로 나란히 적음으로써.

스티븐은 어떠한 청각적인 인상을 받았는가?

그는 깊고, 고풍스러운, 사내다운, 귀에 익지 않은 선율에서 지난날 동안 차곡차곡 쌓인 것들을 들었다.

블룸은 어떠한 시각적 인상을 받았는가?

그는 날카롭고, 젊고, 사내다운, 낯익은 모습에서 미래의 운명을 보았다.

스티븐과 블룸의 숨은 실체의 준동시적(準同詩的) 선택의 준감각(準感覺)은 어떠한 것이었는가?

시각적으로, 스티븐의 그것*91은 전통적인 위격(位格)*92의 인물. 다마스코의 요한,*93 로마의 렌툴루스,*94 수도사 에피파니우스*95 등이 말한 바와 같

---

*88 셈어와 켈트어는 부호나 속기처럼 보인다.

*89 고대 아일랜드에서 쓰였다. 직선과 사선의 조합으로 이루어진 독특한 문자로 4, 5세기의 비문에서 볼 수 있다.

*90 《죄의 감미로움》에 스티븐의 이름을 서명해 받는 일. 블룸은 이 책을 몰리에게 읽힐 작정인데, 서명 받는 일에는 어떤 의도가 있었다.

*91 블룸에 대한 감각.

*92 신성과 인성을 모두 지닌 예수 그리스도. 예수는 키가 정확히 6피트(180cm)인 유일한 남자였다는 전설이 있다.

*93 676~770. 그는 예수에 대해서 '키가 크고 얼굴이 창백하며 올리브빛을 곁들인 보리빛 같은 피부'라고 적었다.

*94 로마의 유대 총독 빌라도의 전임자라고 여겨지는 허구의 인물.

*95 315?~403. 예수의 외모를 다마스코의 요한과 같은 모습으로 표현했다.

이, 창백한 피부에 큰 키, 검은 포도주빛 머리카락.

청각적으로, 블룸의 그것*96은 전통적인 재앙의 황홀한 음조.

과거의 블룸에게 어떠한 미래 직업이 가능했는가? 그 본보기들은?

로마 교회, 영국 국교회 또는 독립교회파의 종교인. 그 본보기는 예수회파의 존 콘미 신부, 트리니티 칼리지 학장이자 신학박사 T. 새먼 사제, 알렉산더 J. 도위 박사. 영국 또는 아일랜드 법정의 사법관. 그 본보기는 왕실 고문 변호사 시머 부시, 왕실 고문 변호사 루퍼스 아이작스. 근대극 또는 셰익스피어 극의 연극인. 이름난 희극배우 찰스 윈덤, 셰익스피어 극의 연기자 오스먼드 털(1901년 죽음).

주인은, 손님이 작은 목소리로 같은 계통의 주제에 대한 기괴한 서사시를 노래하도록 북돋워 주었는가?

그렇다. 그들이 있는 곳은 누구에게도 소리가 들리지 않는 동떨어진 장소라고 상대방을 안심시키면서, 끓여서 내놓은 음료도 이미 물, 설탕, 크림, 코코아의 인공적 혼합에 따른 반(半)고체 잔존 침전물 말고는 모두 마시게 함으로써.

노래한 그 서사시의 제1부(장조)를 불러라.

꼬마 해리 휴스와 학교친구들은
공놀이를 하러 밖으로 나왔어요.
꼬마 해리 휴스가 던진 첫 번째 공은
담장 너머로 날아갔어요.
꼬마 해리 휴스가 던진 두 번째 공은
유대인 집 유리창을 모두 깨 버렸어요.

---

*96 스티븐에 대한 감각.

꼬마 해리는 휴스와 학교친구들은

공놀이 를 하러 밖으로 나왔어

요. 꼬마 해리 휴스가 던진 첫 번째 공은

담장 너머로 날 아 갔 어 요

― 꼬 마 해리 휴스가 던진 두 번째 공은

유대인 집 유리창을 모두 깨버렸 어 요.

루돌프의 아들[*97]은 이 제1절을 어떤 기분으로 들었는가?

맑은 감정으로. 미소를 띠고, 유대인인 그는 기쁜 마음으로 듣고, 깨지지 않은 부엌 유리창을 바라보았다.

서사시 제2부(단조)를 불러라.

그러자 유대인의 딸이 밖으로 나왔는데
그녀의 옷은 온통 초록색이었어요.
"돌아와요, 돌아와, 귀여운 꼬마야,
다시 공놀이 하자."

---

*97 블룸.

그러자 유 대 인 의 딸이 밖으로 나 왔 는

데　그 녀 의 옷은 온통　초록색이었어요.　돌아

와요 돌아와 귀여운 꼬마야, 다시 공놀이 하자.

"전 돌아갈 수 없어요, 돌아갈 마음도 없고요.
학교친구들 없이는.
만약 선생님이 들으시면
공놀이를 했다고 화를 내실 테니까요."

그녀는 아이의 백합처럼 하얀 손을 붙잡고
복도를 따라 안내했어요.
어느 방에 이를 때까지 아이를 데리고 갔어요.
아무도 아이의 외침을 들을 수 없는 그곳으로.

그녀는 호주머니에서 주머니칼을 꺼내
아이의 작은 목을 벴어요.
이제 아이는 더 이상 공놀이를 할 수 없었어요.
죽은 사람들 사이에 누워 있었으니까요.

밀리센트의 아버지는 제2부를 어떤 기분으로 들었는가?
복잡한 감정. 미소도 짓지 않고, 놀라움을 간직한 채 그는 초록색 옷을 입은 유대인 딸의 목소리를 듣고 모습을 보았다.

스티븐의 주석을 간추려라.

모든 사람 가운데 한 사람, 모든 사람 가운데 가장 적은 한 사람이 숙명적인 희생자이다. 첫 번째는 부주의로, 두 번째는 일부러 그는 자신의 숙명에 도전한다. 숙명은 그가 고립되어 있을 때 찾아와서 마음이 내키지 않는 그를 건드려, 희망과 청춘의 화신이 되어 저항 없이 그를 사로잡는다. 그것은 그를 낯선 집으로, 비밀스런 이교도의 은신처로 데려가서 무자비하게 희생시키지만 그는 항의조차 하지 않는다.

왜 주인(숙명적인 희생자)은 슬퍼했는가?

어떤 행위에 대한 이야기가, 그가 이야기하지 않는 한 그 자신과는 관계없는 이야기이기를 바랐으므로.

왜 주인(마음이 내키지 않았지만 거스르지 않으려고 한)은 잠자코 있었는가?

에너지 보존의 법칙에 따라서.

왜 주인(남모를 이단자)은 침묵을 지키고 있었는가?

그는 제례적(祭禮的) 살인의 옳고 그름에 관한 여러 가지 사정을 생각하고 있었다. 성직자 계층의 부추김, 대중의 미신, 소문의 확산에 따른 진실성의 감소, 부(富)에 대한 질투, 복수의 영향, 뜻밖의 일이 갑자기 다시 일어나는 격세유전적 범죄, 정상을 참작할 여지가 있는 광신(狂信), 최면술적 암시나 몽유병적 증상 따위.

이들 정신적 또는 육체적 여러 질환 가운데 그에게 전혀 상관없다고 말할 수 있는 것은 (만약에 있다면) 무엇인가?

최면술적 암시. 한번은 깨어 있었는데도 자기가 자고 있는 방을 알 수 없었다. 또 몇 번인가 깨어난 뒤에 그는 잠깐 몸을 움직일 수도 소리 낼 수도 없었다. 몽유병적 증상. 한번은 잠자고 있으면서도 자신의 몸을 일으켰다가 쪼그리고, 불기운이 없는 난로 쪽으로 기어가 목적지에 이르자, 그 자리에, 몸을 웅크리고 드러누워, 싸늘하게 잠옷만 걸친 채로 잠이 들었다.

후자 또는 그와 같은 증상이 그의 가족 가운데 누군가에게 나타난 적이 있는가?

두 번, 홀리스거리와 온타리오 주택 테라스에서, 그의 딸 밀리센트(밀리)가 6살 그리고 8살 때 잠든 채로 공포의 고함을 지르고, 잠옷 차림의 두 인물의 물음에 말없이 공허한 표정으로 답했다.

그녀의 유년시절에 대해서 그는 그 밖에 어떠한 기억이 있는가?

1889년 6월 15일. 시끄러운 갓난 여자아이는, 큰 소리로 울어서 울혈이 생겼다가 가라앉았다. 별명이 양말 아가씨인 이 아이는 저금통을 요란스럽게 흔든다. 그가 끌러놓은 페니 동전 모양의 단추를 하나, 두우, 세에 하고 센다. 인형을, 해군복 남자아이를, 그녀는 내던졌다. 금발, 부모가 모두 검은데 그녀에게는 금발의 혈통이, 먼 옛날에, 강간, 오스트리아의 하이나우 육군 대위, 얼마 전에는, 환각, 영국 해군의 멀비 중위.

어떠한 풍토적 특성이 나타나 있었는가?

이와는 반대로 코와 앞이마의 생김새는 직계 혈통을 이어받았다. 일단 멈추는 일이 있어도 먼 간격을 거쳐 가장 먼 간격까지 이어지는 혈통이다.

그녀의 사춘기에 대해서 그는 어떠한 기억이 있는가?

그녀는 굴렁쇠와 줄넘기 줄을 눈에 띄지 않는 곳으로 치웠다. 공작령(公爵領) 잔디밭에서, 어떤 영국 방문객의 부탁을 받았을 때, 그녀는 그가 자신의 모습을 사진 찍는 것을 허락하지 않았다(거절하는 이유에 대해서는 말하지 않았다). 남부 순환도로에서 엘자 포터와 함께 정체를 알 수 없는 한 인물의 미행을 받았을 때, 그녀는 스테이머거리 중간 지점에서 갑자기 되돌아갔다(방향을 바꾼 이유에 대해서도 말하지 않았다). 열다섯 번째 생일 전날 밤 웨스트미스주(州) 멀링거에서 쓴 편지에, 그녀는 그곳의 한 학생*98에 대해서 짧게 말했다(학부와 학년은 말하지 않았다).

---

*98 배넌.

제1의 이별이 제2의 이별*⁹⁹을 예고하면서 그를 괴롭혔는가?

그가 상상했던 것보다는 적게, 그가 희망했던 것보다는 많이.

비록 다르긴 해도 비슷한 점이 있는 어떠한 제2의 출발을 그는 최근 본 적이 있는가?

그가 키우는 고양이의 일시적 가출.

무엇이 비슷한 점이고 무엇이 다른 점인가?

비슷한 점은, 새로운 남성(멀링거의 학생) 또는 약초(쥐오줌풀)를 구한다는 암묵의 목적에서 움직인다는 것. 다른 점은, 거주지 또는 주민들에게 돌아올 가능성의 많고 적음.

둘*¹⁰⁰의 차이는 어떠한 면에서 비슷한가?

그 수동성에서, 낭비가 없다는 점에서, 그 관습적 본능에서, 그 엉뚱함에서.

이를테면?

이를테면, 몸을 기대면서 그녀는 금발을 들어 올리고 그에게 리본을 묶게 했다(목을 뻗는 고양이와 비교하라). 또 스티븐그린 연못*¹⁰¹의 넓은 수면 위에서, 나무들이 드리운 그림자 사이에 떠 있는 남이 알아차리지 못하는 그녀의 침이 동심원의 물결을 일으키면서 움직이지 않는 좌표 원점이 되어, 잠자는 것처럼 가만히 있는 물고기 한 마리의 위치를 가리켰다(쥐를 노리는 고양이와 비교하라). 또 어떤 유명한 전투의 날짜, 군인들의 이름, 전쟁의 형세및 전과 따위를 기억하기 위해 그녀는 자기의 땋아 늘인 머리카락을 잡아당겼다(귀를 핥는 고양이와 비교하라). 뿐만 아니라 그녀, 어리석은 밀리는 꿈속에서 말과 대화했는데, 무엇을 이야기했는지 잊었지만 조지프라는 이름의그것(말)에게 레몬수를 큰 컵으로 한 잔 주었더니 말(그것)은 그것을 마신

---

*99 제1의 이별은 집을 나와 멀링거의 사진관에서 근무한 것, 또는 배넌이라는 애인을 발견한 것. 제2의 이별은 결혼.

*100 밀리와 고양이.

*101 세인트 스티븐그린 북쪽에 있다.

듯하다고 한다(난로 옆에서 꿈을 꾸는 고양이와 비교하라). 이와 같은 수동성에서, 낭비가 없다는 점에서, 관습적 본능에서, 엉뚱함에서 그들은 비슷하다.

그는 결혼 축하 선물로 받은 (1)부엉이 한 마리, (2)시계 한 개를 그녀의 계발과 교화를 위해 어떻게 이용했는가?

설명을 위한 실물 교재로 썼다. (1)난생동물(卵生動物)의 본성과 습성, 공중비행의 가능성, 어떤 이상한 시각기관, 비종교적인 시체 보존 방식. (2)추(錘)와 톱니바퀴와 조절장치로 구체화되어 있는 진자(振子)의 원리, 움직이지 않는 문자판 위에 놓인 시계 방향으로 돌아가는 바늘 위치의, 인간적·사회적 규칙에 관한 말로 부여되는 의미, 한 시간 동안 긴 바늘과 짧은 바늘이 같은 경도(傾度)에 오는 순간의 시간당 반복의 정확성, 곧 매시간 경과의 분수가 시간수 곱하기 5나 11분의 5라는 등차수열이라는 것.

어떠한 형태로 그녀는 그것에 보답했는가?

그녀는 날짜를 기억했다. 그의 27회 생일*[102]에 그녀는 가짜 크라운 표 더비 도자기에서 만든 아침식사용 뚜껑 달린 컵을 그에게 주었다. 그녀는 신경 썼다. 사분기결산일*[103]이나 그 전후에 그가 그녀를 위한 것이 아닌 쇼핑을 할 때 그녀는 그가 필요한 물건에 관심을 나타내고 그의 희망을 예측했다. 그녀는 그에게 감탄했다. 그가 그녀를 위해 자연현상에 대해 설명하면 그녀는 곧장, 점차적 습득 없이, 그의 과학지식 일부를 가지고 싶다, 반이라도, 4분의 1이라도, 1000의 1이라도 가지고 싶다는 욕망을 드러내 보였다.

몽유병자 밀리의 아버지인 주간 몽유병자 블룸은, 야간 몽유병자 스티븐에게 어떤 제안을 했는가?

(본디는) 목요일과 (정규적으로는) 금요일 중간의 몇 시간을 부엌 바로 위쪽, 주인 부부 침실 바로 옆방의 임시 칸막이 안에서 휴식할 것을.

---

*102 1893년의 일로, 밀리가 서너 살 때.
*103 아일랜드와 영국에서 4분기를 나누는 시점이 되는 날. 3월 25일(성모 영보 대축일), 6월 24일(세례 요한 축일), 9월 29일(성 미카엘 축일), 12월 25일(성탄절).

만약에 그와 같은 임시조치 기간을 늘린다면, 어떠한 여러 이익이 생기는가, 또는 생길 수 있다고 생각되는가?

손님에게는 주거의 안정과 조용한 연구 공간. 주인에게는 지성의 회춘(回春), 대리 만족. 여주인에게는 강박관념의 해소,[104] 정확한 이탈리아 발음의 습득.

손님과 여주인 사이에 계속 일어날 수 있는 이들 잠정적 관계는, 왜 한 학생과 한 유대인 딸[105] 사이에 우연히 일어날 수 있는 영원한 화합을 배제하지 않고, 또 그것에 배제당하지 않는가?

딸로 통하는 길은 어머니를 거쳐 지나고, 어머니로 통하는 길은 딸을 거쳐 지나므로.

주인의 어떠한 느닷없는 다음절 질문에 손님은 단음절의 부정적 대답을 했는가?

고(故) 에밀리 시니코 부인을 아는가? 1903년 10월 14일에 시드니 퍼레이드 역에서 사고로 죽은 여성인데.

부정의 결과, 주인은 입 밖으로 나오려던 어떠한 관련사항을 거두었는가?

메리 디댈러스(옛 성 굴딩) 부인의 매장식에 그가 참석하지 않은 이유에 대한 사항. 1903년 6월 26일은 루돌프 블룸(옛 성 비라그)의 기일 전날이었다는 것.

피난소를 제공한다는 제의는 받아들여졌는가?

즉시, 설명 없이, 우호적으로, 감사와 함께 그것은 거절당했다.

주인과 손님 사이에서 어떠한 금전상의 교환이 이루어졌는가?

전자는 후자에게 총액(£1.7s.0)[106] 1파운드 7실링을 이자 없이 돌려주었

---

[104] 블룸의 마음속에 있는 것은 (1)보일런의 일을 잊게 한다 (2)루디의 일을 잊게 한다 가운데 무엇일까?

[105] (1)배넌과 밀리, (2)스티븐과 밀리. 블룸은 (2)를 원하는 것이 아닌지.

는데 이것은 후자가 전자에게 맡겨 둔 것이었다.

어떠한 상호적 제안이 서로 제출되고, 수락되고, 수정되고, 거절되고, 말을 바꾸어 다시 진술되고, 재수락되고, 비준되고, 재확인되었는가?

미리 계획한 뒤 이탈리아어 강습과정을 시작하는 것, 장소는 수강자의 집. 음성 강습과정을 시작할 것, 장소는 여강사의 집. 정지적(靜止的), 반(半) 정지적, 소요적(逍遙的)인 일련의 지적 대화를 시작할 것, 장소는 두 대화 자의 집(두 대화자의 집이 같은 경우), 하부 애비거리 6번지의 십 호텔 겸 술집(경영자, W. 및 E. 코너리), 킬데어거리 10번지의 아일랜드 국립도서 관, 홀리스거리 29, 30 및 31번지의 국립 산부인과 병원, 공원, 종교 건축물 주변, 두 개 이상의 국도 엇갈림 길, 두 사람의 집을 잇는 직선의 중간점 (두 대화자의 집이 다를 경우).

이렇게 상호적으로 양립 불가능한 여러 제안을 블룸이 실현하기 어렵다고 느낀 이유는 무엇인가?

과거의 회복 불가능성. 한때 더블린시 러틀랜드 광장의 로툰더에서 앨버 트 헹글러의 서커스 공연이 있었을 때, 직관적인 다채로운 의상을 입은 광대 가 아버지를 찾아 링에서부터 객석으로 들어와, 혼자 앉아 있던 블룸에게로 와서, 그(블룸)가 그의(그 광대) 아버지라고 하여 관중을 크게 웃겼다. 미 래의 예견 불가능성. 1898년 한때 그(블룸)는 플로린 은화(2실링짜리) 하나 의 울퉁불퉁한 가장자리에 눈금 세 개를 새긴 뒤, 그것을 그랜드 운하의 샬 레몽 몰 1번지의 J. 및 T. 데이비 부자 식료품점에서 계산할 때 써서, 그 화 폐가 시민경제의 유통과정을 거쳐 직접 또는 간접적으로 자기 손으로 돌아 올 가능성을 시험했다.

그 광대는 블룸의 자식이었는가?
아니었다.

---

*106 벨라 코헨의 창녀집에서 블룸이 맡은 돈.

블룸의 화폐는 되돌아왔는가?

전혀 그렇지 않다.

되풀이된 좌절은 왜 블룸을 한층 더 우울하게 했는가?

인간이 살아가는 방법을 결정하는 시기에, 그는 불평등이나 탐욕이나 국가 사이의 다툼에서 생기는 갖가지 사회조건을 개선하고 싶었기 때문에.

그렇다면 그는 이들 조건을 없애 버림으로써 인간생활은 무한히 완벽하게 될 수 있다고 믿었는가?

인위적 법칙과는 별도로, 자연적 법칙에 따라서, 인간 존재 전체의 불가결한 부분으로서 지워진 생물학적 기본조건은 남는다. 식품을 얻기 위한 파괴와 살상의 불가피성. 개별적 존재의 궁극적 기능의 고통에 찬 성격, 탄생과 죽음에 따르는 고민. 첫 달거리 때부터 완경기에 이르기까지 유인원(類人猿)과 (특히) 인류의 여성에게 따라다니는 단순한 달거리. 바다, 광산, 공장에서의 피할 수 없는 사고. 극단적인 고통에 찬 질환과 그에 따른 외과 수술, 선천적 정신이상과 타고난 범죄성격, 집단 살육적 전염병. 공포를 인간 정신의 기반으로 만드는 파괴적인 대홍수. 인구가 조밀한 지역을 진원지로 하는 대지진. 경련적인 변용을 되풀이하면서 유년기에서 성숙기를 거쳐 쇠퇴기에 이르는 생명 성장의 사실.

왜 그는 어림짐작을 그만두었는가?

보다 더 바람직하지 않은 여러 현상을 보다 더 바람직한 여러 현상으로 대체하는 것이 탁월한 지식인이 해야 할 과제였으므로.

스티븐은 이 단념에 동의했는가?

그는 이미 알고 있는 세계에서 아직 알지 못하는 세계로 3단논법적으로 나아가는 의식적·이성적 동물로서의 그의 의의, 불확정성이라는 무(無)의 바탕 위에 불가항력적으로 세워진 소우주와 대우주 사이의 의식적·이성적 연구 대상자로서의 그의 의의*107를 강조했다.

그 강조를 블룸은 이해했는가?
말 그대로가 아니라 대체적인 점을.

그의 이해 부족을 위로해 준 것은 무엇이었는가?
유능하지만 열쇠를 가지지 않은 시민으로서, 그는 알지 못하는 세계에서 알고 있는 세계로 공허 속을 힘차게 전진해 왔었다는 것.

노예의 집에서 집 없는 광야로의 탈출은 어떠한 선행조건에 따라, 어떠한 의식과 함께 이루어졌는가?
블룸은
불 켜진 촛대를 받쳐 들고.
스티븐은
집사 모자를 씌운 물푸레나무 지팡이를 가지고.

어떠한 기념적 시편의 어떠한 '저음'의 첫머리를 외면서?
제113편, '여행의 경과. 이스라엘이 이집트에서 나올 때 야곱의 집안이 야만족을 떠나올 때.'*108

두 사람은 나가는 문 옆에서 무엇을 했는가?
블룸은 촛대를 마루에 놓았다. 스티븐은 모자를 머리에 썼다.

어떠한 동물에게 나가는 문이 들어오는 문이 되었는가?
고양이에게.

먼저 주인, 이어 손님의, 이중으로 검은*109 말없는 그림자 두 개가 뒷문을 지나 어둠에서 마당의 어스레한 빛 속으로 모습을 나타냈을 때 어떠한 광경

---

*107 그는 과거, 마텔로 탑, 확실이라는 '이미 알고 있는 세계'를 뒤로하고, 미래, 새로운 공간, 불확실이라는 '알지 못하는 세계'로 나갈 것을 시사함.
*108 〈시편〉 114편 1절.
*109 밤의 어둠과 상복의 검은색.

에 맞닥뜨렸는가?

촉촉한 푸른 밤의 열매에 가지가 휠 정도의 하늘 별나무.

블룸은 상대방에게 여러 가지 별자리를 가르치면서 어떠한 명상을 전달했는가?

점점 확대되는 진화에 대한 명상. 달이 삭망월에는 가장 가까운 점에 와도 보이지 않는다는 것. 지표에서 지구의 중심을 향해 5000피트 파내려간 원기둥형 수직축 바닥에 있는 관찰자라면 대낮에라도 식별할 수 있다는 무한한, 희게 흐리며 형광을 내는 비농축 은하에 대한 것. 우리 지구로부터의 거리 10광년(57,000,000,000,000마일), 부피가 지구의 900배나 되는 시리우스*110 (큰개자리의 주성)에 대한 것, 아르크투루스에 관한 것. 세차운동(歲差運動)에 대한 것. 오리온벨트나 태양의 6배나 되는 시타별과 태양계가 100개 그대로 들어가는 성운을 품은 오리온자리에 관한 것. 죽어가는 별들 그리고 1901년의 신성(新星)처럼 태어나는 별들에 대한 것. 우리 태양계가 헤라클레스자리를 향해 돌진하고 있다는 것. 이른바 항성의 시차이동, 곧 실제로 항성은 끊임없이 이동해서 무한히 먼 태고에서 무한이 먼 미래에 이르는 것으로, 여기에 비하면 기껏해야 70년인 인간의 수명은 무한히 짧은 단막극에 지나지 않는다는 것.

반대로 점점 더 줄어드는 명상도 전달되었는가?

지구의 성층(成層)에 기록을 간직하고 있는 태고로부터의 지질시대에 대한 것. 지구의 빈 굴들이나, 움직일 수 있는 돌 아래나, 벌집, 묘혈(墓穴) 속에 숨어 있는 헤아릴 수 없이 미세한 곤충학적·유기적 생물에 대한 것, 미생물, 세균, 박테리아, 바실루스, 정자에 대한 것. 하나의 바늘 끝에 분자적 친화 응집력으로 붙어 있는 수만 수억 수조의 셀 수 없는, 눈에 보이지 않는 분자에 대한 것. 인간의 혈액은 백혈구와 적혈구로 이루어진 별자리무리를 품은 작은 우주이며, 그 혈구 하나하나가 또 다른 구체의 별자리무리를 포함하는 공허한 우주공간이며, 그 구체 하나하나도 역시 작은 우주이므로 낱낱

---

*110 시리우스를 둘러싼 설명은 정확성이 부족하지만 특히 부피는 지구의 900배가 아니라 283만 4000배이다.

의 구성분자로 분할이 가능하며, 분할된 구성분자는 다시 분할 가능한 낱낱의 구성분자로 분할되어 분자도 분모도 실제로 분할해 볼 필요도 없이 더욱 더 세분화되어, 이 과정을 어디까지나 길게 늘리면 마침내는 무한한 저편에서 무한히 무에 접근하리라는 것.*111

왜 그는 그러한 계산을 더 정확한 결과에 이르기까지 계산하지 않았는가?

여러 해 전인 1886년에 원과 면적이 같은 정방형을 만드는 문제에 몰두하여 그는 어떠한 수치의 존재를 알았으나, 어느 정도까지 정확하게 계산하면 그 수치는, 예를 들어 9의 9제곱의 9제곱과 같은 방대한 단위수에 이르러, 그로부터 얻어진 숫자는 각 권 1000페이지, 작은 글자로 가득 채워 인쇄하면 33권에 달하니, 이를 위해서는 이루 헤아릴 수 없이 많은 인디언지(紙)를 사서, 마지막까지 모두 인쇄하면 정수(整數)의 단위는 10, 100, 1000, 1만, 10만, 100만, 1000만, 1억, 10억으로, 모든 급수의 모든 숫자가 성운(星雲)의 중핵으로서, 간결화된 형태로 포함하고 있는 거듭제곱의 가능성은 극한까지 동적으로 전개하는 모든 거듭제곱의 모든 거듭제곱에 이른다.

인류 가운데 임의의 종족이 여러 행성이나 그 위성에 거주하는 일이 불가능한가, 한 구세주가 그 종족을 사회적, 윤리적으로 구제할 수 있는가 같은 문제들이 해답을 내기 더 쉽다고 그는 생각했는가?

종류가 다른 어려운 문제이다. 인체 조직은 보통 19톤의 기압을 견딜 수 있지만 지구의 대기 중에서 매우 높은 고도까지 올라가면 대류권과 성층권의 경계선에 접근함에 따라서 코피, 호흡곤란 및 어지럼증이 산술급수적으로 악화된다는 것을 아는 그는, 해답을 구함에 불가능하다고는 증명할 수 없는 하나의 작업가설로서, 가장 적응성이 뛰어나고 해부학적 구조를 달리하는 종족의 동물이라면 화성, 수성, 금성, 목성, 토성, 해왕성, 천왕성의 충분하고 같은 조건하에서 살아남을 수 있을지도 모른다고 생각했지만, 일정한 한도 내의 차이점과 더불어 결과적으로는 서로 비슷한 여러 형태를 띠는

---

*111 엘레아의 제논(BC 490？~430？)의 '아킬레우스와 거북이' 패러독스. 거북이보다 10배 빨리 달릴 수 있는 아킬레우스가 100야드의 핸디캡을 두고 겨룬다면, 아킬레우스는 영원히 거북이를 따라잡을 수 없다.

지구에서 가장 멀리 떨어진 지점에 있는 인성을 지닌 종족도, 아마 지구상의 인류와 마찬가지로 불가변, 불가분한 속성, 즉 허무에, 허무의 허무에, 허무인 모든 것*112에 계속 집착할 것이다.

그리고 구제 가능성의 문제는?
소전제는 이미 대전제에 의해 입증되었다.*113

여러 별자리의 어떤 다양한 특색이 차례대로 고찰되었는가?
다양한 활동력을 나타내는 여러 색채(하얀색, 노란색, 심홍색, 빨간색, 주홍색). 여러 별들의 밝기. 7급별까지의 등급으로 표시되는 여러 별의 크기. 여러 별의 위치. 마부자리, 윌싱엄 웨이,*114 다윗의 전차,*115 토성의 고리, 나선형 성운의 응고에 따른 여러 항성의 형성. 이중 태양이 서로 의존하는 선회운동. 갈릴레오, 시몬 마리우스,*116 피아치,*117 르 베리에,*118 허셜,*119 갈레*120 등의 저마다 독자적인 동시적 발견, 보데*121와 케플러*122가 시도한 거리의 세제곱과 공전주기의 두제곱에 따른 체계화. 비치는 햇살을 끄는 여러 혜성의 무한에 가까운 압축성과, 태양의 둘레를 도는 행성이 태양에서 가장 가까운 점과 가장 멀리 떨어진 점 사이에서 서로 은폐와 출현을 되풀이하는 타원궤도. 운석의 항성적(恒星的) 기원. 보다 젊은 천체관측자가 태어날 무렵 화성에서 일어난 리비아의 범람. 성 로렌스제(祭)(순교자, 8월 10일) 즈음에 해마다 일어나는 유성우(流星雨) 현상. 지나간 달을 안은 새로운 달

---

*112 "헛되고 헛되다, 설교자는 말한다. 헛되고 헛되다. 세상만사 헛되다!" 〈코헬렛〉 1 : 2.
*113 인류는 허무이다(대전제)에서 지구 말고도 유성에 인성을 지닌 종족이 있다(소전제) 해도 구제의 가능성은 없다(결론)는 3단논법.
*114 은하.
*115 작은곰자리.
*116 1570∼1624. 독일의 천문학자.
*117 1746∼1826. 이탈리아의 천문학자.
*118 1811∼1877. 프랑스의 천문학자.
*119 1790∼1871. 영국의 천문학자.
*120 1812∼1910. 독일의 천문학자.
*121 1747∼1826. 독일의 천문학자.
*122 1571∼1630. 독일의 천문학자.

이라는 매달 일어나는 출혈 현상. 인체에 미치는 천체의 가정적 영향. 윌리엄 셰익스피어 탄생 즈음에 옆으로 길어지기는 했지만 결코 가라앉지 않는 카시오페이아자리의 델타별 위로 나타나 밤낮 구별 없이 한층 밝은 빛으로 여기저기를 비친 (1등성 밝기의) 별(무광성의 죽어 없어진 태양 두 개가 충돌하여 백열(白熱) 속으로 녹아 합쳐진 하나의 새로운 발광성 태양), 레오폴드 블룸의 탄생 즈음에 북쪽왕관자리에 나타났다가 사라진, 유사적 기원에 속하는 것이지만 한층 광채가 흐린 (2등성 밝기의) 별, 스티븐 디댈러스의 출생 즈음에 안드로메다의 별자리 속에 나타났다 사라지고, 또 작은 루돌프 블룸의 출생 또는 죽음 여러 해 뒤에 마부자리에 나타났다가 사라지고, 또 그 밖의 많은 사람들의 출생 또는 죽을 즈음에, 다른 많은 별자리에 나타났다가 없어진, (추측상) 기원이 유사한 (실재 또는 가정상의) 별. 일식 및 월식에서 시작부터 끝날 때까지의 여러 부수적인 현상, 곧 바람의 침체, 그림자의 추이, 날개 있는 것들의 침묵, 야행성 또는 땅거미 동물들의 출현, 지옥 같은 밝기의 지속, 바다·강·호수의 어둠, 인간들의 창백함.

사실을 생각하고 착오의 가능성을 고려한 끝에 내린 그(블룸)의 논리적 결론은?

그것은 하늘 나무도, 하늘 동굴도, 하늘 동물도, 하늘 인간도 아니다. 그것은 하나의 유토피아이며, 이미 알고 있는 곳에서 아직 모르는 곳에 이르는 알려진 길은 어디에도 존재하지 않는다. 그것은 하나의 무한이며, 거기에 여러 천체를 그럴듯하게 나란히 놓음으로써 유한으로 간주할 수 있으나, 천체의 수는 한 개라도 그 이상이라도 지장이 없으며, 크기는 같거나 같지 않아도 상관없다. 그것은 움직이는 착각적 형태의 한 무리로 공간에서 움직이지 않게 된 것이 공기 중에서 다시 움직이게 된다. 그것은 하나의 과거이며, 미래의 관찰자들이 현존재로서 실재하기 전에 이미 하나의 현재로서 존재하지 않게 될지도 모른다.

그 광경의 미적 가치에 대해서 그는 좀 더 확신했는가?

의심할 바 없이. 왜냐하면 시인들이 자주 열광적으로 깊이 사랑하여 그리워하는 정신착란이나 실연의 나락에서 온정적인 여러 별자리나 지구를 둘러싼 냉혹 무정한 위성에 호소한 전례가 있으므로.

그러면 그는 지상의 재앙에 대한 점성술적 영향을 인정하는 이론을 자신의 신앙 개조(個條)로서 받아들였는가?

그의 생각으로는, 그것을 논증하는 일도 논파(論破)하는 일도 모두 가능하며 꿈의 호수, 비의 바다, 이슬의 만, 다산(多産)의 바다 등 월면도(月面圖)에서 쓰이는 학술용어도, 역시 올바른 직관의 산물 또는 잘못된 유추의 산물로 생각할 수 있다.

달과 여성 사이에 어떤 특별한 친근성이 있다고 그는 생각했는가?

끊어지지 않고 죽 이어지는 지구상의 모든 세대(世代)에 앞서 존재하고, 그 나중까지 살아 있는 그녀의 긴 수명. 밤 동안 그녀의 우월함. 위성 같은 그녀의 의존성. 그녀의 빛살 반사성. 솟았다가 가라앉고, 찼다가 기울어, 끊임없이 모습을 바꾸면서도 시간을 지키는 그녀의 불변성. 그녀 용모의 강제적 불변성. 비긍정적 질문에 대한 그녀의 불확정적 응답, 조수 간만에 대한 그녀의 지배력. 매혹하고, 번뇌케 하고, 미화하고, 미치게 해서, 범죄를 일으키고 부추기는 그녀의 힘, 그녀 표정의 헤아릴 수 없는 평온함, 가장 가까운 거리에서 고립시키고 지배하고 집착하고 현혹하는 그녀의 무서움, 폭풍과 평온에 대한 그녀의 여러 전조. 그녀의 빛, 움직임, 존재가 주는 자극. 그녀의 분화구, 그녀의 메마른 바다, 그녀의 침묵이 주는 경고, 보일 때의 그녀의 빛남, 보이지 않을 때의 그녀의 매력.

눈에 보이는 어떤 빛나는 표지가 블룸의 눈길을 끌고 스티븐의 관심을 쏠리게 했는가?

그(블룸)의 집 2층(뒤쪽)에서 파라핀유 램프가 켜지고 그 기울어진 갓의 그림자가 에인지어거리 16번지의 덧문, 커튼 걸이 그리고 롤러 블라인드 제조업자 프랭크 오하라가 공급한 롤러 차일의 스크린에 비치는 것.

눈에 보이는 그 빛나는 표지, 곧 램프를 통해 존재를 나타내는 눈에 보이지 않는 매력적인 인물, 곧 마리온(몰리) 블룸의 수수께끼를 그는 어떻게 밝혔는가?

언어를 통한 직간접적 언급 및 단언으로. 억제된 애정과 찬탄으로. 묘사로. 더듬는 말로. 암시로.

그러고 나서 두 사람은 침묵했는가?

그렇다. 그들의, 그의 것이 아닌, 서로의 얼굴 살 속 두 거울 안의 상대방을 바라보면서.

그들은 무한정 활동하지 않고 있었는가?

스티븐의 암시, 블룸의 선동에 따라 두 사람은 처음에 스티븐이, 이어 블룸이 어스름 속에서 오줌을 누고, 나란히 서서 배뇨기관을 손으로 감싸 서로 감추면서, 처음에 블룸, 이어 스티븐이 시선을 들어 투사된 밝은, 반쯤 밝은 그림자를 바라보았다.

두 사람이 똑같이?

그들의, 처음에는 연속적이었으나 이윽고 동시적이 된 방뇨의 탄도는 같지 않았다. 블룸 것은 한층 길고, 그다지 불규칙하지도 않았으며, 알파벳 끝에서 두 번째, 갈라진 두 가랑이 문자와 불완전한 닮은꼴이었으나, 그도 한때 고교 최고학년시절(1880년)에는 210명 전체 학생의 공동전선을 상대로 최고도에 다다를 만큼의 능력이 있었다. 스티븐 것은 한층 높고, 소리도 시끄러웠으나, 그는 그 전날 마지막 몇 시간에 이뇨물을 마시고 집요한 방광의 압박을 증대시켰었다.

눈에는 보이지 않고 소리가 들리는 상대방의 부속기관에 관하여, 저마다 어떠한 서로 다른 문제가 제기되었는가?

블룸에게는 흥분성, 발기, 경직, 반동 작용, 크기, 위생법, 다모성 따위의 문제. 스티븐에게는 할례를 받은 예수에게 성직의 완전성이 있는가 하는 문제(1월 1일은 미사를 드리고 불필요한 근육노동은 삼가야 할 휴일)와, 캘커타에 보존되어 있는 성 로마 가톨릭사도 창립교회의 육욕적 결혼반지인 성스러운 포피(包皮)에 대해서는 단순한 성모 마리아 특별 숭배가 어울리는

가, 아니면 모발이나 발톱 등 성스러운 정상 생성분의 조각에 대해서 이루어 지는 제4급 예배가 어울리는가 하는 문제.

어떠한 천상의 표지가 두 사람에게 동시에 관찰되었는가?
천정(天頂)의 거문고자리 직녀별로부터 머리털자리의 별무리를 넘어 12궁의 사자자리 저편으로 천공을 가로질러 분명히 빠르게 곧장 나아가는 별 하나.

남으려는 구심적 인물*[123]은 어떻게 해서 밖으로 나오려는 원심적 인물*[124] 에게 출구를 내주었는가?
녹슬어 껄끔거리는 남성형 열쇠의 축을 흔들리는 여성형 열쇠 구멍에 끼 워 넣어 열쇠의 근본에 회전압력을 가하면서 선단의 돌기를 오른쪽에서 왼 쪽으로 돌리고 금속봉을 구멍으로부터 빼어, 낡아서 떨어지려는 문을 경련 적으로 앞으로 당겨 자유롭게 드나들 수 있는 부분을 드러내 보임으로써.

헤어질 때 그들은 서로 어떻게 작별 인사를 했는가?
같은 문간의 문지방 양쪽에 똑바로 선 채 마주보고, 이별을 알리는 팔의 선을 두 직각의 합보다도 작은, 임의의 각도를 이루는 임의의 접점에서 연결 시킴으로써.

그들의 서로 접하는 손의 맞잡음과, 그들의 (각각) 원심적 또는 구심적인 손의 떨어짐에는 어떠한 소리가 같이 일어났는가?
성 조지교회의 종들이 밤의 시각을 알리는 커다란 음향.

두 사람은 저마다 종의 어떠한 반향을 들었는가?
스티븐은

백합처럼 하얀 참회자의 무리. 그대를 둘러싸기를.
기쁨으로 노래하는 처녀들의 합창. 그대를 맞이하기를.*[125]

---

*123 블룸.
*124 스티븐.

블룸은

헤이호, 헤이호
헤이호, 헤이호

그날 그 종소리의 여운을 따라 블룸과 함께 남쪽 샌디마운트에서 북쪽 글
래스네빈까지 갔던 일행 가운데 몇 명은 어디에 있었는가?
마틴 커닝엄(잠자리에), 잭 파워(잠자리에), 사이먼 디댈러스(잠자리에),
톰 커넌(잠자리에), 네드 램버트(잠자리에), 조 하인스(잠자리에), 존 헨리
멘튼(잠자리에), 버나드 코리건(잠자리에), 패시 디그넘(잠자리에), 패디
디그넘(무덤에).

혼자서 블룸은 무엇을 들었는가?
하늘이 낮은 대지 위에서 멀어져 가는 발걸음의 이중 잔향(殘響)을, 그
공명하는 길에 울려 퍼지는 구금(口琴)의 이중 떨림을.

혼자서 블룸은 무엇을 느꼈는가?
별들 사이 공간의 차가움을, 어느점 이하 수천 도 또는 화씨, 섭씨 및 열
씨의 절대 0도를. 가까이 다가온 새벽의 맨 처음 징조를.

종의 울림과 손의 감촉과, 발소리와 으스스한 추위는 그에게 무엇을 생각
나게 했는가?
여러 가지 원인으로 여러 곳에서 지금은 죽은 사람이 된 친구들. 퍼시 앱
존(전사, 모더강), 필립 길리건(폐결핵, 저비스거리의 병원), 매슈 F. 케인
(불의의 익사, 더블린 만), 필립 모이젤(농혈증, 헤이츠베리거리), 마이클
하트(폐결핵, 자비의 성모 병원), 패트릭 디그넘(뇌졸중, 샌디마운트).

어떠한 현상에 대한 어떠한 기대가 그를 그 자리에 남게 했는가?

---

*125 스티븐은 돌아가신 어머니를 위해 이렇게 기도해야 했다.

세 개의 마지막 별들의 사라짐, 여명의 확산, 새로운 태양면의 출현.

이전에 그는 그러한 현상을 목격했는가?
한 번, 1887년, 키미지의 루크 도일가(家)에서 제스처 놀이로 밤을 새운 뒤, 담에 걸터앉아서, 동쪽, 미지라흐 쪽으로 눈길을 돌리고 새벽의 현상을 끈기 있게 기다렸다.

초기의 여러 현상을 그는 떠올렸는가?
생기 넘치는 대기, 멀리서 들려오는 아침에 수탉 우는 소리, 여러 지점 교회의 시계 종소리, 새들의 가락, 이른 아침 길 가는 이의 고독한 발걸음, 보이지 않는 광원의 볼 수 있는 빛의 확산, 지평선 위에서 나지막하게 깨달아 알 수 있는 부활한 태양의 최초 황금빛 활.

그는 거기에 남았는가?
깊은 영감을 받고 그는 마당을 다시 가로질러, 다시 통로로 들어가, 다시 문을 닫고 돌아왔다. 짧은 한숨을 내쉬면서 다시 촛대를 가지고 다시 계단을 올라가 다시 1층 맞은편 방으로 가까이 가서 다시 안으로 들어갔다.

무엇이 그가 들어갈 수 있게 갑자기 가로막았는가?
그의 두개골의 텅 빈 천구(天球) 오른쪽 관자놀이가 딱딱한 목재 모서리와 부딪혀, 순간적이지만 깨달을 수 있는 몇 분의 1초 동안 시간이 지난 뒤, 앞서 받아서 기억한 여러 감각의 결과로서 아픔의 감각이 발생했다.

가구의 배열에 관해서 생긴 변경을 서술하라.
자두 빛 플러시 천을 입힌 소파가 문 맞은편으로부터 단단하게 말린 유니언잭*126 근처로 옮겨졌다(이것은 그가 전부터 자주 실행하고 싶었던 변경이다). 파란색 하얀색 바둑판무늬가 박힌 마졸리카 도자기의 윗부분이 달린 테이블이 문 맞은쪽, 바꾸기 전에는 자두색 플러시 천의 소파가 있던 곳에

---

*126 아버지가 영국 군인이므로 몰리는 친영파일지도 모른다.

놓여 있었다. 호두나무 찬장(그것의 돌출된 한 모서리가 그의 진입을 잠깐 멈추게 했던 것)이 문 옆에서 한층 편리하지만 한층 위험한 문 정면으로 옮겨져 있었다. 난로 좌우에 놓여 있던 의자 두 개가 파란색 하얀색 바둑판무늬의 마졸리카 도자기 윗부분이 달린 테이블이 있던 곳으로 옮겨져 있었다.

그 두 의자*127를 묘사하라.
하나는 속을 채운 땅딸막한 안락의자로, 튼튼한 팔걸이가 튀어나오고 등판은 뒤로 기울어져 있으나, 어느 틈엔가 네모진 양탄자의 한 변이 해어져서 말리고, 두툼하게 덧댄 바닥 중심 근처가 눈에 띄게 색이 변해 이제 천천히 주변 부위에까지 미치고 있었다. 다른 하나는 윤기 흐르는 등나무로 짠 곡선투성이의 날씬한 나지막한 의자로, 전자의 바로 맞은편에 놓여 있었으며, 뼈대는 머리에서부터 밑자리까지, 밑자리로부터 다리에 이르기까지 암갈색 니스로 칠해져 있었고, 눈부실 정도로 흰 바닥은 골풀을 동그랗게 짠 것이었다.

두 의자에는 어떠한 뜻이 있는가?
서로 비슷함과, 자세와, 상징과, 상황 증거와, 기념비적 초불변의 의의.*128

본디 찬장의 자리를 지금은 무엇이 차지하고 있는가?
건반이 노출된 스탠드 피아노(캐드비제). 닫힌 덮개 위에는 여자용 긴 황색 장갑 한 켤레, 다 타버린 성냥개비 네 개, 피우던 담배 한 개비, 색이 변한 꽁초 두 개가 들어 있는 에메랄드빛 재떨이 한 개, 또 보면대 위에는 〈사랑의 흘러간 달콤한 노래〉(G. 클리프턴 빙엄 작사, J.L. 몰로이 작곡, 앙투아네트 스털링 부인*129 독창)의 성악과 피아노를 위한 제자리음 솔 악보, 열린 채로 있는 그 마지막 페이지에서는 '임의로', '강하게' 지속저음, '쾌활하게', 일률음조, 지속저음, '차차 느리게', 마침 따위의 최종 지시를 볼 수 있었다.

---

*127 이하의 두 의자는 각각 여성과 남성의 상징으로도 생각할 수 있다.
*128 블룸이 아내 마리온과 그 연인인 보일런과의 밀회 장면을 상상한 것.
*129 미국 태생의 가수(1850~1904). 영국에서 대단한 인기를 끌었다.

블룸은 어떠한 감정으로 이러한 물건들을 차례로 바라보았는가?

긴장해서 촛대를 들어올렸다. 아픔을 느끼고, 부딪혀서 멍이 든 오른쪽 관자놀이의 부은 곳을 만져 보았다. 주의 깊게, 커다랗고 둔해 보이는 수동적인 의자와 가느스름하고 밝은 능동적인 의자에 시선을 집중했다. 겸손하고 정중하게 몸을 굽히고 말려 올라간 양탄자 자락을 맨 처음대로 고쳐 놓았다. 흥미를 품고, 초록색의 온갖 농담(濃淡)을 포함하는 맬러키 멀리건 박사의 색채 계획을 떠올렸다. 기쁨과 함께 그때 주고받은 말과 이루어진 행위를 되돌아보고, 그 결과 그에 따라서 성립한 완만하게 퍼지는 즐거운 전진적 색바램을 내적 감수성의 다양한 기관을 통해 빨아들였다.

그의 다음 행위는?

마졸리카 도자기의 윗부분이 덮인 테이블에 놓인 열린 상자에서 높이 1인치의, 까맣고 작은 원뿔체*130를 꺼내어, 그 둥그런 바닥을 작은 주석 접시에 놓고, 촛대를 찬장 오른쪽 구석에 놓은 뒤, 조끼에서 아젠다트 네타임이라고 적힌 설명서(그림이 들어간)를 꺼내 훑어본 다음 가늘고 긴 원통 모양으로 감아서 촛불에 대어 불을 붙이고는 그것을 원뿔체 끝에 대어 이윽고 후자를 백열 상태에 이르게 하고, 그 뒤 원통을 촛대 바닥 접시 안에 놓고서 아직 다 타지 않은 부분이 완전히 타도록 배치했다.

이 작업에 이어 무슨 일이 일어났는가?

그 작은 화산, 끝을 잘라낸 원뿔체의 화구(火口)에서 동양의 향연(香煙)을 떠올리게 하는 수직의 뱀 같은 연기가 솟아올랐다.

찬장 위에는 촛대 말고 어떠한 비슷한 물건들이 서 있었는가?

줄무늬의 코마네라 대리석으로 만든 탁상시계, 이것은 매슈 딜런이 준 결혼 축하 선물로, 1896년 3월 21일 오전 4시 46분 정각에 멈춰 있다. 투명한 유리 종이 씌워진 빙하기의 난쟁이 나무, 이것은 루크와 캐럴라인 도일의 결혼 축하 선물. 박제 부엉이, 이것은 시 참사회원 존 후퍼의 결혼 축하 선물.

---

*130 향을 말한다.

이 세 가지 물건과 블룸 사이에 어떠한 눈길이 오갔는가?

금박 테두리 장식이 된 전신거울 속에서 작은 나무의 장식 없는 등이 박제 부엉이의 수직 등을 바라보고 있었다. 거울 앞에서 시 참사회원 존 후퍼의 결혼 축하 선물이 투명하고 우울하며 현명하고 환하며 움직이지 않는 동정 어린 눈길로 블룸을 바라보고, 블룸은 어둡고 조용하며 깊고 움직이지 않는 동정 어린 눈길로 루크와 캐럴라인 도일이 준 결혼 선물을 바라보았다.

거울 속의 어떠한 복합적, 불균형적인 이미지가 그때 그의 주의를 끌었는가?

(자기와의 관계에서는) 고독하고 (다른 사람과의 관계에서는) 변하기 쉬운 한 인간의 이미지.

왜 (자기와의 관계에서는) 고독한가?

형제자매가 한 사람도 없는 몸.
그래도 아버지는 할아버지의 아들.

왜 (다른 사람과의 관계에서는) 변하기 쉬운가?

유아기에서 성숙기까지 그는 모계의 육친을 닮았다. 성숙기에서 노쇠기까지 그는 점점 부계의 육친을 닮을 것이다.

마지막으로 어떠한 시각적 인상이 거울을 통해 그에게 전해졌는가?

거울 맞은편에 있는 두 개의 책 선반 위에 알파벳 순서가 아니라 마구 늘어선, 표제의 문자를 빛내고 있는 위아래가 바뀐 두서너 권의 책이 내뿜는 광학적 반사.

이러한 책들의 목록을 작성하라.
《톰의 더블린 우체국 주소인명록》 1886년
데니스 플로렌스 매카시 《시집》(5페이지에 너도밤나무 잎 모양의 구리 책갈피)
셰익스피어 《작품집》(진홍색 모로코 가죽 장정, 금박 장식)

《이자 조견표》(갈색 클로스 장정)

《찰스 2세 왕실비사》(붉은색 클로스 장정, 압착 장식 제본)

《아동 편람》(파란색 클로스 장정)

《우리의 소년시절》하원의원 윌리엄 오브라이언 지음(초록색 클로스 장정, 약간 퇴색, 217페이지에 책갈피 대신 봉투)

《스피노자 사상집》(적갈색 가죽 장정)

《하늘나라 이야기》로버트 볼 지음(파란색 클로스 장정)

엘리스 《마다가스카르로의 세 차례 여행기》(갈색 클로스 장정, 표제는 닳아 없어짐)

《스타크 먼로 서간집》A. 코넌 도일 지음, 이것은 케이펠거리 106번지, 더블린 시립도서관의 장서로 대출일은 1904년 5월 21일(성령강림절 전야), 반환일은 1904년 6월 4일이므로 이미 13일 지남(검정색 클로스 제본, 도서 정리 번호인 백색 라벨이 있음)

《중국 여행기》여행가 지음(갈색지로 커버를 다시 씌움, 표제는 붉은 잉크)

《탈무드의 철학》(임시제본 팸플릿)

록하트 《나폴레옹전》(표지 탈락, 주석 달림. 전사의 승리는 과소평가, 패전은 과대평가)

《지출과 수입》구스타프 프라이타크 지음(검정색 판지 장정, 고딕식 글자체, 24페이지 책갈피 대신 담배 상품권)

호지어 《러시아―터키 전쟁사》(갈색 클로스 장정, 2권, 표지 이면에 지브롤터시, 거버너스 퍼레이드, 개리슨 도서관의 장서표)

《아일랜드의 로렌스 블룸필드》윌리엄 앨링엄 지음(재판, 초록색 클로스 장정, 금박의 토끼풀 모형, 뒤쪽 오른쪽 페이지에 지워져 있는 전 소유자의 이름)

《천문학 핸드북》(갈색 가죽 표지는 탈락, 도판 5매, 안티크체 10포인트 활자, 저자 각주 6포인트, 방주(傍注) 8포인트, 제목 11포인트)

《그리스도의 숨은 생애》(검정색 판지)

《태양의 궤도를 좇아서》(노란색 클로스 장정, 표제 페이지가 떨어져 나감, 각 페이지의 문장 첫머리에 표제 붙임)

《강한 육체와 그것을 얻는 법》유진 샌도우 지음(빨간색 클로스 장정)

《간단 기하학 초보》 F. 이그너 파르디 지음, 원서 프랑스어, 런던 신학박사 존 해리스 영역, 발행인 R. 냅록, 인쇄소 비숍스 헤드, 1711년. 역자의 친구 서더크 자치구 의회의원 찰스 콕스에게 보낸 헌정 서간 수록. 표지 뒤에 잉크로 적어 넣은 달필의 성명에 따르면, 이 책은 1822년 5월 10일 현재 마이클 갤러허 소유물이므로 만약 분실되거나 행방불명될 경우 이 책을 발견한 사람은 다음 주소로 반환해야 한다. 세계에서 가장 아름다운 땅인 위클로주(州) 에니프코시 듀페리 게이트의 목수 마이클 갤러허.

위아래가 뒤바뀐 책들을 다시 바로 세우는 동안 어떠한 반성이 그의 마음을 차지했는가?

질서의 필요성. 모든 것에는 하나의 위치가 있고, 모든 것은 그 위치에 있어야만 한다. 문학에 대한 여성의 불완전한 감상력. 컵에 넣은 사과나 변기 안에 세워둔 우산 같은 것의 부조화. 책 뒤쪽이나 아래쪽, 페이지 사이에 숨긴 비밀문서의 불완전성.

어느 책이 부피가 가장 컸는가?

호지어 《러시아―터키 전쟁사》.

문제의 저작 제2권에 실린 특히 중요한 자료는 무엇인가?

한 결정적 전투의 명칭(그는 그것을 잊었다). 그 회고담을 언급한 인물은 결단력이 있는 한 장교, 곧 브라이언 쿠퍼 트위디 소령이다(그는 그것을 기억하고 있었다).

첫째 및 둘째의 어떤 이유 때문에 그는 문제의 저작에서 그것을 확인하지 않았는가?

첫째로, 기억술을 활용하기 위해. 둘째로, 잠시 동안 기억력 상실 상태에 있은 뒤, 가운데 테이블에 앉아서 문제의 저작을 조사하려 했을 때, 그는 그 전투의 명칭을 기억술을 통해 생각해 냈다. 플레브나.

의자에 앉은 자세로 있을 때 무엇이 그를 위로해 주었는가?

테이블 한복판에 똑바로 서 있는 조각상, 곧 배철러 산책길 9번지, P.A.렌에서 경매로 산 나르시스상(像)의 순진함, 나체, 자세, 조용함, 젊음, 우아함, 성(性), 충고.

의자에 앉은 자세로 있을 때 무엇이 그를 짜증나게 했는가?

성년 남성의 옷에 달린 불필요한, 팽창에 의한 부피 변경에 대해서 탄성이 모자란 두 개의 물건, 곧 옷깃(사이즈 17)과 조끼(단추 5개)의 억압적 압력.

그 짜증은 어떻게 가라앉았는가?

그는 점잖은 검정 넥타이와 함께 조립식 금속단추를 풀어 떼어 낸 옷깃을 테이블 왼쪽 구석에 놓았다. 이어 조끼, 바지, 셔츠, 속옷 등 단추를 차례로 아래쪽에서 위쪽으로 풀었을 때, 그의 손은 가지런하지 못한 검은 곱슬 몸털의 중심선, 곧 골반강(骨盤腔)으로부터 아랫배 배꼽 주변으로, 다시 마디 중심선을 따라 여섯 번째 가슴 척추뼈 교차점까지 올라가, 거기에서 수평으로 두 갈래로 뻗은 선 위에서 좌우 동일거리의 두 점, 즉 젖꼭지의 정점 근처에 동그라미를 그리며 끝나는, 한곳으로 거두어들이는 삼각형 몸털의 중앙선을 달렸다. 바지에 쌍으로 늘어선 서스펜더 단추, 그중 한 쌍이 불완전한 6마이너스 1개를 차례로 풀었다.

이어 그는 어떠한 무의식적인 동작을 했는가?

그는 2주일과 3일*[131] 전(1904년 5월 23일)에 꿀벌에 쏘인 가로막 아래 왼쪽 옆구리에 입은 상처 주변의 살을 두 손으로 눌러 보았다. 별로 가렵지는 않았으나, 일부를 겉으로 드러낸 채, 깨끗이 씻은 피부의 여러 점과 면을 오른손으로 막연하게 긁었다. 그는 왼손을 조끼 왼쪽 아래 주머니에 집어넣고 은화(1실링) 한 닢을 꺼냈다가 도로 넣었는데, 이것을 그 주머니에 넣은 시기는 (아마도) 시드니 퍼레이드의 에밀리 시니코 부인의 장례식 때(1903년 10월 17일)였을 것이다.

---

*131 정확히 말하자면 3주일과 3일.

1904년 6월 16일의 수입 지출 보고서[132]를 만들어라.

지출				수입			
항목	금액			항목	금액		
	£ (파)	S (실)	D (펜)		£	S	D
돼지 콩팥(1)	0	0	3	보유 현금	0	4	9
〈프리먼〉지(1)	0	0	1	〈프리먼〉지에서 받은 광고 수수료	1	7	6
목욕료 및 봉사료(1)	0	1	6	차입금(스티븐 디댈러스)	1	7	0
전차비	0	0	1				
패트릭 디그넘가(家) 위로금(1)	0	5	0				
밴버리 케이크(2)	0	0	1				
점심(1)	0	0	7				
서적 대출 수수료(1)	0	1	0				
편지지 및 봉투(1)	0	0	2				
저녁밥 및 봉사료(1)	0	2	0				
우편환 및 우표(1)	0	2	8				
전차비	0	0	1				
돼지 넓적다리고기(1)	0	0	4				
양 다리고기(1)	0	0	3				
프라이 제과의 판 초콜릿	0	0	1				
네모형 소다 빵(1)	0	0	4				
커피와 둥근 빵(1)	0	0	4				
차입금(스티븐 디댈러스) 상환	1	7	0				
잔액	0	17	5				
합계	2	19	3	합계	2	19	3

계속 옷을 벗었는가?

발바닥에 가벼운, 그러나 집요한 아픔을 느끼고 그는 발을 한쪽으로 뻗어, 여러 방향으로 되풀이해서 걸으며 발의 압박으로 생긴 주름, 돌기, 마디 따위를 살펴보았다. 그러고 나서 몸을 굽히고 구두끈의 매듭을 풀어, 끈을 호크에서 빼고, 구두를 차례로 벗은 다음, 일부분이 젖고, 커다란 발가락 발톱

---

[132] 벨라 코헨에게 지급한 11실링이 포함되지 않은 문제점이 있다.

이 또다시 앞쪽으로 삐져나온 양말을 벗고, 오른발을 들어 빨간색 고무 대님을 푼 뒤, 오른쪽 양말을 벗고 오른쪽 발을 의자 가장자리에 얹고, 커다란 발가락 발톱의 자란 부분을 잡고 조용히 비틀어 따고, 그것을 콧구멍으로 가져가 발톱 냄새를 맡고 만족한 다음 버렸다.

왜 만족했는가?
맡은 냄새는 엘리스 부인의 초등학교 학생이었던 블룸 군이, 매일 밤 끈기 있게 무릎을 꿇고 기도를 드리며 야심적인 명상에 잠기면서 잡아당겨 떼어 낸 다른 발톱 조각의 냄새와 비슷했기 때문에.

동시적, 연속적으로 생긴 모든 야심은 이제 어떠한 궁극적인 야심으로 요약되었는가?
장자상속권, 남자균등상속토지보유법 또는 막내아들상속제에 따라서, 문지기 오두막과 마차 길이 딸린 호화 주택과 그 주변의 토탄질(土炭質) 목초지 등, 에이커, 루드, 퍼치*133의 법정 토지측량 단위로 사정한 관대한 영지(평가액*134 42파운드)를 영원히 소유할 가망은 없다. 그렇다고 해도 '도시의 전원'이네 '치유의 마을'이네 이름 지은 공동주택 또는 두 채가 붙은 연립주택은 싫으니까 남향의 방갈로형 2층 주택을 사적 계약에 따른 무조건 상속권으로 사들여서 지붕에는 풍향계와 땅과 연결된 피뢰침을 설치하고, 현관 앞에는 덩굴풀(담쟁이덩굴 또는 미국산 담쟁이덩굴)로 앞면을 덮게 하고, 올리브그린의 정문은 마차풍으로 깨끗이 마무리하여 산뜻한 놋쇠 장식을 달고 정면은 화장 회반죽, 처마나 박공에는 황금빛 망 무늬를 넣는다. 가능하면 완만한 언덕에 서 있는 것이 좋고, 돌기둥 난간을 두른 발코니로부터는, 집이 아직 들어서지 않았고 또 앞으로도 들어서지 않을 목초지 너머 쾌적한 전망. 개별 부지만도 5~6에이커나 되고, 가장 가까운 공공도로까지의 거리는 밤이 되면 가지런히 다듬어 놓은 산사나무 생울타리의 틈과 너머로 집들의 등불이 보일 정도로 가까이에, 수도 더블린의 주변으로부터 어느 지점에서 재어 보아도 법정 1마일 정도 떨어져 있지만 전차나 철도까지의 거리는

*133 1에이커=4루드, 1루드=40퍼치.
*134 연간 차지료.

기껏해야 15분 이내의(이를테면 남쪽이라면 던드럼, 북쪽이면 서튼, 두 곳 모두 실제로 살아 본 경험에 따르면 기후가 폐결핵 환자에게 좋다는 점에서 지구의 극지방과 비슷하다) 곳으로, 부동산은 영구임대양도보증 아래 두고, 임대 기간은 999년으로 하고, 저택에는 돌출창(끝이 뾰족한 아치창 2개)이 딸린 응접실 하나에다, 온도계를 부착하고, 거실 하나, 침실 4개, 하인방 2개, 레인지와 식기장이 가까이 있는 타일 깔린 부엌에, 라운지에는 리넨을 보관하는 붙박이장, 훈증 처리된 참나무로 만들어 칸을 나눈 서가에는 브리태니커 백과사전이나 뉴센츄리 사전을 꽂아 놓고, 중세 및 동양의 고색창연한 도검류를 옆에 장식하고, 식사를 알리는 종, 설화석고 램프, 매단 장식 화분, 주소록이 달린 에보나이트제 전화기에다, 액스민스터 수제융단은 바탕이 크림색이고, 테두리가 격자모양으로 장식되어 있으며, 맹수 발톱 모양의 장식 기둥에 떠받쳐진 트럼프 전용 테이블, 난로에는 묵직한 놋쇠로 된 난로용품과 금도금한 난로장식용 시계, 교회 종소리로 시간을 알리는 품질 보증된 괘종시계, 습도표가 달린 기압계, 쾌적한 라운지 의자와 모퉁이용 가구들은 루비색의 플러시천으로 싸여져 가운데가 움푹 들어가 있으면서도 스프링 상태가 좋으며, 일본식 세 폭 병풍과 침 뱉는 그릇(클럽 스타일의 짙은 포도주색 가죽제품으로 아마인유나 식초를 쓰면 크게 힘들이지 않고도 광을 낼 수 있는 것)과 피라미드형으로 늘어져 프리즘처럼 빛을 발산하는 중앙 샹들리에 조명, 굽은 자연목 홰에는 손가락으로 길이 잘 든 앵무새(고급 언어를 쓰는), 벽에는 카마인색 꽃무늬 돋을새김 장식의 한 타에 10실링짜리 벽지와 그 상단엔 띠 모양의 장식 굽도리, 계단은 두 번 직각으로 휘어서 연속 삼면을 이룬 떡갈나무 재목에 바니시 마무리를 하고, 계단 발판과 앞판, 엄지기둥, 난간, 손잡이, 강화 패널의 허리 높이 장식 판자는 장뇌를 섞은 왁스 도장, 욕실에는 냉온 양용 수도꼭지를 달아놓은 욕조와 샤워기, 중간 2층의 수세식 화장실에는 반투명한 유리가 끼워진 장방형 창, 뚜껑이 달린 좌변기, 벽등, 당기는 놋쇠줄, 팔걸이, 발판, 문 내부에는 예술적인 유화풍 석판화가 마찬가지로 장식 없이 걸려 있고, 하인들 방에도 각기 별개로 보건위생용 설비를 하고, 요리사, 잡역부 및 내실과 부엌일을 맡은 하녀(급료는 2년마다 2파운드 자연 증액, 여기에다 일반 근면보험에 따른 연말 수당(1파운드)과 30년 근속자(65세 정년제)는 퇴직금도 주는)를 두며, 식기방, 식품

방, 저장고, 냉장고, 외부 보조주방, 장작과 석탄을 넣어두는 지하실에는 특별한 손님의 방문이나 만찬(이브닝드레스를 입고 참석하는)에 대비하여 포도주병들(거품 안 나는 것과 거품이 풍부한 고급 포도주들)도 준비해 두고, 집안 곳곳에는 일산화탄소 가스배관 설비.

그 밖에 어떠한 매력을 집 안에 부가할 수 있는가?

추가 사항으로서, 테니스나 핸드볼용 코트, 관목이 서 있는 오솔길, 유리 온실에는 최상의 식물학적 방법으로 배치된 열대야자과 식물, 분수를 뿜는 암석 정원, 인도적 원리에 입각하여 설계된 벌집, 직사각형 잔디밭에 마련된 계란형 꽃밭 주위에는 심홍색 또는 선황색 튤립, 푸른 실라 꽃, 크로커스, 앵초, 수선화, 패랭이꽃, 스위트피, 초롱 등을 한쪽으로 쏠린 타원형으로 배치하고(그 구근은 부촌 새크빌거리 23번지의, 종자와 구근 소매상이자 묘목상, 화학비료 알선인인(도소매 유한회사) 제임스 W. 매키 경에게서 구입한), 양수원이나 채소원이나 포도원은 불법 침입자에 대비하여 위쪽에 유리 파편을 심은 벽으로 둘러싸고 자물쇠를 채운 창고도 만들어서 재산 목록에 기록된 여러 가지 도구를 넣는다.

이를테면?

뱀장어 잡는 바구니, 새우 잡는 기구, 낚싯대, 손도끼, 저울, 숫돌, 쇄토기(碎土器), 결속기(結束機), 짐 포대, 접이식 사다리, 10발갈퀴, 세탁용 신발, 건초 살포기, 회전 갈퀴, 낫, 페인트 통, 솔, 쟁기 따위.

이어 어떠한 개량 장비를 도입할 수 있는가?

양토장 및 양계장, 비둘기 집, 온실, 해먹 두 개(숙녀용과 신사용), 금사슬나무와 라일락이 드리워져 가려져 있는 해시계, 왼쪽 문기둥에는 이국적인 아름다운 가락을 울리는 일본제 초인종, 큼직한 빗물받이 통, 옆에 토출구와 풀 통이 달린 잔디 깎기, 수압 호스가 달린 살수기.

어떠한 교통수단이 바람직한가?

시내로 갈 때에는 중간역 또는 종착역에서 몇 번이고 갈아탈 수 있는 기차

또는 전차. 시골로 가기 위해서는 자전거, 바구니로 짠 사이드카가 달렸거나 운반용 견인축이 달린 체인 없는 자재륜 삼륜차, 여기에 버들고리 짐 보따리를 맨 당나귀나, 아니면 일 잘하는 승마용 말(거세된 얼룩말, 등 높이 14)이 끄는 세련된 사륜마차.

건축 가능한 또는 건축이 끝난 이 저택에 어떠한 이름을 붙일 것인가?
블룸 별장. 성 레오폴드 저택. 플라워 관(館).

에클즈거리 7번지의 블룸은 플라워관의 블룸을 예견할 수 있는가?
느슨한 순모 상의에, 해리스산(産)으로 정가 8실링 6페니의 트위드 모자, 여기에 고무로 보강한 실용 원예장화를 신고, 물뿌리개를 들고, 전나무를 일렬로 심어 물을 뿌리고, 가지를 치고, 말뚝을 박고, 목초 씨를 뿌리고, 해질 무렵이면 새로 벤 건초 냄새에 휩싸여 크게 피로한 기색 없이 잡초 실은 손수레를 밀고, 토양을 개량하고, 점점 현명해지며 장수를 누리고 있다.

어떠한 주제의 지적 연구가 동시에 가능한가?
스냅 사진술, 비교 종교학, 호색적이고 미신적인 여러 관습에 관한 민속학, 천체의 별자리에 대한 명상.

가벼운 오락으로서는?
실외에서는 원예 및 밭일, 자갈을 깐 평탄한 인도에서의 자전거 타기, 알맞은 높이의 등산, 사람이 사는 곳에서 떨어진, 방해꾼 없는 깨끗한 냇가에서 헤엄치기, 바닥이 평평한 안전한 나룻배나 작은 닻이 달린 돛배로 둑이나 급류가 없는 수역을 마음대로 저으며 다니기(이상은 모두 여름철에). 일몰 때 도보 산책 또는 말을 타고 돌아보며 황량한 풍경이나, 그와는 대조적인 아늑한 농가의 이탄(泥炭) 연기 등 관찰하기(이상은 모두 겨울철에). 실내에서는 따뜻하고 편안하게 앉아 미해결로 남아 있는 역사나 범죄의 여러 문제에 대한 토론, 외국의 호색문학 무삭제판 탐독, 쇠망치, 송곳, 못, 나사못, 압정, 나사송곳, 족집게, 대패 및 드라이버를 넣은 도구 상자를 옆에 놓고 하는 가정 목공일.

그는 농작물 및 가축들을 소유할 수 있는 신사적 농업 경영가가 될 수 있는가?

불가능하지는 않다. 젖이 나오지 않게 된 암소 한두 마리, 고지 목초 한 무더기, 거기에 필요한 농기구, 예를 들면 연결 교유기(攪乳器), 깍지 분쇄기 따위가 있으면.

시골의 부자나 지주계급 사이에서 그는 어떠한 시민적 직능 및 사회적 지위를 갖추는가?

위로 올라갈수록 권력이 증대하는 계급제도의 순서대로 정원사, 구멍 파는 인부, 경작자, 가축사육자 등이 되고, 경력의 정점에서는 행정관 또는 치안판사로서 문장이나 휘장, 적절한 라틴어 가훈('유비무환')을 가지며, 궁정인 명부에 정식으로 등재(레오폴드 P. 블룸, 하원의원이며, 추밀고문관이며, 성 패트릭 훈작사이자 '명예' 법학박사. 던드럼의 블룸 관 거주), 신문의 궁정 및 사교란에도 이름이 실릴 것이다(레오폴드 블룸 부부 영국으로 가기 위해 킹스타운을 떠나시다).

이러한 지위에서 그는 어떠한 행동 지침을 정했는가?

엄청난 관대함과 지나친 가혹함의 중간 방침. 사회적 불평등이 끊임없이 증감하고 변동이 무상한 자의적인 계급제도의 이질적인 사회에서, 공평하고도 동질적이며 이론의 여지가 없는 정의의 재판을 집행하여, 즉 되도록 광범위하고 광대하게 정상을 참작하면서도, 동산이나 부동산의 몰수에서는 마지막 1페니까지 가차 없이, 국왕의 정부를 위해 징수할 것. 헌법에 규정된 최고의 국가 권력에 대한 충성심 및 공정성에 대한 타고난 애착으로 자극 받아 그가 노리는 것은 사회질서의 엄격한 유지, 많은 악폐의 억제(단, 전부를 동시에 억누르는 것은 아니다. 개개의 개혁이나 단속은 어디까지나 예비적 해결에 지나지 않고, 이들을 흡수, 포용하면서 최종 해결에 이르는 것이므로), 법률(관습법, 성문법, 상법) 조문의 엄격한 적용이며, 그 대상은 공모(共謀)하여 사실을 부정하거나 조례 또는 규약을 위반한 모든 인간, 폐지된 먼 옛날의 모든 입회권 회복자(불법 침입, 장작 도둑 등), 모든 국제적 박해의 소리 높은 선동자, 모든 국제적 적의(敵意)의 실행자, 모든 화목한 가정의 비열한 방해자, 부부관계의 집요한 파괴자들이다.

그가 소년기부터 정직함을 사랑해 왔음을 증명하라.

1880년 고등학교 재학 중에 그는 퍼시 앱존 군에게 아일랜드(프로테스탄트) 교회의 교리를 믿을 수 없다고 밝히고(그의 아버지 루돌프 비라그, 다음에 루돌프 블룸은 유대인에게 그리스도교를 전파하는 협회*135의 권고에 따라 1865년에 유대교 및 그 교회로부터 아일랜드 교회로 개종하였다), 그 뒤 1888년 결혼할 때, 결혼을 위해 이 교회를 버리고 로마 가톨릭교회를 선택했다. 1882년에는 대니얼 매그레인과 프랜시스 웨이드와의 청년기의 친교(대니얼 매그레인이 일찍 이사를 가버리는 바람에 종료되었다) 기간 중에, 밤 산책을 하는 도중 그는 두 사람을 상대로, 식민지(예를 들면 캐나다)의 확대(擴大)를 둘러싼 정치이론*136과 찰스 다윈*137이 《인간의 계도(系圖)》나 《종의 기원》에서 말한 진화론을 옹호했다. 1885년에 제임스 핀턴 레일러,*138 존 피셔 머리,*139 존 미첼,*140 J.F.X. 오브라이언 등이 주장한 집단적, 국민적 경제계획, 마이클 대비트의 농업 정책, 찰스 스튜어트 파넬(코크시 출신 하원의원)의 합법적 선동, 윌리엄 이워트 글래드스턴(북 브리튼*141 미들로지언주 하원의원)의 평화, 긴축 및 개혁 정책을 그는 공공연하게 지지하였고, 글래드스턴의 정치적 신념을 옹호하기 위해 노섬벌랜드*142 도로의 한 나무 위에 올라가서 가지 사이 안전한 곳에 자리 잡고선, 2만 명의 횃불 시위행렬이 120개 동업조합으로 나뉘어 2000개의 횃불을 들고 리펀 후작*143과 (정직

---

*135 유대인 그리스도교 개종 촉진 런던협회의 아일랜드교회 보조기관. 몰즈워스거리 45번지에 있었다.

*136 식민지를 확대하면 본국과의 정치적 연관이 보다 더 희박해진다는 이론.

*137 그의 진화론은 여러 가지 논의를 불러일으켰다.

*138 청년 아일랜드 당원(1807~49). 공화국 제도와 토지 국유화를 주장했다.

*139 청년 아일랜드 당원(1811~65). 정치기자.

*140 저널리스트(1815~75). 처음에는 청년 아일랜드당 기관지 〈네이션〉에 기고했으나 1848년에 무력투쟁을 지지하는 잡지 〈유나이티드 아이리시먼〉을 창간했다.

*141 스코틀랜드의 별칭.

*142 킹스타운에서 더블린으로 통하는 간선도로의 일부.

*143 초대 리펀 후작 조지 프레데릭 새뮤얼 로빈슨(1827~1909). 1892~95년 영국의 식민지 장관. 1874년에 가톨릭으로 개종하여 아일랜드의 자치를 포함한 글래드스턴 정책을 지지. 아일랜드에서는 인기가 있었다.

자) 존 몰리*144를 호위하여 수도로 입성(1888년 2월 2일*145)하는 것을 바라 보았다.

전원주택을 위해 그는 얼마의 금액을 어떠한 방법으로 낼 작정이었는가?
근로외국인동화귀화우호촉진국가보조건축협회*146(1874년 설립)의 성명서에 따라, 연액으로는 최대한 60파운드, 단 일류 증권에서 얻을 수 있는 확실한 연수익의 6분의 1을 넘지 않을 것을 조건으로 하지만, 이것은 1200파운드(20년간의 연부에 따른 집의 대략적인 가격)의 원금에 대한 5부 단리(單利)에 상당하는 금액이다. 가격의 3분의 1은 취득과 동시에 지급하고, 잔액 즉 800파운드 더하기 2푼 5리의 이자는 매번 같은 액수를 해마다 네 번에 나눠서 지급하여 20년 이내에 모두 갚는 것으로 하고, 그 연금액은 원리금을 합하면 64파운드의 집세에 해당된다. 부동산 권리증에는 상기 금액을 체납할 경우의 강제 매각, 저당권 집행, 상호 배상에 관한 단서를 달아서, 한 사람 또는 두 사람 이상의 채권자가 이것을 보유하지만 체납이 없으면 기간 만료와 함께 가옥은 차가인의 절대소유재산이 되게 한다.

바로 구입할 수 있는 재력을 획득하는 데에는, 비록 안전하진 못하다 하더라도 어떤 빠른 방법이 있는가?
사설 무선전신기의 이용, 즉 전국 핸디캡 경마(평지 또는 장애)의 1마일 내지 수 마일 수 야드의 레이스 결과, 오후 3시 8분(그리니치 표준시)에 애스콧에서 비인기 말이 이겨 50배를 타는 것을 모스 부호로 타전하여, 오후 2시 59분(던싱크 표준시)에 더블린에서 수신한 그 정보에 입각한 도박 행위. 많은 금전적 가치를 갖는 물건, 보석, 새 우표 또는 이미 스탬프가 찍힌 귀중한 우표(7실링짜리, 연보라색에 타공선 없는 1866년도 함부르크 우표, 그리고 4펜스짜리, 파란 바탕에 장미색 타공선 있는 1855년도 대영제국 우표. 또 1프랑짜리, 흑갈색에 타공선 있고, 비스듬히 추가요금 소인이 찍힌 1878년도 관제우표), 고대 왕조의 반지, 특별한 장소에서 특별한 방법으로

---

*144 영국의 정치가(1838~1923). 아일랜드의 자치를 지지, 1886년에는 아일랜드 장관.
*145 기록에 따르면 2월 1일이지만 조이스는 자기 생일인 2월 2일로 바꾸어 놓았다.
*146 가공의 조직.

발견한 독특한 유물. 예를 들어 공중에서(날고 있는 독수리가 떨어뜨린다), 화재가 난 뒤에(소실된 건축물의 탄화(炭化)된 유물 속), 바다에서(표류물, 해양 폐기물, 부표가 달린 투하물(投荷物), 유기물 속), 지상에서(식용 조류의 모래주머니 속) 등. 에스파냐의 죄수*147가 남긴 유산, 즉 먼 곳에서 가지고 온 재보나 정화(正貨), 금은괴를 100년 전에 유력 은행에 연 5부의 복리로 맡긴 그 총액이 £5,000,000, stg(영국 돈으로 500만 파운드). 경솔한 인물과의 상업 계약, 즉 32개 위탁상품의 배달요금에 관해서 최초의 한 개는 겨우 4분의 1페니, 두 개째부터 순차로 2의 기하급수로 증가해 가는(4분의 1페니, 2분의 1페니, 1페니, 2펜스, 4펜스, 8펜스, 1실링 4펜스, 2실링 8펜스 해서 제32항까지) 개연성 법칙의 연구에 입각한 면밀한 도박기술, 그것을 구사해서 몬테카를로의 도박장 주인을 파산시킨다. 영국 돈 100만 파운드의 정부 상금이 걸린 고대 이래의 난제, 원의 적분법(the quadrature of the circle)을 해결한다.

거대한 부를 획득할 수 있는 생산적 방법은 존재했는가?

오렌지 재배원이나 멜론 밭의 재배 및 재식재(再植栽)에 따라 여러 두남*148의 광대한 모래땅을 개발, 이에 대해서는 베를린 서쪽 15구 블라이프트로이거리의 아젠다트 네타임의 설명서 참조. 휴지, 시궁쥐의 가죽, 인분에 포함된 화학적 여러 성분 따위의 활용, 그때 주의할 점은 첫 번째로 대량 생산성과, 두 번째로 다수성과, 그리고 세 번째로는 다량성으로, 보통 정도의 활력과 식욕이 있는 보통 사람의 연간 배설 총량은 액체 부산물을 뺀다고 해도 1인당 80파운드(육류와 채소류 섞어서), 1901년의 국세조사 보고서에 따른 아일랜드의 총인구 438만 6035를 거기에 곱할 것.

더 대규모적인 계획이 있었는가?

만조(滿潮) 때의 더블린의 모래톱이나, 풀라포우카나 파워스코트의 폭포, 또는 주요 하천의 집수 지역에 수력 발전설비를 설치해 하얀 석탄(수력 전기)을 개발하여 50만 수마력(水馬力)의 전력을 경제적으로 생산하기 위해

---

*147 블룸은 알렉산드르 뒤마(1802~70)의 《몽테크리스토 백작》(1844)을 떠올리는 것 같다.
*148 유대인의 토지측량 단위.

항만위원회에 서류를 제출해서 인가를 구하는 계획. 돌리마운트의 노스불의 반도(半島)처럼 생긴 삼각주에 제방을 둘러, 골프장이나 소총 사격장으로서 이용하는 연해 지역에 아스팔트 산책길을 만들어, 도박장, 노점, 사격장, 호텔, 하숙집, 독서실, 남녀 혼탕 따위를 건설하는 계획. 이른 아침의 우유 배달용으로 견차(犬車) 및 산양차(山羊車)를 이용하는 계획. 더블린시와 그 주변의 아일랜드 관광객의 흐름을 발전시키기 위해 아일랜드교(橋)에서 링스엔드까지 다니는 석유 동력의 하천 배, 대형 유람 버스, 협궤 지방철도, 연안 유람증기선(1인 1일 10실링, 3개 국어를 말하는 가이드가 딸린) 등을 신설하는 계획. 아일랜드 여러 수로에서 여객 및 화물 수송을 부활하기 위해 해초가 우거진 바닥을 준설하는 계획. 가축 시장(북부 순환도로와 프러시아 거리와의 교차점)에서 강가(하부 셰리프거리와 이스트월과의 교차점)까지 전차 궤도로 직결하는 계획. 이 궤도는(남서부대횡단 철도의 연장으로서) 리피강 합류점인 가축 대기소에서, 노스월의 서부행내륙대횡단철도 43번에서 45번 선이 종점까지 부설된 연락선과 평행으로 달리는 것으로, 주변에 그레이트 센트럴 철도, 잉글랜드의 미들랜드 철도, 더블린시 정기기선회사, 랭커셔 요크셔 철도회사, 더블린 글래스고 정기기선회사, 글래스고 더블린 앤드 런던데리 정기기선회사(레어드 항로), 브리티시 앤드 아이리시 정기기선회사, 더블린 앤드 모컴 기선, 런던 앤드 노스 웨스턴 철도회사 따위의 종점 또는 더블린 지점, 더블린시 항만 및 부두국(局)의 하역창고, 그리고 지중해, 에스파냐, 포르투갈, 프랑스, 벨기에, 네덜란드 등 각국 기선회사와 리버풀 해상보험회사의 대리점인 폴그레이브 머피 선주회사의 운송 창고 따위를 갖추며, 더블린전차선로연합주식회사가 운영하는 가축 수송을 위한 모든 차량 및 추가 노선에 요하는 경비는 목축업자의 출자로 마련하는 것으로 한다.

어떠한 가정을 설정해야 이러한 계획의 실현이 자연스럽고 필연적인 결과가 되는가?

성공적인 인생을 통해 여섯 자리 숫자의 재산을 거머쥔 저명한 재계인사들(블룸 파샤, 로스차일드, 구겐하임, 허시, 몬테피오레, 모건, 록펠러)의 지원을 통해, 증여자가 생존 중이라면 증여증서나 양도증서, 증여자의 무통

(無痛) 사망 뒤라면 유증(遺贈)의 유언에 입각해서, 필요금액의 보증을 얻을 수 있고 그 자본 활용의 기회를 준다면 목표 금액이 완수된다.

어떠한 우발 사건을 통해 그는 그러한 자본에 의존하는 것을 떠나서 자립할 수 있는가?
스스로 무진장의 금광맥 발견.

무엇 때문에 그는 그토록 실현 곤란한 계획을 곰곰이 생각했는가?
그의 지론(持論)에 따르면, 이런 주제로 숙고하거나 자기 자신에 관한 이야기를 자동적으로 자기에게 이야기하거나 조용히 과거를 되돌아보거나 하는 일을 취침 전에 습관적으로 행하면 피로가 풀리고, 그 결과 편히 자고 활력을 회복하므로.

그 이론의 근거는?
물리학자로서 그는 70년의 인생 전체에서 적어도 7분의 2, 즉 20년은 수면으로 소비된다는 것을 알고 있었다. 철학자로서 그는 누구라도 수명이 끝날 때까지 자기 욕망의 작은 부분밖에 실현하지 못한다는 것을 알고 있었다. 생리학자로서 그는 주로 잠자는 중에 작용하는 나쁜 여러 작용은 인위적으로 진정될 수 있다고 믿었다.

그는 무엇을 두려워했는가?
대뇌의 주름 벽 속에 위치해 있으며, 측정이 불가능한 절대의 지역인 이성의 빛이 착란을 일으켜, 잠자는 중에 살인 또는 자살 행위를 저지르는 일.

그가 늘 마지막으로 깊이 생각했던 것은 무엇이었는가?
뭔가, 다른 것과는 절대 비교되지 않는 광고. 지나가는 사람이 놀라서 걸음을 멈출 정도의 참신한 포스터로, 불필요한 군더더기를 모두 없애고, 가장 단순하고 가장 효과적인 말로 요약하여 흘끗만 보아도 한눈에 완전히 파악할 수 있어서 현대 생활의 속도에 알맞은 것.

자물쇠를 연 맨 처음 서랍에는 무엇이 들어 있었는가?

비어 포스터의 필사본 한 권, 이것은 밀리(밀리센트) 블룸의 소유물로, 그 가운데 몇 페이지에 '아빠'라는 제목이 붙은 펜 그림이 있는데, 그것은 다섯 개의 머리카락이 꼿꼿하게 서 있는 커다란 둥근 머리, 옆에서 본 두 개의 눈, 커다란 단추가 세 개 달린 정면을 향한 몸뚱이, 삼각형 다리 하나로 되어 있었다. 색이 바랜 사진 두 장, 즉 영국 왕비 알렉산드라와 여배우 겸 전문 모델 모드 브랜스컴. 크리스마스 카드 한 장, 거기에 한 그루의 기생식물 그림, '미스바'의 전설,*149 1892년 크리스마스 날짜, 보내는 사람의 이름은 M. 카머포드 부부, 운문으로 '이 크리스마스가 당신에게 기쁨과 평화와 즐거움을 주기를.' 녹아 있는 빨간 봉랍(封蠟) 조각, 이것은 데임거리 89, 90, 91번지의 주식회사 헬리인쇄소 판매부에서 입수한 것. J라는 글자가 새겨진 금 펜촉 12다스의 나머지가 들어 있는 상자 한 개, 이것도 같은 회사의 같은 판매부에서 입수한 것. 모래의 낙하로 회전하는 오래된 모래시계 하나, 봉인한 예언 한 통(끝까지 개봉되지 않았다), 이것은 1886년에 레오폴드 블룸이 쓴 것으로, 윌리엄 이워트 글래드스턴의 1886년 자치법안(끝내 통과되지 않은 것) 통과 뒤의 형세가 예견되어 있다. 성 케빈교회 바자모임 입장권, 거기엔, 2004번, 가격 6펜스, 상금 100페니라고 쓰여 있다. 또 어린이의 편지 한 통엔, 날짜가 쓰여 있고, '월요일'의 소문자 m, 읽어보면 대문자 P로 시작해서 '아빠', 콤마, 대문자 H로 시작해서 '안녕하세요', 물음표, 대문자 I로 시작해서 '전 잘 있어요', 마침표, 행 바꿔서, 서명은 장식체로 대문자 M으로 시작하는 '밀리', 마침표 없음. 카메오 세공을 한 브로치, 소유주 엘렌 블룸(옛 성 히긴스)은 이미 죽음. 카메오 세공의 타이 핀, 소유자 루돌프 엘렌 블룸(옛 성 비라그)은 이미 죽음. 타이프로 친 편지 세 통, 수신인은 웨스틀랜드거리 우체국을 통해서 헨리 플라워, 발신인은 돌핀스 반 우체국을 통해서 마사 클리퍼드. 위 세 통의 편지에 있는 주소와 이름을 방점 찍은 좌우교대식 암호 알파벳(모음 생략)으로 바꿔서 N. IGS./WI. UU. OX/W. OKS. MH/Y. IM.라고 써 놓은 것. 영국 주간지 〈모던 소사이어티〉의 발췌 한 장, 논제는 여학교에서의 체벌. 핑크 리본 하나, 이것은 1899년

---

*149 다윗이 사울에게 쫓길 때 그 부모를 피신시킨 모압의 딸.

의 부활절 계란에 감겨 있었던 것. 부분적으로 느슨하게 감기고 보관 주머니까지 갖춘 고무 문풍지 2개, 이것은 런던 중앙구 체어링 크로스 우체국 사서함 32호를 통해 통신 판매로 구입한 것. 얇은 투명 편지지와 크림색 투명 줄무늬가 든 봉투 1다스 가운데 석 장을 이미 쓴 한 묶음. 구색을 갖춘 오스트리아-헝가리 동전들. 국왕 특허 헝가리 복권 쿠폰 두 장. 저배율 확대경 하나. 춘화 두 장, 즉 (a)나체의 에스파냐 아가씨(등과 상반신)와 나체의 투우사(정면, 하반신)와의 구강성교도, (b)남자 수도사(전신 착의, 아래로 깐 눈)의 수녀(반나체, 정면) 항문 강간도, 두 장 모두 런던 서부 중앙서구 체어링 크로스 우체국 사서함 32호를 통해 통신 판매로 구입한 것. 신문 스크랩 한 장, 내용은 낡은 황갈색 구두를 새 제품처럼 재생하는 방법. 풀 붙은 1페니짜리 빅토리아 여왕시대의 보라색 우표 한 장. 레오폴드 블룸의 체격 검사표 한 장, 이것은 그가 샌도우-화이틀리식 도르래 운동기구(성인용 15실링, 운동가용 20실링)를 두 달에 걸쳐 매일 쓰기 이전과, 중간, 이후의 기록, 즉 가슴둘레 29인치에서 29인치 반으로, 팔 둘레 9인치에서 10인치로, 아래팔 8인치 반에서 9인치로, 넓적다리 10인치에서 12인치로, 장딴지 11인치에서 12인치로 늘어난 기록. 기적의 신약 효능 설명서 한 장, 이것은 런던 중앙구 사우스플레이스 코번트리하우스 소속 기적의 신약사가 직송한 세계 최대 직장질환 치료에 관한 것으로, 보내는 주소는 (잘못해서) 미시즈 L. 블룸, 동봉한 간단한 편지의 서두는 (잘못해서) 친애하는 부인.

효능서에 선전된 그 마술적 묘약의 효능을 원문 그대로 인용하라.

본 제품의 진정치료 효력은 귀하의 수면 중 가스 배출 고민을 해소하고, 자연적 기능의 촉진에 절대적인 위력을 발휘하며, 가스 배출을 통해 고통을 즉시 없애고 국부의 청결과 배설 기능의 자유를 확보합니다. 불과 7실링 6펜스의 투자로 다시 태어나 인생이 즐거워집니다. 기적의 신약은 특히 여성들이 쓰기에 알맞으며, 그 상쾌한 효과는 마치 무더운 여름철에 시원한 샘물을 마신 기분일 겁니다. 남녀를 불문하고 귀하가 아시는 분에게 소개해 주십시오. 평생의 반려가 될 것입니다. 길고 둥근 쪽부터 삽입할 것. 기적의 신약.

거기에는 체험담도 실려 있는가?

다수. 성직자, 영국 해군사관, 유명 작가, 재계인사, 간호사, 귀부인, 다섯 아기의 엄마, 사심을 비운 모금가 등.

마지막 체험담인 사심을 비운 모금가의 이야기에서 마지막 문구는 어떻게 되어 있는가?
보어 전쟁 때 정부가 우리 장병들에게 기적의 신약을 지급하지 않았다는 것은 얼마나 통탄스러운 일인가? 100만의 지원군을 얻은 기분이었을 텐데.

블룸은 이들 수집 물품에 어떠한 물건을 추가했는가?
마사 클리퍼드(그렇다면 M.C.는 누구일까)가 헨리 플라워(H.F.는 L.B.를 말한다)에게 보내는 네 통째의 타이프 편지.

이런 추가 작업들은 어떤 유쾌한 반성을 수반하였는가?
앞서의 편지 외에도 그의 매력 있는 용모, 풍채, 말씨가 하루 동안에 가장 많은 여성에게 호의적인 환영을 받았다는 회상, 즉 한 사람의 아내(미시즈 조세핀 브린, 옛 성 조시 포웰), 한 간호사 미스 캘런(세례명 미상), 한 처녀 거트루드(거티, 성 미상).

어떠한 가능성이 머리에 떠올랐는가?
가장 가까운 장래에 우아한 접객업소의 내실에서 사치스런 식사를 즐긴 뒤 남성적 매력을 행사할 가능성. 상대방은 몸매가 아름답고 요금이 적당한, 여러 가지 교육을 받은 전직 귀부인 출신.

두 번째 서랍에는 무엇이 들어 있었는가?
여러 가지 서류. 레오폴드 폴라 블룸의 출생증명서. 스코틀랜드 과부상호 보험회사의 500파운드짜리 양로 보험증서 한 통, 피보험자는 밀리센트(밀리) 블룸. 25년이 지난 뒤 효력을 발생하여, 60세에 이르거나 사망 시, 65세에 이르거나 사망 시, 그리고 사망 시에, 각기 430파운드, 462파운드 10실링 0펜스, 500파운드의 이자 증권, 299파운드 10실링 0펜스의 이익 증권(전액 불입 끝남), 133파운드 10실링 0펜스의 현금을 지급 받을 수 있는데 어느 것이나 선택 가능. 예금 통장 하나, 발행자는 얼스터 은행 칼리지 그린 지점, 1903년 12월 31일 마감 하반기 결산 예금 잔액 기입, 즉 예금자 쪽의 잔액 £18-14-6(영국 돈으로, 18파운드 14실링 6펜스) 전액 개인 동산. 캐나다 정부 발행 4부 이자가 붙은 (기명 공채임) 900파운드 국고채권(인지세 면제된 것) 소유증서, 가톨릭 묘지(글래스네빈)위원회의 영수증, 묘지 구입에 관한 것. 단독 날인 증서에 따른 성명 변경에 관한 지방 신문 광고 발췌 한 장.

그 광고를 원문 그대로 제시하라.
나 루돌프 비라그(현주소 더블린시 클랜브러실거리 52번지, 전 거주지 헝가리 왕국 솜버트헤이)는 이번에 루돌프 블룸으로 이름을 바꾸며, 앞으로 모든 경우, 모든 때에 이 성명을 쓸 것을 통보합니다.

루돌프 블룸(옛 성 비라그)에 관한 그 밖의 어떤 물건이 두 번째 서랍 속에 있었는가?
선명하지 못한 은판 사진 한 장, 이것은 루돌프 비라그와 그의 아버지 레오폴드 비라그가 1852년에 헝가리국 세스페르바르시(市)에 살고 있던 그들의 (각자) 사촌이며 오촌에 해당하는 스테판 비라그가 경영하는 사진관에서 촬영한 것. 고대의 하가다 경전 한 권, 안에 네모진 돋보기가 끼여 있는 곳은 페사하(유월제) 제례기도 때의 감사기도 페이지이다. 그림엽서 한 장, 그림은 루돌프 블룸이 경영하는 에니스시 퀸스 호텔. 봉투 위에는 '나의 사랑하는 아들 레오폴드에게'.

이 완전한 다섯 단어를 읽고서 어떠한 단편적인 문구들이 떠올랐는가?
내일은 내가 ……을 받은 지 꼭 일주일이 된다…… 레오폴드여 무익한 일 …… 너의 친애하는 어머니에게로…… 이 이상 견딜 일이 아니다…… 그녀 곁으로…… 나는 이제 안 되겠다…… 아토스를 귀여워해다오, 레오폴드…… 친해하는 아들아…… 언제까지나…… 나의 일을…… '마음…… 신이여 …… 당신의……'

진행성 우울증에 걸린 한 사람의 인간 주체에 대해서 이 각각의 물건들은 블룸의 마음에 어떠한 추억을 떠올렸는가?

나이든 한 홀아비가 헝클어진 머리 위에 잘 때 쓰는 모자를 쓰고, 침상에서 한숨을 쉬는 모습. 병약한 개, 아토스. 발작적 신경통의 진통제로서 차차 양을 늘리면서 복용한 아코닛. 70세 독약 자살자의 죽은 얼굴.

블룸은 왜 후회의 마음을 느꼈는가?

이전에 청춘의 성급함으로 인해 몇 가지 교리나 신자들의 의무를 멸시했으므로.

이를테면?

한 끼 식사에 고기와 우유를 둘 다 올려서는 안 된다는 것. 일주일마다 특별히 정해놓지 않은 추상적인 토론 모임을 열어, 열정적이고 현실적인 장사꾼인, 같은 종교의 동포들과 교제할 것. 남자의 할례. 유대 경전의 초자연적 특성. 신성 사문자(四文字)*150를 입에 담지 말 것. 안식일의 신성.*151

이러한 교리나 신자들의 의무는 현재 그의 눈에는 어떻게 비치는가?

과거에 그의 눈에 비치던 것만큼 합리적이진 않지만, 현재 그의 눈에 비치는 다른 교리나 신자들의 의무만큼 비합리적인 것도 아니다.

그는 루돌프 블룸(고인)에 대해서 어떠한 초기의 추억이 있는가?

루돌프 블룸(고인)이 아들 레오폴드 블룸(당시 6세)에게 말한 더블린, 런던, 피렌체, 밀라노, 빈, 부다페스트, 솜버트헤이 등에 이주했던 경로나 각지에서 체류했던 회상들, 이에 딸려오는 자랑 이야기(그의 할아버지는 헝가리 여왕 겸 오스트리아 여황제 마리아 테레사를 배알한 적이 있다)나 실리적 교훈(페니를 귀여워하면 파운드가 당신을 귀여워한다). 레오폴드 블룸(당시 6세)은 이러한 이야기를 들을 때마다 끊임없이 유럽지도(행정지도)를 펴고 위에서 말한 각 주요 도시에 계열사를 설립하자고 제안했다.

---

*150 야훼를 나타내는 헤브라이어의 네 문자 JHVH.
*151 이상은 유대교의 가르침.

시간은 이야기하는 사람과 듣는 사람으로부터 이 이주에 대한 기억을 똑같이, 그러나 서로 다른 방법으로 지웠는가?

이야기하는 사람은 나이를 먹어가고 마취제를 복용함에 따라, 듣는 사람은 나이를 먹어가고 이상 쾌락행위를 경험함에 따라.

이야기하는 사람은 건망증과 함께 어떠한 특이성을 나타냈는가?

자주 모자를 벗지 않고 식사했다. 자주 접시를 기울여 구스베리 과즙의 디저트를 게걸스럽게 훌쩍훌쩍 마셨다. 자주 봉투 조각이나 가까운 곳에 있는 종잇조각으로 입 언저리를 훔쳤다

어떠한 노쇠현상 두 가지가 특히 자주 나타났는가?

동전을 눈에 들이대고 손가락 끝으로 세는 것, 과식으로 인한 트림.

어떠한 객관적인 일이 이러한 회상에 대하여 부분적으로나마 위안을 주었는가?

양로보험증서, 은행예금통장, 주권소유증서.

이들 증권의 힘으로 그가 빠지는 것을 면하게 된 불행의 수난에서 지탱시켜 줌으로써, 또 모든 정수치(正數値)를 지워 없앰으로써, 불룸을 미소량, 부량(負量), 무리량(無理量), 허량(虛量)까지 환산하라.

점차 노예계급의 최종점까지 하강해 간다. 모조 보석을 파는 거리의 행상, 불량 대부금 징수인, 그리고 빈민세 및 지방세 징수 대리인의 가난한 생활. 1파운드에 대해서 1실링 4펜스라는 가치 없는 반환 자산을 갖는 사기 파산자. 아부 잘하는 식객(食客). 눈이 먼 선원, 뼈만 남은 집행관 앞잡이, 있으나 마나 한 사람, 기식자, 놀이 방해자, 추종자, 버림 받고, 구멍 뚫린 우산을 쓰고, 공원의 벤치에 앉아 사람들의 웃음거리가 되는 괴짜. 킬메이넘 양로원(왕립 자선병원)의 입원 환자, 원래는 신사였지만 통풍 또는 실명 때문에 생활능력을 잃은, 빈곤자를 수용하는 심슨 병원의 입원 환자. 노쇠, 불능, 공민권이 박탈되어 빈민세로 부양되는 죽음에 처한 광란의 빈민.

여기에는 어떠한 굴욕이 수반되는가?

전에는 상냥했던 여성들의 비동정적 무관심, 사내다운 남성들의 멸시. 빵 부스러기 받기, 옛 친구들의 서먹한 가면, 사생아로 태어나 주인도 없이 돌아다니는 들개들의 으르렁거림, 무가치하거나 무가치 이상으로 부패한 야채를 총알로 삼는 악동들의 공격.

이러한 사태를 무엇으로 예방할 수 있는가?

죽음(상태의 변화)으로, 떠남(장소의 변화)으로.

어느 것이 더 바람직한가?

후자. 그것도 가장 마찰이 적은 방법으로.

어떠한 사정을 고려할 때, 떠나는 것이 아주 나쁘다고 볼 수는 없는가?

끝없는 동거생활은 개인적 결함에 대해 서로 배려하는 것을 방해한다. 멋대로 하는 쇼핑 습관이 차차 조장된다. 구속(拘束)의 영구성을 없애기 위해서는 일시적으로 머물러야 한다.

어떠한 사정을 고려할 때 떠나는 것이 합리적인가?

당사자들이 결합해서 낳고 또 불린 것이지만, 그 결과 태어난 자손들이 자라서 성인이 되었을 때, 당사자들이 만일 이별한 상태로 있으면 낳고 늘리기 위한 결합을 재개해야 하지만, 이것은 어리석은 일이며, 재결합으로 결합 때와 마찬가지 사이로 돌아가는 것이 요구되었어도 이것은 불가능한 일이었다.

어떠한 사정을 고려할 때, 떠나는 것이 바람직한가?

일반적인 채색지도 또는 축척과 영선(影線)을 쓴 특수한 육지측량도에 나타난 아일랜드 및 해외의 풍경이 매력적인 여러 지방들.

아일랜드에서는?

모허호(湖)의 절벽, 바람이 불어 닥치는 코네마라의 황야, 옛 도시가 함몰석(陷沒石)으로 변하고 있는 네호(湖), 거인의 둑길, 캠든 요새 및 칼라

일 요새, 티퍼래리의 황금 골짜기, 애런 군도, 미스주(州)에 있는 왕실령(王室領) 목장 지대, 킬데어주의 브리지드 느릅나무, 벨파스트시의 퀸스 아일랜드 조선소, 연어의 여울, 킬라니의 호수.

해외에서는?

실론섬(그곳의 향료원은 런던 동중앙구 민싱길 2번지 풀브룩, 로버트슨 상사 대리점인 더블린시 데임거리 5번지 토머스 커넌에게 홍차를 공급하고 있다), 성도(聖都) 예루살렘(오마르왕의 이슬람 사원과 열망의 목적지 다마스쿠스 문), 지브롤터(마리온 트위디의 둘도 없는 출생지), 파르테논 신전(그리스 신들의 나체 조각들이 많다), 월거리의 금융시장(세계의 금융을 지배하고 있는), 에스파냐 라 리네아의 투우장(카메론 시절의 오하라가 투우를 죽였던), 나이아가라 폭포(이곳을 무사히 지난 사람은 아직 한 명도 없다), 에스키모인들의 땅(비누를 먹는다*152), 금단의 나라 티베트(방문한 자는 한 사람도 살아서 돌아오지 않았다), 나폴리만(구경할 수 있으면 죽어도 좋다), 사해(死海).

무엇에 인도되어, 무슨 신호를 따라?

바다에서는 북쪽에서 밤에 떠오르는 북극성으로. 이것은 큰곰자리의 베타별에서 알파별로 지선을 연장하여 오메가별에서 바깥쪽으로 분할해 가는 지점이나, 알파별, 오메가별을 잇는 선과 큰곰자리의 알파별과 델타별을 맺는 선에 따라 형성되는 직각삼각형의 사변과의 교점(交點)에 위치한다. 육지에서는 남쪽에서 뜨는 달, 그것은 거리를 배회하는 육감적인 여인의 부주의한 치마 뒤쪽에 살짝 벌어진 틈을 통해, 끊임없이 불완전하게 변모하며 드러나는 쌍구체의 달이다. 그리고 낮에는 구름 기둥*153으로.

어떠한 광고가 이 실종자의 행방불명을 알리는가?

사람 찾음. 현상금 5파운드. 에클즈거리 7번지 자택에서 유괴되거나 또는 실종된 40세 전후의 신사, 성은 블룸, 이름은 레오폴드(폴디), 키 5피트 9

---

*152 에스키모인은 추위를 방지하기 위해 지방을 먹는다는 이야기에서.
*153 여호와는 구름 기둥이 되어 이스라엘 백성을 이끌었다. 〈탈출기〉 13 : 21.

인치 반, 비만한 체격, 피부는 올리브색, 사건 발생 후 수염이 길었을 가능성 있음, 실종 당시 검은 양복 착용. 유용한 정보를 제공해 주신 분에게는 상기 금액을 드립니다.

실체 및 비실체로서의 그는 어떠한 보편적 이중 명칭을 갖게 되는가?

누구에게나 통용되고 누구에게도 알려지지 않은 이름. '아무나 씨'나 '아무도 씨'.*154

그는 무슨 증정품을 받는가?

아무나 씨의 친구들*155인 타인들의 경의와 선물. 아무도 씨의 신부*156인 불멸의 님프,*157 미녀.

이 실종자는 어떤 때, 어떤 장소에, 어떤 형태로도 재출현하지 않는가?

그는 스스로를 강요하여 혜성의 궤도 같은 여정의 극한까지 영원히 유랑할 것이다. 항성(恒星)들을, 변광(變光)하는 태양들을, 망원경적 행성*158들을, 천문학적 방랑자들과 미아들을 넘어, 공간의 극한의 경계선으로, 나라에서 나라를 지나, 민족들 사이로, 사건들 한복판으로. 어딘가에서 그는 희미하게 그를 불러들이는 소리를 듣고,*159 태양성의 강요 때문에, 본의 아니게나마 그 소리에 따를 것이다. 거기에서 북쪽왕관자리로부터 모습을 감추어 카시오페이아자리 델타별의 상공에 다시 태어난 모습으로 다시 나타나,*160 무한한 세기에 걸친 편력 끝에 이방(異邦)으로부터 돌아온 복수자로서,*161

---

*154 오디세우스가 키클롭스의 섬에 표류했을 때, 외눈박이 거인이 이름을 묻자 노맨이라고 대답하여 화를 면했다.

*155 '모든 사람의 친구는 그 누구의 친구도 아니다'라는 속담을 빗댄 것.

*156 모든 남성이 동경하는 '영원한 여성'을 빗댄 것.

*157 이 대목의 앞뒤로 〈오디세이아〉를 떠올리게 하는 이야기가 자주 나오므로 오디세우스를 붙잡은 칼립소로 이해할 수 있다.

*158 망원경이 있어야만 볼 수 있는 행성.

*159 칼립소에게서 떠나 페넬로페에게로 돌아가는 오디세우스를 방불케 한다.

*160 스티븐이 말한, 셰익스피어가 탄생했을 때의 혜성 암시.

*161 귀국해서 아내에게 치근거렸던 자들에게 복수한 오디세우스.

부정한 패거리의 응징자로서, 검은 머리의 십자군 기사로서, 눈을 뜨고 자는 사람으로서, 로스차일드나 은의 왕자의 그것을 능가하는 재력을 가지고 (가정) 귀환할 것이다.

그러한 귀환이 불합리한 이유는 무엇인가?
제자리로 돌아올 수 있는 공간이라는 관점에서 보면 시간적인 출발이나 귀환, 제자리로 돌아올 수 없는 시간이라는 관점에서 보면 공간적인 출발이나 귀환이라는 불완전 방정식 때문에.

어떠한 힘이 작용하면, 무력해져서, 바람직하지 못하게 떠나게 되는가?
결단을 둔화시키는 늦은 시간. 시력을 빼앗는 밤의 어둠. 위험이 느껴지는 거리의 불안, 활동을 가로막는 휴식의 필요성. 탐색을 가로막는 점령된 침대의 근접함. 욕망을 가로막고 욕망을 불러일으키는, 냉랭함(리넨)을 덜어 주는 따뜻함(육체)의 예감. 나르시스 조각상, 메아리 없는 소리, 욕망하는 욕망.*162

점령되지 않은 침대에 비해서 점령된 침대에는 어떠한 여러 이점이 있는가?
밤의 고독감의 제거, 비인간적인 따뜻함(온수통)에 비해 인간적 따뜻함(성숙한 여성)의 우월성, 이른 아침의 접촉에 따른 자극, 바지를 정확히 개어 스프링 매트리스(줄무늬)와 담요(비스킷 빛깔의 모눈 무늬) 사이에 길게 놓음으로써 가정에서의 다리미 작업 생략.

블룸은 피로가 쌓인 원인으로, 일어나기 전에 과거에 있었던 어떤 연속적인 일들을 떠올리고 무언중에 열거하였는가?
아침밥 준비(번제*163). 장(腸)의 충만(充滿)과 예정된 배변(지성소*164).

---

*162 바위산에 사는 미녀 에코는 미소년 나르시스를 사랑했으나 아무런 반응을 얻지 못해 그 모습은 흐려지고 소리만이 남았고, 나르시스는 수면에 비치는 자신의 미모에 반하여 수선화가 되었다.

*163 석조 제단에서 동물을 통째로 구워 바친 고대 유대의 제사. 이하 블룸의 요약된 하루는 일련의 유대교 제사를 풍자한 것이다.

*164 대사제는 1년에 한 번 속죄일에 이곳에 들어갔다.

목욕(요한의 세례). 장례식(사무엘의 성례*165). 알렉산더 키즈의 광고(우림과 둠밈*166). 영양분 없는 식사(멜키체덱의 성례*167). 박물관 및 국민 도서관 방문(성소*168). 베드퍼드거리, 머천츠 아치, 웰링턴 부둣가를 따라 고서 탐색(모세5경). 오먼드 호텔에서의 음악(아가서). 버나드 키어넌 술집에서의 사나운 원시인과의 말다툼(전번제*169). 마차 안에서의 한가한 시간, 상가 방문, 고별을 포함한 텅 빈 시간(광야).*170 여성의 노출증으로 야기된 에로티시즘(오난의 성례*171) : 마이너 퓨어포이 부인의 지연된 분만(흔들어 바치는 예물*172). 빈민가인 타이런거리 82번지에 있는 벨라 코헨의 사창가 방문, 이어 비버거리에서의 말싸움과 뜻하지 않은 싸움(아마겟돈*173). 버트교 마부 대기소까지의 왕복 야간 산책(속죄*174).

언제까지나 결말이 나지 않을 것 같은 두려움 때문에 결말을 짓기 위해 일어나려고 했을 때, 블룸은 무의식적으로 어떠한 수수께끼를 스스로에게 냈다고 느꼈는가?

얼룩무늬 테이블의 생명 없는 목재가 낸 소리가 짧고, 날카롭고, 의외로 높으며, 쓸쓸한 이유는 무엇인지.

일어나서 각양각색의 각종 의류를 안고 걸음을 옮겼을 때, 블룸이 의식적

---

*165 '사무엘은 이미 죽어 온 이스라엘이 그의 죽음을 애도하는 가운데 고향 라마에 묻혔다. 한편 사울은 영매와 점쟁이들을 나라에서 몰아내었다.' 〈사무엘 상권〉 28 : 3.

*166 헤브라이어로 '빛과 진실'. 유대교의 대사제가 앞가슴 주머니에 넣어 두는, 빛깔이 서로 다른 돌로, 하느님의 뜻을 보이는 판결 도구.

*167 '살렘 임금 멜키체덱도 떡과 포도주를 가지고 나왔다. 그는 지극히 높으신 하느님의 사제였다.' 〈창세기〉 14 : 18.

*168 계약 궤가 놓여 있는 유대 신전의 안쪽.

*169 holocaust. 동물을 통째로 구워 하느님께 바치는 희생.

*170 미시즈 디그넘을 방문한 시간 포함.

*171 오난은 형수를 아내로 맞았으나 형에게 자손 만들어 주길 거부하고 자독(自瀆)했기 때문에 하느님의 노여움을 받아 살해되었다. 〈창세기〉 38 : 8~9.

*172 제물의 가슴 부위를 흔들어 바치는 것. 〈레위기〉 7 : 30.

*173 또는 하르마게돈. 종말에 선과 악의 세력이 격전할 최후의 전쟁터. 〈요한묵시록〉 16 : 16.

*174 속죄일을 말한다.

으로 감지하긴 하지만, 그러면서도 해결할 수 없었던 자기 과제적인 수수께끼란 무엇이었는가?

매킨토시*175는 누구인가?

인공조명을 끄고 자연적 암흑을 실현한 지금, 블룸이 무언 중에 갑자기 해답을 얻은, 30년 동안 기회가 있을 때마다 생각해 온 답이 뻔한 수수께끼란 무엇이었는가?

촛불이 꺼졌을 때*176 모세는 어디에 있었는가?*177

방금 벗은 남성용 의류 한 벌을 안고 걸어가면서 블룸은 하루 온종일 동안 미완으로 끝난 어떠한 여러 사실을 말없이 차례로 세었는가?

일시적 실패, 즉 광고 갱신 계약을 따내지 못한 것, 토머스 커넌(더블린시 데임거리 5번지, 런던 동중앙구 민싱길 2번지 풀브룩 로버트슨 상사 대리점)에게 약간의 홍차 구입하기 실패, 그리스 세계의 여신상 등 쪽에 항문이 있는지 여부를 확인하는 것 실패, 남부 킹거리 46, 47, 48, 49번지의 게이어티 극장에서 밴드먼 파머 부인이 주연하는 연극 〈레아〉의 입장권(무료 또는 유료) 입수하기 실패.

걸음을 멈추고*178 블룸은 한 고인의 어떠한 모습을 무언 중에 떠올렸는가?

아내의 아버지. 지브롤터 및 돌핀스 반의 르호봇에 거주한, 더블린 근위 보병 연대 소속 고 브라이언 쿠퍼 트위디 소령의 얼굴.

그 같은 얼굴에 대해 어떠한 반복적인 인상이 가정에 의해서 가능했는가?

그레이트 노던 철도의 애미언스거리 종착역에서, 끊임없이 일정한 가속도로, 만약에 연장하면 무한한 저편에서 만나는 평행선을 따라 멀어져가는 얼굴. 무한한 저편에서 재현된 평행선을 따라 끊임없이 일정한 감속도(減速

---

* 175 매킨토시 비옷을 입은 수수께끼의 인물.
* 176 죽었을 때.
* 177 더블린에서 이 수수께끼에 대한 보편적인 대답은 '어둠 속'.
* 178 블룸은 몰리의 얼굴을 들여다보고 있다.

度)로 그레이트 노던 철도의 애미언스거리 종착역으로 되돌아오는 얼굴.

그는 여성 속옷 종류의 어떤 다양한 모양을 인지하였는가?
새로운 무취(無臭)의 실크 섞인 검정 여자 스타킹 한 켤레. 새로운 보랏
빛 가터벨트 한 벌. 여자용 특대 팬티 한 장—천은 인도의 모슬린 면, 재단
은 여유 있게, 향은 오포파낙스와 재스민과 터키담배 뮤라티의 향, 가늘고
길게 번쩍이는 강철제 안전핀 한 개가 꽂힌 채 곡선을 그리며 접혀 있다. 가
장자리를 엷은 레이스로 장식한 얇은 무명의 소매 없는 블라우스 한 벌. 아
코디언 주름을 잡은 푸른색 속치마 한 벌. 이들 의류가 모두 난잡하게 얽혀
있는 긴네모꼴 트렁크는, 사방에 나무를 대어 모서리 보호대를 씌우고, 갖가
지 색의 라벨을 붙이고, 정면에 흰색으로 B.C.T(브라이언 쿠퍼 트위디)라는
머리글자가 쓰여 있었다.

속옷이 아닌 어떠한 물체가 인지되었는가?
실내 변기 하나, 한쪽 다리가 부러지고, 전면이 사과 그림이 있는 네모진
천으로 덮이고, 그 위에 여자용 검은 밀짚모자가 얹혀 있다. 오렌지색 열쇠
무늬가 있는 제품들, 이것은 무어거리 21, 22, 23번지에 있는 바구니, 장신
구, 도자기 그리고 철기류 판매상인 헨리 프라이스 가게에서 구입한 물건들
로, 세면대와 바닥 위에 잡다하게 놓여 있고, 세면기에 있는 것은, 비눗갑,
브러시 꽂이 (두 개가 같이 세면대 위에) 그리고 물주전자와 요강(따로따로
마루 위에)이었다.

블룸의 행동은?
옷 몇 가지를 의자 위에 얹고, 나머지 옷 몇 가지를 벗은 뒤, 침대 머리맡
에 놓인 긴 베개 밑에서 흰 잠옷을 꺼내, 머리와 두 손을 각기 셔츠형 잠옷
의 정해진 위치에 끼우고, 베개 하나를 침대 머리 쪽에서 발쪽으로 옮겨 침
대보를 정돈한 다음 잠자리에 들어갔다.

어떤 식으로?
언제나 (자기 또는 남의) 집으로 들어갈 때처럼 매우 조심스럽게. 침대의

스프링이 낡아서 압력을 가하면 흔들리기 때문에 살며시. 음욕(淫慾)이나 독사가 숨은 집으로 혹은 진지(陣地)로 들어가듯이 신중하게. 될 수 있는 대로 어지르지 않도록 사뿐히. 임신과 출산, 결혼의 완성과 결혼의 파탄, 수면과 죽음의 자리이므로 경건하게.

그가 서서히 사지를 뻗었을 때 무엇에 맞닥뜨렸는가?
새로운 청결한 침대보. 부가된 향기 몇 가지. 여자의 몸이 있는 것, 이것은 그녀의 것이었다. 남자의 몸 형태로 눌려 있는 자국, 이것은 그의 것이 아니었다. 빵 부스러기, 다시 데운 병조림에서 나온 엷은 고기 조각, 이것들을 그는 손으로 치웠다.

만일 그가 미소 지었다면 그것은 어떠한 이유에서였을까?
생각해 보면, 모두가 자신이 침대에 들어온 첫 번째 남자라고 여기지만, 비록 그가 후행하는 연속항에서는 첫 항일지라도 선행하는 연속항에서는 언제나 마지막 항에 지나지 않고, 각자가 자기 자신을 처음이자 마지막인 단독항이라고 생각하지만 무한에서 생겨 무한이 되풀이되는 연속항 속에서는 최초도 최후도, 유일도 단독항도 없으므로.

선행하는 연속항이란 무엇인가?
멀비를 이 연속항의 첫 항이라고 가정하면, 펜로즈, 바텔 다시, 굿윈 교수, 줄리어스 매스챤스키, 존 헨리 멘튼, 버나드 코리건 신부, 왕립 더블린 협회 마사대회의 한 농부, 매것 오레일리, 매슈 딜런, 밸런타인 블레이크 딜런(더블린 시장), 크리스토퍼 컬리넌, 레너헌, 이탈리아인 풍금 연주가, 게이어티 극장의 낯선 신사, 벤자민 돌라드, 사이먼 디댈러스, 앤드루(피서) 버크, 조지프 커프, 위즈덤 헬리, 시 참사회원 존 후퍼, 프랜시스 브레이디 박사, 마운트 아거스의 세바스찬 신부, 중앙우체국 앞의 구두닦이, 휴 E. (블레이지스) 보일런 등등 이하 무한에 이른다.

이 연속의 최종항이자 최근의 침대 점유자인 인물을 그는 어떻게 보았는가?

왕성한 정력(천박한 놈), 육체적 균형(벽보부착자), 상업적 수완(사기꾼), 예민한 감수성(허풍쟁이) 등의 견해.

왕성한 정력, 육체적 균형, 상업적 수완 외에 왜 특히 예민한 감수성이 고찰되었는가?

그가 점점 더 자주 관찰한 바에 따르면, 앞서 말한 연속항의 선행자들은 모두 같은 색욕의 불길을 점차 왕성하게 전달하여, 처음에는 불안, 그 다음엔 이해, 이윽고 욕망, 마지막에 피로라는 반응을 보이지만, 그 과정에서 교대로 나타나는 징후는 남녀 모두 이해와 불안이기 때문에.

이어 그의 고찰은 어떠한 감정이 서로 갈등함에 따라 그 영향을 받았는가?

부러움, 질투, 체념, 태연함.

부러움이란?

인간의 정력적 결합에서 정력적 피스톤 및 실린더 운동을 위한 상위 자세에 특히 적합한 육체적, 정신적인 남성 조직체. 그것 없이는 수동적이지만 둔하지 않은 육체적, 정신적인 여성 조직체에 깃든 영속적이지만 예민하지 않은 색욕의 완전한 만족은 불가능하므로.

질투란?

자유로운 상태에서 정기(精氣)가 넘치는 자연 본능이, 흡인력의 작용과 반작용을 교대로 실현했으므로. 작용자(들)와 반작용자(들) 사이의 흡인력이 끊임없이 변화하고 증감하면서 반비례의 관계를 유지하여, 끊임없는 환상(環狀) 확장과 역방사적(放射的) 돌입(突入)을 되풀이했으므로. 흡인력의 강도가 여러 가지로 변화하는 상태를 살피면서 증감의 자제심만 잃지 않으면 여러 가지 강도(强度)의 쾌감을 맛보는 것도 가능했으므로.

체념이란?

정상을 참작하면, (a)1903년 9월에 이든 부두 5번지의 재봉 및 수리업 상인이었던 조지 메시어스의 가게에서 처음 만난 이래 아는 사이이고, (b)당사자끼리 직접 초청하기도 하고 초청을 받기도 하여 같은 호의를 서로 보여 주고 있고, (c)나이가 비교적 어리기 때문에 야심과 아량, 이타주의와 색정적 이기주의의 상호 충돌을 일으키는 것도 무리는 아니고, (d)이종족적(異種族的) 흡인, 동종족적 반발, 초종족적 특권 따위의 작용도 있을 것이고, (e)곧 다가올 악단의 지방 순회에서 경비를 공동 출자, 순익은 반반씩 나눌 예정이므로.

태연함이란?

유사성에 기초한 비유사성의 관계라 할 수 있는 남성과 여성, 이들 각각의 타고난 본성에 따라 수행된, 그들의 타고난 본성을 표현한 것으로 혹은 그들의 타고난 본성이 나타난 결과인 것으로 이해될 수 있는, 모든 자연스러운 행위와 마찬가지로 자연스러운 것이므로. 검은 태양과의 충돌로 행성이 일거에 소멸하는 것과 같은 대재앙은 아니므로. 절도, 노상 강도, 아동 및 동물 학대, 금전 사기, 위조, 착복, 공금횡령, 배임, 꾀병, 상해, 미성년자 유괴, 명예훼손, 금전 갈취, 법정 모독, 방화, 대역(大逆) 행위, 중대 범죄, 공해(公海)상의 모반(謀反), 무단 침입, 빈집털이, 탈옥, 변태적 나쁜 버릇, 전선 이탈, 위증, 밀렵, 터무니없이 높은 이자, 매국, 위장, 협박, 살인, 고의적 계획적 살해와 같은 무거운 죄가 아니므로. 신체 조직과 음식, 음료, 후천적 습관, 관습적 쾌락, 큰 질병 등 신체 조직에 관련된 제반 환경 사이에 상호 균형을 가져오는, 변화된 생존조건에 적응하기 위해 이루어지는 그 온갖 변형 과정들보다는 이상한 일이 아니므로. 불가피하거나 이미 환원 불가능한 사태이므로.

왜 체념이 질투보다 강하고, 부러움이 태연함보다 약했는가?

하나의 유린(결혼)에서 다른 유린(간통)에 이르기까지 요컨대 오로지 유린(교접)의 되풀이일 뿐이지만, 혼인상 피능욕자의 능욕자가 간통상 피능욕자의 능욕자에게 유린당하진 않았으므로.

한다면 어떠한 복수가 가능한가?

암살은 절대 불가, 악에 악을 더한들 선은 생기지 않으므로, 결투 불가. 이혼, 지금은 불가. 기계 장치(자동 침대)나 개인적 증언(숨은 목격자) 따위를 통한 폭로도 시기상조. 법의 힘에 의지 또는 습격에 따른 상해의 증거(스스로 상처 내어)를 제출하여 손해 배상 소송이라면 불가능하지는 않음. 도의상 압력을 걸어서 입막음에 대한 보수를 우려낸다면 가능할 것. 이왕 할 바에는 적극적으로, 공모자(물질적으로는 유력한 경쟁 광고업자, 정신적으로는 유능한 연애 라이벌)와 겨루게 해서, 모욕, 소외, 굴욕, 이윽고는 이별, 그 경우에는 이별자 중 한쪽을 다른 쪽으로부터 그리고 이별의 추진자를 양자로부터 보호할 조치가 필요.

의혹의 공허(空虛)에 의식적으로 맞선 그는 어떠한 반성으로 자기 감정을 스스로 정당화했는가?

처녀막이 선천적으로 약하다는 것, 물건 자체는 지금까지 경험으로 보아 가식이 없다는 것, 행위로 옮기기 전 저절로 늘어나는 긴장과 행위 이후에 저절로 줄어드는 이완의 부조화 및 불균형. 잘못 추측하고 있는 여성의 연약함. 남성의 사내다움. 도덕률의 가변성. 단순과거의 명제(구문은, 남성 주격, 단음절 의성어 타동사, 여성 직접목적어)의 뜻을 바꾸지 않고 이것을 능동태로부터 상관하는 수동태 단순과거의 명제로 (구문은, 여성 주격, 조동사, 준(準)단음절 성어 과거분사, 보조적 남성동작 주체) 변위(變位)시키는 본디 문법의 도치 전환. 생식에 따라 끊임없이 생산하는 파종자(播種者)들. 정액을 양식하여 연속적으로 생산. 승리나 항의나 복수와 같은 것의 덧없음. 찬양되는 정조의 허망함, 불가지론적 문제에 대한 무력함. 별들의 무관심.

이들 반발적 감정 및 사고(思考)는 가장 단순한 형식으로 환원되어 어떠한 최종적 만족에 이르렀는가?

지구의 동서 양반구에서 이미 답사했거나 아직 답사하지 않은 거주 가능한 모든 대륙이나 도서(한밤중의 태양의 나라, 행복의 섬, 그리스의 섬들, 약속의 땅)의 곳곳에는 젖과 꿀과 분비물 많은 기관과 따뜻한 정액이 향기를 뿜고, 넓은 그래프를 그리는 불사의 혈통을 상기시키며 변덕이나 부루퉁한 얼굴은 보이지 않고, 말없이 불변의 동물성을 나타내는 지방질의 여자 엉덩이 뒷모습이나 가슴의 앞모습이 널리고 널렸다는 만족감.

만족 이전의 눈에 띄는 징후는?
직전발기. 세심한 주목, 점차적인 기립, 시험적 노출. 무언의 응시.

다음에는?
그는 그녀 엉덩이의 통통하고 말랑하고 노랗고 향기로운 멜론 두 개에, 그 포동포동한 멜론 같은 반구(半球) 하나하나에, 그 말랑한 노란 이랑 사이에, 몽롱하게 오래 끌며 자극적인 멜론 향기 나는 접촉으로 키스했다.

만족 이후의 눈에 띄는 징후는?
무언의 응시. 자신 없는 은폐. 점차적으로 누그러듦, 절실한 혐오, 직후발기.

이 침묵의 동작은 어떠한 반응을 불러일으켰는가?
몽롱한 중얼거림, 살짝 깨어난 인지, 격앙의 징후, 교리문답식 질문.

이야기하는 사람은 어떠한 조절을 하며 질문에 대답했는가?
소극적 조절, 즉 마사 클리퍼드와 헨리 플라워 두 사람 사이의 비밀 서신 교환, 리틀 브리튼거리 8, 9, 10번지의 버나드 키어넌 특허 술집 안팎에서의 공공연한 말다툼, 거트루드(거티, 성 미상)라는 여성의 노출증에 따른 색정 도발과 그에 대한 반응에 대해서는 언급을 회피함. 적극적 조절, 즉 남부 킹 거리 46, 47, 48 및 49번지 게이어티 극장에서 공연된 밴드먼 파머 부인이 주연한 연극 〈레아〉의 공연, 하부 애비거리 35, 36, 37번지 빈(머피)의 호텔 만찬회에 초대 받은 것, 익명의 사교계의 한 신사의 저서인 《죄의 감미로움》이라는 표제의 배덕적(背德的) 외설서(猥褻書), 연회 뒤 권투 시연 중에 오해의 주먹질 한 번으로 일어난 일시적인 아수라장, 그 희생자가(그 뒤 완전히 회복) 일정한 직업이 없는, 사이먼 디댈러스의 현존하는 맏아들로, 교사 겸 저술가인 스티븐 디댈러스라는 것, 교사 겸 저술가라고 설명한 이 목격자의 면전에서 그(이야기하는 사람)가 기민한 결단과 체조선수 같은 유연성을 보이며 곡예에 가깝게 몸을 날린 것 등에 대해서는 보충설명을 함.

그 이외에 조절 사항은 없었는가?
전혀.

어떤 사건 또는 어떤 인물이 그의 이야기의 중심이었던가?
교사 겸 저술가인 스티븐 디댈러스.

이 끊어졌다 이어졌다 차차 간결해지는 이야기 진행 중에 듣는 사람과 이야기하는 사람은 그들 자신들이 가진 부부로서의 권리를 행사하거나 방해받는 것에 어떠한 제약이 있다고 의식했는가?
듣는 사람 쪽에서는 다산(多産)의 제한. 왜냐하면 그녀는 생일(1870년 9월 8일) 이후 만 18년 1개월이 된 날, 즉 10월 8일에 결혼식을 올리고, 같은 날짜에 신방을 차린 결과, 1889년 6월 15일에 여아를 출산했는데, 이것은 결혼 전인 같은 해 9월 10일에 이미 동침이 이루어졌기 때문이며, 여성이 갖춘 기관 안에 사정된 완전한 육체 교섭이 마지막으로 이루어진 것은, 1894년 1월 9일 생후 11일 만에 죽은 둘째아이인 아들(유일한 남아)이 태어난 1893년 12월 29일로부터 5주일 전, 즉 1893년 11월 27일이며, 그 뒤 10년 5개월 18일 사이에 육체적 교섭은 불완전해서 여성의 기관 안으로 사정이 이루어지지 않았다. 이야기하는 사람 쪽에서는, 정신적 육체적 활동의 제약. 왜냐하면 이야기하는 사람과 듣는 사람 사이에 태어난 여아의 사춘기가 1903년 9월 15일 달거리 출혈로 확실해진 이래 그 자신과 이야기를 듣는 사람 사이에 완전한 정신적 교섭이 이루어지지 않았고, 그 뒤에는 성숙한 두 여성(어머니와 딸) 사이에 이해가 없는 선천적, 자연적 이해가 성립된 결과, 9개월 1일 동안 완전한 육체적 행동의 자유는 제한되어 있었으니까.

어떻게?
남자가 일시적으로 외출을 계획하거나 실행했을 때, 여자가 그 목적지나 장소, 시각, 소요 시간, 목적에 대해 여러 가지의 다양한 질문을 되풀이함으로써.

듣는 사람과 이야기하는 사람의 눈으로 볼 수 없는 생각에 무엇이 볼 수 있는 것으로 작용하였는가?

갓을 씌운 램프가 천장으로 던진 그림자, 여러 겹으로 겹치는 빛과 그림자의 밝고 어두운 단계가 저마다 다른 동심원.

듣는 사람과 이야기하는 사람은 어떠한 방향으로 누웠는가?

듣는 사람은 동남동. 이야기하는 사람은 서북서, 북위 53도, 서경 6도의 지점에, 적도와 45도 각도로.

어떠한 정지 또는 운동 상태에 있었는가?

그들 자신 또는 그들 상호 관계에서는 멈춘 상태. 단 영구불변의 공간에서 끊임없이 변화하는 궤도상에서의 지구 고유의 부단한 운동에 따라 한 사람은 앞으로 향하고, 다른 한 사람은 뒤를 향하여, 두 사람 모두 서쪽으로 이동해가는 운동 상태.

어떤 자세로?

듣는 사람은 반쯤 옆으로 누워서, 왼손은 머리 밑을 받치고, 오른쪽다리를 똑바로 뻗어서 구부린 왼쪽다리 위에 놓고, 마치 씨가 뿌려져 기분좋게 배가 불러 모로 기대고 있는 대지의 여신 같은 자세로. 이야기하는 사람은 왼쪽으로 옆으로 누워, 좌우 양다리를 굽히고 오른손 집게손가락과 엄지손가락으로 콧등을 잡고, 마치 퍼시 앱존*179이 찍은 스냅 사진처럼 피곤한 아기어른, 자궁 안에 있는 어른아기의 자세로.

자궁이란? 피곤함이란?

그는 쉬고 있다. 그는 여행에서 돌아왔다.

누구와?

뱃사람 신바드 그리고 재단사 재바드 그리고 교도관 교바드 그리고 고래잡이 고바드 그리고 못 박는 사람 못바드 그리고 실패자 실바드 그리고 물

---

*179 블룸의 소년시절의 친구.

푸는 사람 물바드 그리고 통 만드는 사람 통바드 그리고 우편배달부 우바드
그리고 환호하는 사람 환바드 그리고 불평하는 사람 불바드 그리고 채식주
의자 채바드 그리고 겁쟁이 겁바드 그리고 혼혈아 혼바드 그리고 폐병 환자
폐바드.[180]

언제?
  어두운 침대로 갈 때, 뱃사람 신바드 이야기에 나오는 로크섬의 네모지고
둥근 바다쇠오리 알 하나가, 햇빛같이 눈부신 자 다킨바드의 새 로크[181]를
닮은 모든 바다쇠오리의 밤의 침대에 놓여 있었다.

어디에?

＊180 이상은 모두 언어유희이므로 별다른 뜻은 없다.
＊181 아라비아의 전설에 나오는 거대한 괴조(怪鳥).

에피소드 18
PENELOPE
페넬로페*1

---
*1 정절을 지킨 오디세우스의 아내.

줄거리

《오디세이아》에서 남편 오디세우스가 거지 차림으로 집에 돌아와 수십 명의 구혼자들을 처단할 때, 페넬로페는 침실에서 자는 중이라 아무래도 눈을 뜰 수가 없다. 또 오디세우스와 마주해도 그가 남편이라는 것을 좀처럼 이해하려 들지 않는다. 그를 진짜 남편으로 받아들이게 해 준 것은 오디세우스의 침대에 대한 지식이었다.

이 작품의 마지막 에피소드를 장식하는 것은 마리온의 비몽사몽간의 긴 몽상이다. 마리온은 자면서도 남편이며 하녀며 보일런이며 지브롤터에서의 생활이며 소녀 때 사건이며 첫사랑에 대한 일이며 따위를 뒤죽박죽 몽상한다. 또 남편의 이야기를 들은 뒤로 이미 그녀의 머릿속에서 '교수이자 시인'이 된 스티븐과 연애하는 것도 공상한다.

그녀의 생각 속에서, 남성을 가리키는 '그'란 도대체 누구인지 알 수 없게 뒤섞여 있다. 본디 정숙한 부인의 표본인 페넬로페와는 달리, 마리온은 자기에게 접근하는 모든 남성에게 개방적인, 지나치게 자유분방한 여성이다. 따라서 남편을 소중하게 여기지는 않지만, 그녀는 블룸 안에 자신이 알 수 없는 무언가가 있다고 생각해서 내심 그를 존경한다. 마리온은 학식도 윤리관도 모자라나 대지 그 자체처럼 침대에 누워 있다. 마치 만물의 생명의 근원인 듯 선택할 여지없는 오염 속에서 불멸의 생명을 간직한 것으로 묘사된다.

이 에피소드는 구두점이 없는 것으로 유명하지만, 오히려 이 자체가 하나의 큰 마침표이다. 비로소 전체를 볼 수 있게 해 주는 마지막 퍼즐 조각처럼, 이제껏 스티븐과 블룸을 통해 그려졌던 모든 것이 이 마리온의 심리를 통해 종합, 대치되기 때문이다. 지난 에피소드들을 꿰어 주는 이 끈이 흥미롭다.

그래 침대에서 계란 두 개를 곁들인 아침밥을 먹고 싶다고 말한 것은 시티 암스 호텔[2] 이래 없었던 일이니까 그 무렵의 그는 꾀병을 부려 누워 있으면서 아픈 것 같은 소리를 내기도 하고 우아한 척해서 저 밉상 아줌마 리오던 부인[3]의 환심을 샀다고 믿었는데 그 여자는 자기의 명복을 빌어 주는 미사를 위해 몽땅 기부해 버리고 우리에게는 땡전 한 푼 남겨주지 않다니 그런 노랑이가 또 있을까 메틸 섞은 값싼 알코올[4]에 4펜스 쓰는 것도 망설이고 나에게 노상 자기 병에 대해 불평을 늘어놓았어 타고난 수다쟁이로 정치네 지진이네 세상의 종말이네 입을 나불대는데 좀 더 즐겁게 지내면 얼마나 좋을까 세상 여자가 모두 저런 식이라면 정말 어찌할 수 없는 노릇일 거야 수영복이나 야회복에 마구 욕을 해대다니 물론 누구도 그 여자가 그런 걸 입길 바라지는 않지 그녀가 그토록 믿음이 깊었던 것도 어떤 남자든 그녀를 두 번 다시 되돌아보려 하지 않았기 때문이야 죽었다 깨어나도 저런 식으로는 되고 싶지 않아 우리에게 베일을 쓰라고 하지 않은 것이 이상할 지경이라니까 분명히 교육을 받은 여자이기는 하지만 무슨 말이 나올 때마다 리오던 씨 이름을 입에 올리니 남편도 그런 아줌마한테서 달아날 수 있어서 시원했을걸 그런데 그녀의 개가 내 음모 냄새를 맡고 노상 내 속치마 밑으로 들어가려고 했었지 달거리가 있을 때에는 특히 그랬어 하지만 저런 할망구나 심부름꾼이나 거지에게까지도 친절하게 대하는 게 그이[5]의 좋은 점이야 그이는 무턱대고 뽐내지는 않지만 언제나 그렇다고는 말할 수 없어 정말이지 몸 상태가 나빠지면 다루기가 힘들어 만약에 정말로 일이 귀찮게 되면 누구든 입원하는 편이 훨씬 좋아 하지만 그것을 이해하도록 하려면 한 달은 입이 닳도록

*2 블룸 내외는 1893～94까지 또는 1894～95까지 이 호텔에 머물렀다.
*3 한때 디댈러스 집에서 살다가 시티 암스 호텔에 머물렀던 과부. 열렬한 가톨릭 신자.
*4 변성 알코올. 램프나 히터에 쓴다.
*5 블룸.

설득해야 할 판이니 그래 그렇게 되면 이번에는 또 간호사와 무슨 문제를 일으켜 쫓겨날 때까지 그곳에 들러붙어 있을 거야 아니면 그이*6가 가지고 다니는 그 음탕한 사진처럼 수녀일지도 몰라 그 여자도 사실은 나와 마찬가지로 수녀는 아닐 거야 남자란 병에 걸리면 약해 빠져서 우는소리만 하고 여자가 없으면 나아질 수가 없어 혹시 코피라도 흘리면 그야말로 큰 난리가 나지 슈갈로프 산*7으로 합창단이 소풍 간 날 발을 삐었을 때 남부순환도로*8 언저리에서 그이*9는 죽어가는 얼굴을 하고 있었어 그건 내가 그 정장 드레스를 입었던 날이었지 미스 스택이 팔다 남은 시들어 가는 꽃을 들고 문병을 왔었어 어떡해서든 남자의 침실에 들어와 보고 싶었던 거야 노처녀 특유의 목소리 하며 이제 그대의 얼굴을 보는 것도 마지막이라는 듯이 자기를 사모하여 남자가 죽어 가고 있다고 상상하고 싶어하는 것도 무리는 아니지 그이는 침대에 누워 있는 동안 턱수염이 조금 자라서 한층 남자다웠지 아버지도 그러셨어 게다가 나는 붕대를 감아 준다거나 약을 먹인다는 것은 정말 질색이야 그이가 티눈을 자르다가 면도날로 자기 발가락을 베었을 땐 패혈증에라도 걸리지나 않을까 어찌나 겁이 났던지 그런데 내가 병이 난다면 과연 어떻게 시중 들어줄까 물론 여자는 남자들처럼 거창하게 떠들어 대지 않으려고 병을 감추지 그래 그이의 식욕으로 미루어 보면 꼭 무슨 까닭이 있어 어쨌든 그건 진짜 연애라고 할 정도의 사건은 아냐 만약에 진짜 그렇다면 그 여자 생각 때문에 식욕이 떨어질 테니까 말이야 아마도 그날 밤에 있던 여자들 가운데 한 사람인 게 틀림없어 만약에 정말로 그가 거기에 갔다면 호텔*10에 대한 이야기는 그런 짓을 감추려고 처음부터 끝까지 거짓말을 꾸며 댄 거야 하인스가 나를 붙들어 누구를 만났던가 아 그래 당신 멘튼 기억하지 그 멘튼을 만난 거야 그리고 또 누구를 만났더라 하고 둘러대며 나를 속였어 어린애 같은 큼직한 그의 얼굴을 난 기억해 결혼한 지 얼마 안 되었을 무렵 그 멘튼이 풀스 미리오라마의 젊은 아가씨를 희롱하는 것을 보고 내가

---

*6 블룸.
*7 더블린에서 남남동 22km 지점에 있다. 표고 655m. 피크닉에 간 것은 1893년의 일.
*8 더블린시 남쪽을 통과하는 순환도로.
*9 블룸.
*10 오먼드 호텔의 술집.

등을 돌리자 그는 겸연쩍은 듯이 살짝 피해 달아나고 말았어 대단한 일도 아닌데 어느 땐가 뻔뻔스럽게 내게 달라붙었던 것을 보면 주둥이가 만능인 사나이야 눈이 삶아 놓은 것 같이 퉁퉁 부은 다시없는 멍청이 그러고도 변호사라니 잠자리에서 너절한 잔소리를 늘어놓는 건 정말 참을 수가 없어 아니면 혹시 어디서 우연히 만났거나 아니면 남몰래 길에서 만나는 엉덩이에 바람난 어떤 계집애 아닐까 여자들이 나만큼이라도 그이를 알아야 하는데 맞아 엊그제 신문에 난 디그넘의 사망 광고를 그이에게 보이기 위해 무심코 성냥을 찾으러 응접실에 들어갔을 때 그이는 편지 같은 걸 쓰고 있었는데 압지(押紙)로 가리고 마치 사업에 관한 일이라도 생각하는 척하고 있었지만 그건 틀림없이 그 여자에게 보내는 편지였을 거야 그 나이가 되면 특히 마흔 살쯤 되면 모두 저렇게 되니 그 여자는 잘 꼬였다고 생각하고 그이로부터 될 수 있는 대로 많은 돈을 우려 낼 속셈이겠지 나잇살 먹고서도 아직 철 들지 못한 것보다 더한 바보가 있을까 여느 때와 같이 내 거기에 입을 맞춘 건 그 짓을 감추기 위해서지 나는 그이가 누구하고 무슨 짓을 하든 또 나 이전에 누구와 관계를 맺든 상관없지만 저 개망나니 하녀 메리*[11]와 한 것처럼 노상 둘이서 코끝으로 농탕치는 일은 용납 못해 그 계집애는 우리가 온타리오 테라스에 살 때 그이를 유혹하려고 엉덩이에다 물건을 넣어 부풀리고 다녔지 분 냄새가 풍기는 그런 계집애의 냄새를 맡는 건 정말 질색이야 한두 번 내가 그이를 끌어당겨서 살펴보았더니 외투에 긴 머리카락이 붙어 있어서 어쩐지 수상한 점이 있구나 하고 알아차렸지 또 내가 부엌에 들어가면 그이는 물을 마시러 온 척한 적도 있었다니까 남자는 한 여자로 만족하지 않는다지만 그것은 물론 그이의 죄지 식모들을 응석 부리게 해 놓고 크리스마스 때 사정이 허락한다면 같은 식탁에서 식사하게 하자는 등 아 싫어 우리 집에선 그런 짓은 절대로 용납 못해 우리 집에서 감자와 한 다스에 2실링 6펜스 하는 굴까지 가지고 자기 큰어머닐 만나러 가다니 도둑년이나 다름없잖아 그이한테 그 일과 관련해서 뭔가 있다는 것은 뻔한 일이지 꼬리를 잡는 것은 힘들지 않아 증거가 없잖아 하고 말하겠지만 그것이 그 증거지 뭐야 아 그래 그 여자의 큰어머니는 굴을 참 좋아했었어 하지만 나는 그 계집애에게 실컷

---

*11 블룸의 재판장에 나온 메리 드리스콜.

퍼부어댔지 둘이서 다정하게 있으려고 나를 외출시키려 했다니까 나야 그 두 사람 사이를 염탐하기 위해 탐정 같은 어리석은 짓은 하고 싶지 않아 그 계집애가 외출한 금요일에 그 애 방에서 가터벨트를 찾아냈는데 그것 말고 무슨 증거물이 더 필요하단 말이야 일주일의 여유를 줄 테니 그만두고 나가라고 하자 분이 나서 붉으락푸르락 하던 그 계집애의 얼굴이란 하녀 없이 지내는 편이 훨씬 좋아 부엌과 쓰레기 처리는 질색이지만 방 같은 건 내가 치우는 게 더 빨라 어쨌든 저 계집애와 나 둘 가운데 어느 한쪽이 집을 나가야겠다고 그이에게 말했지 그 애처럼 더럽고 뻔뻔한 거짓말쟁이와 함께 있어야 한다고 생각하면 나는 그이에게 손을 대는 것조차도 할 수 없잖아 그 계집애로 말할 것 같으면 내 면전에서 말대꾸를 하지 않나 집 안 어디에서나 심지어 화장실에 들어가서까지 노래를 부르지 않나 그것도 너무 편하게 지낸 탓이지 그래 그이는 오랫동안 그것을 하지 않으면 참을 수 없어 어딘가에서 그것을 해치워야만 하지 그이가 뒤에서 그 짓을 한 게 언제였더라 보일런이 톨카강을 따라 걸으면서 나의 손을 꼭 잡았던 날 밤이었어 내 손을 살며시 잡아주어서 나도 다시 쥐여 주려고 엄지손가락으로 그이 손등을 잠깐 눌러 주었지 '5월 초승달은 사랑으로 빛나네'라고 노래 부르면서도 그이는 나와 그의 사이를 의심하고 있어 그이*¹²도 그렇게 바보는 아니야 그이는 밖에서 식사하고 게이어티 극장에 간다고 했지만 나는 어떠한 일이 있어도 그이에게 그런 만족을 맛보게 하지 않겠어 하지만 언제나 같은 낡은 모자를 쓰고 있는 것 같다고 생각하는 것보다는 그*¹³를 상대하는 편이 취향이 달라서 좋아 어떤 귀여운 소년에게 돈이라도 주어서 그 짓을 시킨다면 몰라도 혼자서는 할 수 없는 일이거든 젊은이들은 나를 무척 좋아해 만약에 젊은 남자와 둘이서 마주하게 된다면 그의 가슴을 두근거리게 해 주겠어 가터벨트가 있는 곳까지 보여 주고 그 소년의 얼굴을 새빨갛게 붉히게 해 주어야지 물끄러미 쳐다보면서 유혹하는 거야 뺨에는 솜털이 보송보송하고 몇 시간이고 손장난만 할 그런 소년들이 어떻게 느끼는지 나는 알아 질문과 대답 당신은 이것을 저것을 그리고 다른 일을 석탄 나르는 인부하고도 하고 싶습니까 사제하고는 그래요 네 하고 싶어요 언젠가 내가 유대 회당 마당에서 뜨개질을 할

*12 블룸.
*13 보일런.

때 내 옆에 앉아 있던 어딘가의 주임사제인지 주교인지에 대해서는 이미 그이에게도 제대로 이야기를 해 두었으니까 그는 더블린은 처음인 것 같았어 그것은 어디죠 하고 물으며 여러 가지 기념비에 대해서만 이야기하고 갖가지 조각 이야기로 나를 싫증나게 했지 그를 부추겨서 하고 싶은 말을 하도록 했더니 당신의 마음속에 있는 것은 누군지 말해 봐요 누구의 일을 생각하고 있지 그 사람 이름은 뭐지요 독일의 황제인가 그렇다면 나를 황제라고 상상하면서 황제의 일을 생각해 봐요 라고 말했지 하지만 그가 나를 창녀 취급한다는 것을 알았어 누가 창녀 노릇을 한대 저런 나이가 되면 그이*14도 그것은 그만두는 게 좋아 여자를 파멸시킬 뿐 만족 따위 없으니까 그 사람이 끝날 때까지 마음에 드는 척하고 그리고 나서 어쨌든 나도 끝내는 거야 그러면 입술까지 새파래지지 어쨌든 그것은 모두 끝난 셈이야*15 세상에서 뭐라 하든 중요한 것은 처음뿐이고 지나고 나면 아무것도 아니어서 그런 일은 생각지도 않아 결혼하고서가 아니면 왜 남자에게 키스할 수 없을까 가끔 온몸으로 아주 좋은 기분을 느낄 때에는 마음이 미칠 것 같아 사랑하고 싶어지는 거야 도저히 참을 수가 없어 나는 가끔 누구라도 좋으니 곁에 있는 남자가 나를 붙잡아 팔에 껴안고 키스해 주면 좋겠다고 생각해 길고 열렬한 키스만큼 황홀한 게 또 있을까 그것은 영혼의 바닥까지 마비시킬 정도지 나는 참회 같은 건 정말 싫어 내가 코리건 신부에게 가 있었던 무렵 나는 말했지 그 사람이 내 몸에 손을 댔어요 신부님 그러자 그는 어떤 잘못된 짓을 했나요 어디죠 나도 참 바보지 운하 둑에서라고 대답했지 뭐야 그러자 그게 아니고 당신의 몸 어디냐는 거야 자매님 당신 다리 뒤 위쪽이었습니까 네 꽤 높은 곳이었어요 당신이 앉은 언저리쯤이었습니까 네 신부님은 솔직하게 엉덩이란 말을 할 수가 없었던 거야 그리고 그런 일이 그것과 무슨 관계 있다고 그러시는 건지 자매님은 했느냐는 둥 무슨 말씀을 하셨지만 잊어버렸어 아뇨 하지 않았어요 신부님 신부님(father) 하면 언제나 진짜 아버지 생각이 나 나는 이미 하느님께 그것을 모두 고백해 버렸는데 신부님이 무엇을 아실 필요가 있을까 그 신부님의 통통한 고운 손은 바닥이 언제나 축축하게 젖어 있었어 그것을 만지는 게 나도 싫지 않았고 그분도 싫지는 않은 눈치였어 꼿꼿하

---

*14 블룸.

*15 보일런과의 정사(情事).

게 깃을 세운 수소 같은 목을 보면 알아 그분이 참회실에 있는 사람이 나 인 줄 알았는지 알고 싶어 나는 그분의 얼굴을 볼 수 있었지만 그분은 물론 내 얼굴을 볼 수 없었을 거야 그분은 돌아보지도 않았고 그런 티도 내지 않았지 만 그분의 아버지가 돌아가셨을 때에는 눈이 새빨갰어 신부님들은 여자들에 대해선 체념하고 계시지 물론 남자가 울 때에는 무서울 거야 신부님들을 상 관하지 말고 홀로 내버려 둡시다 사제복을 입은 사람들이 나를 안아 주었으 면 교황처럼 향냄새가 나지 그리고 결혼한다고 해도 사제하고라면 위험한 일이 없어 저쪽에서도 스스로 조심할 테고 게다가 교황 폐하께 무언가를 바 치면 그것으로 죄는 없어질 테고 그*16는 오늘 나에게 만족했는지 몰라 한 가지 싫은 일이 있었어 그가 밖으로 나가며 현관에서 내 엉덩이를 치근하게 두들긴 것 말야 그것이 싫었어 웃고는 있었지만 난 말도 아니도 당나귀도 아 니야 아마 자기 아버지를 생각하고 있었을 거야 그는 지금쯤 잠에서 깨어나 나를 생각하고 있을까 아니면 꿈꾸고 있을까 그는 자기가 샀다지만 그 꽃은 어떤 여자가 준 것 같아 마음에 걸려 어쩐지 술 냄새가 났고 위스키도 스타 우트도 아닌 것이 틀림없이 광고 붙일 때 쓰는 풀의 달콤한 냄새겠지 저 오 페라 모자를 쓴 분장실의 건달들이 마시는 독할 것 같은 푸른색이나 노랑색 의 사치스런 술을 마시고 싶어 아버지와 우표 이야기를 나누던 그 다람쥐 키 우는 미국인의 컵에 있는 것을 손가락으로 찍어서 맛본 적이 있어 마지막으 로 우리가 포트와인을 마시고 통조림 고기를 먹은 뒤 그는 졸린 것을 억지로 참으려고 몹시 애를 썼지 그 고기는 간이 잘 되어서 맛이 좋았어 나는 기분 이 좋고 피곤했기 때문에 잠자리에 들어가선 이내 푹 잠들고 말았지 그 천둥 이 마치 이 세상의 종말이 온 것처럼 울려 퍼져서 나의 잠을 깨울 때까지 하 느님 우리를 용서해 주세요 우리를 벌주기 위해 우리 머리 위로 떨어지는 것 이 아닌가 생각했어 그때 나는 성호를 긋고 〈성모송〉을 외웠어 그 천둥은 마치 저 무서운 지브롤터의 천둥 같았지 하지만 세상 사람들은 하느님 같은 건 없다고 고집을 부리는 거야 저렇게 당한다면 결코 견딜 수 없을 거야 기 껏해야 참회의 기도나 외우겠지 내가 5월의 축제를 위해 그날 저녁에 화이 트 프라이어스거리의 성당에서 촛불을 켜 올린 일이 분명히 행운을 가져온

*16 보일런.

것 아니겠어 이런 이야기를 들으면 그이는 놀려 대겠지만 그것은 그이가 교회의 미사나 기도에는 한 번도 나가지 않았기 때문이야 그리고 하는 말이 너의 영혼 같은 건 없어 안에는 회색의 물질이 있을 뿐이야 하지만 영혼을 갖는 게 무엇인지 모르기 때문이지 그래 내가 램프에 불을 켰을 때만 해도 그랬어 저 터무니없이 커다란 시뻘건 짐승 같은 것을 가지고 서너 번 덤벼들었음에 틀림없어 그의 것은 그렇게 크지 않았지만 사람들이 거시기라고 부르는 혈관인지 뭔지 하는 것이 터질 듯했지 오랜 시간을 들여서 옷을 입기도 하고 향수를 뿌리기도 하고 머리를 빗거나 한 다음 쇠살문을 내리고는 이번에는 옷을 몽땅 벗어버리다니 인두나 무슨 쇠 지렛대 같은 것이 계속 서 있기만 했으니 그*17는 틀림없이 굴을 먹었을 거야 그것도 여러 되를 그리고 그는 듣기 좋은 노래를 부르는 그러한 목소리로 아 이렇게 훌륭한 것으로 나를 가득 채워 주는 사람은 난생 처음이라고 했지 틀림없이 그는 그 뒤로 양 한 마리는 먹었을 거야 우리 몸의 한복판에다 구멍을 하나 이런 식으로 낸 것은 무슨 생각에서였을까 마치 종마(種馬)처럼 그것을 우리 속으로 쑤셔 넣는 단지 그것만이 그들이 여자에게 구하는 것이지 게다가 그는 그렇게 단호하고 심술궂은 눈초리를 하고 있었으니 나는 눈을 감을 수밖에 하지만 정액은 그리 많지 않았어 밖으로 빼게 하고 내 몸 위에서 내게 했지 그의 것은 워낙 큰 걸 모두 씻어 내지 못하는 일도 있고 해서 그렇게 하는 것이 좋다고 생각하고 마지막에는 내 몸 안에서 끝내게 해 주었어 여자들을 위한 근사한 착안이지 남자가 온갖 재미를 맛보게 하기 위한 하지만 조금이라도 남자가 그 고통을 맛본다면 내가 밀리와는 어땠는가를 알 수 있을 텐데 그 아이가 적령기가 되다니 아무도 믿으려 하지 않을 거야 그리고 마이너 퓨어포이의 남편은 질색이야 시계처럼 해마다 꼬박꼬박 아이를 하나 만들고 때에 따라서는 쌍둥이일 때도 있으니 말야 그는 늘 여편네한테서 기저귀 냄새가 나게 하고 있어 약장수라나 뭐라나 하는 그놈은 마치 더벅머리 검둥이 같다니까 정말이지 그 애는 깜둥이야 저번에 내가 그곳에 갔을 때에도 애들 한 떼가 서로 겹쳐서 귀가 울릴 정도로 떠들어 대고 있었어 그것이 오히려 건강에 좋대 남자란 우리 여자를 코끼리처럼 부풀게 하지 않고서는 만족하지 못하는

---

*17 보일런.

것 같아 그이의 아이가 아니라도 내가 만약 아기를 하나 더 낳는다면 만약에 그가 결혼을 하면 틀림없이 튼튼하고 훌륭한 아이가 생길 거야 하지만 정력은 폴디가 더 있을지도 몰라 그래 그렇다면 매우 기쁜 일이지 조시 포웰[18]을 만나거나 장례식에 참석하거나 더욱이 나와 보일런에 대해 생각하거나 해서 흥분했을 거야 그것으로 쓸모가 있다면 좋아하는 일을 좋을 대로 생각하는 것이 좋아 내가 마침 그 자리에 나타났을 때 그 여자와 둘이서 들러붙어 있던 것을 나는 알아 조지너 심프슨의 집들이날 밤 그이는 그 여자와 춤을 추며 밤을 새웠어 그 여자가 일행에서 떨어져 있는 것을 차마 볼 수 없었기 때문이라고 나를 타이르려 했지 우리가 정치문제를 가지고 서로 헐뜯는 싸움을 한 것도 그것이 원인이었어 하느님이 목수라고 해서 싸움을 시작한 것은 내가 아니라 그이였어 그이는 마침내 나를 울렸지 물론 여자란 어떠한 일에도 매우 민감하니까 내가 양보하긴 했지만 화가 나서 참을 수가 없었어 그래도 어쨌든 그이가 나에게 홀딱 반해 있다는 건 알지만 최초의 사회주의자는 하느님이라고 그이는 말했지 그이는 나를 완전히 말로 구워삶았기 때문에 나는 그이를 화나게 할 수도 없었어 그이는 잡학(雜學)의 대가야 특히 몸이나 몸속 일 같은 건 나도 그 가정의학 덕분에 우리 몸 안이 어떻게 되어 있는지 직접 조사해 보고 싶었다니까 나는 언제나 방에 사람들로 북적북적할 때도 그이 목소리를 이내 알아차리니까 그이를 망보고 있었지 그리고 그이 때문에 그 여자와 사이가 나빠진 체했었지 왜냐하면 그이도 약간 질투심이 있는 편이어서 곧잘 나보고 어디 가느냐고 물었지만 나는 늘 플로이[19]한테 간다고 말해 주었거든 그리고 그이는 나에게 바이런 경의 시집과 장갑 세 켤레를 선물했는데 그것으로 만사는 다 끝난 셈이었어 언제라도 나는 그이와 쉽사리 화해할 수 있었고 설사 그이가 그 여자와 붙어먹는다 하더라도 나에겐 다 방법이 있어 그리고 그이가 양파 먹는 것이 싫으면 여자를 만나러 어딘가로 간다는 것도 알지 나도 슬슬 구슬리는 수를 많이 알아 내 블라우스의 깃을 접어 달라고 부탁하거나 외출할 때 베일이나 장갑을 끼고서 그이의 몸을 만져 주거나 키스라도 한 번 해 주면 사내들이란 다 흐느적흐느적해지

---

*18 정신이상자 남편을 둔 미시즈 브린의 본디 이름.
*19 맷 딜런(블룸과 트위디의 옛 친구로 그의 집에서 블룸과 몰리가 만났다)의 딸들 가운데 하나.

고 말지 그건 그렇다 치고 그이가 그 여자에게로 가고 싶으면 가도 좋아 계집은 물론 아주 기뻐서 홀딱 반한 체하겠지 나는 그런 일 그다지 상관하지 않아 그 여자에게로 가서 그이를 사랑하느냐고 물어보겠어 그리고 그 여자의 눈을 물끄러미 쳐다 봐 주겠어 그 여자는 나를 얕잡아보지 못할 걸 하지만 그이는 사랑하고 있다고 생각하고는 나에게 한 대로 추근추근 그 계집한테 사랑을 고백해 버릴지도 몰라 하기야 나는 그이한테서 그런 고백을 받기 위해 무던히 애를 썼지만 나는 그이가 그렇게 하는 것을 좋아하기는 했어 그이는 참을성이 강해서 가까이 와서 치근거려도 곧바로는 손을 대지 않거든 그것이 남자라는 증거니까 내가 부엌에서 감자케이크를 반죽하던 그날 밤에 그이는 금방이라도 프러포즈할 것 같았어 당신에게 잠깐 할 이야기가 있는데 하고 말했지만 나는 그이의 이야기를 딴 데로 돌리고 말았어 손과 팔이 가루투성이어서 기분이 언짢은 체하고 있었지 어쨌든 나는 전날 밤의 꿈 이야기 같은 것을 해서 너무 친근하게 대했던 거야 그래서 필요 이상으로 알리고 싶지는 않았어 저 조시*[20]로 말할 것 같으면 그이가 있을 땐 언제나 나를 끌어안고 무턱대고 키스를 했었어 물론 그이를 안는다는 생각으로 말야 내가 몸 구석구석까지 씻는다고 이야기했더니 그럼 당신은 거기도 씻느냐고 물었어 여자는 남자 앞에서는 늘 그런 쪽으로 이야기를 끌고 가서 짓궂게 굴지 여자란 남자가 능청맞게 눈을 깜박거리면서 아무렇지도 않은 체하고 있어도 다 알아 난 그이의 모습을 보고 무엇이 그이를 못쓰게 만들었는지 제대로 알고 있었어 왜냐하면 그이는 그즈음 아주 미남자로 자기가 마치 바이런 경인 양 처신하고 있었어 나는 당신이 좋아요 하고 말해 주었지 하기야 남자치고는 지나치게 곱상했어 그리고 우리가 약혼하기 전까지 그이는 실제로 그런 데가 있었어 그 계집은 약간 싫은 얼굴을 하고 있었지만 그날 나는 아무리 참아도 웃음을 그칠 수가 없었어 머리핀이 모두 빠져서 머리카락이 흐트러질 정도였지 당신은 언제나 기분이 정말 좋으시군요 하고 그 계집이 말했어 맞아 왜냐하면 그것이 그 여자를 크게 웃게 했고 그 여자는 그 뜻을 알고 있었기 때문이야 나는 우리 두 사람의 일을 그 여자에게 꽤 많이 들려주었거든 물론 다는 아니지만 그 여자의 입에 침이 괼 정도는 했지 하지만 그

---

*20 미시즈 브린.

것은 내 탓이 아냐 그 여자는 우리가 결혼한 뒤로 우리를 멀리했어 머저리 같은 남편과 살고 있었는데 지금은 어떻게 되었을까 마지막으로 만났을 때 보니 얼굴이 멍청해지고 천박하게 변하고 있었어 마침 남편과 싸운 것 같았어 이야기를 남편에게로 돌리더니 마구 지껄여댔지 남편을 깎아내리고 싶어 안달한다는 걸 이내 알 수 있었어 그녀가 한 이야기는 뭐였더라 아 그래 남편이 가끔 정신이 이상해져서 진흙이 묻은 신을 신은 채 침대로 들어오는 모양인데 그런 남자와 자야 하다니 생각만 해도 몸이 오싹하다니까 언제 살해될지 알 수 없잖아 정말로 어찌할 수 없는 일이야 미친 것에도 여러 가지가 있어 폴디는 다른 것은 몰라도 날짜가 좋든 나쁘든 집에 들어올 때에는 꼭 매트에 발을 문지르고 들어온 다음 항상 자기 검은 부츠를 벗어놓지 그리고 시내 나갔다가 돌아와선 저렇게 모자도 항상 벗어놔 그리고 지금 그 남자*21 는 끝장이라고 쓴 우편엽서 때문에 1만 파운드의 손해 배상을 요구하겠노라고 슬리퍼를 신은 채 거리를 쏘다니고 있는 거야 '오 사랑스러운 메이여'*22 그런 남자를 어떻게 견딘담 나 같으면 죽어 버릴 거야 구두 벗을 줄도 모르는 바보라니 그런 남자를 도대체 어떻게 하면 좋지 그런 남자와 결혼하고 잠자리를 하느니 스무 번이라도 죽는 게 나아 물론 나 정도의 여자로서 저런 사내를 꾹 참고 견딘다는 일은 여간해서 찾아볼 수 없을 거야 나하고 자면 내가 어떤 여자인지 알 수 있대 그리고 그이도 마음 밑바닥에선 그걸 알고 있어 남편을 독살한 저 미시즈 메이브릭은 무엇 때문에 그런 짓을 했을까 아마도 다른 사내와 사랑에 빠져서 그랬을 거야 훗날 탄로가 났지 그런 일을 하다니 그 여자는 정말 못돼 먹었지 뭐야 물론 무섭고 혐오스런 남자도 있지 여자들로 하여금 미칠 것 같은 생각이 들게 하고 걸핏하면 이 세상에서 제일 천한 말을 입에 담지 남자들이란 나중에 그렇게 한심해질 거면 도대체 뭐 때문에 우리에게 결혼해 달라고 할까 그래 남자란 우리 여자 없이는 살아갈 수가 없기 때문이야 그 여자는 파리 잡는 종이에 묻은 비소(砒素)를 남편의 찻잔에 탄 거야 비소*23라니 어째서 그런 이름을 붙였을까 그이에게 물어보

---

*21 데니스 브린.

*22 1895년의 노래. 여덟 살의 메이가 남자에게 크면 결혼해 달라고 한다. 훗날 그가 귀향하자 그녀는 다른 남자와 약혼하고 있었다.

*23 비소는 영어로 arsenic이다. arse에는 '엉덩이'라는 뜻도 있다.

아도 그리스어에서 온 거라고만 말할 거야 그 정도라면 모르는 거나 마찬가지지 사형당할 위험도 무릅쓰다니 그 여자도 참 정부(情夫)에게 어지간히 미쳐 있었던 게 틀림없어 오 그녀는 그런 것은 조금도 개의치 않았어 그것이 그녀의 성격이라면 어쩔 수 없지 남자란 여자를 사형당하게 할 정도로 관능적인 것은 아니라고 생각해 틀림없이 말야

남자들이란 저마다 다 달라 보일런은 늘 내 다리 모양에 대해 이야기해 그이는 나를 소개받기도 전에 나의 다리에 신경썼다고 했어 내가 폴디와 더블린 베이커리 클럽에 있었을 때 내가 애써 웃거나 귀를 기울이게 하려고 발을 흔들고 있었다지 우리는 둘 다 차와 버터 바른 빵만 주문했지 내가 일어나서 여자 종업원에게 그것*24이 어디 있냐고 물었을 때 그*25가 두 노처녀 자매와 함께 나를 쳐다보는 것을 보았어 하지만 난 소변을 참을 수 없었지 그런 걸 상관할 겨를이 없었어 게다가 그이*26가 나에게 사라고 해서 산 그 까만 타이트 반바지를 끌어내리는 데에는 반시간이나 걸렸고 일주일마다 새로운 것으로 바꾸지만 늘 어딘가를 적시고 말아 너무 시간이 걸리는 바람에 뒤쪽에 놓아 둔 들사냥 가죽 장갑을 잊어버리고 왔지 뭐야 결국 못 찾았는데 어떤 도둑년이 가져갔을 거야 그러자 그이는 〈아이리시 타임스〉지(紙)에 데임거리 더블린 베이커리 클럽의 여자 화장실에서 유실물을 발견한 사람은 마리온 블룸 부인에게 돌려 달라는 광고를 내라고 하지 뭐야 나는 회전문을 지나서 나갈 때 그*27의 눈이 나의 다리에 쏠려 있다는 것을 알아차렸어 뒤돌아보았을 때도 그의 눈이 계속 내 다리로 향해 있었지 다시 만날 수 있을까 하고 이틀 뒤에 차를 마시러 거기에 가 보았는데 그때 그는 없었어 내 다리가 어떻게 그를 흥분시켰을까 내가 발을 꼬고 있었기 때문일까 다른 방에 있었을 때 처음에 그는 그 구두가 너무 꼭 끼는 것 같다고 말하려는 듯한 표정을 하고 있었어 나의 손은 정말 깨끗해 내가 태어난 달*28의 보석이 박힌 반지만 끼고 있었더라면 좋았을걸 멋진 아콰마린석을 그이에게 사달라고 해야지

---

*24 화장실.
*25 보일런.
*26 블룸.
*27 보일런.
*28 몰리의 생일은 9월 8일 탄생석은 사파이어.

그리고 금반지도 나는 내 다리가 별로야 하지만 한번은 그이더러 밤새도록 그걸 애무하도록 하면서 지낸 일이 있어 굿윈*29의 집에서 그 엉망진창의 음악회가 끝난 날 밤은 몹시 춥고 바람이 불어서 우리는 집에서 럼을 데워서 마셨지 불이 아직 완전히 꺼지지 않았었어 그때 그이*30는 롬바드거리에 있는 집의 난로 앞 융단 위에 누워 나에게 양말을 벗겨달라고 말했어 그런데 하루는 나더러 진흙투성이 구두를 신고 발견하는 대로 말똥을 밟으며 걸어 보라는 거야 그이는 세상 사람과는 다른 변태적인 데가 있어 그이가 뭐랬더라 캐티 래너와 비교하면 내가 10점 중 9점을 얻어 그 여자를 이길 수 있대 그것이 무슨 뜻인지 그이에게 물어보았지만 뭐라고 대답했는지 잊어버렸어 그때 마침 신문 최종판이 배달되었고 루칸 착유소(窄乳所)의 그 곱슬머리를 한 정중한 사나이가 왔었거든 나는 어딘가에서 그 사람의 얼굴을 본 것 같은 생각이 들었어 내가 버터를 맛보고 있었을 때 그이를 알아차렸지 그래서 일부러 천천히 먹었어 게다가 늘 그이가 놀리던 바텔 다시*31도 또 내가 구노의 아베마리아를 부른 다음 합창단으로 통하는 계단이 있는 곳에서 나를 안고 키스하기 시작했지 이제 새삼스럽게 머뭇거릴 것 없어요 오 내 사랑 키스해 줘 내 이마 한가운데에 그리고 나의 갈색인 그곳에도 그이는 목소리가 함석 통 같았지만 만약에 그 사람이 하는 말이 정말이라면 나의 저음에 늘 반해 있었던 거야 나는 그이가 노래를 부를 때의 입 모양을 좋아했지 그리고 그이는 그런 장소에서 그런 일을 하는 것이 두렵지 않으냐고 했지만 나는 조금도 무섭다고는 생각하지 않아 지금 당장은 아니지만 언젠가 그것에 관해 이야기해서 깜짝 놀라게 해 주겠어 그래 그리고 그곳으로 데려가서 우리가 그 짓을 한 바로 그 장소도 보여 줘야지 자 이렇게 된 거라고 자기의 마음에 들든 말든 자기는 다 안다고 생각하고 있어 그이는 우리가 약혼할 때까지 내 어머니*32가 어떠한 사람이었는가는 전연 몰랐지 그렇지 않고서야 그렇게 간단히 나와 결혼했겠어 그이는 지금의 열 배나 불량했었어 어쨌든 나의 속옷을 한 조각만 잘라 달라고 하다니 그것은 케닐워스 광장에서 돌아오던 저녁

---

*29 피아니스트, 한때 몰리의 반주자.
*30 블룸.
*31 더블린의 저명한 테너 가수.
*32 몰리의 어머니.

이었어 그이는 내 장갑 찢어진 구멍에 키스했지 그래서 나는 장갑을 벗어야
만 했고 그리고 나의 침실 모양을 물어봐도 상관없겠느냐고 하면서 여러 가
지 질문을 했지 나는 나를 잊지 않도록 잊어버린 듯이 장갑을 그가 가진 그
대로 내버려 두었어 그랬더니 그는 그것을 주머니에 집어넣는 거야 그이가
속옷이라면 열을 올린다는 것을 확실히 알 수가 있었어 바람에 날려 스커트
가 배꼽까지 날려올라가는 자전거를 타고 다니는 뻔뻔스런 아가씨들*33을 언
제까지고 바라보던걸 밀리와 내가 그이와 함께 야유회에 갔을 때도 크림색
모슬린을 입은 그 여자가 햇빛을 역광으로 받아 서 있었기 때문에 그에게는
속이 완전히 투명하게 비쳐 보였어 그리고 그가 빗속을 쫓아와서 나를 뒤에
서 보고 있었을 때도 마찬가지야 나는 그이가 나를 알아차리기 전에 알고 있
었지만 그런데 해럴드 도로의 모서리에 집시 색 머플러를 하고 새로운 레인
코트를 입고 갈색 모자를 쓰고 서 있었어 여느 때와 같은 능청맞은 모습으로
별로 볼일이 없을 것 같은 그런 곳에서 그이는 도대체 무엇을 하고 있었을까
남자란 여자 일이라면 어디에나 가서 어떤 일이라도 하지만 어디에 갔었느
냐고 결코 물어서는 안 돼 그러면서도 남자들은 여자에게 어디를 갔다 왔느
냐 어디에 가 있느냐를 알고 싶어하는 거야 나는 그이가 내 뒤에서 남몰래
미행하고 있다는 것을 알고 있었어 눈을 내 목에 딱 붙이고 말야 그이는 우
리 집에 오는 것을 삼가고 있었어 그가 너무 흥분한 게 아닐까 하는 생각이
들었어 그래서 나는 반쯤 돌아보고 걸음을 멈췄지 그러자 그이는 나에게 무
조건 그렇게 하겠다고 말하라면서 몹시 난처하게 만들었어 그래 그래서 나
는 그이를 바라보며 유유히 장갑을 벗었지 그이는 나의 넓은 소매가 비가 오
는 날에는 추울 거라고 말했어 내 몸에 손을 대기 위한 구실이었다니까 더욱
이 그러는 동안에도 팬티 타령을 하기에 나는 할 수 없이 내 인형 것을 벗겨
서 그에게 주기로 약속해 버렸지 그이가 조끼 주머니에 넣고 다닐 수 있게
'오 성스러운 성모님' 비에 젖은 그가 정말 커다란 바보처럼 보였어 그이의
멋진 치열을 보고 있자니까 나는 배가 고팠어 그리고 아무도 보는 이가 없으
니 내가 입고 있는 방사형으로 주름이 잡힌 오렌지색 속치마를 걷어 올려달
라고 했어 아무도 보는 사람이 없으니까 하고 그이는 말했지 내가 그렇게 하

---

*33 그 시절 여성이 자전거를 타는 것은 점잖지 못한 일로 여겼다.

지 않으면 진흙탕에 무릎을 꿇겠다는 거야 참 귀찮게 굴었어 새 레인코트를 못 쓰게 만들겠다는 거야 단둘이 되면 남자가 어떤 바보 같은 짓을 할는지는 아무도 몰라 남자란 그 일에 관계되면 그야말로 앞뒤를 가리지 않는단 말야 만약에 누가 지나가기라도 하면 어쩌려고 그러는지 그래서 나는 속치마를 조금 걷어 올리고 그이의 바지 위에서 그이를 만져 주었어 너무나 공공연한 장소에서 그 이상 나쁜 짓을 하지 않게 하기 위해 왼손으로 내가 가드너*[34] 에게 했던 식으로 말야 나는 그이가 할례를 받았는지 알고 싶어서 견딜 수가 없었어 그이는 온몸을 젤리처럼 떨고 있었어 남자들이란 무엇이든 너무 빨리 해치우고 싶어 한단 말야 거기에서 될 수 있는 대로 성급하게 향락을 취하려고 하는 사이 아빠는 그동안 계속 저녁 식사를 기다리고 있었어 그이는 나더러 정육점에 지갑을 놓고 와서 그것을 찾으러 갔다고 말하면 된다는 거야 얼마나 거짓말쟁이인지 몰라 그러고 나서 그이는 그런 이야기를 잔뜩 적은 편지를 보낸 거야 둘이 있었을 때 그런 못된 짓을 해 놓고 그이는 여자와 마주볼 낯짝이 있을까 나중에 만나면 그때 기분에 거슬렸나요 하고 묻는 거야 그때 나는 눈을 내려뜨고 있었어 물론 내가 화를 내지 않고 있다는 것을 그이는 알아차렸지 그이는 사실 바보는 아니었어 저 진짜 바보 헨리 도일과는 달라 문자 수수께끼를 하면서 늘 무엇인가를 부수거나 찢거나 하던 남자 나는 불손한 남자가 정말 싫어 그리고 만약에 무슨 뜻인지 안다고 해도 나는 예의상 아니요 하고 말해야 하는걸 무슨 말씀을 하시는 건지 모르겠다고 나는 말했지 그런데 그것이 당연한 일이 아닐까 그래 물론이지 그런 일은 지브롤터의 저 흙벽 위에 여자의 그것 그림과 함께 적혀 있던 그런 거야 내가 일부러 찾은 것은 아니지만 아주 어린아이일 때 본 것이었으니까 그 무렵에는 잘 몰랐어 그 뒤로 그이는 매일 아침 편지를 쓰고 어떤 날은 하루에 두 번도 보냈어 나는 그이의 연애 방식을 좋아했지 그 무렵 그이는 여자를 손에 넣는 방법을 알고 있었어 내가 8일생이어서 그이가 커다란 양귀비꽃 여덟 송이를 보내 왔을 때 그때부터 나는 편지를 썼지 돌핀스 반에서 그이*[35]가 나의 가슴에 키스해 주던 날 밤 그것을 어떻게 설명할 수 있담 그것은 이 세상의 것이 아니라는 생각이 들었어 하지만 그이는 가드너처럼 포옹을 멋지

---

*34 소녀 마리온의 연인 가운데 한 사람. 보어 전쟁에서 죽었다.
*35 블룸.

게 하는 방법을 몰랐어 그*36가 약속한 대로 월요일 같이 4시에 와 주었으면 좋겠는데 역시 시간을 무시하고 무턱대고 와서 문 두드리는 사람은 싫어 채소를 가져왔나 보다 아니면 누가 찾아왔나 보다 하고 생각하게 되지 만약에 그럴 때 우리가 옷을 모두 벗은 상태로 있다면 게다가 또 지저분한 부엌문이 바람으로 열리는 것도 싫어 나이가 들고 냉혹한 표정의 굿윈이 롬바드거리로 음악회 일 때문에 찾아왔던 그날 나는 막 저녁 식사를 마치고 스튜를 데우느라 얼굴은 시뻘개가지고 머리는 엉망이 되어 있었어 저를 쳐다보지 마세요 교수님 하고 말해야만 했지 정말 못 볼 꼴을 하고 있었는데 지금도 그렇지만 하지만 그분*37은 정말 노신사였어 그 이상으로 예의를 차릴 순 없을 거야 주인이 부재중이어서 집에 사람이 없으면 오늘 온 그 심부름꾼 아이처럼 블라인드 틈바구니로 살펴봐야 되는 거야 처음에 나는 거절의 구실을 생각했지 그가 우선 포도주와 복숭아를 보내다니*38 나를 놀리고 있다는 생각이 들어서 초조해 할 때 그*39가 문을 똑똑 두드리고 있다는 것을 알았지 그는 약간 처져서 늦게 온 것이 틀림없어 왜냐하면 디댈러스의 두 딸이 학교에서 돌아오는 것을 본 것은 3시 15분이었으니까 나는 지금이 몇 시라는 것을 안 적이 없어 그이*40가 나에게 준 시계도 시간이 맞지 않는 것 같아 고쳐야지 조국을 위해 가정도 미인도 뒤에 남긴 저 절름발이 해병에게 내가 동전을 던져 주었을 때 〈내가 사랑하는 좋은 아가씨〉라는 곡을 내가 휘파람으로 부르고 있었을 때 나는 속옷도 갈아입지 않고 화장도 하지 않고 있었어 그리고 다음 주의 오늘은 벨파스트에 가기로 되어 있고 게다가 그이*41는 자기 부친의 기일(忌日)이어서 27일 에니스에 가야 해 만약에 호텔에서 우리 방이 서로 나란히 붙어 있다고 생각하면 아마 기분이 언짢아지겠지 그리고 새 침대 안에서 무엇인가 어리석은 짓을 시작해도 나는 그만둬요 옆방에 우리 그이*42가 있으니까 나를 귀찮게 하지 말아요 하고 말할 수 없을 거야 또 프로테스

---

*36 보일런.
*37 굿윈.
*38 보일런의 선물.
*39 보일런.
*40 블룸.
*41 블룸.
*42 블룸.

탄트 목사가 묵고 있어서 벽을 두드리거나 기침을 하거나 하면 그 이튿날 우리가 아무 짓도 하지 않았다고 해도 믿어 주지 않을 거야 그것도 남편과 함께라면 몰라도 연인과 함께니까 물론 그이*⁴³는 나를 믿지 않았어 아냐 그이*⁴⁴는 어디든지 가고 싶은 곳에 가는 것이 좋아 게다가 언제나 여행을 떠나면 무슨 일을 저지르고 말아 맬로우의 콘서트에 가는 도중 메리버러에서 우리 두 사람이 뜨거운 수프를 주문했는데 벨이 울리자 수프가 엎질러지는데도 들고 한 수저씩 떠먹으면서 플랫폼으로 뛰어가지 않았겠어 참 못 말리는 사람이야 웨이터가 허겁지겁 그이를 쫓아와서 큰 소리를 지르는 거야 우리는 좋은 구경거리가 되고 그러자 기차는 막 출발하려고 혼잡을 이루는데 그이*⁴⁵는 그것을 다 먹기 전에는 돈을 내려고 하지 않았어 3등 객차에 타고 있던 두 신사도 그이의 말이 옳다고 했어 그이는 정말 그래 가끔 무슨 생각이라도 나면 아주 고집쟁이가 되어 버린다니까 그이가 칼을 가지고 억지로 차 문을 열 수 있었던 건 참 잘한 일이야 그렇잖았다면 우리는 코크까지 계속 그걸 타고 가야 했을 거야 그것은 그이*⁴⁶가 복수의 뜻으로 했던 일 같아 아 나는 아름답고 부드러운 쿠션이 깔린 기차나 마차를 타고 흔들리면서 가는 것을 좋아해 그*⁴⁷는 나를 일등 차에 태워 줄까 그는 차장에게 봉사료를 주고 차 속에서도 그 짓을 하려고 할지도 몰라 그러면 틀림없이 바보 같은 눈을 하고 우리를 멍하니 바라볼 멍청이들도 거기 있겠지 그날 호스곶에 갔을 때 마차 안에 우리*⁴⁸를 단둘이 남겨둔 저 일꾼은 나름대로 꽤 영리한 사람임에 틀림없어 그가 어떤 사람인지 알고 싶다니까 터널을 한두 개 지나서 밖을 바라보니 경치가 잘 보였어 그리고 돌아오는 거지 만일 내가 가 버린 채 결코 되돌아오지 않으면 세상 사람들은 뭐라고 할까 그*⁴⁹와 도망쳤다고 소문이 날 거야 내가 노래한 지난번의 음악회 그게 어디였지 1년도 지난 일이지만 클래런던거리의 성 테레사 회관이었어 지금은 꼬마에 지나지 않는 계집애들이 노래

---

*43 보일런.
*44 블룸.
*45 블룸.
*46 블룸.
*47 보일런.
*48 몰리와 블룸.
*49 보일런.

부르고 있어 캐슬린 키어니라든가 하는 꼬마들이 지나는 아버지가 군인이셨던 덕분으로 로버트 경*50의 기념 브로치를 달고 〈사심을 비운 모금가〉*51를 불렀지 그때는 내가 계획을 세웠어 그리고 폴디는 아일랜드인답지도 않았고 그때 매니저는 그이였지만 앞으로는 그런 식으로 그이에게 시키고 싶지 않아 〈인도하소서 자비의 빛이여〉에 곡을 붙이고 있다고 떠들고 다니면서 나에게 〈성모 애도의 성가〉를 부르게 했던 때처럼 나는 그이를 부추기고 있었는데 마침내 예수회 회원들이 그이는 프리메이슨으로 옛날 어떤 오페라로부터 〈그대의 손 나를 인도하소서〉를 표절해서 피아노를 치고 있다는 것을 알아채고 말았어 그래 그이는 그 무렵 어떤 사람들과 신너 페인이라나 뭐라나 하는 몇 몇 패거리들과 어울렸던 거야 언제나 쓸데없는 바보 같은 이야기를 하면서 그이*52가 나에게 소개해 준 저 넥타이도 안 맨 몸집이 작은 사내가 지혜가 대단한 사람으로 앞으로 올 시대를 짊어지고 설 그리피스라나 그런데 그는 조금도 그런 사람으로 보이지 않았지 그렇게 말해도 지나친 말은 아냐 그러나 그는 그런 사람이었음에 틀림없어 보이콧이 일어난다는 것을 알고 있었거든 나는 전쟁이 끝난 뒤 정치 이야기하는 것은 질색이야 저 프레토리아나 레이디스미스 그리고 블룸폰테인*53 등 거기에서 랭커셔 연대 제2대대 제8중대 소속의 가드너 스탠리 중위가 장티푸스에 걸렸던 거야 그이는 카키복을 입으면 참 귀여운 남자였어 나와 잘 어울리게 키가 컸고 틀림없이 용감했을 거야 그날 석양 속에서 그이는 나에게 아름답다고 말해 주었어 나의 귀여운 아일랜드 아가씨라고 말야 흥분해서 얼굴이 새파랬어 우리가 길을 지나는 사람에게 보일지도 모른다고 하면서 그이는 더는 참을 수 없었나봐 게다가 나도 어쩐지 신경이 곤두서 있었지 그 정치가들은 하려고만 마음먹으면 애초에 화해할 수 있었을 텐데 아니면 늙은 폴 아저씨나 크루거 할아버지*54 일파에게 끝까지 싸움을 시키는 것도 좋지 전쟁을 여러 해 끌어서 미남들을 한 사람도 남김없이 죽이는 일을 하지 말고 차라리 저 스탠리가 총알을 맞고 죽었으면

---

*50 보어전쟁에서 용맹을 떨친 영국의 장군.
*51 보어전쟁 중에 쓰인 키플링의 애국시.
*52 블룸.
*53 이상의 세 곳은 보어전쟁 때의 격전지.
*54 보어전쟁 때 남아프리카공화국 대통령.

좋았을 텐데 적어도 체념은 할 거 아냐 나는 연대 열병식을 구경하는 것이 좋아 지브롤터의 라 로크에서 처음으로 에스파냐 기병대를 보았지 후에 알제시라스만(灣)을 가로질러서 바라보니 그 바위산의 모든 등불이 반딧불처럼 아름다웠어 또 저 15에이커의 연병장에서 열린 모의전에서는 짧은 스커트를 입은 블랙 워치 연대가 보조를 맞추어 왕세자 전하가 이끄는 제10경기병이나 창기병 앞을 진군해 갔고 아 창기병은 멋있어 투겔라강*55 전투에서 승리를 거둔 더블린 근위병들도 그렇지 그*56의 부친은 기병들에게 말을 팔아 돈을 벌었어 그는 벨파스트에서 나에게 훌륭한 선물을 사 주어도 돼 나도 그만한 일은 했으니까 거기에는 아름다운 리넨이 있어 아니면 저 멋있는 기모노도 있지 기모노와 함께 장롱에 넣어 두도록 전에 썼던 것과 같은 좀약을 사야지 새로운 곳에서 그러한 것들을 그와 함께 사러 돌아다닌다는 것은 참 멋진 일임에 틀림없어 이 반지는 빼 두는 것이 좋겠지 이걸 빼려면 손가락 관절에서 빙빙 돌려야 하니 말야 그것이라도 끼고 있지 않으면 신문에 대서특필되고 사람들이 방울을 울리며 알리고 돌아다닐까 아니면 나를 경찰에 고발할까 하지만 세상 사람들은 그와 내가*57 결혼한 사이라고 생각할 거야 아 모두 죽어버리라지 세상 사람들이 어떻게 생각하든 나는 아무렇지도 않아 그는 부자지만 결혼할 상대는 아냐 그러니까 누군가가 그를 빼앗아도 좋아 내가 마음에 들었는지 어쩐지를 알면 좋지만 분을 바르면서 손거울로 보니 내 얼굴색이 약간 별로였어 하지만 거울로는 표정을 알 수가 없지 게다가 그이는 커다란 엉덩이를 가지고 늘 나를 덮쳐 오니 말이야 게다가 이렇게 더운데 숨 막힐 것 같은 그이의 털 난 가슴이란 언제나 그것으로 눌러 대다니 차라리 뒤에서 하는 게 좋은데 남편이 개와 같은 짓을 시킨다던 매스챤스키 부인이 내게 일러 준 대로 말야 그 여자는 있는 대로 혀를 내밀거나 하는데 남편 쪽은 점잖게 하프를 울리고 있다지 남자들이란 무슨 짓을 할지 알 수가 없어 그*58가 입고 있는 신사복은 좋은 천이었어 그리고 파란색 자수가 놓인 센스 있는 넥타이와 양말 그리고 양복의 모양 그리고 무거운 시계를 보아도 그이 형편이

---

*55 보어전쟁의 격전지.

*56 보일런.

*57 보일런과 몰리.

*58 보일런.

괜찮다는 걸 알 수가 있어 그이가 최종판 신문을 들고 마권을 찢고 욕지거리를 하면서 들어왔을 때 얼마 동안 너무 화를 내서 어쩔 도리가 없었어 그것은 인기 없는 그 말이 이겨서 그가 20파운드 손해 봤기 때문이야 그리고 그 반은 레너헌이 부추기는 바람에 나를 위해 걸었다고 하면서 그 녀석 지옥에나 떨어지라고 뇌까리고 있었어 저 기생충 같은 레너헌은 글렌크리 감화원의 만찬회가 끝난 다음 머나먼 길을 마차를 타고 흔들리며 되돌아갈 때 깃털이 불산을 넘어서 나한테 꽤 추잡스런 짓을 했었지 게다가 시장님은 시장님대로 은근한 눈초리로 나를 쳐다보고 있었어 디저트로 호두를 이빨로 깨물 때 나는 외도(外道)의 거장*59을 처음으로 알아차렸지 치킨 요리를 손가락으로 집어 모조리 뜯어먹고 싶었어 맛있게 잘 구워져서 참 부드러웠는데 하지만 접시 위에 있는 것을 모조리 다 먹어치울 순 없는 노릇이잖아. 저 포크나 생선 나이프도 순은제(純銀製)여서 갖고 싶었어 그것을 갖고 노는 체하다가 외짝 토시 속에 두 개 정도 감추는 것은 일도 아니었는데 단지 음식 한입 때문에 레스토랑에서 그 사람들의 돈을 믿고 차 한 잔을 대접 받아 중대한 은혜를 입은 것처럼 고마워해야만 하는 세상이 지금대로 계속되는 거라면 이왕 위아래 구별은 있는 것이니까 적어도 고급 팬티 두 벌쯤은 더 가지고 있어야 해 하지만 그*60는 어떤 팬티를 좋아하는지 알 수가 없어 팬티 같은 건 필요 없다고 한 적도 있지 그래 지브롤터 아가씨의 반은 팬티를 입지 않아 즉 태어난 모습 그대로지 저 '마놀라'를 노래한 안달루시아의 아가씨는 자기가 입지 않은 것을 감추지도 않았다지 그래 두 컬레째의 스타킹인데도 하루 신었더니 해지고 말았어 오늘 아침 루어 가게에 가지고 갔더라면 좋았을 걸 그리고 트집을 잡아서 다른 것과 바꿔 왔어야 했는데 그런데 내가 너무 흥분해서 도중에 그*61와 서로 부딪쳐 만사가 허사로 돌아가지 않도록 해야 해 〈젠틀우먼〉지에 세일 광고가 나 있던 그 엉덩이 부분에 고무를 댄 딱 맞는 코르셋을 사고 싶어 그이가 사 두었던 것이 있지만 그것은 못써 뭐라고 쓰여 있었더라 우아하게 만들어 줍니다 11실링 6펜스 보기 흉하게 퍼지는 넓적한 허리를 조여 비만을 완화시킵니다 나는 약간 통통한 편이야 저녁 식사 때 나오는 스타

---

*59 시장.
*60 보일런.
*61 보일런.

우트를 그만두어야지 그것을 너무 좋아했어 지난번 오루크 가게*62에서 보낸 것은 어찌나 맛없던지 저 래리*63는 돈을 잘 번다고 다들 말하던데 크리스마스 때 보내 준 형편없는 물건은 싸구려 과자와 남은 술이었어 그런 물건을 클라렛술이라며 강매하려고 했지만 누가 그걸 사서 마시겠어 그런 남자는 갈증으로 죽을지도 모르니 침이라도 모아 두면 좋을 거야 아니면 무엇인가 호흡 운동이라도 해볼까 봐 그 살 빠지는 약은 효력이 있을까 지나치게 복용해야 할지도 몰라 요즘 마른 스타일은 별로 유행하지 않으니까 가터벨트는 많아 내가 오늘 찬 건 보라색인데 그이*64가 초하룻날에 받은 수표로 유일하게 사 준 것이지 그것뿐이야 아니야 또 얼굴 로션이 있지 어제 마지막까지 다 써 버렸어 그것으로 내 피부는 꽤 젊어졌어 나는 그이에게 몇 번이고 되풀이해서 같은 가게에서 그것을 만들게 해달라고 부탁했는데 잊으면 안 된다고 다짐해 두었고 아무튼 병을 보면 내가 말한 대로 해줄 수 있을 거야*65 만약에 안 되면 쇠고기 수프나 치킨 수프 같은 내 소변에 오포파낙스*66나 제비꽃을 약간 넣어서 피부를 씻으면 괜찮을 거야 조금 살이 빠져서 할망구처럼 보이게 된 것 같아 화상 입었을 때 손가락 피부가 벗겨졌을 때 보니 속 피부는 아직은 깨끗해 피부가 모두 그러면 좋을 텐데 그리고 손수건 넉 장 사는 것에 6실링을 모두 써야지 이 세상에서 음식이나 집세만을 생각하고 스타일에 신경 쓰지 않는다는 건 나로선 상상조차 되지 않고 또 그렇게 할 수도 없어 나는 가지고 있으면 시원스럽게 써 버릴 거야 단언해 나 같으면 주전자에 홍차를 한줌 가득 넣어 끓이겠어 그런데 그이*67는 쩨쩨하게 일일이 저울에 다는 성질이라니까 내가 싸구려 구두 한 켤레를 사면 당신 그 새 신이 마음에 들었소 얼마나 주었지 하는 거야 나는 이제 입을 것이 없어 갈색 정장과 스커트가 짝이 된 재킷과 세탁소에 맡겨 둔 것을 합해서 모두 세 벌뿐이야 세상에 이런 여자도 있을까 이 낡은 모자에서 잘라내고 다른 모자에다 덧대고 그러면 남자들은 쳐다보려고도 하지 않고 여자들은 눈을 내리깔고 지나가겠

---

*62 근처의 술집.
*63 오루크.
*64 블룸.
*65 블룸이 약국에서 만들게 한 화장수.
*66 향료로 쓰이는 방향(芳香) 수지.
*67 블룸.

지 애인도 없다는 것을 여자들은 한눈에 딱 알거든 게다가 물가는 나날이 치솟고 4년만 더 있으면 나는 서른다섯 살이 되지 아니 도대체 나는 몇 살이지 9월이면 서른세 살이 돼 저 갤브레이스 부인을 좀 보란 말이야 그 여자는 나보다 나이가 훨씬 많아 지난 주 외출했을 때 만났는데 그녀의 아름다움도 시들기 시작했더라고 아름다운 여인이었지 그랜섬거리에서 살았을 때 뒤로 늘 어뜨리면 허리까지 닿는 멋진 머리칼이 마치 키티 오셰이*68를 닮았었어 머리 빗는 그녀를 반한 듯이 보고 있는 그를 보는 것이 매일 아침 나의 일과였어 이사 전날이 되어서야 겨우 그 여자와 아는 사이가 되다니 유감스러운 일이었지 그리고 저지 섬의 백합이라 불리던 저 랭트리 부인*69 말이야 영국 왕세자*70가 그녀의 좋은 사람이었어 하지만 그분도 임금이란 이름뿐 세상 남자들과 다를 게 없을 거야 깜둥이 것을 시험해 보고 싶어 미녀로서 몇 살까지 인기가 있을지 모르겠네 마흔 다섯 정도일까 질투심 많은 늙은 남편에 관한 어떤 재미난 이야기가 있었는데 뭐였더라 굴 따는 나이프를 아냐 그게 아니지 그녀 허리 주위에 주석(朱錫)으로 만든 것*71을 감게 했어 그리고 영국 왕세자 그래 그이도 굴 따는 나이프를 지니고 있었어 그런 이야기가 사실일 리 없겠지 그이가 가져다 준 책에 나온 이야기 같아 성직자로 오인받은 적 있는 프랑수아 선생의 작품이었지 여자가 탈장을 했으므로 귀에서 아기가 태어났다는 거야 성직자가 쓰기에 그럴듯한 이야기지 그럴 때에는 그 여자의 a-e*72라고 쓰는데 바보가 아닌 바에야 누가 그걸 모르겠어 나는 그런 고리타분하고 젠체하는 태도는 싫어 상스런 얼굴을 하고 말야 그것이 사실이 아니라는 건 누구나 다 알아 그리고 그이는 '루비'와 '아름다운 폭군'을 두 번이나 빌려다 주었어 50페이지 가량 읽은 부분에서 그 여자가 매로 때리기 위해 갈고리로 남편을 매다는 대목이 기억나네 그런 일이 여자에게 재미있을 리 없지 모두 꾸민 것들이야 그리고 춤이 끝난 뒤 여자의 슬리퍼로 샴페인을 마시다니 인치코어에서 본 성모 팔에 안긴 구유 속의 아기 예수도 아니고 정말 어떤

---

*68 파넬의 정부.

*69 1852~1920. 저지섬 태생의 유명한 영국 여배우.

*70 에드워드 7세.

*71 정조대.

*72 arse. 엉덩이.

여자라도 그렇게 큰 아이를 낳을 수는 없어 처음에 나는 그 성모는 틀림없이
아이를 옆구리에서 낳았을 거라고 생각했어 도대체 어떻게 저리 큰 배를 하
고 화장실에 갔을까 싶어서 물론 그 여자는 돈이 많아서 자기도 폐하가 된
듯한 기분이었을 거야 내가 태어나던 해에 그분*73은 지브롤터에 오셨어 분명
히 그곳에서도 백합을 발견하셨음에 틀림없어 그곳에 손수 나무를 심으셨을
뿐더러 혈기에 못 이겨 그 밖에 다른 것도 심으셨음에 틀림없어 만약에 그분
이 좀 더 빨리 오셨다면 나도 그분의 아이로 태어났을지도 몰라 그러면 나는
지금쯤 이런 곳에서 우물거리고 있지 않을 텐데 그이*74는 하찮은 돈벌이밖에
안 되는 〈프리먼〉지 따윈 집어던지고 관청 같은 곳에 들어간다든가 해서 일
정한 월급을 받거나 은행에 들어가서 온종일 높은 의자에 앉아 돈을 센다든
가 하면 좀 좋아 게다가 그이는 집 안에서 꾸물거리기를 좋아하니까 나는 옴
짝달싹도 못하잖아 오늘 당신 계획은 뭐요 아버지같이 그가 파이프 담배나
피우면서 남자 냄새라도 풍겨 주면 좋으련만 그렇잖으면 광고일 때문에 쏘다
니는 체하고 그런 일을 저질러 나에게 뒤치다꺼리나 하게 말고 커프 씨 가게
에 그냥 눌러앉아 있었더라면 내가 그이를 그곳의 지배인으로 승진시켜 줄
수 있었을 텐데 그*75는 한두 번 나를 만나주었어 처음에는 꽤 냉담했어 정말
이야 블룸의 부인이라고는 하지만 나는 낡아빠진 넝마 같은 옷을 걸친 내가
비참하게 여겨질 뿐이었지 그런데 그것이 최근에는 다시 유행하지 뭐야 그것
은 그이*76를 기쁘게 해 주려고 샀던 것인데 결국 별로 좋지 않았다는 것을
알게 되었어 내가 처음에 말한 대로 토드 앤드 번스 가게가 아니라 리 가게
같은 곳으로 간 것이 잘못이야 그 가게는 엉망이었어 팔다 남은 것이 수두룩
하지만 값이 비싼 사치품만 있는 가게도 싫었고 신경에도 거슬렸어 나는 무
엇을 입든 웬만해선 어울리니까 다만 그이*77는 여자 옷이나 요리에 대해서
여러 가지로 안다고 생각하지 선반에 있는 것은 무엇이든지 넣어서 간을 맞
췄는데 그이의 충고대로 했더라면 정말이지 큰일 날 뻔했지 뭐야 나는 또 나

---

*73 영국 왕세자.
*74 블룸.
*75 커프.
*76 블룸.
*77 블룸.

대로 모자를 하나하나 써 봤지 이거 어때요 좋아 그걸 사지 그래 참 근사해 결혼식 케이크처럼 엄청나게 치솟은 모자를 그이는 나에게 어울린다고 했어 아니면 엉덩이까지 내려오는 냄비뚜껑 같은 모자를 말이야 그이는 그래프턴 거리에 있는 그 가게의 여직원에게 기가 죽어서 신경이 곤두서 있었어 그이를 데리고 간 것이 실수였어 그리고 그녀로 말할 것 같으면 어찌나 거만한지 싱글싱글 웃고 있었다니까 그이는 너무 수고를 끼쳐 그녀에게 미안하다는 거야 여점원이 가게에 있는 것은 뭣 때문이지 나는 그녀가 그만둘 때까지 노려봤지 그래서 그녀는 기분이 언짢아서 새침해 있었는데 그것도 당연한 이야기지 두 번째 나를 보았을 때 그이는 태도를 바꿨어 폴디로 말할 것 같으면 노상 괴팍한 데다가 완고해서 난처해지는 일이 많아 하지만 나를 위해 문을 열려고 일어섰을 때 그*78가 내 가슴을 뚫어지게 쳐다보고 있는 것을 나는 알았지 아무튼 그가 나를 배웅해 준 것은 참 친절한 일이었어 저는 참으로 유감이지만 블룸 부인 어쨌든 저를 믿어 주십시오 처음에 내가 그 사람의 아내로 잘못 알려져 그가 난처했을 때 나는 희미한 미소를 띠고 있었어 그가 저는 참으로 유감스러운데 틀림없이 당신도 그러실 겁니다 하고 말했을 때 문간에 있던 나의 가슴이 잘 보였을 거야

그래 그*79가 그것*80을 너무 빨아댄 탓에 약간 단단해진 것 같아 그렇게 오랫동안 빨아대니 내가 갈증나지 않고 배겨 그이는 그것을 쭈쭈라고 불렀지 나는 웃음을 터뜨리고 말았어 그래 어쨌든 나로서는 사소한 일로도 젖꼭지가 이내 단단해져 그이에게 언제나 그렇게 하게 해야지 그를 위해서 계란을 마르살라 포도주에 넣어 마셔서 크게 만들어야지 정맥이네 무엇이네 하는 것은 왜 있는 것일까 똑같은 것이 두 개 있다니 재미있어 쌍둥이가 생겨도 좋도록 저런 식으로 두 개가 불룩 솟아 있으니 그리고 아름다움의 상징으로 여겨지니 유방은 박물관에 있는 조각처럼 그것이 제자리에 달려 있는 것만으로 아름다움을 나타내는 것일까 미술관에 있는 조각처럼 개중에는 한쪽 손으로 거길 감춘 것도 있지 그게 그렇게도 예쁠까 물론 남자의 조각과 비교하면 아름답지 커다란 주머니가 두 개 달려 있고 또 그 하나가 앞으로 늘어

---

*78 보일런.

*79 보일런.

*80 유방.

져 있거나 그렇지 않으면 빳빳하게 서 있으니 양배추 잎사귀로 가리는 것은 당연해 물론 여자는 아름다워 그것은 널리 알려진 사실이야 홀리스거리에 살 무렵 헬리 가게를 그만두었을 때 그이*81는 나에게 그때 부자를 위해 나체화의 모델이 되면 좋겠다고 말했어 그때 나는 옷을 팔기도 하고 커피 팰리스에서 피아노를 치기도 했었어 만약에 내가 머리를 늘어뜨린다면 저 '목욕하는 님프'와 비슷할까 그래 님프 쪽이 젊지 않으면 나는 그이가 가지고 있는 저 에스파냐 사람 사진 속의 더러운 매춘부와 약간 비슷해 님프는 그런 식으로 돌아다녔을까 하고 나는 그이에게 물었어 그 스코틀랜드 병사가 육류 시장 뒤에서 그리고 다른 빨간 머리 무뢰한은 물고기 조각상이 있는 나무 그늘에서 내가 지나갈 때 오줌 누는 체하면서 그의 유아복을 까서 나에게 보이도록 그것을 세우고 있었어 여왕 근위병이란 곤혹스러운 군대지 서리 사단이 그들과 교체해서 다행이야 하코트거리 정류장 근처 남자화장실 옆을 지나갈 때 보면 거의 언제나 남자들이 그것을 내보이려 한다니까 세계 7대 불가사의인 양 그것으로 나의 눈을 사로잡으려 하지 그리고 그 더러운 곳의 냄새란 커머퍼드네 파티가 끝나고 폴디와 함께 집으로 돌아오던 밤 오렌지와 레몬주스를 먹은 탓에 소변이 보고 싶어서 그런 곳 중 한 곳에 들어갔었지 어찌나 더러운지 참을 수가 없었어 그게 언제였더라 93년 운하가 얼어붙었을 때였지 그 몇 개월 뒤였어 스코틀랜드 병사가 한둘 정도 있어서 내가 남자화장실에 쭈그리고 앉아 있는 모습을 보았으면 좋았을걸 나는 전에 소시지처럼 생긴 그것을 그림으로 그리려고 했었는데 나중에 찢어버렸어 그걸 차이거나 얻어맞을까봐 걱정스러워서 어떻게 다닌다지 그리고 긴 양말을 신은 무엇인가를 만났다는 말을 그이*82는 어려운 단어를 몇 개나 써 가며 화신(化身) 이야기를 했어 그이는 잘 이해되게 간단히 설명할 줄을 몰라 이러저러하는 동안 콩팥을 끓이던 냄비 밑이 눌어붙고 말지 그는 콩팥 탓으로 돌리지만 이쪽에서는 그렇게 대단한 일도 아냐 아직도 그이*83의 이빨자국이 남아 있어 젖꼭지를 물려고 했거든 나도 모르게 큰 소리로 비명을 질렀다니까 남에게 상처를 입히다니 사내란 참 무서운 족속이야 밀리 때에는 젖이 충

---

*81 블룸.

*82 블룸.

*83 보일런.

분히 나와서 넉넉히 두 사람은 먹을 수 있었는데 그게 무슨 영문이었는지 몰라 그이는 내가 유모 노릇을 한다면 한 주일에 1파운드는 받을 수 있다고 했어 아침이면 완전히 부풀어 올라 28번지의 시트런가(家)에 하숙하던 그 비실비실한 펜로즈는 그날 아침 내가 몸 씻고 있는 것을 볼 뻔했어 내가 수건으로 얼굴을 가렸으니 망정이지 그것이 그 녀석의 공부한다는 태도였어 그 애가 젖을 뗄 때는 젖이 부풀어서 고생했지 결국 그이*84가 브레이디 박사를 찾아가서 아트로핀을 처방받아 왔지 나는 그이에게 젖을 빨게 해야만 했어 아주 딱딱해져서 그이는 우유보다도 맛있고 진하다고 말했지 그러고 나서 나에게 그것을 짜서 차에 타 달라고 했어 정말 황당하지 누군가가 신문 총평란에 쓰기라도 하면 좋을 거야 내가 그 숱한 사건의 반이라도 기억한다면 책을 한 권 쓸 수 있을 정도야 폴디 선생 전집이라고나 할까 그래 그래서 피부가 한층 부드러워졌어 넉넉히 한 시간 그이는 그렇게 했어 나는 시계로 재고 있었으니까 마치 덩치 큰 아기처럼 남자들이란 뭐든지 입에 넣고 싶어한단 말야 여자를 상대로 온갖 기쁨을 맛보는 거야 지금도 그의 입이 닿는 느낌이 남아 있어 오 하느님 몸을 죽 펴고 싶어 그이나 다른 사람이 여기에 있어서 그런 식으로 나를 몇 번이고 기쁘게 해 주면 좋으련만 마치 온몸이 불타는 것 같아 아니면 그이가 손가락으로 엉덩이를 간질여 나를 두 번째로 가게 만들었을 때의 꿈을 꾸고 싶어 나는 5분 동안이나 계속되고 있었어 내 두 다리로 그를 누르고 나는 그를 끌어안지 않고서는 견딜 수가 없었지 오 별별 걸 다 큰 소리로 외치고 싶었어 성교든 똥이든 격렬하게 해대도 얼굴이 흉하게 일그러지거나 주름 지지 않는다면 그는 어떻게 생각했을까 남자의 기분을 알고 싶어 남자라고 다 그이*85 같은 건 아냐 고맙게도 개중에는 그것을 할 때 여자가 얌전하게 있는 것을 좋아하는 사람도 있지 나는 차이를 알아차렸어 그*86는 할 때 말을 하지 않아 나는 그를 바라보았지만 날뛴 탓으로 내 머리카락이 흐트러졌고 나는 혀를 이빨 사이로 그를 향해 내밀었어 저 야만적인 짐승을 향해 오늘이 목요일이지 금요일로 하루 토요일로 이틀 일요일로 사흘 어떻게 월요일까지 기다린담

---

*84 블룸.

*85 블룸.

*86 보일런.

프르시이이이이이이프로오오오롱 기차가 어디에선가 기적을 울리고 있다 기관차는 엄청난 장사야 마치 옛이야기에 나오는 거인 같아 김이 온몸을 돌아다니다가 온갖 방향으로 흘러나오고 아내와 자식들 곁을 떠나 불타는 듯이 더운 기관차 안에서 밤새도록 일해야 하는 저 가엾은 사람들 오늘은 날씨가 숨이 막히도록 무더웠어 오래된 〈프리먼〉지나 〈포토 비츠〉를 반쯤 태워버려서 기분이 좋아 그런 것을 아무 데나 내버려 두다니 도대체 그이*[87]는 요즈음 정말로 일을 소홀히 하는 것 같아 나머지 신문지는 화장실에 처박아 두었지 저런 것을 모두 꼼꼼하게 받아두었다가 내년까지 두어봐야 몇 푼 되지도 않고 지난 1월 신문은 어디에 있느냐는 말을 들을 바에는 차라리 내일 아침 그이에게 신문을 끊어달라고 해야겠어 게다가 그 낡은 외투도 현관을 한층 더 무겁게 만들 뿐이라 치웠어 푹 자고 일어난 뒤에 오는 비는 기분이 좋아 마치 지브롤터처럼 더워지는 게 아닐까 하고 생각했거든 오 동풍이 불기 전 그곳의 더위란 캄캄한 가운데 번쩍거리며 솟은 바위산은 모두가 크다고 하는 세 개의 록 마운틴과 비교해도 거인처럼 크게 보여 여기저기에 빨간 망루가 있고 자작나무는 하얗게 빛나고 있어 게다가 모기장과 물탱크 안의 빗물 냄새 항상 태양을 바라보고 있으면 머리가 이상해져 저 예쁜 외투도 이제 색이 바래고 말았어 아버지 친구 스탠호프 부인이 파리의 비 마르셰로부터 내게 선사한 거지 너무했어 나의 친애하는 강아지라고 쓰시다니 참 친절도 하서 그분의 또 다른 이름은 무엇이었더라 조촐하게 엽서로 알립니다 변변치 않은 선물이에요 방금 목욕한 강아지처럼 개운해요 지금 이방인도 들어왔습니다 그녀는 남편을 '이방인'이라는 애칭으로 불렀지 지브롤터로 돌아가서 당신이 〈그리운 마드리드〉나 〈웨이팅 콘코네〉를 부르는 걸 들을 수 있다면 우리는 무엇이든지 주고 싶어요 콘코네는 연습곡집 제목이야 그이는 대개 내가 알아들을 수 없는 이름의 솔을 사주었어 솔이란 참 재미있는 물건이지만 사소한 일로 찢어지고 말아 그래도 역시 예쁘다고 생각해 우리가 함께 마신 그 맛있는 차는 언제까지나 잊지 않을 거야 고급 건포도가 든 스콘과 산딸기 과자가 나는 참 좋아 그럼 친애하는 강아지 씨 잊지 말고 곧 답장을 줘요 그녀는 아버지한테 안부 전하는 것을 빠뜨렸어 또한 그로브 대위에

---

*87 블룸.

게도 안녕 당신의 친애하는 헤스터 ×××××*88 그녀는 조금도 결혼한 여자처럼 보이지 않았어 꼭 소녀 같았지 남편은 그 여자보다 나이가 훨씬 많았어 그녀의 이른바 '이방인'은 나를 몹시도 좋아하셨어 라 리니어에서 열린 투우에서 그 유명한 투우사 고메스*89가 소의 귀를 받았을 때 내가 울타리를 넘어갈 수 있게 철사를 밟아 주었어 우리는 옷을 입어야 해 도대체 이 옷은 누가 발명했을까 그리고 예를 들면 소풍 때 킬리니 언덕을 올라갔었는데 그런 식으로 몸을 완전 무장하면 그것*90도 할 수 없고 군중을 피해서 달리거나 옆으로 비켜설 수도 없어 사나운 늙은 수소가 견장(肩章)을 달고 모자에 장식품을 두 개 붙인 투우사를 향해 돌진하고 남자들이 야수처럼 투우사 만세라고 소리 질렀을 때 내가 무서웠던 것은 그것 때문이야 하얗고 멋진 만틸라*91를 입은 여자들도 남자들 못지않게 열광했어 불쌍한 말의 내장을 뿔로 찔러서 몽땅 끌어내다니 나는 그렇게 끔찍한 이야기는 들어본 적이 없어 그래 내가 벨 골목길에서 짖어 대던 그 개 흉내를 내면 그이*92는 언제나 슬픈 기색이었어 가엾은 짐승 병에 걸렸던 거야 그분들은 도대체 어떻게 되었을까 두 사람 모두 옛날에 죽었겠지 마치 안개를 통해서 바라보는 것처럼 먼 옛날이야기야 그 건포도가 든 스콘은 내가 만들었어 물론 내가 모두 먹어 버렸지만 그리고 헤스터라는 아이 우리는 서로 머리카락을 비교하곤 했지 내가 그녀보다 숱이 많았어 그녀는 내가 머리를 동여매고 있자 어떻게 머리를 다발로 묶는지 가르쳐 주었지 그리고 한 손으로 실에 매듭 매는 방법 등 여러 가지를 우리는 마치 자매 같았어 그 무렵 몇 살이었는지 몰라 나는 그 애 침대에서 잤어 폭풍우가 요란하던 날 밤 그 애는 내 몸을 껴안고 있었어 그리고 아침에는 베개싸움을 했지 얼마나 재미있었는지 몰라 알라메다 산책로에서 군악대의 음악을 듣고 있었을 때 나는 아버지와 그로브 대위와 함께 있었어 그이*93는 기회 있을 때마다 나를 바라보았지 나는 처음에 교회를 바라

---

*88 편지 마지막에 쓰는 키스의 표시.

*89 1870년대부터 1930년대에 걸쳐 고메스가(家)는 저명한 투우사를 배출했는데 몰리의 머릿속에 있는 인물이 누구인지는 분명하지 않다. 투우의 승자에게는 소의 귀가 증정되었다.

*90 소변 보기.

*91 에스파냐, 멕시코 등지에서 여성이 덮어쓰는 쓰개.

*92 블룸.

*93 그로브 대위.

보고 창을 바라보고 그 아래쪽을 바라보다가 우리는 눈이 마주치고 말았어 내 몸 안에서 무엇인가가 마치 바늘 같은 것이 지나가는 듯한 느낌이 들었어 눈앞이 빙빙 돌았지 지금도 선명히 기억하는데 나중에 거울로 보니 도무지 내 얼굴로 보이지 않을 정도였어 완전히 변해 있었어 나는 햇볕에 보기 좋게 탄 피부에다가 장미처럼 흥분하고 있었지 나는 한잠도 잘 수가 없었어 그녀 때문에 그것은 좋은 일은 아니었어 하지만 나는 적당한 단계에서 그만둘 수 가 없었지 그녀는 나에게 《월장석(月長石)》*94을 읽으라고 주었어 그것이 내가 처음으로 읽은 윌키 콜린스의 작품이었어 《이스트 린》*95도 읽었지 그리고 헨리 우드 부인이 쓴 《애실리디아트의 그늘》과 또 다른 여자가 쓴 《헨리 던바》를 나중에 멀비*96 사진을 사이에 끼워 그이*97에게 빌려 줬어 나도 애인이 있다는 것을 그가 알 수 있도록 말이야 그리고 리튼 경*98의 《유진 애럼》과 미시즈 헝거포드가 쓴 《몰리 본》*99을 그녀가 빌려 주었어 이름이 같다면서 나는 몰리라는 이름의 여자가 나오는 책은 싫어 그이가 빌려다 준 플랜더스 출신의 어떤 매춘부로 천이나 모직물을 몇 야드나 닥치는 대로 훔치는 여자에 대해서 쓴 책*100도 그렇지만 이 모포는 나에게는 너무 무거워 이렇게 하면 딱 맞아 나는 괜찮은 잠옷이 하나도 없어 그이가 옆에서 자면서 장난이라도 치면 이 잠옷은 몽땅 말려 올라가고 말아 이제 됐어 그 무렵 나는 언제나 잠버릇이 나빴어 더위 속에서 숨을 헐떡이며 잤었지 의자에 앉았다가 일어서면 속옷이 땀범벅이 되어 엉덩이에 끈적끈적하게 달라붙어 떨어지지 않아 소파 쿠션에서 일어나 치마를 걷어 올려 보면 빈대투성이였지 게다가 밤에는 모기장을 쳐 놓았어도 책은 한 줄도 읽지 못했어 참 오래된 일이야 몇 세기 전의 일 같아 물론 그들*101은 결코 되돌아오지 않았어 그리고

---

*94 영국 소설가 윌키 콜린스(1824~89)의 장편소설(1868). 아마 영국 최초의 탐정소설일 것이다.
*95 아일랜드 태생의 여류 작가 헨리 우드(1814~87)의 소설 1861년 작.
*96 몰리의 첫 연인.
*97 블룸.
*98 19세기 영국의 정치가, 소설가.
*99 아일랜드의 소설가 마가렛 울프 헝거포드(1855~97)의 소설, 1878년 작.
*100 영국의 소설가 대니얼 디포(1660~1731)의 소설 《몰 플랜더스》(1722).
*101 스탠호프 부부.

그녀는 자기 주소를 제대로 써서 보내지 않았어 조금만 신경 쓰면 되는데 끊임없이 여러 사람들이 떠나가는데 나는 늘 같은 곳에 있지 뭐야 바다가 사나워져서 보트의 뱃머리가 흔들리고 파도가 솟구친 날을 기억해 상륙 휴가 나온 그 사관들의 제복 나는 뱃멀미가 났어 그이[102]는 아무 말도 하지 않았어 그이는 진지했지 나는 끈을 매는 목이 긴 구두를 신고 있었어 치마가 바람에 날려 올라갔어 그녀는 내게 여섯 번인가 일곱 번 키스를 했지 나는 울지 않았어 아냐 운 것 같아 아니면 울 뻔했나 봐 안녕이라고 말할 때 내 입술은 떨리고 있었어 그녀는 항해를 위해 특별히 맞춘 멋진 파란색 숄을 두르고 있었어 그건 정말 아름다웠어 그분들이 가 버리고 나서는 죽을 만큼 따분했지 나는 미치광이처럼 어디론가 달아나고 싶었어 하지만 어디든 안락하겠어 아버지나 숙모 그렇지 않으면 결혼 등 '그를 나에에에게로 끌어어어들이려고 기다려도 나는 그이의 발길을 더 이상 재촉촉촉촉할 길이 없고'[103] 저 듣기 싫은 대포 소리가 온통 시내에 울려 퍼졌지[104] 특히 여왕님 생일에는 온갖 것을 떨어뜨리고 마니까 선반 위는 비워둬야 해 누군지는 모르지만 워낙 높은 사람이라는 율리시스 그랜트 장군[105]이 상륙했을 때는 창문도 열어놓을 수 없었어 대홍수 이전부터 거기에 있었을 것 같은 영사(領事)인 스프레이그 노인이 정장을 하고 있었지 불쌍하게도 아들이 죽어 상중(喪中)이었는데 그리고 아침이면 옛날과 똑같은 기상 나팔과 큰북이 울리지 반합을 들고 돌아다니는 불행하고 가엾은 병사들은 긴망토를 입고 수염을 기른 유대인들과 레위인들보다 더 지독한 냄새를 풍겼어 사격 중지 퇴각 엄호의 지원사격 그리고 열쇠로 문들을 잠그고 가는 파수꾼의 백파이프 소리 그리고 그로브 대위와 아버지는 로크거리의 얕은 여울[106]이나 플레브나[107] 가넷 월즐리 경[108] 하르툼에 있었던 고든 장군[109]에 관해서 곧잘 이야기했어 그분들이

---

* 102 그로브 대위.
* 103 가사의 일부.
* 104 지브롤터에서는 매일 폐문을 알리는 포소리가 울렸는데 여왕의 생일에는 모든 대포가 울려 퍼졌다.
* 105 미국의 대통령 율리시스 그랜트(1822~85)는 퇴임 후 1878년 11월 17일에 지브롤터를 방문했다.
* 106 투겔라 강가에 있는 보어전쟁의 격전지.
* 107 보어전쟁의 격전지.

나갈 때에는 언제나 담배에 불을 붙여드렸지 남길 것 같지도 않은 독한 위스키를 창가에 놓고 남들 앞에서는 말할 수 없는 특별히 추잡스러운 이야기를 생각해 내려고 코를 후비고 있는 늙은 주정뱅이도 내가 있을 때에는 도를 지나치지 않고 무엇인가 시시한 변명을 하여 나를 내보냈었어 알랑거리며 부시밀 위스키를 마시고 지껄이면서 하지만 그 아저씬 어떤 여자한테든 똑같은 짓을 했어 아마 술을 너무 마셔서 먼 옛날에 돌아가셨을 거야 하루가 1년처럼 길었어 내가 스스로 우체통에 넣은 편지가 아니면 그 누구로부터도 편지 한 통 오지 않을 때는 너무 따분해서 주위에 있는 누군가와 싸움이라도 해서 손톱으로 할퀴어 주고 싶었어 수탕나귀 같은 소리를 내는 악기를 가지고 히이 히이 아히 하고 노래하는 늙은 애꾸눈 아라비아인의 노래에 귀를 기울였지 그래 당신의 수탕나귀 같은 노래는 이제 그만 지금 생각해도 싫은 소리야 두 손을 축 늘어뜨리고 건넛집에 좋은 남자는 없는가 하고 창 밖을 내다보곤 했지 간호사가 뒤쫓아 다니던 홀리스거리의 저 의학생*110 내가 외출하는 것을 알려 주려고 창가에서 모자를 썼다 장갑을 꼈다 해도 왜 그런지 조금도 알아채지 못했어 남의 기분을 알 수 없다니 바보야 커다란 포스터에다 인쇄를 해서 보여 주지 않으면 왼손으로 두 번이나 악수를 해도 모를 거야 웨스틀랜드거리 성당 바깥에서 그*111를 만나 윙크를 했지만 나를 알아보지 못했어 남자들의 훌륭한 지혜는 어디에 있는 것일까 그들의 뇌 회백질(灰白質)은 모두 꼬리에 있는 것이 아닐까 시티 암스 호텔에 묵고 있는 저 시골뜨기 목축업자들*112의 지혜로 말할 것 같으면 그들이 팔고 있는 소들의 그것보다도 훨씬 초라할 거야 그리고 석탄 장수의 종소리 저 시끄러운 녀석은 모자에서 다른 사람의 계산서를 꺼내 나를 속여 먹으려 했어 오지게 괘씸하다니까 그러고는 큰 냄비나 작은 냄비 수선할 솥이랑 깨진 병 없나요 라니 아아 오늘은 찾아오는 이도 없고 편지도 없어 단지 그이*113의 수표와 친애

＊108 19세기 영국의 장군. 보어전쟁 발발 당시 영국의 최고사령관.
＊109 중국과 아프리카에서 무훈을 세운 19세기의 영국 장군. 하르툼은 아프리카 수단의 영국 요새가 있었던 곳. 고든 장군은 이를 구원하기 위해 갔으나 요새는 이틀 전에 무너진 뒤였다.
＊110 에피소드 17에서 몰리에게 치근댔다던 남자.
＊111 의학생.
＊112 아일랜드가축업자협회는 매주 수요일에 시티 암스 호텔 사무소에서 모였다.
＊113 블룸.

하는 부인이라고 경어를 쓴 원더워커*114의 광고와 그*115의 편지 한 통 그리고 밀리한테서 온 엽서 한 장이 오늘 온 것의 전부야 그 애가 아빠에게 편지를 보낸 거야 내가 가장 최근에 받은 편지는 누구한테서 온 것이었지 아 미시즈 드웬한테서지 몇 년 동안 소식도 없다가 피스토 마드릴레노 요리법을 가르쳐 달라고 편지를 하다니 어떻게 된 거야 훨씬 이전에 플로이 딜런*116이 돈 많은 어떤 건축업자와 결혼했다는 내용의 편지를 보낸 뒤로 처음이야 그 사람 말이 모두 진짜라면 방이 여덟 개나 되는 집에 살고 아버지는 참 좋으신 분이래 칠십이 가까운 나이지만 언제나 기분이 좋으시대 미스 트위디나 미스 길레스피는 피아노도 있대 그리고 마호가니 선반 위에는 순은제 커피세트도 있어 이렇게 멀리 떨어져 있다니 정말 죽도록 슬퍼 나는 늘 불평만 하는 사람은 아주 싫어 누구나 나름대로의 고통은 있는 법이야 한 달 전에 심한 폐렴으로 죽은 가엾은 낸시 블레이크 난 그녀를 잘 몰랐고 내 친구라기보다는 플로이의 친구였으니까 답장을 써야 한다는 것은 귀찮은 일이야 그이는 언제나 나에게 엉뚱한 말만 걸어와 그리고 일단 말을 하기 시작하면 마치 연설 같아서 끝이 없어 사별하셨다니 동정(symphathy)해요 나는 언제나 이 철자를 잘못 쓴다니까 그리고 조카(nephew)란 단어엔 w를 두 개씩 붙이고 말아 만약에 그*117가 나를 정말로 좋아한다면 다음번에는 더 긴 편지를 써 주면 좋을 텐데 내가 몹시도 바라던 것을 나에게 주고 내 기운을 북돋아 주는 사람이 있다는 것은 고마운 일이야 여기서는 옛날과 달리 기회 따윈 없어 누군가가 나에게 연애편지를 써 주면 좋겠는데 그의 것은 별로 대단하진 않았어 그이*118더러 당신 좋을 대로 써도 괜찮다고 말했는데도 영원히 당신의 것인 휴 보일런으로부터 저 '그리운 마드리드'에 나오는 어리석은 여자들은 사랑이 한숨이라는 말을 정말이라고 믿고 있어 만약에 그가 그렇게 썼다면 어느 정도 진짜인 대목도 있을 거야 거짓이건 진짜건 사랑이란 당신의 나날과 생애를 채워 주고 늘 무엇인가를 생각하게 하고 주위를 새로운 세계로

---

*114 치질약.
*115 보일런.
*116 블룸과 마리온이 알게 된 딜런 집안의 딸.
*117 보일런.
*118 보일런.

보이게 해 나에 대해서 생각하도록 침대에서 답장을 써줄까 보다 짧게 몇 마디만 애티 딜런이 숙녀 모범 편지글에서 발췌하여 결국 곧잘 써서 보내던 길고 지겨운 글자투성이 편지 말고 재판소에서 일하는 누구라고 하던데 결국 그 남자는 그녀를 차버렸어 그래서 그때 내가 짧게 써도 된다고 말했는데 어차피 남자들은 자기 좋을 대로 해석하니까 이 세상 최대의 행복을 얻으려면 성급한 경솔이 아니라 간명한 솔직함이 필요해 남자들의 신청은 긍정적으로 받아들여야 해*119 정말 그 밖에 어찌할 방법이 없어 남자들에게는 그것으로 아주 족하겠지 하지만 여자는 나이를 먹으면 이내 버림을 받아 재 쓰레기장 바닥에 던져지고 마니 당할 길이 없어.

멀비로부터 받은 것이 태어나서 처음이었어 그날 아침 내가 자고 있을 때 루비오 부인*120이 커피와 함께 그 편지를 들고 들어와서 멍청하게 서 있었지 내가 그것을 달라고 말하고 봉투를 뜯으려는데 그녀의 머리를 가리키면서 머리핀이라는 말을 생각해 낼 수가 없었어 정말로 얼마나 무뚝뚝한 할멈인지 몰라 바로 손 닿는 곳에 있건만 못생긴 주제에 머리에는 가발을 달고 자기 모습을 자랑으로 아는 거야 여든이나 백 살 가까이 먹어 보였고 얼굴은 주름투성이였지 신앙심은 깊은 것 같았지만 고집이 너무 셌어 왜냐하면 그 노파는 받아들일 수 없었거든 온 세계 군함의 반이나 되는 대서양 함대가 와서 에스파냐 용기병들을 아랑곳하지 않고 유니언 잭을 휘날리고 술 취한 영국 해병 넷이서 지브롤터의 암벽을 점령했다는 것을 그리고 나는 나대로 결혼식이 없을 때에는 숄을 걸친 그 여자의 비위를 맞추어 그녀와 함께 산타마리아의 미사에 가는 일을 그다지 하지 않았기 때문이기도 했지만 그 여자는 성자의 여러 가지 기적에 관한 이야기 은색 옷을 입은 흑발의 성모 전설에 대한 이야기만 해댔어 그리고 부활제 아침은 태양이 3배나 강하게 비치고 죽어가는 자에게 교황권을 가져오는 사제가 방울을 울리며 지나갈 때 그 여자는 예수를 위해 가슴에다 성호를 그었어 찬미자로부터 하고 그이*121는 편지에 서명해서 보내왔어 나는 펄쩍 뛸 정도로 기뻤지 컬레리얼거리에서 그이가 나를 따라오는 것을 진열창으로 보았을 때부터 나는 그이를 유혹하려

---

*119 《숙녀 모범 편지글》의 제목 가운데 하나.
*120 트위디가 지브롤터에 살 때 고용했던 에스파냐 가정부.
*121 멀비 중위.

고 마음먹었지 그리고 그이는 지나갈 때 나를 살짝 건드렸어 나는 그이가 밀회의 편지를 보내리라고는 조금도 생각하지 않았어 나는 그것을 속치마 허리춤에다 감추고 아버지가 훈련 나간 사이에 그 필적이나 우표 따위에서 무언가 찾아내려고 구석진 곳이나 은신처에서 온종일 읽었지 나는 기억해 하얀 장미를 달까요라는 노래를 부르고 있었지 그리고 나는 그 시간을 기다릴 수가 없어서 낡은 시계의 바늘을 돌리려고까지 했다니까 그이*¹²²는 나에게 키스한 첫 남자였어 무어인의 흉벽 아래서 내 연인이 소년이었을 무렵 키스란 무엇을 뜻하는지 전혀 몰랐어 그이가 혀를 내 입 속에 밀어 넣기 전에는 그의 입은 부드럽고 젊었어 나는 키스하는 법을 배우기 위해 몇 번이나 내 무릎을 그이에게 밀어붙였지 나는 돈 미구엘 데 라 플로라라는 어떤 에스파냐 귀족의 아들과 약혼한 사이라고 농담으로 그이에게 말해 주었지 그리고 그이*¹²³는 내가 3년이 지나면 그 남자와 결혼한다고 믿었어 거짓말에서 나온 진실이란 흔히 있는 일이지 그때 한 송이 꽃이 핀 거야 나는 나라는 여자를 알게 하기 위해서 그이에게 나에 대해서 진짜 이야기도 조금은 해 주었어 그이는 에스파냐 처녀를 좋아하지 않았어 아마도 한 에스파냐 아가씨가 그이에게 딱지를 놓았던 모양이야 나는 그이를 흥분시키고 말았어 그이는 가지고 온 꽃을 내 가슴에 밀어붙여 모두 망가뜨렸지 그이는 내가 가르쳐 주기 전에는 페세타 은화와 페라고르다*¹²⁴의 계산도 하지 못했어 블랙워터 강변*¹²⁵의 캐포퀸 출신이라고 그이는 말했어 하지만 그것은 잠깐이었어 그이가 출발할 날이 왔어 그래 에스파냐의 어린 임금이 태어난 5월이었어 나는 봄이 되면 언제나 그렇게 돼 나는 해마다 새로운 남자가 소리없이 와주면 좋겠다고 생각해 오하라의 탑 근처의 포대 아래에서 나는 그이에게 거기에 벼락이 떨어졌었다고 말해 주었어 그리고 늙은 바바리 출신 원숭이에 대해서도 전부 들려줬지 사람들이 클래펌 공원*¹²⁶으로 보냈는데 서로 등을 타고 온 무대를 뛰어다녔대 루비오 부인의 이야기로는 옛날에 지브롤터에 수놈

---

*122 멀비 중위.
*123 멀비 중위.
*124 에스파냐의 경화(硬貨) 1페세타는 10페라고르다.
*125 아일랜드의.
*126 런던의.

원숭이 한 마리가 있었는데 인세스 농장에서 병아리를 훔치고 사람이 가까이 가면 돌을 던지고 그랬다는 거야 그이는 나를 물끄러미 바라보고 있었어 나는 그이의 용기를 북돋아주고 싶어서 너무 벌어지지 않을 정도로 앞가슴이 터진 하얀 블라우스를 입고 갔었어 유방이 부풀기 시작할 나이였어 내가 피곤하다고 말하자 우리는 전나무 그늘에서 누웠지 황량한 곳이었어 틀림없이 이 세상에서 가장 높은 바위일 거야 회랑(回廊)과 포대(砲臺)와 저 무서운 바위산 그리고 고드름 같은 것이 늘어져 있고 사다리가 있는 성 미카엘 동굴*127 내 신발은 진흙투성이가 되고 원숭이가 죽을 때는 바다 밑을 지나 아프리카로 간다는데 분명 저기로 내려가는 걸 거야 저 멀리 먼 바다의 배는 나뭇조각 같아 몰타섬으로 다니는 배가 지나가는 거였지 그래 바다와 하늘 누구든지 자기가 생각한 대로 할 수 있었어 언제까지나 거기에 누워 있는 것도 그이*128는 유방을 옷 위에서 애무하고 있었어 남자란 그런 일을 하는 걸 좋아해 그것이 거기에서 둥글게 부풀어 있기 때문이야 나는 햇볕을 좀 쬐려고 하얀 새 밀짚모자를 쓰고 그이에게 기대 있었어 내 얼굴은 왼쪽에서 보는 편이 예뻐 블라우스를 열어주었어 마지막 날이니까 그이는 속이 환하게 들여다보이는 셔츠를 입고 있었어 그이의 가슴이 분홍빛이라는 걸 알았어 그이는 한순간 자기 것을 내 것에 대려고 했어 나는 못하게 했지 처음에 그는 매우 당황스러워 했어 폐병이 옮을지도 모르고 늙은 하녀 아이네스가 말한 것처럼 한 방울이라도 들어가면 아이가 생길 수도 있으니까 나중에 나는 바나나로 시험해 보았는데 그것이 부러져서 어딘가 내 안에 남는 것이 아닌가 하고 무서웠어 왜냐하면 언젠가 의사가 여러 해 동안 몸 안에 들어 있던 석회염에 덮인 것을 어떤 여자에게서 꺼낸 일이 있었잖아 남자란 모두 자기들이 나온 곳에 도로 들어가고 싶어 안달이지 그렇게 깊은 데까지는 결코 닿지 못하면서 그러고는 다음 때까지는 이제 필요가 없다는 거야 왜냐하면 거기는 너무 보드라워서 끝내주는 느낌이 든다나 우리는 어떤 식으로 그것을 했지 그래 아 그래 나는 그이 것을 내 손수건에다 빼게 했어 흥분하지 않은 척하고는 있었지만 나는 다리를 벌렸지 그이가 속치마 안쪽을 만지지 못하도록 했어 나는 옆을 벌릴 수 있는 치마를 입고 있었지 나는 그이에게서 생

---

*127 지브롤터 최대의 동굴. 안이 널찍하고 종유석이나 석순을 볼 수 있다.
*128 멀비.

명을 짜낸 거야 처음엔 그이를 간질이면서 죽도록 괴롭게 만들었어 나는 호텔의 그 개를 르르르스스스스트 어워크워카워크 하고 화나게 하는 것을 좋아했어 그이는 눈을 감고 있었고 새 한 마리가 우리의 아래쪽을 날고 있었어 그이는 부끄러워했지 하지만 역시 나는 그날 아침과 같은 그 사람을 좋아해 내가 그런 식으로 그이를 덮쳤을 때 그이는 얼굴이 새빨개졌어 내가 그이의 단추를 풀고 그것을 꺼내어 그의 가죽을 아래로 당겼을 때 거기에는 눈처럼 생긴 것이 붙어 있었지 남자들 배 근처 아래쪽은 단추투성이야 귀여운 몰리*129라고 그 사람은 나를 불러 주었어 그이의 이름은 무엇이었더라 잭 조 아니야 해리 멀비였어 중위였을 거야 아마 그이는 금발인 편이었어 목소리는 명랑하고 말이야 나는 그 무엇인가를 더듬었어 그이는 무엇이든지 그 무엇이라고 했어 코밑수염을 기르고 있었지 다시 돌아온다고 했는데 바로 어제 일 같아 만일 내가 결혼해 있으면 그이는 나와 그걸 하겠다고 했어 나는 그이와 약속했지 그래 진심으로 마음껏 하게 해주겠다고 지금이라면 당장이라도 그이는 지금 죽었든지 그렇잖으면 대령이나 제독이 되었을 거야 벌써 20년 가까운 세월이 흘렀어 내가 전나무 그늘이라고 말하면 그이는 이내 알 거야 만일 그이가 뒤쪽으로 와서 살며시 눈을 가리고 누군지 알아맞혀 봐요 해도 나는 그이라는 것을 곧 알 수 있을 거야 그이는 40세 정도니까 아직은 젊어 아마 블랙 워터*130의 어떤 처녀와 결혼했겠지 그리고 아주 변해 버렸을 테지 남자들이란 모두 변하는 법이니까 남자의 개성 같은 건 여자의 반도 안 돼 그녀는 아마도 사랑하는 남편이 자기의 존재를 꿈에도 생각하지 못했을 때 나와 어떤 짓을 했는지 모를 거야 더욱이 대낮에 온 세상이 다 보는데서 〈크로니클〉지*131에 기사가 나도 좋을 정도의 일이야 그 뒤에 나도 꽤 흥분해 있었어 베너디 형제 가게에서 비스킷 담는 흰 종이 봉지에 바람을 불어넣어 터뜨렸을 때와 같이 정말 어쩌면 그렇게 무서운 소리였을까 우리가 산허리를 가로질러 갔던 길을 되돌아올 때 작은 오두막을 지나 유대인의 묘지에서 묘석의 헤브라이 문자를 읽는 체하고 내려왔을 때 갖가지 산도요새와 비둘기들이 울고 있었어 나는 그이의 피스톨을 쏴보고 싶다고 말했지만

---

*129 유행가 가사.
*130 멀비의 고향.
*131 1801년 이래 지브롤터에서 토요일마다 발행되었던 잡지.

그이는 갖고 있지 않다고 했지 그이는 내 마음을 어떻게 받아들여야 좋을지 몰랐어 내가 아무리 바르게 고쳐 주어도 이내 비스듬히 다시 쓰는 챙이 달린 모자 제국 군함 칼립소 호*132 나도 열심히 모자를 흔들었지 제단에서 지루한 설교를 하는 저 늙은 주교는 여인의 고상한 임무에 관해서 자전거를 타거나 챙이 달린 모자를 쓰고 새로운 블루머 옷을 입는 요즘의 젊은 여자들에 대해서 말했어 하느님 그이*133에게는 지혜를 그리고 저에게 더 많은 돈을 주옵소서 블루머는 꼭 그이*134의 이름을 딴 것 같아 어떤 식으로 보일까 하고 나는 그것을 활자체로 명함에 써 보기도 하고 정육점 주문서에 써 보기도 했어 블룸이라니 그 이름이 내 것이 될 줄은 꿈에도 몰랐지 뭐야 내가 그이와 결혼한 뒤로 조시는 블룸 마나님 기분이 블루밍(blooming : 짜증나다)해 보이네요 하고 말하곤 했지 그래도 브린이나 브리그스보다는 나아 브리그(brig : 영창)와 헷갈리니까 그리고 미세스 램스버틈이네 뭐네 하는 저 '엉덩이(bottom)'가 붙은 터무니없는 이름보다도 낫고 말이야 멀비라는 이름도 그다지 탐탁지 않아 만일 내가 그이와 이혼한다면 보일런 부인이야 나의 어머니 그녀가 어떠한 사람이었든지 간에 루니터 라레도를 본따서 나에게 더 괜찮은 이름을 붙여 주어도 좋았을 텐데 저지*135의 반대쪽을 돌아서 들락날락하면서 윌리스 도로를 따라 유로파 지점까지 달려갔을 때 지금 밀리의 것과 같은 작은 젖이 블라우스 아래서 흔들리고 있었어 밀리가 계단을 뛰어 올라올 때처럼 나는 내 가슴을 내려다보길 좋아하지 나는 후추나무나 흰 포플러나무에 달려들어 잎을 따서 그*136에게 던지곤 했어 그이는 인도로 가 버렸어 편지를 쓰겠노라 했지만 그들이 해야만 하는 일은 세계 끝까지 갔다가 또 돌아오는 항해인걸 어딘가에서 익사하든가 표류하기 위해 나가는 것과 같아 기껏해야 여자를 한두 번 안아 보는 것이 고작이겠지 그 일요일 날 아침 나는 이미 죽은 루비오스 대령과 함께 풍차 언덕을 올라 정상의 평지(平地)까지 갔었어 그는 보초가 가지고 있는 것과 같은 망원경을 배에서 한두

---

*132 영국 군함 3등 순양함.

*133 늙은 사제.

*134 블룸.

*135 영국 해협에 있는 섬의 하나.

*136 멀비.

개 가져오겠다고 했지 나는 파리의 B 마르슈의 그 윗옷을 입고 산호 목걸이를 하고 있었어 해협은 햇빛에 반짝이고 거의 모로코까지 볼 수 있을 정도였어 탕헤르만(灣)은 하얗고 아틀라스산은 눈에 덮여 있었고 해협은 마치 강처럼 아주 맑았어 해리*137 나의 귀여운 몰리 나는 그때부터 늘 바다 위에 있는 그이만 생각했어 미사 때 내 속치마가 흘러내리기 시작했어 나는 그이의 냄새를 맡기 위해 몇 주일이고 손수건을 베개 밑에다 넣어 두었지 지브롤터에서는 냄새가 사라진 뒤 악취를 남기는 저 값싼 에스파냐 향수 외에 고급 향수 같은 건 전혀 구할 수가 없었어 나는 그이에게 기념품을 보내고 싶었지 그이는 행운을 뜻하는 투박한 클라다 반지를 나에게 주었어 나는 그것을 남아프리카로 가는 가드너에게 줘 버렸지 거기에서 그*138는 보어인과 싸우다가 장티푸스에 걸려 죽어 버렸어 아군도 모두 패배하고 말았지 그 반지가 악운을 가져왔는지도 몰라 마치 오팔이나 진주 같았어 엄청 무거웠지 틀림없이 16캐럿의 순금이야 그이*139의 깨끗하게 수염 깎은 얼굴이 보이는 것 같아 프르시이이이이이이이이이이이이이이이이이이이프롱 또 기차가 흐느끼는 듯한 소리 '불러도 돌아오지 않는 그리운 나날' 여기서 눈을 감고 숨을 쉰다 입술을 둥글게 내밀고 키스 슬픈 표정 살며시 눈을 뜨고 조용히 '안개는 아직 이 세상에 나타나지 않고'를 노래한다 나는 '아직 이 세상에'라는 대목이 싫어 '사랑의 달콤한 노오오오래에' 다음에 무대에 설 때에는 이 대목을 힘차게 불러야지 캐슬린 키어니와 끽끽 찢어지는 소리로 울어대는 그 패거리들이 어떻게 해서든지 자기들에게 흥미를 갖게 하려고 눈곱만큼도 모르는 정치네 뭐네 지껄이면서 뛰어다니고 있어 저 아일랜드의 순 국산 미인들 같으니 나는 군인의 딸이야 그런데 당신은 누구의 딸인가요 구둣방 딸에 술집 딸 어머 미안해요 4륜마차*140인 줄 알았는데 손수레*141였군요 그 여자들이 나처럼 사관 품에 안겨 음악회 날 밤 앨러미 공원을 걷는 기회를 얻었다면 발이 미끄러져 죽어 버릴걸 내 눈은 빛나고 가슴은 두근거렸어 그 여자들에

---

*137 멀비의 이름.

*138 가드너.

*139 멀비.

*140 상류계급.

*141 평민.

게는 정열 같은 건 없어 저 아무것도 모르는 사람들을 하느님 도와주세요 나는 그 여자들이 50세가 되어 아는 것들보다도 15세 때 이미 남자나 인생에 대해서 훨씬 잘 알았어 그들은 그런 식으로 노래 부르는 방법도 몰라 내가 그런 식으로 미소 지을 때 나의 입과 치아를 보면 그 어떤 남자라도 그것을 잊을 수가 없다고 가드너는 말했지 나는 처음에 그[*142]가 내 악센트를 좋아하지 않을지도 모른다고 생각했어 그는 영국에 심취한 사람이니까 이 악센트만이 아버지로부터 물려받은 거야 우표는 별도지만 그렇지만 어쨌든 눈과 생김새는 어머니를 닮았어 그들은 참 품위가 없어 그 상것들은 하고 아버지는 늘 말했지 그에게는 그런 데가 조금도 없었어 그는 내 입술에 정신이 나가 있었어 먼저 그 여자들도 자기에게 어울리는 남편을 얻어서 내 딸만한 애를 갖는 게 좋아 아니면 원하는 여자는 아무나 고를 수 있는 멋쟁이 갑부를 후릴 수 있나 없나 시험해 보란 말이야 보일런처럼 껴안은 채 네 번 다섯 번 할 수 있는 남자에게 그렇지 않으면 나 같은 목소리를 갖든지 내가 그이와 결혼만 하지 않았어도 나는 프리마돈나가 되었을 텐데 들려오는 사아아아랑의 그리운 깊은 목소리로 턱을 빼고 너무 빼면 이중턱이 돼 〈내 연인의 집〉은 앙코르 감으로는 너무 길어 〈해자를 두른 황혼의 옛 저택과 둥근 천장의 방에〉는 어떨까 그래 합창단석으로 통하는 계단에서 키스한 뒤 그분[*143]이 불렀던 〈남쪽에서 부는 바람〉[*144]을 부를 테야 가슴이 돋보이도록 검은 의상의 레이스를 바꿔야지 그리고 나는 그래 나는 꼭 커다란 부채를 수선해야 해 그들이 죽도록 부러워하게 해야지 그이[*145]의 일을 생각하면 늘 엉덩이가 근질근질해 나올 것 같은 기분이 들어 배가 팽팽해 그이[*146]가 깨지 않도록 살며시 해야 할 텐데 엉덩이와 배 구석구석 씻은 뒤 그더러 또 키스해달라고 해야지 집 안에 목욕탕이 있으면 좋겠어 아니면 나 혼자 쓰는 방이라도 그이가 혼자 다른 침대에서 자면 좀 좋아 차가운 발을 내게 밀어붙이니 하느님 우리에게 방을 주옵소서 방귀를 뀌기 위해 아니면 그 사소한 일을 편하게 하

---

*142 가드너.

*143 바텔 다시.

*144 바텔 다시가 이 곡을 몰리에게 가르쳤다는 것은 블룸도 알고 있다. 바람에는 방귀라는 뜻도 있다.

*145 보일런.

*146 블룸.

기 위해 그래 옆으로 살짝 돌아누워서 피아노로 조용하게 부우우우욱*147 멀리서 저 기차도 피아니시모로 이이이이이 또 하나의 노래를*148

어디에 있더라도 방귀를 뀌면 늘 기분이 좋아 나중에 차를 마시며 먹은 돼지갈비가 더위로 어떻게 되지 않았나 몰라 냄새는 이상하지 않았지만 정말로 정육점의 저 묘한 표정의 남자는 대단한 악당임에 틀림없어 저 램프가 너무 그을음을 내지 않으면 좋은데 코가 검댕투성이가 돼 그이*149가 밤새도록 방귀를 뀌고 있는 것보다야 낫지만 나는 지브롤터에서 기분 좋게 잠을 잘 수가 없었어 왜 잠이 오지 않는 것이 그렇게 신경에 거슬릴까 일어나 보기도 했어 겨울엔 두 사람이 자는 것이 좋아 정말 그해 겨울은 어찌나 춥던지 겨우 열 살쯤 되었을까 그래 나는 큰 인형을 가지고 있었는데 거기에 이런저런 이상한 옷을 입혔다 벗겼다 했지 얼음장 같은 바람이 네바다산맥*150 시에라네바단지 하는 산에서 불어 내려왔어 나는 짧은 속옷을 입고 불 옆에 서서 몸을 녹였어 나는 속옷 바람으로 뛰어 다니다가 침대로 돌아가는 것을 좋아했어 분명히 맞은편 집의 그 사나이는 여름에는 불을 끄고 노상 나를 바라보았지 그런데도 나는 홀랑 벗고 뛰어다니면서 혼자 놀다가 알몸으로 세면대에서 몸을 씻거나 크림을 바르곤 했어 다만 변기를 가지고 연주할*151 때에는 역시 불을 껐지만 그때도 우리는 단둘이었어 오늘 밤은 좀처럼 잠이 안 와 그이*152가 그 의학생과 너무 가까워지지 않으면 좋겠는데 새벽 4시에야 돌아오다니 그 사람들에게 홀려서 젊어졌다고 생각하는 게지 하지만 나를 깨우지 않은 것은 좋은 행실이야 돈을 헛되이 쓰고 곤드레만드레 취해서 그 사람들은 밤새도록 무엇을 저렇게 지껄일 일이 있을까 물이라도 마시는 게 좋아 그러고 나서 그이는 으레 계란과 차와 핀던 대구와 뜨거운 버터 바른 토스트를 주문하기 시작하는 거야 어디서 배웠는지는 몰라도 그이는 마치 임금이나 된 듯 숟가락 자루로 계란을 쑤셔대고 앉아 있겠지 눈에 선해 그리고 그이가 아침에 찻잔을 딸그락거리면서 계단을 올라와서 고양이와 노는

---

*147 마리온의 방귀 소리.
*148 몰리의 노래와 방귀와 기적 소리가 한데 어울려 있다.
*149 블룸.
*150 에스파냐 남부의 산맥.
*151 방귀 뀌는 소리.
*152 블룸.

소리를 들으면 재밌어 고양이가 사람에게 몸을 비벼대는 것은 자신을 위해서야 벼룩이라도 있어서 그러는지 몰라 저 고양이란 놈은 마치 여자처럼 버릇이 나빠서 온종일 핥거나 빨고만 있단 말이야 나는 고놈들의 발톱이 싫어 고양이는 사람이 볼 수 없는 것도 볼 수 있을까 계단 꼭대기에 앉아서 내가 기다리고 있는데도 하염없이 귀를 기울이고 있어 그리고 얼마나 고약한 도둑인지 내가 사둔 맛있고 싱싱한 넙치를 훔치다니 내일은 생선이나 먹을까 아니 오늘이라고 해야지 금요일이니까 그래 그렇게 해야지 약간의 블랑망제와 블랙커런트잼과 함께 옛날에 산 런던과 뉴캐슬에 있는 윌리엄 앤드 우드 가게의 자두와 사과를 섞어 만든 2파운드짜리 통조림 같은 것 말고 두 배나 오래가는 것을 뱀장어는 뼈가 싫어 대구가 좋아 대구를 한 토막 사야겠어 언제나 무심코 3인분을 사버린다니까 버클리 정육점의 고기는 이젠 싫증났어 소의 허릿살과 다릿살 갈비 스테이크 그리고 갈빗살 양의 목살과 송아지 내장은 이름만 들어도 질려 아니면 각자 5실링씩 내서 피크닉을 가면 어떨까 그렇잖으면 그이*153에게 지급하게 할까 누군가 여자를 소개해서 누구로 할까 미시즈 플레밍 그리고 이끼 낀 계곡이나 아니면 딸기밭으로라도 마차를 달리면 어떨까 그이*154는 편지를 살피듯이 말의 발굽 쇠를 모두 검사할 거야 아냐 보일런에게 같이 가자는 것은 그만둬야겠어 그래 차가운 송아지고기와 햄을 넣은 샌드위치를 산더미처럼 가지고 가 거기에는 강가에 오두막집이 있어 그곳은 불타는 듯이 덥다고 그이*155가 말했지 아무튼 은행 휴일은 안 돼 휴일이라고 해서 모양 내고 나타나는 저 아니꼬운 여자들은 딱 질색이거든 부활절 뒤 첫째 월요일도 좋지 않아 그이*156가 꿀벌에 쏘인 것도 조금도 이상한 일이 아냐 해안 쪽이 좋아 하지만 나는 어떤 일이 있어도 그이와 함께 보트를 타지 않을 테야 뱃사공한테 노 젓는 법도 안다고 말할 거고 만일 골드컵이 걸린 장애물 경마에 나갈 수 있느냐고 물으면 나갈 수 있다고 할 거야 파도가 거칠어져 낡은 보트가 흔들리며 내 쪽으로 배가 기우니까 그가 나더러 오른쪽 밧줄을 당겨 아니 왼쪽 것을 하고 말했어 그 사이에

---

*153 보일런.

*154 블룸.

*155 보일런.

*156 블룸.

바닥에서 물이 홍수처럼 자꾸만 들어오고 그이의 노는 떨어져 나가고 우리
가 물에 빠져 죽지 않은 게 정말 다행이었어 물론 그이는 수영을 할 수 있지
만 나는 못 한다고 말하니까 위험한 일은 없어 침착하게 있으라는 거야 그이
는 플란넬 바지를 입고 있었는데 모든 사람들 앞에서 그이 바지를 벗기고 그
채찍질이라는 것을 해 주고 싶더라니까 검푸른 멍이 들 정도로 그렇게 하는
것이 그이를 위해 좋을 거야 다만 저 아름다운 여자와 일행인 이름을 알 수
없는 거만한 남자가 있었으니까 시티 암스 호텔에서 온 버크가 여느 때처럼
부두에서 볼일도 없는데 주제넘게 싸움질이라도 벌어지지 않나 하고 둘러보
고 있었지 얼굴에 침이라도 뱉어 주고 싶을 정도로 꼴 보기 싫은 녀석이야
우리 사이에는 처음부터 사랑 같은 거 없었어 그것이 그나마 다행이야 그이
가 빌려다 준 《죄의 감미로움》은 어떤 책일까 사교계의 신사 드 코크 씨*157
라나 하는 사람이 자기 파이프*158를 가지고 이 여자 저 여자에게로 돌아다
니니까 그런 별명이 붙었을 거야 나는 소금물에 젖은 하얀 새 구두를 바꿔
신을 수조차 없었어 그리고 내가 쓰고 있던 깃털 달린 모자는 바람에 날아갈
것 같아서 얼마나 귀찮고 성가셨는지 왜냐하면 바다 냄새가 나를 흥분시키
고 있었거든 물론 카탈란만(灣)의 바위 그늘에서 잡은 정어리와 도미도 어
부들의 고기 바구니 속에서 예쁜 은색으로 빛나고 있었어 백 살 가까이 되었
다는 제노아에서 온 루이지 영감과 귀걸이를 단 키 큰 노인 기어 올라가야
닿을 수 있을 것 같아 키 큰 남자는 싫어 그 사람들은 이미 오래전에 죽어서
썩었을 거야 게다가 밤에 혼자 이런 큰 막사 같은 방에 있는 것은 싫어 하지
만 참아야지 어쩌겠어 여기로 이사왔을 때도 나는 소금 가져오는 것을 잊었
다니까*159 그이*160는 2층 응접실에 놋쇠 간판을 붙여 음악연구소를 차리든
가 블룸 간이 호텔을 만들고 싶다고 했지 에니스에서 그이의 아버지가 그랬
듯이 망하고 말걸 그이가 아버지와 나에게 이야기하던 여러 계획과 마찬가
지야 나는 그이가 어떤 사람인지 잘 알고 있으니까 우리가 신혼여행을 갈 수
있는 모든 곳에 대해서 들려주었지 곤돌라가 떠 있는 달빛 아래의 베네치아

---

*157 19세기 프랑스 통속작가. 코크는 장닭이라는 뜻도 된다.
*158 남근이라는 뜻.
*159 유럽의 몇몇 나라에서는 새로 이사한 집 계단에 소금을 뿌려 악령을 쫓는 관습이 있다.
*160 블룸.

나 그이가 어떤 신문에서 그림을 오려 가지고 온 코모 호*161와 만돌린과 제등(提燈)에 관해서도 오 얼마나 근사해요 하고 나는 말했지 내가 좋아하는 일은 무엇이라도 곧장 실행할 작정이라고 그이는 말했어 '내 남편이 되고 싶으면 내 냄비를 들어줘요'라고들 하니까 그이는 여러 가지 계획을 생각해 냈으니 상으로 접착제로 테두리를 두른 가죽 훈장이라도 받아야겠는걸 그런데 온종일 나를 여기에 혼자 두다니 빵부스러기나 얻으려고 문간에 서서 자기 이야기를 주절주절 늘어놓는 거지가 실은 범죄자여서 내가 문 닫을 때 발을 들이밀지도 모르는 거 아냐 마치 〈로이즈 위클리 뉴스〉지에 사진이 실려 있던 피도 눈물도 없는 악한이라는 말을 들은 남자처럼 그는 20년 동안 감옥에 있다가 나오자 돈 때문에 한 노파를 죽였어 그 남자의 가엾은 아내나 어머니에 대해서 생각 좀 해 봐 저런 얼굴을 보면 재빨리 달아나는 게 상책이야 나는 문과 창문에 빗장을 지를 때까지는 안심하고 쉴 수가 없었어 하지만 감옥이나 정신병원에 갇혀 있는 것 같아서 더 싫었어 그런 사람은 모두 때려 죽이는 게 좋아 자고 있는 가엾은 할머니를 죽인 저런 짐승은 총살하든가 끈 아홉 달린 채찍으로 반 죽여야 해 나라면 그런 녀석은 두 번 다시 그 짓을 못하도록 싹 잘라 없애 버릴 텐데 그래 그이가 있다고 뭐 썩 대단한 역할을 하진 않을 거야 하지만 분명히 강도가 든 것 같은 기분이 들었어 그날 밤은 아무도 없는 것보다는 나았어 그이는 셔츠만 걸치고 마치 쥐새끼를 찾듯이 촛불과 부지깽이를 들고 내려갔지 놀라서 셔츠처럼 새파랗게 질린 채 강도를 위협하기 위하여 될 수 있는 대로 소리를 내면서 훔쳐 갈 것은 별로 없어 정말 하느님도 아셔 하지만 그 기분이 싫어 게다가 지금은 밀리도 없고 할아버지의 뒤를 이어 사진술을 배우라며 딸을 그런 곳으로 보내는 그이의 생각이라는 것이 참 스케리 아카데미에라도 보내 억지로라도 공부시키면 좋은데 그러면 그 애는 나와 달라서 학교에서 무엇이든지 잘 익힐 거야 하지만 역시 그이가 그렇게 한 것은 나와 보일런 때문이야*162 그것이 이유지 분명해 그것이 사물을 계획하는 그이 특유의 방식이야 요즈음 나는 그 애가 있으면 문을 잠그지 않고서는 아무것도 할 수 없었어 문간에 의자를 기대놓지 않으면

---

*161 이탈리아에 있는 호수. 경치가 아름다워서 신혼 여행으로 많이 간다.
*162 블룸이 몰리와 보일런의 정사를 진행시키기 위해서 밀리를 딴 데로 보냈다고 몰리는 생각하고 있다.

해면장갑을 끼고 아래쪽을 씻을 수도 없어 노크도 하지 않고 들어와서 나를 깜짝 놀라게 하거든 그건 심장에 좋지 않아 그렇다면 왕녀처럼 고이 모셔서 온종일 두 사람이서 그 애를 감시할 수 있도록 유리 상자에 넣어 두는 것이 좋아 그 애가 덜렁대고 거칠게 굴어서 그이의 조그마한 싸구려 조각상을 망가뜨린 것을 그이가 알기라도 한다면 그 이탈리아인 꼬마에게 2실링 주고 맡겼더니 이음새도 보이지 않게 되었어 그 애는 감자 삶은 물을 버리는 일조차 해 주지 않아 물론 손을 더럽히기 싫은 건 나도 알아 요즈음 그이는 식사하면서 신문에 난 여러 가지 일들을 그 애에게 설명해 주었지 그 애는 그 애대로 이해하는 척한다는 걸 나는 다 눈치 챘다고 그 애는 참 빈틈이 없어 물론 그이의 핏줄을 이어받은 거야 그리고 그 애에게 외투를 입혀주지 그러나 무엇인가 걱정거리가 있으면 그 애가 털어놓는 상대는 그이가 아니고 나야 그이도 나를 거짓말쟁이라고 말할 수는 없어 사실 나는 너무나도 정직해 그이는 나라는 사람을 쓸모없는 폐물처럼 생각하고 있을 거야 아냐 나는 그렇지 않아 나는 결코 그런 사람이 아냐 보고 있어 봐 밀리도 잘하고 있어 톰 데번스의 두 아들놈과 희희낙락대기도 하고 머레이의 말괄량이들이 부르러 오면 내 흉내를 내서 휘파람을 불기도 하는 등 인기가 좋아 그 애로부터 여러 가지 일을 알아내려고 밤에 넬슨거리를 해리 데번스의 자전거를 타고 돌아다니면서 말야 그이가 그 애를 거기에 보낸 것은 잘한 일이야 그 애는 다루기 힘든 시기에 접어들고 있었으니까 스케이트장에 가고 싶어하고 모두와 함께 코로 담배 연기를 내뿜고 그 애의 재킷 자락에 단추를 달아주고 실을 이빨로 끊으려고 했을 때 그 찌든 냄새를 맡았어 그 애는 나에게는 조금도 감추지 않아 그것을 꿰매 주지 말아야 했는데 그렇게 하면 이별하게 된다잖아 게다가 그 마지막 살구 푸딩도 또 두 개로 갈라졌지 봐 생각한 대로 되어 버렸어 남이 무어라고 하든 그 애는 내 입버릇대로 말하자면 입이 너무 어른스러웠어 엄마 블라우스는 가슴이 너무 벌어졌다고 나에게 말하는 거야 냄비가 솥을 보고 네 엉덩이는 새까맣다고 말하는 격이지 그리고 나는 사람들이 지나가는 거리 쪽으로 창틀 위에 다리를 얹어서는 안 된다고 말해 줘야 했다니까 사람들은 모두 그 애 나이 때의 나한테 그랬듯 그 아이를 쳐다볼 거란 말이야 그 나이 때에는 누더기를 입어도 잘 어울리는 법이지 왕실극장에서 〈유일한 길〉을 볼 때 그 애 입에서 나올 법한 말이란 '나에게 대지 말아요' '발 좀 치워 줘요 내 몸에 닿으면 싫어요' 내가 그 애의 주름 스커트를 짓누르지나 않을까 벌벌 떨고 있었어 그런 호색적인 접촉이 극장에서 언제나 이루어지고 있음에 틀림없어 혼잡한 곳이나 어둠 속에서 사내들은 언제나 여자에게 몸을 비벼대려고 하지 언젠가 비어봄 트리*163의 〈트릴비〉*164를 보러 갔을 때 게이어티 극장의 입석에서처럼 그런 식으로 또다시 짓눌려야 한다면 다시는 거기에 가지 않겠어 2분마다 내 거기를 만지고는 딴전을 부리는 거야 그놈 약간 머리가 돈 게 아닌가 몰라 나중에 그 남자가 스위스인 가게의 진열창 앞에 있는 멋진 옷차림의 두 여자에게 똑같은 짓을 하는 것을 보았어 나는 이내 그놈이라는 것을 알았지 얼굴이랑 모든 것을 그런데 그놈은 나를 기억해 내지 못했어 그 애*165는 갈 때 브로드스톤에서 나더러 키스해 달라고도 하지 않았어 그 애도 자기를 받들어줄 상대가 생기면 좋을 텐데 그 아이가 이하선염으로 임파선이 부어 자리에 누워서 여긴 어디에요 저긴 어디에요라고 호소했을 때의 내 고생이란 물론 그 아이는 깊이 느낄 줄을 몰라 하기야 나도 스물둘이 될 때까지는 그랬지 늘 엉뚱한 짓만 하고 다니고 늘 잘못을 저지르고 여느 꼬마 아가씨들의 수다나 킥킥 대는 웃음에 지나지 않았어 코니 코널리가 까만 종이에 하얀 잉크로 써서 봉랍으로 봉인한 편지를 그 아이에게 주곤 했는데 그 아이는 막이 내려오면 손뼉을 쳤었지 그 배우*166가 미남이었기 때문이야 그 뒤로 마틴 하비 이야기를 아침 점심 저녁 식사 때마다 하는 거야 나는 나중에 마음속으로 생각했어 남자가 그런 식으로 아무것도 요구하지 않고 이 아이를 위해 목숨을 바친다면 그것은 진정한 사랑임에 틀림없다고 하지만 요즈음 그런 남자는 드물어 나 자신에게 실제로 일어난 일이 아니면 믿기 어려운 일이야 대개의 남자는 원래 한 가닥의 애정도 없는 법이야 요즘 세상에 두 사람이 서로를 생각하고 서로 상대방이 느끼는 대로 느끼다니 그런 사람은 대개 머리가 좀 이상하지 그이*167의 아버지는 아내의 뒤를 따라 독약을 먹고 자살했어 약간 미쳤음에 틀림없어 가

---

*163 19세기 영국의 명배우.
*164 원작은 조지 뒤 모리에의 소설. 히치콕 감독이 영화화한 〈새〉의 원작자의 소설. 다프니 뒤 모리에의 할아버지.
*165 밀리.
*166 비어봄 트리.
*167 블룸.

엾게도 노인은 절망한 거야 그 아이는 늘 내 소지품 가운데 조금밖에 없는 헌옷을 좋아했어 열다섯 살 때 자신의 머리를 올리고 싶어 했고 또 내 분을 바르기도 했지 그러나 그 아이의 피부를 거칠게 했을 뿐이야 그 애는 앞으로도 시간이 많으니까 그런 일은 천천히 해도 돼 물론 그 애는 자기가 예쁘고 입술이 앵두같이 빨갛다는 것을 아니까 가만히 있을 수가 없는 거야 그게 골치가 아파 감자를 반(半) 스톤만 사오라고 부탁했을 때 생선을 파는 여자처럼 대답하는 딸을 데리고 시장에 간다는 것은 소용없는 일이야 그날 우리는 속보 경마 시합에서 조 갤러허 부인을 만났는데 그녀는 변호사 프라이어리와 함께 마차를 타고 우리를 본 체도 하지 않았어 우리의 몸치장이 좀 허름해서 그랬겠지 마침내 나는 그 애를 위해서 그 애의 귀때기를 두 방 갈겨 주었어 나에게 그런 말대꾸를 하다니 건방진 것 맞아도 싸 그 애는 나를 아주 화나게 했어 물론 내가 골을 낸 것은 나 역시 기분이 나빴기 때문이야 왜 그랬을까 차 속에 잡초가 들어갔기 때문일까 아니면 치즈를 먹은 덕분에 전날 밤 잠을 자지 못했기 때문일까 나는 나이프를 십자*168로 겹쳐 놓으면 못쓴다고 되풀이해서 여러 번 말했어 왜냐하면 그 애가 말했듯이 그 애를 야단치는 사람이 아무도 없었기 때문이야 그이*169가 그 애의 버릇을 바로잡지 않으면 내가 고쳐 줄 테야 그 애가 엉엉 운 것도 그것이 마지막이었어 나도 젊었을 때는 꼭 그런 식이었지 나를 훈육할 만한 용기를 가진 사람이 아무도 없었지 이 집의 일은 이전부터 하녀를 두는 대신 우리 두 사람을 노예처럼 부리고 있는 그이의 죄야 기회가 되면 적당한 하녀를 둘 수 있겠지 그러면 그이는 하녀에게 손을 대겠지 그러면 나는 하녀에게 주의를 주어야 하고 그러면 이번에는 하녀가 복수할 거야 지금 있는 플레밍 할멈처럼 물건을 슬쩍 훔치고 냄비 속에 재채기를 하고 방귀를 뀌고 돌아다니는 그런 여자들은 정말 골치가 아파 물론 그 여자는 늙었으니까 별도리가 없지만 넝마 같은 냄새나는 헌 행주가 찬장 뒤에서 썩어가고 있는 것을 내가 찾아내다니 너무한 일 아냐 거기에 무엇인가가 있을 거라고 내가 점을 찍고 냄새를 쫓아내려고 창문을 열었지 그이*170는 친구들을 데리고 와서 마시기도 하고 먹기도 하지

---

*168 은제품을 십자로 교차시키는 것은 불경(不敬)이라는 미신에서.
*169 블룸.
*170 블룸.

이를테면 미친 개일지도 모르는 개를 데리고 돌아온 밤처럼 특히 사이먼 디 댈러스의 아들을 데리고 오거나 해서 말이야 그 아버지는 지독한 험담가야 크리켓 시합 때에는 중산모자를 쓰고 쌍안경을 눈에 대고 있지만 양말에는 커다란 구멍이 나 있으니 신사인 체한들 무슨 소용이람 그리고 아들*171은 모든 과목에서 상을 탔대 그건 그렇다 치고 중간고사 중에 담을 뛰어넘다니 생각 좀 해 봐 아는 사람이 보면 어쩌려고 그 아끼던 상복 바지가 크게 찢어지진 않았을까 마치 태어날 때부터 누구나 지니고 있는 구멍만으로는 모자란다는 듯 말야 게다가 더러운 부엌에 남을 끌고 들어들이다니 머리가 돌지나 않았는지 몰라 세탁하는 날이 아니라서 유감스러웠어 나의 헌 팬티가 여봐란듯이 빨랫줄에 매달려 있었을 텐데 그이*172는 전혀 신경쓰지 않겠지만 그 바보 같은 할멈이 만들어 놓은 다리미에 탄 자국을 그*173는 뭔가 다른 것으로 착각할지도 모르지 그 할멈은 기름 얼룩 지우는 일까지도 한 번도 내가 일러 준 대로 한 적이 없어 그리고 지금은 남편이 중풍에 걸려서 더욱더 나빠지고 있다니까 그들은 늘 어딘가 고장 나 있는 거야 병에 걸렸다거나 수술을 해야 한다거나 병이 아니라면 술주정뱅이라 여편네를 패지 나는 매일 일어나서 하녀를 찾으러 돌아다녀야 해 언제나 무엇인가 새로운 사건이 일어나 휴우 내가 죽어서 무덤 속에 누우면 어느 정도 편해질까 이거 일어나야겠는데 아니 잠깐 오 예수님 기다려 주세요 매달 나오는 것이 시작된 거야 아 정말 싫어 물론 그이*174가 내 몸 안에서 쑤셔 넣고 후비고 갈아엎은 탓이야 어쩌면 좋지 금요일 토요일 일요일은 안 돼 기분이 잡치고 말아 그래도 개중에는 그것이 있을 때를 좋아하는 남자도 있지만 우리 여자들이 3주간이나 4주간마다 5일 정도 고장 난다는 건 참 처량한 이야기야 언제나 다달이 있는 달거리 정말 진절머리 나 그날 밤도 고것이 그런 식으로 시작되었어 그이*175가 드리미스 보험회사에 있을 때 무엇인가 보험 일로 수고를 해 준 덕분에 마이클 건*176의 초대를 받아 난생처음으로 딱 한 번 게이어티 극장에

---

*171 사이먼 디댈러스.
*172 블룸.
*173 스티븐 디댈러스.
*174 보일런.
*175 블룸.
*176 게이어티 극장의 경영자.

켄덜 부부*177를 보러 갔을 때 시작된 것은 참 난처했어 밴드라도 해야 할 정도로 심했어 하지만 오페라글라스로 나를 뚫어지게 바라보던 상류 사회의 신사 때문에 화가 나서 간신히 참고 있었지 그런데 그이는 내 옆에서 스피노자*178가 어떻다는 둥 수백만 년 전에 죽은 그의 영혼이 어떻다는 둥 지껄이고 있는 거야 나는 은근히 불쾌해지는 것을 참으며 될 수 있는 대로 미소 짓고 연극이 끝날 때까지 기다려야 한다고 생각했어 연극이 재미있다는 듯이 몸을 내밀고 있었지 〈스칼리의 아내〉*179를 쉽게 잊지 못할 거야 언뜻 보기엔 간통을 주제로 한 외설적인 연극 같았어 입석에 있던 그 바보가 여자를 놀리며 간부(姦婦)라고 소리 질렀지 그 남자는 나중에 홧김에 근처의 골목길로 들어가 아무 여자나 붙잡았을 거야 뒷골목을 온통 쏘다니면서 말야 그때 그 남자가 나와 같은 상태에 있는 여자를 만났더라면 좋았을 걸 꽤나 당황했을 텐데 고양이가 우리보다도 제대로 잘 살아가고 있어 우리에게 혈기가 많기 때문일까 아 도저히 참을 수가 없어 바다처럼 내 몸에서 흘러나오는 걸 아무튼 그 사람*180은 그렇게 큰데도 나를 임신시킬 수 없었나 봐 깨끗한 침대보를 더럽히고 싶지 않은데 내가 입고 있는 깨끗한 속옷에도 그것이 묻어 버렸어 할 수 없지 그런데도 남자들이란 침대 위의 얼룩을 찾으려 하니 내 참 상대가 처녀인지 아닌지 알기 위해서지 사내들은 모두 그런 것에나 신경을 쓴단 말야 남자는 참 바보들이야 과부라도 아니면 40번도 더 이혼한 여자라도 붉은 잉크만 조금 바르면 돼 아니면 흑딸기 주스나 아니야 그건 너무 자주색이야 오 예수님 나를 이런 일로부터 구해 주소서 사람을 바보로 여기고 있어 《죄의 감미로움》이라니 여자에게 이런 일을 시키려고 생각한 게 누구지 바느질하랴 요리하랴 아이들 돌보느라 바쁜데 침대는 왜 이렇게 삐걱거리는 거야 우리가 내는 소리가 공원 저쪽*181에서도 들릴 거야 그래서 나는 마침내 마루에다 이불을 깔고 베개를 내 엉덩이 밑에 괴는 생각을 해냈지 낮에 하는 것이 더 재미있지 않을까 나는 그렇게 생각해 이 털을 몽땅 깎

---

*177 19세기의 저명한 영국 배우 내외.
*178 17세기 네덜란드의 철학자.
*179 이탈리아 작가 주세페 자코다의 극 〈사랑의 슬픔〉을 영어판으로 번역한 멜로드라마.
*180 보일런.
*181 피닉스 공원 그 저쪽이란 5~6km 저쪽.

아 버릴까 거기가 얼얼하니 말야 그러면 아마 나이 어린 소녀처럼 보일 거야 다음번에 내가 입고 있는 것을 들추고 그는 깜짝 놀라겠지 그때의 그의 얼굴을 보기 위해서라면 무슨 짓이든지 할 테야 그 변기를 어디다 두었지 그 낡은 변기처럼 올라타면 부서지지나 않을까 조마조마하면서 그이의 무릎에 걸터앉았을 때 나 너무 무겁지나 않았는지 몰라 나는 일부러 그이를 안락의자에 앉혔어 내가 저쪽 방에서 우선 블라우스와 스커트를 벗고 있을 때 그이는 엉뚱한 곳에서 급한 용무를 보고 있었지 그이는 내 몸무게 같은 건 느끼지 않았던 거야 키스용 봉봉을 먹은 뒤니 내 숨결은 달콤했을 거야 살며시 아 언젠가 남자처럼 서서 휘파람을 불며 오줌을 눌 수 있었던 무렵의 일이 생각나 어머 왜 소리가 그렇게 크지 이것에 거품이 일면*¹⁸² 좋은 조짐이래 그러면 누군가가 돈을 가지고 올 징조니까 아침이 되면 향수를 뿌려두어야지 잊지 말아야 해 이렇게 아름다운 넓적다리를 그이는 결코 본 일이 없을 거야 얼마나 흰지 가장 부드러운 곳은 이곳 사이야 부드러워서 복숭아 같아 나도 남자처럼 아름다운 여자 위에 올라타 보고 싶어 정말 얼마나 시끄러운 소리를 내는지 마치 저지섬의 백합호*¹⁸³ 같아 '오오 라호르 폭포수의 요란한 소리여'

내 몸이 어딘가 안 좋은 건 아닐까 그렇잖으면 무엇이 생긴 게 아닐까 매주 그것이 나오니 말야 지난번엔 그게 언제였더라 그래 휘트먼디*¹⁸⁴ 때였지 아직 3주일밖에 되지 않았는데 의사를 만나러 가야겠어 그이와 결혼하기 전과 같은 일일 거야 그 무렵 하얀 대하(帶下)가 흘러나왔어 플로이가 메마른 늙은 막대기 같은 산부인과 의사인 콜린스 박사에게 가라고 했어 펨브룩거리의 부인과 병원 당신의 질(膣)은 하고 의사는 그것에 대해 말했어 그것이 그의 방식인가보지 그런 식으로 금박을 입힌 거울이나 양탄자를 손에 넣는 거야 사소한 일로도 달려오는 스티븐그린*¹⁸⁵ 근처의 돈 많은 여자들을 구슬려서 말야 질이 어떻다느니 하퇴상피병(下腿象皮病)이라느니 하면서 말야 그들은 돈이 있으니 상관없겠지만 나라면 그런 사람*¹⁸⁶하곤 결혼하지 않겠

---

*182 차든 오줌이든 거품이 일면 돈이 들어온다는 미신이 있었다.

*183 '저지섬의 백합'이라는 말을 들은 여배우 랑게트리.

*184 부활절 다음 일곱 번째 월요일.

*185 고급 주택가.

어 비록 그가 세상에서 유일한 남자라 할지라도 게다가 그들의 자식들에게
는 뭔가 묘한 데가 있어 늘 이곳저곳으로 더러운 매춘부들을 찾아다니지 그
의사는 내 대하에서 무슨 냄새가 나지 않았느냐고 묻는데 도대체 나더러 어
쩌란 것일까 다름 아닌 돈 때문이겠지 어떻게 그런 질문을 하지 만일 내가
그이의 주름투성이 늙은 얼굴에 될 수 있는 대로 온갖 아양을 부리며 그걸
문지르면 아마 알아차릴 거야 패스*187에는 문제가 없습니까 그런데 무슨 패
스지 나는 그이가 지브롤터의 바위산에 관해서 이야기하는 줄로 알았지 뭐
야 그의 말투도 참 어이가 없지 그런데 그것은 전적으로 하나의 독특한 발명
이야 나는 변기 구멍에 될 수 있는 대로 깊이 대고 일을 보는 것을 좋아해
그리고 쇠줄을 당겨서 그곳을 깨끗이 씻어낼 때에는 참 기분이 좋아 변(便)
이란 중요한 거야 나는 밀리 것으로 그 사실을 알았지 그 아이가 아직 어렸
을 때 회충이 있는지 없는지를 검사했는데 그때도 역시 진찰료는 내야 했어
선생님 얼마나 드릴까요 1기니 받겠습니다 당신은 자기위안을 자주 합니까
하고 묻는 거야 저 늙은이들은 어디서 그런 말을 찾아내는 것일까 자기위안
이라니 그렇게 말하면서 저 근시로 비스듬히 치켜 보면서 자기위안을 하는
거야 나는 그 사람을 신용하지 않았어 그에게 클로로포름인가 뭔가를 쓰게
할 정도로는*188 하지만 몹시 그럴 듯한 표정으로 책상에 앉아 뭔가를 쓰면
서 눈썹을 치켜뜨고 있는 모습은 참 보기 좋더군 그의 코는 그런 대로 지적
이었어 이 거짓말쟁이 여자야 하고 야단을 칠 것 같았지 어떻게 되든 상관없
어 누가 되었든 바보만 아니면 그는 아주 영리해 단번에 그것을 알아차리고
말았어 물론 그런 짓을 한건 다 그이*189를 생각해서야 그리고 그의 미치광
이 같은 편지 내 그리운 이여 당신의 빛나는 육체와 관련이 있는 것은 무엇
이든지 밑줄을 치고 그것에서 나오는 것은 영원히 기쁨과 아름다움입니다
이런 말은 그이가 가진 어떤 시시한 책에서 찾아낸 것이 틀림없어 그래서 나
는 나 혼자 하루에 네다섯 차례나 했었어 그래도 그런 일은 하지 않아요 하

---

*186 의사 콜린스.

*187 배뇨(排尿).

*188 오스카 와일드의 아버지인 외과의사 윌리엄 와일드 경은 마취제인 클로로포름을 써서 미
    인 여성 환자를 마음대로 농락했다고 고발당했다.

*189 블룸.

고 말했지 정말이냐고 그이는 물었어 네 정말이고말고요 나는 두 번 다시 묻지 못하도록 그이에게 말해 주었지 그 다음에 무엇이 시작되는지 나는 알고 있었어 인간의 연약함이네 뭐네 하고 우리가 만난 첫날 밤에 그이[*190]가 나를 흥분시켰어 어떻게 그랬는지는 몰라도 내가 르호봇 테라스에 살 때 우리는 어딘가에서 만난 일이 있는 것처럼 10분 동안이나 서로를 노려보고 서 있었어 틀림없이 내가 어머니를 닮아서 유대인으로 보였기 때문이었을 거야 그이는 온갖 방식으로 나를 기쁘게 해주었어 그이는 어딘지 근심 어린 미소를 짓고 이야기하고 도일가(家) 사람들은 그이가 하원 의원에 입후보한다고 말했지 오 그이의 수다를 모두 믿다니 나는 얼마나 바보였는지 몰라 아일랜드 자치나 토지동맹에 관한 일 그리고 〈위그노 교도〉[*191]의 길고 지루한 노래를 우아하게 보이도록 프랑스어로 노래하라고 나에게 보내 주었어 '아 아름다운 나라 투렌이여' 나는 한 번도 그 노래를 부른 적 없어 종교와 박해에 대한 장황한 설명 그는 사람들을 즐겁게 할 줄 모른다니까 마치 커다란 은혜라도 베푸는 것처럼 하고 말야 맨 처음 기회는 그이가 브라이튼 광장[*192]에서 엿보다가 내 침실로 뛰어 들어왔을 때였어 손에 묻은 잉크를 내가 쓰는 앨비언 우유가 함유된 유황 비누로 씻고 싶다면서 하지만 그 비누는 여전히 포장지에 싸여 있었어 정말이지 그날 배가 아프도록 웃어줬다니까 이런 식으로 밤새도록 변기에 앉아 있어서는 안 되는데 변기를 여자도 편하게 앉을 수 있도록 좀 더 큼직하게 만들면 좋을 텐데 그이는 무릎을 꿇고 일을 봐 그런 습관을 가진 사람은 둘도 없을 거야 침대 발치에서 잠자고 있는 저 꼴 좀 봐 베개도 없이 어떻게 잘 수 있을까 걷어차지 않아서 다행이야 그렇잖으면 내 이빨을 몽땅 부러뜨릴지도 몰라 손을 코 위에 올려놓고도 숨은 쉬네 마치 언젠가 비 오는 일요일에 그이가 킬데어거리에 있는 박물관[*193]에 나를 데려갔을 때 노란 몸에 턱받이를 하고 턱을 괴고 발가락을 세우고 옆으로 누워 있던 그 인도 신처럼 말이야 그이는 그것이 유대교와 그리스도교를 합한 것보다 더 큰 종교[*194]로 아시아 전역에 퍼져 있다고 말했어 그이[*195]는 그 흉

[*190] 블룸.
[*191] 마이어베어가 쓴 오페라.
[*192] 더블린 남부 라스가 마을에 있는 광장.
[*193] 국립 박물관.

내*196를 내고 있는 거야 노상 누군가의 흉내를 내니까 그 신*197도 틀림없이 침대 다리 쪽으로 누워서 그 네모진 큰 다리를 마누라의 입에 집어넣고 있었겠지 아유 그 냄새라니 그런데 달거리 때 쓰는 그 천들은 어디 있지 아 그래 알았어 저 낡은 장롱이 삐걱 소리를 내지 않으면 좋겠는데 봐 역시 소리가 났잖아 그래도 그이는 푹 자고 있군 어딘가에서 재미를 봤음에 틀림없어 그 여자는 그이가 쓴 돈에 대해 충분한 보답을 해 주었겠지 물론 그이는 그것을 위해 돈을 냈으니까 오 달거리란 얼마나 성가신가 저세상에서는 우리에게 더 좋은 일이 있기를 우리를 묶어 두다니 하느님 도와주세요 오늘 밤은 이렇게 해 두면 돼 이 울퉁불퉁하고 삐걱삐걱 소리 나는 낡은 침대는 늙은 코헨을 생각나게 한단 말야 그 노인네는 줄곧 이 침대에서 자기 몸을 북북 긁어 댔겠지 그이는 이것을 아버지가 내피어 경한테서 산 줄로 알고 있어 소녀 때에는 그를 존경했었는데 왜냐하면 그이와 이야기한 일이 있으니까 조용히 살며시*198 오 나는 내 침대가 좋아 하느님 우리는 여기서 16년을 보내고도 여전히 비참한 생활을 하고 있습니다 우리는 얼마나 많은 집을 옮겨 다녔을까 레이먼드 테라스와 온타리오 테라스 그리고 롬바드거리와 홀리스거리 그리고 그이는 이사로 쩔쩔 매고 있을 때마다 〈위그노 교도〉의 노래를 휘파람으로 불면서 그저 어슬렁거리거나 아니면 일꾼을 돕는 척하며 뒤에서 따라다니기만 했어 시티 암스 호텔은 점점 나빠질 뿐이라고 관리인 댈리가 말했지 저 계단참에 있는 그 기분 좋은 화장실에는 언제나 안에 누군가가 있어서 한창 기도를 드리고 있었어 그러고 나서 뒤에 악취를 남기고 나가니까 앞에 있던 사람이 누군지 알 수가 있어 언제나 일이 잘 풀릴 것 같은 때 무슨 일이 일어나거나 그이가 헛수고에 그치든가 한단 말야 토머스 앤드 헬리 가게 때나 커프 씨 사무소 때나 드리미 가게*199 때에도 마찬가지야 그렇잖아도 요즘은 우리를 구해낸답시고 낡은 복권을 가지고 돌아다니는데 그런 일을 하다가 감옥에 들어가지나 않으면 다행이지 그게 아니면 나서서 싸움을 걸

---

*194 동양의 종교는 모두 불교라고 생각하는 블룸의 과장.

*195 블룸.

*196 불교.

*197 붓타.

*198 마리온은 다시 침대로 돌아간다.

*199 보험회사.

어 다른 데에서와 마찬가지로 곧 프리먼 신문사에서도 목이 달아날 걸 시나페인*200이나 공제조합원이라는 이유로 그러면 그이가 나를 만나게 해 준 그 남자 비가 오는 날 혼자서 비에 흠뻑 젖어 걸어 다니던 그 몸집이 작은 남자*201가 그이의 생활을 도와줄까 그이가 하는 말로는 그 사람은 재능이 있고 뼛속부터 아일랜드인이라던데 정말 그럴 거야 그 남자*202가 입고 있던 그 바지만 보아도 알 수가 있어 아 조지 성당의 종소리군 45분이라 시간은 2시야*203 그이*204가 이 시간에 돌아오다니 훌륭도 하셔라 게다가 울타리를 넘어 가운데 마당으로 뛰어내리다니 누가 보기라도 하면 어쩌려고 내가 그이의 버릇을 고쳐줘야지 우선 내일 그의 셔츠를 조사해 보면 알 거야 아니면 그이가 아직도 지갑에다 콘돔을 가지고 다니는지 살펴봐야지 그이는 내가 눈치채지 못한 줄 알아 거짓말쟁이 남자들 주머니가 20개나 있어도 그들의 거짓말을 다 넣기에는 모자라 그러니 여자가 그들에게 진실을 말해 줄 필요 따위가 어디 있담 진실을 말해도 믿지 않는데 그런데 그이는 언젠가 자기가 가져온 아리스토크랫*205의 걸작집*206에 나오는 갓난아이처럼 침대에 몸을 웅크리고 있어 고리타분한 아리스토크랫인지 뭔지 하는 사람이 없어도 우리 실생활에 얼마든지 있잖아 머리 둘에 다리가 없는 아이들의 저런 보기 싫은 사진으로 속을 메스껍게 만들고 있어 텅 빈 머릿속에 아무것도 차 있지 않으니까 그런 추한 일을 몽상하는 거야 그런 사람들에게는 약효가 느린 독약을 마시게 하면 좋아 남자들의 반 정도는 그리고 차를 가져와라 빵 양쪽에 버터를 발라 와라 갓 낳은 달걀을 가져와라 하고 말을 멋대로 늘어놓지 나란 사람은 이제 아무것도 아닌가 보지 홀리스거리에서 살 때 내가 그 사람에게 핥지 못하게 했던 그날 밤 남자는 여전히 그 일에 대해서는 폭군이야 그이는 그날 밤 내내 벌거벗고 바닥에서 잤어 유대인은 누군가 친척이 죽었을 때 그렇게 하지 아침밥도 먹지 않고 말도 하지 않으려고 했어 그래서 이번에는 나

---

*200 신 페인의 잘못.
*201 아서 그리피스.
*202 그리피스.
*203 15분마다 종이 울리는 시계.
*204 블룸.
*205 아리스토텔레스의 잘못.
*206 블룸이 산 생리학 책.

도 충분히 고집을 부렸으니 그이를 용서해 주기로 했어 그런데 그이는 하는 방법이 서툴러 자기 즐거움만 생각하고 그의 혀는 너무 납작해 어떻게 해야 할지를 몰라 그이는 두 사람이 하고 있다는 것을 잊어버리지만 나는 그렇지 않아 만약에 그이만 상관없다면 한 번 더 그이에게 하게 해야지 그래도 안 된다면 바퀴벌레와 함께 석탄 창고에 가두어서 거기서 자게 할 테야 내가 쓰다 남은 것을 받고 기뻐하는 것은 저 조지*207일까 그이는 타고난 거짓말쟁이야 아니 그이는 다른 사람의 아내에게 손을 내밀 정도의 용기 같은 건 없어 그러니까 그이에게는 나와 보일런이 필요해 하지만 그녀가 나의 데니스라고 부르는 저 믿을 수 없는 귀신은 도저히 남편이라고 부를 사람이 못 돼 그래 그이가 농탕치고 온 사람은 시시한 창녀임에 틀림없어 내가 밀리를 데리고 그 사람과 대학 운동회를 보러 갔을 때에도 머리 꼭대기에 아기 모자를 쓴 나팔수*208가 우리를 뒷문으로 넣어 주었지 그때도 그이는 남자를 꾀려고 어슬렁대던 두 여자에게 추파를 던져댔지 나는 처음에 그 사람에게 눈짓으로 신호를 보냈지만 물론 효과는 없었어 그러니 그이가 돈이 없는 거야 이것도 패디 디그넘 씨*209 덕분이지 그래 보일런이 가지고 온 신문에는 그 사람들이 위엄을 차리고 장엄한 장례식에 참석했다고 실려 있었어 만일 그들이 진짜 장교의 장례식을 본다면 눈이 휘둥그레지겠지 총을 거꾸로 메고 덮개를 씌운 큰 북 가엾은 말이 상장(喪裝)을 하고 뒤에서 걸어가지 엘 블룸이나 톰 커넌도 어딘가에서 술을 마신 뒤 남자 화장실에서 굴러 떨어져 혀를 물어 끊은 술통 같은 주정뱅이 그리고 마틴 커닝엄과 디댈러스 부자 패니 매코이의 남편 양배추 같은 백발 머리 사팔뜨기에 말라깽이 그녀*210 내 노래를 부르고 싶어 애를 태우지만 다시 태어나서 오라지 게다가 다른 수단으로는 남자들을 끌어당길 재주가 없으니 가슴을 깊게 판 그 여자 낡은 녹색 의상 비오는 날 빗방울 같은 소리야 이제 나는 잘 알았어 사내들이 말하는 우정이란 서로 죽이면서 서로 묻는 거야 누구나 집에는 처자가 있는데 그 가운데서도 잭 파워는 특별해 그 술집의 여자를 먹여 살리고 있대 그의 아내는

---

*207 데니스 브린 부인. 남편은 미치광이.
*208 트리니티 칼리지 남문의 수위.
*209 오늘 아침 장례식이 있었던.
*210 매코이의 아내. 서툰 가수.

늘 아프거나 아프려 하거나 이제 막 아픈 게 나은 참이지 그이는 제법 호남인데 귀 언저리가 하얗게 세어가고 있어 모두 나무랄 데 없는 인물들이지 이제 그들은 내 남편을 끌어들일 수 없을 거야 내가 막을 수만 있다면 그이가 바보 같은 짓을 하면 뒤에서 웃음거리로 만드는 걸 나는 잘 알고 있어 그이는 분별 있는 사람이야 번 돈을 모두 그 사람들의 배를 불리기 위해 써 버릴 정도의 바보는 아냐 자기 처자식도 생각하고 있으니까 저 쓸모없는 가엾은 패디 디그넘도 마찬가지야 나는 어쩐지 그이가 안쓰러워 만약에 보험에 들지 않았다면 그이의 아내나 다섯 아이들은 어떻게 되지 저 우스꽝스런 어릿광대는 늘 어딘가의 술집 구석에 처박혀 있고 아내와 자식이 밖에서 기다리고 있어 여보 이제 집으로 돌아가요 그녀는 상복(喪服)을 입어도 아름다워 보이진 않네 아름다운 여자라면 그 옷이 꽤 잘 어울릴 텐데 말야 무슨 남자들이 그럴까 그이는 가지 않았는지 몰라 아니 갔었어 글렌크리 감화원의 연회 때였어 그리고 베이스배럴톤(base barreltone)의 벤 돌라드가 노래를 부르기 위해 연미복을 빌리러 온 날 밤 홀리스거리에서 그 옷에 억지로 몸을 끼워 넣고 얻어맞은 아기 엉덩이 같은 커다란 얼굴에 온통 웃음을 띤 모습이란 마치 그것이 튀어나와 있는 것 같았어 그것을 무대 위에서 보았다면 참 좋은 구경거리였을 거야 생각해 봐 그 사람을 보기 위해 지정석에 5실링을 내다니 그리고 사이먼 디댈러스도 늘 얼근하게 취한 상태로 왔지 제2절부터 부르기 시작했어 〈옛 사랑은 되살아난다〉가 그이의 애창곡이었지 〈산사나뭇가지에 걸터앉은 처녀〉를 참 잘 불렀어 그이도 늘 성적인 말만 했어 내가 그이와 함께 프레디 메이어의 사립 오페라에서 〈마리타나〉를 불렀을 때 그이의 목소리는 나도 모르게 껴안고 싶을 정도로 훌륭했는데 '사랑하는 포비여 이제 안녕 스윗 하트' 그이는 바텔 다시처럼 '안녕 스윗 타트'*211라고 노래하지 않았어 물론 그이의 목소리는 타고난 것이었으니까 기교 따윈 없었지 마치 따뜻한 샤워처럼 온몸을 감싸듯이 '오 마리타나여 들판의 꽃이여' 나와 그이는 멋지게 노래했어 내 성역(聲域)으로 고쳤어도 약간 높았지만 그리고 그이는 그 무렵 메이 굴딩과 결혼한 상태였어 하지만 그이는 행복을 망치는 일만 저지르거나 말하거나 했어 지금은 홀아비야 그이의 아들은 어떤 인물일

---

* 211 파이의 하나인 타트(tart)에는 창녀라는 뜻도 있다.

까 저술가로 대학에서 이탈리아어 교수가 될 사람이라고 그이[212]는 말하던 데 그러면 내가 레슨을 받을 수 있을 거라고 말이야 그는 지금 무엇을 꾸미고 있는가 몰라 그[213]에게 내 사진을 보이다니 잘 찍힌 사진이 아닌데 유행에 뒤지지 않은 옷을 입고 찍었으면 좋았을 걸 그걸 입으면 젊어 보였을 텐데 그이는 그 사진에 나까지 몽땅 붙여서 그에게 선물한 것은 아닌지 몰라 하지만 별로 상관없는 일이야 나는 그가 아버지 어머니와 함께 킹스브리지 역으로 마차를 타고 가는 것을 본 일이 있어 나는 그때 상복을 입고 있었어 이미 11년 전 일이야 그 아이가 살아 있으면 열한 살이 되었겠지 하지만 우리와 그다지 관계가 없는 사람을 위해 상복을 입는 게 무슨 소용이람 물론 그이가 주장한 거야 그이[214]는 고양이를 위해서도 상복을 입었으니까 그[215]도 이제 어엿한 어른이 되었겠지 헤어졌을 무렵에는 순진한 소년으로 소공자 폰틀로이식[216] 옷을 입고 연극에 나오는 곱슬머리를 한 귀여운 아이였는데 내가 맷 딜런네에서 그를 만났을 때 그[217]도 나에게 호감을 가지고 있었던 것이 생각나 남자란 다 그래 정말 그래 오늘 아침 트럼프 점을 쳤을 때 카드에 나타난 게 그였구나 이전에 만난 일이 있는 검은 머리도 금발도 아닌 낯선 청년이 나왔는데 그때는 그[218]인 줄 알았지 뭐야 하지만 그[219]는 애송이도 아니고 낯선 사람도 아니니까 게다가 내 얼굴은 그 패와 반대쪽을 향하고 있었어 일곱 번째 카드는 뭐였더라 육지 여행의 표시인 스페이드 10 그리고 그 사이에 편지가 온다고도 했어 그리고 추문을 가리키는 퀸이 석 장 그리고 사회적 성공을 뜻한다는 다이아몬드 8 그래 모두 그대로 됐어 빨간 8 두 개는 새로운 옷을 나타내지 또 꿈에서 더 본 게 없을까 그래 거기에는 무엇인가 시적인 데가 있어 그[220]가 기름 냄새 나는 머리를 눈까지 늘어뜨리

---

*212 블룸.
*213 스티븐.
*214 블룸.
*215 스티븐.
*216 버넷 부인이 쓴 소설의 주인공.
*217 스티븐.
*218 보일런.
*219 보일런.
*220 스티븐.

고 있거나 인디언처럼 똑바로 서 있거나 하지 않으면 좋은데 자기 자신과 자신의 시가 웃음거리가 되는데 어째서 시인들은 그런 식으로 살까 처녀 때에는 나도 시를 좋아했어 처음에는 그이*221가 바이런 같은 시인인 줄 알았는데 알고 봤더니 그는 손끝만큼도 시인다운 데가 없어 좀 다를 줄 알았는데 그*222는 아주 젊겠지 그러니까 88년 내가 88년에 결혼했고 밀리는 오늘로 15세가 되었으니까 89년 딜런의 집에서 그때 그는 몇 살이었을까 88년에 대여섯 살이었다고 보면 지금 스물이나 아니면 조금 넘었을 거야 그가 스물셋이나 스물넷이라면 나는 그에 비해 많이 늙지 않았어 그가 거만한 대학생이 아니라면 좋겠는데 역시 그렇지는 않은 것 같아 그러니 엡스코코아나 마시고 이야기하면서 그이*223와 그 불결한 부엌에 앉아 있지 물론 그이*224는 모든 것을 아는 체했을 거야 자기가 트리니티 대학 출신이라고 말했을 걸 그*225는 대학 교수치고는 꽤 젊어 굿윈 씨와 같은 교수는 아닐 거야 그이*226는 존 제임슨*227에 대해서라면 모르는 게 없는 분이었어 시인은 모두 여자에 대한 시를 쓰지 하지만 나 같은 여자는 그다지 없을 거야 '부드러운 사랑의 한숨 경쾌한 기타 소리 시가 넘치는 나라' 타리파*228로부터 밤배로 돌아올 때 푸른 바다와 아름답게 빛나는 달 유로파 포인트의 등대 그 남자가 친 기타는 정말 표정이 풍부했어 두 번 다시 그곳으로 돌아가는 일은 없을까 모두 모르는 얼굴뿐이야 〈격자 뒤에 숨은 빛나는 두 눈〉 나는 그것을 그에게 불러 주리라 만약에 그가 조금이라도 시인이라면 그것이 내 눈에 관한 이야기라는 것쯤을 알겠지 '사랑의 별처럼 검게 빛나는 두 눈' 사랑의 새로운 별이라니 참 아름다운 말 아냐 저런 인텔리를 친구 삼아 나에 대해 이것저것 이야기해 줄 수 있다면 기분이 전환되어 참 좋을 거야 그이*229를 상대하고

---

* 221 블룸.
* 222 스티븐.
* 223 블룸.
* 224 블룸.
* 225 스티븐.
* 226 굿윈.
* 227 아이리시 위스키 상표.
* 228 에스파냐 남쪽 끝의 항구.
* 229 블룸.

있으면 빌리 프레스코트 광고나 키즈 광고 그리고 톰 더 데블의 광고 이야기만 하는 걸 싫증나 그리고 그들의 사업이 실패하면 우리가 곤란해져 그는 매우 뛰어난 사람임에 틀림없어 그런 사람과 알고 지내고 싶어 정말로 다른 바보 같은 인간들 말고 게다가 그는 젊어 마게이트 해수욕장 바위 그늘에서 본 훌륭한 청년들은 신들처럼 발가벗고 햇빛 속에 서 있기도 하고 바닷속으로 뛰어들기도 했어 어째서 남자란 모두 그렇지 않을까 그러면 여자에게 어느 정도의 위안이 될 텐데 그이*230가 사다 준 저 앙증맞은 작은 입상(立像)*231 같아 온종일 바라봐도 질리지 않지 곱슬거리는 머리칼과 그 어깨 내 주의를 끌려고 잠깐 들어봐 들어올린 손가락 정말 미(美)와 시(詩)가 거기에 있다니까 나는 가끔 키스하고 싶었어 그의 온몸에 그리고 그의 순박하고 젊고 참 귀여운 그것에도 그를 입에다 넣는 것 정도는 아무렇지도 않아 아무도 보고 있지 않다면 그것이 마치 그렇게 해달라고 부탁하는 모양새잖아 그*232는 너무나 깨끗하고 하얗고 앳된 얼굴이었어 30초도 채 되기 전에 약간 마신다 해도 무슨 일 있을라고 묽은 죽이나 이슬 같은 거야 위험하지도 않고 게다가 그라면 저런 돼지 같은 남자에 비해 정말 깨끗해 대개의 남자들은 일년 내내 거길 씻는 일 따윈 생각도 못할 걸 여자에게 콧수염이 안 나는 것은 그 때문이야 이 나이가 되어 젊고 잘생긴 시인을 손에 넣는다면 얼마나 신이 날까 내일 아침엔 가장 먼저 트럼프 점을 쳐 봐야지 바라는 패가 나올 때까지 그렇잖으면 퀸의 상대로 그가 나올지 어떨지 시험해 봐야겠어 될 수 있는 대로 읽기도 하고 공부도 하고 좀 더 암기해야 해 그가 누구를 좋아하는지 알면 그이도 나를 바보로 알진 않을 거야 만약에 그가 여자는 다 똑같다고 생각한다면 내가 가르쳐 줘야지 그가 내 아래에서 반쯤 정신을 놓을 정도로 느끼게 해줄 테야 그러면 그는 나에 대한 시를 쓸 거야 연인이자 공공연한 애인 그가 유명해지면 우리의 사진 두 장이 온 신문에 실리겠지 아 그러면 또 한 사람*233은 어떻게 하면 좋지

안 돼 그*234는 얼마나 지독한 사람인지 몰라 예법도 모르고 성질에 고상

---

* 230 블룸.
* 231 나르키소스 조각.
* 232 스티븐.
* 233 보일런.

함 따위 하나도 없다니까 휴*235라는 이름으로 부르지 않았다고 내 엉덩이를
그토록 철썩 때리다니 시와 양배추도 구별 못해 무식한 남자 너무 감싸주면
이런 꼴을 당하는 거야 내 바로 앞의 의자에 앉으면서 실례한다는 말 한마디
없이 뻔뻔스럽게 구두와 바지를 벗고 반바지 하나만 달랑 입고 있다니 저런
철면피가 어디 있담 사제나 정육점 주인 아니면 율리우스 카이사르 시대의
위선자처럼 칭찬을 받고 싶어서 저런 추잡한 모습으로 서 있으니 그런 남자
하고 잘 바에야 사자와 자는 편이 나아 분명 좀 더 센스 있는 말을 할 수 있
을 거야 용기 있는 사자라면 말야 이게 다 내 짧은 속치마 속에서 엉덩이가
동그랗게 부풀어 매혹적이었기 때문이야 그는 자기를 억제할 수가 없었어
나 자신도 가끔 흥분하는 걸 남자가 여자의 몸으로 맛보는 즐거움이란 대단
한 거야 여자의 몸이란 늘 남자에게는 정말로 풍만하고 하얗게 보이지 나는
남자가 되어 그들이 내게 들이미는 남자의 그 물건으로 시험해 보고 싶다고
늘 생각했어 내 몸 위에서 부풀어 있을 때 참 단단하면서도 부드러워 손으로
만져 보면 내 존 아저씨*236는 긴 것을 가지고 있다고 부랑아들이 지껄이는
것을 들었어 매러본 골목길을 지나갈 때 메리 아주머니는 털이 북슬북슬한
그것을 가지고 있다고 어두운 데다가 여자가 지나간다는 것을 알았기 때문
이야 그러나 나는 얼굴을 붉히지 않았어 그럴 필요가 어딨담 자연스러운 일
이잖아 아저씨는 자기의 긴 놈을 메리 아줌마의 털 숲 속에 넣고 그러다가
결국 빗자루에 자루를 다는 이야기로 끝나는데 이것도 남자들이 할 만한 농
담이야 남자들은 어디서나 자기가 좋아하는 상대를 고를 수 있어 남편이 있
는 여자건 바람난 미망인이건 숫처녀건 간에 아이리시거리 뒷골목*237에서처
럼 입맛에 맞는 여자를 골라 평생 사슬에다 묶어 두려고 해 나는 사슬 따위
에 묶이지 않으니까 조금도 무서울 것 없어 일단 시작하고 나면 바보 같은
남편들의 질투 따위 뭐가 무섭겠어 그런 일이 있어도 싸우지 않고 사이좋게
지낼 수 없을까 아내와 외간 남자가 뒤엉켜 무슨 짓을 했는지 남편이 알아내

---

*234 보일런.

*235 휴라고 이름을 부르는 편이 정겨운데도 몰리는 그를 딱딱하게 '보일런'이란 성(姓)으로
부른다.

*236 남근(男根)의 별명이기도 하다.

*237 매음굴.

는 거야 뭐 당연한 일이지 그런데 그가 알아냈다 한들 애당초의 상태로 돌아가는 것도 아니고 어차피 무슨 짓을 하건 그*238는 아내를 빼앗긴 남자야 반대로 저《아름다운 폭군》에 나오는 경우처럼 남자 쪽이 미치고 극단적인 짓을 하지 물론 사내 쪽에서는 남편이나 부인에 대해서는 티끌만큼도 생각하지 않아 남자가 원하는 건 바로 여자지 그리고 실제로 여자를 손에 넣고 말아 무엇 때문에 이런 욕망이 인간에게 주어졌는지 궁금해 난 참을 수가 없어 나는 아직도 젊어 이상한 일이지 그이*239처럼 냉정한 사내와 함께 살면서 내가 아직 주름투성이 할멈이 되지 않은 것이 이상해 나를 안아 주는 것도 가끔 마음 내킬 때뿐이지 나와 거꾸로 누워서 잘 때 내가 누군지도 그이는 모른다니까 누구든 잘 알지도 못하는 여자 엉덩이에다 키스하는 남자와는 싸움을 하고 싶어 그것이 끝난 뒤 남자는 어디든 이상한 곳에 키스를 하고 싶어 해 여자로서는 티끌만큼도 느끼지 못하는 곳에 말야 우리 여자들은 모두 마찬가지야 두 덩어리의 라드 기름 남자란 그 짓을 하기 전에는 퉤 더러운 짐승 같으니 생각만 해도 진절머리가 나 아가씨 나는 당신의 발에다 키스합니다 그것은 제법 괜찮아 그*240는 우리 집 현관 문에 키스하지 않았나 몰라 그래 헤어질 때 그이는 정말 미친 짓을 했지 나 말고 또 누가 그이의 미친 생각을 이해하겠어 물론 여자는 젊어지기 위해서 하루에도 스무 번은 안기고 싶지 좋아하는 남자가 없을 때에는 누구라도 상관없어 사랑하거나 사랑받는 한 만약에 좋은 상대가 없을 때에는 정말이지 나는 진지하게 생각했었어 어두운 밤 나를 아는 사람이 아무도 없는 부두에 가서 배에서 갓 상륙한 그것에 굶주린 선원을 낚아 볼까 하고 누구든 상관없어 어딘가 문 안에서 하면 되니까 아니면 블룸필드 세탁소 근처에 천막을 치고 기회가 있으면 우리 것을 훔치려는 래스파넘의 우락부락해 보이는 집시를 모범세탁소라는 이름에 끌려서 거기에 두서너 번 내 것을 맡긴 일이 있는데 몇 번이고 어떤 여자의 낡은 스타킹을 돌려 준 저 예쁜 눈을 한 부랑아 같은 녀석이 잔가지의 껍질을 벗기고 나에게 덤벼드는 거야 어두울 때 그리고 한마디 말도 없이 나를 벽에 밀어붙이지 아니면 살인자든 누구든 상관없어 실크모자 쓴 근사한

---

*238 블룸.
*239 블룸.
*240 보일런.

신사 양반들은 어떻게 하실까 저기 어딘가에 살고 있는 왕실 변호사가 하드윅 골목길에서 나오더니 권투 경기에 이겼다며 우리에게 저녁으로 생선요리를 대접해 주었지 그날 밤 물론 그이가 그렇게 한 것은 나 때문이었지만 나는 그이의 행전과 걸음걸이로 그라는 것을 알아봤어 그리고 얼마 지난 뒤에 내가 뒤돌아보니 거기에서 여자가 나왔어 더러운 매춘부가 그러고 나서 그 사람은 바로 자기 아내에게로 돌아가는 거야 하지만 선원들도 절반은 병 때문에 상태가 몹시 안 좋을 거야 정말 소원이니까 커다란 시체 같은 몸을 제발 좀 저리 치워요 〈나의 한탄을 그대에게 전하리 저 바람 소리〉라도 노래하는 것 같은 그이의 노래*241를 들어 봐요 푹 잠들어서 한숨까지 쉬는군 대예언자 돈 폴도 데 라 플로러*242 님은 그이*243가 오늘 아침 트럼프에 어떤 식으로 나왔는지 알고 계실까 그이는 두 개의 7 사이에서 난처해하는 흑발 남자 때문에 고민해야만 할 거야 게다가 감옥에 들어가 있어 무엇 때문인지는 나도 몰라 그리고 그이가 미라처럼 누워 있는 동안 나는 주인에게 아침밥을 지어 주기 위해 부엌에 간다는데 정말 그럴까 내가 이제껏 바쁘게 일한 적이 있던가 나는 그런 일을 할 여자가 아냐 남자의 시중을 들었다간 끝장이야 그러면 우리를 먼지만도 못하게 다룬단 말야 남이 뭐라던 나는 신경 쓰지 않아 세상은 여자의 지배를 받는 편이 훨씬 나을 걸 서로 죽이거나 학살하는 여자는 없어 언제 여자가 남자처럼 술에 취해서 뒹굴거나 마지막 남은 1페니까지 도박에 털어 넣거나 경마에서 손해 보는 걸 봤어 그래 정말로 우리가 없으면 남자는 모두 이 세상에서 사라져 없어질 거야 그들은 여자이자 어머니라는 것이 무슨 뜻인지 몰라 어떻게 그것을 알 수가 있겠어 그 사람들을 돌보는 어머니가 없었다면 그들은 지금쯤 어떻게 됐을까 나에게는 어머니가 안 계셨어 그리고 그*244가 책이나 공부를 내팽개치고 밤에 놀러 다니는 것도 다 그 때문이라고 생각해 언제나 집이 어수선하니까 집에 정을 못 붙이고 하숙이나 하는 것을 보면 불쌍해 저렇게 훌륭한 아들을 두었으면서도 그들은 조금도 만족하질 않아 나에게는 아들이 없어 그이는 아들을 만들 수가 없

---

*241 코 고는 소리.

*242 레오폴드 블룸을 에스파냐식으로 부른 것.

*243 블룸.

*244 스티븐.

었을까 그건 내 탓이 아냐 거리 한복판에서 수놈이 암놈의 엉덩이를 타고 있는 개 두 마리를 보았을 때 우리도 함께 즐겼어 그 뒤부터*245 기가 죽고 말았지 울면서 떠 준 그 조그마한 양털 재킷을 입혀서 장사지내지 말았어야 했어 누군가 불쌍한 애에게 주는 게 나았을 걸 그랬어 이제 나에게는 아이가 생기지 않으리란 걸 잘 알아 그 아이가 우리 집 최초의 불행이었지 그 뒤로 우리는 완전히 변하고 말았어 이제 나는 그 일을 생각하며 우울해지고 싶지 않아 왜 그*246는 우리 집에 묵고 가지 않았을까 그이*247가 데려오는 사람은 언제나 이상해 보였어 온 시내를 쏘다니다가 불량배나 소매치기 같은 작자들을 만나지나 않았는지 누가 알겠어 만약에 그의 어머니가 살아 계셨더라면 그가 그렇게 몸을 망치도록 내버려두지 않았을 거야 하지만 밤이란 즐거운 시간이지 정말 조용하고 나는 무도회가 끝나고 집에 돌아올 때의 밤공기 참 좋았어 남자들에게는 서로 이야기를 나눌 친구가 있지만 우리 여자들에게는 그것도 없어 남자는 손에 넣을 수 없는 것을 갖고 싶어 해 하지만 여자 가운데에는 상대를 잡아먹을 듯이 구는 사람도 있어 나는 여자의 그런 점이 싫어 남자들이 우리를 그런 식으로 다루는 것도 무리는 아니지 우리는 지독한 암캐 무리와 같으니까 우리가 그렇게 심술궂은 것은 우리의 고민 때문 아닐까 하지만 나는 그런 여자가 아냐 그는 건넛방 소파에서 기분 좋게 잘 수 있었을 텐데 그는 마치 소년처럼 부끄러워했어 이제 겨우 스물이 될까 말까한 걸 내가 요강에 오줌 누는 소리를 들었을지도 몰라 뭔 상관이람 디댈러스라는 이름은 지브롤터에서 들은 델라파스 델라그라시아인가 하는 이름과 비슷한 것 같아 그 사람들 이름은 정말 이상하지 뭐야 내게 묵주를 준 산타마리아교회의 빌라 플라나 신부님 일곱굽이거리의 로잘레스 이 오레일리 그리고 가버노거리의 피심보와 오피소 부인들 무슨 이름이 그래 내 이름이 그랬다면 강에 몸을 던져 버렸을 거야 오 맙소사 그리고 여러 가지 거리란 거리 파라다이스 비탈길*248이네 베들럼 비탈길*249 로저스 비탈길*250 크러체트 비

---

*245 아들 루디가 죽은 뒤부터.

*246 스티븐.

*247 블룸.

*248 지브롤터 바위산으로 올라가는 길의 계단.

*249 지브롤터 바위산 서쪽 비탈면의 정신병원으로 통하는 고갯길.

*250 지브롤터 바위산 서쪽의 언덕길.

탈길*251 그리고 지옥의 절벽길 등 내가 방정맞다 하더라도 내 탓은 아니야 나도 조금은 그렇다는 것을 잘 알지만 나도 그때에 비하면 조금은 나이를 먹었다고 생각하지 않아 어려운 에스파냐 말을 제대로 말할 수 있을지 몰라 코모 에스타 우스테드 무이 비엔 그라시아스 이 우스테드*252 봐 잊지 않았어 잊어버린 줄 알았지만 문법은 자신 없어 명사란 어떤 사람 또는 사물의 이름이야 심술궂은 루비오 부인이 내게 빌려 준 발레라의 소설을 읽으려고 하지 않았던 것은 유감이야 의문부호가 죄다 거꾸로 된 채 가득 붙어 있었어*253 결국 우리는 에스파냐에 정착하지 않을 거라고 나는 늘 생각했지 나는 그*254에게 에스파냐 말을 그는 나에게 이탈리아 말을 가르쳐주면 어떨까 그러면 그는 내가 바보는 아니라는 사실을 알게 될 거야 그가 여기서 자고 가지 않은 것이 얼마나 섭섭한지 모르겠어 틀림없이 몹시 피곤해서 푹 자고 싶었을 텐데 나는 그에게 침대에서 아침밥을 먹을 수 있도록 빵을 구워서 가져다줄 수도 있었는데 나는 전부터 나이프 끝에 토스트를 찔러서 주거나 하는 일은 하지 않아 그렇게 하면 불행이 닥친다고 하니까 그리고 그 할멈이 끄레송 같은 맛난 것을 가지고 오면 좋을 텐데 부엌에는 그가 좋아할 것 같은 올리브가 조금 있어 아브라인 가게에 있는 것은 꼴보기도 싫어 그가 있어만 준다면 나는 마음으로부터 서비스해 줄 텐데 거실은 내가 배치를 바꾸고 나서 썩 훌륭해 보여 나란 사람의 느낌이 잘 나타나 있지 자기소개를 했어야 했어 그는 나를 모르니까 말야 우스운 일이야 나는 그이*255의 아내예요 그렇잖으면 우리는 그*256와 함께 에스파냐에서 살고 있는 흉내를 내고 그는 얼이 빠져 자기가 있는 곳이 어딘지 모르고 도스 우에보스 에스트렐라도스 세뇨르*257 어머 때때로 이상한 생각이 머리에 떠올라 그가 언제까지나 우리

＊251 지브롤터 바위산 서쪽의 고갯길로 '옥다리 고개'라는 뜻.

＊252 como esta usted muy bien gracias y usted 에스파냐어 '안녕하세요 잘 있어요 고마워요 당신은?'

＊253 에스파냐어 의문문에는 언제나 앞뒤로 '¿ ……?'가 붙는다.

＊254 스티븐.

＊255 블룸.

＊256 스티븐.

＊257 dos huevos estrellados senor. 에스파냐어 '달걀 프라이 두 개입니다 선생님'이란 뜻. huevos는 속어로 '불알'이라는 뜻이 있다.

와 함께 있으면 재밌을 거야 그렇잖아 이층에는 빈 방이 있고 정원으로 향한 방에는 밀리의 침대가 있어 그는 거기에 있는 책상에서 글도 쓰고 공부도 하고 그*258가 쓰는 것은 무엇이든지 쓸 수 있어 그리고 나처럼 아침에 침대에서 책을 읽고 싶으면 읽어도 좋아 한 사람분의 아침밥은 그이*259가 만드니까 하는 김에 두 사람분을 준비하면 되겠지 나는 그를 위해서도 다른 하숙생은 두지 않을 거야 그가 이 자그마한 집에 살 마음이라면 나는 머리가 좋고 교육받은 사람과 오랫동안 이야기를 주고받고 싶어 터키모자를 쓴 저 터키 사람들이 늘 팔고 있는 빨간색이 아니면 노랗고 깨끗한 실내화를 한 켤레 사야지 얇은 천으로 만든 모닝 가운과 옛날에 월폴 가게에 있던 8실링 6페니였던가 18실링 6페니였던가 하는 그 복숭아 꽃 장식이 달린 평상복도 그에게 다시 한 번 나를 만날 기회를 줄 거야 내일 아침에는 일찍 일어나야지 어쨌든 나는 코헨의 낡은 침대에는 질렸어 채소를 구경하러 시장에 가야지 양배추 토마토 홍당무 그리고 갓 들어와서 탐스럽고 싱싱한 온갖 종류의 훌륭한 과일들을 보기 위해서라도 거기에 갈 때 내가 맨 처음 만나는 남자는 도대체 누굴까 남자들은 아침부터 여자를 찾아 어슬렁거리고 있대 메이미 딜런이 그렇게 말했어 그리고 밤에 그 여자가 미사에 가는 것도 그 때문이야 입에 넣자마자 살살 녹을 물기 많은 배를 먹고 싶어 전에는 욕망이 강할 때면 꼭 먹고 싶었어 그러면 나 아버지의 입이 좀 더 커지길 바란다며 그애*260가 선물한 뚜껑 달린 찻잔에 차를 따르고 급히 프라이한 달걀을 얹어서 가지고 가는 거야 그는 나의 맛있는 크림도 좋아하게 될 거야 나는 내가 어떻게 할지 알고 있어 약간 들떠서 오가고 해야지 너무 들뜨지 않도록 조심하면서 말야 가끔 노래를 부르기도 하고 그리고 미 파 피에타 마제토*261 그리고 나 들이웃으로 갈아입으면서 프레스토 논 손 피우 포르테*262 가장 멋진 속치마와 속바지를 입을 거야 그가 그것을 실컷 보게 하고 그의 그것을 서게 하고 만약에 그것이 그가 알고 싶어하는 것이라면 가르쳐 주어야지 그의 아

---

*258 블룸.

*259 블룸.

*260 딸 밀리.

*261 me fa pieta Masetto. 이탈리아어 '마제토는 나의 마음을 상하게 했도다.' 모차르트의 오페라 〈돈 조반니〉의 한 구절.

*262 Presto non son piu forte. '무리를 하지 않을 정도로 빠르게.' 원래는 음악 용어.

내가 다른 남자에게 당했다는 것을 그래 처참할 만큼 깊게 그가 아닌 남자에게 다섯 번이나 여섯 번 계속해서 그*263의 정액의 흔적이 깨끗한 시트 위에 남아 있어 그것을 다리미로 다려서 펴고 싶진 않아 이것만으로도 그*264는 만족할 거야 믿지 못하겠으면 내 배를 만져 보라지 그런데도 그가 일어서지 않아서 넣지 못한다면 자세한 점까지 남김없이 말할 작정이야 그래서 그이가 내 앞에서 사정하게 할 테야 그것 보라지 모두 그이의 잘못이야 이층 관람석의 그 사내 말대로 내가 못된 여자라면 안 될 말이지 오 우리 여자들이 이 눈물의 계곡에서 저지르는 죄악이 그것뿐이라면 그것이 대단찮은 일이라는 걸 하느님은 아셔 누구나 다 하고 있잖아 다만 그 사람들은 그것을 감추고 있을 뿐이야 여자가 이 세상에 있는 까닭은 그것 때문이라고 생각해 그렇잖으면 하느님은 우리가 남자의 마음을 이렇게 끌어당기도록 만드시지 않았을 거야 그리고 만일 그이가 내 엉덩이에 키스하고 싶어하면 나는 속치마를 끌어내리고 그의 얼굴 정면에 엉덩이를 내밀 테야 그는 내 구멍에 혀를 7마일이나 쑤셔 넣을 수 있어 그가 내 엉덩이 구멍에 손을 대고 있는 동안에 나는 그에게 1파운드 아니면 30실링이 필요하다고 해야지 란제리를 사고 싶다고 말하는 거야 만일 그이가 그만한 돈을 준다면 글쎄 그이에게도 꽤 좋은 점이 있다는 거지 내가 그에게서 돈을 우려내려는 것은 아냐 다른 여자와는 달라 나를 위해 수표를 쓰게 할 수 있었던 일이 늘 있었어 그이가 거기에 자물쇠 채우는 것을 잊었을 때 2파운드 정도는 수표를 써서 그이에게 서명하게 할 수 있어 어디 한 번 그에게 내게 해야지 내 엉덩이에 태워서 나의 깨끗한 속옷을 더럽히지만 않는다면 아마도 잘 될 거야 태연한 얼굴로 한두 가지 질문을 해서 대답을 들어보면 알 수 있는 일이야 그럴 때 그이는 속내를 감출 수 없는 사람이야 그의 성질은 다 알고 있어 엉덩이를 꽉 조여 주어야지 그리고 음탕한 말을 조금 해 주어야지 엉덩이를 쿵쿵 맡고 똥이나 핥아요 그렇잖으면 머리에 휙 하고 떠오르는 우스꽝스러운 생각을 그러고 나서 그 일을 넌지시 비추고 어머 잠깐 기다려 아가야 내 차례야 들뜨고 수다 떨고 그 일을 상냥하게 해 줘야지 어머 나 좀 봐 이 더러움을 잊고 있었어 웃어야 좋을지 울어야 좋을지 자두와 사과를 뒤섞은 잼이 되었어 나는 저 낡은

---

*263 보일런.

*264 블룸.

것*265을 대야겠지 그러는 쪽이 훨씬 좋아 그건 뻔한 일이야 그이는 이것이 시작된 게 자기 탓인지 아닌지 몰라 아무리 헌 것이라도 이런 때에는 쓸모가 있다니까 그리고 나 그*266의 뒤치다꺼리를 그의 오미션*267을 내 몸에서 똥 치우듯이 닦아 내야지 깨끗하게 그러고 나서 외출해야지 그에게는 천장이나 바라보면서 그녀는 어디에 갔을까 하고 나를 탐내게 해야지 다른 수는 없어 15분 지났어 얼마나 빠른 시간이야 중국에서는 지금쯤 자리에서 일어나 오늘 하루를 위해 변발(辮髮)을 빗고 있을 거야 그래 얼마 안 있으면 수녀들이 삼종기도의 종을 울릴 거야 잠을 방해하러 올 사람은 아무도 없겠지 밤 기도를 위해 깨어 있는 신부 한두 명 외에 저 수녀의 잠을 방해하는 사람은 아무도 없어 닭이 울 무렵이 되면 이웃집 자명종 시계가 마치 부서질 듯한 소리를 낼 거야 나 다시 잠들 수 있을까 1 2 3 4 5 저 벽의 별처럼 생긴 꽃은 무슨 꽃일까 롬바드거리의 벽지는 훨씬 더 아름다웠어 그이가 준 앞치마와 약간 비슷했지 나는 그것을 딱 두 번 둘렀어 램프의 불을 작게 줄여서 빨리 일어날 수 있도록 다시 한 번 잠들어봐야지 핀들레이터 가게 옆의 럼 가게에 가서 집 안을 꾸밀 꽃을 좀 가져다 달라고 해야겠어 그이가 그*268를 집에 데리고 올지도 몰라 내일 오늘 아냐 안 돼 금요일*269은 불길한 날이니까 우선 청소하고 싶어 내가 자는 동안에 먼지가 많이 쌓일 거야 그런 다음 우리는 음악을 하든지 담배를 피우든지 할 수 있어 나는 그이의 반주를 해도 좋아 일단 우유로 피아노 키를 말끔히 닦아야지 무엇을 입을까 흰 장미를 달까 아니면 립턴 가게의 컵케이크를 내놓을까 나는 사치스러운 큰 가게의 냄새가 좋아 1파운드에 7페니 반으로 그 안에 버찌가 들어 있는 것이나 2파운드에 11페니 하는 분홍색 사탕이 든 것이나 물론 식탁 한가운데에는 예쁜 꽃을 장식하고 싸게 파는 가게에서 구해야지 그게 어디였더라 그리 오래된 일은 아닌데 나는 꽃이 좋아 온 집 안을 장미꽃으로 꾸미고 그 속에 푹 파묻히고 싶어 정말이지 자연만큼 훌륭한 것은 없다니까 인기척 없는 산 밀어닥

---

*265 생리대.

*266 블룸.

*267 몰리는 emission(사정)을 omission(생략, 탈락)이라고 잘못 알고 있다.

*268 스티븐.

*269 유대인들은 금요일을 불길한 날로 여긴다.

치는 큰 파도 작은 파도 귀리와 밀 그리고 온갖 것들을 심은 밭이 있는 아름다운 시골 또 그 근처를 돌아다니는 귀여운 가축 떼 강 호수에서 모양도 향기도 다른 갖가지 꽃을 본다는 것은 정말 기분이 좋은 일이야 도랑에서조차 앵초와 오랑캐꽃이 피는 것이 자연이라는 거지 이 세상에 하느님 따위 없다고 말하는 사람들은 아무리 학식이 높아도 상대하지 않겠어 자기들이 무언가를 좀 창조해 보라지 나는 가끔 그이*270에게 물었지 무신론자라나 뭐라나 그들은 우선 자기 몸이나 잘 씻어 두는 게 좋을 거야 죽을 때가 되면 신부님들에게 가서 울부짖을 테니까 왜 왜 왜냐하면 양심의 가책 때문에 지옥에 떨어지는 게 무서운 거야 아 그래 나는 잘 알고 있어 이 세상에 사람이 아무도 없는 동안 천지만물을 창조한 우주의 맨 처음 분은 도대체 누구였지 그래 그 사람들이 알 리가 없지 나도 몰라 그래서 우리는 이렇게 살아 가고 있는 거야 내일 아침 뜨는 해를 막아보라지 태양은 당신을 위해 빛나고 있다고 그는 말했어 그날 우리는 호스곳의 석남꽃 숲 속에 누워 있었지 회색 양복에 밀짚 모자를 쓰고 그날 나는 그가 내게 구혼하도록 했어 그래 처음에 시드 케이크를 입으로 그에게 먹였지 그해는 윤년이었어 올해와 마찬가지로 벌써 16년 전 이야기야 아 그 긴 키스가 끝난 뒤 나는 숨이 막힐 것 같았지 내가 산에 피는 꽃과 같다고 그이는 말했어 그래 우리는 꽃이야 여자의 몸은 어디나 할 것 없이 꽃이지 그것이 그이가 이제껏 살면서 입 밖으로 낸 단 하나의 진실이었어 그리고 오늘도 태양은 당신을 위해서 비춘다고 했어 그래 내가 어떻게 그이를 좋아하게 되었느냐 하면 그이는 여자가 어떤 존재인지 알고 또 느끼고 있다는 걸 나는 알 수 있었어 게다가 나는 언제나 그이라면 내 마음대로 할 수 있을 것 같다는 마음이 들었기 때문이야 그리고 내가 지닌 최대한의 기쁨을 맛보여 주었으므로 그이는 나에게 네 하고 말해 달라고 부탁하게 되었지 그렇지만 나는 처음엔 대답하지 않으려고 했어 바다와 하늘만 바라보고 있었지 그이가 모르는 여러 가지 일을 생각하면서 멀비와 스탠호프 씨의 일 헤스터의 일 아버지에 관한 일 늙은 그로브 대위 그리고 선원들에 대해서 부두에서 새 흉내와 항복과 접시 씻기라고 말하는 놀이를 하는 선원들 불쌍하게도 태양에 불타기라도 할까 봐 하얀 헬멧 둘레에 천을 늘어뜨리고

*270 블룸.

총독 저택 앞에 서 있는 보초 숄을 걸치고 커다란 빗을 꽂고 웃고 있는 에스파냐 아가씨나 그리스인 유대인 아라비아인 그 밖에 아리송한 유럽 각지에서 온 여러 인종이 모여 있는 아침 경매장 듀크거리나 라비 새런 가게 근처의 떠들썩한 가금 시장 반쯤 잠든 채 휘청거리는 불쌍한 당나귀들 비옷을 걸치고 계단 그늘에서 잠자고 있는 이상한 사람들 우마차의 큼직한 바퀴와 수천 년 묵은 고성 그래 그리고 임금님들처럼 하얀 옷을 입고 터번을 감고 우리에게 작은 가게 앞에 앉으라고 자꾸 부르는 저 아름다운 무어인들 론다 거리*271 여관의 고풍스런 창들 격자창 너머의 반짝이는 눈동자 그녀의 연인은 격자창에 키스하고*272 그리고 밤에 반쯤 열린 술집이나 캐스터네스 우리가 알제시라스로 가는 배를 놓친 날 밤 램프를 들고 고요하게 돌던 야경꾼들 그리고 오 저 무시무시한 깊은 급류 오 그리고 바다 때때로 불덩이가 빨갛게 불타는 것처럼 보이는 바다 그리고 저 찬란한 일몰 그리고 알라마다 식물원의 무화과나무 그래 그리고 온갖 괴상한 작은 골목 그리고 담홍색 녹색 노란색의 집들 그리고 장미원 재스민과 제라늄과 선인장 그리고 내가 야산의 꽃이었던 무렵의 지브롤터 그래 안달루시아 소녀들이 하는 것처럼 내가 머리에 장미를 꽂았을 때 그러지 말고 빨간 것을 꽂을까 그래 그이*273는 무어인의 성벽 아래에서 나에게 강렬하게 키스했었어 그리고 나는 그이가 누구에게도 지지 않을 훌륭한 사람이라고 생각했지 그런 다음 나는 눈으로 그이에게 키스해 달라고 졸랐지 그래 그리고 그이*274는 내가 승낙한다면 네라고 말해 달라고 부탁했어 그래서 나는 처음으로 나의 팔로 그의 몸을 감은 거야 그래 그리고 그이를 내 쪽으로 끌어당겼어 그이가 내 향기로운 유방에 닿을 수 있도록 그래 그이의 심장은 미칠 것처럼 뛰었지 그리고 그래 나는 네라고 말했어 좋다고 말야

---

*271 과다아로강 강변에 있는 에스파냐의 풍광이 아름다운 곳으로 로마인과 무어인의 유적, 투우장 따위가 있다.
*272 에스파냐의 구애 몸짓.
*273 멀비 중위.
*274 블룸.

제임스 조이스 생애와 문학

제임스 조이스 생애와 문학
굉장한 말에 대한 조그만 치료 – 앙드레 지드
단테 브루노 비코 조이스 – 사뮈엘 베케트
열린 시학(詩學) – 움베르토 에코
제임스 조이스 연보

제임스 조이스 생애와 문학

기나긴 비행과 겨우 도착한 성스러운 안식처―/안식처, 그러나 그대를 부수고 그대의 모든 것을 빼앗아/그곳에 내팽개쳐 둔 고통으로부터는 벗어날수 없구나―/그것이 내게 닿은 말이었다. /낮에도 밤에도 그대를 둘러싸고있던 고독의/아주 작은 부분에 지나지 않는 고독이 나를 찾아왔다. /다이달로스! 그대의 비행은 이렇게 끝이 났는가? /나는 우리 젊은 나날을 돌아보고/그대가 마을 백성들과/다리를 건너는 모습을 보았다. /있는 옷가지로 적당히 잘 차려입은 그대. /그대의 나침반 바늘을 바다 갈매기 떼로 향하게 하는 요트모자. /그들도 우리 백성이다. 하지만/강기슭에서 책을 팔아 돈으로바꾸는 그대의 상술은―/그리고 몇 실링쯤 되는 돈으로 가슴을 쭉 펴고/거품이 이는 흑맥주와 술꾼들과의 잡담을 찾아/바니 키어넌 가게로 가지. /그러나 그대는 또한/스콜라 학자. 그대는 이 나그네들을/역사의 맥락에서 바라보고 파악한다. /그대가 확인한 그들의 풍채는, 그들의 언어는, /이윽고 돌이켜 고찰되고 상세히 재현되리라. /그들도, 나도, /다른 누구도, 그대가 은밀히 세운 계획을/꿰뚫어 보지 못하리라―/하늘 나는 날개 돋친 사나이가되려는 계획을. /우리는 알지 못했다. /모자 챙 그늘에서 날카로운 눈이/다시이름을 드높인 더블린을, /그리스도교 세계의 일곱 번째 도시를/바라보고 있었음을. 우리는 알지 못했다. /그대의 언어 아래 숨겨진 주문이/저 강을 어슴푸레한 들판으로 돌려보내려 했다는 것을. /설화의 강, /아나 리비아(Anna Livia)를. /우화의 강, /플루라벨(Plurabelle)을.

〈제임스 조이스의 추억〉―패드라익 콜럼

제임스 조이스 그가 위대한 작가임은 누구나 알고 있다. 존경과 친밀감에서든, 경멸과 적대감에서든 이른바 '현대문학'을 말할 때 한 유파, 한 문학운동, 한 시대의 대표자가 되기에 부족함이 없는 작가는 역시 조이스뿐이며,

이 점은 앞으로도 달라지지 않을 것이다. 세계문학사를 한 몸에 수렴하고, 파괴와 반역과 고전주의와 정숙이 공존하며, 한 작품을 발표할 때마다 그 문학적 방법이 더욱 큰 논쟁을 불러일으키고, 언어와 문체에 집요한 관심을 보이며, 정취가 악취미를 통해 세련미를 더하고, 악취미가 정취를 통해 증폭되며, 국제적 또는 무국적적인 허무와 불안의 묘미가 있고, 더욱이 그러면서도 문학적 세계 전체가 종교성의 한 음화(陰畵)를 이루는 구조를 볼 때, 그가 바로 '모더니즘' 그 자체인 것이다. 조이스보다 더 위대한 작가가 있을 수도 있다. 그러나 20세기 머리에 시작된 문학적 혁명의 여러 특징을 그보다 더 잘 갖춘 거장은 없다. 제임스 조이스는 열광적인 찬사를 받으면서도 한편으로는 비웃음의 대상이 되었고, 그뿐만 아니라 계속 묵살되어 왔다. 물론 많은 사람들이 묵살하는 시늉을 한 것에 지나지 않지만.

조이스가 태어난 집
더블린 교외 래스가에 있었다. 가족은 생활이 어려워지자 더블린 시내로 이사한다.

1. 조이스의 삶

언어감각이 뛰어난 작가로 세계문학의 판도를 바꿔 놓은 제임스 조이스 (James Joyce)는 1882년 2월 2일, 아일랜드 수도 더블린에서 존 조이스와 메리 머리의 아들로 태어났다. 조이스는 더블린 시에서 가까운 클론고우스 우드 칼리지 초등학교 과정을 거쳤으며, 이어 더블린의 벨베디어 칼리지에서 중등 교육을 받고, 더블린의 로열 유니버시티를 졸업했다. 이들 학교는 모두 가톨릭 예수회 계열이었다.

학교 측은 학업성적이
우수한 조이스가 졸업 뒤
에도 그곳에 남아 주길 바
랐고, 그의 어머니 또한
그러기를 원했다. 이는 대
학교수가 되는 동시에 가
톨릭에 평생 바침을 뜻했
다. 그러나 중학교 시절에
는 종교 규율을 온전히 지
키도록 노력하며 나날을
경건하게 보낸 모범생 제
임스 조이스도 열여섯 살
부터는 그런 삶에 점점 회
의를 느꼈다.

19세기 첫 무렵 더블린
에서는 예이츠와 그레고리
여사, 러셀, 싱이 중심이
되어 아일랜드 문예부흥운
동을 활발하게 일으키고

제임스 조이스 일가 삼대
왼쪽부터 할아버지 존 머리·제임스 조이스·어머니 메리·아
버지 존 조이스. 조이스가 초등학교 입학하기 얼마 전의 사
진이다.

있었다. 조이스는 직간접으로 이 문학운동의 영향을 받게 된다. 또 친구들이
추구했던 아일랜드 독립을 위한 정치운동의 입김도 어느 정도 그에게 미쳤
다. 그러나 그에게 가장 강력한 영향을 끼친 것은 19세기 끝무렵 유럽 문학
에 나타난 자유사상이었다. 조이스는 〈인형의 집〉, 〈브랜드〉, 〈헤더 가브
렐〉 등을 쓴 입센에 심취하여 그의 작품을 원어로 읽기 위해 노르웨이어를
공부했을 정도였다. 또한 독일의 하우프트만도 마음속 깊이 존경했다. 해방
사상을 품은 이들 극작가에게 조이스가 감동한 까닭은 무엇일까. 영국이나
프랑스에 뒤진 낡은 전통에 묶여 고민하는 아일랜드 청년에게 그들이 호소
력 있게 다가왔기 때문이다. 노르웨이나 독일은 상대적으로 아일랜드와 상
황이 비슷했다.

한편 조이스가 가톨릭도, 민족해방운동도 따르지 않았던 이유는 무엇보다

모; 먼저 자아 해방을 바랐기 때문이다. 토마스 아퀴나스의 책을 즐겨 읽은 그는 가톨릭을 이론상으로는 부정할 수 없었으나 그 신앙은 포기했다. 이것은 《율리시스》를 관통하는 사상적인 주제의 하나이기도 하다.

아일랜드 사람은 '타고 갈 전차를 착각하는 바람에 북쪽으로 가버린 스위스 사람'이라는 말이 있다. 이것을 처음 주장한 것은 조이스와 같은 세대의 에스파냐 사람, 살바도르 데 마다리아가이로호이다. 왠지 농담 같지만, 두 번의 세계대전을 포함한 힘들고 어려웠던 시기에 외교관, 역사가, 망명자 등 여러 처지에서 유럽과 미국의 문화 풍토를 세심하게 접한 그의 말이므로, 그 속에는 귀중한 직접체험이나 연구 성과가 들어 있는 게 틀림없다. 마다리아가이로호의 고향은 이베리아 반도의 서북단에 있는 갈리시아 지방. 아일랜드와는 거리가 가깝고, 같은 켈트 문화권이다. 만년에 쓴 작품 《유럽 소묘》(1951) 가운데 그는 더블린 명물 주정뱅이에 대해 이런 감상을 드러내고 있다.

"아일랜드 사람은 에스파냐 사람보다 쉽게 취한다. 그들은 양심이나 자의식의 중압을 오랫동안 짊어지고 있는데, 이 엄격한 감시의 두 눈을 에스파냐 사람만큼 쉽게 속이지 못하기 때문이다. 에스파냐에 있는 에스파냐 사람이라면 기타를 친다. 그러나 기타는 아주 여성적인 악기로, 때나 장소를 고르지 않으면 말하는 것을 들어주지 않기 때문에 구름 한 점 없는 맑은 밤하늘이 필요하다. 에스파냐의 하늘은 1년 내내 그렇지만, 대자연은 아일랜드에는 인색하다. 따라서 어쩔 수 없이 매일 밤 가만히 집에 틀어박혀 있으면 양심이 마음을 점점 가로막고, 에스파냐 사람에게는 짐작도 할 수 없을 정도의 우울증이 끝없이 생긴다."

마다리아가이로호의 지적 가운데 정말 중요한 것은 아일랜드 사람과 에스파냐 사람의 기본적인 공통점이다. 그것은 '부조리와 친근감'이다. 문학 세계에서 이 감각의 대표자는 에스파냐에서는 《돈키호테》의 세르반테스, 아일랜드에서는 《걸리버 여행기》의 스위프트, 《피네건의 밤샘》의 조이스, 《고도를 기다리며》의 베케트일 것이다. 세르반테스를 예로 들면 길가에서 싸우고 있는 두 남자한테 "꼴사나운 싸움은 그만해요"가 아니라, "두 사람만의 승부입니까? 끼어들어도 되나요?"
라고 말하는 것이다. 아일랜드의
특성을 살린 수사법, 이른바 아
이리시 불(Irish bull)이다. 오스
카 와일드나 버나드 쇼를 비롯해
아일랜드 출신의 극작가는 대부
분, 사람의 허를 찌르는 데 명수
였다. 와일드의 경구 '자연은 예
술을 모방한다'도 그 하나라고 할
수 있으리라.

어쨌든 그들은 부조리나 역설
을 이만큼 중요하게 생각한다.
마다리아가이로호의 견해에 따르
면, 그 뿌리에는 라틴적인 개인
중심주의가 있다. 다른 말로 하
면 게르만적, 앵글로색슨적인 사
회의식이나 객관성이 전혀 없는
것이다. 에스파냐 사람이나 아일
랜드 사람도 자신의 마음 바깥에

친구였던 C.F. 카란이 찍은 조이스의 사진(1904)
뒷날 이 포즈를 취하면서 무슨 생각을 하고 있었느
냐는 질문에 그는 이렇게 대답했다. "이 친구가 내
게 5실링을 빌려주려나?"

있는 사회나 현실을 믿지 않는다. 그래서 그것과 충돌이 생겼을 때, 틀린 것
은 자신이 아니라 바깥세계라고 생각한다. 거기에 대항하는 데 논리라든가
정공법, 상식 등 평범하고 진부한 것이 도움이 될 리 없다. 그러므로 아이리
시 불은 제멋대로인 행동을 무기로, 끊임없이 신출귀몰한 게릴라전을 시도
해보는 수밖에 없을 것이다.

고대 끝 무렵 아일랜드와 유럽 대륙과의 만남이라는 획기적인 역사극은
군대가 아니라 선교사가 들어오면서 막을 열었다. 그 무렵 활약한 선교사 중
한 사람인 패트릭은 4세기 말에 웨일스 귀족 가정에서 태어난 켈트인이다.
열여섯 살 때 해적에게 유괴되어 아일랜드로 팔려가, 6년이나 노예로 일했
다고 한다. 나중에 그곳에서 도망나와 프랑스 서부 수도원에서 세례를 받아
수도사가 되고, 노년에 접어들면서 로마 교황의 명령으로 아일랜드에 파견

노라 조이스와 아들 조지오·딸 루치아

되었다. 어린시절에 사회 밑바닥 실정까지 알았던 이 섬에서, 그 절실한 체험 모두를 활용할 기회가 온 셈이다. 그는 먼저 노예시절 자신의 주인을 설득하여 개종시키고 천천히 신자들을 모아간다. 그때 아일랜드에는 문화의 중심이 되는 커다란 마을조차 없었기에 그는 여기저기 벽촌에 수도원을 설립하고, 그곳을 학문, 교육, 사회사업의 근거지로 삼으면서 종교를 널리 알렸다. 패트릭은 켈트 문화의 보존에 힘쓰고, 게일어 서사시의 암송과 필사를 장려

했다. 이윽고 그것이 아일랜드 출신 선교사들을 통해 해외에도 전해지고, 아서왕 전설 등에 포함되어 근대 서유럽 문학의 주된 원천의 하나가 된다.

바이킹의 남하도 이런 정세를 막을 수는 없었다. 830년대부터 그들은 몇몇 무리를 이루어 루아르 강 유역이나 영국에 상륙하고, 교회의 값나가는 재산을 약탈하거나, 거류지를 세우기 시작했다. 아일랜드도 더 이상 안전권이 아니었다. 처음에 여기에 온 노르웨이계 부족의 한 사람은 더블린(검은 못) 주변에 왕국을 만들고, 이후 2백년 가까이 그곳을 중심기지로 해서 서유럽 여러 곳으로 진출했다. 대부분의 바이킹이 현지 여성과 결혼하고, 의외로 빨리 켈트 문화에 동화되어, 예전 주민과 거의 분간할 수 없게 된다. 후세에도 아일랜드는 몇 번이나 이민족에게 정복되지만, 정신풍토나 기질이나 문화면에서는 어느새 상대국이 동화되어 '아일랜드인보다 더 아일랜드인 같은' 사람이 되는 일이 많았다. 이것은 현대에 이르기까지의 이 섬의 커다란 특색

중 하나이다.

아일랜드 정복을 노리는 침입
자들은 바이킹 때부터 예외 없이
더블린 주변에 튼튼한 울타리(페
일)를 두른 교두보를 세웠다. 그
것은 차근차근 영토를 넓혀 나가
기 위한 발판이거나, 형세가 불리
할 때 숨기 위한 안전지대였다.
엘리자베스 1세 때, '페일'은 더
블린 정권의 기반을 이룬 영국 조
계(British concession) 전체를 의
미하게 되었고, 그녀도 그것을 강
화했지만, 다른 지역에서는 광대
한 영토를 확보하기 위해 언더테
이커(청구인) 제도를 만들었다.
그것은 영국민에게 일정가격으로
점령지를 분양하고, 개발과 방어

▲ 조이스의 아내 노라(1920년대)
남편을 세기의 작가로 만든 충실한 내조자였다.

▼ 골웨이에 있는 노라 바너클이 태어난 집

에 사기업이 가진 활력을 최대한 활용하며, 아울러 국고 절약을 꾀하는 일석이조의 착상이다.

항구 도시 코크는 토산물이 풍부한 먼스터 주에서 가장 뛰어난 요충지인 만큼, 그 뒤에도 영국으로부터 이주자들이 끊이지 않아 영어문화의 중심지가 되었다. 현재에도 이곳의 영어발음은 부드럽고 아름답다고 정평이 나 있다. 조이스의 아버지는 이 마을 출신이었으므로, 더블린에 와서도 코크 사투리를 고치지 않고 오히려 자신만만했다. 그를 모델로 하는 인물이 《율리시스》의 오먼드 호텔 술집(에피소드 11)에서 독창했을 때, 가까이서 듣고 있던 주인공 블룸은 이렇게 생각한다.

'여전히 훌륭한 목소리로군. 코크 출신이 부르는 노랫소리는 부드럽다. 그들의 사투리까지도.'

조이스는 수도 더블린 근교에서 태어나, 어머니의 더블린 사투리와 아버지의 코크 사투리를 들으면서 성장했다. 아일랜드는 식민지인 만큼 표준영어가 거의 모든 지역에 영향을 주어 발음의 지방 차이는 그다지 크지 않은 섬이지만, 조이스는 그 가운데에서도 특히 근본이 바른 두 대도시의 언어만을 몸에 익힌 셈이다. 더욱이 아버지로부터 물려받은 날카로운 음감까지 있었으므로 조이스는 발음이나 목소리에서도 이상할 만큼 신경과민이었던 것 같다. 《율리시스》의 서곡이라 할 만한 《젊은 예술가의 초상》 제5장에서, 주인공 스티븐은 바로 앞에 앉은 동급생이 '얼스터 사투리의 날카로운 목소리'로 교사에게 질문하자 어떤 알레르기 반응을 일으킨다.

"이 질문자의 목소리도, 사투리도, 정신도 마음에 들지 않았기 때문에 그는 악의를 누르지도 않고 이렇게 생각했다. 이 녀석 아버지는 아들을 벨파스트 학교에 보냈으면 좋았을 텐데. 그러면 기차비만이라도 절약할 수 있잖아."

벨파스트가 수도인 얼스터는 지금은 친영파의 직할 영토이지만, 엘리자베스 시대에는 다른 어디보다 반(反)영적으로, 끊임없이 반란이 일어나는 지역이었다. 그래서 고심 끝에 런던 정부는 스코틀랜드에서 개신교가 빈약한 지역으로의 대량 이민을 추진함으로써 반란 세력을 뿌리째 없애고자 했다. 그 결과 얼스터는 언어에서도 단 하나의 예외 지역으로 스코틀랜드의 시골

발음과 큰 차이가 없게 되었다. 다른 많은 아일랜드인은 그 영향만으로도 아주 불쾌했다. 벨파스트 사람들은 영국의 비위를 맞출 뿐만 아니라, 그 은혜를 입어 근대적 공업도시로 성장하고, 아일랜드인의 대부분을 차지하는 농부와 목축가를 업신여겼기 때문이다.

'기차비만이라도 절약할 수 있잖아'는 더블린의 가난한 학생 스티븐이 신흥 공업도시 벨파스트에 던진 정면공격의 말이다. 그러

조이스의 딸 루치아(왼쪽)와 친구 무용수들(1920년대)

나 이러한 천한 말을 생각한 나도 결코 고결한 인간은 아니라고 그는 바로 반성한다.

죠이스는 어린 시절부터 예수회 학교에 갔던 만큼, 숭배하는 인간상은 처음부터 가톨릭 성자와 독립운동 투사였다. 성실한 그는 그쪽으로 조금이라도 다가가려고, 마치 장난감 군대처럼 우스꽝스러운 노력을 한다. 그러나 청년 시절에 종교나 정치에 대한 회의가 싹트고, 단념이나 타협을 할 수 없는 기질인 만큼 누구와도 충돌을 일삼았다. 예수회 사람이 되지 않겠냐고 권한 교장의 권유는 딱 잘라 거절했다. 어머니를 안심시키기 위해, 순종 잘하는 교회 신자가 되고 싶다는 표정을 짓는 정도의 양보조차 하지 않았다. 정치에 대한 정열도 점점 식고, 이제는 문학과 예술에 관심을 두게 되었다.

그러나 이렇게 스무 살에 가까워질 무렵 조이스의 포부는 문학청년이라기보다, 오히려 혁명가나 성자에 가까웠다. 좋든 나쁘든 열정적인 분위기 속에서 자란 그로서는, 자신의 사명에 대한 순교 말고는 인간이 목표로 할 가치가 없다고 믿었으리라.《젊은 예술가의 초상》끝 부분에 있는 스티븐의 선언

과 기도의 말이 그것을 극단적으로 나타내고 있다. "와라, 아 인생이여! 나는 백만 번이나 현실과 싸우고, 내 영혼의 철침으로 아직 만들어지지 않은 내 민족의 양심을 단련하리라…… 고대 아버지여, 예술가의 선조요, 지금보다 영원히 나에게 힘을 빌려 주오."

다만 문학에 관해서도 그는 고집불통이었다. 예를 들면 유행하는 아이리시 르네상스(아일랜드 문예부흥운동)에도 따르지 않았다. 남들만큼 조금 게일어를 알지만, 어쨌든 이것은 아일랜드 서부 시골에서밖에 쓰이지 않는 언어이고, 표현할 수 있는 범위도 아주 좁았다. 게일족 선교사는 성 패트릭의 그리스어, 라틴어를 다루고, 과감하게 대륙제국으로 진출했다. 문인 스위프트도 웅변가 파넬도 영어가 가진 표현력을 최대한 구사했기 때문에 아일랜드에 대한 관심을 높일 수 있었던 게 아닌가.

조이스는 스물두세 살이 되었을 무렵 싱이나 예이츠, 러셀의 모임에 참여했다. 그러나 민족주의 문학운동에는 따르지 않고, 보다 더 자유롭게 국제적인 시각에서 글을 쓰고 싶다고 생각했다. 이미 열일곱 살 때 입센에 대한 에세이를 〈포트나이틀리 리뷰〉에 발표하고, 예이츠 등이 이들 대륙 작가의 희곡을 애비극장에서 상연하지 않는다고 공격한 조이스이다. 그런 뜻에서 애당초 그는 민족적으로나 종교적으로나 단지 아일랜드 작가로 머물 인물이 아니었다. 어학에 뛰어난 그는 뒷날 트리에스테로 옮기고 나서 싱의《바다로 나가는 사람》, 예이츠의《캐슬린 백작부인》을 이탈리아어로 번역하고 하우프트만의《해 뜨기 전에》를 영역했다. 조이스는 가톨릭 신학의 큰 흐름인 토마스 아퀴나스의《신학대전》을 즐겨 읽었을 뿐만 아니라 단테, 호메로스, 셰익스피어 등 유럽 고전문학을 섭렵했다. 또 플로베르의 여러 작품에 깊은 영향을 받았다.

1902년 조이스는 파리로 갔다. 파리는 해방적인 분위기를 그리워해 이곳저곳에서 망명자나 예술청년이 모여든 곳이었다. 그보다 네 살 어린 마다리아가이로호도 그 가운데 하나였다. 조이스는 그 뒤 아일랜드에는 잠시 머물렀을 뿐 계속 외국에서만 살았다.

조이스와 아일랜드의 관계에 대해서 가장 시사가 많은 작품은《더블린 사람들》연작 마지막 단편인 '죽은 사람들'일 것이다. 거기에는 도회지와 대륙에 물든 더블린 사람이 등장하는데, 게일 문화의 고향인 서부의 매력을 비로소 뼈저리게 느끼게 된다. 이것은 조이스 자신의 체험이라 생각해도 좋으리라. 세 번째 파리에 갔을 때, 그는 일부러 서부 끝 항구 도시 골웨이 출신 시골처녀(노라)를 데리고 떠났다. 반대행동이라 할 만하지만, 왼쪽으로 가려고 오른쪽으로 발을 내딛는 것이 그의 방식이다.

한편 조이스는 파리에서 성악가로서 자립할 생각도 했다. 성량 풍부한 테너 목소리를 아버지에게서 물려받은 그는 더블린에 있었을 때도 테너로서 여러 차례 경연에 나간 경험이 있었다.

조이스의 동생 스태니슬로스(1905)
UCD교수, 《내 형의 파수꾼》의 저자. 형 조이스를 많이 닮았다.

1904년 봄 어머니가 세상을 떠났을 때 그는 파리에서 돌아와 잠깐 더블린에 머물렀다. 그동안에 《더블린 사람들(Dubliners)》에 수록된 여러 단편을 지역 신문과 잡지에 투고했다. 또 대학 시절부터 이 시기에 걸쳐서 시도 썼다. 노라 바너클(Nora Barnacle)과 결혼하여 대륙으로 돌아간 것도 이때이다. 이 무렵 생활이 궁핍하여 그는 오스트리아령(領) 트리에스테에 살며 상업학교 영어교사로서 살림을 꾸려갔다.

1907년 시집 《실내악(Chamber Music)》을 출판했다.

1909년 더블린으로 돌아가서 그곳 최초의 영화관 '볼터'를 경영했으나 곧 실패했고, 신문 발간도 계획했으나 실천에 옮기지는 않았다. 그는 다시 트리에스테로 돌아갔다.

그가 1904년 무렵에 쓴 단편집 《더블린 사람들》은 오랫동안 더블린과 런던 출판사에서 출간 이야기가 오갔으나 빛을 보지 못하고 있었다. 책 속의

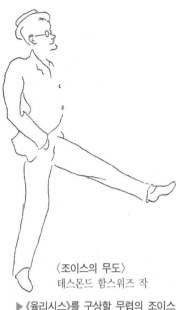

〈조이스의 무도〉
테스몬드 함스위즈 작

▶ 《율리시스》를 구상할 무렵의 조이스
(1910년대 초반)

상점이나 인물이 더블린에 실제로 있어서 여러 가지 반발에 부딪쳤기 때문이다. 영국 왕실에 대해 너무나 무례하게 썼다는 점도 문제가 되었다. 그러나 조이스는 이것을 절대로 고치지 않았다. 《더블린 사람들》에 나오는 인물들이 《율리시스》에도 그대로 등장하는 것을 보면 조이스의 성격이 여간 아님을 짐작할 수 있다. 이 책은 쓰기 시작한 지 10년 만인 1914년에 런던의 그랜드 리처즈를 통해 발간되었다.

이 책이 출판된 무렵, 그가 《더블린 사람들》에 이어서 10년에 걸쳐 집필한 《젊은 예술가의 초상(A Portrait of the Artist as a Young Man)》이 완성되었다. 이 작품은 에즈라 파운드가 편집장으로 있던 영국 잡지 〈에고이스트〉에 연재되었다. 그리고 1916년에 뉴욕의 휴 부시 서점에서 출판되었다.

1914년에 발발한 제1차 세계대전 때문에 트리에스테에 더 머물 수 없게 되자 조이스는 스위스 취리히로 거처를 옮겼다. 거기서 영국인들과 연극 활동을 하며 희곡 〈망명자들(Exiles)〉를 쓰는 동시에, 《율리시스》 집필을 시작했다. 《율리시스》는 1914년부터 1921년까지 7년이란 세월 끝에 낳은 작품이다. 그 일부분이 마가렛 앤더슨이 편집한 미국 문예잡지 〈리틀 리뷰〉에

1918년 3월부터 1920년 8월까지 발표되었는데, 에피소드 13이 풍속을 해친다고 고소되어 앤더슨은 벌금형을 받았다.

1919년 전쟁이 끝나자 조이스는 파리에 살면서 거기에 모인 영미계 문인들과 사귀며 중심인물이 되었다. 1922년 실비아 비치라는 여성이 경영하는 셰익스피어 서점에서 《율리시스》가 출판되었다. 초판 1000부 가운데 미국으로 보낸 것은 대부분 불태워지고 영국에 보낸 것도 세관에 몰수되었다.

《율리시스》 집필을 끝낼 무렵의 조이스 (1920년대 초반)

1923년 조이스는 《율리시스》에 이은 야심작 《진행 중인 작품(Work in Progress)》을 집필하기 시작했다. 이 작품은 1939년 단행본 《피네건의 밤샘(Finnegans Wake)》으로 출판될 때까지 여러 잡지에 부분적으로 실렸는데, 무의식을 끌어들인 방식 때문에 극단적인 호평과 악평 사이에 놓였다.

미국에서 《율리시스》는 오랫동안 관세법에 따라 외설문서로서 수입 금지도 서였다. 그러나 1933년 울지 판사가, 이 책은 외설문서가 아니라 '새로운 문학 분야에서 이루어진 진지한 실험'이라는 판정을 내려 수입 금지가 해제되고 그해에 미국에서 출판되었다.

조이스는 제1차 세계대전 뒤 파리에서 머물렀는데 《율리시스》를 쓰는 동안 홍채염에 걸려 점차 집필이 힘들게 되었다. 제2차 세계대전이 일어나자 그는 다시 스위스 취리히로 옮겼다. 이때에도 그의 생활은 아직 가난을 벗어나지 못한 상태라, 스위스 입국 무렵 미국 문학가들이 힘을 모아 그에게 경제적 도움을 주었다고 한다.

그곳에서 조이스는 1941년 1월 13일 영원으로의 길을 떠난다.

《율리시스》와 《피네건의 밤샘》 같은 작품이 20세기 전반의 가장 큰 문학적 실험이었다는 점을 부정할 수 있을까. 특히 《율리시스》의 일부가 잡지에 발표된 시점부터 유럽 문학의 개념이 바뀌었다고 할 정도이다. 처음에 발레리 라르보를 비롯한 프랑스 문인들이 이 작품을 논했고, 이어 영국과 미국의 젊은 작가들이 《율리시스》를 통해서 참다운 20세기 문학이 시작되었다고 여기게 되었다. 실제로 20세기 소설 작법은 이 작품이 나온 뒤부터 변해 갔다. 버지니아 울프, 그레이엄 그린, 윌리엄 포크너, 도스 패소스, 노먼 메일러 등 수 많은 작가에게 조이스가 끼친 영향은 엄청났다.

2. 호메로스의 《율리시스》

율리시스는 호메로스가 썼다고 전해지는 장편 서사시 《오디세이아》의 주인공 이름이다. 울리세스(라틴), 율리시스(영어), 율리스(프랑스어)로 읽는 법은 라틴어 계통이고, 그리스어로는 오디세우스이다. 《오디세이아》는 오디세우스의 노래라는 뜻이다. 오디세우스, 곧 율리시스가 조이스 소설의 제목이다.

조이스의 《율리시스》는 호메로스의 《오디세이아》에서 구성과 주요인물을 빌려, 현대인과 고전 속 인물을 대응시켜 인간의 본질을 파악하려는 작품이다.

《오디세이아》는 같은 호메로스의 작품이라고 알려진 《일리아드》의 후일담이다. 《일리아드》는 기원전 1200년 무렵 소아시아 서북단, 지금의 다르다넬스 해협 남쪽에 있던 트로이 성을 그리스 연합군이 공격한 전쟁을 그린 서사시이다.

그리스 연합군은 10년에 걸친 전쟁 끝에 트로이를 멸망시켰다. 전쟁의 발단은 트로이 왕 프리암의 아들 파리스가 스파르타 왕 메넬라오스의 왕비 헬레네를 유괴했다는 것이었다. 그리스군 총대장은 메넬라오스의 형인 미케네왕 아가멤논이며, 아킬레스는 그리스군 제일가는 용사였다. 그리고 그리스서안에 있는 이타카라는 작은 섬의 왕인 오디세우스, 곧 율리시스는 그리스여러 왕 중에서 가장 재치가 뛰어나고 무기에 통달한 자로서 참모장과 같은 역할로 이 전쟁을 승리로 이끌었다.

전쟁이 끝난 뒤 그리스의 왕들은 저마다 자기 나라로 돌아갔는데, 아가멤

휴식을 즐기는 조이스(1915)

재정적 후원자인 해리엇 위버 여사(1919)

취리히 시절 친구 화가 프랭크 버전

논은 간통을 저지르던 아내 클리타임네스트라와 그녀의 정부 아이기스토스에게 살해된다. 아내 헬레네와 재회한 메넬라오스는 돌아오는 뱃길에 폭풍을 만나 이집트에 표류, 역풍으로 말미암아 4년 동안 발이 묶여 있었으나, 예언력을 지닌 바다 신 프로테우스의 도움으로 스파르타에 돌아간다. 오디세우스는 그리스 남단 마레아 곶에서 남쪽으로 표류하여 괴물과 마녀가 사는 아프리카 연안과 지중해 여러 섬을 돌면서, 배와 부하를 잃고 10년 동안 고향으로 돌아가지 못한다. 이 오디세우스의 표류와 귀국까지의 내용을 그린 것이 《오디세이아》이다.

오디세우스는 트로이 전쟁에 나갈 무렵 스물두세 살로, 결혼한 지 1년이 막 지난 새신랑이었다. 아내 페넬로페와의 사이에는 갓 태어난 아들 텔레마코스가 있었다. 그가 10년 동안 싸움터를 지키고 다시 10년 동안 표류하는 사이에 아들 텔레마코스는 스무 살 청년이 된다. 그리고 아내 주위에는 아름다운 그녀와 오디세우스의 재산을 손에 넣으려는 야심찬 구혼자들이 들끓는다. 텔레마코스는 오디세우스의 친구 멘토르로 변신한 아테네 여신에게 인도되어 아버지의 소식을 알고자 아버지의 전우 네스토르와 메넬라오스를 찾아간다.

그때 오디세우스는 오랜 표류 끝에 이타카 섬 남쪽에 있는 파이아케스인의 섬 스케리아에 표류하고 있었다. 이 섬에 다다르기까지 오디세우스의 표류 순서를 보면, 그는 부하들을 50명씩 태운 배 12척을 이끌고 트로이로부터 돌아가는 길에 시코니아 사람의 성을 공격한다. 처음에는 승리했으나 이윽고 패배 직전까지 몰려 바다로 달아난다. 그 뒤 마레아 곶에서 폭풍에 쓸려 로터스 나무 열매를 먹는 사람의 나라에 표류한다. 이 로터스 나무 열매를 먹으면 고향으로 돌아가는 것을 잊게 되므로 오디세우스는 부하들을 억지로 그 섬에서 데리고 나온다. 그 다음에 그들은 키클롭스라는 외눈박이 거인이 사는 섬에 이른다. 오디세우스는 거기서 폴리페모스의 동굴에 갇히나, 불에 달군 쇠말뚝으로 괴물의 눈을 찔러 빠져나온다. 그런데 이 거인은 바다 신 포세이돈의 아들이었다. 포세이돈은 오디세우스에게 복수하기 위해 그를 쫓아다니며, 파멸을 기도하고 여러 불행한 사건을 일으킨다. 그 뒤 오디세우스 일행은 바람 신 아이올로스의 섬에 닿아 환영받는다. 아이올로스는 그들을 이타카 섬까지 보내는 순풍을 불게 하고, 역풍을 자루에 넣어 오디세우스에게 준다. 수평선 너머로 고향 섬이 보이는 곳까지 왔을 때 포세이돈은 오디세우스를 잠들게 한다. 그러자 주머니에 무엇이 들었는지 궁금한 부하들이 그것을 열자, 곧바로 역풍이 불어서 그들은 다시 바람의 신이 있는 섬까지 되돌아간다. 바람의 신 아이올로스는 분노해 그들을 쫓아낸다.

그들은 라에스트리곤이라는 거인들의 섬에 다다른다. 거인들은 오디세우스의 함대에 커다란 돌을 던져 배를 가라앉힌 뒤 물

리오폴 블룸의 모델이었던 에토르 시치미(스베보)와 아내·딸

에 빠진 부하들을 작살로 찍어서 먹는다. 오디세우스는 이 섬 가까이 왔을 때 신중하게 자기 배만은 항구 밖에 매어 두었으므로 가까스로 위기를 벗어난다. 그리하여 배 한 척만이 남았고, 600명이 넘던 그의 부하들은 50명 정도로 줄어들었다.

다음에 도착한 곳은 마녀 키르케의 섬이다. 마녀는 섬을 탐색하러 온 오디세우스의 부하들을 돼지로 둔갑시킨다. 오디세우스는 헤르메스에게서 그 마법을 풀 수 있는 약초를 받아 단숨에 키르케를 제압하고, 오히려 키르케의 사랑을 받는다. 키르케는 오디세우스에게 고향으로 돌아가려면 하데스가 다스리는 사자(死者)의 나라를 찾아가 예언자 테레시아스의 말을 들어야 한다고 가르쳐 준다. 오디세우스가 혼자 작은 배를 타고 사자의 나라에 가자, 거기에는 죽은 그의 친구들, 아가멤논과 아킬레스, 아이아스 등이 있었다. 또 그가 없는 동안에 죽은 어머니와도 만난다. 예언자 테레시아스는 오디세우스에게, 다음에는 트리나키아 섬에 도착할 텐데 거기에 방목되어 있는 소는

태양신 헬리오스의 것이므로 먹어서는 안 되며, 먹으면 고향으로 돌아갈 수 없다고 알려 준다.

오디세우스는 다시 한 번 키르케의 섬으로 돌아가서 트리나키아 섬을 향하여 출발한다. 그들의 앞길에는, 바위가 많이 떠 있어서 그 어느 것에 부딪쳐도 난파한다는 위험한 바다가 있었다. 이 떠다니는 바위의 바다를 피해서 가면 노래하는 세 마녀 세이렌이 있는 섬 근처를 지나게 된다. 세이렌의 노래는 너무나 감미롭기 때문에 그것을 듣는 사람은 모두 그 마력에 끌려 섬으로 다가가게 되고, 결국 세이렌의 먹이가 되고 만다. 오디세우스는 키르케의 충고에 따라 부하들의 귀를 밀랍으로 막는다. 그러나 자기만은 그 노래를 듣고 싶어서, 자신의 몸을 돛대에 묶게 하고 자기가 풀라고 해도 절대 풀어서는 안 된다고 부하에게 명령한다. 세이렌 섬이 가까워지자 그녀들은 오디세우스의 무공과 재치를 칭송하는 노래를 더할 나위 없이 감미로운 목소리로 노래한다. 오디세우스는 참을 수가 없어 밧줄을 끊고 자기를 그녀들에게로 보내달라고 말하지만 부하들은 듣지 못한다. 그리하여 그는 무사히 그 섬을 지난다.

그 다음에 오디세우스의 배가 다다른 곳은 양쪽에 괴물이 사는 해협이다. 한쪽에는 소용돌이 밑에서 배를 삼키는 카리브디스, 반대쪽 바위 동굴에는 여섯 개의 머리로 사람을 잡아먹는 스킬라가 있다. 오디세우스는 배 전체를 파괴할 카리브디스의 소용돌이를 피하고 스킬라가 사는 바위 아래를 지나간다. 거기서 부하 여섯이 스킬라에게 잡아먹힌다.

그곳을 지나 다다른 곳은 트리나키아 섬이었다. 그곳에는 아름다운 소가 여러 마리 방목되어 있었다. 오디세우스는 그것을 먹지 말라고 엄격히 금하지만, 역풍 때문에 수십 일 동안 섬에 갇히자 부하들은 배고픔을 견디다 못하여 오디세우스가 잠든 사이 소를 잡아먹는다. 결국 테레시아스의 예언대로, 그들이 섬에서 출항하자 폭풍과 번개가 일어나 배가 파괴되어 부하는 모두 죽고, 오디세우스만 남아서 오귀기에라는 작은 섬에 닿게 된다.

오귀기에 섬은 요정 칼립소가 사는 곳이다. 그녀는 전부터 오디세우스와 서로 사랑할 운명이었으므로 그를 기꺼이 맞이한다. 오디세우스는 7년이란 긴 세월 동안 칼립소 곁에 머문다. 칼립소는 자기와 함께 산다면 영원한 생명을 주겠다고 한다. 그러나 아내 페넬로페에게 돌아가고 싶은 오디세우스

는 스스로 배를 만들어 이
타카 섬으로 향한다. 이때
포세이돈이 다시 오디세우
스를 발견하고 그의 배를
난파시킨다.

오디세우스는 가까스로
스케리아 섬에 표착하여,
하구에서 시녀들과 빨래하
던 왕녀 나우시카의 도움
을 받아 그 부왕의 손님이
된다. 여기에서 그는 고향
이타카 섬으로 가게 되고,
아테나와 긴 이야기를 나
누는 동안 포위당한 자신
의 궁전과, 아버지를 찾아
떠난 아들 텔레마코스의
소식을 듣는다. 늙은 거지
로 변장한 오디세우스는
그의 돼지를 치고 있는 충

세 모더니스트 (1920)
조이스를 도왔던 에즈라 파운드, 뉴욕의 변호사 존 퀸, 포드 매
독스 포드. 조이스는 이들과 모더니즘의 맨 앞에 서 있었다.

직한 하인 에우마이오스의 집에 가서 환대를 받고, 여행에서 돌아와 어머니
의 소식을 듣기 위해 찾아온 텔레마코스와 만난다. 두 사람은 합심하여 페넬
로페의 구혼자들을 처단하고, 오디세우스는 다시 왕의 자리를 되찾는다.

이상이 호메로스 《오디세이아》의 대략적인 줄거리이다.

3. 조이스의 《율리시스》

조이스는 《오디세이아》의 애독자였다. 제1차 세계대전 무렵 스위스에 머물
면서 《율리시스》를 집필하던 그는 친구 버젠에게, 오디세우스의 다면적인 성
격이 이 고전의 재미라며 다음과 같이 설명했다.

"괴테도 셰익스피어도 단테도 발자크도 호메로스의 오디세우스 같은 다면
적 인격의 인간을 그린 적이 없네. 오디세우스는 트로이 전쟁이 일어났을 때

파리의 '셰익스피어 서점' 앞에서 조이스와 실비아 비치 여사
《율리시스》는 1922년 그녀가 경영하는 서점에서 발간되었다.

결혼한 지 얼마 안 된 아내와 갓 태어난 아들을 두고 전쟁에 나가는 게 싫어 미친 척했지. 그는 평화주의자였어. 그러나 거짓말이 들통 나 전쟁에 참가하자 철저한 항전주의자가 되었네. 그는 전황이 불리할 때도 전군을 고취시켜 승리의 희망을 불어넣었으며, 커다란 목마를 만들고 그 안에 숨어서 트로이 성을 함락시켰네. 그는 술이나 씨름, 경주 따위의 무예에 뛰어났을 뿐만 아니라 그리스 연합군에서 가장 지혜로운 자로 인정받았지. 목마라는 새로운 병기를 만든 점에서, 그는 제1차 세계대전에서 처음으로 나타난 탱크와 같은 것을 이미 고대에 만든 무기제작자이기도 하네. 또한 그는 키르케의 애인이었고, 그 다음에는 칼립소의 연인이었으므로 곧 연애의 순례자였지. 그동안에도 줄곧 아내 페넬로페와 아들 텔레마코스를 만나길 바랐으므로 충실한 남편이자 아버지이기도 했고. 아울러 그는 문학에 그려진 최초의 신사이기도 했어. 스케리아 섬에 표착했을 때는 알몸이었으나 왕녀 나우시카에게 가까이 갈 때는 나뭇가지로라도 몸의 일부를 가리지 않는가. 이런 다면적인 인간을 그린 사람이 호메로스 이후에 또 누가 있는가.”

이렇게 인간의 모든 성격을 갖춘 오디세우스를 현대인으로 재창조하는 데 조이스는 블룸이라는 인물을 설정한 것이다. 그의 이전 작품으로는 시집 《실내악》과 희곡 〈망명자들〉, 단편소설집 《더블린 사람들》, 자전적 장편소설

《젊은 예술가의 초상》이
있다. 이 자전적 소설의
주인공은 스티븐 디댈러스
로, 디댈러스는 곧 다이달
로스를 뜻한다. 그리스 신
화에서 공예가, 예술가의
시조로서 조각과 그림과
건축에 뛰어났던 다이달로
스는 크레타 섬 미노스 왕
의 미궁을 만들었다. 그의
아들 이카로스는 다이달로
스가 밀랍으로 만들어 준
날개를 달고 날다가, 아버
지의 말을 듣지 않고 태양
가까이까지 가는 바람에
날개가 녹아서 바다에 떨
어져 죽었다는 전설이 있
다. 조이스는 청년시절 이
다이달로스 또는 이카로스

결혼 신고하러 가는 노라와 조이스(1931. 7. 4.) 그동안 미루
어오던 정식 결혼을 위해 변호사와 함께 법원으로 향하고 있다.

에게서 자신의 모습을 찾아냈던 것 같다. 소년시절부터 집과 학교에서 익힌
가톨릭 계율을 대학 졸업 직전에 버리고 근대의 자유인으로서 자기를 해방
시켰을 때 그는 자신을 예술의 방법자로서 인식했기 때문이다. 그는 가톨릭
교를 포기했으므로, 자신을 위해 하느님에게 기도해 달라는 임종 전 어머니
의 부탁도 뿌리쳤다. 어머니의 마지막 부탁을 그렇게 거절한 일이 마음에 응
어리로 남아 그를 괴롭힌다. 그것이 《율리시스》의 중요한 주제 가운데 하나
이다.

조이스는 20세기 초까지의 자유와 자연을 소박한 뜻으로 중요시한 작가가
아니라, 더 나아가 방법자와 기술자로서 철저를 기함으로써 자신의 인간성
을 보전하려 한 20세기 새로운 유형의 예술가였다. 그 점에서 19세기 끝 무
렵 대표적 방법의식자였던 플로베르의 소설을 더욱 발전시킨 사람은 조이스

앙리 마티스가 제작한 《율리시스》 삽화 에칭
1935년 간행된 뉴욕 한정판에 실린 삽화. 호메로스의 《오디세이아》를 바탕으로 한 것이다.

라고 보아야 한다. 그래서 그는 기술자 다이달로스, 곧 디댈러스로서 자기를 그린 것이다.

《젊은 예술가의 초상》을 완성한 뒤에 쓰기 시작한 《율리시스》에서도 조이스는 자신의 스물두 살 때 모습을 디댈러스라는 같은 이름의 인물로서 그려냈다. 이 인물은 작품에서 율리시스의 아들인 텔레마코스와 상응한다. 그가 아버지 소식을 묻고 돌아다닌다는 주제가 이 작품 제1부 에피소드 3에 해당한다. 그리고 제2부의 시작인 에피소드 4에 갑자기

레오폴드 블룸이 나온다. 그는 서른여섯 살로 아버지 대에 헝가리에서 이주해 온 유대인이다. 고등학교를 나왔고, 아내 마리온과의 사이에 밀리라는 딸이 있으며, 직업은 〈프리먼〉지의 광고부원이다. 자기절제력이 강하고 점잖은 듯하면서도 여성 편력을 일삼고 자신의 잡학다식을 자랑하는 등 여러 성격을 지닌 복합적인 인물이다. 아내 마리온은 더블린에서는 이름이 알려진 가수로, 그동안 많은 남성과 관계해 왔으며 현재는 그녀의 음악회를 주관하는 보일런과 연애하고 있다. 블룸은 그것을 눈치채고 있으나 아내를 사랑하므로 감히 말을 꺼내지 못한 채 속앓이를 한다.

스티븐 디댈러스의 아버지는 사이먼 디댈러스로, 이전에는 부유한 상인이었으나 지금은 몰락해서 딸들과 가난하게 살고 있다. 사이먼은 조이스의 아버지를 그대로 그린 인물인 듯하다. 스티븐은 집에서 쫓겨나 아버지와 같이 살지 못하고 의학생 멀리건과 교외의 폐탑(廢塔)에 머물고 있다. 블룸은 사

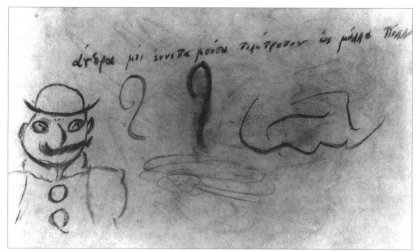

조이스가 그린 만화 블룸
《오디세이아》의 "뮤즈 여신이여, 재치에 능한 자의 이야기를 들려주오"가 라틴어로 써 있다.

이먼의 친구로서, 1904년 6월 16일 더블린에서 몇 차례 스티븐을 만나고 밤에는 행동을 함께하면서, 아들에 대해 갖는 애정을 스티븐에게 품는다. 이 두 사람의 관계를 조이스는 오디세우스와 텔레마코스의 부자 관계로 설정하여, 더블린 시내에서의 하루를 오디세우스의 지중해 유랑에 빗대어 쓰고 있다.

그 배경인 1904년 6월 16일 더블린은 아직 영국으로부터 독립하기 이전 아일랜드의 수도였다. 아일랜드 민족은 대부분이 켈트인으로 본디 잉글랜드에 살면서 게일어를 썼으나, 뒷날 북독일과 덴마크, 노르웨이 쪽에서 들어온 색슨인, 앵글인, 주트인 등에 쫓겨 아일랜드와 스코틀랜드로 이주했다. 아일랜드인은 앵글·색슨족에 정복당해 영국령 국민이 되어 그들의 국어인 게일어를 쓰지 않게 되었다. 그러나 게일어와 그것을 통해서 살아 있는 신비로운 민족의 전설을 잊을 수는 없었다. 그리하여 19세기 끝 무렵부터 20세기 첫 무렵에 걸쳐 시인 예이츠나 희곡작가 싱, 그레고리 여사 등이 이 아일랜드의 독특한 민족문예 부활운동을 펼쳐 눈부신 문학 부흥기를 이룬다. 특히 실험 극장인 애비극장을 중심으로 하는 연극 운동이 큰 활기를 띠었다. 조이스는 그 모임의 끝자리를 차지한 무명의, 거만한 청년 문학가였으며, 이들 유력한 선배들에게 저항감을 품고 있었다.

아일랜드는 1200년 무렵까지는 독립국이었으나 점차 잉글랜드의 침략을 받아 1500년 무렵에는 속국이 되었다. 그 뒤 오랫동안 많은 영주와 지도자, 종교적 혁명가가 아일랜드 독립운동을 벌였다. 킬데어 백작 피츠제럴드, 셴 오마르, 대니얼 오코널, 파넬 등이 이 혁명역사의 중요인물들이다. 그리고 제1차 세계대전 뒤 마침내 자유국 에이레(아일랜드)를 건국하게 된다. 따라서 이 소설에 그려진 1904년에는 게일어와 아일랜드 독립이 시민들의 입에 끊임없이 오르내린다. 아일랜드는 가톨릭 신앙을

1938년 5월, 셰익스피어 서점에서 조이스로서는 드물게도 미소짓고 있다.

완고하게 고수하는 나라로서, 정복되고 박해받아도, 언어와 정치의 자유를 잃어도 이 믿음만은 지켜냈다. 교육은 주로 가톨릭 신부가 경영하는 학교에서 이루어졌다. 이들 예술, 민족, 정치, 종교적 특수성은 그것을 빼놓고는 이 나라 사람을 그릴 수 없을 정도로 강력한 요소이므로 이 작품 곳곳에서도 배어나온다. 한편 아일랜드인은 민족의식이 높아 정복자인 잉글랜드인에 대한 반발과 유대인 등 이민족에 대한 반감이 특히 강했다. 유대인인 블룸은 이 나라 사람들의 민족의식에 따른 차별대우로 고통받는다.

4. 조이스의 문장법

조이스의 《율리시스》는 그 독특한 문체 때문에 처음부터 화제였다. 그는 말장난을 좋아했다. 대학생이 되어서는 ball(공)이나 bucket(양동이) 같은

라틴어가 아닌 말에 라틴어 어미를 붙이거나, 영어의 속어를 라틴어로 직역하면서 놀았다. 예를 들어 simply bloody awful(엄청나게 지독하다)을 simpliciter sanguinarius atrox로 바꾸듯이. 이처럼 언제나 말을 의식하면서 자란 그는 문학에 뜻을 품고 소설가가 되었으며, 언어유희의 대성당 같은 장편소설 《율리시스》를 썼다. 그 배경에는 더블린이라는 도시의 다언어적인 상황(본디 국어인 아일랜드어, 정치적·문화적 강제에 따라 쓰이는 영어, 교회 언어인 라틴어, 오페라 언어인 이탈리아어 등)이 깔려

1938년 5월, 파리의 아파트에서 조이스
아래의 책자는 〈트랑지시옹〉 마지막 호인 제17호.

있지만, 그 조건을 완벽하게 이용했을뿐더러 기존 소설기법에서 과감하게 탈피한 조이스의 재능에 주목해야만 한다. 물론 《율리시스》에는 이것 말고도 다양한 상황과 성격이 있다.

먼저 《율리시스》에서 가장 중요한 것은 언어유희다. 문학은 일상적인 말과는 다른 차원의 언어를 사용하므로 언어로 노는 것은 당연하다. 그러나 진지한 척하는 실리주의 시대, 하위징아가 지적했듯이, 18세기의 고상한 옷을 벗고 모두가 신사복이라는 활동복을 입기 시작한 19세기에는 문학의 이러한 성격이 경시되거나 머릿속에서 완전히 사라졌다. 조이스는 이 진지한 풍조에 정면으로 맞섰다.

첫째, '재치 있는 농담'을 끊임없이 사용한다. 에피소드 18에서 몰리는 한밤중에 침대에서 내적 독백으로, kiss me straight on the brow and part(이마

마에 키스하고 헤어져요)라고 노래하면서, brow and part는 brow'n'part(항문)가 되므로 which is my brown part(그곳은 내 똥구멍이에요)라고 덧붙인다. 에피소드 2에서 스티븐은 학생들 앞에서 disappointed bridge('기대에 못 미치는 다리' '잘못된 다리')라고 재치 있는 농담을 던진다.

둘째, '합성어' 및 '조어'를 만든다. Mrkrgnao는 Mrkr과 gnao(이탈리아어로 고양이 울음소리)를 이어붙인 말인데, 이처럼 영어의 범위에 머물지 않는 낱말 만들기는, 나중에 《피네건의 밤샘》을 쓴 작가의 주특기였다. 예를 들어 your business menagerer에서 menagerer는 manager(지배인), menagerie(동물원), ménagère(프랑스어로 '주부'), ménageur(프랑스어로 '남의 기분을 거스르지 않는 사람') 등의 조합이다. 물론 여기에 은어 business의 '성교'가 덧붙여져 더욱 다양한 뜻이 된다.

셋째, '패러디'와 '모방'으로 놀이를 한다. 에피소드 14에서 영어 산문문체의 변천을 하나로 이은 화려한 조각 누비는 너무나도 유명하여 다른 설명이 필요 없지만, 안토니 버제스의 말만은 인용하도록 하겠다. "이것은 《율리시스》를 통틀어 내가 가장 쓰고 싶었던 장(章)으로, 많은 소설가가 이에 동의할 것이다. 이것은 나를 위한 장, 영어의 가능성을 보여 주는 가장 위대한 장이다."

넷째, '농담'이다. 에피소드 6에서 묘지관리인이 말하는 직업에 관한 농담부터, 에피소드 9에서 스티븐이 선보이는 현학적인 셰익스피어론에 이르기까지 매우 다양하다. 농담 가운데 가장 상스러운 것은 '분뇨담'이다. 에피소드 4에서 블룸이 변소에 가는 것부터 시작하여, 에피소드 12 성병에 걸린 이름 모를 화자가 오줌 눌 때 아파하는 모습, 에피소드 18 몰리가 수세식 변소에서 밑을 씻는 방식에 이르기까지 정말 다채롭다. 고상한 독자는 이맛살을 찌푸릴 테지만, 그 지저분한 대상과 세련된 표현의 대립에는 숨을 죽일 수밖에 없다.

다섯째, '외설'도 농담과 비슷한데, 불꽃놀이가 벌어지는 바닷가에서 노출증 소녀와 자위하는 중년남자가 만들어내는 기괴한 이중주(에피소드 13)는 아주 새로운 미의 형태로, 매혹적인 퇴폐를 예술로 승화시킨 것이다.

여섯째, '가사 인용'이다. 이것은 단지, 가수가 될지 작가가 될지 진지하게 고민했고, 늙어서도 술을 마시면 반드시 노래를 불렀다는 조이스의 취미를 반영한 것일 수도 있다. 그러나 《율리시스》에는 다 폰테가 쓴 《돈조반니》의 가

마텔로 탑
젊은 시절 조이스는 에피소드 1의 무대인 이 샌디코브 해안의 원형 포탑에서 일주일쯤 머물렀다.

그래프턴거리
맞은편 건물은 트리니티 대학 구내에 있는 학장의 집이다. 에피소드 8에서 블룸은 오른쪽 길을 따라 이쪽으로 걸어온다.

사부터 해리 B. 노리스가 작사 작곡한 〈해변의 처녀들〉, 멀리건의 〈장난스러운 예수의 발라드〉까지 포함하여 아주 다양한 노래가 인용되었다. 그리고 그 노래들의 가락이 저절로 연상되고 울려 퍼지며 소설의 내용을 풍부하게 한다. 요컨대 조이스는 음악이 들어 있는 소설이라는 참신한 놀이를 발명했다. 그리고 모든 예술은 음악 상태를 동경한다는 페이터의 예언을 실현했다. 이와 더불어 그가 가사를 인용함으로써 말의 또 다른 기능, 곧 읽고 쓰고 말하기가 아닌 노래를 끌어들였다는 점도 아주 중요하다. 문자 문화는 인간을 분단하지만, 소리 문화는 인간을 통합한다고 한다. 그중에서도 가장 잘 통합하고 일체화시켜 임시 공동체를 만드는 것이 바로 노래 문화이다. 조이스의 취미 또는 익살 뒤에는 언어의 세 가지 기능을 소설에서 전부 살리고 싶다는 야망이 숨 쉬고 있다. 이 '언어'에 사로잡힌 작가가 노래를 좋아하는 까닭은, 언어의 힘이 가장 잘 발휘되는 분야가 노래이기 때문이다. 그는 기악에는 전혀 관심이 없고 오로지 어휘의 풍요로움만을 추구했다.

조이스의 언어에 대한 집착은 다면적이고 다층적이며 철저하다. 그의 어휘는 전문어와 학술어부터 속된 말, 상말, 천한 말, 유아어, 욕, 의성어까지 아주 다양하다(에피소드 11에서는 블룸의 방귀가 Pprrpffrrppffff로 시작해서 Done으로 끝나고, 에피소드 18의 몰리의 의식 속에서 기적을 울리며 달리는 기차는 Frseeeeeeeefronnnng train이다). 이처럼 인간의 언어생활은 속담, 이름 붙이기, 잘못 말하고, 잘못 듣고, 잘못 쓰고, 잘못 읽고, 머뭇거리며, 거짓말, 허풍, 과장, 인용, 인용 오류, 사투리, 외국어, 엉터리 외국어 등으로 온통 뒤덮여 있다.

일곱째, 언어의 다양성에 대한 그의 집착은 장편소설을 '사전과 경쟁'하게 만든다. 이러한 계획 또한 뚜렷이 어떤 언어유희이며, 이 놀이는 당연히 '백과사전과 경쟁', '역사사전과 경쟁', '지명사전과 경쟁'하는 단계로 나아간다.

'나열'과 '목록'이 많은 것도 이것과 관계가 있다. 에피소드 12에서는 마치 구약성경의 계도(系圖)나 라블레의 놀이와 지명, 품목 등의 열거, 《돈키호테》의 기사도를 다룬 장서목록과 겨루기라도 하듯이 생선과 가축과 채소 이름을 장난스럽게 늘어놓고 있으며, 나무의 혼례에 참가하는 여러 나라 나무의 명부 같은 이상한 것이 소개된다. 따라서 《율리시스》는 어떤 의미로 보면 '잡학적', '현학적'인 소설이다. 조이스가 《브리태니커 백과사전》을 참조한 사실은 유명하지만, 그는 그냥 참조한 것이 아니라 아주 뛰어나게 승화시켰다.

아홉째, '수수께끼'이다. 수수께끼가 문학적으로 가장 큰 성과를 거둔 예는 오이디푸스 설화에서 스핑크스가 내는 수수께끼로, 이야기의 급소에서 시정(詩情)을 살리면서도 줄거리 전개에 힘을 싣는다. 에피소드 2에서 스티븐이 학생들에게,

수탉이 울었다.
하늘은 파랬다.

메탈다리(에피소드 10) 맞은편 건물의 아케이드가 머천트 아치. 여기서 블룸은 외설 서적을 빌린다.

(왼쪽) 리틀브리튼거리 바니 키어넌 주점(에피소드 13)
(오른쪽) 거티 맥도웰이 클러리 백화점에서 산 모자(에피소드 13)

> 하늘의 종이
> 11시를 쳤다.
> 이 가엾은 영혼이
> 하늘로 올라갈 때가 되었다.

이런 수수께끼를 낸 것도 비슷한 효과를 노린 것이다. 이야기 첫 부분에 위치한 이 수수께끼는 《율리시스》의 방법적 상징이다. 왜냐하면 조이스는 온갖 '퍼즐'로 독자를 낚기 때문이다. 그는 구성이 없는 이 장편소설에 만화경과 같은 변화무쌍한 문체와 퍼즐 모음 같은 연속적인 수수께끼를 통해, 독자의 눈길을 사로잡는 사건을 대신한다. 에피소드 6에서 묘지에 나타나 장례식 명부에도 이름이 오른 '매킨토시'란 사람이 누구인지는 아무도 모른다.

매킨토시(비옷)를 입은 남자는 대체 누구인가. 에피소드 17에서, 몰리가 이제까지 관계를 가진(그렇다고 블룸이 생각하는) 남자들의 이름이 길게 이어진 목록은 과연 얼마나 정확할까.

또한 이와는 성격이 다른 더욱 심오한 수수께끼는 바로 화자가 누구인가 하는 문제이다. 그것이 가장 잘 드러나는 부분은 에피소드 12로, 두 사람의 화자가 말하는 것이 번갈아 나타나다가 마지막에 하나가 된다. 키어넌의 술집에서 블룸과 시민이라 불리는 남자와의 승강이를 이야기하는 이는 이름 없는 빚독촉자이다. 그가 언제 어디서 말하고 있는가는 정확하지 않지만, 아마도 오후 6시나 7시에, 다른 술집에서 한 잔 걸치고 있는 중일 것이다. 물론 이 자리에 시민은 없다. 그리고 또 다른 화자는, 정체를 전혀 알 수 없지만 빚독촉자의 옆 테이블에 있고, 술을 마시고 있는 것 같다. 혼자 있으며, 빚독촉자가 끊임없이 기염을 토하는 소리를 조금 떨어져서 들으면서, 마음속으로 훼방을 놓고 있다. 중간에 빚독촉자가 화장실에 간다. 그는 성병을 앓고 있으므로 아픔을 참으며 오줌을 눈다. 이때 그의 대사는 내적 독백이지만, 아마도 패러디 작가가 옆에서 그의 대사를 듣고 있는지, 내적 독백 사이에 군데군데 외적 독백(혼잣말)이 섞여 있다. 패러디 작가는 그것을 실마리로 추측하고 보충한 게 아닐까.

그런데 이 패러디 작가는 누구인가. 그 무렵 더블린에서 이토록 화려한 패러디 예술을 선보일 수 있는 이기 스티븐과 멀리건 말고 누가 또 있을까 싶지만, 그들은 그때 그 술집에 없었으며, 무엇보다 나중에 나왔을 때 블룸과 시민과의 다툼을 모르고 있었다. 그렇다면 그는 아주 평범한 더블린 사내일 것이다. 작가는 패러디 자체를 즐기는 동시에, 더블린의 패러디 문화 수준을 알리고, 스티븐의 개인적 재능의 배경을 나타내기 위해 이 이름 없는 패러디 작가의 방백을 넣었을 것이다. 그리고 에피소드 12 마지막에서, 패러디 작가의 성서 패러디가 중심 줄거리의 결말과 일치하는 구조는, 중심 내용을 말하는 빚독촉인과 패러디를 담당하는 방백 말고도, 그것을 정리하고 편집하는 화자가 존재함(물론 작가는 아니다)을 시사한다. 에피소드 17도 독특하다. 이것은 교리문답 형식으로 쓰여 있는데, 대체 누구와 누구의 문답이란 말인가.

이렇듯 《율리시스》에는 진지한 신학=예술론의 바로 밑(또는 위)에 장난

국립 산부인과 병원
에피소드 14에서 술잔치가 벌어진 곳은 건물 왼쪽 중앙 출입구이다.

애미언스거리역(현재 코놀리역) 스티븐과 그의 친구 린치 그리고 블룸이 이곳에서 '밤의 도시'로 이동한다.

기 가득한 놀이가 있기 때문에, 이 이중구조를 간과하면 《율리시스》를 제대로 평가할 수 없다. 이 작품은 무엇보다 먼저, 장난의 명수이자 언어에 능한 작가가 매우 화려한 잡담의 장대한 조합으로 독자를 놀라게 하기 때문이다.

다음으로 주술성이 중요하다. 많은 소설이 주술성과 관련이 있고, 특히 고대 서사시를 복잡한 형태로 계승하고 있는 《율리시스》는 더욱 그러하다. 무엇보다, 유희와 주술은 어느 정도에 이르면 그 둘을 나누기가 불가능해진다. 《오디세이아》에서, 아테네 여신의 신탁에 따라 줄거리를 전개하는 것은 주술을 믿고 있기 때문이며, 명부(冥府)로 떠나는 에피소드 11은 사령숭배의 결과이다. 《오디세이아》의 이러한 요소는 당연히 《율리시스》에도 나타나 있다.

오코널다리의 마부 집합소
에피소드 16에서 블룸은 술 취한 스티븐을 버트다리 근처의 휴게소로 데려간다.

블룸 하우스라는 표찰이 보이는 에클즈거리 78번지
블룸의 집은 맞은편인 7번지로, 현재 병원이 있다. 에피소드 17에서 스티븐을 안내한 블룸은 오른쪽 울타리를 넘어 자기집으로 들어간다.

스티븐은 리건의 러디와 함께 등장하고, 블룸은 고양이인 헤르메스에게 여행길을 축복받는다. 이 헤르메스와 고양이와의 관계는 전생 윤회에 대한 집착을 드러내는 전주로서, 참으로 흥미롭다. 사령숭배로는 오디세이아의 명부행과 블룸의 글래스네빈으로의 장송을 대응시킬 수 있으며, 더욱이 파넬의 무덤에 성묘하는 것을 통해 사령숭배가 메시아사상으로까지 발전했음을 알 수 있다. 블룸은 이따금 자살한 아버지를 떠올리고, 태어나자마자 죽은 아들 루디는 온종일 끊임없이 마음 한구석에서 아른거리고 있으며, 에피소드 15 끝부분에서는 스티븐을 루디의 환생으로 착각한다. 그리고 스티븐은

몰리 블룸의 독백 침대에 누운 채로 독백에 몰입한다.

죽은 어머니 때문에 고뇌한다. 이 죽은 세 사람에 대한 추억이 《율리시스》의
중심부 또는 그 가까이에 자리 잡고 있으며, 익살과 농담, 유머와 패러디가
이어지는 가운데 죽음과 비참함으로 무게를 더하고, 어둡게 그림자를 드리
운다. 그러므로 공양 및 진혼은 이 책의 주제 가운데 하나이다.

해학과 진혼, 추도와 명랑한 축제라는 서로 다른 색채의 조합은, 단순히
조이스의 개성 때문이 아니라, 아일랜드 전통을 그가 충실하고 자세하게 조
사하여 작품 속에서 옛 문화를 살려낸 결과이다.

조이스는 현대 도시의 생활풍경에 신화의 구조를 적용하는 데 성공했다.
《율리시스》 전체를 구상할 때 《오디세이아》에서 더욱 거슬러 올라가 신화의
원형이라 할 만한 것을 찬찬히 탐구하여 이를 자신의 구조로 만든 조이스의
지력과 상상력과 직감력 덕분이다. 그는 소박한 서사시의 원시적인 형태를
추정하여, 그 치졸한 것을 고스란히 빌려 와 더블린의 일상 이야기의 골격으
로 삼았다.

아마도 조이스는 《황금가지》에 모여 있는 풍부한 재료를 참조하면서 저 항
해와 여행 이야기 《오디세이아》에 대해 계속 생각하여, 인류 서사시의 가장
기본적인 핵심은 무엇인가를 추구해 간 끝에 기어이 그것을 마음속에 그리

는 데 성공한 것이리라. 이 소설가는 무시무시한 통찰력으로 추정해 낸 서사시의 가장 소박한 형태에다가 제 고향의 현대 풍속을 입히고는, 그것을 선(善)과 미(美)를 다한 언어로써 이야기한 것이다. 이런 관점에서 생각한다면 《율리시스》의 매우 중요한 주제로서 젊은 스티븐의 성인식이 두드러진다. 그날 그는 애증이 엇갈리는 친구와 헤어지고, 낮은 급료를 받고 일하던 직장을 그만두고, 밤거리에서 병사들에게 얻어맞고, 처음 만난 거나 다름없는 중년 남성에게 친절한 대접을 받는 형태로 인생에 대해 배웠다. 참으로 얄궂은 이런 성인식이 인류에게는 예나 지금이나 매우 중요한 마술적 행사임은 굳이 강조하지 않아도 분명한 사실이리라.

근대소설의 여러 약점을 잘 알고 있었던 조이스는 18세기 소설부터 세기말의 자전적 예술가 소설에 이르기까지의 성과를 이어받아 이용하는 데 그치지 않고 근대소설 이전의 방법도 사용했다. 곧 범인들을 중심인물로 삼으면서, 그들을 고대 서사시에 나오는 반인반신(半人半神)의 영웅과 미녀와 그 아들에 빗대어 이중적으로 묘사한 것이다. 이리하여 더블린의 신문사 광고업자는 트로이 전쟁의 용장이었던 한 귀환자와 겹쳐진다. 그의 부정(不貞)한 아내인 소프라노 가수에게는, 그의 귀향을 기다리는 정숙한 아내의 모습이 겹친다. 엘리엇은 이 신화적인 방법을 '현대사라는 공허하고 혼란스러운 광대한 전망을 지배하고, 이에 질서를 주고 의미와 형태를 부여하는 수단'으로 소개했다. 이는 소설 속 인물을 다루는 방법에 대한 획기적인 시도이자, 이름 없는 현대인인 주인공과 여주인공에게 선사된 더없이 화려하고 충분히 얄궂은 광배(光背)였다. 그러고 보면 그리스 장군의 아들에 비유된 젊은 문학도의 이름이 스티븐 디댈러스이고(《젊은 예술가의 초상》 때도 그랬지만) 이 이름에서 저 신화 속 명장(名匠) 다이달로스가 연상되는 것도 현대소설의 일반적인 폐단인 작중인물의 왜소함을 보충하려는 시도였을 것이다. 조이스는 묘한 길에 접어든 근대소설을 인류 문학사의 정통으로 도로 데려오기 위해서 참으로 구체적인 선후책(善後策)을 고안해 냈다.

디포에서 플로베르에 이르기까지, 또는 그보다 더 뒤에 이르기까지의 소설에 대한 조이스의 태도는 언제나 이런 식이었다. 곧 계승과 비판, 학습과 수정이라는 이중적인 방식이었다. 그는 기존의 방법을 신중히 보류했는데 그 보류는 새로운 기법을 통해 기세 좋게 표명되었다. 비평은 언제나 신기한 소설 기법이라는 실물로써 이루어졌다. 그것이 모더니즘 작가 조이스의 기개였다.

그의 경우 궁극의 사실주의란, 오히려 사실주의 소설의 정해진 규칙을 파괴하는 데 있었던 듯싶다. 예를 들어 세부 사항에 집착하고 사사로운 일에 얽매이는 그 방식도, 이미 확립되어 있는 문학적 습속을 무너뜨린다는 쾌감과 늘 관련되어 있었다. 심리묘사가 내적 독백 형태를 띠는 것이라든가 말실수

피아노치는 조이스
조이스는 어린 시절 음악 콩쿠르에서 2등을 차지할 정도로 음악에 소질이 있었다. 에피소드 11은 음악의 장이기도 하다.

및 잘못 들음에 대한 관심, 무의식으로의 낙하로서 나타나는 것도 바로 그러했다. 선정적인 일에 대한 언급이 참으로 당치도 않게 맹렬한 것도(게다가 그러면서도 놀랍도록 우아하고 단정하다), 외설한 욕을 태연히 남용하는 것도, 지저분한 분뇨담도 모두가 미풍양속에 대한 야유라기보다도 먼저 문학적 습관에 대한 반역이자 더 나아가 오랜 폐단에 편안히 젖어 있기만 하는 문학자들에 대한 경멸의 상징이다. 곧 이것들은 한편으로 트릭스터의 장난이면서 다른 한편으로 소설의 전통을 되살려서 문학을 살아 있는 것으로 만들려는 의욕의 발로였다. 실명 거론이나 모델 문제를 두려워하지 않는 태도, 악명 높은 선정주의 따위도 그에게는 신선한 문학적 기법이었으며, 더불어 정통적인 시인의 자기주장으로의 복귀였다. 그래서 같은 시대의 자전적 소설 작가들이 자신을 옹호하고 남을 비판하던 것과는 상당히 다른 문학적 완성을 보이고 있다.

조이스는 장편소설에 의한 지적 탐구 범위를 더욱 넓히려고 했다. 그 결실이 바로 블룸의 지레짐작과 어설픈 잡학과 인생관이며, 거기서 드러나는 골

계적인 맛과 매력 있는 면과 건전함과 서글픔 등은 지식인이 아닌 사람의 지적 생활 연구로서 소설사에 한 획을 긋게 되었다. 여기서 감탄스러운 점은 그 나름대로 지적인 블룸의 태도가 소설에서 붕 뜨지 않고, 아내의 불륜을 참아 내거나 인종적인 편견에 대항하는 등 불륜소설의 측면과 정치소설의 요소를 서로 적절히 조화되게끔 하고 있다는 점이다. 그의 지성은 구체적인 소설 세계 속에서 잘 활동하고 있었다.

블룸은 호감 가는 주인공이다. 그를 싫어하는 사람은 거의 없다. 하지만 그것은 성격이 칠칠치 못하고 저속하며 여자를 밝히고 제멋대로라는 그의 악덕과, 가족에 대한 사랑이나 좋은 대인관계나 동물에게 친절한 태도나 평화주의 등과 같은 그의 미덕이, 말하자면 이 남자가 그 나름대로 지적이라는 조건 아래 독자들에게 이해하기 쉽고 친근하게 느껴지기 때문이며, 또한 그의 어중간하나마 확실히 존재하는 지성으로 말미암아 그의 온갖 고뇌 및 영혼의 문제가 독자들에게 보증되기 때문이다. 이처럼 인간을 '그렇게 훌륭하지는 않지만 확실히 존재하는 지성'으로 파악하는 방식은 실로 쓸쓸하면서도 주목할 가치가 있을 만큼 새롭다. 수십 년이 지나도 여전히 새로운 것이다.

그러나 가장 근본적인 바탕은 '의식의 흐름(Stream of Consciousness)'이다. 처음 부분에서도 알 수 있듯이 한 인물의 행동이나 대화 바로 뒤에 그의 독백이 이어진다. 이 독백은 스티븐 디댈러스의 경우에는 꽤 정신적이지만, 블룸의 경우에는 육감적이고 세속적이다. 이러한 문장법에 따라, 여느 소설과 같은 외형 묘사가 아니라 내면 묘사를 과감하게 많이 한 점이 이 작품의 특색이다. 아울러 이것이 이 소설을 읽기 힘들고 복잡하게 만드는 밑뿌리이다.

인간 내면의 실재를 중요시하는 것은 제1차 세계대전 뒤 유럽 문화계의 일반적인 경향이었다. 꿈과 웃음이라는 관점에서 인간성을 바라본 철학자 베르그송, 꿈과 착오와 광기, 전설, 예술 속에 인간의 가장 깊은 성적인 본능이 감추어져 있다고 주장한 심리학자 프로이트 등이 그 무렵 예술가에게 많은 영향을 주었다. 내면세계와 잠재의식에 대한 탐색이, 표현주의와 초현실주의 시인들에게 이제까지 없었던 기괴한 세계를 만들어 내게 하고, 소설에서 다양한 심리주의 문학을 일으켰다. 프랑스의 마르셀 프루스트는 조이스의 사생적(寫生的) 의식추구 방법과는 차별되는, 프랑스 전통의 분석적 심리추구 방법으로 《잃어버린 시간을 찾아서》를 썼다. 이 작품은 《율리시스》

와 어깨를 나란히 하는 20세기 전반의 걸작이다.

조이스 자신도 말했듯이, 《율리시스》는 프랑스의 상징주의 작가 에두아르 뒤자르댕(Edouard Dujardin)의 소설 《월계수는 잘렸다》의 영향을 받았다. 이 소설은 긴 회상풍 독백으로 이루어지는데, 이 기법을 뒤자르댕 자신은 내부독백이라고 표현했다. 그러나 이 작품은 《율리시스》처럼 현실의 행동이나 대화가 나타날 때마다 주인공의 심리가 움직이는 모양을 그리고 있지

만년의 조이스

않다. 조이스가 이 작품의 영향을 받은 것은 사실이지만 《율리시스》에 앞서 쓴 《젊은 예술가의 초상》도 이미 '의식의 흐름'에 가까운 독백 방법을 쓰고 있다.

넓게 보면 뒤자르댕이 '의식의 흐름' 기법의 시초이지만, 좁게 보면 이미 많은 작가들이 그것을 활용하고 있었다. 18세기 작품인 로렌스 스턴의 《트리스트럼 샌디》의 회상 부분에는 많은 자유로운 독백 기법이 쓰이고 있다. 19세기 찰스 디킨스의 《픽윅 페이퍼즈》 일부에 의식의 흐름과 거의 같은 문체가 있다. 또한 톨스토이의 《안나 카레니나》 마지막 부분, 자살하기 직전의 안나의 심리는 거의 완전하게 이 방법으로 그려져 있다. 논자에 따라서는 〈햄릿〉에서 햄릿의 독백이 의식의 흐름에 가까운 묘사라고 하기도 한다. 그러나 《율리시스》에서 대대적으로 쓰인 이 기법은, 심리적인 현실 추구에 따라야 리얼리즘의 새로운 장을 열 수 있다는 20세기 첫 무렵 유럽 문학 전체의 새로운 사상을 반영하고 있다.

사실, 이 기법을 따르면 묘사가 마치 뼈대 없는 육체처럼 불안정해지기도 한다. 어떤 골격을 세워주지 않으면 묘사는 엉성하게 쌓여가서 무너지기 십 상이다. 조이스는 호메로스의《오디세이아》표류 부분을 뼈대로 삼음으로써 그 묘사의 붕괴를 막았다. 고전의 튼튼한 골격 위에 근대의 육감 넘치는 인 식을 정착시킨 데에 이 작품의 근본적인 강점이 있음은, 거듭 강조해도 지나 치지 않다.

보통 소설에서는 이야기 줄거리로 작품에 움직임과 골격을 부여한다. 그 러나 이 작품에는 줄거리라고 할 것이 거의 없다. 그저 고전의 형식을 뼈대 로 삼고 그에 맞추어 구성을 되도록 변형시킴으로써 각 장마다 독립된 맛과 재미를 만들어 낼 뿐이다. 곧 이 작품은 교향곡이나 건축물처럼 방법적인 구 조의 재미로 이루어져 있으므로 독자는 단순히 화제를 좇아 읽어서는 안 된 다. 구조의 재미와 각 세부를 살린 데에 이 작품의 생명이 있는 까닭이다.

5. 조이스의 영향

로버트 애덤스가 주장하기를,《율리시스》의 영향을 받은 첫 번째 문학작품 은 소설이 아니라 시였다고 한다. 즉 T.S. 엘리엇의〈황무지〉라는 것이다. 둘 다 1922년에 간행되었는데도 이런 일이 벌어진 까닭은,《율리시스》가 잡 지에 연재될 때부터 엘리엇이 그것을 읽었기 때문이다. 게다가 조이스는 어 느 정도 프랑스 상징파 시인들로부디 자극을 받아 새로운 언어 사용법을 연 구했으니, 그 성과는 엘리엇이 받아들이기에도 적합했다. 그리고 그 뒤로는 시와 소설이라는 분야의 구별이 애매모호해져서, 예컨대 오든이 쓴 시의 운 율을 헨리 그린이 엔터테인먼트의 문체에 적용한 예와 같이 20세기 문학의 모습은 크게 달라졌다. 시인은 이른바 서정(抒情)의 틀 밖에서 시를 구할 수밖에 없게 되었고, 소설가는 설화예술을 근본부터 의문시해야 했다. 이런 현상은 조이스가《율리시스》나《피네건의 밤샘》처럼 기존의 분야 구별에는 들어맞지 않는 글, 아니 애초에 문학작품이라기보다는 오히려 공연물에 가 까운 엄청난 글을 쓴 것이 결정적인 원인이 되었다고 할 수 있다. 다시 말해 현대 작가들은 소설의 해체 및 재건이라는 두 가지 일을 동시에 해야 했으 며, 이 점에서 조이스는 참으로 폐스러우면서도 위대한 선배인 셈이다.

이러한 사실을 마음속에 두면서, 그의 영향이 뚜렷이 드러나 있는 장편소설들을 살펴보자. 언어를 창작하면서까지 현실과 거리를 두려던 그의 태도를 계승한 것으로는 앤서니 버지스의 《시계태엽장치 오렌지》(1962), 러셀 호번의 《리들리 워커》(1980) 등이 대표적이다. 전자에서는 미래 사회 소년들의 악행이 그들의 이상한 언어로써 이야기되고, 후자에서는 핵전쟁 뒤 생존자 자손의 삶이 12세 소년의 형편없는 영어로써 묘사되고 있다. 그리고 이른바 메타픽션(자의식적 서술), 문학에서 문학을 만들어 내는 방법의 최고 제자로는 《롤리타》(1955)와 《창백한 불꽃》(1962)을 쓴 나보코프를 들 수 있는데, 그는 유럽을 유랑하던 중 《율리시스》를 러시아어로 번역할 계획을 세웠으나 이루지는 못했다. 또한 《픽션들》(1944)과 《알렙》(1949)을 쓴 보르헤스도 그런 예에 속한다. 소설 및 오페라를 통한 확대를 영화 분야에까지 연장시킨 것은 물론 마누엘 푸익의 《거미여인의 키스》(1976)이다. 신학과 현대인의 정신 풍속을

1938년 취리히의 강가에서 조이스
스티븐 조이스는 이렇게 말했다. "할아버지의 특징이 가장 잘 드러나 있어서 내가 무척 좋아하는 사진이다."

호우드 곶
몰리의 내적 독백은 호우드 언덕에서 블룸의 청혼을 받아들인 추억을 돌아보면서 끝이 난다.
'호우드성과 그 주변'은 《피네건의 밤샘》 첫머리 문장에 나온다.

연구한 것은 데이비드 로지의 《어디까지 갈 수 있는가?》(1980)인데, 말하자면 최후의 가톨릭 소설이라고도 일컬을 만한 골계소설이다. 《율리시스》의 더블린에 도전한 것은 J.G. 발라드의 《태양의 제국》(1984)에 나오는 태평양전쟁이다. 의식과 무의식으로의 여행에 중점을 둔 것은 물론 프랑스의 클로드 시몽이 쓴 《플랑드르로 가는 길》(1960)과 미셸 뷔토르의 작품 《시간의 사용》(1957)이다. 한 지방의 토속적 성질을 주목하여 민속학적 성과를 올린 대표작은 뭐니 뭐니 해도 가르시아 마르케스의 《백년의 고독》(1967)일 것이다. 음악에 대한 관심으로써 새바람을 일으킨 것은 카르펜티에르의 《잃어버린 길》(1953)이다. 뛰어난 카탈로그 제작 기술은 이사벨 아옌데의 《영혼의 집》(1982)이 보여 준다. 그리고 포스트식민주의와 정치성이라는 시점에서 보자면 중남미 작가들이 전부 해당되겠지만, 대표적으로 바르가스 요사의 《녹색의 집》(1966)을 꼽을 수 있다. 성(性)을 솔직하게 묘사한 예는 너무 많아서 대표작을 뽑기도 어렵다.

세계문학에서 조이스의 이름을 빼고 현대소설을 논할 수 있는 나라가 몇이나 될까. 그리고 앞으로도 한참 동안은 모든 작가가 《율리시스》를 의식할

수밖에 없을 듯하며, 설령 직접적이진 않더라도 간접적으로 조이스를 스승으로 모시게 될 성싶다. 이는 상당히 가능성 있는 이야기다. 본디 그는 비평적인 작가이며 세계문학의 정통에 속해 있고, 전통을 배우려 하는 사람이라면 저도 모르게 다가갈 수밖에 없는 위치에 있기 때문이다.

조이스처럼 가장 중요한 부분에 파괴적 요소와 창조적 요소를 둘 다 내포하고 있는 문학자를 부

아일랜드의 10파운드짜리 지폐(1993년 발행)
앞면(아래)에는 조이스의 얼굴, 뒷면(위)에는 《피네건의 밤샘》 첫 3행이 기록되어 있다.

정하기란 어려운 일이다. 함부로 그를 부정해 버린다면 결국 순순히 그를 받아들이는 셈이 되기 때문이다. 조이스는 갖가지 모험을 되풀이하여 언제나 문학의 정통으로 되돌아간다. 그것이야말로 전위(前衞)와 고전주의가 안팎으로 한 덩어리가 되는 조이스 특유의 위험한 창조였다.

"로마제국은 모든 고대사가 그곳으로 흘러들고 모든 근대사가 그곳에서 흘러나오는 거대한 조류(潮流)와 같다"라고 랑케는 말했다. 유럽 중심의 세계사 개념이 이미 힘을 잃어버린 오늘날에는 이 말이 사람들 마음에 별로 와 닿지 않을지도 모른다. 그러나 《율리시스》를 두고서 이전의 모든 설화예술이 그곳으로 흘러들고 이후의 모든 작품이 그곳에서 흘러나온다고 평가한다면, 이는 로마에 대한 랑케의 평가보다는 좀더 믿음이 갈 것이다. 생각건대 인류의 소설사 전체를 커다란 모래시계에 비유한다면 조이스의 작품은 그 잘록한 허리에 해당된다. 언어라는 알갱이가 시간과 함께 잠시 멈추어서 모든 것을 함축하는 그곳, 문학과 삶이 하나로 응결되는 그곳이 조이스의 문학 세계이다.

굉장한 말에 대한 조그만 치료
앙드레 지드

상대 조심하십시오. 조이스는 아일랜드 사람입니다. 아일랜드는 광대들의 나라지요. 저는 프랑스인이라서 속임수에 넘어가는 건 질색입니다. 당신은 그가 쓴 《율리시스》의 덫에 걸려서 감쪽같이 당해 버린 거 아닙니까?

나 루이 질레도 조금씩이나마 넘어가고 있는 모양이로군. 그래서 그의 작품은 참으로 재미있는 거요. 그의 《제임스 조이스의 묘비》는 하나의 도정이자 계단이지.

상대 그 계단은 어디로 난 겁니까? 어디에 다다르게 될까요? 저는 그걸 도무지 모르겠습니다. 《율리시스》에 외설한 부분이 없었다면 조이스는 아마 독자를 100명도 얻지 못했을 겁니다.

나 인간의 모든 일에는 신성한 것을 뒷받침하는 외설한 부분이 깊게 자리잡고 있는 법이지. 솔직히 말해 조이스의 파렴치한 부분이 나로선 유쾌하기 그지없소. 세상에는 다고베르트 같은 사람이 득실득실한데, 그들은 바지를 겉면이 밖으로 나오게끔 고쳐 입으려고 해도 한순간 엉덩이가 노출되지나 않을까 너무도 염려되는 나머지 차라리 뒤집어진 바지를 그냥 입고 다니는 편이 낫다고 생각한단 말일세.

상대 조이스는 무엇 하나 겉면이 보이도록 해 놓지를 않아요. 우리가 확신을 얻고자 할 때 그는 아무것도 진실로 받아들이지 말라고 한단 말이지요. 그것도 부실하기 짝이 없는 방법으로 그런단 말입니다. 왜냐하면 그의 투석기(이 점은 질레가 잘 설명했는데)는 여러 제도나 풍속보다는 단지 언어 형태를, 또 사상이나 감정이 아닌 그 표현 방식을 노리고 있거든요.

나 우리는 다른 무엇보다도 그 표현에 속아 넘어간단 말이오. 조이스는 가면이나 체재를 부서뜨림으로써 현실을 발가벗기는 거요.

상대 그건 지나친 평가입니다. 질레가 홀딱 반한 조이스의 언어유희 따위는, 제가 보기엔 다 실없는 수작입니다. 질레도 말했듯이 위고도 이런 언어유희에 능통했습니다. 그래도 그것을 작품집에 싣는 짓은 하지 않았단 말입니다. 조이스가 《율리시스》에서 신드바드의 이름을 최소한 15가지 정도로 다양하게 불러댔을 때 저는 라블레를 떠올렸습니다. 라블레의 경우에는 'femme folle à la messe(미사에 몰두한 여자)'가 자음 도치를 통해 우습게도 'femme molle à la fesse(엉덩이가 처진 여자)'가 된단 말이지요.

나 거보시오! 당신도 기억하고 있군. 정말 웃기지 않소?

상대 저는 조이스가 그렇게 웃기다고는 생각지 않아요. 게다가 제가 웃는다고 해서 뭐, 어떻다는 겁니까?

나 "입을 쩍 벌리고 웃으면 치아가 죄다 보인다"고 위고는 《왕은 즐긴다》에서 말한 바 있지 않소? 그러고 보니 나도 소싯적에는 짝을 이룬 낱말들을 살짝 바꿔 가면서 말장난을 쳤소. 어느 날 저녁에 프랑 노앵이 우리 친구 모리스 키요, 내가 《지상의 양식》을 헌정한 그 모리스 키요와 함께 있었을 때 이 장난을 만들어 낸 거요. 우리는 실력을 겨루면서 이것저것 시도해 봤소. 아무 단어나 다 잘되는 건 아니더군. rime과 raison을 분해하고 재결합해서 ron과 raisime을 만드는 방식은 대부분의 단어에는 통하지 않았소. 우리 가운데 하나가 'L'Ique Poétrat'[베를렌의 《L'Art Poétique》(시학)을 변형한 것]라는 말을 내놓자 다른 사람이 'Orebres Funaisons'[보쉬에의 《Oraisons Funèbres》(장례 연설 모음)을 변형한 것]을 말했지. 그런데 세 사람 중 누군가가 대담하게도 'Léeize Tron'['Léon Treize'(교황 레오 13세)를 변형한 것]을 말하자 다른 두 사람은 순간 할 말을 잃었소. 그리고 우리는 다같이 포복

절도했지.

상대 그건 뭐 우스운 발음 속에 의미가 숨겨져 있는 문구를 만들어 내는 장난이었군요. 예컨대 'Felixonportuna-Selnimi-Versimi' 같은 것은, 점쟁이가 아니고서는 'Felix son porc tua, Sel n'y mit, Ver s'y mit'(펠릭스는 자기 돼지를 죽였다, 소금을 치지 않아서 벌레가 생겼다)라는 뜻인 줄 알 턱이 없으니 말입니다. 또 'Cillabani, Piaoni, Cocadéso, Vernena'* 같은 것도 있지요. 어릴 때에는 저도 그런 장난에 푹 빠져 있었지만, 그것도 꽤나 옛날 일이 되고 말았군요. 이런 말장난은 아직 새롭기만 한 국어의 가능성을 즐기고 있던 라블레한테나 허락되는 거지요. 마치 한 어린아이가 근육을 시험하고는 그 유연함에 감탄하여 장난삼아 이것저것 해 보는 사이에, 그 유연함을 제대로 의식하게 되는 것과 같습니다. 하지만 지금 우리나라 말은 이미 고정되어 있으니…….

나 그리고 응고되어 있소. 누가 언어의 결합을 파괴하여 언어를 아주 뒤흔들어서 그것을 불확실한 것으로 만들어 준다면 고맙겠는데. 대체로 말이 사물을 대신하고 사물은 사라질 수밖에 없소. 우리는 말로써 남에게도 자기 자신에게도 값을 치르고 있지. 그러니 우리는 도둑질을 하는 한편 또 도둑질을 당하고 있는 셈이오.

상대 그렇지만 말(馬)을 파는 장사꾼은 '말'이라는 단어가 무슨 뜻인지 알고 있고, 또 사는 사람도 알지 않습니까.

나 그러나 헌신이니 명예니 신앙이니 충성이니 충실…… 이런 말들을 입에 담는 사람이라고 해서 그 말뜻을 그렇게 잘 아는 건 아닐세.

상대 물론 구체적인 영역으로 들어가면 좀더 의미를 파악하기 쉽겠지요. 다른 영역에서는 아무래도 의혹의 여지가 있습니다. 사랑에 빠진 여인은 사

---

* 풀어 쓰면 'Caille a bas nid, Pie a haut nid. Coq a des os. Ver n'en a'이다. '메추라기는 낮게 둥지를 튼다. 까치는 높이 둥지를 튼다. 수탉은 뼈가 있다. 지렁이는 뼈가 없다.'

랑하는 남자의 입에서 나오는 감정이 진짜인지 아닌지 의심하고, 연인에게 조금이라도 좋지 않은 말을 들으면 말의 인플레이션을 두려워하여 그에게 과연 지불 능력이 있는지 불안감에 사로잡히기도 합니다. 저로선 이런 일은 참으로 진부하게 느껴지지만요.

나 하기야 진부하지. 그렇지, 빌리에(드 릴라당)의 콩트, 특히 〈잔인한 이야기〉가 떠오르는군. 그것은 한 연인의 이야기요. 청년이 온 마음을 다해서 사랑을 고백하자 처녀도 그것을 받아들인다는 이야기요. 거기서 완벽하게 행복이 모습을 드러내지. 정말 멋진 대화라오! 청년은 처녀가 자기를 이해해 주지 않을까 봐 두려워서 그동안 말할 용기가 없었는데, 심각하게 고민한 끝에 결국 그 대답을 얻게 된다오. 이야기 마지막에 가서 그는 비로소 처녀가 귀머거리이며 그의 말을 한마디도 듣지 못했다는 사실을 깨달았소. "하지만 당신은 내 말에 제대로 대답해 주셨잖아요." "그야 저는 당신이 무슨 말씀을 하실지 처음부터 알고 있었고, 당신이 다른 말씀을 하실 리 없다는 것도 알고 있었는걸요."

상대 바로 그래서 저는 소설에서 어떤 사랑의 대화를 보아도 거의 아무런 감흥도 느끼지 못합니다. 아아! 오직 연애만이 문제라면 그래도 괜찮겠지요. 그러나 조이스는 닥치는 대로 공격을 한단 말입니다. 그는 악마 같은 기술을 구사하여 온갖 말을 혼란시키는 데에다가 그 뛰어난 재능을 사용하고 있습니다. 한번 그의 장난질에 걸려들면 그야말로 끝장이지요. 우리는 곧 뭐라고 말할 기력조차 잃어버릴 테니까요. 그렇지만 우리가 무엇을 생각할 때는 반드시 언어가 필요합니다. 독창적인 것은 모두 개인적일 뿐만 아니라 표현이 불가능하지요. 널리 용인된 언어적 표현만이 교환될 수 있는 것이잖아요. 상투어를 쓰지 않는다면 우리는 서로 이해할 수 없습니다. 풍속의 바탕이 없다면 사회는 성립되지 못합니다. 아아, 조이스가 《율리시스》 정도로 그쳐 주었더라면! 그런데 《피네건의 밤샘》, 그 nec plus ultra(궁극의 경지), 그 마지막 작품은 말입니다. 루이 질레가 우리에게 소개하면서 "언어유희의 직물, 언어유희의 자수천, 언어유희의 《일리아스》"라고 부르는, 이런 것을 읽고 나면 트라피스트회 수도승이라도 되고 싶어진다니까요.

나 아니, 언어를 있는 그대로 받아들이시오. 사물의 대용품이 아닌 기호로서. 《아라비안나이트》의 멋진 콩트를 떠올려 보시구려. 배고프고 가난한 사내가 부유한 상인에게 초대받아 호화로운 진수성찬을 들게 되었소. 그런데 접시들이 텅텅 비어 있지 않겠소! 부자는 요리 이름을 줄줄 늘어놓는데 그 이름들이 요리를 대신하는 거요. 가난한 자는 예의상 맛있게 먹는 척할 수밖에 없었지. 문학도 흔히 그런 향연에 우리를 초대한단 말이오. 장 폴랑의 《타르브의 꽃》이라는 귀중한 작품도 그런 데서 유래한 거요. 폴랑은 이렇게 말했소. "그 어떤 사상도, 가장 미묘한 사상조차도 표현을 필요로 한다." 그는 또 덧붙였소. "그 어떤 표현도 흔히 기만과 허위를 지닌다."

상대 그렇습니까. 폴랑은 '흔히'라는 말까지 썼군요.

나 그는 가공의 질문자에게 이런 이의를 제기하게 했소. "그렇다면 사람들이 서로 이해하지 못하는 것이 당연하단 말씀인가요?" 그러자 폴랑은 즉시 응수했소. "아니, 아닐세. 사람들은 이토록 대단한 헛일에 대해서는 결코 단념하지 않는 모양이군."

상대 헛일을 단념하지 않는 한 진정한 헛일은 아니라는 겁니까?

나 그전에 폴랑은 베르그송의 한 구절을 인용했소. "소설가는 우리의 인습적인 자아로 교묘하게 만들어진 천, 지성으로 또한 언어로 만들어진 이 천을 찢어 버림으로써 그 허울뿐인 논리 아래 숨겨진 근원적인 부조리를, 단순한 병렬 상태 아래 존재하는 것에 대한 한없는 통찰을 우리에게 보여 준다." 그리고 폴랑은 이렇게 덧붙였소. "생각건대 발자크나 엘리엇이나 톨스토이나 그 밖에 베르그송이 읽은 소설가들은, 베르그송 자신이 지적한 그런 소설가들의 자질에 절반 정도밖에 미치지 못할 걸세. 하지만 조이스나 프루스트를 생각해 본다면 이 지적은 놀랄 만큼 정확하다." 폴랑은 베르그송을 인용하고 있소. 이는 우리를 문제의 핵심으로 이끌어주지. 베르그송은 또 언어가 시인을 어떤 기묘한 장해 쪽으로 인도하는지에 대해서도 이야기한 모양이오. 곧 거기서는 의지할 대상도 없고 사고의 정수(精髓)는 사라져 버린다오. 사고의 정수란 "막막하고 무한히 동적이며 평가할 수 없을 뿐 아니라 이유도 없고 섬세하고 파악하기 어려운 것이라서, 우리가 붙잡으려 하면 그 운동성을 고착시켜 진부한 형식에 적응시켜 버리는 꼴이 되는" 그런 요소를 말하지. 또한 폴랑은 그의 비망록에 생트뵈브의 비유를 인용했소. "얼음에 둘러싸여 갇힐 위기에 놓인 배 주위에서 사람들은 딱딱하고 둥근 벽을 계속 잘게 부스러뜨리려고 한다……. 그와 마찬가지로 우리는 저마다 그때그때 자기 정신 속에서 응고되고 형성되려 하는 거푸집을 깨뜨리는 데 온 힘을 기울여야 할 것이다. 스스로 굳어 버리지 않도록 노력하자……." 그런데 이 이미지는 조이스의 시적(詩的) 노력과 작품을, 그의 존재이유를, 그리고 정말로 기묘하고 경박한 겉모습 아래에 감춰진 그의 뛰어난 공헌을 뚜렷하게 비춰 준다오.

1994년 출판 《율리시즈》 학회보 이희영 번역 게재 재수록

단테 브루노 비코 조이스
사뮈엘 베케트

위험은 동일시의 매력에 도사리고 있다. 분명 '철학'과 '문헌학'을 테아트로 디 피콜리(^{빅토리오 포드레커가 1914} _{년 로마에 세운 인형극장})의 인형 조종자 한 쌍과 비교하는 것은, 신중하게 포개 올린 햄 샌드위치를 생각하는 것만큼이나 더할 나위 없이 즐거운 일이다. 잠바티스타 비코조차 그러한 행동의 우연한 일치가 지니는 매력에는 맞서지 못했다. 그는 철학적 추상과 경험적 실례의 완벽한 동일시를 주장하고 그에 따라 두 개념의 절대성을 없앰으로써, 다시 말해 차원의 한계를 넘어선 현실을 불러일으켜 시간 위에 초시간적인 것을 정착시키려 했다. 그리고 지금 나는 추상개념을 한 줌 움켜쥐고 여기에 서 있다. 그 가운데 특히 두드러진 추상개념은, 조이스의 《진행 중인 작품》(^{나중에 《피네건의} _{밤샘》으로 출간}) 세계에서 엿볼 수 있는 절정, 대립자의 합일, 순환적 진화의 필연성, '시학' 체계, 자기확장의 통찰 등이다. 또한 모든 개념을 '마개가 닫히지 않을 정도로 가득 채워 넣은 맥수병'(^{《피네건의 밤샘》} _{49쪽 32줄})처럼 처리하여, 솜씨 좋게 정리하고픈 유혹도 거기에 해당한다. 불행히도 이 엄격한 적용은, 두 방향 가운데 어느 하나의 왜곡을 뜻한다. 하나의 사고체계를 정리장에 잘 넣어두기 위하여 그 목을 비틀어 꺾어야 하는가, 아니면 공통요소를 긁어모으려는 탐구자를 만족시키기 위해 정리장의 치수를 내용물에 맞추어 수정해야 하는가. 어차피 문학비평은 장부에 적어 넣는 작업이 아니다.

잠바티스타 비코는 실제적이고 근엄한 나폴리 사람이었다. 크로체는 그런 그를 본디 사변적인, '경험주의를 경멸하는'(^{《비코의} _{철학》}) 신비주의자라고 평한다. 그의 저서인 《신과학》의 60퍼센트 이상이 경험주의적 조사연구에 대한 것임을 감안하면 이는 실로 놀라운 해석이다. 크로체는 비코를 개혁적 유물주의인 우고 그로치오 일파와 대립시켜, 공리주의자인 홉스, 스피노자, 로크, 피에르 벨, 마키아벨리 등의 사상과는 관계없다며 그를 옹호한다. 하지만 아무런 이의도 제기하지 않고 이런 생각을 그대로 받아들일 수는 없다. 왜냐하면 비코는 신의 섭리를 '인간이 스스로 제기한 특정 목적과는 다른 경우가 많고, 때로는 서로 반대되어 어긋나지만, 언제나 인간보다는 뛰어난 의도'로 규정하고 있기 때문이다. '인간의 이 한정된 목적은 더 큰 목적을 섬기기 위한 수단이며, 신은 이 땅의 인류를 보존하기 위해 늘 이러한 인간의 목적을 이용해 왔다.'_(《신과학》 5권, 크로체 《비코의 철학》 10장 참조) 이보다 분명한 공리주의가 또 있을까. 뒤에 말하겠지만 시·언어·신화 등의 기원과 기능을 논하는 방식에서도 비코는 신비주의와 가장 동떨어져 있다. 그러나 눈앞에 두고 있는 목적에서 본다면 그를 신비주의자나 과학적 연구자 가운데 어느 쪽으로 보아도 아무런 지장이 없다. 다만 그를 '혁신자'라고 생각하는 데에는 이견이 없다. 인간사회의 전개를 세 시대—신권정치시대·영웅시대·인간시대(문명시대)—로 나누는 것과, 그에 대응하는 세 가지의 언어—상징적(신비적)언어·비유적(시적)언어·철학적(추상과 개괄이 가능한)언어—로 나누는 것은 그 무렵 사람에게는 새롭게 보였겠지만, 결코 새로운 것이 아니었다. 그는 이 편리한 구분을 이집트에서 헤로도토스를 거쳐 손에 넣었다. 하지만 그 구분에 담긴 뜻을 적용하고 발전시킨 그의 독창성은 부인할 수 없다. 인간사회에서 피할 수 없는 순환진행 이론은 참으로 새로운 것이었다. 그 시초는 지오르다노 브루노의 대립자 합일론에 포함되어 있긴 했지만, 비코의 절대적인 독창성이 나타나는 곳은 그 자신이 '책 전체의……가장 핵심……사상'이라 기술한 《신과학》 제2권이다. 여기서 그는 시와 언어의 기원, 신화의 의미, 미개문명의 성격 따위에 대하여 그 무렵에는 불손한 전통파괴 행위로 비쳤을 게 분명한 이론을 펼쳐나간다. 이런 비코의 두 측면이 재굴절과 재적용을—어떤 명확한 설명도 없이—거쳐 나타낸 것이 《진행 중인 작품》이다.

여기에서 먼저 과학역사가로서의 비코의 명제를 간추릴 필요가 있다. 그에 따르면 태초에 천둥이 있었다. 천둥은 가장 형이하학적인, 가장 비철학적인 형태—우상숭배의 애니미즘 형태—로 '종교'를 세상에 내보냈다. '종교'는 '사회'를 낳고, 최초의 사회적 인간은 동굴에 거주하며 격정적인 '자연'을 피했다. 원시인들의 가족생활은 자연의 힘을 두려워하는 방랑자가 도착하자 처음으로 발전에 대한 추진력을 얻는다. 사회는 그들을 받아들여 최초의 노예로 삼는다. 이윽고 그들은 점차 강력해져 농지 일부를 나누라고 강요하고, 독재군주제는 초기 봉건제로 이동하게 된다. 동굴은 도시가 되고, 그에 따라 봉건제는 민주제가 된다. 이어서 무정부상태가 되었다가 군주제로 되돌아감으로써 바로잡힌다. 마지막 단계는 상호파괴이다. 국가는 해체되고 그 잿더미 속에서 '사회라는 불사조'가 깨어난다. 이 여섯 단계의 사회 추이에 대응하여, 인간의 동기도 여섯 단계로 나뉜다. 필요성·효용·편리·쾌락·사치·사치의 남용이 그것이다. 그것을 구현한 사람은 폴리페모스, 아킬레스, 시저와 알렉산더, 티베리우스, 칼리굴라, 그리고 네로이다. 이 점에서 비코는 이렇게 말하지 않으려 세심하게 배려하고는 있지만 브루노를 응용하고 있으며, 매우 변하기 쉬운 자료를 늘어놓고 철학적 추상으로 한 걸음 내딛고 있다. 브루노의 말에 따르면 아주 작은 현(弦)과 호(弧) 사이에는 아무런 차이도 없으며, 무한대의 원주와 직선 사이에도 아무런 차이가 없다. 대립자 간의 차이는 최대와 최소의 차원에서 점점 무(無)에 가까워져 하나가 된다. 최소한의 열(熱)은 최소한의 냉기와 다름없다. 따라서 변화는 순환적이라고 할 수 있다. 또한 어떤 대립자 원리(최소)는 다른 대립자 원리(최대)에서 운동력을 이끌어낸다. 그러므로 최소와 최소, 최대와 최대가 일치할 뿐만 아니라, 변화가 이어지면 최소와 최대가 일치한다. 최대 속도는 멈춘 상태이다. 최대 부패와 최소 생성은 일치한다. 원칙적으로 부패는 생성이다. 그리고 궁극적으로는 모든 사물이 일반적인 모나드(monad),* 모나드 중의 '모나드'인 신과 같아진다. 이러한 고찰에서 비코는 역사과학·역사철학을 전개시켰다. 스키피오 같은 역사인물을 제3호라는 식으로 구분 지어나가는 것은, 분명 흥미로운 작업일지 모르지만 중요한 일은 아니다. 근본적으로 중요한 일은 스키피오에서 시저로 바뀌는 것이 시저에서 티베리우스로 바뀌는 것과 마찬가지로 필연적이며, 그 근거는 스키피오와 시저에게서 나타나는 부패의 꽃이 시저와 티베리우스의 활력의 씨앗이 되기 때문이라는 인식이다. 이로써 우리는 개인능력에 따른 추이와 함께 개인과 분리되어 예정된 순환운동 같은 것에 의존하는 인간 발자취의 전체 내용을 파악하기에 이른다. 여기서 '역사'를 전적으로 개인의 능력에 좌우되는 무정형의 구조로 보거나, 반대로

---

* 라이프니츠의 철학용어. 넓이나 형체를 지니지 않으며, 무엇으로도 나눌 수 없는 궁극적인 실체.

지금껏 인간과 전혀 상관없이 현실을 지배하면서, 인간의 의도를 무시하고 배후에서 성취시키며 '숙명', '우연', '운(運)', '신(神)' 등 여러 이름으로 불려온 초인간적인 능력의 소산으로 간주해선 안 된다는 결론이 나온다. 비코는 이런 유물역사관과 초월적 역사관을 이성적 역사관이라는 이름 아래 물리치고 있다. 개성은 보편성의 구체적인 개념이며, 개인의 모든 행동은 동시에 개인을 뛰어넘는다. 개성과 보편성은 서로 다른 것으로 여길 수 없다. 따라서 역사는 '운'이나 '우연'의 결과가 아니라—그 경우 모든 개인은 자신의 소산물에서 단절되고 만다—'운'이 아닌 '필연성'의 결과이며, '우연'이 아닌 '자유'의 결과이다(단테가 말하는 '자유의 멍에' 참조). 그 능력을—그가 빈정거리며 말했다는 느낌이 들긴 하지만—비코는 '신의 섭리'라 불렀다. 그리고 모든 사회에 공통되는 세 가지 제도, '교회', '결혼', '장례'를 끝까지 파고들어 마지막으로 발견해낸 것도 신의 섭리였다. 이것은 보쉬에가 말하는 초월적·초자연적인 섭리가 아니라 자연에 담긴 인간의 생명요소로서, 자연의 수단을 통해 비로소 움직이기 시작한다. 인류는 섭리의 작용에 지나지 않는다. 신은 인류라는 수단을 통해서만 인류를 움직인다. 인류는 신의 소유이다. 하지만 인간 한 사람 한 사람은 그렇지 않다.

위와 같은 사회적·역사적 분류는 조이스가 작품을 구성하는 데에 편리한 도구로—또는 귀찮은 도구로—쓰이고 있다. 다만 그의 처지는 결코 철학적이지 않다. 그것은 에픽테토스를 '영혼은 물통에 가득 찬 물과 같다고 말한 노인장'($\frac{9}{2}$)이라고 학장에게 설명한, 《젊은 예술가의 초상》에 나오는 스티븐 디댈러스의 초연한 태도와 다름없다. 램프에 불을 켜는 도구보다 램프불이 더 중요하다. 작품구성이란 것도 단순하게 대강 외면적으로 구분하거나, 내용을 채우기 위한 벌거벗은 골격만을 뜻하지는 않는다. 그것은 세 박자에 기초한 실질적인 끝없는 변주, 세 주제를 내적으로 이은 아라베스크 장식—장식인 동시에 장식을 넘어선 것—을 뜻한다. 제1부는 과거환상을 모은 것이며, 따라서 비코가 말하는 인간 최초의 제도인 '종교' 또는 신권정치시대 그리고 추상개념인 '탄생'과 대응한다. 제2부는 아이들의 연애유희로, 두 번째 제도인 '결혼', 영웅시대 그리고 추상개념 '성숙'과 대응한다. 제3부는 잠든 사이에 흘러가며, 세 번째 제도인 '장례' 또는 인간시대 그리고 추상개념인 '붕괴'에 대응한다. 제4부는 또다시 시작되는 하루로, 비코가 말하는 '신의 섭리', 또는 인간시대에서 신권정치시대로의 이행, 추상개념 '발생'과 대응한다. 비코는 탄생을 당연한 일로 가정했으나 조이스는 그렇지 않았다. 그렇지만 말라비틀어진 송장문제에 대해서는 이 정도로 해 두자. 생기를 잃은 80대 노인에게 앞으로 태어날 아이들이 많다는 의식, 인생이란 원둘레의 먼 지점에 서 있는 남자가 그 둘을 수없이 껴안고 있다는 의식은, 질서 정연한 구성에 자주 따르는 위험하고 경직된 상호배제성을 모조리 없애버린다. 부패는 제1부에서 배제되지 않았으며, 성숙이 제3부에서 배제되지도 않았다. '사랑의 시련을 겪은 4명의 추기경, 말하자면 기본 추기경 뉴멘(^{신령}_{의 뜻}), 적대하는 추기경 마링(^{결혼}_{의 뜻}), 풍요로운 추기경 바이스워시(^{하얀 수의}_{의 뜻}), 탁월한 추기경 케이 오 케이(^{K는 알파벳 11번째 문자,}_{즉 새로운 하나의 시작})'는 같은 평면으로 제시된다. 비코가 말하는 인간의 네 가지 제도—신의 섭리도 포함하여!—는 곳곳에 나온다. '좋은 천둥소리, 옛 결혼, 나쁜 철야, 지옥이 좋다는 소문,' '그 풍화작용, 그 결혼, 그 장례, 그 자연도태,' '번개 치는 모습, 새의 시끄러운 지저귐, 묘지의 공포, 시대를 향한 끊임없는 흐름,' '앞을 내다보는 네 개의 손으로 화해한 첫 아기가 홈(대지) 스위트 홈의 마지막 요람에 잠들어 있다.'

모든 인류가 공유하는 구체적인 편리를 이렇게 강조하는 것은 별개로 하고, 비코가 모든 진보—또는 퇴보—에 따라붙는 불가피한 특징을 강조하고 있음도 곳곳에 나타나 있다. '비코의 길은 돌고 돌아 주기가 시작되는 곳으로 다시 온다. 주기에 끊임없이 호소당하고, 빚쟁이들에게 주눅들지 않으며, 직책의 의무에는 걱정 없도록 우리는 평온함을 느낀다. ……아일랜드에 땅 한 떼기 없던 시절, 루칸에 한 영주가 살고 있었다. 우리의 단 한 가지 소원은, 모든 사람이 이 물의 세계의 모든 것을 믿었으면 하는 것이다. 곧 닥칠 금방 젖은 남자의 모든 것을 우리가 믿는 것처럼.' '다음 세대의 첫 사람인 파로(^만_{아득히})로부터 마지막 파괴물 라메시스(^{빼걱}_{거림})에 다다를 때까지 죽은 이들의 침묵 위에 기분 좋게 쉬면서 언제나 새롭게 화장하는 리비.' '사실 경찰관들의 감은 눈 속에서는, 명암을 특색으로 하는 특징들이 하나가 되고, 모순은 없어지고, 똑같이 안정된 한 인물이 된다. 순정파와 강도, 절제력을 발휘하는 음주가와 자유사상가 사이에 있는 신의 섭리에 따른 격돌로, 우리 사회가 이리저리 굴러다니며, 미리 정해진 충격적인 일련의 실망을 경험하면서(이는 외양간의 파리처럼 영원하겠지만), 여러 세대를 거치고 또 거치고, 다시

여러 세대에 거쳐 긴 골목길을 가는 사이에.'—이 마지막 인용은 조이스에게
는 매우 드문 주관주의적 예시이다. 요컨대 인류는 '섭리'라는 지점을 중심
으로 숙명적인 단조로움으로 순환하는 것이다—'무리 지은 자들이 커다란
생명나무 둘레를 계속해서 빙빙 돌고 있다.' 지금까지 조이스의 《진행 중인
작품》에 비코가 얼마나 영향을 미쳤는지 충분히 이야기했다. 적어도 충분히
암시했다고 생각한다. 다음은 비코가 '시학'을 논하는 부분으로 가서, 비록
직접적이지는 않더라도 좀더 인상적인 둘의 관계를 입증해 보자.

비코는 시심(詩心)에 대한 세 가지 일반적인 해석을 거부한다. 이것은 시
를 철학적 관념의 자세하고 색다른 알기 쉬운 표현, 재미있는 사회적 오락,
또는 그 비밀을 아는 사람이라면 누구나 이해할 수 있는 정밀한 과학으로 여
기는 사고방식이다. 그에 따르면 시는 무지의 딸인 호기심에서 생겨났다. 원
시 인류는 상상력에 의존하여 사물을 창조해야 했다. 따라서 '시인'은 곧 '창
조자'였다. 시는 인간의 첫 정신활동이었으며, 그것 없이는 생각이 존재할
수 없었다. 분석과 추상 능력이 없는 미개인에게 이성적으로 이해할 수 없는
것을 설명하려면 환상을 쓰는 수밖에 없다. 명석해짐에 앞서 노래가 생겨났
으며 추상어에 앞서 비유가 생겨났다. 가장 오래된 시에서 비유로 가득한 특
성은, 공들인 설탕과자가 아니라 빈궁한 어휘력과 추상능력의 한 증거로 봐
야 한다. '시'는 본질적으로 '형이상학'과 대립한다고 할 수 있다. '형이상학'
은 정신에서 감각을 없애고, 영적인 것으로의 육체이탈을 촉진한다. '시'는
모두 정열과 감각이며, 무생물에도 생명을 불어넣는다. '형이상학'은 보편적
인 것에 깊이 관여할 때 가장 완벽하며, '시'는 구체적인 것에 가장 깊이 관
여할 때 가장 완벽하다. 시인은 인간의 감각이며, 철학자는 인간의 지성이
다. 그리고 '애초에 감각 안에 존재하지 않는 것은 지성에도 존재하지 않는
다'(^{존 로크}_{《인간오성론》 등})고 말한 스콜라학자의 공리를 생각하면, 시야말로 철학과 문명
의 가장 중요한 조건이라는 결론에 이른다. 원시시대의 애니미즘 활동은 바
로 '정신의 시적 형식'(^{비코의}_{철학})이 나타난 것이었다.

언어의 기원에 대한 논의도 비슷한 순서를 따라 나아갔다. 여기에서도 마
찬가지로 비코는 유물적 시점과 초월적 시점을 거부한다. 전자는 언어를 세
련된, 틀에 박힌 상징체계에 지나지 않는다고 단언했으며, 후자는 절망 속
에, 언어를 신에게서 받은 선물이라 말한다. 그러나 앞에서 기술했듯이 비코

는 합리주의자여서, 언어의 자연스럽고 필연적인 발전을 알아차리고 있었다. 태초에 말이 없었던 형식에서 언어는 몸짓이었다. '바다'를 말하고 싶을 때는 바다를 가리켰다. 그리고 애니미즘이 널리 퍼지면서, 이 몸짓을 '넵튠'이라는 말이 대신했다. 비코는 자연·도덕·경제에 걸친 인간생활의 모든 필수단어가, 3만 개에 이르는 그리스 신들의 이름으로 표현되고 있다는 사실에 주의를 기울이라고 말한다. 이것이 호메로스가 말하는 '신들의 언어'이다. 시 단계를 거쳐 추상어·전문어가 풍부하고 고도로 교화된 전달수단에 다다르는 이러한 언어 발전은, 사회의 발전과 마찬가지로 우연에 좌우되지 않는다. 말은 사회 발전단계처럼 스스로 발전하고 움직인다. '숲—오두막—마을—도시—학교'가 한 줄기로 발전을 거친 것이며, '산—평야—강가'도 한 줄기 발전을 거쳤다. 모든 말은 심리적인 필연성에 따라 전개된다. 라틴어 Lex를 예로 들어보자.

1 Lex=떡갈나무 열매
2 Ilex=떡갈나무 열매가 열리는 나무
3 Legere=모으다
4 Aquilex=물을 모으는 사람
5 Lex=종족들의 모임. 공개 집회.
6 Lex=법률
7 Legere=문자를 모아 말을 만들다. 읽다.

어떤 말이라도, 그 뿌리는 언어에 앞선 어떤 상징으로 거슬러 올라갈 수 있다. 초기 단계에서 이처럼 개별적인 것에서 보편적인 것을 이끌어내지 못하여 '전형'이란 말이 생겨났다. 이는 유아적인 심리라 할 수 있다. 유아는 처음 알게 된 사물 이름을 그와 비슷하게 인지한 다른 것으로 넓혀 나간다. 초기 인류도 '시인' 또는 '영웅'이라는 추상개념을 생각해 내지 못하고, 모든 영웅은 최고의 영웅과 연관시키고, 모든 시인은 최초의 시인과 연관시켜 이름을 지었다. 원형이름에 따라 많은 개인 호칭이 결정된다는 원리를 알면, 신화나 고전에 나오는 온갖 수수께끼도 밝혀진다. 헤르메스는 이집트 발명가의 원형이며, 위대한 입법가 로물루스, 그리스 영웅 헤라클레스, 그리고 호메로스가 그렇다. 이렇듯 비코는 언어의 자연발생설을 주장하고, 시와 언어의 이원론을 부정한다. 마찬가지로 시는 기록된 문자의 기초이기도 하다. 옛날 언어가 몸짓으로 이루어지던 시절에는 듣는 이와 읽는 이는 같았다. 그가 말하는 신성한 언어인 상형문자는 깊은 사상을 신비적으로 나타내기 위해 철학자가 생각해 낸 것이 아니라, 원시민족의 공통필요에 따른 것이었다. 간편함은 문명이 한참 진보한 단계에서 알파벳이라는 형식으로 나타나기 시작한 데 지나지 않는다. 이 점에서 비코는 적어도 암암리에, 문자로 쓰는 것과 직접적인 표현을 구별하고 있다. 이런 의미의 직접적인 표현에서, 형식과 내용은 뗄 수 없는 관계였다. 그 예가 중세의 메달이다. 거기에는 아무런 문자도 새겨져 있지 않았으며, 관습적인 알파벳 문자의 허무함을 말없이 증언하고 있었다. 현대의 깃발도 한 예이다. '시'와 '언어'에서의 이러한 원리는 '신화'에서도 똑같이 적용된다. 비코에 따르면 '신화'는 보편철학적인 공리의 알레고리적 표현(콩티, 베이컨)이 아니다. 히브리민족이나 이집트민족 같은 특정 민족에게서 비롯된 파생물도 아니고, 고립된 시인의 손이 만든 창작물도 아니다. 그것은 사실의 역사적인 진술, 바꿔 말하면 현실적인 현재의 현상—원시인의 마음에서 필요에 따라 탄생되어, 확고하게 믿는다는 의미로서의 현실적인 현상—에 대한 역사적 진술이다. 알레고리는 세 겹의 지적 조작—보편적인 의미를 가진 주제 구성, 설화 형식의 준비, 이 둘을 합치는 기술적인 어려움의 극복—을 필요로 한다. 이는 원시인의 정신이 도저히 미치지 못하는 지적 조작이다. 게다가 만약 신화를 본질적으로 알레고리적 표현으로 파악한다면, 본디 사실의 진술로서 만들어진 그 형식을 인정할 의무가 없어지고 만다. 그렇지만 이 신화의 실제 창조자들이 신화의 액면 그대로의 가치에 신앙을 보태고 있었음을 우리는 알고 있다. 제우스는 상징이 아니다. 무시무시할 정도로 실재하는 대상이다. 알기 쉽고 분명한 객관적 기록 말고 추상적인 것은 전혀 받아들이지 않는 대중에게, 신화를 쉽게 이해시킨 것은 바로 표층의 비유적인 성격이었다.

여기까지, 비코의 약동적인 '언어'·'시'·'신화'론에 대하여 몹시 마음을 졸이고 걱정하며 해설했다. 그래도 비코는 역시 신비주의자로 보인다고 말하는 사람이 있을지도 모르겠다. 하지만 비코가 신비주의자라 하더라도, 어떠한 초월적 요소도 인간의 발전 원인으로 인정하지 않는 신비주의자이며, 그가 말하는 '섭리'는 인간의 도움 없이 스스로 작동하는, 어떤 거룩한 실체 같은 것과는 거리가 멀다.

이제 《진행 중인 작품》에 눈을 돌리면, 이 반사경이 그다지 볼록하지 않음을 깨닫게 된다. 거기에는 작가의 생각을 그대로 드러내는 직접적인 표현이 몇 페이지에 걸쳐 있다. 만약 그것이 이해되지 않는다면, 그것은 여러분이 그것을 이해할 수 없을 정도로 퇴폐해 있기 때문이다. 형식이 내용과 완벽하게 분리되어 있어서 형식을 읽는 번거로움 없이 내용을 이해할 수 있는 게 아니면, 여러분은 만족하지 못한다. 의미라는 더할 나위 없이 궁상맞은 크림을 이렇게 재빨리 낚아채어 섭취하는 것은, 굉장한 지성적 침이 계속 분비된다고 말함으로써 간단히 해결될 일이다. 필연성 없이 제멋대로인 현상만 있는 형식은, 입에 고인 침을 뚝뚝 흘리는 3기나 4기의 조건반사처럼 가까스로 자극하는 역할밖에 할 수 없다. 레베카 웨스트 여사가 모자 세 개를 사서 조이스의 나르시시즘 요소에 대한 통렬한 공격을 준비하는 것을 보면, 여사는 모든 지적 향연에서 언제나 턱받이를 하는 게 좋으리라. 그렇지 않으면 파블로프의 불행한 개보다 침샘을 훌륭하게 억제할 수 있다고 주장하는 편이 나을 것이다. 조이스의 《진행 중인 작품》이라는 제목은 형식이 확고한 내적 결의를 포함하고 있는 좋은 예이다. 그것은 예로 든 것과 같은, 오직 뇌수(腦髓)에 의한 냉소의 일제공격에는 꿈쩍도 하지 않을 것이다. 이 제목에서 10여 명의 깊은 회의를 품은 요수아가 퀸스 홀 주변을 어슬렁거리며, 방금 갈아서 아직 없어지지 않은 손톱 끝으로 가볍게 소리굽쇠를 울리는 그림을 떠올릴지도 모른다. 조이스는 이에 대해 한마디 한다. '하지만 어떤 문서든 오로지 언어의 의미나 심리적 내용에만 집중하고, 그것을 감싸고 있는 것 자체가 그 내용을 설명하고 있다는 점을 소홀히 하는 것도 역시 이롭지 않다……' '여성의 의상이라는 사실이 언제나 존재하는 것과 그 사실보다 더 낯선 여성의 허구가 깊은 곳에 함께 존재하는 것을 누가 의심하겠는가. 더구나 그 둘이 분리될 수 있다는 점과, 둘이 함께 계획될 수 있다는 점, 차례대로 채택하여 따로따로 고려될 수 있다는 점을.'

조이스의 작품에서 형식은 곧 내용이며, 내용이 곧 형식이다. 이것은 영어로 쓰인 게 아니라는 불평도 있다. 하지만 이것은 애초에 쓰인 것이 아니다. 읽히는 것도 아니다. 아니, 단순히 읽히기만 하는 것이 아니다. 보이고 들리는 것이다. 그의 작품은 어떤 것에 대하여 쓴 글이 아니다. 그 어떤 것 바로 그 자체이다(이는 조이스와 정반대의 작품을 쓰는 어느 저명한 영국 소설가 이자 역사가가 파악한 사실이다). 의미가 잠들어 있으면, 언어도 잠이 든다 ('아나 리비아' 장의 마지막을 보라). 의미가 춤추면 언어도 춤춘다. 숀의 목가(牧歌)에서 마지막 장을 예로 들어보자. '나는 사랑의 젊은 거품을 내기 위해, 그녀의 보일락 말락 한 살결의 희미한 모습에 살짝 눈을 스치고, 눈같 이 하얀 가슴의 내 신부에게 단단히 얽매여, 이 속박에 축배의 샴페인을 기 울인다. 그리고 예지로 반짝이는 내 진주로 그녀의 두 거품을 머금고 나는 맹세한다(당신도 맹세하라!). 애처롭게 늙은 덧니를 단단한 아랫배에 가득 찬 둥근 고리에 걸고, 나는 결코 당신의 취향에(알겠나!) 거역하지 않으리 라, 내 구멍이 내려다보는 한.' 언어는 도취되어 있다. 한마디 한마디가 기울 며 거품을 내고 있다. 이렇듯 전체에 가득 넘치는 미적 깨달음을 어떻게 평 가해야 할까. 어쨌든 이 깨달음이 없으면, 끊임없이 형식의 표면에 떠올라 형식 자체로 변하려는 의미를 억누를 수도 없다. 그런데 성 아우구스티누스 가 말하는 인텐데르(이해력)로 우리는 말의 뒤를 좇는다. 단테도 '사랑의 인 테레트(이해)를 지닌 여인들이여'$^{《신생》 및}_{《연옥편》 24곡}$나 '그대 인텐덴드(지성의 힘)로 세 번째 하늘을 움직이는 이여'$^{《향연》 제2편}_{및 《천국편》 8곡}$라 말하는데, 단테가 말하는 인텐 데르는 엄밀한 지적인 조작을 떠올리게 한다. 지금 이탈리아인이 '오 인테소 (알았다)'라 말할 때, 그 뜻은 '오 우디토(들었다)'와 '오 카피토(이해했다)' 의 중간이며, 감각적이고 어렴풋한 이해를 기술한 것이다. 아마 어프리헨션 (apprehension)이 가장 알맞은 영어일 것이다. 스티븐은 린치에게 이렇게 말 한다. '시간적인 것 또는 공간적인 것, 어쨌든 심미적 영상은 처음에는 그와 다른 공간이나 시간의 방대한 배경 아래 자기 경계를 지니고 자기 내용을 가 지는 것으로 선명하게 apprehension(이해)된다…… 그대는 그 전체를 이해하 는 것이다.'$^{《젊은 예술가의}_{초상》 5장}$ 여기서 분명히 해야 할 점이 하나 있다. 그것은 《진행 중인 작품》의 '아름다움'은 공간에만 제시되는 것이 아니라는 점이다. 그 완 전한 이해는 눈에 보이는 것뿐 아니라 귀에 들리는 것과도 관련되어 있다. 공간통일체뿐 아니라 시간통일체도 이해해야 한다. 인용문 안의 '또는'을 '및'으로 바꾸어 보라. 그러면 지금은 죽은 사람이 된 낫 굴드(Nat Gould)의 작품을 '이해한다'고 말하는 것이 매우 엉뚱하듯이, 《진행 중인 작품》을 '읽

는다' 말하는 것이 왜 부적당한지 저절로 밝혀질 것이다. 조이스는 말장난을
교정한 것이다. 덧붙여 말하지만 영어만큼 장난스러운 언어는 없다. 영어는
지긋지긋하도록 추상적이다. doubt(의심)라는 말을 예로 들어보자. 이 단어
는 망설임, 선택의 필요, 정적이며 결단력 없음이라는 감각적인 그림자를 거
의 드리우지 않는다. 그에 비해 독일어 츠바이페르는 결코 그렇지 않으며,
이탈리아어 드비타레도 정도는 덜하지만 마찬가지이다. 조이스는 doubt가
반신반의하는 극도의 정신 상태를 나타내는 데 얼마나 부적당한지를 실감하
고, 그것을 in twosome twiminds(두 겹으로 나눈 마음으로)라는 말로 바꾸었
다. 하지만 세련된 상징 이상으로 단어를 대우하는 것이 중요함을 안 사람은
조이스가 처음은 아니다. 셰익스피어는 부패를 표현하는 데 기름기가 도는
단어를 차례차례 썼다. 'Duller shouldst thou be than the fat weed that rots
itself in ease on Lethe wharf(너는 레테 강변에 썩어 문드러진 보잘것없는 풀
보다 더 둔한 남자이다.'(《햄릿》 1막 5장 32~33줄) 디킨스의 《위대한 유산》의 템스강 묘사에
서는 부드러운 갯벌이 철버덕거리는 소리가 들려온다. 어렵게 느껴지는 이
문장은 언어와 회화의 몸짓에서 원천을 뽑아낸 것으로, 옛 불명료함이 지닌
필연적인 명쾌함으로 가득 차 있다. 여기에서는 상형문자가 지닌 난폭한 경
계가 있다. 여기에서 단어는 20세기 인쇄용 잉크가 지닌 세련된 뒤틀림이
없다. 말이 살아 있다. 말은 서로 팔꿈치로 밀고 밀리며 종이 위에 나타나
잔란함을 너하고 불타오르다가 끝내 힘을 잃고 사라져 긴다. '내 이름은 브
론, 성격은 대범하고 이마는 넓게 빛나며 이목구비는 나무랄 데 없다. 내 새
끼 브라운 베스(옛 병사들이 쓰던 장총)의 입구가 뒤틀린 것은 말끔히 고쳤다.' 브론은 나무
숲 사이를 산들바람과 함께 빠져나와 석양과 함께 사라져 간다. 나무숲의 바
람은 미켈란젤로 대광장의 석양처럼 독자에게는 별 뜻이 없는 것이므로—가
장 받아들일 수 없는 것은 무의미함이므로, 어느 것이든 독자는 받아들이지
만—브론의 이 사소한 모험도 독자에게는 전혀 뜻이 없다—그리고 여기서
도 독자는 무의미함을 받아들이지 못하며, 이제는 받아들이지 않는다. H.C.
이어리거 또한 싸구려 소설이나 쓰는 악당 취급을 받는 데에 만족하지 않고,
이야기 전개의 요청에 따라 다시 언급될 필요가 생길 때까지 사라진다. 그리
고 '이것은 모두 나 H.C. 이어리거에 대한 이야기이다. 이는 전부 나에 대한
이야기임을 잊지 말아라' 말하듯이, 그는 그 규범문자 H.C.E.를 두세 번 순

서를 바꾸는 수법으로 여러 페이지에 걸쳐 그 존재를 암시해 나간다. 이러한 내적이고 기본적인 표현의 활력과 변형은 형식에 커다란 동요를 가져오고, 그것이 이 작품의 연옥 같은 일면에 훌륭히 일치하게 된다. 거기에는 끝없는 말의 수태와 성숙과 부패가 있고, 표현매체의 순환적 역학이 있다. 온갖 표현매체가 이렇게 근원의 경제적인 직접성으로 되돌아가서 이들의 본질이 사고의 구현을 위해 융화된 매체에 녹아들어간다는 것은, 비코가 참으로 순수하게 문체 문제에 적용한 것이라고 말할 수 있다. 하지만 이러한 서로 어긋난 시적 성분으로 된 합성 음료의 증류 같은 것보다 더욱 명쾌하게 비코의 특성이 드러나는 부분이 있다. 주관화나 추상화에 대한 시도를 거의 또는 전혀 볼 수 없다는 것, 그리고 형이상학적 구조화 노력이 전혀 없다는 것이 바로 그런 부분이다. 제시된 것은 모두 개별적인 진술이다. 이야기는 오래전부터 잘 아는 신화, 길을 가는 먼지투성이 소녀, 냇가에서 빨래하는 두 여인 등등이다. 애니미즘이 넘쳐흐른다. 산이 abhearing(출현·엿들음·증오)하고, 강은 흙으로 빚은 짧은 파이프를 즐겨 불어댄다. 〔'먼저 그녀는 머리카락을 풀어헤쳐 늘어뜨렸다(First she let her hair fall and down it flussed).'에서 시작하는 아름다운 한 구절 참조.〕 또 이졸데―모든 아름다운 소녀. 이어리거―기네스 양조장, 웰링턴 기념비, 피닉스 공원, 그 밖에 두 의자 사이에(어중간한) 매우 편한 자리를 차지하고 있는 모든 것. 이러한 '전형'이 보인다. 아나 리비아는 더블린의 어머니이지만, 조로아스터가 오리엔트 문명의 유일한 천문학자가 아니듯이, 유일한 어머니는 아니다. '언제까지나 오래오래 이 행복한 날이 이어지기를. 다시 같은 말을 되풀이한다. 비코의 질서에 따라 또는 진정한 마음으로. 옛 아나, 지금은 리비아, 뒷날 플루라벨. 북방인의 땅이 남방 종족의 것이 되었지만, 얼마나 많은 증복자(增複者)가 스스로 하나하나 만들었는가.' 이제 이것으로 충분하지 않은가. 비코와 브루노는 분명 이 작품에 나온다. 게다가 이렇게 슬쩍 훑어보고 느낄 수 있는 것 이상으로 실질적인 것이었다. 특별한 뜻을 지닌 냉소를 즐기는 이를 위해 조이스의 젊은 시절 논문집《대중의 시대》가 발표되었던 때에 주의를 기울여보자. 더블린 시내 철학자들은 그 논문 첫머리에 나오는 한 구절 'the Nolan'(이는 놀라인(人), 곧 브루노를 말한다)이 누구를 뜻하는지 몰라 당혹해하다가, 끝내 이 정체불명의 인물이 세상에 별로 알려지지 않은 고대 아일랜드 왕이었음을 확인하는 데 성공했다고 한다.

본 작품에서는 매우 훌륭한 더블린 서적문방구상점의 이름 브라운 앤 놀런으로 자주 나타난다.

본론의 주제에 어긋나지 않으려면, 우리는 북쪽의 '아름다운 아르노강에 맞닿은 커다란 마을'($^{〈지옥편〉}_{23곡\ 95}$)로 이동해야 한다……. '그 사람의 시를 보면, 이미 메오니아의 가인(歌人)(호메로스)도 더는 비길 데 없이 뛰어난 유일한 존재라고 말하지 못할 그런 사람'과 '여전히 불충분하고 나쁜 평가를 받은 메모하는 악마…… 셈 더펜먼(Shem the Penman)' 사이에는 정황상 현저한 공통점이 있다. 둘 다 세련된 문장가의 진부한 말이 얼마나 닳아빠지고 케케묵었는지를 알아챘으며, 둘 다 보편적 언어로의 접근을 거부했다. 비록 아직 영어가 중세 라틴어처럼 결정적으로 우아한 필수품이 되지는 못했더라도, 적어도 다른 유럽언어와의 관계에서 영어의 지위는 이탈리아 방언들에 대한 중세 라틴어의 지위에 꽤 근접했다고 단언해도 될 것이다. 따라서 단테가 속어를 쓴 것은 어떤 지방에 대한 사랑에서 그런 것이 아니며, 이탈리아의 구어(口語) 토스카나 방언이 다른 후보보다 뛰어나다고 주장하려는 것도 아니다. 그의 《속어론》을 읽으면, 그가 토착민적의 좁은 소견에서 완전히 벗어나 있음에 감탄하게 된다. 그는 세상에 대고 포터다운($^{북아일랜드}_{지방도시}$) 사람들의 성질을 공격한다. '자신이 태어난 땅이 하늘 아래 가장 훌륭한 곳이라고 믿을 정도로 불쾌하리만큼 도리를 모르는 인간은 누구나 자신의 방언(곧 고향언어)을 다른 깃보다 뛰어나다고 여긴다…… 하지만 세계가 조국인 우리는…….'($^{〈제1부〉}_{6장}$) 그리고 방언들을 자세히 검토하는 단계가 되면 그는 토스카나 방언이 '가장 추하고,'($^{11}_{장}$) '토스카나 사람들은 자신의 타락한 방언에 무신경하며…… 우리가 찾고 있는 방언은 토스카나 사람들이 쓰는 것과 다르다는 점은 의심할 여지가 없다'($^{13}_{장}$)는 사실을 발견한다. 그의 결론은 '언어의 붕괴는 모든 방언에 공통적인 현상으로, 적절한 문학표현 형식으로서 하나의 방언을 선택하는 것은 불가능하다. 속어로 작품을 쓰려는 사람은 모두 그 방언에서 가장 순수한 부분을 추려내어, 적어도 한정된 지역적 관심을 넘어선 통합적 언어를 구축해야 한다'는 것이었다. 실제로 단테는 그렇게 했다. 그는 나폴리 방언으로도, 피렌체 방언으로도 쓰지 않았다.

그는 이탈리아의 모든 방언의 가장 윗부분을 흡수한 방언, 이상적인 이탈리아인이라면 말할 수 있다고 여겨지지만 실제로는 쓰이지 않으며 예전에도 사용된 적 없는 그러한 방언으로 썼다. 이러한 점은 단테와 조이스 사이의 언어 문제에 관한 매력적인 유사설에 대하여 제기될 수 있는 주된 반론, 곧 적어도 단테는 자신의 마을 길모퉁이에서 쓰이는 말로 쓴 데 비해, 《진행 중인 작품》의 언어로 이야기하는 이는 세상천지에 하나도 없다는 반론에 마침표를 찍어 준다. 1300년 무렵 《신곡》의 언어로 이야기할 수 있는 사람은 지역을 초월한 천재뿐이라고 여기듯, 우리는 오늘날 국가를 뛰어넘은 천재라면 《진행 중인 작품》의 언어로 이야기할 수 있다고 생각해도 될 것이다. 우리는 단테의 대상이 라틴어 독자층이었다는 것과, 단테의 시 표현형식이 라틴문학의 눈과 귀에 의해서, 혁신에 비관용적인 라틴문학의 미학에 의해 판단된 것임을 잊기 쉽다. 하지만 그는 ultima regna canam, fluido contermina mundo(유동하는 세계에 인접한 궁극적인 왕국에 대해 나는 노래하리) ^{(본디 라틴어로 쓰기 시작한 〈지옥편〉 첫머리} _{부분. 보카치오 《단테의 생애》 24장 참조})의 기분 좋은 우아함이 '야만적인' 접근성을 가진 Nel mezzo del cammin di nostra vita(내 인생의 길 한복판에서) (_{1곡 1}^{지옥편})로 바뀔 수 있는 데에 초조함을 금할 수 없었다. 마침 영국문학의 눈과 귀가 smoking his favourite pipe in the sacred presence of ladies(부인들을 앞에 두고 망설임 없이 애용하는 파이프 담배를 피운다)는 말을 raucking his flavourite turvku in the smukking precincts of lydias라는 문체보다 선호한다는 사정은 변함없다. 하지만 보카치오는 알리기에리가 꿈꾸던 공작새의 '더러워진 발'을 비웃지 않았다^{(아름다운 공작, 곧 《신곡》이 불결한 땅을 걸었다는, 말하자면 라틴어가} _{아닌 방언으로 썼으므로 발이 더러워졌다는 뜻. 《단테의 생애》 26장 참조)}.

나는 《향연》에서 무척 잘 만들어진 모자를 두 개 발견했다. 그 가운데 하나는 콘사이스 옥스퍼드 사전에는 innocefree라는 단어가 없다고 금세 불같이 화내며, 조이스가 오랜 세월 고생한 영감 넘치는 작업 끝에 구축한 정연한 구조물을 '미친 사람의 허튼소리'라 평가하는, 단일논리주의에 중독된 전원취미를 가진 어리석은 무리가 쓰기에 알맞은 것이다. '이 사람들은 인간이라 부르기보다 양이라 부르는 것이 적절하다. 양 한 마리가 1000피트나 되는 절벽에서 몸을 던지면 다른 모든 양도 그 뒤를 따르고, 또 한 마리가 어떤 이유로 길을 걷다가 뛰면 다른 양들도 아무런 이유 없이 같이 뛴다. 나는 이처럼 예전에 우물에 뛰어든 한 마리 때문에 많은 양들이 울타리를 뛰어넘듯 우물 속으로 뛰어드는 것을 본 적이 있다.' 그리고 다른 한 모자는 언어의 생물학자 조이스가 쓰기에 걸맞다. '이것(형식의 개혁)은 새로운 빛, 새로운 태양이 될 것이다. 이것은 옛것이 저물어갈 때 떠올라, 빛을 비추지 않는 쇠락한 태양 때문에 어둠 가운데 있는 이들에게 빛을 비추리라.' 그리고 조이스가 모자를 깊숙이 눌러쓰고 차양 아래에서 웃지 않도록, '깊은 어둠 속에 있다'는 부분을 '죽도록 지겨워하고 있다'로 바꾸었다. 〔단테는 언어의 발생을 이야기할 때 기묘한 실수를 저지르고 있다. 곧 처음으로 대화를 나눈 사람은 이브이며, 그것은 '뱀'에게 한 말이라는 창세기의 권위를 거부한다. 그 회의적인 태도는 흥미롭다. '이처럼 뛰어난 행위를 남자가 아닌 여자가 먼저 했다고 보기 어렵다.'(《속어론》제1부 4장) 이브가 태어나기 전부터 '동물의 이름은 모두 아담이 지었다.' 아담은 '구스(거위)'에 대해 처음으로 '구'라고 말한 남자'였다. 더욱이 이름을 결정하는 것은 전적으로 아담의 책임이었음을 뚜렷하게 기술한다. 따라서 작품 《주악(奏樂)》이 조르지오네에게 그림도구를 사 준 사람의 은혜를 기리기 위해 쓰였다고 생각하는 데에 아무런 지적 권위가 없는 것처럼, 언어는 신의 직접적인 선물이라는 성서의 권위는 완전히 무시되었다.〕

단테의 강력한 '속어' 변호에 대해 직접적으로 어떤 반응이 나타났는지 우리는 알 수 없다. 하지만 200년이 지나고 카스틸리오네가 라틴어와 이탈리아어로 저마다 이해득실에 대해 더 자세히 밝히고, 폴리티아누스가 《오르페오》와 《기마시합 시편》의 작가로서 존재를 정당화하기 위해 그 무엇도 이보다 더 지루할 수 없을 라틴어 엘레지를 쓰는 것을 보고 어느 정도 짐작할 수 있다. 또한 생각해 볼 가치가 있다고 여겨진다면, 조이스의 작품이 불러일으킨 교회의 폭풍 같은 비난과 《신곡》이 받았을 같은 방식의 취급을 비교해보면 재미있을 것이다. 그 무렵 교황은 '지극히 높은 제우스'(《연옥편》6곡)의 십자가 형벌 및 그것이 나타내는 모든 것은 참을 수 있었을지 모르지만, 매우 가까운 선임자들 가운데 3명이 말레볼제의 불타는 돌 속에 거꾸로 처박힌 모습(《지옥편》19곡 참조)이나 지상낙원의 신비로운 행렬에서 교황직분을 '방탕한 창녀'(《연옥편》32곡)에 비교한 것에는 도저히 호감을 가질 수 없었음이 분명하다. 《제정론(帝政論)》은 지오반니 22세 시대에 베르트랑 추기경의 부추김으로 대중 앞에서 불태워졌다. 그 무렵 유력한 문인 피노 데라 토사의 중재가 없었다면, 저자의 유해마저 같은 운명에 놓일 뻔했다. 조이스와 단테의 비교론 가운데 또 한 가지는, 숫자의 의미에 대한 두 사람의 관심이다. 베아트리체의 죽음이 단테를 고취시킨 것은 그녀 생애에 나타난 3이라는 숫자를 중요하게 다루는 고도로 복잡한 구성의 작품에서였다. 단테는 이 숫자에 홀려 있었다. 《신곡》은 3운구법으로 쓰인 33곡이 3편으로 나뉘어져 있었다. 조이스도 이렇게 말하는 듯하다. 어째서 탁자는 다리가 네 개이며, 말도 다리가 넷이고, 계절도 넷이며, 복음서도 네 개이고, 아일랜드의 주도 넷인가. 어째서 12표법이 있고, 12사도가 있으며, 12개월이고, 나폴레옹 장군이 12명이며, 오토렝기라 불리는 플로렌스에 12명이 있는가. 어째서 휴전 기념은 11월 11일 11시에 축하해야 하는가. 그는 전능한 신이 아니므로 이에 대답할 수는 없다. 하지만 천 년쯤 지나면 대답할 수 있을 것이다. 그 전까지는 어째서 말의 다리는 다섯 개나 세 개가 아닌지를 아는 데 만족해야만 한다. 그는 공통의 수리적 특성을 가진 사물에는 서로 뜻 깊은 상호작용이 있음을 의식하고 있다. 그 관심이 현재의 이 작품에 공공연하게 담겨 있는 것이다. '질문과 답변'의 장과 아이의 뇌리를 통해 네 노인이 말하는 대목을 보라. 네 노인은 아일랜드의 네 주(州)이면서 네 줄기 바람이다. 그와 동시에 영국교회의 네 교구이기도 하다.

마지막으로 '연옥'에 대해 한마디. 단테의 '연옥'은 원뿔형이어서 그곳에는 꼭짓점이 있다. 조이스의 '연옥'은 둥근 형태여서 꼭짓점이 없다. 전자는 현실의 녹지대, 곧 '연옥 이전의 지대'에서 이상적 녹지대, 곧 '지상낙원'으로 올라가는데, 후자는 오르막이나 이상적 녹지대가 없다. 전자는 절대적인 전진과 확실한 성취가 있는데, 후자는 유동, 곧 전진과 후퇴밖에 없으며 외면적인 성취밖에 없다. 전자는 움직임에 분명한 방향이 있어서 한 걸음 나아가면 실제로 전진을 나타내는데, 후자의 움직임은 방향이 없거나 여럿이어서 한 걸음 나아감은 정의(定義)에 따라 한 걸음 물러나는 일이 되기도 한다. 단테의 '지상낙원'은 지상의 것이 아닌 낙원으로 향하는 마차용 대문이지만, 조이스의 '지상낙원'은 바닷가로 이어지는 상인용 작은 문이다. 원뿔형에서는 죄가 그곳을 오르는 움직임에 방해가 되지만, 구형에서 죄는 그곳을 돌아다니기 위한 조건이 된다. 그러면 어떤 의미에서 조이스의 작품을 연옥적이라 할 수 있는가. 그것에는 '절대자'가 절대적으로 빠져 있기 때문이다. '지옥'은 구제와 상관없는 악의, 생명 없는 정적인 상태이다. 또 '천국'은 구제와 상관없는 순결의, 또한 생명 없는 정적인 상태이다. '연옥'은 이 두 요소의 이음을 통해 해석된 움직임과 살아 움직이는 힘의 격류이다. 인류의 악순환이 되풀이된다는 뜻에서, 끊임없는 연옥적인 변화가 일어난다. 게다가 이 악순환은 섞이지 않는 두 요소 가운데 하나가 주기적으로 다른 하나를 억누르는 데서 나타난다. 저항이 없으면 폭발도 없다. 폭발이 없거나 폭발이 있을 수 없다면, 이는 '천국'과 '지옥'이다. '연옥'인 이 땅에서는 '악'과 '선'이 —이를 인간이 크게 대립하는 원인의 어떠한 두 가지를 뜻하는 것으로 보아도 괜찮다—서로 추방당해서(정화되어서) 반란의 영기(英氣)를 기른다. 이렇게 '악'의 또는 '선'의 지배적인 지각(地殼)이 형성되어 저항이 준비되고, 당연히 폭발이 일어나 모든 기구가 움직인다. 그리고 그 이상은 아무것도 없다. 상(賞)도 없고 벌도 없다. 그저 새끼 고양이가 자기 꼬리를 자꾸 뒤쫓는 일련의 자극뿐이다. 그리고 어중간하게 연옥적인 사람은 어중간하게 추방(정화)될 뿐이다.

1994년 출판《율리시즈》학회보 민희식 번역 게재 재수록

열린 시학(詩學)

움베르토 에코

　작가의 거친 어법 때문에, 또 더없이 추악한 수많은 과오 때문에 언어는 문란해지고, 그래서 누가 말하고 있는 것인지, 그 말을 어떤 논의를 통해 증명하려는 것인지 이해할 수도 없다. 전체가 지나치게 커지고, 등한시되어 있는 것만은 분명하다. 하나하나의 요소들이 저마다 요동치니 전체는 마치 상처 입은 뱀처럼 고통스럽게 몸부림치면서 조각조각 분해되고 있다. 다시 말해 우리의 고상한 관습에 따라 얘기하는 것으로는 만족하지 않을 뿐 아니라, 더욱 대담하게 시험해 보려는 것이다. ……게다가 그것은 모든 것을 내포하고 있어, 얽히고설킨 매듭 같이 모든 것을 혼란시키고 있다. 따라서 이에 대해 플라우투스의 이런 말을 적용할 수 있겠다. "정말 이런 것은 무당이 아니고는 아무도 모를 것이다." 이 도깨비 같은 언어사용은 도대체 무엇이란 말인가? …… 모든 것은 시작에 있으면서도, 또 모든 것은 다른 것에 달려 있다. 어디에 일관된 것이 있는지 그것도 알 수 없다…… 게다가 나머지 언어들조차 모든 주제에 어울리는 것이다.

성 히에로니무스, 《요비아누스를 반박함》

　《율리시스》보다 소설기법을 더 많이 파괴하기는 어려울 것이다. 그런데 그것이야말로 《피네건의 밤샘》이, 생각할 수 있는 모든 한계를 뛰어넘고 나아가야만 하는 것이었다. 《율리시스》는 이미 언어의 모든 원천을 길어 올린 것이다. 그런데 《피네건의 밤샘》은 전달의 모든 가능성 저편까지 언어를 이끌어가야만 했다. 《피네건의 밤샘》은 혼돈에 하나의 모습을 부여하기 위한 가장 대담한 시도로 나타났다. 《피네건의 밤샘》은 스스로 '혼돈 속 질서' 및 '소우주'로 정의하고, 안정되지 못한 형식과 애매모호한 의미론에 관한 한 가장 무서운 증명서류가 되었다.

조이스가 1923년에 어떤 계획을 갖고 이런 기획에 뛰어들었을까?

1923년까지 쓴 많은 편지와 천명을 통해서 볼 수 있는, 《진행 중인 작품》에 대한 작가의 엄청난 의견과 비판적 관찰, 설명을 고려한다고 해도 이 물음에 대답하기는 매우 어렵다. 이 작품 퇴고에 지배적인 규범체계였던 《피네건의 밤샘》의 시학(詩學)을 규정하려 해도, 그 뒤 초고와 비교해 보면, 규칙이 점차 수정되어 최종적인 계획은 처음 것과 매우 차이가 있다는 점을 금방 깨닫게 될 것이다.[1] 게다가 《피네건의 밤샘》을 시작하는 데에는 외적인 것에서나 그 이전의 시론적 텍스트에서 도움을 구할 필요가 없다. 작품 자체가 끊임없이 자기규정으로 나타나기 때문이다. 곧 단편 하나하나가 전체를 이끄는 사상을 보여 주고 있다. 이 점에 대해서 조이스는 이렇게 밝힌 바 있다. "아무렇게나 이 책 한 페이지를 펼쳐서 어떤 책인지 한눈에 알 수 있다면 좋겠다는 생각이 듭니다."[2]

사실 조이스의 의도와 주장대로라면 그 계획이 어떤 것인지 명료해지기는 해도 이해하기는 어렵다. 하나의 방향은 주어지지만 의미가 없다. 다시 말해 그가 하고 있는 일은 이해되지만, 왜 그렇게 하는 것인지는 이해할 수 없다.[3] 조이스는 한 권의 책을 준비하고 있다고 쓰고 있다. 제목은 밝히지 않았지만, 이미 생각해 두고 아내에게 털어놓았다. 팀 피네건은 발라드의 주인공이다. 그가 사다리에서 떨어졌는데 사람들은 그가 죽었다고 생각했다. 친구들이 관 주위에서 유쾌하게 밤을 새우고, 한 사람이 시신 위에 위스키를 뿌린다. 그러자 팀이 멀쩡한 모습으로 벌떡 일어나서 파티에 끼어든다. 이

---

* 1 《진행 중인 작품》의 잇따른 초고와 발전에 대해서는 Walton Litz, *The Art of Joyce*, London, Oxford Un. Prees, 1961 제3장 및 부록 참조. 이어지는 각 단편을 비교분석한 예를 보려면 Fred H. Higginson, *Anna Livia Plurabelle-The Making of a Chapter*, Un. of Minnesota Press, 1960. 참조할 것. 다양한 단편적 노트에서 시작된 이 근면한 구성에 대해서는 *James Joyce's Scribblehobble-The Ur-Workbook for Finnegans Wake*, edited by Th. E. Connolly, Northwestern Un. Press, 1961. 참조. "《F.W.》는 쓰인 것이 아니라 구성된 것이다." 조이스 계획의 처음 안정성에 대해서는 August Suber와의 대담(F. Budgen, *James Joyce*, in Horizon, 3~1941에 기술되어 있다) 참조. 조이스는 슈버에게 이렇게 밝혔다. "이것은 마치, 거기서 무엇을 발견할 수 있을지 모르면서도 다양한 길을 통해 다가가려고 하는 산과 같은 것입니다."

* 2 Richard Ellmann, *James Joyce*, Oxford Un. Press, 1959, p. 559.

* 3 이하, 여기서 인용하는 증언은 엘먼이 쓴 전기 제31, 32장에서 인용한 것이다. 이 밖에도 더 많은 상세한 내용을 이 책에서 볼 수 있다.

제목에 영어의 일반적인 소유격(Finnegan's)이 들어 있으면 안 된다. 왜냐하면 《피네건의 밤샘》이 아니라, 조이스 자신이 암시하고 있는 것처럼 피네건 집안(the Finnegans)의 밤샘, 또는 불특정하거나 개별적으로 명시되지 않은 피네건 집안 누군가의 밤샘이기 때문이다.

따라서 이 책 주인공은 특정한 한 사람이 아니라 여러 인물이다. 또, 그것은 Finn again, 곧 '돌아오는 핀'이다. 이 핀은 283년이나 살았다고 전해지는 아일랜드 신화 속 영웅 핀 매쿨이며, 《렌스터서(書)》를 신뢰한다면 서기 3세기에 실존했던 인물이다.[4] 따라서 핀은 동시에 과거 모든 영웅의 화신이다. 그가 돌아오는 것은 조이스가 실추와 소생의 관념과 연관짓고 있는, 하나의 신의적(神意的) 원리가 영원히 돌아오는 것과 같다. 작자에 의하면, 이 책은 리피 강가에서 잠자고 있는 핀의 꿈이다. 그것은 꿈이라는 형식 아래, 아일랜드의 과거, 현재, 미래 모든 역사를, 또 그것을 통해(《율리시스》에서는 더블린을 통해) 인류 전체 역사를 다루어야 한다.

블룸 이야기와 마찬가지로 이 이야기도 '저마다'의 이야기다. 그러나 이번에는 원형의 재림(따라서 핀, 토르, 부처, 그리스도의 재림)이 이루어져야만 하는 것은 더블린 교외 차펠리조드 술집 안이다. 즉 H.C. 이어리위커 가게다. 그리고 그 이름 머리글자 H.C.E.에는 수많은 의미가 있지만[5] 특히 Here comes everybody(모든 사람이 이곳으로 온다)를 의미한다. 곧 이것은 H.C.E.가 리피(자연의 화신, 사물의 영원한 윤회의 화신)의 재화신(再化身)인 아내, 아나 리비아 플루라벨과 쌍둥이 두 아들(셈과 숀)과 함께 재현한 인류 전체 이야기이다. 작가인 셈은 내성적이지만 동시에 탐구와 변화에도 관심이 있다. 숀은 우편배달부로, 외향적이고 세계 사물에 열려 있지만 동시에 보수적이고 교조주의적이다(현대 언어로 말하면 그들은 '비트'와 '스퀘어' 같은 대립을 가리킨다).

그런데 이 책이 전개됨에 따라 알게 되는 것은, 그러한 인물 가운데 어느 누구도—피네건을 비롯하여—같은 인물에 머물러 있는 것이 아니라, 일련

---

*4 Frances Motz Bolderefe, *Reading F.W.*, London, Constable & Co, 1959, Ⅱ, *Idioglossary*, p. 99. 참조.

*5 Henry Morton Robinson. *Hardest Crux Ever, in A J. J. Miscellany*(M. Magalaner ed.) 2nd Series, Southern Illinois Press, Carbondale, 1959, p. 197~204 참조. 여기에는 HCE의 조합문자에 대해 216가지의 해석이 제시되어 있다.

의 변신을 보여주는 원형처럼 끊임없이 자기 자신을 바꾼다는 사실이다. 그리하여 셈=숀의 한 쌍은 그 이름을 끊임없이 바꿀 뿐만 아니라, 계속해서 카인과 아벨, 나폴레옹과 웰링턴, 조이스와 윈덤 루이스, 시간과 공간, 나무와 돌의 화신이 된다.

작자의 의도는 아직 뚜렷하지 않다. H.C.E.는 실추한 원죄의 주인공이며, 그것이 책의 축어적(逐語的)인 전개(그런 것이 있다고 한다면) 속에서는, 피닉스 공원을 무대로 한, '엿봄'이라는 이해할 수 없는 범죄가 된다(아마도 사실은 블룸의 경우와 같은 노출증이거나, 아니면 뭔가 다른 성범죄 행위일 것이다). 이 죄가 재판의 원인이 되는데, 거기서는 네 사람의 노인(4복음사도, 그러나 또 17세기에 《편년사》를 편찬한 아일랜드 역사의 4학자이기도 하다)과, 온갖 고소인, 온갖 증인, 그리고 아나 리비아가 말하고 실제로는 셈이 써서 숀이 가지고 있던 것을 한 마리의 암탉이 퇴비 속에서 찾아낸 편지가 문제가 된다. 이야기는 밤의 상황에서 전개되는데, 날이 밝으면서 그 꿈이 끝났음이 알려지며 모든 것이 다시 살아나는 한편, 이야기는 처음으로 다시 돌아감으로써 끝난다.

이상이 최대한으로 단순화한 《피네건의 밤샘》의 도식이다. 여기서는 매우 많은 역사적 사실, 출전, 기본적인 인물의 모델과 그 변형, 또 조이스가 처음 계획안의 명쾌함과 상대적인 단순함에서 출발하여, 점점 밀도가 높고 복잡한 텍스트에 다다르기 위해 저술 과정에서 끊임없이 모아서 쌓아놓은 모든 것, 그리고 말의 내면 깊숙이 그 어원 자체에 뿌리내리고 있는 복잡함 같은 것은 신경쓰지 않았다.[6] 조이스가 《율리시스》에서 하루의 이야기를 쓰려고 한 이상, 그는 애초에 《피네건의 밤샘》이 하룻밤 이야기가 된다는 것을 알고 있었던 것이다. 꿈의(그리고 잠의) 관념이 처음부터 작품의 전반적인 계획을 지배하고 있다—다만, 이 작품 자체가 마치 작자 자신이 마작 퍼즐을 만들어 가고 있는 것처럼 매우 완만하게 유기적으로 구성되어 가는 것이다.[7]

"나는 언어를 잠재워 버렸다", "나는 영어의 극한까지 도달했다." 조이스

---

*6 *1의 리츠(전게서)의 분석을 통해, F.W.를 집필하면서 단순함에서 복잡함으로 발전하는 과정이 눈길을 끈다.

*7 이를테면 Harriet Shaw Weaver에게 보낸 1923년 10월 9일의 편지(*Letters of J. Joyce*, collected presented by Stuard Gilbert, London, Faber & Faber, 1957 참조.

는 자기가 쓰고 있는 작품을 이러한 말로 얘기했다. 그는 계속 말한다.

"밤에 대해 쓰면서, 나는 말을 통상적인 관계에서 사용하는 것이 실제로 불가능했고, 또 가능하지도 않음을 느끼고 있었다. 그런 식으로 쓰면 그러한 말들은 사물이 밤 동안, 의식, 반의식, 이어서 무의식이라는 각각 다른 단계에서 어떻게 되어 있는지 표현되지 않는다. 나는 말이라는 것을 본디 관계와 연계하여 사용하면 그런 일이 불가능하다는 것을 발견했다. 그러나 해가 떠오르면 모든 것은 다시 밝아진다."[*8]

조이스는 프로이트와 융이 중요한 저서들을 발표하고 있었던 시기에 취리히에서 살았던 적이 있다. 그는 정신분석학의 아버지들이라 칭해지는 저들에 대해서는 거의 관심을 보이지 않았다. 그러나 엘먼은 꿈의 실험에 대한 그의 극단적일 정도의 예민함에 주목했다. 《피네건의 밤샘》은 꿈의 논리에 따르고 있다. 수많은 등장인물의 신원이 혼동되고 뒤섞이는 반면, 단 하나의 관념과 어떤 똑같은 사건의 기억이 서로 기묘한 관계에 의해 연결되어 있는 일련의 상징 속에 투영되어 있다. 그에 따라 말은 매우 자유분방한 방법으로, 또 절대로 어울리지 않는 관념을 떠올리게 하는 방식으로 서로 연결되어 있다. 다시 말하면, 이것도 꿈의 논리이기는 하지만, 그것은 어떤 전례를 볼 수 없는 언어적 비합리성을 보여주고 있다. 조이스는 교회가 결말을 바탕으로 창설되었다('너는 베드로이고……'(마태복음 16장 18절))는 것을 조이스는 일깨웠는데, 그러한 예가 그의 눈에는 의심할 여지없이 정당화의 충분한 이유가 된 것이다.

따라서 "꿈의 미학에—꿈속에서는 온갖 형태가 확대 증식되고, 환각이 사소한 것에서 묵시적인 것으로 변하며, 뇌가 어원을 이용하여 다른 말을 만들어내기에—자기의 환각, 우의(寓意), 암시에 이름을 부여할 수 있는 말을 만들어내는데."[*9] 그러한 꿈의 미학에 자기 책이 부합한다고 조이스는 결론지었다. 처음부터 《피네건의 밤샘》은 애매함과 변신의 밤의 서사시, 죽음과 만물 부활의 신화라는 모습을 보여 주게 된다. 그 속에서는 한 사람 한 사람의 인물과 하나하나의 언어가 다른 모든 인물과 말을 대신한다. 그로 말미암아 모든 사건의 분별은 그다지 뚜렷하지 않으며, 그리하여 하나하나의 사건

[*8] 엘먼, 전게서 p. 559.

[*9] 동 p. 559.

은 어떤 기본적인 통일의 형태로 다른 사건들을 포함하게 된다. 더욱이 그 통일은 서로 반대되는 여러 요소의 대결과 대립을 배제하지도 않는다.

비코의 주기(周期) 시학

조이스가 무엇을 하고자 했는지 살펴보았으니, 이제 남은 것은 그가 그러한 길을 나아가기 시작한 이유를 밝혀야 한다. 《피네건의 밤샘》의 계획은 《율리시스》와의 관계에 있어서 얼마나 혁신적인 것이었을까?

《율리시스》가 우리가 증명하고자 한 대로 버려진 세계의 여러 형식과 새로운 세계의 무질서한 실체 사이의 역설적인 균형을 밝혀주는 것이라면, 《피네건의 밤샘》은 가장 적절한 질서의 계수(係數)를 작자가 그 내부에서 찾는 혼돈과 다양성 자체의 표현이 될 것이다. 조이스가 그러한 기획으로 이끌렸던 것은 비코를 읽으면서 문화적 체험을 했기 때문이다. '독서'는 '수용'을 의미하지 않는다. 그 자신이 분명하게 확언했듯이, 조이스에게 있어서 비코는 그가 '신뢰하는' 철학자가 아니라, 그의 상상력을 자극하고 그에게 새로운 지평을 열어주는 작가이다. 《율리시스》에서 자기가 체험한 생활을 완전한 자연발생성 속에 포착하는 데 성공하고도, 그것을 이질적인 문화의 그물 속에 가두고자 하는 수단에 의지할 수밖에 없었던 조이스는 비코와 함께 새로운 전망을 발견한다. 이미 몇 년 전부터 비코가 알고 있기는 했지만, 그는 새로운 책을 계획하면서 그의 책을(특히 《신과학 원리》) 더욱 자세히 읽어볼 필요를 느꼈다. 1926년에 그는 이렇게 썼다. "나는 비코의 이론을 좀더 가볍게 받아들여서, 나에게 도움이 되는 한도 안에서 그것을 이용하고 싶었다." 그런데 그것은 조이스의 눈에 점점 중요하게 비치게 되어, 그의 인생의 다양한 단계에 각인되었다.[10] 하는 수 없이 그는 비코의 이론을 자신이 현대의 철학과 과학에서 흡수한 것과 연결시키고 만다. 1927년의 편지 속에서, 꽤나 난해한 문장을 통해 비코의 이름을 크로체의 이름뿐만 아니라 아인슈타인의 이름에까지 연관지어 거명하고 있다.[11]

비코에게서 조이스가 감명을 받은 것은, 우선 세계의 질서를 외부가 아니라 사건의 핵심 속에서, 또 역사의 실체 속에서 구했다는 점이다. 다음으로는

---

[10] 해리어트 쇼 위버에게 보낸 1926년 5월 21일의 편지 참조. (프랑스어역 서간집 p. 293)
[11] 마찬가지로 비버에게 보낸 1927년 2월 1일의 편지(프랑스어역 p. 305)

역사를 진보와 반복의 교체로 생각한 것이다. 그러나 조이스는 이 마지막 이론을 약간 거칠기는 하지만 전체의 순환적 성격이라는 동양적 주제와 연관지었다. 따라서 《피네건의 밤샘》의 줄거리 속에서는 반복이라는 역사학적 이론은 오히려 일종의 '영겁회귀'라는 주술적 일면으로 나타나 있다. '발전'의 국면은 순환적 동일성, 원형의 끊임없는 되풀이 때문에 희생되어 있다고 본다. 조이스는 여기서도 그의 모든 사상적 선택의 근원에 숨어 있는 철학적 뒤섞임을 보여주고 있다. 그는 그것을 솔직하게 인정하고, 비코의 저작은 그의 상상력에 자극제가 된 해도, '학문'적 가치는 없다고 생각한다고 밝혔다.

비코는 또 그가 브루노와 니콜라우스 쿠자누스한테서 빌려온 온갖 관념을 발전이라는 하나의 도식 아래 놓고, 대립적인 모든 명사의 고정된 정체(停滯)를 동적인 틀 안에서 흔들어 보여 주고 있다.

마지막으로 조이스는 비코가 신화와 언어에 부여한 중요성에 의해서도 영향을 받았다. 즉, 원시사회는 언어를 통해 드러난 형태로 그 사회의 사회관을 이끌어낸다는 개념에 근거하고 있는 것이다. 아마도 조이스는, 비코가 그 '몇 명의 거인들'을 상기하게 한 것에 감동하지 않을 수 없었을 것이다. 핀마쿨도 거인이었다. 그들이야말로 처음으로 천둥 속에서 신의 목소리를 듣고 곧 하늘에 번개가 치고 무서운 천둥소리가 울려퍼질 때, 처음으로 그 미지의 것에 이름을 붙일 필요를 느낀 자들이었다.[*12] 《피네건의 밤샘》에서는 첫 페이지부터 《신과학 원리》의 천둥소리를 만나게 된다. 이때의 천둥소리는 이름을 가지고 있고, 언어와 동일시되어 있다. 그러나 아직은 비합리적인 언어인 의성어로 성립되어 있다. 동시에 그것은 이미 고갈된 언어, 문명의 다양한 주기 뒤에 이어지는 야만 시대의 언어이기도 하다. 그것은 이 의성어가 다수의 언어로 천둥을 나타내는 단어들을 병렬함으로써 성립되어 있기 때문이다. "바바바다르가라타캄미나롱콘브론톤넬론투온툰토로바르로운온스콘토오호오호르데넨툴누크!" 조이스의 작품에서는, 천둥소리가 피네건의 추락소리와 일치한다. 이 추락 자체는, 최초의 거인들 시대와 마찬가지로 미지의 것에, 그리고 혼돈에 이름을 부여하려는 시도의 출발점을 나타낸다.

조이스는 아마도 비코한테서 '모든 국민에게 공통된 심적 언어'라는 요구

[*12] 《신과학 원리》 제2편.

를 계승했을 것이고, 그는 이 요구를 《피네건의 밤샘》에서 다국어를 혼용하는 매우 개성적인 방법을 생각해 내어 실현했다. 비코한테서 따온 그 밖의 주제는, 문헌학적 과학의 가치라고 할 수 있다. 이러한 학문은 '여러 언어의 역사적 원천이 틀림없는 관념의 질서에 따라' 사물의 특성과 기원을 다시 찾아내는 것이다. 신화의 근거와 그 문헌학적 해석, 여러 언어의 비교, 심리적 어휘의 발견…… 이러한 어휘를 통해 '실질적으로는 모든 국민들에게 완전히 똑같게 느껴지고 있으면서, 다양하게 수정되어 각각의 언어로 다양하게 해석되어 있는' 사항이 밝혀진다. 수천 년에 걸친 진리가 담겨 있는 말로 전해져 내려오는 이야기들의 연구, 또 그것과 병행하여 '고대의 위대한 잔해'의 수집이 이루어진다. 물론 여기서도 조이스는 이 나폴리 출신 철학자의 명제들을 언어 자체의 장에서 실현했다. 또 물론 그의 시법(詩法)을 단순히 교과서식으로 응용이라고 생각해 버릴 수는 없을 것이다. 그것은 암시가 많은 텍스트를 읽었을 때의 매우 개인적인 반응이기 때문이다.

어쩌면 조이스는 비코가 시에 대해 부여한 '서광적'인 논리라는 정의에 대해서도 감명을 받았을 것이다. 거기서는 아직 사물의 본성을 그대로 이야기하지 않고, '생기를 불어넣은 물질의 환상적인 언어'를 사용하고 있다. "이러한 시적 논리의 필연적 귀결은 최초의 전의적(轉義的) 비유이며, 그것의 가장 명쾌하면서도 가장 필요하고, 또 가장 일반적인 것이 은유이다. 은유라는 것은 의미가 없는 사물에 의미와 정열을 부여할 때 훨씬 더 중요성을 갖게 된다."[*13]

비코가 "자연에게 구원받지 못해 절망하고 있는 사람은 훨씬 더 뛰어난 무언가에 의해 구원받기를 원한다"라고 쓴 것에 대해 조이스가 매료되었다는 것은 의심할 여지가 없다. 그리고 우리가 이미 몇 번이나 인정한, 절충과 자의적인 병렬을 취하여 초월성을 나타내려는 절실함에, 온세상을 단일하게 받아들이는 신의 관점을 결부시킨다. 그러면 지상의 주기는 그 진행과 반복을 계속하면서 어떠한 초월성에도 의지하지 않으며, 그 무한한 전개의 순환적 특성이 받아들여지는 순간 구원의 길이 된다. 다만 동시에 언어의 창조적 가치를 둘러싼 비코의 한 구절이, 자연과 문화적 창조를 같은 것으로 보도록

[*13] 위와 같음.

조이스를 부추기고 있다. 즉 그는 현실을 언어(prononcé)와, 자연의 데이터를 문화의 소산과 동일시한다. 그는 전의적(轉義的) 비유와 은유의 변증법 속에서만 세계를 인정하고, 이미 《율리시스》에서 그랬던 것처럼 그것을 통해서만 '의미를 가지는 사물'의 존재를 확정하고, 또 그렇게 해야만 사물에 '의미와 정열'을 부여할 수 있다.

결말의 시학

지금까지 살펴본 것이 《피네건의 밤샘》의 문화적인 고찰이다. 조이스가 현실의 것을 되돌려놓는 언어의 세계는 인류가 신화, 전승, 고대 단편들 속에 인류 자신의 체험을 나타내고, 의미를 부여한 세계이다. 그는 이 세계의 재료들로 꿈의 혼합물을 만들어, 궁극적으로는, 그 원초적 자유, 그 풍요로운 모호성의 영역 속에서 낡은 전통이라는 폭정에서 벗어난 우주의 새로운 질서를 발견하고자 한 것이다. 최초의 추락은 야만의 조건을 낳았다. 인류가 그 이전의 경험을 되찾는 매우 개화된 야만을. 모든 것은 본원적이고 무질서한 흐름 속에 전개된다. 모든 것은 각각 그 자신의 거울상이며 다른 모든 것과 결부될 수 있다. 어떠한 사건도 신기한 것이 아니라 항상 뭔가 같은 것이 이미 생긴 적이 있으며, 무언가의 관계 확립은 언제나 가능하다.[14] 모든 것은 분해되어 있고, 따라서 또 모든 것은 변형이 가능하다. 역사는 연속과 후퇴의 끊임없는 주기인 이상, 보통 거기서 찾아볼 수 있는 비가역성(非可逆性)을 잃게 된다. 모든 사건은 동시적이고, 따라서 과거, 현재, 미래는 일치한다.[15] 그리고 각각의 것에 이름이 주어져 있고 그것들이 존재하는 이상, 그 속에서 끊임없이 움직이고 변신하는 언어의 유희가 발견될 것이다. 익살이나 결말은 이러한 과정을 유연하게 할 것이다. 그리하여 조이스는 언어를

---

[14] "……어떤 사람이 조이스에게 새로운 잔혹한 사례를 인용하여 이야기하자, 그는 곧 더욱 오래된 다른 예, 즉 네덜란드에서 있었던 이단심문의 기록을 들었다."(엘먼, p. 563). 현실은 어떤 하나의 영원한 규칙의 끊임없는 변화에 지나지 않는다고 한 조이스의 사고에 깊이 뿌리내린 이 신념에 대해서는, 같은 대목에서 여러 가지 암시를 볼 수 있다.

[15] F.W.의 형이상학은 엘리엇의 《사중주》의 그것 — Time present and time past — Are both perhaps present in time future — And time future contained in time past……(현재의 시간과 과거의 시간 — 어쩌면 둘 다 미래의 시간 속에 현재하며 — 미래의 시간은 과거의 시간 속에 들어 있다……) — 과 많은 공통점을 가지고 있다.

지배하기 위해 언어의 광대한 흐름 속에 들어가 언어를 통해 세계를 지배하게 된다.

이미 얘기한 것처럼, 이러한 시법은 이제 설명하여 밝힌 공식을 필요로 하지 않는다. 작품이 일단 완성되면, 하나하나의 단어는 전체 계획의 정의가 되어 있다. 왜냐하면, 각각의 언어 속에는 이미 작가가 전체의 축척(縮尺)에 맞춰서 실현하려고 했던 것이 실현되어 있기 때문이다. 즉 그 세부에 이르기까지 《피네건의 밤샘》은 어디까지나 《피네건의 밤샘》에 대한 이야기인 것이다.

머리말을 살펴보자. 이것은 완벽한 결말이 될 수도 있겠지만, 또한 구조적으로는 중간과 구별이 되지 않는다. 왜냐하면 구별되어서는 안 되기 때문이다.

……riverrun, past Eve and Adam's, from swerve of shore to bend of bay, bring us by a commodius vicus of recirculation back to Howth Castle and Environs……

이 글의 제1차적인 의미는 '표준 영어'로 고쳐서 생각해봤을 때 대강 다음과 같이 될 것이다.

"……이 강의 흐름은 이브와 아담 교회를 지나가면, 해안의 복잡한 곳에서 후미의 완곡부까지, 훨씬 편안해진 길을 통해 우리를 호스 성과 그 주변으로 이끈다……

이 해석은 단지 텍스트의 지리적인 열쇠, 바다를 향한 리피 강 기슭에 사건의 장소를 설정하게 해줄 뿐이다. 그러나 이 문장을 잘 검토하면, 더할 나위 없이 평범한 지정(指定)이 또한 매우 애매하다고 말할 수 있다.[16] 아담과 이브는 리피 강가에 서 있는 교회를 가리킬 수도 있고, 또 성서가 얘기하는 우리의 최초의 부모일 수도 있으며, 여기서는 이 책의 제1페이지부터 시작되는 인류의 모험이라는 1주기(周期)에 대한 도입부로서 위치가 부여되고 있다는 것을 가리킬 수도 있다. 그들의 추락과 속죄의 약속은 팀 피네건의

---

*16 이하의 해석에 대해서는 J. Campbell-H. M. Robinson, *A Skeleton Key to 〈F.W.〉*, London, Faber & Faber, 1947 참조.

글자그대로의 추락, 또 이어 위커의 추락이 되고, 이 후자에 대해서는 '호스성과 그 주변(Howth Castle and Environs)'의 머리글자 H.C.E.가 암시를 주고 있다. 그리고 "여기에 모든 사람이 온다(Here Comes Everybody)"를 의미하는 그 기호는 이 책이 하나의 우주적인 인간 희극, 인류 전체의 역사가 되고 있다는 것을 상기시킨다. 아담과 이브의 이름처럼, 셈과 숀, 마트와 주트, 바트와 타프, 웰링턴과 나폴레옹 등등 여러 쌍의 인물들이 차례차례 사랑과 미움, 전쟁과 평화, 불협화와 조화, 내향성과 외향성을 나타내는 화신의 변증법을 통해, 이 책 전체를 관통하는 극과 극이 맞서 있는 특성도 도입되어 있다. 이러한 암시 하나하나가 문맥 전체의 해석을 위한 열쇠가 되어, 그 하나의 기준 선택이 마치 플라톤의 《궤변가》에서 보이는 디알렉티케의 이원적인 진행과 마찬가지로 다음의 선택을 결정한다. 그러나 어느 하나를 선택한다고 해서 다른 모든 선택이 배제되는 것은 아니다. 오히려 그것은 다양한 상징적 공존의 화음이 함께 울리는 읽기를 가능하게 한다.

그리고 여기서는 다른 어떤 말보다도 세 개의 키워드가 가능한 모든 방향을 부여하는 표현이 되고 있다.

Riverrun은 우리를 《피네건의 밤샘》의 우주 유동성으로 이끈다. 공간=시간적 상황의 유동성, 역사상의 다양한 시대의 중첩, 상징의 애매함, 등장인물들의 교환 가능한 역할, 다양한 성격, 상황의 다양한 의미, 그리고 마지막으로 하나하나의 말이 은유의 형태를 취하고 있다. 그것도 단 하나의 단어가 아니라 여러 개의 단어와 서로 연관되어 다시 하나하나가 각각 그 반대물이 되어 있는 언어장치의 유동성을 이룬다. 이러한 불확정성이 위기의 증인이 되는 조이스적 우주의 실체 자체와 그 위기를 극복하기 위한 수단을 구성하고 있다. 그것은 모든 전통적 본질의 모호함과 소멸을 나타내고 있지만, 동시에 조이스가 비코한테서 따온 역사적 형이상학에 근거한 것이라고 주장하는 새로운 전망을 내보이고 있다.

Vicus of recirculation이라는 말이 바로 역사의 이러한 순환적인 확대를 향한 도입부를 이루고 있다. 그리고 그것은 대립물의 끊임없는 축적과 어떤 것에서 다른 것으로 변해가는 윤회에 정당성을 부여하는 영겁회귀의 형이상학을 통해, 우주의 혼돈스럽고 확실하지 않은 유동성을 다시 고찰할 수 있게 한다.[17]

그러나 독자를 이끄는 vicus '길'(라틴어. 이탈리아어 'vico'의 어원을 이룬다)은 commodius(영어 commodious를 빗댄 것이지만, 라틴어로 commodus의 중성비교급), 즉 훨씬 편한 길, 훨씬 익숙한 길이기 때문이며, 또 훨씬 익숙하다는 것은 하나의 사회, 하나의 문명의 붕괴가 가져오는 위기의 내부에 있는 길일 뿐 그 바깥쪽에 있는 길이 아니기 때문이다. 사실 거기에는 말기의 로마 제국, 저 '퇴폐한 마지막 제국'의 황제 코모두스(Commodus. A.D 161~192. 마르쿠스 아우렐리우스의 아들. 어리석어서 충신에게 암살당했다), 베를렌이 《무기력》에서 "모든 것을 마시고 모든 것을 먹었다. 더 이상 말할 것이 없다"고 썼던 그 황제에 대한 암시가 있다. 《피네건의 밤샘》은 그야말로 새로운 것은 아무것도 말하지 않는다는 것을 원칙으로 하고 있다. 그것은 과거의 문화에서 단절되지 않고 얼마든지 변용할 수 있는 인용으로서, 예전에 얘기된 유산에 대한 짓궂은, 또는 참조를 섭렵하고 낱낱이 시도해 보지 않으면 이해할 수 없는 방대한 은유로서 전개하는 것이다. 중요한 것은, 무엇이 얘기되었는가 하는 것이 아니라 그러한 것이 얘기되고 그것을 얘기하면서, 우주의 온갖 사건의 서로 가능한 관계에 대해 하나의 이미지를 부여하고 있다는 사실이다. 따라서 작품의 이 첫머리의 문장은, 그 밖의 실마리와 함께 두 개의 상반되는 지향의 종합을 포함하고 있다. 한편엔 우주적이고 형이상학적인 해석, 다른 한편엔 박식한 알렉산드리아학파식의 해석, 부활의 이미지와 붕괴의 이미지, 또는 더욱 적절하게 표현하면 언어의 기본적인 핵분열인 이 붕괴로 인해 나타나는 전면적이고 유보되지 않는 수용을 통한 재생의 이미지이다.

언어장치는 문화의 상태를 증언하고 있고, 동시에 우주에 일어나는 사건들 사이의 관계를 밝히고 있다. 그것은 거대한 인식론적 은유이며, 과학이 그것을 해석하기 위해 실천적인 방법으로 이용하는 모든 관계의 언어에 의한 치

＊17 F.W.의 단어 또는 문장 속에는 끊임없이 비코와 관련된 조합이 있어, 주기적 도식을 연상시키는 역할을 하고 있다. p. 1의 네 번째 줄에서 트리스트럼 씨가 had passencore rearrived 했다고 조이스가 쓸 때, 그는 pas encore and ricorsi storici of Vico('아직 도착하지는 않았지만, 다시 찾아올 비코의 역사적 반복'이라는 정도의 의미인 듯)라고 말하려 한 것이다. (그 자신이 해리엇 쇼 위버에게 1926년 11월 15일에 쓴 편지에서 이렇게 썼다. 서간집, 프랑스어역 303p). 다른 예를 하나 들어보자. Teams of time and happy return. The seim anew. Ordovico or viricordo. (Ordovico : lat. ordo(=order)＋Vico ; viricordo : it. vi ricordo(=I remember you)) (F.W., p. 215—아나 리비아의 에피소드). 또는 an admirable verbivicovisual presentment(p. 341) 등등.

환이다. 스콜라학파적인 '질서'의 흔적은 이제는 완전히 사라져 버렸다.

공개된 작품의 시작

질서는 다양한 질서들의 동시적 존재가 되었다. 자신의 질서를 선택하는 것은 독자 각자에게 달려 있다. 《피네건의 밤샘》은 공개되어 있는 작품이다. 이런 의미에서 이것은 차례차례 자기를 정의하여, Scherzarade(scherzo 즉 '농담' charade('문자 수수께끼') 한 단어를 각각 의미가 있는 부분으로 분해하여 전체를 알아맞히는 놀이), 그리고 세헤라자드(Scheherazade)의 이야기(즉 《아라비안나이트》), vococyclometer(비코적인 주기의 계측기), collideoscope(충돌(collision)의 만화경(kaleidoscope)), proteiformograph(다형적 변용서법), polyhedron of scripture (다면체적인 성비문경전)라고 하고, 또는 meanderthale(우회(meander)를 포함하는 이야기(tale), 미로상의 계곡, thal은 독일어로 '골짜기'를 의미한다. 원시의 미궁으로 네안데르탈인에 대한 암시가 들어 있다. 이 의식의 여명기의 인류에 대해 비코가 품고 있었던 관념에 의하면, 그것은 명백하게 '완전한 경악, 완전한 야성(野性) 그 자체'이다)이 되어, 결국은 doublecrossing twofold truths and devising tingling tail-words의 작품, 즉 의미의 이중성과 혼합에 대한 부름의 소리를 발견할 수 있는 작품이 되는 것이다.

그러나 이 작품의 가장 완전한 정의—또 다른 점에서는 이 작품은, lapsus ('잘못 말함' '잘못 씀'이지만, 라틴어의 본래의 의미는 '미끄러지는 것' '미끄러져서 넘어지는 것' 즉 a slip)라는 관념과 《잠자는 숲속의 미녀》이야기, 그리고 꿈의 잠꼬대와의 연상 작품에 의해 slipping beauty라 정의되어 있지만 이것은 그 독해가 불가능한 편지 속에서 볼 수 있다. 독해가 불능한 편지, 왜냐하면 마치 이 책과 마찬가지로 이 책이나 이 편지가 마치 하나의 이미지가 되어버린 우주처럼 수많은 다양한 의미로 해석할 수 있기 때문이다. 이 편지 전체의 의미에 대해, 그 문장 하나하나의 의미에 대해, 또 문장 속에 또는 그 자체로서 존재하는 언어 하나하나의 의미에 대해, 무한하게 생각해 볼 수 있다. 그러면서도 그 전체는 논의의 여지가 없는 권위를 가지고 있다. 즉, 'Alle(일=영국 'all', '우주·만물')의 이 우주적 혼돈 속에서 불쾌한 울음소리와 함께 게걸스럽게 삼켜져버린 칠면조와 조금이라도 관계가 있는 인물과 장소와 물건은, 모두 시간의 각 부분을 각각 움직이고 변화시키고 있었다.' 그리고 이 '내면적인 사람들의 변함없는 독백' 속에서는 '에트루리아인들의 확고하고 고상한 말과 논의의 표현에서 약간 영향을 받은 동고트적이고 정통적인 오류 표기 (cacography 'GK. Kako-ː 'bak'. 'ill'ː 그러나 또 kakaː '앵무새'의 일종. 그리고 'Ostrogothio kakography'→'orthoraphy' 등), 요컨대 거의 줄이 끝날 때마다 상식에 어긋나는 것'을 볼 수 있다. 이 '쓰라린, 어떤 기묘한 과거의 한 점에 대한, 전혀 예기치 못했던, 불길하게 왼쪽으로 돌아가는 회귀, 이것은······ 다음에 이어지는 말을 원하는 대로 어떤 순서로도 해석할 수 있는······ 지리멸렬한, 처음에도 중간에도, 또는 마지막에도 있을지 모르는 것을 암시한다······어물 어물 장황하게 언제까지나 애매한 암시를 수반하고 있고', 또 그러한 암시 속에서 '미끈미끈하여 붙잡을 수가 없고 또 난잡한, 처음과 마지막 말의 결 합적 활용'이 이루어지지만. (그런데, 그 '과거에의 회귀' 속에는) '색깔 있는 리본 의 둥지 속의 들쥐처럼 교활하게, 너저분한 천 주름의 미로 속에 몰래 숨어 있는 말'을 찾을 수 있다. 이 작품은 또 다음과 같이 정의할 수도 있다. '대 명사적 개인명(pronominal+praenominal)에 의해 시끄럽게 얘기되는 유쾌한 장 례식의 흰소리(funferal→funeral, fanfaronade. 그리고 독일 'Fünfer') 단, 다양하게 끊 고 수정하고, 모서리를 쳐내어, 결국은 페미칸(건조한 소고기 등을 썬은 북인디언의 식량)을 채운 고래의 알처럼 잔뜩 채워진, 마치 그 이상적인 불면에 시달리는 이상적인 독자에 의 해, 머리가 가라앉거나 헤엄치게 될 때까지 족히 수백만 번 이상, 영원과 하 룻밤에 걸쳐 콧등을 비비도록 선고받은 깃과 깉은 깃.'*18

---

*18 F.W. p. 118~121. 이상적인 불면증에 시달리는 이상적인 독자를 위해 썼다고 하는 《피네 건의 밤샘》은 점진적으로 이해되어야 한다. 그것이 가진 다양한 의미의 동시적인 나타남 은, 실제적인 평면에서도 생각할 수 없을 뿐만 아니라 이론적인 평면에서도 생각할 수 없 다. F.W.의 시법은 우주적인 작품의 시법이며, 이 속에서는 '시간'의 차원이 공간의 3차원 과 동등한 자격으로 자리를 차지하며 작품에 새로운 깊이를 부여하고 있다. 다만, 포가 《구성의 철학》 속에서 얘기하고, 또 일반적으로 고전적 미학이 얘기하고 있는, 이른바 '읽 기의 시간'이 문제가 아니라는 것을 유념하자. 또 '서술의 시간'도 아니다(이것이 줄거리 상의 시간과 행동의 시간, 현실적 시간과 심리적 시간, '극'이 계속되는 시간과 역사에서 의 시간 사이에 매겨져 있는 모든 구별도 포함하여). 여기서는 작품의 양상을 조건으로 하는 '계속되는 재독(再讀)'이 되풀이되는 동안의 시간을 말한다. 즉, 작품을 수정하는 시 간, 진화의 시간, 양상A에서 양상B까지, 또 마찬가지로 작품이 보여주는 일종의 차이가 문제이며, 게다가 그 진화에는 기한이 없고 그 가능성에는 결론이 없다.

길게 이어붙인 이 인용은 이것에 자의적인 순서를 강요하고 있는 것은 분명하지만, 그래도 이 책은 이러한 재구성도 견디고, 또 그것을 조장까지 하도록 씌어 있다. 또 어떤 하나의 말에 포함되어 있거나, 두 개의 말이 병치되면서 생기는 암시들을, 이러한 인용들을 읽거나, 또는 읽기를 강요당하고 있는 사람들이 대부분 간과하리라는 것도 마찬가지로 확실하다. 아마, 그것은 작자 자신도 깨닫지 못할 것이다. 그는, 어느 정도 복잡함을 갖춘 기계가 다 그렇듯이, 제작자의 최초의 의도를 능가할지도 모르는 암시용 기계장치를 완성한 것이다. 그러나 문장마다의 정확한 의미와 단어의 의미를 파악하도록 독자를 강요하는 것은 아무것도 없다. 설령, 감지되는 모든 의미 가운데서도 어느 하나가 가장 만족스러운 것으로 여겨진다 해도 이 텍스트가 지니는 힘은 바로 그러한 의미에만 국한되어 있는 것이 아니다. 말하자면, 그렇게 언제나 존재하는 모호함 속에 깃든 무수한 의미들 모두가 각각의 선택에 정당성을 부여하면서도, 결코 어느 하나에 강요된 상태가 아닌, 끊임없는 울림 속에 텍스트의 힘이 있는 것이다.

Sanglorians라는 말을 들어보자. 이 말은 혼란스럽고 매우 오래된 전투(개구리들과 둥, 서고트족, 켈트인 각 파를 무기소리, 함성과 포성의 난무 속에 서로 대치시킨다)의 문맥 속에 놓여 있다. 이 말 속에는 sang(프랑스어 '피'), sanglot(프랑스어 '오열'), gloria, glory 그리고 glorians 등의 어근을 볼 수 있고, 다시 sans(프랑스어 '……없이')의 암시에 의해 중화되어 있다. 즉 이것은 '너희, 영광도 얻지 못하면서 싸우는 자'라고도, '피와 영광 속에'라고도, 또는 '오열과 피와 영광 속에'라고도 해석할 수 있다. 하지만 '오열도 없고, 피도 없고, 영광도 없다'는 의미가 아니라고 보았을 때만 그렇다고 볼 수 있는 것이다. 이상과 같은 모든 것에서 남는 것은 무엇일까? 그것은 이 전투를 둘러싼 감정, 전투라는 것에 대한 관념, 그리고 거기에 들어 있는 모든 모순된 감정과 관념, 또 소음의 존재나 모든 가치와 정열의 대립으로서의 전투이다.[*19] 셈과 숀 사이의 다양한 대립에 대해서도, 또 그 다양한 나타남에 대해서도 마찬가지이다. 셈은 나무와 동일화하는데 나무는 성장이고 변화이며, 미래를 향해 끊임없이 열려 있는 의미이다. 반대로 숀은 그리스도교 교의의 불변성이 그 위에 놓여 있는 그 돌이고 확정성이며, Summa (토마스 아퀴나스의 《신학대전》 Summa theologiæ ; summa는 '합계, 총액', '전체')이고, 또 동시에 펠리시테인(속물)적, 부르주아적 완고함, 이해와 발전의 불가능성이기도 하다. 조이스는 이러한 모든 것에 아무런 계급적 서열도 정하지 않았다. 대립만이 유일한 가치로 남는다.

'COINCIDENTIA OPPOSITORUM'〔대립물의 일치〕

'우편배달부' 숀이 '문인(文人)' 셈을 고소하는 장(章)에서 The Ondt and the Gracehoper(The Ant and the Grasshopper)의 우화를 얘기한다. 즉 《매미와 개미》(이솝의 《개미와 베짱이》를 라퐁텐이 새로 쓴 것)이다. 숀은 선견지명이 있는 개미와 동일화되어 셈 안에 있는 매미의 무심함을 경멸한다. 그러나 여기에 나오는 숀의 논의 속에서 조이스는 '베짱이'를, 미래와 성장과 발

＊19 그 외에도 많은 예를 인용할 수 있다. 트리스트럼 씨의 전쟁은 peninsolate war라고 불리는데, 이것은 late war of penis, penisolate war 그리고 peninsular war를 종합한 표현이다. 최초의 암시는 숀과, 다음은 셈과 관련되고, 마지막은 웰링턴과 나폴레옹의 대립(즉 '반도전쟁')을 연상시키면서 그들의 대조적인 성격을 나타내고 있다.

O phœnix culprit(p. 23)의 기원도 역시 암시로 가득하다. O fenice colpevole(이, "오, 죄 많은 불사조여")에서 성 아우구스티누스의 'O felix culpa'("오 행복한 죄여" 성 아우구스티누스의 설법에서 인용한 성토요일 찬가의 한 구절. 아담과 이브가 저지른 죄를 통해 인간의 속죄가 가능해졌다는 뜻)에 이르기까지, 다양한 조회(照會)의 그물눈이, H.C.E가 리닉스 공원에서 저지른 죄를, 아담의 그것처럼 행복한 죄를 불러일으킨다. 이것은 그 죄가 이야기(이스투아르)(속죄의 역사가 아니라, F.W.의 이야기)의 시작을 가능하게 하기 때문이다. 순환적인 이야기(이스투아르)로, 그것 때문에 불사조(피닉스)처럼 끊임없이 소생하는 이야기이다. 따라서 여기에는, 동시에 그리스도교적 조회, 비코에 관한 암시, 더블린에 관한 암시, 나아가서 성토요일 예배식의 암시까지 있다. 레빈(Harry Levin, *James Joyce*, New Direction Books, Norfolk, Connecticut, 1941, p. 157)은 여기서 단테적인 '4층의 의미'—문학적, 도덕적, 우의적(寓意的), 신비적인 의미의 완전한 중첩을 보았다.

F.W.를 Jungfraud Messongebook으로 보는 정의(定義)는 또 하나의 암시의 광맥이다. Jungfrau, Jung, Freud, Fraud, mensonge(프랑스어 '거짓말') 그리고 message……요약적 해석을 시도하면 이렇게 될까, '무의식의 암시에 의지하고, 일련의 사기꾼적인 거짓말을 늘어놓는, 처녀처럼 순수하고 깨끗한 복음서'. 그러나 이 '읽기'는 다른 읽기의 방법보다 유효한 것은 아니다. 독자는 '열린 형태소(形態素)' 앞에서 자유롭다.

"영어를 사용하는 수많은 사람들에게 ambush라는 말은, bushes 속에 숨겨져 있는 무언가를 느끼게 한다. 마찬가지로 hierachy라는 말 속에는 higher라는 요소를 들을 수 있다"(Dwight L. Bolinger, *Rime assonance and morpheme analysis* in 'Word', aug. 1950). 이같은 현상은 다른 언어에서도 일어날 수 있지만, 영어의 구조는 이 현상에서 특히 유리하다. 조이스적 '곁말(puns)' 읽기에 좋은 입문서로서는 Michel Butor, *Petite croisière préliminaire à une reconnaissance de l'archiped Joyce* 및 *Esquisse d'un seuil pour Finnegan*(*Répertoire*, éd. de Minuit, 1959) 참조.

전을 지향하는 예술가를 찬양한다. 솀은 사실, 나무로 상징되어 있는 것에 비해, 개미의 전통주의적 보수주의는 돌을 상징으로 하고 있고, 그래서 'ant'는 덴마크어로 '악(惡)'을 의미하는 'ondt'가 된다.*20

'은총을 바라는 남자'는 날마다 팀 피네건의 담시 같은 담시를 노래하면서 (다시 말해, 《피네건의 밤샘》을 짓고) 지내고 있다. 과학은 신에 대해서는 아무 말도 할 수 없지만, 예술은 적어도 창조를 찬양할 수 있고, 따라서 세계에 대해 뭔가 얘기할 수 있다.*21 매미가 '조이스식 농담의 씁쓸한 노래'를 부르는 것은 이 때문이다. 개미는 개미대로 매우 진지하다. 그는 더할 나위 없는 '의장(議長)'이며, 일시적인 모험에 반대하여, 공간 최고의 성인 견고함, 그 변함없는 성격을 주장한다.*22 여기서 또 다시 그는 왜 매미가 낭비를 하고 빚을 지는 생활을 하는 것인지 얘기하고, 생각하는 나무*23에 대립하는 돌이 된다. 개미는 '순응하게 된 금욕주의자이고, 아리스토텔레스에 의한 총체적인 합산자'이다. 그에 대해서는 '토마스 아퀴나스적인 학식'이 얘기된다. 매미와 개미는 '합산 불가능'하고, 나무와 돌의 변증법은 아리스토텔레스 철학의 'Summa'가 쓰였다고 해도, 그 속에 남겨질 수는 없을 것이다. 매미는 '참으로 감동적인 성충(成蟲)이며…… 그 만성적인 절망은 시간(chronos) 속을 헤매고 있는 것, 돌의 부동성, 공간의 견고함과는 반대로 역사와 죄sin의 흐름을 수용하고 있는 것'에서 기인한다. 그럼에도 불구하고, 개미의 이상인가 아니면 매미의 이상인가 하는 최종적인 선택은 없다. 그들이 '합산 불가능'하다 해도, 그들은 '서로 보완적이다'. 질서와 모험의 변증법은 모험

─────────────

*20 F.W. p. 415 : Tell me tell me of stem or stone으로, 아나 리비아의 에피소드 속에서 읽을 수 있다.

*21 For if sciencium……can mute uns nought, a thought, abought the Great Sommbody within the Omniboss, perhops an artsaccord…might sing unis tumtim abutt the Little Newbuddies that ring lis panch(p. 415)

*22 Ondt는 여기서는 sommerfool(여름에 일하는 지고한 it. (sommo) 어리석은 자)이 아니라, was thothfolly making chilly spaces at hisphex affront of the icinglass of his windhame(p. 415), 조이스는 여기서 윈덤 루이스를 암시하고 있다. 루이스는 《시간과 서구인》 속에서, 문학에 '시간'이라는 가치가 침입하고 있는 것에 대해 신고전주의적인 논쟁을 전개하고, 고전주의 및 공간의 측정 가능한 성격을 이에 대치시켰다.

*23 ……jingled through a jungle of love and debts and jangled through a jumble of life in doubts …… (p. 416)

의 조건 자체이며, 모험은 최종적으로는 질서를 문제로 삼는다.

《피네건의 밤샘》의 시법에 철학적인 위상을 부여하고 싶다면, 다시 한 번 니콜라우스 쿠자누스와 지오르다노 브루노가 우주의 현실에 대해 생각하고 있는 정의에 도움을 빌리는 것이 최선의 방법이다.*24 《피네건의 밤샘》에서는 '대립물의 일치'가 상반되는 사물의 동일성 속에 해소된다('그러한 것들의 상반되는 성격의 일치를 통해, 식별할 수 없는 것의 동일성(=성性) 속에 혼합물로서 다시 매몰된다' p. 49). 그렇지만, 이 전체성의 바다 속에서 '일치(coincidentia)'가 혼란을 잠재우는 것은 아니다. 오히려 '일치'가 끊임없이 떠오르며 모습을 나타낸다. 거부와 반발력은 편극(偏極)작용을 가지고 있다 ('대립물의 등가물로…… 그 반발력의 유착에 의한 결합으로서 편극작용이 주어져 있다' p. 92). 마치 브루노에게 있어서 각각의 물체에는 '내부감각'이

---

* 24 조이스는 16세부터 18세까지 사이에 브루노를 발견한다. 이 발견의 흔적은 《스티븐 히어로》와 《젊은 예술가의 초상》 속에서 전해진 게치 신부와의 대화 속에서 발견된다. 전기적 조회 (傳記的照會)는 스태니슬로스 조이스(Stanislaus Joyce, *My Brother Keeper*, London, Faber & Faber, 1958, p. 151~153) 및 엘먼(p. 61)이 한 바 있다. 조이스 자신도 《소란한 날》에서 《피네건의 밤샘》에 이르는 그의 작품 전체에서 볼 수 있는 브루노로부터의 인용이나 암시는 제외하더라도, 1903년에 더블린의 《데일리 익스프레스》지에 실린 (나중에 《비평저작집》에 수록) J. 루이스 매킨타이어의 《조르단 브루노》 서평에서, 브루노에 대해 확실하게 말하고 있다. 조이스는 그 속에서 브루노에게는 반대물의 대립이 최종적으로는 통일에 내한 인력(引力) 이성으로 중요치는 않다는 것을 안전히 자가하고 있었음을 보여주었다. 그렇지만 그는 변증법적 운동에 무관심하지는 않아서(F.W.에서의 인용은 거의 전부 이 방향으로 나아갈 것이다), 이 점을 강조한 콜리지의 브루노 해석을 염두에 두고 있다. Every power in nature or in spirit must evolve an opposite as the sole condition and means of its manifestation ; and every opposition is, therefore, a tendency to reunion(*Essays* XIII, *in The Friend*—조이스의 인용은 반드시 정확하지는 않지만 그 이상으로 중요한 것은, 그것이 브루노뿐만 아니라 콜리지와도 관련이 있다는 것이고, 이 콜리지는 그에게 비코를 발견하게 한 것으로도 공헌이 있었음이 틀림없다). 1903년의 같은 에세이에서 한 문장이 조이스의 발전에 있어서 브루노가 차지한 중심적 위치를 확실하게 보여주고 있다. "베이컨과 데카르트 이상으로 그(브루노)야말로 근대철학의 아버지로 간주되어야 한다." H.S. 위버에게 보낸 1925년 1월 1일의 편지 속에서, 조이스는 다음과 같이 쓰고 있다. "그의 철학은 일종의 이원론을 포함하고 있습니다—자연의 힘은, 모두 실현되기 위해서는 자신의 반대물을 만들어내야 합니다. 대립이 재결합을 이끌어내는 것입니다……"(서간집 프랑스어역 271p).
F.W. 속에는 p. 63과 p. 163에서 니콜라우스 쿠자누스로부터의 명백한 인용을 볼 수 있다. 브루노는 백 번이 넘게 나온다(p. ex. : Trionfante di Bestia, p. 303—이것은 브루노의 작품 《승리에 도취된 짐승의 추방(LO Spaccio de la Bestia Trionfante)》에 대한 암시).

있고, 그것을 통해 유한하고 제한된 존재가 그 개체성을 잃지 않고, 감응과 반발력의 법칙에 따라 다른 물체에 끌려가거나 밀려나가면서 전체의 생명에 참여하는 것과 같다. 어떠한 시학의 규칙도, 브루노의 다음과 같은 충고보다 더욱 적절하게 이 조이스의 마지막 작품을 정의할 수는 없을 것이다.

"혼란스러운 다수에서 출발하여 뚜렷하게 구별된 단일성에 도달할 때, 자네는 이 진보를 진정으로 실현할 수단을 자네 자신 속에서 발견할 것이네……형태가 없는 다양한 요소에서 출발하여, 형태와 단일성을 가지고 있던 전체를 자기에게 적합하게 만드는 수단을."[25]

다수성의 수용 그리고 그 축소에서 전체를 지배하는 단일화의 영혼에 이르는 것. 그것이 바로 《피네건의 밤샘》이 실현하는 것이고, 또 그것을 통해 이 작품 자신이 그 자체의 시론(詩論)을 이루는 것이다.

《피네건의 밤샘》에서, 어떤 단어의 의미와 또 그것과 다른 단어와의 관계를 명백하게 하기 위해서는, 작품 전체에 대해 할 수 있는 모든 설명을 염두에 두어야 한다. 거기에 다시 하나하나의 언어들은 이 저작의 의미를 밝히고, 그것에 대한 하나의 전망을 열어주며, 또 할 수 있는 한 다양한 해석의 하나에 의미와 방향을 부여한다. 그러한 상황은 니콜라우스 쿠자누스한테서 볼 수 있는 '포괄' 이론의 미학적인 실현으로 생각된다. 즉, 개개의 사물은 최종적으로는 우주에 대한 하나의 전망이며, 동시에 축소형이므로, 하나하나의 사물 속에 전체가 실현되고, 전체는 개개의 사물 속에 있다는 이론이다. 실현=축소의 관계가 완전하게 동일한 두 개의 존재를 불가능하게 한다. 왜냐하면 각각의 것은 그 자체가 완전히 새롭고 개성적인 방법으로 우주를 반영할 수 있게 하는, 제거할 수 없는 특이성을 지니고 있기 때문이다.[26]

---

*25 《아리스토텔레스 자연학 해석》 Libri physicorum Aristotelis explanati, Opera Latina Ⅲ.

*26 "따라서 모든 것이 모든 것 안에, 또 각각의 것이 각각의 것 안에 존재하고 있는 것은 명백하다. ……사실 어떠한 피조물 속에 있어도, 우주는 그 피조물 자체이고, 또 마찬가지로 어떠한 것도 전체를 받아들이며, 따라서 어떠한 것도 그 자체 속에는 모든 것이 축약된 피조물 자체이다. 설령 실제적으로 각각의 것이 전체일 수가 없고, 또 이미 축약된 것이라 해도 전체가 개개의 것 그 자체인 것처럼, 전체를 끌어들이고 있다"(《학식 있는 무지에 대하여》 Ⅱ, 5). 또 "그러므로, 모든 것은 서로 다르고…… 어느 것 하나도 다른 것과 일치하지 않도록 되어 있어야 한다"(같은 책, Ⅲ, 1).

조이스가 니콜라우스 쿠자누스를 수없이 인용한 것은 우연이 아니다. 왜냐하면, 스콜라 철학의 붕괴와 근대적, 인문주의적인 감성의 탄생에 직면한 역사의 그 결정적인 시기에, 현실의 다방향적 성격, 있을 수 있는 전망의 무한성, 서로 보완적인 무수한 양상에 대응하는 무수한 시각을 통해 완성될 수 있는 보편적인 형상이라는 개념은, 누구도 아닌 바로 이 사람에게 이르러서 명백해졌기 때문이다. 이 새로운 감성의 출현(아직 중세의 그림자가 떠도는 형이상학적인 기운에 잠겨, 또 브루노의 카발라적, 마술적 감성에 비교해도 여전히 근대정신과는 거리가 멀기는 하지만)은 형상의 교체 불가능성과 동의성에 대한 중세적 신뢰의 전멸을 보여준다.

조이스가 니콜라우스 쿠자누스 쪽을 향할 때, 거기서 결정적으로 희생되는 것은 젊은 날 그가 지녔던 모든 토마스 아퀴나스 신학적 미학이다. 성 토마스 아퀴나스에게 있어서, 어느 하나의 형상은 그 뒤에 오는 형상에 대한 일종의 '욕망(appetitus)'을 가지고 있으면서 그대로 동일하게 있을 수 있다. 거기서, 형상에 대한 '의지(nisus)'는 이렇게 우주의 견고함에 대한, 흔들리지 않고 동의적(同義的)이며 긴밀한 공헌을 함으로써, 그 논리적 귀결을 찾아낸다. 그런데 이와 반대로, 니콜라우스 쿠자누스의 사상에서는, 새로운 예감이 대량으로 흐르고 있어, 우주는 무수한 가능성을 가진 다면체가 되어 빛나게 된다. 세계는 그 한정적인 성격을 잃고, 나중에 브루노에게서 볼 수 있는, 최대로 가능한 무한성의 세계가 되기 시작한다.

브루노의 우주는 변형에 대한 끊임없는 경향에 의해 생기가 주어지고 있었다. 유한한 개체는 모두 무한을 향하는 각각의 긴장을 유지하면서 다른 형상으로 진화하고, 유한과 무한의 변증법이 우주적인 변용의 거스를 수 없는 과정에서 진실로 실현된다. 브루노에 관해 말하자면, 조이스는 《무한한 우주와 무한한 세계에 관하여》를 읽었다.[27] 그리고 나서 《피네건의 밤샘》의 그렇고 그런 온갖 공리 가운데 바로 세계의 무한성이라는 공리가, 항상 '타자(他

---

[27] 그는 이것을 J. 트랜드의 번역(*A collection of Several Pieces with an account of Jordano Bruno's Of the Infinite Universe and Innumerable Worlds*, London, 1726)으로 읽었다. 조이스는 F.W.의 두 군데에서 트랜드에 언급하고 있다(J. S. Atherton, *The Book at the Wake*, New york, The Viking Press, 1960, p. 286 참조. 같은 책 pp. 36~37에 브루노 및 니콜라우스 쿠자누스에 관한 참조의 분석을 볼 수 있다.

者)'이며, 새로운 의미론적 방향을 향해 폭발하려 하는, 모든 말과 어원의 변신적 성질의 공리와 결부되어 있음을 알게 된다. 브루노가 코페르니쿠스의 발견을 통해(그리고 그 속에서 그는 '우주'의 정적이고 유한한 관념의 붕괴를 보았지만) 이러한 세계상(世界像)에 도달했다고 한다면, 조이스는 브루노를 통해 젊었을 때부터 스콜라학파의 고정적이고 유한적인 우주를 의문으로 보는 방법을 발견한 것이다.*28

그리고 여기서도 또한 조이스의 작품은 다양한 시학, 상반되는 문화적 조류의 혼합물이다. 《피네건의 밤샘》 속에는 니콜라우스 쿠자누스와 브루노의 우주이자 동시에, 말기 낭만주의의 영향인 보들레르적 '교감'과 랭보적 등가(等價)표현의 우주, 또 바그너가 몽상하고 유도동기(誘導動機)의 기법을 반영하고 있는 소리와 말과 행위의 최종적인 융합을 발견할 수 있다. 더 나아가서 거기서는 조이스가 그 청춘시대의 독서와 시몬스의 책에 나온 계시에서 길어 온 상징파적인 모든 암시를 발견할 수 있고, 또 마찬가지로 스티븐을 교의론적인 잠에서 흔들어 깨운 르네상스의 거장들과 어울리는 우주적인 숨결이 또 다른 문화적 문맥, 훨씬 애매한 형이상학적 문맥 속에 살아 숨쉬고 있는 것을 볼 수 있다.

인식론적 은유로서의 표현

그렇다고 해도, 이 르네상스적이며 말기 낭만주의적인 우주에서, 브루노와 상징주의자들이 예측하지 못한 현상이 일어났다. 얼핏 보아 그들의 지시에 따르고 있는 시법이, 갑자기 경건한 세계상이라기보다는 현대과학의 몇몇 양상을 연상시키는 구조적 현실에 도달해버린다. 《피네건의 밤샘》은 훨씬 제한된 언어에 의해서이기는 하지만, 《율리시스》가 그랬던 것처럼 언어의 구조 자체 속에, 현대 과학에 의해 철저히 규명되어 이미 알려진 일들을 이식

---

* 28 브루노와 코페르니쿠스의 관계 및 세계의 무한에 대해서는 Emile Namer, *la Nature chez G. Bruno* in 'Atti del XII Congr. int. di Fil.', Firenze, Sansoni, 1961, p. 345 sqq. 참조. 아자톤(전게서, pp. 52~53)은 F.W.가 기초를 쌓고, 또 반론의 여지없이 브루노와 니콜라우스 쿠자누스에까지 거슬러 올라가는 형이상학 및 실천학적 시론에 동시에 관련된 일련의 명제를 열거하고 있다. "여러 세계의 영원성이 있다. 분리된 존재의 본질은 모두 개별적인 생명을 가진다. 하나하나의 말은 그 자신의 구조 속에 작품의 구조를 반영하려 한다. 말에는 모두 어떤 상태에서 다른 상태로 이행하려는 자연적인 경향이 있고, 그리하여 모든 말은—프로이트에 대한 암시—본래적인 애매함을 가진다."

해 내고 있다. 그 결과 작품은 장대한 인식론적 은유가 된다. 우리는 또다시 은유라고 부르는데, 왜냐하면 여기서는 인식론적 상황을 그대로 옮겨오는 것이 문제가 아니라, 형식상으로 유사한 상황을 기술하는 것이 문제이기 때문이다. 그렇게 이해되었을 때, 이 작품은 이미 움직일 수 없는, 정통적인 이미지를 제공하는 모형처럼 간주될 수는 없고, 또 그렇게 간주해서도 안 된다. 오히려 거기서, 종종 상이한 과학적 성과와 결부되는 다양한 모티프를 인정하는 것이 중요하다. 마치 비전통적이고 다양한 전망에 따라 사물을 파악하는 수많은 가능성을 희미하게나마 엿본 작자가, 언어에 이 다양한 '눈'을 차례로 응용한 것과 같다. 즉, 엄밀한 개념론적 정의의 틀 안에서는, 이러한 가능성 중에 하나를 선택하는 것은 다른 가능성을 배제하는 것이 될 텐데도, 공존도 허용할 수 있는 어떤 범위 안의 가능성을 언어 속에서 찾아내고 있었던 것이다.

그리하여 우리는 조이스의 이 작품 속에서 시간, 동일성, 인과관계라는 관념들의 재검토를 발견한다. 이렇게 하는 것 역시 상대성이라는, 그것만으로도 염려스러운 전망조차 넘어서서, 우주론의 가장 눈부신 온갖 가설을 불러일으킨다.

인과계(因果系)의 경우를 예로 들면, 어떤 인과계에서는 A, B 두 가지 사건에서 출발하여, B는 A에서 생거나고, 따라서 A와 B 사이에는 시간적 순서(시간 자체의 '비가역성'과는 아직 일치하지 않는 '질서')에 상응하는 계기(繼起) 중에 한 계열이 세워진다고 결정할 수 있다. 인식론은 이런 형식의 인과관계를 '열려 있다'고 부르면서, 그로 인해 절대로 출발점으로 돌아가는 것을 강요받지 않고 이 계(系)를 빠져나갈 수 있다는 것을 나타내고 있다. 즉, 학자가 '열린' 인과계에 대해 말할 때, 그는 그 말에, 우리가 '열린 작품'에 대해 얘기할 때와는 완전히 다른 의미를 부여한다. 어떤 열린 인과계는 곧, 온갖 사건의 고정된 질서를 보장하는 것이다. 그 사이의 관계는 주어진 질서에 따라 확립되어 있고, 그 질서를 바꿔놓는 것은 불가능하다. 이에 대해, 만약 '닫힌' 인과계를 세운다면, 어떤 사건은 다른 모든 사건의 원인(原因)일 수 있지만, 또 마찬가지로 그런 사건들도 이 사건의 원인이 될 수 있는 것이다. 그리하여 시간 속에 하나의 순서를 정하는 것은 불가능해진다. 그와 동시에,

두 가지 사건의 차이를 확실히 규정할 수 있었던 그 동일성의 원칙도 다시 문제가 되지 않을 수 없다. 닫힌 인과계에서는, 라이헨바흐의 설명에 따르면, 내가 10년 전의 나를 만나 나와 이야기를 나누는 것도 충분히 가능하다. 필연적으로 10년 뒤에도 같은 상황이 되풀이된다. 그러므로 또한, 나이를 먹은 내가 젊은 나를 만나는 것인지, 또는 무한하게 많은 내가 존재하는 것인지 결정하는 것은 불가능하다. 물론 우리의 이 물리적인 우주에서는 사정이 다르고, 또 아인슈타인의 이론 자체가 닫힌 인과계의 존재를 예상한 이론은 아니다. 그러나 이러한 우주는 이론적으로는 생각할 수 있는 것이며, 형식상의 견지에서 보면 조금도 모순된 생각이 아니다.*29

지금까지 설명한 것을 소설의 관계에 응용한다면, 전통적인 소설에서는 열린 인과계의 확립을 발견할 수 있다. 사건A(이를테면 쥘리앵 소렐의 의도)는 애매한 점을 남기지 않고, B, C, D로 이어지는 일련의 사건(레날 부인 살해, 쥘리앵의 수형, 마틸드의 고뇌)의 원인으로 간주되며, 쥘리앵이 쏜 권총의 일격이, 이를테면 드 라 모르 양이 나중에 단두대에 오른 그의 목을 찾으러 간다는 사실의 이유가 될 수는 없다. 그런데 《피네건의 밤샘》 같은 책에서는 사정이 완전히 다르다. 어떤 단어의 해석에 따라, 그 앞의 몇 페이지에 있었던 상황이 완전히 수정되어버린다. 마찬가지로, 어떤 암시의 해석에 따라, 인물의 동일성이 다시 문제가 되어 수정된다. 이 책의 결말은 그 시작이 어땠는

---

*29 Hans Reichenbach, *The Direction of Time*, Un. of California Press, 1956, ch. Ⅱ, par. 5 참조(마찬가지로, 전반적으로 파악하기 위해서는 *Avènement de la Philosophie scientifique*, Paris, Flammarion, 1955 참조). 이 저작 속에서 라이헨바흐는 추상과학은, 통상의 상상력에는 등가물이 존재하지 않는다, 따라서 상상하는 방법으로는 생각할 수도 없고, 특별한 감동도 불러일으키지 않는 세계의 구조를 제시하고 있음을 상기시킨다. 그러나 이러한 불가능성(이를테면 동시성의 상대성에 관한)은 미래의 세대에서는 소멸할 수 있는 것이다. 새로운 구체적인 실현(우주비행, 행성간 여행)이 현재로서는 이론적 가설로밖에 접근할 수 없는, 어떤 종류의 공간=시간적 상황을 그들에게는 직접적으로 지각할 수 있는 것으로 만들어버릴 것이다. "과학이 정서적 내용을 추상함으로써 논리적 분석에 착수한다는 것은 진실이다. 그러나 과학아 우리 앞에 새로운 지평을 열고 있는 것, 그것이 언젠가는 우리에게 절대적으로 새로운 감정을 경험하게 해줄 거라는 것 또한 진실이다."(p. 153) 이러한 설명을 통해서 다음과 같이 말할 수 있다―즉, 예술의 기능의 하나는, 상상의 수준에서 과학의 성과에 선행하는 것은 물론 아니지만, 그러한 성과와 일반적인 감수성에 의한 성과 사이를 중개하는 것, 즉 현재로는 이성만이 떠올릴 수 있는 어떤 종류의 상태를 '표상적' 수준에서 다가가기 쉽게 한다는 것이다. 이같은 중개를 통해 감정에 의한 참여가 가능해진다.

가에 따라 결정되는 것이 아니라, 그 시작이 어떻게 끝났는가에 따라 결정되고 있다고 할 수 있다. 마지막 글이 첫머리의 글을, 예술적인 필요(작품의 문체적 통일성을 위해)에서가 아니라, 가장 평범한 의미, 문법적, 통사법적인 의미에서 조건 짓고 있다. 줄거리라는 평면에서는, 문학 속의 개인을 몰아내고 역사상 매우 거리가 먼 인물들을 동시에 존재시키는 것은 어렵지 않다. 그것은 바로 무수한 SF소설에서 일어나고 있는 일이다. 시간의 가역성 원칙만 인정한다면, 주인공이 나폴레옹을 만나 그와 대화를 나누는 것은 전적으로 가능하다. 그러나 《피네건의 밤샘》에서는 다양한 역사적 인물의 공존은, 바로 구조적, 의미론적인 조건에 의해 실현된다. 우리에게 익숙한 인과론적 질서가 부정되고, 닫힌 의미론적 계(系)가 수립되며, 또 그것을 통해 작품이 전체적으로 나무랄 데 없이 '열려 있는'(우리가 이 말에 부여하는 의미에서) 것으로서 나타나는 것은 언어면에서이다.

앞에서 이미 언급되었지만, 여기에는 다양한 인식론적 해석이 가능하다. 따라서 《율리시스》보다는 《피네건의 밤샘》에서 훨씬 더 상대론적 우주를 잘 볼 수 있다. 거기서는 하나하나의 말이 공간적, 시간적 사건이 되며,[*30] 그것의 다른 사건들과의 관계는 보는 사람의 위치에 따라, 하나하나의 말이 포함하고 있는 의미론적 도발을 그 사람이 어떻게 반응하느냐에 따라 수정된다. 그리하여, 《피네건의 밤샘》의 우주는 어떤 방향으로도 상관없다는 법칙에 의해 지배되는 우주라고 단정할 수 있다. 알려져 있는 대로 "적절하게 선택된 좌표의 체계에서는, 다수의 방향을 바라보는 관찰자에게 이러한 방향은 어느 것도 특별히 유리하다고는 생각되지 않는다." 이 체계에서, 이상적으로 구축되어 불연속성에서 벗어나 있는 우주는, 어떠한 방향에서든 동일한 것으로 생각된다. 이것은 등방성 우주라고 일컬어진다. 이러한 우주는 또 동시에 동질적이다. 그 우주의 다양한 장소에 놓인 관찰자들이 다양하게, 그러나

---

*30 이를테면 John Peale Bishop, *Finnegans Wake*, in *The Collected Essays of J. P. B.*, London-New York, Ch. Scribner's Sons, 1948 참조. 말은 관찰자의 위치와 함께 의미를 바꿔, 원인에서 결과로 이어지는 연결을 끊는 의미론적 동시성이 확립된다(p. 500 이하). 틴들은 블룸이 3차원적 개체(전통적 소설의 인물은 2차원적이다)라면, 이어위커는 4차원적 현실인 것을 강조했다.

각 체계에 따라 적절하게 선택된 좌표에서 그 우주의 역사를 쓸 때, 이들 역사의 내용은 모두 동일해지고, 그 때문에 이 우주에서는 어떤 장소를 다른 장소와 구별할 수도 없게 된다.*31 이러한 우주론적 가설의 실현은, 그 해석에 사용되는 하나하나의 실마리에 의해 또 하나의 읽는 방식이 결정되며, 더욱이 독자는 자신을 단 하나의 기본적 주제로 완강하게 되돌리는 작품에서 그것을 발견할 수 있을 것이다.

물론 조이스의 작품 속에서 반드시 과학의 비유적인 치환을 찾아야 하는 것은 아니다. 정말로 아인슈타인적 우주나 데 시터(1872~1934. 네덜란드의 수학자, 천문학자)의 우주가 문제가 되는 것인가 하고 의심하는 것은 어리석은 일일 것이다. 또 이 책이 가지고 있고 읽을 때마다 성장하고 증식하는 힘이, 어느 정도까지는 '진실에 접근해 간다'는 가설을 확인하는 것이냐고 묻는 것도 어리석은 일이다. 《신 과학 원리》에 관한 조이스의 언급이 우리를 신중하게 만드는 것은 틀림없다. 즉, 《피네건의 밤샘》은 약간의 문화적 조건에 대한 상상력의 반응에 지나지 않는다. 번역이 아니라 해석에 지나지 않는다. 게다가 그가 하나뿐만 아니라 다수의 개념론적 체계를 해석하고 있는 이상, 또 그것을 언제나 등질(等質)의 것으로 바꿔 말하는 것은 불가능한 이상, 그가 주는 암시는 단일한 문화적 도식으로 환원할 수 있는 것이 아니다. 다양한 영향과 관계의 동일화는 한 점, 또 한 점, 대응 체계를 확립해가는 것을 가능하게 하는 도식적인 의미망으로는 불가능하다. 그러한 것은 다만 무익할 뿐만 아니라, 방법론상 지극히 위험할 것이다. 무엇보다 먼저, 독자가 작품에서 이끌어낸 그 수많은 암시—그것들 각각이 서로 어떤 기억과 암시, 또 공중에 떠 있는 어떤 은유의 정체성을 확증하는—에서 출발해야 한다. 만약 비평가들이 《피네건의 밤샘》 속에서 다른 정체성의 보증을 발견한다 해도, 그것은 다만 그러한 참조가 거기에 존재하고 있을 뿐이고, 그것은 체계적인 통일성으로 환원할 수 있었던 것이 아니라, 어떤 언어재료의 눈앞이 아찔해질 것 같은 폭발 속에 일깨워진 것일 뿐이다. 그리고 이 재료는 지금껏 유례가 없는 규칙에 따르고 있기 때문에, 그야말로 현대문화 자체의 기초적인 조건을 증언하고 있다. 즉, 우리는 지금까지 볼 수 없었던, 우리의 눈앞에서 변천해가는 세계의 모

---

*31 Leopold Infeld in *Albert Einstein : Philosopher-Scientist*, The Library of Living Philosophers, Evanston Ⅲ, 1949.

습 앞에 서서, 그것이 상상력과 지성을, 감각과 이성을, 상상의 여러 형태와 논리의 공식을 서로 대립시키고 있다는 것을 느끼는 것이다.

그런 의미에서 《피네건의 밤샘》은 조정(調停)을 목적으로 한 저작이다. 이 책은 새로운 윤리의 공식들이 그것에 대응하는 형상을 발견할 수 있음을 가르쳐 준다. 그러나 형상이 언제나 반드시 명제의 추상적 형태를 보여줄 수 없는 이상, 어떤 경우에는 '모호한' 형상에 도달한다. 다시 말해, 그러한 형상은 상상할 수 없는 무언가를 반영하고 있으므로, 우리는 그것의 정서적 등가물을 발견하고, 그것을 이해하는 데에 수반되는 지루하고 장황한 신념을 가지다가, 나아가서는 그 이해가 불가능하다는 감정에 이른다. 그로 인해 조이스의 작품은 다만 이성의 가설에 의해서만 표현할 수 있고 게다가 감각의 가능성을 뛰어넘는 수단을 통해서만 확증할 수 있는 세계의 모습이라는 사실이, 여전히 정서적인 경험을 수반하는 수가 있고, 또 실제로 다른 형식의 구조, 즉, 언어구조 속에서 일종의 그릇을 발견하고 있음을 증명해 보여주고 있다. 소설적 구조가 논리적 구조와는 다르다고 해도 그것은 우리가 아직 밝혀내지 못하고 있는 세계의 신비와 직면했을 때와 같은 정서적 내용, 같은 종교적 현기증을 전달해 준다.[32]

다시 말해, 이 작품은 세계의 새로운 형태를 엿볼 수 있게 해 주지만, 굳

---

* 32 William Troy(*Notes on F.W.*, ih 'Partisan Rev.', summ. 1939)는 F.W.를 '우주의 아인슈타인적 시상에 응용된 일종의 로고스'라 정의하고, 나아가서 '우리는 시 특유의 역할이 어떤 상황을 묘사하고 분석하기보다, 이 상황에서 태어난 다양한 감동의 감정적 종합으로서 우리의 태도를 표현하는 것임을 잊고 있었다'고 덧붙였다. 이러한 단정은 시에 대한 서정＝감상적 관념에 도달하여, 시적인 것의 영역을 매우 축소해버린다. 우리로서는 이 작품이 단순히, 다른 많은 능력이 우리에게 그것을 인식할 수 있게 하는 사물의 한 형상에 대한 하나의 정서적 등가물을 제공하고 있을 뿐이라고 생각하고 싶지는 않다. 또 감동 속에, 그리고 감동을 통해 실현되는 이 '인식'이 다른 인식에 앞선다고도 생각하고 싶지 않다. F.W. 같은 작품의 경우, 예술이 하나의 형식, 구체적인 구조를 탄생시키고 있다. 그 형식은 거기서 추리, 그것도 종종 박식한 논의까지 포함한 일련의 지적 조작을 해야 비로소 독자들의 내면 깊은 곳에서 이해를 얻을 수 있다. 그리고 일단 예술적 형식을 그 유기적 복합성의 총체에서 파악해버리면, 현재까지는 공식적으로 생각할 수는 없지만, 성상(聖像)적 양식에 따라 상상하지는 못하고 있는 유사한 (과학적) 구조의 존재를 그것이 암시해 준다. 그때까지 상상할 수 없었던 현실의 있음직한 심상을 엿볼 수 있게 되는 순간에, 감정이입의 모든 과정(보통, 어떤 예술 형식의 발견과 해석에서 일어나는 또 하나의 감정이입의 과정 뒤에 온다)이 시작된다.

이 그 형태를 이야기하려고는 하지 않는다. 사무엘 베케트가 암시했듯이, 《피네건의 밤샘》은 무언가를 다루고 있지 않다, 그것은 그 자체가 그 무엇이다.[*33] 그것은 어떤 개인적인 체험의 객관적 상관어를 이루는 비인칭적인 구축물이다. 조이스는 종교적인 것인지, 조소적인 것인지 판별할 수 없는 의도에 이끌려, 이렇게 말하고 있는 것 같다. "우리 한 사람 한 사람은 우주의 형상이 변했다는 것을 깨닫고 있다, 그러나 당신들은 이미 그것을 이해할 수 없고, 그건 나도 마찬가지이다. 당신들은 하나의 문화 전체가 인정해 온, 천년을 전해 내려온 기준에 따라 이 세계에 행동하는 것이 이미 불가능해졌다는 것을 알고 있고, 나 또한 그 감정을 당신들과 함께 하고 있다. 좋다! 그렇다면 나는 당신들에게 세계의 '대용품'을 제공하리라, 마찬가지로 신성하고 영원하며 불가해한, 그러나 완전히 다른, 하나의 목적이 없는 세계, 목표가 없는 회오리바람(whirl)을." 우리가 보았을 때 이 세계는 적어도 하나의 물질이라는 장점을 가지고 있다. 그것은 언어의 인간적 질서 위에 토대를 두고 있지, 우주적인 사건의 불가해한 질서에 토대를 두고 있는 것이 아니다. 그러한 범위 안에서라야 그것과 마주하고, 그것을 이해하는 것이 가능해지는 것이다.[*34]

[*33] *Our Exagmination Round His Factification for Incamination of 'Work in Progress'*, Paris, Shakespeare &. Co, 1929.

[*34] "두려운 것은 오늘날 19세기의 심정을 가지고 살아가는 것이다……한편에서는 과학의 세계에서 찾아오는 새로운 전개와 새로운 의미의 의식이 우리 속에 뿌리를 내리고 있는데도, 우리는 익숙하고 평온한 세계에 틀어박히려 한다. 조이스, 파운드, 엘리엇은 이 새로운 토지의 개척자였다. 그들은 우리에게 지성이 공포를 어떻게 극복하는지 보여주었다."(Thornton Wilder, *Joyce and the Modern Novel*. in *A J. J. Miscellany*, ed. v. Magalaner, 1st series, New York, 1957, p. 11~19) "철학은 다양한 이유에서 순수한 논리의 영역에 틀어박혀 버리고, 그 자신의 시점(視點)에 매달려 있지만, 그 특권 속에서 윤리와 형이상학의 영역을 배제당하는 처지가 되었다. 그것은 자신의 보편성의 시대, 위대한 종합의 시대에 스스로 종지부를 찍어버렸다. 그것은 자기의 논리적 공간에서 가장 긴급한 문제를 쫓아내 버리거나, 비트겐슈타인이 말한 것처럼 그러한 문제들을 카발라적인 신학으로 내쫓아버리지 않으면 안 되었다. 바로 이때부터 시적인 것의 역할이 시작된다―모든 경험적, 또는 사회적 조건을 넘어선 곳에 서서 전체를 인식하는 것, 그 내면에서는 봉건시대에 살고 있는가, 부르주아 시대에 살고 있는가, 아니면 프롤레타리아 시대에 살고 있는가 하는 것이 인간에게 무관심한 사항이 되는 지식에 도달하는 것―이것이 그 역할이다. 그리고 이상(以上)이 지식의 절대적인 성격에 대한 문학의 단순한 의무이다. "(Hermann Broch, *J.J. und die Gegenwart in Dichten und Erkennen*, Rhein Verlag, Zurich, 1955―단 논문은 1936년의 것). 그리고 F.

그 세계와 현실의 세계 사이에는 어떤 관계가 있을까? 여기서도 역시, 상당히 분별하기 힘들기는 하지만, 표현의 시학이 우리를 도와줄 수 있다. 즉, 시인은 또다시 모든 사건의 문맥 속에서 그에게 가장 의미 깊게 생각되는 것 여기서는 언어적 관계의 우주를 꺼내어, 우리를 향해 그가 현실 체험의 이해가 가능한 본질, quidditas(라틴어 'quid' "무엇인가?"에서의 파생어로, 스콜라 철학에서는 어떤 사람, 어떤 사물의 본질을 이루는 것을 가리킨다. 에코는 다른 데서 '객관적 본질(quidditas)'이라고 썼다)라고 생각한 것을 제시해 보여준 것이다. 《피네건의 밤샘》은 언어가 된 우주적 구조의 하나의 표현이다.*35

HISPERIA(서방)의 시학

이렇게 결말 없이 돌고도는 관계와 재인식의 유희—조이스 작품의 주제와 시학을 확인하려고 노력하는 자라면 누구나 이것에 사로잡히고 만다—는 우리에게 마지막 기습을 준비하고 있다. 물론 그것은 지금까지 얘기한 모든 것을 모호하고 모순이 많은 방법으로 밝혀준다.

작자가 사물의 세계에서 물러나 책의 세계에 전념하면서, 거기서 세계의 형상을 재건하고자 결심했을 때, 그는 어떠한 동기에 따랐던 것일까? 아마 여기서도 이 책의 정의를 내리는 동시에 우주의 정의도 내리는 그 '편지' 의 서술을 참조하는 것이 적절할 것이다. 이야기는, 거기서 단순히 '편지—책—세계'의 3평면상에서만 전개되는 것은 아니다. 또한 그 편지는 박식하고 고고학적인 참고문헌들을 자양분으로 삼고 있기도 하다. 그것들은 아일랜드의 유명한 필사본, 서기 7, 8세기 사이에 집필되고 채색화로 장식되었으며, 풍부하고 명백한 상징으로 가득한 그 《켈스서(書)》에 대해 지금까지 발표된 몇몇 비평적인 분석을 희화적이고 면밀하게 분석해 놓은 것 같은 것들이다. 앞에서 우리가 시학을 위한 하나의 제안으로서 인용한 《피네건의 밤샘》의 몇

W. 속에서(이미 《율리시스》 속에서도 볼 수 있듯이) '체험의 초월적 시상(視像)의 인위적인 재구축'을 발견할 수도 있을 것이다(H. 레빈, 전게서 p. 29). 이 '책'의 기능에 대해서는 다양한 수용법이 있다. 이러한 것들은 종종 엇갈려서, 때로는 매우 받아들이기 어려운 것도 있지만, 최종적으로 모두 이 책 속에서 세계의 인식에 대한 하나의 공헌을 인정하게 된다.
*35 리츠(전게서 p. 124)의 결론을 참조할 것. 또 "현실적인 것의 관련이라고 하는 것의 언어적 몸짓으로의 환원"에 대해 얘기하는 눈(William T. Noon, *Joyce and Aquinas*, New Haven, Yale Un. Press(London, Oxford Un. Press), 1957, p. 152)의 결론도 참조할 것.

몇 문장은, 이 중세 필사본의 Tune('거기서')이라는 말로 시작되는 페이지에 조응하여, 이 작품과 조이스의 작품 사이에 명료한 병행관계를 내세우고 있다.*36 그런데, 이 《켈스서》는 오늘날에도 그 이색적이고 터무니없는 환상과, 비틀린 추상화적 취향, 그 역설적인 창의성으로 우리를 감동시키는, 중세 아일랜드 예술의 놀라운 실례이다. 그것들은 모두 전 유럽에 널리 알려진 《두로서(書)》《방고르 교송성가집》《생갈 복음서 초록》, 그 밖의 비슷한 계통의 작품들을, 늘 광기와 친숙하고 도발과 단절이 선호하는 무대인 아일랜드 천재의 발현으로 보는 특징들이다. 우리의 문명은 먼저 이 천재들로부터, 즉 스코투스 에리우게나(9세기 아일랜드 출신, 중세 초기의 / 가장 뛰어난 철학자이자 신학자)에게서 중세 플라토니즘의 염려스러운 예고를 들었다. 또 스위프트와 같은 사회의 가차 없는 비판자, 역설적인 병행적 세계의 창조자에게, 버클리와 같은 물질적 현실의 평범한 개념에 대한 이상주의의 최초의 선전포고에, 쇼와 같은, 기득의 모든 사회적 계율에 대한 이의 신청자에게, 그리고 와일드와 같은 고상하기는 하나 무서운 현행 도덕 파괴자에게, 또 마지막으로 조이스와 같은, 말하는 언어의 풍화작용의 책임자, 현대의 혼란의 지고한 연출가에게 빚을 지고 있는 셈이다.

그런데 아일랜드 필사본이 태어난 무렵, 아일랜드는 그리스도교화되고 개화되어, 보에티우스(이미 세계 쇠퇴의 증인이었다)에서 카롤링거 왕조의 르네상스(샤를마뉴 대제의 궁정을 중심으로 / 한 9세기 문예부흥의 시기) 때까지, 잉글랜드를 재정복한 이교도로부터, 갈리아(오늘날의 / 프랑스)에서의 야만의 부활로부터, 또 서구문화 전체에 미치고 있는 풍화작용의 진행으로부터 몸을 보호해야만 했다. 앞일을 내다보는 수도승과 모험을 좋아하고 유별난 성자들이 넘쳐나는 이 아일랜드는, 이윽고 문화적, 예술적 재능에 처음으로 불이 붙는 것을 본다. 아일랜드의 수도원과 궁정에서 이루어진 이 은밀한 보존과 숙성이 서구문명에 얼마나 이바지했는지를 확인하

---

*36 《켈스서》는 더블린 트리니티 대학 도서관에 소장되어 있다. 조이스가 '편지'의 서술 속에서 희화화한 작품은, *The Book of Kells, described by Sir Edward Sullivan, Bart., and illustrated with twenty four plates in colour*, 2nd ed, London-Paris-New York, Studio Press, 1920. 조이스의 문장과 설리번의 그것의 관계에 대해서는, Robinson-Campbell, *A Skeleton key to F.W.*, p. 90 s99. 참조. 일반적으로 조이스 및 《켈스서》에 대해서는, 아자톤 전게서 제2부 제1장 참조. 조이스 자신이 H. S 위버에게 보낸 1923년 2월 5일자 편지에서 이 책에 대해 얘기하고 있다(《서간집》 프랑스어역 p. 239). 세밀화가인 조이스의 딸의 활동에 대해서는 조이스 《서간집》에 대한 스튜어트 길버트의 서문(프랑스판 pp. 20~21) 참조.

는 것은 어려운 일이다. 다만 알려져 있는 것은, 어쨌든 이 과제가, 해박한 지식과 상상력의 이중의 평면에서, 광적이면서도 명석한 발걸음, 문명과 미개의 이중의 발걸음을 통해, 또 이야기하는 말과 표상형체의 끊임없는 분해와 재조직을 통해 이룩되었다는 사실이다. 시인들과 채색화가들이 망명 중에 묵묵히, 스티븐 디댈러스를 황홀하게 만들었을 책략을 사용하여, 그들 종족의 표현력 풍부한 온갖 상징을 재창조한 것이다.*37

리얼리즘의 절대적인 거부 아래에서, 짜올린 문양이 증식해 간다. 우아하게 양식화된 동물의 형태가 꽃을 가득 피우고, 원숭이 같은 작은 인물들이 수없이, 이 세상에 있을 것 같지 않은 기하학적인 무성한 가지 속을 이동하고 있다. 그 나뭇잎 문양은 어떤 때는 몇 페이지를 뒤덮고 있다. 마치 융단처럼 장식적인 모티프의 반복일 거라고 생각될지도 모르지만, 사실은 하나하나의 선, 하나하나의 산방(繖房)꽃차례가 모두 독창적인 창조이다. 나선상을 이루며 뒤엉켜 있는 그 추상적인 형상은 특히 기하학적인 규칙성과 좌우대칭을 무시하고 있고, 그 미묘한 색조는 장밋빛에서 오렌지색이 섞인 노란색으로, 또 레몬색을 띤 노란색에서 엷은 보라색으로 변해간다. 네발짐승과 조류. 개, 다른 야수의 몸을 빌린 사자, 백조의 부리를 가진 사냥개, 인간을 닮은 믿을 수 없는 모습, 이것은 몸을 젖혀 머리를 무릎 사이에 넣어 머리글자를 본뜨고 있는 곡예사처럼 몸을 뒤틀고 있다. 색깔 있는 고무처럼 신축성이 자유자재인 유연한 존재들이 수없이 뒤엉킨 선 사이에 들어가서, 추상적인 장식 저편으로 머리를 내밀고, 머리글자 주위로 뻗어가서 단락 사

---

*37 중세초기 아일랜드 문명의 이러한 개화에 대해서는 특히 Edgard De Bruyne, *Etudes d' Esthétigue médiévale*, Bruges, 1946, vol. I, livre I, ch. IV ; E. Gilson, *la Philosophie au Moyen Age*, Paris, Payot, 1952, ch. 3 ; Helen Waddel, *The Wandering Scholars*, London, Contable & Co, 1927, ch. 2를 참조할 것. 조이스는 1907년, 트리에스테에서 열린 강연 《아일랜드, 성자와 철학자들의 섬》(《비평집》 153p 이하)의 대부분을 중세 아일랜드 문명에 할애했다. 그 속에서 조이스는 그 지식에 다소의 결함이 있는 것을 보여주었는데, (엘먼도 지적했듯이) 가짜 디오니시우스 아레오파기티카(1세기의 그리스 주교로 알려져 있는, 신비주의 신학으로 유명한 저자를 가리킨다. 그 라틴어형에서 영불어형 Denis를 얻을 수 있다)와 프랑스의 성자 드니(3세기. 파리의 초대주교, 순교자)를 또—훨씬 중대한 실수지만 엘먼은 알지 못했다—스코투스 에리우게나(p 376 참조)와 둔스 스코투스(1266~1308. 스코틀랜드 출신 철학자, 신학자. 옥스퍼드, 파리 등에서 가르쳤다. '영민한 박사'로 불린다)를 혼동하고 있다.

이까지 숨어들어가 있다. 페이지는 이제 부동(不動)의 것이 아니다. 시선 밑에서, 페이지는 자체의 생명을 가지고 있는 것처럼 보여서, 독자는 어딘가에 시선을 고정하는 것을 포기하지 않으면 안 된다. 이제 동물도, 나선 문양도, 연속 문양도 경계선을 잃고 모든 것이 서로 녹아든다. 그러나 몇 개의 모습이, 적어도 모습의 밑그림이 떠오르는 것은 보인다. 그리고 그 페이지는 하나의 이야기를 들려주고 있다. 그런 상상할 수 없고 비현실적이며 추상적이고, 또 동시에 동화 같은 이야기 속의 변화무쌍한 주인공들의 정체성은 한 순간마다 사라져버린다. 바로 거기에 조이스가 책을 제작함에 있어서 모형 역할을 한 그 Meanderthale이 있는 것이다. 중세는 그에게 언제나 하나의 부름이었고, 줄곧 운명이었으며, 《피네건의 밤샘》은 스콜라학파와 함께 교회 지도자들에 대한 참고문헌으로 가득하다. 아나 리비아의 장은 그 구성으로 보면 중세의 신비극을 연상시킨다. 조이스는 어디에서나 《켈스서》의 복사본을 가지고 다니면서, 몇 시간씩 그 기술을 연구하는 습관이 있었다. 그는 이렇게 덧붙이고 있다. "이것은 우리가 가진 것 가운데 가장 순수하게 아일랜드적인 것으로, 그 커다란 머리글자 중에 몇몇은……《율리시스》의 1장에 필적하는 중요한 특징을 가지고 있습니다. 내 작품의 많은 대목을 저 복잡한 채색화와 비교해 보기 바랍니다……"[38]

색채화가들이 연속문양의 모험에 몸을 던졌다면, 서구적 전통의 시인들은, 당시 알려져 있었던 땅끝에서, 라틴적 퇴폐에 물든 아프리카산의, 바로크적이고 학자풍인 시학을 이어받았다. 그들도 조이스의 그것과 조금도 다르지 않은 것을 먼저 시도했다고 볼 수 있다. 그들은 새로운 말을 발명한다. 이

---

[38] 엘먼 전게서(pp. 558~559), 아나 리비아와 중세 신비극의 관계에 대해서는, H. S. 위버에게 보낸 1925년 1월 13일자 편지(서간집, 프랑스어역 p. 272) 참조. 또 F.W. 속에 인용된 종교지도자와 학자들을 살펴보면, 주로 (아자톤 전게서가 보여주고 있듯이) 아우구스티누스, 미누키우스 펠릭스(2~3세기. 아프리카 출신의 그리스도교 저술가), 히에로니무스(347~420. 로마의 성직자. 성서의 라틴어번역을 하고, 로마교회의 권위 확립에 공헌했다), 이레나이우스(1세기의 성직자. 프랑스, 리옹의 주교. 200년 무렵 순교)이고, 로마제국 말기와 중세의 저술가로는 아울루스 겔리우스(본문 p. 387 참조)와 마크로비우스(4~5세기의 문헌학자, 철학자. 《사투르날리아》《스키피오의 꿈' 주석》 등), 또 성자로는 콜로바누스(543~6~5. 아일랜드의 수도승. 유럽 대륙을 편력하며 각지에 수도원을 세웠다), 말라키아(1094~1148. 아일랜드의 수도승, 대주교), 파트리키우스(370~461무렵. 아일랜드의 전도자, 수호성인) 등.

과도기적인 세기의 사람들은 collamean(접착·접합?), congelamen(응고·응결), sonoreus(=dud 'sonorous'), gaudifluus(=dud 'joyous, delightful'), glaucicomus(머리가 희끗희끗한), frangorico(큰 소리를 내다·시끄럽다) 같은 말이 창출되는 것을 목격했다. 불을 표현하는 열 종류나 되는 다른 표현이 연구되어 있는데, 그 하나가 siluleus이며(그것은 부싯돌로 de silice 불을 일으키기 siliat 때문이고, 또 silex (부싯돌)가 정확하게 발음되지 않았기 때문이며, 어떤 불씨에서 불을 붙인silit 것이 아니라 해도 그렇다), 순수하게 언어상의 문제만 논의하는 취향은 일종의 발작적인 절정에까지 도달해 있다. 문법학자 비르길리우스(Virgilius Maro? 7세기, 갈리아 출신)는, 웅변가 그 브두스와 테렌티우스가 2주일 동안 식사도 하지 않고 잠도 자지 않으면서 ego의 호격(呼格)에 대해 논쟁을 벌이다 결국 결투에 이른 것을 보고하고 있다. 영국인 맘즈베리의 알델무스(Aldhalm of Malmesbury. 7~8세기 사람. 사봉의 주교, 맘즈베리에 수도원을 연 아일랜드인 수도승 마이르다르프에게, 또 나중에는 로마의 하드리아누스 밑에서 법학, 천문학을 공부했다. 영국 최초의 라틴어 시인)는 모든 단어가 'p'로 시작되는 긴 문장을 쓰는 데 성공했다(primitus pantorum procerum poematorum pio potissimum paternoque præsertim privilegio panegiricum poemataque passim prosatori sub polo promulgatus…… 원래, 신성하고 특히 조상 전래의 특권에 의해 시 중에서 가장 중요한 것이었던 모든 위인들의 찬가를, 하늘 아래 최초의 작가는 시와 구별없이 배웠다……). 《서방의 목소리(Hisperica Famina)》라는 이런 종류의 비밀스런 교파의 텍스트 속에는, 의성음을 바탕으로 한 묘사가 나온다. 그 중에 여기에 예로 들려고 하는 하나는 파도소리를 표현하기 위한 것으로, 조이스도 그것을 비난하지는 않을 것이다.

Hoc spumans mundanas obvallat Pelagus oras,
terrestres anniosis fluctibus cudit margines.
Saxeas undosis molibus irruit avionias.
Infima bomboso vertice miscet glareas
asprifero spergit spumas sulco,
sonoreis frequenter quatitur flabris……
이 거품 이는 바다는 세상의 기슭을 에워싸고,
끝없는 썰물로 대지의 가장자리를 때리면서
산더미 같은 파도로 바위를 씻어낸다.

심연의 바닥을 이룬 물은 소리높이 우는 소용돌이에 작은 돌을 흩뿌리고
들끓어 오르는 불모의 이랑에 물보라를 일으키면서
회오리치는 바람에 종종 술렁인다.*39

　그것은 아직 계통적으로 라틴 어휘에 그리스 어휘, 히브리 어휘를 혼용하
고 있었던 시기이고, 문법가 비르길리우스가 'leporia'의 독창적인 이미지(거
만하고 또한 전통을 외면하고 있어서 아름답다)를 한낱 학문으로 간주하도록 제안
했던 시기, 또 그래서 비법(秘法)사상에 대한 유별난 취향, 즉 애호되기 위
해서는 시는 수수께끼가 되어야 한다는 생각이 발달했던 시기였다.*40 그때
는 마치 아우소니우스(310~395무렵. 라틴 시인, 보르도에서／태어나 남프랑스의 풍경을 노래했다)의 시기처럼, 그리고 로마 퇴폐
기의 전 기간을 통해), 답관체시(沓冠體詩 : 각행의 첫 글자를 차례로 읽으면／인명이나 단어가 되는 시)와 칼리그래
머(훌륭한 문체／로 쓰는 것), '짜깁기시'(조각조각 기운 옷처럼, 이런저런／작품에서 주워 모아 지은 표절시) 등이 잇따라 등장하는 것을 볼

＊39 《안트로기아 아프리카나》《안트로기아 라티나》, Riese, n. 19)의 시법에 대해서는 드 브륀
　전게서(＊37 참조. 아프리카의 라틴 작가들—프롤루스(2세기의 역사가), 프론토(2세기의
　변론가이자 수사학자. 마르쿠스 아우렐리우스 황제의 수사학 교사), 아풀레이우스(2세기.
　《황금 당나귀》의 작자), 마르티아누스 카펠라(《4~5세기. 메르쿠리우스와 철학의 결혼》의
　저자), 푸르겐티우스(5세기의 문법가. 《아이네이스》를 비유적으로 해석했다)—에서 시
　작하여, 갈리아인 시도니우스 아폴리나리스(5세기의 성자)와 포르투나투스(5~6세기. 북
　이탈리아 출신. 갈리아의 프랑크족 궁정에 출사하며 다수의 시를 썼다)를 거쳐 켈트, 아
　일랜드, 브리턴 기원의 시인들에게 도달한다.
　성히에로니무스가 맹렬하게 공격한 것도 브리턴인 펠라기우스였으며, 그 특별히 난해하고
　복잡한 것을 비난하며 거의 종교적 이단과 문학적 이단을 동일시하려 했다('스코틀랜드인
　들의 폭 고은 수프로 더욱더 지루해졌다', P. L, xxiv, C. 682 참조)(펠라기우스는 4~5세
　기의 브리턴인 수도승. 원죄 및 그리스도의 수난에 의한 속죄와, 세례의 유효성을 부정하
　여 이단으로 선고된다). 여기에 방어반응으로서 태어난, 은둔과 망명 속에서 '난해시
　(trobar clus)'의 먼 기원이 있다.
　문화의 이같은 상태의 전형적이고 또 극단적인 출현이 《서방의 목소리(Hisperica Famina, ed.
　F. J. H. Jenkinson, Cambridge)》(1908)로, 서기 7세기 전후에 쓴 것이다('어느 민족도 자기 것
　이라고 요구할 마음조차 일어나지 않는 잊힌 자식', 와델의 전게서 p. 40). 이것을 합리적인 구
　문으로 조립하는 것은 불가능한 것으로 생각되며, 어쩌면 이 부가형용사, 의성음, 첩운법의 분류
　(奔流)를, 오히려 질서적인 일련의 관념이라기보다는 이미지의 연속으로 받아들이는 것이 바람
　직할 것이다. 그리고 그것은 란트도 지적한 적이 있다(E. K. Rand, The Irish Flavour of
　'Hisperica Famina', in 'Ehrengabe K. Strecker', Dresden, 1931). 란트는 나아가서 F.W.와 명
　확하게 비교하여, 조이스의 작품은 '이제는 무서울 정도로 추월당해버린 이 《히스페리카 파미나》
　의 자유분방함이 아일랜드적인 것, 야생적일 만큼 아일랜드적이라는 것에 대한 새로운 증명을
　제시하고 있다'고 쓰고 있다.

수 있었는데, 그러한 모든 것도 최종적으로는 낱낱이 파헤쳐진 고전문화의 잔해를 새로운 시작을 위해 다시 한 번 뒤엎어서, 거기에 여전히 남아 있는 미를 분출시키려는 시도에 지나지 않는다.[41]

《피네건의 밤샘》이 연관된 중세는 그런 시대였다. 위기, 후퇴, 지적 유희

---

[40] 레포리아(leporia) (우미(優美), 전아(典雅) 또는 기지(機智)를 나타내는 lepor에 의한다)'
는 풍부하게 얘기하는 기술이며, 표면으로는 우미함과 신랄함을 보이면서 내면에서는 거
짓말도 마다하지 않는다. 실제로 이것은 선인들의 도달점을 넘어서는 것을 주저하지 않지
만, 여기에는 어떠한 반복도 섞여 있지 않다. (Virgili Maronis grammatici opera, ed.
Huemer, Leipzig, 1886). 이 허풍쟁이는 6세기 무렵에 살았던 사람으로 툴루즈는 아니지만
비고르(프랑스 남서 피레네 산록 지방) 출생이며, 이 사람의 성실하지 않은 풍모를 알고
싶으면 D. Trade, les Epitomes de Virgile de Toulouse, Paris, 1928. 참조. 또 마찬가지로,
앞에 나온 드 브륀 및 와델 참조. 이 비르질과 아일랜드 시(그리고 그 중개에 의해 조이
스도)의 관계에 대해서는 F.M. Boldereff. 전게서 p. 15) 참조.

[41] 아프리카적, 켈트적 전통의 전체를 통해 4~5세기 무렵에 나타나, 아일랜드의 '집성
(silloges)'이라는 형태로 전개된 심포지우스의 수수께끼시(詩)를 찾아볼 수 있다. 그러나
이 수수께끼식 취향(제정 말기의 시에서는 아직 이해할 수 없는 말로 표현되어 있었다)은
속(俗)라틴어로 쓴 앵글로색슨 최초의 시 속에서는 단어의 구조 자체가 은유를 생각해내
는 사고 자체에까지 영향을 미치고 있다. 아일랜드의 옛 시 속에 kenningar 즉 주술적인
은유, 독자를 갸웃거리게 하는, 일련의 퀴즈 같은 모습으로 화제를 숨기는 에두른 표현을
볼 수 있다. Kenningar의 본래의 의미는 중심적인 관념에 일련의 부차적인 관념을 결부시
키는 단어의 조합으로 사유를 표현하는 것이다(F. Wagner, Etude sur l'ancienne poésie
nordique, Paris, Hermès, 1937 참조. 또 Legouis-Cazamian, History of English Literature,
London, Dent & Sons, 1926, ch. I, pp. 3~54). 은유는 종종 하나의 복합어로 응축된다
고 레고이스는 말했고, 드브륀은 옛 영어와 옛 게일어도 종종 복합이나 완곡어법, 부가형
용사를 그러모아서, 번쩍거리는 야만적인 장신구를 보는 듯한 느낌이 들게 만든다. "근대
영어는 분명히 분석적인 언어이지만, 옛영어는 그 구조에 있어서 근대독일어에도 비교할
수 있는 매우 복잡한 언어였다…… 이 언어는…… 물론 오늘날의 독일어와 마찬가지로
때로는 매우 복잡한 복합어를 만들 수 있었다. 따라서 앵글로색슨의 시에서는 완곡어법의
사용이 지나치게 발달하는 것을 볼 수 있었다. Kennings는 에두른 표현이나 공들인 도치
법 등으로, 독자와 듣는 사람에게 어떤 이미지를 주거나, 어떤 관념을 암시하려고 했던,
언어의 구조 자체와 그것을 지배하는 정신과 결부되어 있는 이러한 방법은, 일상적 언어
자체가 이미 잠재적으로, 풀어야 하는 수수께끼의 연속을 포함하고 있다는, 국민들 사이
에서의 riddles의 인기도 설명하고 있다"(Aurelio Zanco, Storia della letteratura inglese,
Torino, Loescher, 1958, p. 14). Kenningar에 대해서는 호르헤 루이스 보르헤스의 《영원의
역사》에 수록된 뛰어난 에세이를 참조할 것. 조이스와 아일랜드 옛시(첩운법과 반해음半
諧音의 기법)의 관계에 대해서는 보르도레프 전게서 p. 11 참조. 또 Vivian Mercier, The
Irish Comic Tradition, Oxford, Clarendon Press, 1962 참조.

의 시기, 그러나 동시에 보존과 성숙의 시기였다. 거기서 속어도 간신히 형태를 이루기 시작한 반면, 라틴어는 그 섭렵의 무수한 가능성을 발견하고, 스콜라철학의 위대한 시대에 본질적이고 잘 연마된 정확한 무기로서 세련을 더해 가며 준비되고 있었다.

조이스에게 어원에 대한 취미를 갖게 한 것은 중세였고, 이어서 조이스는 그 취미를 비코에게서도 발견한다. 어떻게 해선지는 모르지만 조이스는 그것을, 세비야의 이시도루스(560~636년 무렵. 로마 사람. 세비야의 주교. 스페인의 그리스도 교회를 건설하고 역사, 수사학 등 다수의 저작을 남겼다)에게서 배웠다. 그 기법은 두 개의 언어 사이에서 우연한 유사성을 만날 때, 그 유사성을 깊은 필연성으로까지 끌어올려서, 단순한 언어 사이뿐만 아니라, 그 둘의 현실 사이에서도 본질적인 근접성을 발견하는 데 있다. 그렇게 해서 조이스는 실제로, 소리의 음악을 관념의 음악으로 만듦으로써 특유의 곁말을 창조하기 시작한다.[*42]

비평을 하고 주석을 다는 '공'을 들이는 조이스의 취향도 마찬가지로 완전히 중세적이다. 거기서는, 미학적인 기쁨이 직관적 능력의 전격적인 작업이 아니라 수수께끼를 풀고 추론하는 지성의 발걸음으로 이해되고, 또 전달의 어려움은 지성을 앙분시키기도 한다. 바로 거기에 《장미 이야기》와 《신곡(神曲)》 같은 작품을 이해하는 데 없어서는 안 되는, 중세미학의 본질적인 요소가 있다.[*43] H.C.E..의 모습을 216종의 다른 언어적 변장 아래 숨기는 것, 룰루(라몬 룰루. 1235~1315. 스페인의 신학자, 신비주의자. 125편의 저작을 쓴 것으로 알려진 백과전서 학자로, 일종의 관념결합술=기억술을 고안했다)의 관념 결합술에 대한 취향, 저술이란 언제나 각성되어 있는 기억의 끊임없는 훈련이라고 간주하는 사고방식, 등 그 모두가 전형적으로 중세식이다.[*44]

[*42] "중세의 모든 사상가에게 있어서, 만약 두 개의 말이 서로 비슷할 때는 그 말들이 나타내는 것이 비슷하다는 것, 그리하여 항상 그 말들의 하나에서 다른 말의 의미로 옮겨갈 수 있도록 하는 것이 규칙이다"(E. Gilson, les Idées et les Lettres, Paris, Vrin, 1932, p. 166). 결국, (세비야의 이시도루스의 방법과, 두 개의 말뜻의 유사성만 토대로 하는 그의 학문을 생각해보자) '근원'에 대한 중세적 개념은 말장난과 곁말의 근대적 개념에 도달한다. 중세 사람에게(그리고 조이스에게도) 말장난은 형이상학적 발견의 수단이 되었다. 눈의 전게서 pp. 144~152 및 Marshall MacLuhan, James Joyce, Trivial and Quadrivial in 'Thought', 28, 1953 참조.

[*43] 나의 《중세미학의 발전》 Umberto Eco, Sviluppo dell'estetica medievale, in Momenti e problemi di storia dell'estica, Milano, Marzorati, 1959, Ch. VI, §3 참조. 이 어려운 독서 취향이야말로 그 an ideal lector soffering from an ideal insomnia에 어울린다.

그보다 더욱 중세적인 것은 조이스의 문화적 절충주의, 기존의 모든 지식을 수집하여 자신의 백과전서에 기술하는 방식이다. 그것은 비판적 음미를 위한 배려가 아니라 믿을 수 없을 정도의 수집 취향 때문인 것이다. 《율리시스》에서 《이타케》의 1장이 오노리우스 도팅(12세기의 수도승, 저술가, 중동부 프랑스, 오툉 사람으로 알려져 있지만, 실은 동남부 독일, 레겐스부르크 사람. 그 《세계의 모습》은 당시의 백과전서적 저작)의 《세계의 모습》과 무관하지 않다면, 훨씬 많은 이유에서 《피네건의 밤샘》은 독자의 눈앞에서, 인류문화의 모든 보물을 각 체계 고유의 한계를 고려하지도 않고 늘어놓고, 모든 인용을 영원한 진리, 말할 것도 없이 수도승들과 스콜라학자들이 그들의 방식으로 고전문화의 무기고를 이용하여 증명하려 했던 진리와는 전혀 다른 진리를 증명하기 위해 왜곡하고 있다.

보이지 않는 가운데 이 책의 전편에 흐르는 리듬 또한, 그리고 이것이 마지막이지만, 역시 중세에 기원을 둔 것이다. 그 자신이 녹음한 조이스의 텍스트를 들으면, 매우 명료하게 노래 같은 획일적인 리듬을 느낄 수 있는데, 그것은 사실 혼란의 한복판에 균형의 척도를 터무니없이 무턱대고 끌어들인 것이다. 마치 소음과 음악적 대화 사이의 문턱을 넘어가는 '무색음(無色音)'의 채색처럼 일종의 여과와 비슷하다. 그것은 3박자의 리듬 곧 강약약격(強弱弱格) 또는 약약강격으로, 이를 바탕으로 중요한 변주곡이 연주된다.*45 따라서 우리가 그 속에서 '인류의 의식에 대해 새로운 국면을 가진 시인'을 발견하고 그에게 막 경의를 표하려는 순간, 조이스는 또다시 우리의 정의를 벗어나서, 마찬가지로 엄격한 그의 모습, 어쨌든 그가 원했고 또 그렇게 될 수밖에 없었던 모습을 나타내 보여준다. 자기 자신의 침묵 속에 갇혀, 자기 자신을 위해서인지 아니면 후일의 사람들을 위해서인지 모르는 채로, 독해는 불가능하지만 매력적인 언어로 채색하는 데 열중해 있는 마지막으로 살아남아 있는 중세 수도승의 모습을.*46

＊44 조이스가 브루노를 마음에 들어한 것은 그가 '매우 환상적이고 중세적이기 때문이다'(《평론집》 p. 133에 수록된 1903년의 서평을 참조할 것).

＊45 W. 트로이의 《F.W. 노트》(전게서) 참조. 및 보르도레프의 전게서 pp. 19~21 참조. 여기서는 조이스의 텍스트와 중세 라틴시의 율동적인 구조를 비교분석한 것을 볼 수 있다. 또 나아가서 제정 말기의 모든 라틴어 및 조이스의 열거 취향을 덧붙여 둔다(나는 《아나 리비아》의 삽화에 있는 어원학의 배후에 숨어 있는 전 세계 강(江)의 열거를 떠올리고 있다).

＊46 윌슨(전게서, p. 187)이 F.W.에게 준 많은 텍스트가 여러 번 중첩되어 있는 거대한 '페린프세스투스'(이미 사본에 쓰여 있는 문자를 지우고 그 위에 새로운 텍스트를 쓴 양피지)라는 정의는 이 중세와 비교되는 점에서 재미있다.

과도기의 시

조이스 시법 중에 어느 한 가지를 탐구하며, 우리는 조이스에게서 서로 대립하는 여러 시법의 존재를 발견하는 데까지 이르렀다. 그것은 사실 서로 보완적인 것이고, 조이스는 그의 발걸음을 규정하는 문화적 동기의 다양성을 완전히 자각하고 있었다. 《피네건의 밤샘》같은 작품이야말로, 그러한 모든 시법을 만나게 해주는 것이라고 보고, 또 그러한 만남에 대한 비판적 추론이라고 한다면, 이 작품은 정당성을 가지고 있다. 그것이 없으면, 물론 아나 리비아의 일화와 결말에 있어서처럼 그 서정성이 좀처럼 볼 수 없는 투명함까지 이른 약간의 특권적인 순간은 예외로 하고, 해리 레빈과 함께 이렇게 평가할 수 있을지도 모른다. 즉 어느 누구도 이 작가의 불가시적 암시를 번역할 수 없고, 그 잃어버린 화음을 바탕으로 즉흥 연주를 할 수도 없는 이상, 독자는 모든 책임에서 해방되어, 다만 작품이 주는 표면적인 즐거움이나 특별한 유사성으로 그도 이해할 수 있는 대목들과 자신에 관한 암시 등을 맛보면서, 요컨대 이 위대한 놀이의 내부에 숨어 있는 전적으로 개인적인 놀이에 전념하게 해주는 것만으로도 만족한다고 말이다.

그러나 작품 자체가 주장하는 것처럼, 이 작품을 자기 자신을 비추는 거울로 해석하는 것을 인정한다는 것, 이것은 정말로 이 작품이 우리에게 뭔가 얘기하고자 하는 것이 있다는 말일까? 세계를 언어로 환원하여 모든 문화를 단어의 내부에서 대결시킨다는 것이, 오늘의 인간들에게 뭔가 의미를 갖는 것일까? 아니면, 이 책은 뒤늦은 중세의 설명, '서방적' 시학의 시대착오적 재현, '명사' 수준의 경험에 지나지 않는 것일까? 이와 똑같은 경험은 '음성 흐름'이라는 유명론적인 선택을 통해, 스콜라철학 말기의 학자들이 '존재 그 자체로서의 존재'라는 전제에서 벗어날 수 있게 했고, 또 그와 같은 시기에 다른 쪽에서는 다른 사람들이 사물의 직접적인 관찰을 따르기 시작하기도 했다. 만약 그렇다면, 조이스는 그의 '중세'를 겉으로만 부정했던 것은 아닐까? 한편으로 그는 오직 전 카롤링거 왕조 시대의 수사학에 은둔하기 위해 스콜라 철학을 거부한 것이 될 것이고, 다른 한편으로 다만 '정도가 지나친 르네상스'를 통해서만, 즉 라블레의 건강한 무절제에서 착상을 얻었는지는 몰라도, 에라스무스와 몽테뉴가 발견했던 인간이 절도있는 감정에는 무관심함으로써, 《율리시스》의 스콜라적 정신을 극복한 셈이 될 것이다. 조이스는 그의 마지막 작품에서 실험적이고 환상적인 인문주의가 보여주는 다양한 미궁 같은 모습에 관심을 가지고, 그 자신 《폴리필로의 꿈》(프란체스코 콜론나 작품으로 추정되는 15세기 말 이탈리아어 작품. 꿈속에서 선녀 유혹을 받아 신비한 세계를 편력하면서 사랑에 빠지는 이야기. '혼합문체로 쓴 산문')을 썼다기보다는, 15, 6세기 상징적 도식에 따른 마술적이고 신비주의적인 형식의 기호체계(전에 그가 브루노에게 엿본 기호체계, 그리고 다시 예이츠를 읽었을 때 접신론과 그밖의 비교적(秘敎的) 기여와 혼합되어 나타난 것)를 이 책을 통해 탐구했던 것이리라. 그는 상대성의 시대를 위한 새로운 《피만드로스》(헤르메스 트리스메기스토스의 저서로 알려진 비교적 교의서)를 썼던 것이리라.[*47]

그런데 근대문화의 최초의 움직임도, 교의적인 우주상(宇宙像)에서 벗어나려고 하는 노력에 비해 더욱 합리적인 사고형식을 지향하는 것은 아니었다. 너무나 정적이고 너무나 잘 정돈된 세계관을 부정하기 위해, 사상가와 학자들은 히브리의 카발라적 전통과 이집트인들의 밀교적 계시, 그리고 다소나마 비법적인 신플라톤주의의 부흥으로 돌아와 있었다. 성 토마스 아퀴나스의 명확한 정의와 스콜라학파 말기의 명확한 유명론적 추론(이것은 실험적으로는 입증할 수 없는 불변적 본질의 문제, 따라서 명상(瞑想)과 정의가 그 전망의 역동적인 확대를 일체 배제하고 있는 문제에 적용되고 있었다)에서, 갈릴레오의 정의(이것은 마찬가지로 명석하고 엄밀하기는 하지만, 실험적 관찰의 변화하는 재료가 그 대상이고, 따라서 무한한 수정과 보충을 향해 열려 있다)로, 따라서 지성의 이 두 차원 사이에서 비약하기 위해, 근대문화는 신비의 숲을 가로지르지 않으면 안 되었다. 그 숲 속을 방황한 것은 상징과 문장(紋章)과 4자어(히브리어로 신(에호바)를 나타내는 JHVH 등의 기호)가 아니라, 룰루와 브루노, 피코 델라 미란돌라(1463~94. 이탈리아의 인문주의자, 철학자. 모든 학파와 종교의 종합을 주장하고, 자유의지를 긍정하여 인간성의 중심으로 삼았다)와 피치노(1433~99. 피렌체 메디치가 밑에서 플라톤 아카데미의 중심이 되어 플라톤, 플로티노스의 라틴어 번역을 완성했다)였고, 또 헤르메스 트리스메기스토스(그리스인이 이집트의 토트신에게 준 이름(세 배나 위대한 헤르메스라는 듯). 이것에 영향을 받은 3세기 무렵의 책 속에 플라톤 철학, 점성술, 연금술 등이 설명되어 있다)의 부흥자들, 《조하르》(히브리어의 책(빛의 책)이라는 듯). 구약 모세5경의 비교적 해석서로, 카발라의 성전으로 간주되고 있다)의 해독자들, 실험주의와 마술 사이를 오가는 연금술사들이었다. 아직 새로운 과학은 문제가 되지 않았지만 이미 예감되고 있다. 마술사들과 카발라 저술가들의 저작을 통해, 관념 결합술과 상징문양 연구

---

[*]47 이 '책'의 사상—한편으로는 신비신학에 사로잡힌(예이츠를 통한 것일 뿐이겠지만, 이 점에 대해서는 보르데레프의 전게서 p. 74 이하 참조) 조이스에게서 볼 수 있고, 또 한편으로는 마술적, 신비주의적 인문주의에서 볼 수 있는 것처럼—및 그 무수한 관계에 대해서는 Eugenio Garin, *Alcune osservazioni sul Libro come simbolo*, in *Umanesimo e Simbolismo*(Atti del Ⅰv Congresso intern. degli Studi umanistici) Padova, Cedam, 1958, p. 92 sqq. 같은 논문을 참조할 것.

를 통해, 또 매우 넓은 범위에 걸쳐 깊이 연구된 자연에 관한 형이상학과, 새로운 기술과 발견을 그러모은 것을 통해, 전체를 지배하고 정의하려는 철학의 최근의 분파들도 잊지 않고, 이러한 모든 것을 통해, 이윽고 과학이 정의할 우주에 대한 근대적 의식이 점차 형태를 갖추게 된다. 형상이 일깨우는 신비의 관념은, 이윽고 수학적인 탐구와 정의에 의해 점차 발견해 나가야 하는 미지의 것이라는 관념으로 바뀔 것이다. 이 역사의 갈림길에 접어들었을 때, 근대인들은 상상력이 수학적인 정식화에 선행함으로써 우주가 이미 결코 변하지 않는 종국적인 질서의 척도를 가진, 경직된 계급적 서열이 아니라는 것을 발견하는 것이다. 우주는 가동적이고 변화하는 것이 되었다. 모순과 대립은 바야흐로 질서가 보여주는 추상적인 공식에 의해 제거되지 않으면 안 되는 악이 아니게 되고, 오히려 탐구의 조명을 받은 사물의 동적인 모습에 한 걸음 한 걸음 적응해 나가고자 하는 것에서, 끊임없이 새로운 설명을 요구하는 생명의 탄성(彈性) 그 자체이다.

그런 의미에서 《피네건의 밤샘》은 과도기의 책으로서 나타난다. 과학과 사회관계의 진화가 현대인들을 향해, 이제는 과거보다 훨씬 완전하고 안정된 시대의 도식과는 맞지 않게 된 세계상을 제시하고 있지만, 그래도 아직 현재 일어나고 있는 것을 밝힐 수 있는 공식은 가지고 있지 않다. 지금까지 보아온 것처럼, 과거에도 그 등가물은 몇 가지 존재했던 특징적인 문화적 태도에 따라서, 이 책은 옛 세계에 대한 혼돈된, 현기증이 날 것 같은 백과전서로 새로운 세계를 정의하려고 역설적으로 시도하고 있다. 이 백과전서는 옛날에는 서로 배제하고 있었던 모든 설명으로 채워져 있고, 그리하여 지금은 그것이 공존할 수 있다는 것, 그리고 그 대립에서 아마도 무언가가 태어날 것이라는 사실이 발견되고 있는 것이다.

《피네건의 밤샘》은 그 다양한 양상의 하나로서 수학적인 연구와 정의의 형식들을 언어의 형식과 의미론적 관계에 응용하면서, 상상과 은유에 의한 방법에 따라, 새로운 과학의 절차와 방법, 또 순수하게 개념론적인 그 결론을 모방하려 하고 있다. 또 하나의 양상에서는, 이 조이스의 작품은 현재의 다양한 방법론(그것은, 최종적으로 전면적인 정의의 가능성을 부정하고, 겨우 현실의 부분적인 양상을 정의하는 데 그치고 있다)의 좁은 시야와 신중함에 대한 반란으로 나

타나, 일종의 총람을 정리함으로써 그것을 대신하려고 시도하고 있다. 조이
스는 일종의 절충주의로서 부분적이고 임시적인 정의를 모아서 거대한 '세계
극장', '우주의 열쇠'를 만들고 있는 것이며, 거기서는 작품의 구조가 우주의
'거울', 현실의 인공적이기는 하지만 충실한 축사(縮寫)가 되는 방법으로,
서로 다른 다양한 개념들이 배열되어 있다.*48 한편으로는 철학이, 얘기할 수
없는 것에 대해서는 입을 다물고 있어야 한다고 확언하고 있을 때, 《피네건
의 밤샘》은 '전체'를 표현할 수 있도록 언어를 작용시키려 했다. 그렇게 하
기 위해, 그는 어떠한 학설, 체계, 침적작용과 관련이 있는 것이든, 모든
'용어'와 참조를, 이 세계가 대상이 된 적이 있는 다양한 단언을 보여주고 공
존시키는 것이 가능한 한에서 이용했다. 그리고 그렇게 하여 어떠한 사물 사
이의 관계라도 내세울 수 있고, 전혀 예상하지 못한 단락을 불러일으킬 수
있으며, 일종의 어원적 폭력에 의해 완전히 뒤죽박죽인 조회를 모을 수 있게
된 언어의 결합조직 덕분에, 이러한 '용어'와 참조를 통일시키고 있다.

만약 조이스의 의도가 종교지도자적 전통, 아인슈타인, 신비학자들, 셰익
스피어, 인류사, 레비 브륄의 민족학적 연구, 성 토마스 아퀴나스, 비코, 브
루노와 니콜라우스 쿠자누스, 프로이트와 크라프트 에빙, 아울루스 겔리우
스(2세기 라틴 문법가이자 비평가. '아테네 야화'의 저술이 있다.)와 부처, 코란과 성서, 아일랜드와 전 세계, 파라켈수스
(1493?~1541. 스위스 출신 의사, 점성술사, 연금술사. 유럽 각지를 편력하며 논쟁과 악평으로 유명했던 전설적 인물)와 화이트헤드(1861~1947. 영국의 수학, 철학자), 상대성과 신비
주의, 신지학과 북유럽신화, 이시스(이집트의 여신, 의학, 농업, 혼인을 관장)의 신비와 공간=시간……
을 단 한 권의 책 속에 모아서 대중에게 제공하고, 그리하여 '비법사상'의
원리에 의하면 위에 있는 것은 아래에 있는 것과 같다는 것, 수천 년 동안의
문화를 통한 불모의 대립을 뛰어넘어, 세계의 씨실 속 깊이, 변하지 않는 신
비적인 통일이 계속 살아 있는 것, 그것을 지금 자신의 책만이 밝혀서 보여
줄 수 있다는 것, 왜냐하면 그의 책이야말로 '유일한 책'이고, 다른 것은 모
두, 현실의 무의미한 평면에서만 작용하는 참담한 기법의 동화에 지나지 않
기 때문이라는 것을 증명하고자 하는 것……만약 조이스의 의도가 이것뿐이
었다면, 위에서 말한 방법은 지극히 모호한 것이 되었을 것이다. 계획이 그

---

*48 르네상스(및 포스트르네상스) 시대에 고유한, 전우주를 요약한 '거울', '세계극장', 언어
로 조립된 기계장치[적 우주]의 존재에 대해서는 Paolo Rossi, *Clavis Universalis*, Milano
-Napoli, Ricciardi, 1960 참조.

런 것이었다면, 조이스의 이 작품은 중세의 백과전서나 르네상스의 위대한 '세계극장'의 어설픈 복사조차 되지 않았을 것이다. 그것은 고작해야 19세기, 20세기의 신비학 전통 속에서 가장 주목할 만한 산물, 블라바츠키 부인(1831~91. 러시아의 신지학자)이 심은 나무의 가장 이색적인 열매, 또는 독학한 신지학자들의 황금의 책 정도가 될 것이다. 그러한 무리는 교양이 부족하거나 본성적으로 비판적 감각이 부족하기 때문에, 숨겨진 영원한 예지를 찾아다니는 데 골몰하는 사람들이다.

그러나 저자의 명확한 언명이나 편지, 인터뷰 등을 거론할 것도 없이, 작품의 음조 자체가 밝혀주고 있는 것이 있다. 그것은 자기가 이용하고 있는 문화적 소재에 대한 조이스의 냉소로, 초연한 태도, 그 형상이 그를 열광시키기는 했지만 그 내용에 대해서는 회의적이었던, 무수한 요소를 수집할 때의 그 놀라운 냉소주의이다.

조이스의 의도는 완전히 다른 것이었던 것이 아닐까. 그는 우리를 향해 이렇게 말하고 있는 것 같다. 자, 내가 여기에 보여주는 것은 인류의 지혜의 총목록이다. 이 배후에는 아마 유일하고 영원한 현실이 숨겨져 있을 것이다. 왜냐하면 오늘날 일어나고 있는 것도 결국은 어제 일어난 것과 그다지 다르지 않기 때문이다. 인류는 희극을 연기하는 방식에서는 스스로 생각하는 것만큼 독창적이지 않다. 그렇지만 이러한 문화유산, 문명인으로서 우리의 존재가 근거를 두고 있는 이러한 단편들이, 현재가 맞닥뜨린 위기의 기원에 도사리고 있는 것이다. 즉, 오늘날 우리는 이 개념과 해결의 보고(寶庫) 속에 두 손을 집어넣고, 그것을 마음대로 이용할 수 있는 가능성을 가지고 있다. 단, 사라진 왕국의 영화를 찬양하는 것으로 만족하며 체념해야 하는 전락한 사람의 자기만족을 느끼면서. 또 끝내 이러한 보물에 하나의 질서를 부여하지 못한 채. 다만 앞으로 하나의 가능성만은 직시할 수 있게 되어, 그 한 가지가 내 마음을 어지럽히고 있다. 그것은 인류의 이 지혜를 일괄하여 다루고, 거기에 언어의 영역으로 새로운 질서를 부여하는 것이다. 나는 지금까지 얘기된 모든 것을 매개로 하여 세계를 떠안아, 그것을 사물이 아니라 사물을 표현하는 언어에 유효한 규칙에 따라 조직한다. 나는 그 모든 것이 전체의 형식을 확증해 주는 부단한 변용의 리듬에 따라 전개되는, 다양한 관계를 가진 새로운 세계의 형상을, 여러분에게 언어 속에 실현해 보여주고 제시한다.

나는 세계에 대한 하나의 가설을 제시하고 있지만, 그것은 언어를 매개로 했을 때의 일이다. 있는 그대로의 세계는 내가 관계할 바가 아니다.

《피네건의 밤샘》은, 그가 우리의 우주를 정의할 수 있도록 하는 무수한 형식을 언어—'초월적'인 수준으로서의—속에 수립하고자 한다. 그 때문에 조이스는 언어를 위해 사물을 포기한 것이다. 다시 말하면, 그는 자기가 현실의 모형을 그릴 수 있게 해주는 작업의 장을 선택한 것이었다. 왜냐하면 현실은 그 총체에 있어서, 우리 한 사람 한 사람에게서 달아나듯이 그의 손에서 달아나버릴 수도 있었기 때문이다. 그리고 이 현실의 최종적인 축척도는, 과학에도 또 문학에도 속하는 것이 아니라, 단 이것이 가능하다면 형이상학에 속하는 것(더욱이 형이상학의 위기의 기원에 숨어 있는 것은 바로 이러한 축사(縮寫)의 실패이다)이기 때문일지도 모른다.

그런 의미에서 조이스의 시도는 확실히 하나의 의미와 하나의 변명을 가지고 있다. 그러나 조이스가 완성한 이 모형이 우리에게 이해될 수 있는 것인지, 아니면 반대로 작자는 언어의 가능성의 이용이라는 점에서 그리 멀리 가지 못하고, 그 때문에 무익한 것 이상으로 위험한 결과와 무서운 유혹에, 앞으로의 모든 시도를 금지하게 될 수도 있는 해결의 이미지에 도달해 버린 것은 아닌지 생각해 보는 것은 필요하다. 요컨대, 이렇게 생각해 보는 것이다. 이 n차원적인 정의의 총람이 가치를 가지는 것은 우리에 대해서인가, 다른 사람들에 대해서인가, 저자 자신에게인가, 신에 대해서인가, 또는 광인의 꿈에 있어서인가, 아니면 미래의 독자들에 대해서인가, 즉 많은 의미를 가진 기호에서 출발한 이 훈련이 이제는 지적 엘리트를 위한 일종의 유희가 아니라, 새롭게 태어나서 훨씬 민첩해진 지각능력의 자연스럽고 건설적인 단련으로서 등장하는, 그런 있을 법한 사회의 독자들을 위한 것인가⋯⋯? [49]

1994년 출판 《율리시즈》 학회보 신상웅 번역 게재 재수록

---

[49] 조이스는 F.W.에 대해 이렇게 말했다. "아마, 이것은 불건강한 것일지 모른다. 1세기가 지나면 판단할 수 있게 될 것이다."(루이 질레의 《트랜시전》 1932년에 보고되었다)

제임스 조이스 연보

1882년   2월 2일, 제임스 어거스틴 조이스(James Augustine Joyce),
               더블린 교외 남쪽 래스가에 있는 브라이튼 서부 스퀘어 41번
               지에서 태어남. 아버지 존 스태니슬로스 조이스(1849~
               1931)는 코크에서 태어나, 퀸스 칼리지에서 의학을 공부하
               고, 더블린으로 와 시의 세무 공무원이 됨. 1880년 메리 머
               리(1859~1903)와 결혼. 제임스는 10형제(4남 6녀) 가운데
               맏아들로 태어남. 1884년 12월에 태어난 차남 존 스태니슬로
               스와는 평생을 셈과 숀(《피네건의 밤샘》 쌍둥이)을 떠올리는
               미묘한 관계를 유지함.
               ✳ 윈덤 루이스, 버지니아 울프, 스트라빈스키 탄생. 5월 더
               블린 피닉스 공원 영국 고관 암살사건.

1888년(6세)   9월 1일, 예수회 부설 기숙학교 클론고우스 우드 칼리지 입
               학. 교장은 콘미 신부(《젊은 예술가의 초상》《율리시스》에
               등장). 여섯 살 반의 최연소 학생으로 별명은 '여섯 시 반'.
               재학시절 운동을 좋아하는 뛰어난 학생이었음.

1891년(9세)   견진 성사를 받고 알로이시오(Aloysius)라는 이름을 선택함.
               6월 자퇴(세무조직 개편으로 아버지가 실직했기 때문). 파넬
               이 죽자, 그를 배반한 힐리를 탄핵하는 풍자시 〈힐리, 너마
               저!(Et Tu Healy!)〉를 씀. 열렬한 파넬 신봉자인 아버지는
               이것을 인쇄해 친구에게 보내는데, 현재 남아 있지 않음.
               ✳ 오셰이 부인과의 스캔들(1889년)을 계기로 실각한 파넬,
               10월 6일 브라이튼에서 객사. 예이츠, 런던에 '아일랜드 문
               예협회' 설립.

1893년(11세)   4월 6일, 콘미 신부의 노력으로 더블린 예수회 벨베디어 칼

리지에 3학년으로 입학. 라틴어, 프랑스어 외 선택 외국어로 이탈리아어를 배움.

＊더글러스 하이드, 게일어동맹 창설.

1894년(12세) 이해부터 필수 교재가 된 찰스 램의 《율리시스의 모험》을 애독하고, '내가 좋아하는 영웅'이라는 제목으로 율리시스에 관한 글을 지음. 또한 1922년 큰어머니에게 보낸 편지에서 《율리시스》 최고의 입문서로서 이 책을 추천함.

1896년(14세) 처음으로 사창가를 감. 신앙의 동요와 함께 예술에 대한 마음이 깊어짐. 이 무렵 예이츠의 영향이 짙은 〈정조(Moods)〉란 시를 쓰지만, 현재 남아 있지 않음.

1898년(16세) 9월 유니버시티 칼리지 입학. 존 프랜시스 반(《젊은 예술가의 초상》 크랜리)과 가장 친해짐. 입센에 심취.

1899년(17세) 예이츠의 《캐슬린 백작부인》을 반아일랜드적이라고 비난하는 학생들의 서명운동에 조이스는 분명하게 반대함.

＊더블린에 예이츠를 중심으로 한 '아일랜드 문예극장' 설립. 아서 그리피스 '신페인' 운동 벌임.

1900년(18세) 1월 20일. 학교 내 문학·역사 협회에서 '연극과 인생'이라는 제목으로 강연. 4월 1일, 《우리들 죽은 자가 눈을 뜰 때》에 대해 논한 에세이 〈입센의 신극(Ibsen's New Drama)〉이 〈포트나이틀리 리뷰〉에 실리고, 영국 연극비평가 윌리엄 아처를 알게 되고, 학교 친구들의 경탄과 선망의 대상이 됨. 여름, 아버지와 멀링거를 여행 중 입센의 영향이 뚜렷한 4막으로 구성된 〈화려한 경력(A Brilliant Career)〉을 씀(이 원고는 1902년에 찢어버림). 이 무렵 〈빛과 그림자(Shine and Dark)〉라는 시를 쓰지만, 현재 일부분만 남아서 전함.

＊프로이트 《꿈의 해석》 출판.

1901년(19세) 10월, 아일랜드 문예극장의 지방성을 비난하는 〈소요의 날(The Day of the Rabblement)〉을 쓰고, 〈두 개의 에세이〉라는 제목을 붙인 85부를 인쇄, 친구들과 지인들에게 배포.

＊빅토리아 여왕 서거.

1902년(20세) 2월 15일. 문학·역사 협회에서 아일랜드 시인 제임스 클래런스 맹건에 대해 강연. 여름, 조지 러셀의 소개로 예이츠와 그레고리 여사를 만남. 문단의 중심인물들은 조이스의 '루시퍼 같은 거만함'에 당황하면서도 그 문학적 재능에 감탄. 10월 31일, 졸업. 12월 1일 더블린을 떠나, 런던에서 예이츠, 아서 시먼스 방문. 그리고 파리에 가나 자금이 끊겨 더블린으로 돌아옴. 더블린에서 마흔 살 중년의 친구, 트리니티 칼리지 의학생 올리버 고가티(《율리시스》 벽 멀리건)를 만남. 이달부터 1년 동안 더블린 신간 〈데일리익스프레스〉에 서평 23편을 씀.

* 예이츠를 회장으로 '아일랜드 국민극장 협회' 설립. 에밀 졸라 사망. 드레퓌스 사건(1894~1906)은 1903년 아일랜드 리머릭의 유대 상인 보이콧 사건과 함께 조이스의 강한 관심을 끎.

1903년(21세) 1월 다시 파리 도착, 가난으로 고생. 《바다로 나가는 사람》 집필을 막 끝낸 존 싱도 같은 여인숙에 있어서, 두 사람은 기묘한 경의와 적의를 느낌. 투르로 가는 도중에 역에서 에두아르 뒤자르댕 《월계수는 베어졌다》 구입. 4월 10일, 어머니가 위독하다는 전보를 받고 귀국. 8월 13일 메리 조이스 사망(44세), 글래스네빈 묘지에 매장. 이 무렵부터 고가티의 영향이 더해져 술을 과하게 마시게 됨.

1904년(22세) 친구 존 이글린턴(《율리시스》에 등장)의 〈다나〉 간행 기획을 듣고, 1월 7일 약 2천 단어의 자전적 에세이 《예술가의 초상 (A Portrait of the Artist)》을 하루에 다 쓰는데, 편집자들의 거부에 부딪침. 2월 2일, 이 작품을 《스티븐 히어로(Stephen Hero)》라는 제목의 장편소설로 고쳐 쓸 결심을 하고, 10일에 제1장을 다 씀. 이 작품은 1907년 개정을 거쳐 1916년 《젊은 예술가의 초상(A Portrait of the Artist as a Young Man)》으로 출판됨. 3월부터 6월까지 댈키에 있는 사립학교 클리프턴 스쿨 임시 보조교사로 근무. 6월 10일, 나소거리를 산책하던 노라 바너클(20세)을 만남. 16일(《율리시스》 배경, '블룸스 데이') 저녁 첫 데이트 이후 급속도로 친해짐. 조지 러셀의 권유로 단편 〈자매〉를 쓰고, 8월 13일 〈아일랜드 홈스테드〉 지에 스티븐 디댈러스라는 필명으로 실음. 이것은 1914년 간행 단편집 《더블린 사람들(Dubliners)》 첫머리 작품이 됨. 9월 《이블린》, 12월 《경쟁 후》를 발표. 9월 9일, 샌디코브의 마텔로 탑에서 고가티와, 그의 옥스퍼드 친구 사무엘 트렌치(《율리시스》의 헤인스)와 동거. 9월 15일 고가티에게 깊은 원망을 품고 탑을 떠나 아버지의 집으로 돌아감. 노라와 함께 대륙으로 갈 결심을 하고, 돈을 마련하려고 분주한 한편, 1902년 이후 쓴 시집 《실내악(Chamber Music)》 초고를 런던 출판업자 그랜트 리처드에게 보냄. 스위스의 벌리츠 스쿨에 영어교사직을 얻어, 파리까지의 비용을 들고 10월 8일 출발. 파리에서 빌린 돈으로 겨우 취리히에 도착. 실수로 직업을 잃고, 트리에스테 벌리츠 스쿨 책임자의 주선으로, 트리에스테에서 150마일 떨어진 이탈리아 영지 폴라(현재는 풀라, 크로아티아 항구도시)에 부임.

＊존 싱 《바다로 나가는 사람》 출판. 12월 더블린에서 애비 극장 개관.

1905년(23세) 1904년 8월에 쓴 풍자시 〈종교 재판소(The Holy Office)〉 100부를 인쇄하고, 더블린의 친구나 지인에게 보냄(이것은 예이츠에서 고가티에 이르기까지 더블린 문인 전부를 단죄한 결별장 또는 복수선언이다). 3월, 트리에스테(오스트리아·헝가리 제국 영지. 현재는 이탈리아 동북부 항구도시) 벌리츠 스쿨로 전임. 5월, 그랜트 리처드가 《실내악》 출판 거절. 7월 27일 장남 조지오 탄생. 10월, 학교에 빈자리가 나자 동생 스태니슬로스를 부름. 12월 3일 《더블린 사람들》 원고 제12편(나중에 3편 '두 한량', '작은 구름 한 점', '죽은 사람들' 추가)을 그랜트 리처드에게 보냄.

1906년(24세) 3월, 리처드가 《더블린 사람들》 출판계약서에 서명. 7월, 신문 구인 광고에 응모해 로마 은행 문서과에 채용, 31일 로마 도착. 9월 30일 스태니슬로스 앞으로 보낸 편지에, 더블린에 사는 유대인 헌터를 주인공으로 하는 단편 '율리시스'에 대한 생각을 말함. 이것은 결국 제목만으로 끝났지만, 아내를 빼앗긴 유대인 남자라는 이미지는 그의 마음을 사로잡고, 《율리시스》로까지 발전함. 4월 이후 출판사 측 수정 요구를 둘러싸고 오고 간 격한 편지 끝에, 9월 말 리처드 앞으로 계약 파기 편지가 도착함. 그 직후 《실내악》을 찰스 엘킨 매슈스에게 보냄.

1907년(25세) 2월, 존 롱도 《더블린 사람들》 출판 거절. 같은 달, 존 싱의 《서방(西方)의 플레이보이》 상연을 둘러싼 애비 극장 소동에 강한 관심을 보임. 창작에서는 극도의 슬럼프에 빠진 끝에, 3월 5일 은행을 그만두고, 직업도 없이 트리에스테로 되돌아감. 결국 벌리츠 스쿨에 복직. 그 고장의 〈일 피콜로〉지에 아일랜드 자치 문제 등에 대한 일련의 기사를 씀. 4월부터 '아일랜드, 성자와 학자의 섬' '제임스 클래런스 맹건' 등 제목으로 연속 공개 강연. 5월, 《실내악》이 엘킨 매슈스를 통해 출판. 7월 류마티즘열로 한 달여 입원. 7월 26일 장녀 루치아 탄생. 조이스는 학교를 그만두고 개인교사가 되지만, 어려운 살림은 나아지지 않음. 이 무렵 마음속으로 끝낸 《율리시스》 구상을 다시 시작하고 '더블린 판 페르귄트' 또는 '아일랜드의 파우스트'라는 착상과의 융합도 생각하지만, 구체화하지는 않음.

1908년(26세) 3월, 존 싱의 《바다로 나가는 사람》을 이탈리어로 번역. 소년 시절부터 약시였던 그는 특히 지난해 류마티즘열 이후 눈상태가 나빠진 데다 과음도 빌미가 되어 5월 심한 홍채염을 앓음. 이 무렵 영어 학생 중 부유한 유대인 에토르 시치미(필명 이탈로 스베보)가 있었는데, 조이스는 21살 연상인 그의 재능을 높이 평가함.

1909년(27세) 4월, 더블린 출판사 몽셀에 《더블린 사람들》 원고를 보냈지만, 직접 협상과 모교에서의 교사 생활(이탈리아어) 가능성 여부를 보기 위해 7월 조지오를 데리고 아버지 집으로 감. 에클즈거리 7번지(《율리시스》블룸의 집)에 사는 반과 옛정을 되살림. 친구 코스그레이브(《젊은 예술가의 초상》《율리시스》린치)의 말로 소녀시절 노라와 코스그레이브와의 관계를 의심하지만, 반의 조언으로 오해를 풂. 그동안 노라 앞으로 격한 감정을 드러낸 편지를 자주 보냄. 8월, 몽셸 출판사(영업담당 존 로버츠)와 《더블린 사람들》 출판계약 성립. 9월, 동생 에바와 조지오를 데리고 더블린을 떠나 트리에스테로 돌아감. 이 더블린 체류는 그 이후 작품, 특히 《망명자들》《율리시스》에 많은 소재를 줌. 에바의 말에 암시를 받아, 영화관 하나 없는 아일랜드에 영화관 개설을 계획. 트리에스테의 실업가 그룹을 설득, 12월 20일 더블린에 영화관 '볼터' 개관.

＊존 싱 사망. 문예지 〈신 프랑스 평론〉지 창간. 마리네티 '미래파선언'.

1910년(28세) 1월 2일, 동생 아이린을 데리고 트리에스테로 돌아감. 홍채염 재발로 한 달여 휴양. 7월, '볼터' 경영부진으로 파산. 5월 예정이었던 《더블린 사람들》 출판은, 에드워드 7세 언급 부분을 수정하라는 출판사 요청이 세 번 있었으나 조이스가 거부해 계속 미루어짐.

1911년(29세) 2월, 몽셸 출판사로부터 에드워드 7세에 관한 기술을 모두 삭제해 달라는 편지를 받음. 이 무렵 《더블린 사람들》 출판 협상이 잘 진행되지 않자 순간 화가 나 《스티븐 히어로》 초고를 난로에 던지지만, 마침 거기에 있던 동생 아이린이 빼냄. 8월 1일, 에드워드 7세 문제로 영국왕실의 견해를 묻는 편지를 조지 5세 앞으로 보냄. 8월 11일, 비서관 답장(이런 문제에 대해 국왕 자신의 의견을 표명하는 것은 관례에 어긋난다) 받음.

1912년(30세) 3월, 디포와 블레이크에 대해 두 번에 걸친 강연. 5월 〈일

피콜로〉지에 〈파넬의 그림자〉라는 제목으로 글 실음. 7월, 가족과 함께 아일랜드로 향하고, 노라의 고향 골웨이를 방문함. 8월, 결국 몽셀 출판사 존 로버츠와의 계약 결렬, 9월, 조판은 해체 교정쇄는 파기. 그날 밤 조이스는 더블린을 떠나 트리에스테로 돌아가면서 로버츠에 대한 분노를 담은 풍자시 〈분화구로부터의 가스(Gas from a Burner)〉를 쓰고, 둘째 동생 찰스를 시켜 더블린 지인들에게 나눠주게 함. 그 뒤로 조이스는 두 번 다시 아일랜드 땅을 밟지 않음.

1913년(31세) 레볼테라 고등상업학교(나중에 트리에스테 대학)에서 가르치며 동시에 개인교사를 계속함. 이때부터 이듬해 여름까지 학생 마리아 포퍼(아버지 레오폴드는 유대인 실업가)에게 일방적인 연애감정을 느끼고, '자코모 조이스'라는 제목의 노트를 남김(1968년 출판, 카사노바에서 유래한 자코모는 바람둥이라는 뜻). 11월, 그랜트 리처드와 《더블린 사람들》 출판협상 다시 시작. 12월, 예이츠의 소개로 알게 된 에즈라 파운드에게서 보낸 작품에 대한 편지를 받음.

＊ 마르셀 프루스트 《잃어버린 시간을 찾아서》 제1권 《스완네 집 쪽으로》, 데이비드 로렌스 《아들과 연인》.

1914년(32세) 1월, 그랜트 리처드가 《더블린 사람들》 출판에 동의, 6월 15일 출판. 2월, 파운드의 주선으로 〈에고이스트〉에 《젊은 예술가의 초상》을 실음. 초판 1250부 가운데 연말까지 499부가 팔리는데, 5백 부까지는 무인세 계약이어서 기대에 반해 조이스의 형편은 나아지지 않음. 1906년 이래 구상한 《율리시스》를 《젊은 예술가의 초상》 속편으로 하려고 3월에 다시 글을 쓰지만, 결국 중단, 희곡 〈망명자들(Exiles)〉을 씀. 12월, 동생 스태니슬로스가 과격 이탈리아 민족통일주의 운동에 참여하고 있다는 이유로 오스트리아 관헌에게 체포, 전쟁이 끝날 때까지 감금.

＊ 제1차 세계대전 발발.

1915년(33세) 1월, 런던과 미국 출판업자들이 조이스에게 강한 관심을 보임. 9월 〈망명자들〉 완성. 전쟁으로 조이스 가족은 6월 취리히로 이주, 조이스는 개인교사 일을 계속함. 파운드와 예이츠의 노력으로 영국왕실문학기금으로부터 보조금 75파운드를 받음.

1916년(34세) 《젊은 예술가의 초상》 출판에 관해 핑커를 통해 여러 회사와 협상하지만 난항을 겪음. 해리엇 위버의 집요한 노력으로 12월 《더블린 사람들》 미국판 간행, 이어 12월 29일 《젊은 예술가의 초상》 출판. 파운드와 예이츠의 또 한 번의 노력으로 8월 영국재무부기금 100파운드를 받음.

＊헨리 제임스 사망. 카프카 《변신》. 4월 24일 더블린 부활절봉기, 같은 달 10일 진압.

1917년(35세) 2월 12일, 해리엇 위버의 에고이스트 출판사 《젊은 예술가의 초상》 영국판 간행. 허버트 웰스가 〈네이션〉 2월호에 호의적인 서평 발표, 초판 750부가 여름까지 다 팔림. 이 무렵 예술에 조예가 깊은 뉴욕 변호사 존 퀸도 조이스에게 관심을 보임. 몇 개월 동안 녹내장으로 극심한 고통을 겪다가 8월 수술. 10월부터 가족과 함께 로카르노에서 쉬며 연말에 《율리시스》 에피소드 3까지 끝내고 파운드에게 보냄.

＊폴 발레리 《젊은 파르크》

1918년(36세) 1월 취리히로 돌아감. 파운드의 주선으로 미국 잡지 〈리틀 리뷰〉 3월호에 《율리시스》 연재. 친구이자 본디 배우인 클로드 사익스와 극단 '잉글리시 플레이어스(English Players)' 창립. 오스카 와일드의 《진지함의 중요성(The Importance of Being Earnest)》을 시작으로 쇼나 노래 등을 상연. 출연료 문제에서 시작된 극단원 카(영국영사관 근무)와의 다툼이 재판으로까지 발전, 결국 승소. 5월 25일, 〈망명자들〉 영국과 미국에서 출판. 슈테판 츠바이크가 강한 관심을 보임. 양쪽 눈에 홍채염이 걸려 고생. 12월, 근처에 사는 말테 플리아시만과 교제. 이듬해 그녀의 '보호자'를 알게 되면서 두 사람의 '플라토닉'한 관계는 끝나지만, 《율리시스》 거티와 마사의 소재가 됨. 〈리틀 리뷰〉의 《율리시스》 연재는 안정적으로 진행되고, 연말에는 에피소드 9 완성.

1919년(37세)   6월, 1917년 5월 이래 익명으로 후원한 사람이 해리엇 위버였음이 밝혀짐(그녀의 경제적 원조는 조이스 사후 장례식에 이르기까지 계속됨). 8월 7일, 슈테판 츠바이크의 주선으로 〈망명자들〉 뮌헨에서 상연하나 성공하지 못함. 9월까지 《율리시스》 에피소드 10, 11, 12 완성. 10월 트리에스테로 돌아가 레볼테라 고등상업학교에 복직.

1920년(38세)   5월까지 에피소드 13, 14 완성. 파운드의 권유에 따라 파리 이주를 결심. 7월 파리 도착, 서점을 경영하는 두 여성, 아드리엔느 모니에르(라 메종 데자미 데 리브르)와 실비아 비치(셰익스피어 서점)를 알게 됨. 8월 15일, 토머스 엘리엇과 윈덤 루이스를 방문. 12월 에피소드 15 완성, '이제까지 쓴 것 중에서 제일 잘된 것'이라고 말함. 12월 24일, 비치와 모니에르의 준비로, 외국문학에 관해 파리 문단에서 강한 영향력을 행사하는 발레리 라르보를 만남.

＊트리스탕 차라 '다다이즘 선언'. 아일랜드 자치법안 통과.

1921년(39세)   2월 《율리시스》 미발표분을 읽은 라르보로부터 칭찬의 편지가 도착함. 《율리시스》를 연재하고 있는 〈리틀 리뷰〉지가 뉴욕 악덕방지회로부터 외설문서 유포 혐의로 고소당함. 피고 측 변호사는 존 퀸, 이듬해 유죄 판결을 받음(에피소드 14에서 연재 중단). 4월, 실비아 비치를 통해 《율리시스》 출판계약. 1000부 예약 모집에 예이츠, 파운드, 지드, 헤밍웨이 등이 신청함. 5월 한 모임에서 마르셀 프루스트를 만남. 10월, 에피소드 17과 18 집필이 나란히 끝남으로써 《율리시스》 원고 완성(에피소드 4는 출판되는 날까지 수정함). 11월, 조이스는 《율리시스》 구성과 기법에 관한 세밀한 계획표를 발레리 라르보에게 보이고, '내적독백' 창시자로서 에두아르 뒤자르댕의 공적을 분명히 밝힘.

1922년(40세)   2월 2일 생일, 셰익스피어 서점판 《율리시스》 첫 한 권을 실비아 비치에게서 건네받음(구상한 지 16년, 집필한 지 7년째). 엘리엇은 격찬하며 "조이스는 19세기를 매장시켰다"고 버지니아 울프에게 말함. 울프는 "교양 없고 수준 낮은 환경에서 자란" 사람의 작품이라고 비판. 에드먼드 고스는 "문학적 사기꾼"이라고 평함. 8월, 조이스는 노라와 함께 런던으로 가서 처음으로 해리엇 위버와 만남. 눈병 악화로 9월 중순 서둘러 파리로 돌아감. 10월, 위버를 통해 에고이스트 판《율리시스》출판. 《피네건의 밤샘》구상. 이 제목은 아내에게만 말했을 뿐 출판 때까지 감추어 둠.

　＊ 엘리엇〈황무지〉발표. 1월 아일랜드자유국 성립.

1923년(41세)　3월《피네건의 밤샘》집필 착수. 4월, 이를 몇 개 뽑은 뒤, 안과의사 보르시 박사에게 괄약근 수술을 받음. 장남 조지오는 은행을 그만두고 성악가(베이스) 훈련에 전념.

　＊ 엘리엇〈율리시스, 질서와 신화〉발표.

1924년(42세)　3월, 1920년 진행하던《젊은 예술가의 초상》프랑스어판《디댈러스》간행. 《율리시스》는〈커머스〉에 실림. 〈트랜스 어틀랜틱 리뷰〉에《피네건의 밤샘》의 단편 실림. 편집장 매독스 포드는 이것을 트리스탕 차라, 헤밍웨이 작품과 함께《진행 중인 작품(Work in progress)》으로 묶어 문예부록으로 함(조이스는 이것이 마음에 들어《피네건의 밤샘》출판 때까지 제목으로 씀). 4월, 왼쪽 눈 결막에 이상이 생겨 의사가 일을 쉬라고 함. 6월 수술. 8월 변호사 존 퀸 사망. 11월 이모 조세핀 마리 사망. 특히 더블린의 정다운 정보원이었던 이모의 죽음으로 조이스는 깊은 슬픔에 빠짐. 11월 28일 보르시 박사에게 왼쪽 눈을 6번째로 수술 받음.

　＊ 버지니아 울프, 평론〈미스터 베넷과 미세스 브라운〉에서 내면세계를 중시하는 새로운 문학 옹호.

1925년(43세)　2월 15일부터 열흘 동안 입원. 오른쪽 눈 통증으로 발광 직전이었음. 같은 달 뉴욕에서〈망명자들〉상연. 눈병과 치통에 괴로워하며《진행 중인 작품》일부를 손봐서〈크라이테리온〉7월호에 실음. 4월 왼쪽 눈 7번째 수술. 7월부터 9월까지 노르망디 여행. 눈이 보이는 한 돋보기와 큰 문자에 의지하여 집필 활동 계속. 12월 두 번에 걸친 왼쪽 눈 수술.

＊카프카《심판》. 버지니아 울프《댈러웨이 부인》.

1926년(44세)　2월 14, 15일 런던에서 〈망명자들〉 상연. 왼쪽 눈이 악화되어 10번째 수술을 받음. 지난해 9월부터 이해 9월까지 뉴욕의 잡지 〈두 개의 세계〉는 《진행 중인 작품》을 다섯 차례, 《율리시스》를 한 차례 표절. 11월, 위버와 파운드에게서 《진행 중인 작품》의 난해함에 당혹스러워하는 편지를 받음.

1927년(45세)　《율리시스》 표절에 대한 항의문을 만들어 여러 나라 작가들의 서명을 요청. 서명자는 크로체, 뒤아멜, 아인슈타인, 엘리엇, 지드, 헤밍웨이, 로렌스, 울프, 예이츠 등 167명. 2월 2일 날짜로 항의문 발송. 표절은 10월까지 이어지고, 뉴욕 최고재판소 표절금지령이 떨어진 것은 이듬해 12월. 조이스 부부와 엘리엇 폴 편집의 〈트랜지션〉 창간호(4월)에 《진행 중인 작품》 연재 시작(38년 5월까지 계속됨). 이때 아주 이해하기 어렵고 까다로운 《진행 중인 작품》에 대한 비판을 들어 이 작품을 아일랜드 소설가 제임스 스티븐스에게 맡기려고 생각함. 《진행 중인 작품》 비판에 대항하는 방법으로 7월 7일 셰익스피어 서점에서 시집 《한 푼짜리 시들(Pomes Penyeach)》을 내지만 기대한 만큼 좋은 반응은 얻지 못함. 라인 펠락 출판사를 통해 《율리시스》 독일어 판 간행. 조이스가 번역에 불만을 나타내 다시 번역함.

＊버지니아 울프《등대로》.

1928년(46세)　9월 이탈로 스베보 자동차 사고로 사망. 같은 달, 눈병 악화로 집필에 어려움을 겪음. 10월 29일, 뉴욕에서 《아나 리비아 플루라벨》 호화판 850부 간행. 1월 8일, 노라 암이 의심되어 첫 번째 수술.

1929년(47세)　2월, 라르보 등이 참여한 《율리시스》 프랑스어 번역판을 아드리엔느 모니에르가 출판. 같은 달 노라 자궁 절제 수술을

받으나 경과는 양호. 4월, 장남 조지오 가수로 데뷔. 발레리
나를 포기한 루치아는 이때부터 이상한 조짐을 보임. 5월,
베케트, 버젠 등 12명을 통해 《피네건의 밤샘》 어폴로지아
간행. 8월, 《솀과 숀 이야기》(《피네건의 밤샘》 일부) 파리에
서 출판. 7월부터 8월까지 길버트 부부와 영국에 머물며, 길
버트의 《율리시스》론에 조언을 함. 11월, 만일 실명하거나
완성할 기력이 없을 때를 대비해 제임스 스티븐스에게 《피네
건의 밤샘》 구성을 1주일에 걸쳐 설명. 이 무렵 〈트랜지션〉
이 경제적 이유로 잠시 휴간되자 창작 의욕을 잃음. 아일랜
드 코크 출신 테너 가수 존 설리번을 알게 되어 그를 지나칠
정도로 열렬하게 후원함.
* 포크너 《음향과 분노》.

1930년(48세) 시력이 감퇴하여, 5월 10일 취리히에 가서 포크트 박사에게
11번째로 왼쪽 눈 수술 받음. 6월, 파리와 뉴욕에서 《어느
곳에나 어린이가 있다》(《피네건의 밤샘》 3부 3장 묶음 부분)
출판. 라인 펠락 출판사가 독일어 번역판 《율리시스》 제3판
을 위해 융에게 머리글 의뢰. 9월 머리글 원고를 읽은 조이
스는 "이 남자는 한 번도 미소 짓지 않고 처음부터 끝까지
읽은 듯"이라고 함. 출판사 머리글 단념. 1월, 조이스 자신
의 감독하에 《아나 리비아》 프랑스어 번역 진행. 번역가는
베케트, 페론, 레옹, 졸라스, 골, 수포. 12월 10일 장남 조
지오 결혼. 12월 조이스의 의뢰를 받은 하버드 고먼이 그의
전기를 쓰기 시작(출판은 40년).

1931년(49세) 《어느 곳에나 어린이가 있다》 페이버 앤드 페이버 출판사에서
간행. 7월 4일 아버지 존 생일 때 노라와 런던 등기소에서 정
식으로 결혼. 12월 29일, 아버지 존 더블린에서 사망(82세),
아내 메리와 같은 묘지에 잠듦. "내 작품의 수백 페이지와 등
장인물들은 아버지로부터 나온 것"이라고 말한 조이스의 슬픔
이 깊어 《피네건의 밤샘》 집필을 포기하려고 했음.
* 에드먼드 윌슨 《액슬의 성》 간행, 조이스의 고전주의적,

상징주의적 요소 강조.

1932년(50세) 베케트를 향한 짝사랑의 절망 등이 원인이 되어 2월 2일 루치아가 미쳐서 발작을 일으킴. 정신병원에 옮겨져 정신분열증으로 진단받음. 루치아의 증세가 심해짐에 따라 조이스는 맹목적인 사랑을 쏟음. 의사를 바꾸어 가며 (34년의 융은 스무 번째 의사), 장식문자 작업을 권하는 등 딸에게 맞는 방법으로 고치려고 노력함. 2월 15일, 손자 스티븐 제임스 조이스 탄생. 9월, 예이츠로부터 아일랜드 문학 아카데미 창립회원이 되라는 내용의 연락이 오나, 10월 5일 거절 답장을 보냄. 12월 길버트가 교정에 참가하여 《율리시스》 오디세이판 간행. 제4판이 결정판이 됨. 12월 《제임스와 존의 두 가지 이야기》(《피네건의 밤샘》 일부분) 페이버 앤드 페이버 출판사 간행. 이해에 아이젠슈타인이 조이스를 방문, 《율리시스》를 영화로 만드는 것에 대해 이야기함.

1933년(51세) 1월, 루앙에서 설리번의 노래를 듣고 돌아가는 도중 배에 통증을 느낌. 불면, 복통, 루치아 정신분열증 악화 등으로 몸과 마음이 지침. 5월 취리히에 가서, 포크트 박사에게 완전실명 위험이 있다고 경고를 받으나 《피네건의 밤샘》 집필을 계속함. 9월, 파리에 돌아가 프랭크 버젠의 《제임스 조이스와 「율리시스」 창작》(출판 34년)의 인쇄물을 읽고 만족함. 뒤자르댕 《월계수는 베어졌다》를 번역 중인 길버트에게 조언함. 12월 6일 뉴욕의 울지 판사는 《율리시스》를 외설 문서가 아니라고 판결. 랜덤 하우스는 다시 활자 조판.

1934년(52세) 1월, 뉴욕의 랜덤 하우스가 미국 최초로 《율리시스》 100부 (판권 확보를 위해) 출판. 2월 2일 루치아가 조이스 생일 잔치에서 어머니를 때리고, 니온의 요양소에 수용됨. 6월 《천사 미카엘, 악마 닉, 유혹하는 여자 매기의 무언극》(《피네건의 밤샘》 일부분) 헤이그에서 출판. 8월 조이스 부부는 루치아를 병문안 가서 곁에서 돌봄. 9월 15일 루치아가 병실에 불을 냄, 같은 달 20일 취리히의 정신병원으로 옮겨짐. 같은 달 28일, 융에게 루치아를 진찰하게 함. 12월 다시 복통이 오나 대장염이라고 스스로 진단함.

1935년(53세) 1월 루치아를 강제로 퇴원시켜, 가족과 함께 파리로 돌아감. 조이스 여동생 아이린 보호 아래, 루치아가 원하는 대로 더블린 남쪽 브레이에 머물게 함. 7월, 루치아는 더블린을 빠져나와 일주일 뒤 경찰에 잡힘. 그 사이 조이스는 환상과 악마에게 시달림.

＊토머스 울프《시간과 강에 대하여》.

1936년(54세) 파리로 돌아온 루치아는 3월 흉폭성 정신병환자로 정신병원에 수용됨. 딸이 쾌유될 가능성을 혼자서 굳게 믿는 아버지의 인내와 노력으로, 4월에 쾌적한 이브리 요양소로 옮김. 2년간 수입(미국 판《율리시스》인세 포함) 4분의 3을 루치아를 위해 쓴 조이스는 "돈을 다 쓰면 다시 영어를 가르치겠다"고 말함. 7월, 루치아가 4년 전에 쓴 장식 문자로《초서 A.B.C》출판(이것은 그녀의 스물아홉 번째 생일 선물이었다). 이즈음《피네건의 밤샘》전체 4분의 3을 끝냄. 이때부터는 "글 쓰는 일이 잘될 것"이라고 말함. 10월 존 레인을 통해 영국 판《율리시스》간행. 초판 1000부, 37년 보급판 간행.

1937년(55세) 지난해 7월 완성해 페이버 앤드 페이버 출판사에 보낸《피네건의 밤샘》제1부 인쇄물이 3월 나오기 시작함. 일주일에 한 번 루치아에게 병문안 가는 것을 제외하고는《피네건의 밤샘》완성을 위해 노력함. 38년 2월 2일(자신의 생일)이나 늦어도 7월 4일(아버지 생신)에 공개적으로 책을 낼 생각이었음. 10월《젊고 내성적인 스토리엘라》런던에서 출판.《아나 리비아》이탈리아어 번역에 협력.

＊아일랜드 새 헌법제정.

1938년(56세) 9월, 복부에 극심한 고통을 느껴《피네건의 밤샘》마무리에 전력을 쏟음. 조이스는 친구 폴 레옹에게 "지칠 대로 지치고, 혈액은 한 방울도 남지 않고 머리에서 흘러나온 것 같았다. 나는 긴 시간 동안 벤치에 앉아 움직일 수도 없었다"고 말함. 11월 13일 《피네건의 밤샘》 완성. 친구들을 동원하여 교정 진행, 12월 31일 교정 완성.

1939년(57세) 5월 4일 《피네건의 밤샘》 런던과 뉴욕에서 동시 간행. 7월, 고먼이 쓴 자신의 전기를 훑어보고 교정함. 9월, 루치아를 라 볼의 요양소로 피난시킴. 아들 조지오의 아내 헬렌의 신경증이 악화되어 입원, 손자 스티븐을 데려옴. 제2차 세계대전이 일어나 《피네건의 밤샘》 반향도 거의 없음. 12월 복부에 극심한 고통을 느끼나 또다시 신경성이라고 스스로 진단. 크리스마스 이후, 생 제랑 르 퓌로 피난.

1940년(58세) 교정을 계속하나 건강이 급속도로 나빠짐. 9월부터 스위스로 옮길 계획을 세우고, 12월 17일 밤 조이스 가족(부부, 조지오, 스티븐) 취리히에 도착. 루치아는 라 볼의 요양소에 머물렀고, 조지오의 아내 헬렌은 친정집이 있는 미국으로 돌아가 있었음. 하버드 고먼 《제임스 조이스》 출판.

1941년(59세) 1월 10일 극심한 복통에 시달림. 다음 날 아침, 적십자 병원으로 운송됨. 십이지장궤양천공(십이지장에 구멍이 난 것)으로 진단 받고 수술함. 회복되는 것처럼 보였으나 13일 오전 2시 15분 사망. 15일 취리히의 플룬테른 묘지에 잠듦. 〈런던 타임스〉의 이해심 없는 조문에 화난 T.S. 엘리엇은 〈물고기에게 보내는 메시지〉라는 제목의 항의문을 〈호라이즌〉 3월호에 발표. 버지니아 울프도 부고를 접하고 슬퍼함(그녀는 3월 28일 자살). 취리히에서는 지인들이 《제임스 조이스 추상》을 출판. 할리 레빈은 조이스의 모든 작품을 다룬 첫 연구서 《제임스 조이스》를 저술해 유럽 문학사에 조이스의 위치를 다짐.

1944년 《스티븐 히어로》 출판. 조지프 캠벨과 헨리 모튼 로빈슨의 선구자적 해설서 《피네건의 밤샘을 여는 곁쇠(A Skeleton Key to Finnegans Wake)》 간행.

1947년 뉴욕에서 '제임스 조이스 협회' 결성.

1951년	4월 10일, 노라 조이스 사망(67세). 남편과 같은 묘지에 묻힘. 사후 10년을 기념하여 더블린 문예지 〈엔보이〉는 조이스 기념호를 냄.
1955년	6월 16일, 트리에스테에서 동생 스태니슬로스 조이스 사망 (70세).
1956년	실비아 비치가 《셰익스피어 서점》을 저술하고, 《율리시스》 간행을 중심으로 조이스와의 교류를 이야기 함.
1957년	스튜어트 길버트 편 《제임스 조이스의 편지(Letters of James Joyce)》 출판.
1958년	스태니슬로스 조이스의 《내 형제의 파수꾼》 출판. 더블린 연극제에서 오케이시와 베케트가 《율리시스》를 연극화한 〈블룸의 날〉을 상연하려 했으나, 더블린 대주교 반대로 연극제 중지.
1959년	《조이스 평론집(The Critical Writing of James Joyce)》 출판. 리처드 엘먼의 결정판 전기 《제임스 조이스》 간행.
1962년	마텔로탑을 조이스 박물관으로 보존하기로 결정, 6월 16일 (블룸의 날) 창립식. 박물관 방명록에 처음으로 이름을 쓴 사람은 실비아 비치. 《스태니슬로스 조이스의 더블린 일기 (The Dublin Diary of Stanislaus Joyce)》 출판. 더블린 연극제에서 휴 레너드가 《초상》과 《스티븐 히어로》를 각색한 〈스티븐 D〉를 상연. 전쟁 뒤 더블린 극단에서 가장 인상적인 희곡으로 불림. 10월, 실비아 비치 사망(해리엇 위버도 61년 10월 사망).
1963년	더블린 연극제에서 레너드가 《더블린 사람들》을 바탕으로 각색한 〈더블린 원〉과, 뉴욕의 진 엘트먼이 《피네건의 밤샘》을 토대로 한 무언극 〈6인승 마차〉 상연.
1966년	6월 15, 16일 더블린에서 제1회 조이스 심포지엄 개최.
1968년	《자코모 조이스(Giacomo Joyce)》(트리에스테 시대의 자전적 스케치. 13년 참조) 출판.
1969년	6월 10일~16일, 더블린에서 제2회 조이스 심포지엄 개최.

아들 조지오, 손자 스티븐과 함께한 조이스.
초상화는 조이스의 아버지 존 조이스.
스티븐은 이렇게 말했다. "할아버지는 이 사진을 특별히 아끼셨다.
가족에 대한 마음이 고스란히 드러나 있기 때문이다."

20세기 최대시인
이며 T.S. 엘리엇
의 스승인 에즈라
파운드는 죽기 직
전 취리히 조이스
의 무덤을 찾아가
서, 밀턴 히볼드
가 만든 조각상과
이야기를 나눈다.

김성숙(金聖淑)

연세대학교 영문학과 졸업.
1955년 최재서 지도받아 제임스 조이스 《율리시스》 연구번역에 평생 바치기로 결심
1960년 《율리시스학회》를 창학, 50년 강의
2011년 55년 열정을 바쳐 옮긴 제임스 조이스 《율리시스》 한국어판 간행
옮긴책 존 듀이 《민주주의와 교육》 《철학의 개조》
데이비드 흄 《인간이란 무엇인가(오성·정념·도덕)》
존 로크 《인간지성론》

세계문학전집038
James Augustine Aloysius Joyce
ULYSSES
율리시스 II
제임스 조이스/김성숙 옮김
동서문화사창업60주년특별출판
1판 1쇄 발행/2016. 9. 9
1판 2쇄 발행/2020. 5. 1
발행인 고정일
발행처 동서문화사
창업 1956. 12. 12. 등록 16-3799
서울 중구 마른내로 144(쌍림동)
☎ 546-0331~6 Fax. 545-0331
www.dongsuhbook.com
*
사업자등록번호 211-87-75330
ISBN 978-89-497-1497-4 04800
ISBN 978-89-497-1459-2 (세트)